# 古典文學研究的視野

——香港浸會大學孫少文伉儷人文中國研究所
成立十週年紀念文集

張宏生　主編

# 目 錄

序

# 序

———

2011 年，香港浸會大學得到實業家孫少文先生伉儷的慷慨捐助，成立了孫少文伉儷人文中國研究所，從事中國人文學方面的各項研究。至今，已經是第十個年頭了。

人文所成立之後，積極開展各項活動，包括召開各種類型的學術研討會、舉辦學術講座、促進研究出版，以及推動訪問學人交流等，在學術界形成了良好的口碑，產生了積極的影響。

在人文所的各項工作中，我們一直非常重視對年輕學人的培養，希望提供一個良好的平臺，創造更多的機會，為他們成為質素高、基礎厚、能力強，具有批判性思維，能夠開展高精尖研究的優秀學者提供助力。

學問之道，意義重大，相隔一千多年的兩位先賢荀子和張之洞都有《勸學篇》傳世。荀子提出：「學不可以已。」張之洞更進一步指出：「世運之明晦，人才之盛衰，其表在政，其裡在學。」一代有一代的學術。學術的傳承、發揚以及創新，要靠一代又一代學人的不懈努力，而年輕學人的身上正積澱著過往的精華，孕育著未來的新聲。清初著名批評家葉燮曾提出「才、膽、識、力」的文學批評標準，從某種意義上說，這個「膽」，在學習力、想像力和創造力都非常豐盛的年輕人身上往往會表現得更為突出。

香港是中西文化交匯的中心。在這裡，東方與西方、傳統與現代，各種思潮並存，也互相交鋒、對話。年輕學人在此能夠了解最新的資訊、感受新鮮的事物、接觸來自世界各地的優秀學者、參加豐富多彩的文化活動，無疑對於開闊眼界，拓展思維，有著重要的幫助。同時，各位年輕學人來到香港，帶來了他們各自的積累，也以他們的熱情、敏銳和思考，一起參與了香港多元文化的構建，共同促進了學術事業的發展。

孫少文伉儷人文中國研究所成立十年來，在此學習、進修和工作過的年輕學人有不少，我們從中選擇了十位，請他們精選自己有代表性的論文一至兩篇，編成此書，以此為人文所成立十週年致慶。作者的構成主要分佈在海峽兩岸，研究範圍則從先唐一直到晚清，體現了開闊的視野和宏大的格局。

　　人文所的辦所宗旨是：「文史兼匯，中外貫通；整合傳統，融鑄新知。」我們希望，從本研究所走出去的年輕學人，能夠秉承這樣的宗旨，勇於預流，站在前列，積極努力，奮發有為，為學術事業的發展不斷做出新成就。

　　在籌備這本論文集的過程中，柯秉芳博士做了大量的工作，本所秘書周嘉茵小姐也協助甚多。一併致以謝意。


張宏生，香港浸會大學孫少文伉儷人文中國研究所所長
2021 年 6 月 10 日

# 詞論與實踐：以周濟《存審軒詞》為中心之考察

余佳韻

## ◎ 前言

周濟（1781-1839），字保緒，一字介存，號未齋，晚號止庵、春水翁，別號介存齋居士。江蘇荊溪（今宜興）人。清嘉慶十年（1805）進士，官淮安府學教授。道光八年（1828）後寓居南京春水園潛心著述。周濟「於諸雜藝無不長，其持論好獨出己見」，多才多藝以外，立論亦能自出新意，不同於流俗；詞論也多「深造自得之言」。[1] 早年學詞以白石為宗，嘉慶九年（1804），周濟結識了客遊揚州、主講廣陵書院的董士錫（1782-1831），初步接觸張惠言詞論。不久周濟任淮安教授，董士錫亦至杭州，兩人交遊往來，相互論學的次數更為頻繁。周濟詞學路數遂因此轉向。他曾自陳學詞三變的歷程：一是早年與董士錫問學，由「不喜清真」轉為「篤好清真」；其次是嘉慶十七年（1812），對秦觀、張炎等唐宋諸名家從「變」轉為「各騁一途，以極其致」；最後才是「退蘇進辛，糾彈姜張」。著有《晉略》、《介存齋詩》、《存審軒詞》（或《味雋齋詞》）、《春水園詞》與《止庵詞》等。[2]

---

[1] 繆荃孫編選，王紗紗、孫廣華整理：《國朝常州詞錄》（南京：南京大學出版社，2011 年），頁 491。

[2] 據《存審軒詞》的書跋記載，周濟曾有《春水園詞》一書。其道：「先奉政公著作頗繁，自邑被兵，唯《晉略》及是編已業授梓得存，……至今始得率從孫振宣勉復前板舊本諸種，各自為編。今體例標目一如其舊，而彙為一編。仍以《柳下詞》並訂，更附《儲素樓詞》一集焉。此外，《韻原》四十卷、《字系》十卷、《論語問答》、《八陣圖說》、《止庵隨筆》、《春水園詞》及詩文手稿，雖未梓行，容有寫本見棄於大方家者，倘嘉惠一二，俾更恢手澤於既湮。」周濟晚年嘗寓居南京春水園，《春水園詞》或許即是晚年時期的作品總集，唯現今下落不明。後盛宣懷輯《常州先哲遺書後編》，其中《止庵遺集》中集結了周濟於道光十二年（1832）以降之作品，合成《止庵詞》一書，成為周濟晚年詞集之代表。又，筆者現今可見的《存審軒詞》來源有三，一為《續修四庫全書》，次為《清代詩文集彙編》，最後則是臺灣中央研究院傅斯年圖書館的館藏。三者皆出於「清光緒十八年荊溪周氏刻求志堂存稿彙編本」。本文所引述的周濟詞作皆以《清代詩文集彙編》為準，以下不另注。引文見清代詩文集彙編編纂委員會編：《清代詩文集彙編》（上海：上海古籍出版社，2010 年），冊 535，頁 406。

《存審軒詞》成書於道光癸未（1823），介於早年《詞辨》、《介存齋論詞雜著》（1812）與晚年《宋四家詞選目錄序論》（1832）之間，[3] 正好便於我們觀察周濟詞學取徑的轉變過程。並且，據周濟自序的記載，此詞集之刊刻，是由於「既刻詩，乃并平時所為詞刻之」，據此「聊以質之晉卿（案：即董士錫焉。）」[4]《味雋齋詞》（即《存審軒詞》之前身）作為周濟生前即刊行完成的作品，[5] 是經過周濟本人親自挑選刪減所呈現者，可視為周濟在道光三年（1823）以前的詞學實踐的成果。[6]

理論的成形需要經過許多的自我詰問、辯難、積累與修正，同時也需在具體

---

[3] 《詞辨》為周濟於 1812 年客授吳淞時自編的一部詞學教材。原有十卷，後因散佚，現僅存正變兩卷。《介存齋論詞雜著》原附於《詞辨》之後，兩者寫作年代大抵相仿。《宋四家詞選目錄序論》成書於道光十二年（1832），為周濟晚年詞學理論的總結。《序論》中除說明書中選詞原由，提點各家風格差異與師法典範、闡述自身學詞經驗以外，論詞觀點多為《介存齋論詞雜著》的承繼與深化。

[4] 清代詩文集彙編編纂委員會編：《清代詩文集彙編》，冊 535，頁 386。

[5] 中研院傅斯年圖書館藏的《存審軒詞》為求志堂存稿彙編本。此刻本共六冊八種，封面有光緒十九年（1893）任道鎔（1823-1906）藏本的字樣。書前有目錄載明所收書目，依序為《味雋齋史義》二卷（冊一）、《介存齋文稿》二卷、《淮籤問答》一卷（冊二）、《介存齋詩》六卷（冊三、四）、《存審軒詞》二卷（冊五）、《折肱錄》一卷，附周青《柳下詞》一卷與蘇穆《儲素樓詞》一卷（冊六）。《清代詩文集彙編》無目錄，所收書籍依序則為《介存齋文稿》、《淮籤問答》一卷、《介存齋詩》六卷、《味雋齋詞》、《存審軒詞》兩卷、《折肱錄》一卷，附周青《柳下詞》一卷與蘇穆《儲素樓詞》一卷。書頁中雖標明所據版本為「清光緒十八年荊溪周氏刻求志堂存稿彙編本」的字樣，但《彙編》較中研院傅圖本少收《味雋齋史義》，而多收了《味雋齋詞》。由收錄順序來看，傅圖刻本的《柳下詞》與《儲素樓詞》收於《介存齋詞》之後，《柳卜詞序》僅出現在《柳下詞》之前；《彙編》中的《介存齋詞》與《味雋齋詞》前都載錄了周濟的自序，周濟為族叔周青所作的《柳下詞序》則兩見於《介存齋詞》與《柳下詞》卷前。《彙編》的《味雋齋詞》不分卷，無詞牌目錄，也沒有卷前「荊溪周濟止庵著」的字樣以及卷後校對人姓名。由此可見，《彙編》所收錄的《味雋齋詞》為編輯事後補入的可能性較高，而非原先求志堂存稿彙編本的內容。劉童《周濟及其味雋齋詞研究》雖然已經提出兩者可能為同一本書的論點，但並未解釋《存審軒詞》與《味雋齋詞》在此同時被收錄的原因。詳見劉童：《周濟及其味雋齋詞研究》，南京：南京師範大學碩士論文，2014 年，頁 3。

[6] 關於《存審軒詞》的作品年代，周茜以為「《味雋齋詞》（案：即《存審軒詞》）大都是周濟中年以後的作品」。（見周茜：《周濟的詞作及詞學理論研究》，蘭州：西北師範大學碩士論文，2008 年，頁 1。）事實上，集中多首《長亭怨慢》、《疏影》、《南浦》以及《高陽臺》的詠竹之作，都是周濟早年與董士錫在蘇州時相互唱和的作品。董士錫《齊物論齋詞》的題題即載：「新竹和周保緒四首蘇州作。」吳宏一亦將這幾首作品編年於嘉慶十年（1805），周濟二十五歲前後。可知《存審軒詞》應為周濟早年至中年的作品集結，並非「中年以後」。（見吳宏一：《常州詞派詞學研究》〔臺北：嘉欣水泥公司文化基金會，1970 年〕，頁 136。）

作品實質踐行，始能反映出體系的肇始、轉變、過渡與成熟。誠如程千帆先生所言：「從理論角度去研究古代文學，應當用兩條腿走路。一是研究『古代的文學理論』，二是研究『古代文學的理論』。前者是今人所著重從事的，其研究對象主要是古代理論家的研究成果；後者則是古人所著重從事的，主要是研究作品，從作品中抽象出文學規律和藝術方法來。」[7] 由於後者現今往往被人所忽略，所以重新回歸此一傳統的研究，實有方法論上的必要。延續此一理路，詞學批評除了由創作論角度出發以外，析理詞人作品的藝術技巧與意蘊內容，比較對照理論與作品關聯，亦為不可或缺。從而，筆者在此欲探問的即是：《存審軒詞》作為周濟早年至中年的詞作總集，他的詞作是否落實了他自身的詞論，是能否體現他「由浙至常」的詞學轉折？周濟作品中對前人的模擬，其詞學史的意義又為何？諸如此類的問題，都是本文所試圖解決者。

　　歷來學界研究多關注於周濟的詞論與常州詞學體系的建構，如徐楓《嘉道年間的常州詞派》、朱惠國《中國近世詞學思想研究》、黃志浩《常州詞派研究》、遲寶東《常州詞派與晚清詞風》等，都鉅細無遺地探討了常州詞派的源流始末以及寄託說的內涵。[8] 唯這些專書的重點主要在闡發周濟與常州詞論本身的內容以及對後世的影響，較少論及周濟詞作。針對周濟詞作與詞論關係的研究，學位論文方面，現有周茜《周濟的詞學理論與詞作研究》與劉童《周濟及其味雋齋詞研究》。前者是在前人的基礎上，以「知人論世」之方法解釋周濟生平事蹟、時代氛圍與作品間的關聯。後者則聚焦於《味雋齋詞》與周濟生平歷程及師友交流之關係，試圖為周濟詞中的創作題材與藝術特色分類。專書則有林浩光《詞法與詞統——周濟詞論研究》，其中的《周濟的創作實踐》一章，詳盡地討論了周濟創作與詞論間的關係，可惜的是，書中並未將周濟詞作與詞論置於詞學史的脈絡下

---

[7] 程千帆：《古詩考索》，《程千帆全集》（石家莊：河北教育出版社，2001 年），冊 8，頁 116。

[8] 不少詞學史專著都已經談到了常州詞派的生成背景與周濟詞論，早年如嚴迪昌《清詞史》、吳宏一《常州派詞學研究》、張宏生《清代詞學的建構》以及孫克強《清代詞學》等，業已初步勾勒出了常州詞派與周濟的理論特色。唯其中理論建構較多，較少從周濟詞作所反映出的詞學現象與意義進行解讀。又，關於常州詞派與周濟的詞論研究，尚可參考：黃志浩：《常州詞派研究》（北京：中國社會科學出版社，2008年），頁 156-251。朱惠國：《中國近世詞學思想研究》（上海：上海古籍出版社，2005 年），頁 84-108。徐楓：《嘉道年間的常州詞派》（臺北：雲龍出版社，2002 年），頁 293-364。遲寶東：《常州詞派與晚清詞風》（天津：南開大學出版社，2008 年），頁 57-67。

檢視其間的對應關係。[9]

　　奠基於此，本文以《存審軒詞》為考察對象，期能從具體作品的分析之中，一方面論證周濟詞作與詞論間是否言思合縫以外，亦希望經由作品的創作特徵與詞論形成的對照與分析，補充學界關於周濟「由浙至常」此一歷程的研究未足之處。

## ◎ 一、詞情、詠物與寄託

### （一）詞情內涵的挖掘——追附《風》、《騷》的言外之旨

　　抒情傳統向來有「情志」、「情景」等討論，都是集中在人的情感抒發方式與外在景象如何影響、催化並體現抒情自我的志意所在。詞體原本即是一種以要眇幽微為本的抒情文類，因而對詞情本質與涵蓋範疇的探討，也成為文人多方論辯的課題。

　　乾、嘉學風以考據為盛，重視東漢以來章句解析並重新檢討闡發其義。文學部分也受到經學流風所及，文人紛紛於詞句中縋幽鑿險，[10] 以求義理之所安，[11] 追索語言文字之下所潛藏的微言大義。與朱彝尊重刻南宋《樂府補題》並編選的《詞綜》一書的意旨不同，張惠言《詞選》的宗旨是配合教學需要，為「迷不知門戶」等人「指引向上一路」、[12] 導引讀詞法則所編選的教材。就詞中意蘊的解釋上，張惠言善用他治《易》學的經驗，從《易繫詞》中擷取了「意內而言外謂之詞」之說，架構出他詮釋詞作的方法。他說：

---

[9] 可參見：周茜：《周濟的詞學理論與詞作研究》，蘭州：西北師範大學碩士論文，2008 年；劉童：《周濟及其味雋齋詞研究》，南京：南京師範大學碩士論文，2014 年；林浩光：《詞法與詞統——周濟詞論研究》（香港：瑋業出版社，2005 年），頁 273-293。

[10] 同代尚有焦循嘗試以《易》學的通變觀詮釋文學，著重「性情」之說對文學發展之影響，而不為文體的盛衰觀所局限。可見當時經學家的詮釋方式對文學批評的影響。詳細論述可參考陳水雲：《清代詞學發展史論》（北京：學苑出版社，2005 年），頁 324-328。

[11] 張惠言《文稿自序》寫到：「廼退而考之于經，求天地陰陽消息于易虞氏，求古先聖王禮樂制度于禮鄭氏，庶窺微言奧義，以究本原。」引文見吳宏一、葉慶炳編：《清代文學批評資料彙編》（臺北：成文出版社，1979 年），頁 573。

[12] 張琦的《重刻詞選原序》亦闡述了相同的選詞理念：「先兄以為詞雖小道，失其傳且數百年。自宋之亡而正聲絕，元之末而規距隳。窆宋不辟，門戶卒迷。乃與余校錄唐宋詞四十四家，凡一百十六首，為二卷。」編選的原始動機或許僅為私塾教授用的選本，但在後人有意的推崇與刊刻印行之下，成為了常州詞派成派的基本詞論來源。施蟄存：《詞籍序跋萃編》（北京：中國社會科學出版社，1994 年），頁 797。

敘曰：詞者，蓋出於唐之詩人，采《樂府》之音以制新律，因系其詞，故曰「詞」。《傳》曰：「意內而言外謂之詞。」其緣情造端，興於微言，以相感動，極命風謠里巷男女哀樂，以道賢人君子幽約怨悱不能自言之情，低徊要眇以喻其致。蓋詩之比、興、變風之義，騷人之歌則近之矣。然以其文小，其聲哀，放者為之，或跌蕩靡麗，雜以昌狂俳優，然要其至者，莫不惻隱盱愉，感物而發，觸類條鬯，各有所歸，非苟為雕琢曼辭而已。……宋之詞家，號為極盛。然張先、蘇軾、秦觀、周邦彥、辛棄疾、姜夔、王沂孫、張炎，淵淵乎文有其質焉；其蕩而不反，傲而不理，枝而不物，柳永、黃庭堅、劉過、吳文英之倫，亦各引一端，以取重於當世。（《詞選序》）[13]

張惠言先從詩詞的音樂性質著眼，取用經傳中「意內言外、比附風騷」的方法探求詞篇中所蘊含的微言大義，上溯比興風騷的詩教傳統，推尊詞體；其次捨棄獨尊姜、張清雅詞風的主張，真誠地面對各家「淵淵乎文有其質」的作品，以「立意為本，協律為末」，在詞原本的娛樂功能以外，將「志意」、「質」提升為評論作品價值的標準；最後則是延續前人論詞必先尊體的前例，重新定義詞的作用以及興發感動的功能。孫克強曾解釋張惠言的「意內言外」為：「特別強調『意』的主導地位，反對片面追逐形式的『雕琢曼辭』。他認為只要有『情』之意格在，即使『放者為之，或跌蕩靡麗，雜以昌狂俳優』，猶有可取之處，仍然『要其至者，莫不惻隱盱愉，感物而發，觸類條鬯，各有所歸』，其推重意格的意圖十分明確。」[14] 所謂「緣情造端，興於微言，以相感動」，除強調「緣情而感」為文學開展的起源之外，更認為「情」的寄託內蘊才是詞體所當尊的原因。張惠言連結了寄託與情的關係，以為詞體是人情通過「微言」寄託個人幽約怨悱情懷的載體。即便「跌蕩靡麗」、「昌狂俳優」，只要「惻隱盱愉」，便是此類情感的涵蓋範疇。「各有所歸」的「歸」，即指此種情感的本源本體，也就是這裡的「意格」所在。

---

[13] 吳宏一、葉慶炳編：《清代文學批評資料彙編》，頁 570。

[14] 孫克強：《清代詞學》（北京：中國社會科學出版社，2004 年），頁 283。

周濟延續張惠言對「意格」的重視，在《詞辨自序》中闡釋了情之所「歸」的本質意涵。他說：

> 夫人感物而動，興有所托，未必咸本莊雅；要在諷誦紬繹，歸諸中正，辭不害志，人不廢言，雖乖謬庸劣，纖微委瑣，苟可馳喻比類，翼聲究實，吾皆樂取，無苛責焉。……後世之樂去詩遠矣，詞最近之。是故入人為深，感人為速。往往流連反覆，有平矜釋躁、懲忿窒慾、敦薄寬鄙之功。[15]

抒情傳統的論述向來有所謂「感物而動」、「情景交融」之說，講的是抒情主體面對外界情境的感應、觸動所生發的審美過程，以及這種變化所引發的審美經驗通過語言文字描繪、雕琢與鋪陳物事景象，達成物我相容、情景互洽的審美境界。換言之，情感必須透過現實的物事始能呈現其抒情樣貌與審美價值，物事即是詞人心理狀態的反射與呈現。這裡的「感物而動」，源出《禮記‧樂記》：「凡音之起，由人心生也。人心之動，物使之然也。感於物而動，故形於聲……樂者，音之所由生也，其本在人心之感於物也。」「感物」之說原是解明人心與音樂之間相互引動而產生諸種興發感動的心理變化，即張惠言所謂「緣情造端，興於微言，以相感動」。不同於張惠言重申「詩緣情」的說法，肯定情是感發的源頭，但情感表現卻必須透過比興的機制轉化，以幽微含蓄的形式出之。周濟在此取用了詞與音樂的連結，強調「感物」、「觸物」的重要性，不再強調「情」主「莊雅」的道德評斷，僅強調情的「中正」，即情感的真摯性。宋人李仲蒙曾提到：「觸物以起情謂之興，物動情者也。」（見胡寅《斐然集》卷十八《與李叔易書》）人與物之間的感應互動促成了情感的交融相生，具體表現為「觸物感興」。人通過直觀而不帶雜質的審美活動，結合自身的審美經驗形成各式各樣的藝術表現。這種為物所引動的「情」的內涵與「莊雅」此一經過道德檢視後的評價並不一定等同。在此，周濟所定義的「詞情」的包攝範圍頗為廣泛，難以莊重雅正的標準

---

[15] 唐圭璋編：《詞話叢編》（北京：中華書局，2005 年），頁 1637。

加以規制；即便「情」本身無可非難，也不能流於放意肆志，而須符合「中正」的要求，即情的節制有度、不駁雜淫邪。因此，縱然詞風「乖謬庸劣」、「纖微委瑣」，只要能產生比類之效，出於真摯的情感表露，能得之正而有其「實」所在，便都屬於他所謂的「情」之範疇。換言之，這裡的「情」包含了兩種層次，一是情感的純粹性，即人與外物的交互感動，因「觸物」、「感物」所生的直觀感知，為一種純粹真摯的性情流露。第二是需要接合比類興發的詩教傳統，強調「托物相比」、「緣情起興」。[16] 通過對情之內涵的重新規範與定義，周濟肯定了情的純粹性之餘，也談到詞體之「情」需有比類興發的可能，藉此連結託物比興的詩傳統於詞體的適用可能。誠如周濟《介存齋論詞雜著》所載：「玉潛（案：即唐珏，1247-?）非詞人也，其《水龍吟‧白蓮》一首，中仙無以遠過。信乎忠義之士，性情流露，不求工而自工。特錄之以終第一卷，後之覽者，可以得吾意矣。」[17] 唐珏在周濟的標準裡，並不能列入詞人之列。但周濟之所以將他的詞特別列在第一卷之末，即是有鑑於他的「忠義」與「性情」的中正不偏，流露於外，詞作自然為工。

　　周濟在此一方面肯定了個人情性與作品之間的關聯，另外一方面，他也從學詞歷程下手，指引後學用心「觸物」、「感物」，以至情性流露的過程。他說：「學詞先以用心為主，遇一事、見一物，即能沉思獨往，冥然終日，出手自然不平。」[18] 用心，係指專心致力、聚精會神於特定事物的狀態。將心念專注在事物之上，經過一定時間的涵養醞釀、沉澱思索，成就個人特出於他人之處。通過個人的自省反思，結合主體的過往抒情經驗，借具體的物象抒發情志，成就詞人抒情自我積累的深度與情感內蘊，即能與寄託之說相互連通。所以他在《宋四家詞選目錄序論》就進一步以「寄託」來解釋抒情自我在詞中的表現過程。他說：「詞

---

[16] 董士錫曾在《劉冊安詩序》提到：「有不得已於言者，唯於詩發之，然猶托諸比興，撫時感物，切而不迫，故其詩售而恬，摯而婉。」又，《擬詩品序》：「然而身與世相入，而人事纖悉之端，有不能不動於中，激為言者，及其成文，托物相比，緣情起興，旨哉可味也」由詩學的角度看亦是強調了情感的萌發與外界環境之間的關係，寄寓物象，以見比興志意的「言外之旨」所在。引文見董士錫：《齊物論齋文集》，《續修四庫全書》（上海：上海古籍出版社，2002 年），冊 1507，頁 309、311。

[17] 唐圭璋編：《詞話叢編》，頁 1636。

[18] 同上，頁 1630。

非寄託不入，專寄託不出，一物一事，引而伸之，觸類多通」，通過「意感偶生，假類畢達」，「逐境必寤，醞釀日久」的過程，[19] 達到另一種深刻蘊藉的抒情高度。對周濟來說，「寄託」需根植於不斷積累的感物、體物的蓄積過程與人生歷練。[20] 舉凡身世感懷、時光流轉，以及人事變遷、異鄉覊旅等等，無一不是觸發感會的媒介。通過與周遭事物的互動、積累，從而由「萬感橫集，五中無主」到「中宵驚電，罔識東西」的內在情感變化，前者點出人為物所引動的情緒，尚未思索釐清的階段；後者則是情與物激盪作用，靈感乍然而現之際的心理狀態。藉由「物」的抒情媒介的作用，呈示物與個人美感經驗交相牽引、互感的心理轉變，成就「赤子隨母笑啼，鄉人緣劇喜怒」的抒情效果。此種對「物」與「情」的重視，亦成為周濟欲以詠物詞實踐寄託說的基礎。

沈曾植（1850-1922）曾概括常州詞學的要旨，認為「（張惠言、周濟）各以所學，益推其義，張皇而潤色之，由樂府以上溯《詩》、《騷》，約旨而閎思，微言而婉寄，蓋至於是而詞家之業乃與詩家方軌並馳，而詩之所不能達者，或轉藉詞以達之。」[21] 指出在常州詞人的努力下，詞體能言「詩所不能言」之辭，能抒詩所不能達之情，以約旨微言傳遞背後深刻的感懷一點而受重視。引申來看，周濟在張惠言的基礎上，以「情」為立基點，將原本的感物而動的情進一步擴展至個人面對現實環境的抒情取向。拓展了「情」的範圍、提出了檢視「情」的標準之餘，也同時肯定了詞體的抒情價值。當詞中之「情」不再僅止於憂患國事的純粹政治托喻，還包括了個人懷抱感興的直切抒展，寄託說的涵蓋範疇自然也隨之擴大。

（二）寄託說於詠物詞的實踐

詠物詞自南宋以來即為創作大宗，宋末的《樂府補題》更被視為詠物詞藝術

---

[19] 唐圭璋編：《詞話叢編》，頁 1643

[20] 如《玉玲瓏館詩集序》即有：「況感遇身世，積事積人積歲，歲不一人，人不一事，事不一感者乎。故曰蓄之有素。」又《雲谿遺稿序》：「感節序之變遷，驗飛潛動植之態狀，有觸於中，不能無言。言必就其所最昵者，其欣賞焉以自快，萬不一失也。」兩篇序文均見於清代詩文集彙編編纂委員會編：《清代詩文集彙編》，冊 535，頁 285。

[21] 沈曾植：《彊村校詞圖序》，朱祖謀：《彊村叢書》（上海：上海古籍出版社，1989 年），冊 10，頁 8728-8729。

的典範。即使元、明之際一度沉寂，但隨著清初朱彝尊推舉南宋姜、張，並在康熙十七年（1678）攜《樂府補題》入京，引起當時文人雅士一陣唱和風潮後，詠物詞適於描繪形貌、借物托寓的書寫特性又重新受到重視。就詠物的體式特徵而言，它為文人提供了展露個人才氣思致的空間。他們既可以透過描寫事物形貌姿態，以及連類安排相關典故，彼此逞才競技，追求文學技巧的意趣。如朱彝尊的《茶煙閣體物集》，即有詠金指環、美人體膚、河豚等不少特殊主題的詠物作品；另一方面，詠物的本質既為「借物以寓性情」，因此身世之感、不遇之歎，或是君國之憂等情緒皆能包孕其中。[22] 藉由抒寫物的形象與物態、物性，寄寓自身幽微深邃的情懷，遂成為文人所好用的題材。

周濟詞作頗多詠物。據筆者統計，《存審軒詞》兩卷共收詞一百一十五闋，內容以懷人、詠物為抒情基調，間雜感懷記事。其中題序中載明為詠物（如詠菊、竹）之作品就已經佔了二十五闋，約為詞作總數的四分之一到五分之一；如計入其他未寫明為詠物，但內容為詠物者，則約佔全書的三分之一至半數。周濟對詠物一體的重視可想而知。那麼，周濟是如何於詠物詞中落實寄託說的呢？請見引詞如下：

> 亭亭裊裊。料碧痕一餉，無此風調。日暮天寒，翠袖人來，無端卻恨秋早。紅衣褪盡蓮房冷，問那憶、沁肌涼好。但隔簾、看取玲瓏，便爾為伊傾倒。　幾許花須柳眼，一生儘付與，煙散雲渺。吹入愁心，依舊蕭疏，不管群芳如埽。朱幡莫向人間借，算此意、少兒應曉。二四番、仍要催春。孤負年年芳草。（《疏影・風竹》）[23]

本詞為周濟早年與董士錫交往期間的唱和之作。開篇先描述竹子亭亭而立的樣態，接著用杜甫《佳人》「天寒翠袖薄，日暮倚修竹」的典故，以及「紅衣褪盡蓮房冷」的景象，帶出時節至秋，眾花落盡。夏竹的沁涼自然不再為人所留意，僅有隔簾風竹的玲瓏之態，引起了詞人的注意。過片轉入抒發秋日士人的無成之

[22] 沈祥龍：《論詞隨筆》，唐圭璋編：《詞話叢編》，頁 4058。
[23] 清代詩文集彙編編纂委員會編：《清代詩文集彙編》，冊 535，頁 389。

悲。由竹至花柳的聯想，勾起詞人秋日感懷。以風吹入竹心之中空，比喻詞人內在淒涼落寞的滿溢愁緒。「朱幡」原指富貴人家所掛的紅色旗幡。段成式《酉陽雜俎》曾記載天寶中處士崔玄微，在洛東遇花精求立朱幡於苑東以避難。立幡後不久，東風振地，自洛南折樹飛沙而苑中繁花不動。[24] 王沂孫《慶清朝 · 榴花》（玉局歌殘）一闋以「朱幡護取，如今應誤花工」，寄託家國覆滅的悲慨。[25] 周濟在此反用其意，寫繁花既已落盡，即使借來朱幡亦已無濟於事，暗指個人對時局的憂慮與失落。最後抒發個人功名未立，只得年年辜負春光；人生彷彿也在時節的變化流轉間逐漸消逝。

又《月上海棠 · 蟋蟀》：

> 商音不共簷鈴語。壯懷驚、昨夜深深雨。劍澀花寒，一聲聲、喚聞雞舞。天生俊、合上凌煙畫譜。　　將軍鐵甲皆黃土。漫尋他、秋壑半閒處。磬辨絲哀，乍沈吟、舜階干羽。休空恁、訴天涯倦旅。（《月上海棠 · 蟋蟀》）[26]

開篇即以悲涼哀怨的「商音」對照屋簷下懸掛的風鈴，凸顯蟋蟀蟲鳴的哀戚。深夜的促織鳴聲，彷彿聲聲在喚起人效法祖逖聞雞起舞，報效國家的雄心。陶潛《詠荊軻》即有「商音更流涕，羽奏壯士驚」句，寫商音的淒婉哀切。「秋壑」，為南宋賈似道（1213-1275）的字。賈似道以喜愛蟋蟀鳴聲著名，曾撰有《促織經》。此指將士再彪炳的功業終究沉寂，只剩蟋蟀鳴聲伴隨自身羈旅倦遊、壯志難伸的抑鬱惆悵。

事實上，周濟借詞抒情的意識頗為鮮明。他贈詩予族叔周青時即言：「君甘離索今猶昔，我任飄零西復東。未死名心長短句，已通世法風馬牛。」（《卻寄家木君》）將詞體視為寄託個人羈旅不遇之情的載體。[27] 由上文看來，周濟確實嘗試在詠物詞寄託個人的身世情懷與家國之感。董士錫《周保緒詞敘》稱許周

[24] 全文詳見段成式撰，許逸民校箋：《酉陽雜俎校箋》（北京：中華書局，2015 年），頁 1613-1615。

[25] 高獻紅：《王沂孫詞新釋輯評》（北京：中國書店，2006 年），頁 195。

[26] 清代詩文集彙編編纂委員會編：《清代詩文集彙編》，冊 535，頁 400。

[27] 同上，冊 535，頁 338。

濟「工于為詞，隱其志意，尚于比興，以寄其不欲明言之旨，故依喻深至，溫良可風」，即是指出周濟詞托喻深微、別有蘊意的特點。此外，蔣敦復也曾評周濟《長亭怨‧新竹》、《疏影‧風竹》、《南浦‧晴竹》、《高陽臺‧雨竹》為「比興無端，言有盡而意無窮，與時輩詠物，相去遠矣。」又評《齊天樂》（綠茸不記尋春路）：「寓意深遠，非淺人所能夢見。」[28] 肯定周濟詠物詞善用比興，能收意內言外之效。唯周濟詠物詞作的藝術技巧並不出彩，典故運用也偶有堆砌之處，使人難以確知其中寓託。誠如《續修四庫全書總目提要》所言：「以予所見周氏撰定《詞辨》、《宋四家詞筏》，推明張氏之旨而廣大之，此道遂與於著作之林，與詩賦文筆同其正變云云，其論甚晰。今觀其詞，如《虞美人‧影》云……幽艷深純，別有懷抱。他若《洞仙歌》之落梅、《疏影》之風竹、《高陽臺》之雨竹、《六醜》之楊花、《雨霖鈴》之刺菰、《祝英臺近》之瓶中蠟梅、《風流子》之金鳳、《霓裳中序第一》之芙蓉，亦皆引申觸類，各有意旨，然時有專寄託不出之病。其清顯之作，又往往近於膚淺。蓋論詞甚精，緣於見識之高，若心手相應，則關於才學。」[29] 後人雖然肯定周濟的詠物作品深具寄託之意，但有時也不免有專意寄託，導致詞旨隱晦，未能拓展或昇華情感層次的弊病。

　　總之，周濟詞論能指陳浙派弊病，並在張惠言的基礎下開展新說，自成體系，固然是見識精當。然而誠如吳梅所言，周濟詞「亦有寄旨，唯能入而不能出耳」，由藝術創作的角度評價周濟作品的內涵意蘊，周濟詞雖有寄託旨意，但仍有入而不出，層次不高的缺陷。[30] 而從上述的討論中，我們也確實看到了周濟詞偶有措辭用語平易而少思致的情形。周濟的詞作實踐與詞論間的落差由此可見。

## ◎ 二、理論與實踐：《存審軒詞》的創作與解讀

### （一）雅好北宋，推崇飛卿

　　清初雖有陳子龍等雲間詞人提倡學宗南唐北宋小令，但影響的時間範圍頗為有限。其後朱彝尊與厲鶚等人在標舉白石一派的典雅詞風之餘，亦有頗為出色的

[28] 蔣敦復：《芬陀利室詞話》，唐圭璋編：《詞話叢編》，頁 3634。

[29] 中國科學院圖書館整理：《續修四庫全書總目提要》（濟南：齊魯書社，1996 年），冊 13，頁 677。

[30] 馮乾：《清詞序跋彙編》（南京：鳳凰出版社，2013 年），頁 713。王國維：《人間刪稿》，唐圭璋編：《詞話叢編》，頁 4259。吳梅：《詞學通論》（上海：復旦大學出版社，2005 年），頁 132。

創作實踐，使得沉寂已久的南宋詞遂一轉而為詞壇主流，盛行不墜。即便時至清代中葉，浙派末流的空疏餖飣已頗受時人批評，但姜、張典雅詞風仍在詞壇保有一席之地。周濟對北宋的評價在當時可說是頗值得關注的異質聲音。首先看到周濟對兩宋詞的辨分，他說：

> 兩宋詞各有盛衰：北宋盛于文士而衰于樂工；南宋盛于樂工而衰于文士。（《介存齋論詞雜著》）
>
> 北宋有無謂之詞以應歌，南宋有無謂之詞以應社。（《介存齋論詞雜著》）
>
> 北宋詞，下者在南宋下，以其不能空，且不知寄托也；高者在南宋上，以其能實，且能無寄托也。南宋由下不犯北宋拙率之病，高不到北宋渾涵之詣。（《介存齋論詞雜著》）[31]
>
> 北宋主樂章，故情景但取當前，無窮高極深之趣。南宋則文人弄筆，彼此爭名，故變化益多，取材益富。然南宋有門逕，有門逕，故似深而轉淺；北宋無門逕，無門逕，故似易而實難。（《宋四家詞選目錄序論》）[32]

周濟在此將南北宋以「樂工」和「樂章」與「文士」和「文人弄筆」為說，界分了「合樂」與「言志」兩種創作傾向，而以「言志」、帶有「文士」特徵的北宋詞為高。即便周濟承認部分北宋詞作意境在南宋詞之下，但南宋詞縱然不犯拙率，也達不到北宋詞的高境。最後一條詞評談到北宋詞主「樂章」，南宋詞多「文人弄筆」，其實就是「應歌」與「應社」兩種對比的深化。這裡謂南宋「變化益多，取材益富」，顯然是針對朱彝尊「詞至南宋始極其工，宋季始極其變」而發的論說。對周濟而言，這種「變化益多」的情況多為文人弄筆、相互競技爭名下的產物。相較於北宋詞恪守詞體的音樂本質，言情敘景醞釀有度，意趣無窮，自然有深淺高下之分。這種二元對立的論述方式當然有助於我們掌握南北宋的詞風異同。但綜觀《介存齋論詞雜著》的詞評，南唐五代詞，尤其是溫、韋兩家

---

[31] 唐圭璋編：《詞話叢編》，頁 1629、1630。

[32] 同上，頁 1645。

作品，更是周濟評詞的重點。這樣的情形即衍生了一個問題：周濟所謂的「北宋」，其內涵是否包括了唐五代詞呢？

周濟論詞重視詞中「蘊藉」的有無。雖然不同於張惠言極言溫詞具「離騷初服」，[33] 但他也給予了溫庭筠詞極高的評價。他的《詞辨序》即將溫庭筠置於「正卷」之首而道：「自溫庭筠、韋莊、歐陽修、秦觀、周邦彥、周密、吳文英、王沂孫、張炎之流，莫不蘊藉深厚，而才豔思力，各騁一途，以極其致。」[34] 稱許這一脈詞人作品婉約有致，涵蘊深刻。在《介存齋論詞雜著》中，他更進一步延伸了張惠言評溫詞「深美閎約」的理路，而有「飛卿醞釀最深，故其言不怒不懾，備剛柔之氣……飛卿則神理超越，不復可以迹象求矣；然細繹之，正字字有脈絡。」[35] 所謂「深美閎約」，係指內容廣博精深而藝術技巧簡約美贍。也因為富涵深厚廣博的內蘊，故能轉化激昂情緒，成就敦厚柔婉、「下語鎮紙」的沉著形貌。在剛柔並濟之外，更有「神理超越，不復可以迹象求」的高妙意境。並且，周濟《存審軒詞》收錄了十首《菩薩蠻》，為集中詞牌創作之冠。其間的運筆用意也帶有不少模仿溫庭筠的影子。請看下例：

> 嬌憨未識相思苦。營營漫捉風前絮。春去繡簾閒。黛痕輕上山。　　殘棋拋更著。女伴驕難約。特地唾絨窗。為添晴畫長。(《菩薩蠻》) [36]

詞中描繪女子春日忽起閒愁的姿態。由剛開始的「未識相思苦」，至初見風前柳絮而有暮春之感，而後春去愁生。下片寫女子百無聊賴的心緒。從詞中的殘棋與未能成行的春遊，暗示女子形單影隻、無人相伴的情狀。結句以「唾絨」，即古代女子刺繡時咬斷繡線，隨口吐出的絨線，描繪出女子在別無選擇之下，僅能獨坐窗邊穿針刺繡，打發這悠長的春晴。對比溫庭筠《菩薩蠻》詞深閨思婦的情懷，周濟則寫出了另一種春日遲遲之下，女子嬌憨無聊、不識春愁的樣貌。

---

[33] 張惠言評溫庭筠《菩薩蠻》（小山重疊金明滅）：「『照花』四句，離騷初服之意。」唐圭璋編：《詞話叢編》，頁 1609。

[34] 唐圭璋編：《詞話叢編》，頁 1637。

[35] 同上，頁 1631。

[36] 清代詩文集彙編編纂委員會編：《清代詩文集彙編》，冊 535，頁 372。

又《虞美人·影》上片「一燈秋夜疏星共。照破銀屏幽夢。又是隙風微動。簾押文犀重。紅蔫小譜琵琶弄。碎玉丁當遙送。顫落鈿釵金鳳。酒醒脂痕凍。」[37] 其中的「照破銀屏幽夢」、「碎玉丁當遙送」，疏星光影驚醒幽夢，而微風動簾，琵琶與翠玉的聲響浮動於空氣中。燈影、簾影、幽夢之影與人影間的交雜，視覺、觸覺與聽覺描繪，共同形構出一幅秋夜寥落的景象，表現周濟用語造景的纖巧細密。

或是《浪淘沙》：

> 遲日照房櫳，春太冥蒙。簾旌輕漾楝花風，一架荼蘼香似雪，何處殘
> 紅。　　迴枕曲屏空，纖甲重重。睡情比勝酒情濃，多少流鶯催得起，夢又
> 匆匆。（《浪淘沙》）[38]

摹寫暮春女子晏起，瞥見荼蘼花事已了，一片殘紅的景象。下片末句反用《春怨》一詩中「啼時驚妾夢，不得到遼西」的典故，寫即便流鶯無數，亦無法驚破女子睡情。女子春日百無聊賴，慵懶欹枕的姿態躍然紙上，並呼應了上片的「冥蒙」那份迷濛而難以解明的春日氛圍。

蔣敦復曾評周濟詞深具「意內言外」之旨，小令與「南唐北宋神似，而非形似」。作品中的「房櫳」、「迴枕」、「殘紅」與流鶯驚夢等描寫，極富花間閨閣風情，細緻地捕捉到了《花間詞》對女性形容動作與意態情致的筆法，無不是周濟對南唐北宋詞風的模擬與仿作。然而這些作品是否真如蔣敦復所謂深具「意內言外」之旨，從上述的討論中，似乎仍舊無法確知。

如將周濟對溫庭筠等花間詞風的擬作配合其《介存齋論詞雜著》的論說來看，其中所標榜的「北宋」，範圍上也包含了南唐五代詞。反映出周濟從《詞選序》到《介存齋論詞雜著》此一期間，南北宋詞的對立性並不那麼明顯，與日後《宋四家詞選》時期南北宋涇渭分明的狀況不同。之所以推崇溫、韋，或許和周

---

[37] 清代詩文集彙編編纂委員會編：《清代詩文集彙編》，冊 535，頁 372。

[38] 同上。

濟早年曾學溫庭筠詩，後因張惠言影響，重新認識到溫詞的微言大義有關。[39] 值得一提的是，周濟這種強調南唐五代詞蘊藉沉著的說法，雖然與雲間詞人以南唐五代小令「天機自然」、「元音偶發」的立論基礎稍有不同，但也是對南唐五代詞內蘊價值的重新思索以及審美取向的回歸。

（二）白石影響仍存

自清初朱彝尊、厲鶚陸續推舉白石為浙派宗主以來，尊白石與清空典雅（騷雅）成為了清人普遍評詞的準據，而有「家白石而戶梅溪」或「家白石而戶玉田」的現象。嘉道以後，浙派末流逐漸流於空疏餖飣，常州詞派應勢而起；看似取代了浙西家數在詞壇的主流地位，唯文學風氣或典範類型的移轉改變為一漸進的過程，如果仔細辨別常州詞派發展過程與詞學論述，我們也不難發現它們與浙派的重疊處。以張惠言為例，他雖然倡導「意內言外」之說，主張以經義解詞，以抉發微言大義，但他也曾手批《山中白雲詞》，試圖開拓張炎詞「興寄顯然」的「托意」之處。[40] 董士錫雖然因為和周濟的交往而「益惡玉田」，但他在《餐花吟館詞敍》也承認「姜白石、張玉田出力矯其弊，為清雅之製，而詞品以尊」，指出姜、張詞風清雅，詞品遂高，提振了柳永、康伯可一類詞人的鄙嫚之辭，[41] 肯定了姜、張的詞史地位。其子董毅的《續詞選》更填補了張惠言《詞選》對姜、張詞收錄的不足，補收了七闋姜夔詞與二十三闋張炎詞。換言之，張、董兩人並未否定姜、張這一派典雅詞人，而是嘗試由興寄微言的角度重新詮釋兩家詞作內涵，以抉發浙西諸人未曾深入探究的真意。一直到周濟以後，他才明確地將姜、張兩人置於自身理論的對反面，藉此建構他的詞論體系。但是，由作品實踐中，我們是否可以看到相同現象呢？

---

[39] 周濟曾自述：「余十餘歲好為詩，喜香山、樊川，已而厭之。喜長吉、飛卿，又厭之。」可知周濟早年即曾接觸溫庭筠的詩詞作品。《存審軒詩序》，清代詩文集彙編編纂委員會編：《清代詩文集彙編》，冊535，頁302。

[40] 如評卷一《高陽臺·西湖春感》「見說新愁，如今也到鷗邊」旁批：「言隱亦不可得也」、卷三《臺城路·送周方山遊吳》眉批：「亦是應酬家數，然畢竟雅音，玉田此種最多」，或是卷七《謁金門》（晚晴薄）眉批：「不遇可知」等，可見張惠言對張炎即便有批評，同時也看到了張炎詞中的「雅音」所在。由此亦可略窺浙西詞派所標舉的人物對早期常派的影響。引文見馬興榮等主編：《詞學》第十五輯（上海：華東師範大學出版社，2004年），頁280、282及285。

[41] 董士錫：《餐花吟館詞敍》，馮乾：《清詞序跋彙編》，頁706-707。

回顧周濟學詞歷程，他曾自陳早年「服膺白石，而以稼軒為外道」，後來的《詞辨自序》雖然以「白石疏放，醞釀不深」，將白石列於變卷；但同時他也將張炎與溫、韋、周、秦並列，以為「蘊藉深厚，而才豔思力，各騁一途，以極其致」，[42] 並未否定姜、張兩家的代表性。直到《介存齋論詞雜著》才有了些微的變化。他說：

> 近人頗知北宋之妙，然不免有姜、張二字，橫亙胸中。豈知姜、張在南宋，亦非巨擘乎？論詞之人，叔夏晚出，既與碧山同時，又與夢窗別派，是以過尊白石，但主清空。後人不能細研詞中曲折深淺之故，群聚而和之，並為一談，亦固其所也。（《介存齋論詞雜著》）

> 北宋詞，多就景敘情，故珠圓玉潤，四照玲瓏，至稼軒、白石一變而為即事敘景，使深者反淺，曲者反直。吾十年來服膺白石，而以稼軒為外道，由今思之，可謂瞽人捫籥也。稼軒鬱勃，故情深；白石放曠，故情淺；稼軒縱橫，故才大，白石局促，故才小。唯《暗香》、《疏影》二詞，寄意題外，包蘊無窮，可與稼軒伯仲；余俱據事直書，不過手意近辣耳。白石詞，如明七子詩，看是高格響調，不耐人細看。白石以詩法入詞，門徑淺狹，如孫過庭書，但便後人模仿。（《介存齋論詞雜著》）

> 白石號為宗工，然亦有俗濫處（《揚州慢》：「淮左名都，竹西佳處」）、寒酸處（《法曲獻仙音》：「象筆鸞箋，甚而今不道秀句」）、補湊處（《齊天樂》：「邠詩漫與，笑籬落呼燈，世間兒女」）、敷衍處（《淒涼犯》：「追念西湖」上半闋）、支處（《湘月》：「舊家樂事誰省」）、復處（《一萼紅》：「翠籐共，閒穿徑竹，記曾共西樓雅集」），不可不知。（《宋四家詞選目錄序論》）

> 雅俗有辨，生死有辨，真偽有辨，真偽尤難辨。稼軒豪邁是真，竹山便偽；碧山恬退是真，姜、張皆偽。味在酸鹹之外，未易為淺嘗人道也。（《宋四家詞選目錄序論》）[43]

---

[42]《詞辨序》，唐圭璋編：《詞話叢編》，頁 1637。

[43] 以上引文均見於唐圭璋編：《詞話叢編》，頁 1629-1630、1634、1644 及 1645。

周濟首先針對當時詞壇推尊姜、張清空，卻流於空疏浮濫的詞風提出針砭，希望標舉北宋詞的渾厚高格取而代之。其次拈出詞情深淺之論，以稼軒、白石為一組對照。認為稼軒「鬱勃」，有醞釀沉致之氣而情深，白石「放曠」，豪放曠達不拘禮俗而情淺；稼軒「縱橫」而白石「局促」，則是著眼於兩人眼界器量、才性思力與詞中氣象的不同所下的判斷；白石的「局促」，是由於文思放縱率意、氣度狹促，未能沉著醞釀的表現。也就是《詞辨序》所謂的「白石疏放，醞釀不深」。因此，在周濟眼裡，白石門徑淺狹，易於模仿，無詞體深美之致之外，其中所述的事物範疇與眼界亦為偏狹，於「才」或「思」的層面，都難以成為後世填詞典範。從而，至《宋四家詞選目錄序論》中，周濟批評白石的「俗濫」處，如「寒酸」、「補湊」、「敷衍」、「支」或是「復」等語彙，則更指向白石詞欠缺思致勾勒，敷衍枝蔓而不耐咀嚼的缺陷。因此，當周濟將真偽作為評價標準，區分詞中的情意深淺廣狹之際，姜、張一派的淺狹俗濫便不免有造作浮泛，不如王沂孫恬靜退守的評價了。周濟這種重視「味在酸鹹之外」的傾向，強調情感的蓄積醞釀與語言表現的寄意言外，成為了他辨別門徑寬窄的標準。於是姜、張之「偽」或是「門徑淺狹」，自然也導向至蓄積不足、醞釀不厚，卻故作姿態的表現了。

　　相反的，在《存審軒詞》之中，我們卻能看到不少仿擬白石的痕跡。請見下文引詞：

> 露華似水。相夜來和著，秋英都碎。幾陣緒風，老盡群芳膩濃翠。江北江南往事，抵多少、垂鞭慘恊。但暗記，一角春山，寒玉響環珮。　　憔悴。碧雲外。又倩得笛聲，喚醒殘醉。綠珠未墜。依約春痕幾分在。祇恐齊紈易擲，空驗取、班姬清淚。甚日向、煙浪裡，雪蓑共載。（《暗香·扇上梅花》）[44]

《暗香》詞牌為姜夔自度曲名篇之一，原詞是藉詠物寄託黍離麥秀、今昔異變的悲感。周濟以同一詞牌詠梅，大抵也有取法白石的意念。全詞扣緊了團扇與梅花

---

[44] 清代詩文集彙編編纂委員會編：《清代詩文集彙編》，冊 535，頁 391。

兩種物事的性質而寫。上片點明秋日夜涼露重，百花凋盡的頹靡情狀。緒風，指秋冬的餘風。《楚辭‧九章》：「乘鄂渚而反顧兮，欸秋冬之緒風。」王逸注：「緒，餘也。」又吳曾《能改齋漫錄》引唐教坊詞《瑤臺第一層》：「緒風和扇，冰華秀發，雪質孤高。」[45] 詞中原句係寫因時節入秋而漸次零落的景象。秋風摧折後的殘枝敗葉在在宣告花期的正式終結。由「江北江南」至上片末句，化用了白石《暗香》「昭君不慣胡沙遠，但暗憶、江南江北。想佩環、月夜歸來，化作此花幽獨」原句，扣緊原題所詠的「梅」花形貌；「垂鞭慘袂」，是指別離分袂之事。周濟以「寒」字與珮環清脆的敲擊聲增強了暗夜清冷幽寂的氣氛。以寒玉比喻梅花的清冷雅潔，亦是白石「苔枝綴玉」的轉化；過片「憔悴」一方面收束上片的別離傷感，呼應上片的「碎」、「老盡」、「慘袂」等淒涼景象，另一方面轉入對「扇」的描寫。「齊紈」、「班姬」，取用了《怨歌行》「新裂齊紈素，皎潔如霜雪。裁為合歡扇，團團似明月」的典故，暗示秋扇見捐的憂慮。「綠珠未墜」，指扇上梅花並不因時節變換而零落，猶帶幾分春意。然而扇上梅花縱然無須遭遇春去零落憔悴的變換之憂，但卻也需要面對夏日行盡、秋扇見捐的窘境。人因浮沉輾轉而感到的悲哀恰與物事的季節之憂相似，於是才有「祇恐齊紈易擲，空驗取、班姬清淚」之歎。末句「甚日向、煙浪裡，雪蓑共載」，秋扇既已見捐，當然更無由留待冬日，反襯出詞人未能見遇的深刻淒然與哀傷。無論是梅花、畫扇，甚至是人事，終究無法久暫的淒然與傷感，濃縮成了詞人對季節人事流轉的感歎。

另外一闋寫舊地重遊之感的《揚州慢》也同樣取用了梅花為個人抒情表意的媒介。請看引詞如下：

> 雪澤虛占，雲陰漸散，江干依舊斜陽。向淡煙籠處，待曳逗春光。怕紅蕚、禁寒乍勒，碧城仙侶，倦繞迴廊。隔深深，簾幕從教，密意難將。　似曾相識，便判年、還倚新裝。儘玉照空明，紅羅敧旎，翠羽低昂。一種橫斜疏影，深宵月、不似銀黃。算誰家籬落堪尋，前度幽香。（《揚州慢》）[46]

---

[45] 吳曾：《能改齋漫錄》（北京：中華書局，1960 年），卷 17，頁 500。

[46] 清代詩文集彙編編纂委員會編：《清代詩文集彙編》，冊 535，頁 396。

開篇化用了范雲《之零陵郡次新亭》「江干遠樹浮，天末孤煙起」的飄渺意象，描繪出一幅雲陰朦朧漸開，欄杆斜陽對映，彷彿依稀的過往情境。接著由大景轉至小景，寫淡煙處紅萼的搖曳模樣。由景生情，寫梅憶人。「碧城」原指仙人所居，在此借指詞人過往一段重覓無蹤的深約密事。過片「似曾相識」，疊合了上片所描寫的眼前景象與過往回憶。「儘」字以下的「玉照空明」、「紅羅綺旎」、「翠羽低昂」三個寫景對句，光影相映，紅綠對照，表現出過往一片溫馨繁盛的場景。接著筆鋒一轉，梅影橫斜與深宵月夜又將氣氛一轉為涼冷清寂，宕出結尾的寂寥之感——「誰家籬落」指向空間的迷茫不知所蹤，「前度幽香」寫時間的乖隔與記憶的剝離，對應開頭漸形開闊的江景，呈現詞人眼前的現實景象與心理層次的反差。過往情事在此被掩上一層朦朧的面紗，使得整闋詞瀰漫著若有似無、迷濛而難以解明的氛圍。

這裡的「怕紅萼、禁寒乍勒」、「一種橫斜疏影」以及「算誰家籬落堪尋，前度幽香」等句子，既化用林逋「疏影橫斜水清淺，暗香浮動月黃昏」之句，也讓人聯想到白石《長亭怨慢》（漸吹盡）「怕紅萼、無人為主」，以及《疏影》（舊時月色）「等恁時、重覓幽香，已入小窗橫幅」的句子。周濟在此除了取用《暗香》詞調詠梅以外，同樣也描寫了舊地重遊、今昔對比之下，驚覺物事搖落的悲慨。詞中「幽」、「密」、「寒」、「淡煙」等詞彙所製造出的朦朧不明、若有似無的氛圍，毋寧更趨近於白石詞中清冷幽寂的情境景象，而與以麗密渾成見長的清真風格判然有別。這裡周濟對白石創作的模擬意識，與他日後批白石《揚州慢》（淮左名都）為「俗濫」的態度，實為不同。

不僅於此，《存審軒詞》也收錄了不少與白石自度曲同調的作品。如《一萼紅》（漏聲沉）、《疏影》（離情未了）、《長亭怨慢》（正堆砌）、《八歸》（江煙流）、《霓裳中序第一》（魂銷昨夜雨）等。這一類作品雖然只有十首，但已經佔了《存審軒詞》全書的十分之一，其中以《長亭怨慢》三首為最多。這一類作品的數量甚至多於被周濟喻為集大成的清真。並且，白石自度曲內蘊深厚、別有寄託已為歷來詞論家所不爭，特別是《暗香》、《疏影》兩闋詞，更是歷來詞家關注重點所在。周濟除了曾評這兩闋詞為「寄意題外，包蘊無窮」，[47] 讚許其中情感特質

---

[47] 唐圭璋編：《詞話叢編》，頁 1655。

深具言外蓄積醞釀之美外；晚年的《宋四家詞選》亦評《暗香》：「前半闋言盛時如此，衰時如此，後半闋想其盛時，想其衰時。」又評《疏影》：「此詞以『相逢』、『化作』、『莫似』六字作骨，『莫似』五句，言其不能捉留，聽其自為盛衰也。」[48] 由「寄意題外」至詞中的盛衰之感，周濟留意到了南宋文人幽微深摯的寄託情意外，也察覺了個人心境、情感與時代氛圍交互感動。《存審軒詞》這一類模擬白石的詞作既然是周濟所編選，這樣的行為一方面除能印證周濟自云少學白石的學詞經歷外，在此一時期對白石評價態度的猶疑與轉變，亦能凸顯他此時期的詞論與個人具體審美、詞作的創作與編選間的落差。

值得一提的是，周濟晚年的《止庵詞》中雖然也有以白石自度曲為題的作品，但數量較《存審軒詞》少；即便沿用了白石詞調，如《徵招》（邊笳吹老天山雪）一闋，[49] 內容亦與白石原詞情調相去甚遠，已不見白石的影響。

（三）門徑觀的成形——清真、稼軒的逐步顯現

1. 稼軒地位的提升

對宗法對象或是典範的選取與標榜，除能體現出師承流風以及個人審美情性以外，同時也是開宗立派、標榜理論時不可或缺者。對照周濟前後期的詞論，最值得注意的即是清真與稼軒兩家地位的提升。據學者統計，《詞辨》收二十七家，共九十首詞，其中周、辛就分別佔了九首和十首；《宋四家詞選》收五十一家，共二百三十九首詞，除分別收錄周、辛兩家二十六與二十四首作品外，還將兩家的地位提升為學詞門徑典範。《存審軒詞》的成書年代既然介於兩者之間，其中所體現的現象是否能與詞論呼應，即為我們接下來需討論的重點。首先看到周濟的稼軒詞論：

> 稼軒不平之鳴，隨處輒發，有英雄語，無學問語，故往往鋒穎太露；
> 然其才情富艷，思力果銳，南北兩朝，實無其匹，無怪流傳之廣且久也。世
> 以蘇辛並稱，蘇之自在處，辛偶能到；辛之當行處，蘇必不能到：二公之
> 詞，不可同日語也。後人以粗豪學稼軒，非徒無其才，並無其情。稼軒固是

---

[48] 鄺利安箋注：《宋四家詞選箋注》（臺北：臺灣中華書局，1971 年），頁 181、185。

[49] 原詞見周濟著，段曉華點校：《周濟詞集輯校》（上海：華東師範大學出版社，2016 年），頁 85。

才大，然情至處，後人萬不能及。（《介存齋論詞雜著》）[50]

白石脫胎稼軒，變雄健為清剛，變馳驟為疏宕。蓋二公皆極熱中，故氣味吻合。辛寬姜窄：寬，故容穢；窄，故鬥硬。（《宋四家詞選目錄序論》）[51]

稼軒原本在周濟詞論中的地位並不高。他早年的《詞辨序》即將稼軒和白石等人列於「正聲之次」的變卷而歸結道：「南唐後主以下（即變卷開始），雖駿快馳驟，豪宕感激稍漓矣。然猶委曲以致其情，未有亢厲剽悍之習，抑亦正聲之次也。」[52] 以正、變評價詞人作品。被列入「正聲」一類的詞人，是為「蘊藉深厚」、「才豔思力，各騁一途」者；變卷者，則擁有「駿快馳驟」、「豪宕感激」等明朗暢快的特色。之所以選錄這些詞人作品入變卷，是著眼於這些作品的抒情表意仍然維持了詞體委婉曲折的特徵，並未偏離本色。稼軒在此僅為「變」的其中之一，尚未成為周濟關注的要點。

由上面的引文來看，《介存齋論詞雜著》時期，周濟對稼軒的評論大抵有兩點：一是從南北宋之分著眼，以為辛、姜一脈使「深者反淺，曲者反直」，缺乏北宋般珠圓玉潤、四照玲瓏之勢。二是將稼軒與東坡相較，雖然稼軒「有英雄語，無學問語」，往往有鋒芒太露的弊病，但「才情富豔，思力果銳」，有後人不能及的「情至」處。唯無論何者，此一時期的周濟對稼軒的評價仍有所保留，稼軒的典範地位尚未體現。待到《宋四家詞選目錄序論》時期，則轉以辛、姜彼此間具承繼關係，對比辛詞的「雄健馳驟」與姜詞的「清剛疏宕」，指出兩人在氣味相合之外，也各自有「容穢」與「鬥硬」之處。由「服膺白石」、「以稼軒為外道」或是辛、姜並舉的模式，至「稼軒鬱勃故情深，白石放曠故情淺；稼軒

---

[50] 以上兩段分見於唐圭璋編：《詞話叢編》，頁 1633。

[51] 同上，頁 1644。

[52] 同上，頁 1637。

縱橫故才大，白石局促故才小」的轉變，周濟對稼軒評價的提升鮮明可見。[53] 並且，相對於白石的「放曠」、「局促」，周濟更看重稼軒詞「鬱勃」、「縱橫」的一面——源自於生命情態所流露出來的個人意志，與形於外的沉鬱蓄積、氣勢旺盛的才力風神。即所謂「欲飛還斂」、「豪俊忠貞之士，發而為詞，吐內百萬雄師」，在字裡行間寄託個人「內心中的激蕩悲憤的情懷」的氣慨。[54]

　　事實上周濟的性情懷抱與生平歷程與稼軒頗為相近，兩人在文學以外，對軍事戰略皆有涉獵並具實戰經驗。[55]《荊溪周君保緒傳》曾記載周濟早年辦䉒淮北時期的軼事，它說：「君（周濟）則以其資購妖姬、養豪客劍士。過酒樓，酣歌橫舞，裙屐雜沓，間填小樂府，倚聲度曲，悲歌慷慨。醉持丈八矛，揮霍如飛，滿堂風雨；醒則磨墨數斗，狂草淋漓，⋯⋯ 人皆莫測君為何許人。」[56] 又沈銘石《周濟本傳》載周濟「好讀史，主經世致用，尤嗜古兵略，騎射擊刺藝絕精，善詩文，兼工戲曲、書畫，時有文名。」[57] 周濟熱衷兵法與經世之學，胸懷家國、狂放不羈的形象躍然紙上。然而，即便他有報國的雄心壯志，卻因為廷對之時「縱言天下事，字數恒格」，最後「以三甲歸班選知縣，改就淮安府學教授」。[58] 此次的仕途失利成為周濟終身念茲在茲的遺憾。事後他屢稱自己「拙於論議，以戇見

---

[53] 周濟《介存齋論詞雜著》時期是以辛、姜同源，而在《宋四家詞選目錄序論》的實際操作上卻是退姜進辛，以稼軒為填詞典範，而將白石置於稼軒之下。之所以如此，或許是理論建構的策略考量。新的批評理論的建立，一是從舊有的典範中尋找新的詮釋脈絡，如張惠言、董士錫等人以興寄論詞的作法；另一即是改換舊有典範，建立論述框架之餘，也能藉此區辨、凸顯出與前人的不同。周濟選取了長於才力情性、詞作有渾成之態的稼軒為新的審美典範，提出「白石脫胎稼軒」之說。目的即是打破浙派推尊白石的理論框架；重新安排詞人的承繼關係，並順帶確立稼軒由南追北的樞紐地位。這種將白石作為比較詞人評價基準的操作模式，亦另見於周濟評碧山的「思筆雙絕」、「幽折處，大勝白石」之說。見唐圭璋編：《詞話叢編》，頁 1644。

[54] 葉嘉瑩：《唐宋名家詞論稿》（石家莊：河北教育出版社，1998 年），頁 247-248。

[55] 辛棄疾曾於乾道元年（1165）向孝宗獻《美芹十論》，又於乾道六年（1170）獻《九議》於虞允文（1110-1174），陳述個人對金國軍事武力的觀察與北伐抗金復國的見解。見《略論辛稼軒及其詞》，辛棄疾撰，鄧廣銘箋注：《稼軒詞編年箋注》（上海：上海古籍出版社，1998 年），頁 25-27。

[56] 魏源：《魏源全集》（長沙：岳麓書社，2004 年），冊 12，頁 287。

[57] 沈銘石：《本傳》，清代詩文集彙編編纂委員會編：《清代詩文集彙編》，冊 535，頁 404。

[58] 趙爾巽等撰：《清史稿》（北京：中華書局，1977 年），卷 486，頁 13413。

尤」，終身無法自寬。[59] 這樣的經歷，儼然是稼軒身懷宏猷遠略，最後卻因政治問題鬱鬱以終的生命歷程的翻版。

或許也正因如此，周濟對稼軒詞的感會更為深刻，亦有不少風格相仿的作品。請見引詞如下：

> 跋黃塵下。記當年，輕衫窄袖，居然游冶。笑向氍毹飛觥玉，紅燭冰瓏相射。任一斛、驪珠傾瀉。忽聽雞鳴投盃起，正霜稜蝟磔鴛鴦瓦。還縛綺，再加靶。　　急裝拌得真長訝。問何如，車中閒置，綠鬟紅姹。射虎封侯尋常事，醉尉逢時遭罵。漸英氣、都消磨也。一劍猶存堅難拔，料龜文繡損千金價。且傍我，素琴掛。（《金縷曲》）[60]

本詞為周濟自述早年至中年的心境轉折，頗富自傳意味。詞中開篇即寫昔時遊冶的盛況以及「驪珠傾瀉」的情狀，極言當時年少遊冶之樂以及報效家國的豪情壯志。後以祖逖聞雞起舞的典故，自喻早年對政治家國之事的關心，煥發出自身當年雄姿英發，急欲建立功業的氣概。過片以降語氣一轉，託李廣的典故類比自身空有報國之心，卻僅能任憑英氣消磨，終至素琴傍身的不遇憤懣。這裡的「長劍」，典出宋玉《大言賦》「方地為車，圓地為蓋，長劍耿耿倚天外」；「射虎封侯」，即指李廣出獵，以為草中石為虎，射箭沒入石中的故事。取用了與稼軒紓解自身憤懣不平之氣的《水龍吟》（舉頭西北浮雲）以及《八聲甘州》（故將軍）兩闋所用的相同典故。並且，周濟曾評稼軒《水龍吟》（舉頭西北浮雲）為「欲抉浮雲，必須長劍。長劍不可得出，安得不恨魚龍。」[61] 亦是對稼軒英雄氣短，

---

[59] 劉童對周濟「妄言朝廷」一事始末有較為詳細的考述。她說：「直到其（周濟）《五十自述》一詩中還提到殿試時的『戇言』二事：『一發狂言對大廷，布被公孫早驚艷。未能下第比劉蕡，畢竟臣言輸激直。』……周濟拿劉蕡自比，是因為兩人皆因言論『激直』而慘遭打壓。時隔多年之後，周濟仍在撫今憶昔中追歎過往，可見當年殿上的『妄言』造成的『改遷』，在周濟心中留下了慘痛而不可磨滅的印記。」引文見劉童：《周濟及其味雋齋詞研究》，頁 13。

[60] 清代詩文集彙編編纂委員會編：《清代詩文集彙編》，冊 535，頁 399。

[61] 唐圭璋編：《詞話叢編》，而 1654。

壯志難伸境遇的同情共感。[62] 周濟曾評稼軒佳處是「斂雄心，抗高調，變溫婉，成悲涼」，其中的「斂」、「抗」、「變」與「成」是由雄健氣魄至溫婉悲涼的轉換過程——融鑄雄心與婉約為一體的「渾化」表現。詞中的「雄心」與「高調」兩者經轉化之後所成就的溫婉悲涼，正切合了詞體以含蓄委婉為尚的美感特質。原詞下片的「漸英氣、都消磨也。一劍猶存堅難拔，料龜文繡損千金價。且傍我，素琴掛」，不同於前文的豪情萬丈，一轉為個人縱使有經世之志，卻仍無法如願以償的落寞。僅能任憑歲月流逝、時光摧折。寓豪情於悲涼之中，亦是周濟詞論的實踐處。[63]

其次，從敘事手法觀察，周濟也仿效了稼軒排比大量事典的作法，書寫出英雄寥落、壯志難成的鬱悶情懷。請看下面引詞：

> 黃葉半林，黃菊半籬，妝點秋如許。莽西風，千里卷平蕪。乍登臨江山吳楚。問西塞。煙波東山裙屐，幾曾留得南朝住。回首廣陵濤。年年只背。蕪城斜日歸去，帶邗溝流恨滿江湖。共酤客愁心亂檣烏，爛錦韶華，海蜃樓臺，畫屏歌舞。　呼。痛飲張翰。生前杯酒澆黃土。休落龍山帽，金城楊柳誰賦。待漂泊蘭成，家山重到，也難寫出關河暮。天際雁行斜，知他暝宿，荒蘆叢荻何處。漸鳴榔聲斷野煙鋪。賸一點漁鐙伴星孤。月初弦、輕雲低護。柴門歸便深掩，無賴是庭梧。蕭蕭只管打窗縈砌，不管離人離緒。閒床倦枕漫支吾。怕重陽、滿城風雨。（《哨遍》）[64]

本詞僅見於周濟後人所編纂的《存審軒詞》與《止庵詞》，為周濟在 1823 年以後

---

[62] 辛棄疾：《八聲甘州》（故將軍）：「故將軍飲罷夜歸來，長亭解雕鞍。恨灞陵醉尉，匆匆未識，桃李無言。射虎山橫一騎，裂石響驚弦。落托封侯事，歲晚田園。　誰向桑麻杜曲，要短衣匹馬，移住南山。看風流慷慨，談笑過殘年。漢開邊功名萬里，甚當時、健者也曾閒。紗窗外、斜風細雨，一障輕寒。」《稼軒詞編年箋注》，卷 2，頁 205。

[63] 周濟《卻寄家木君》之二亦有：「我為善戰千夫長，君是能耕萬戶侯。……落拓琴書涼草醉，莫將心事問吳鉤。」同樣抒發個人以功業自許，卻壯志未酬的躊躇落寞。見清代詩文集彙編編纂委員會編：《清代詩文集彙編》，冊 535，頁 338

[64] 本詞僅收錄於《存審軒詞》而未見於《味雋齋詞》，應為周濟後人所輯補者。《清代詩文集彙編》，冊 535，頁 402。

至晚年的作品。詞中寫羈旅登臨所見，抒發漂泊無依、行將老去的情懷。開頭以黃葉與黃菊兩種不同的色調為全詞鋪陳底色，襯托出西風卷平蕪的蕭瑟氣氛。接著詞人描寫眼目所見的諸種壯闊景象，以寄託自身難以排解的憤懣情懷。「蕪城斜日」、「流恨滿江湖」、「廣陵濤」以及「關河暮」等等，皆是詞人感於今昔寥落，滿腔憤懣，卻又無能為力的悵然。歷史功業的成住壞空從來不是人所能預料擘畫的，即便有如謝安之才，亦無法確保東晉朝廷的長治久安。在時間流轉之中得以自寬者，或僅有效法張季鷹縱任不拘，但求即時杯酒，不在意身後之名的灑脫。孟嘉龍山落帽、桓溫北征，見昔時手種之柳的慨然，以及庾信低吟《哀江南賦》的漂泊，每個典故都扣緊了周濟羈旅漂泊、輾轉難安的心境，以及功名未立但歲月遞嬗，行將老去的惆悵。詞人在此利用了大量的六朝事典，堆疊出由景至情的轉折，空間與時間的經緯交錯於現下的一點。歷史的回眸積累出的只是難以排解的羈旅鄉愁以及個人功業未竟的悵懷。其餘如《賀新郎》（夢斷江聲裡）下片：「歸途不是論千里，奈年來酒懷詩興，消磨餘幾。剛問南朝棲隱處，又恐鵁鶄比。混不辨枝頭葉底。如此江山誰拌得，膾蓴絲共鱸魚，只少箇季鷹耳。」[65]同樣援用了張季鷹的典故，透露個人羈旅途中，眼見落月衰柳、四野荒蘆的殘破景象，對照自身的現況而不禁萌生的歸隱之志。

鄺利安曾評述稼軒被周濟選為常州詞派典範的理由為：「稼軒既不能申展抱負，祇得把畢生精力寄託在長短句裡，所以作品裡都帶有微言大義，知人論世，忠君愛國的思想處處流露，而這種思想的表現；正是常派認為『見事多，識禮透，可為後人論世之資，詩有史，詞亦有史』的主張。」[66]認為稼軒詞所蘊含的情志內容正好是「詞史」說的體現。如進一步來看，「詞史」說作為詞情內涵的修正或補充，一方面是強調詞體具有知人論世、表彰微言大義等社會功能，另一方面也可以概括為人被時物之「盛衰」所引動、觸發的諸種感覺。周濟好以「盛衰」論詞，早年即有所謂「感慨所寄，不過盛衰」之說。所謂「盛衰」，一是藉詞自況個人生命遷徙變動、浮沉擺盪的境遇。處理的是個人如何面對生命的漂泊不安；另一則是對應至國勢盛衰變化、時局漸至混亂的憂懼。周濟早年有經世濟

---

[65] 清代詩文集彙編編纂委員會編：《清代詩文集彙編》，冊 535，頁 396。

[66]《常州詞派家法考》，鄺利安：《宋四家詞選箋注》，頁 410。

民之志，亦有相應的武功才略，卻終究不遇而終。此種心境在這些仿效稼軒詞的作品之中俯拾即是。詞中諸如「空有凌霄意」、「老淚無端東北灑」以及「漫其漁樵語」等等，無一不帶有稼軒「廉頗老矣，尚能飯否」的蕭瑟哀戚。並且，《宋四家詞選》中的稼軒詞批語，如《新荷葉》（人已歸來）為「以閒居反映朝局，一語便透」、《賀新郎》（綠樹聽啼鴃）為「前半闋北都舊恨，後半闋南渡新恨」，與《水龍吟》（舉頭西北浮雲）為「欲抉浮雲，必須長劍，長劍不可得出，安得不恨魚龍？」等，[67] 表面上雖然是針對稼軒詞而發的評述，但其實也是周濟對當時朝局的關切以及個人不遇憤懣的不平之鳴。周濟日後特別標榜稼軒為詞家轉境，稼軒筆法運意別立一格，往往能出於渾化固然是原因之一，但也不能忽視稼軒與周濟生平性情的內在連結。

總之，周濟提出稼軒為新的填詞門徑與美學典範，就個人而言，是由於周濟與稼軒的身世性情相近，對稼軒詞中的憤懣無奈深有體會；就詞學理論架構而言，退姜進辛的作法，有另立典範，藉以區隔浙派的意念在其中。周濟這一類的詞作在《存審軒詞》中雖然不能算是大宗，但如果將這種現象置於周濟詞學理論發展的過程來看，已經能看到稼軒日後成為四家門徑之一的端倪。[68]

2. 規模清真之渾化

周濟對清真詞的喜好得益於和董士錫的交往。早年《詞辨序》即載：「余不喜清真，而晉卿推其沈著拗怒，比之少陵。牴牾者一年，晉卿益厭玉田，而余遂篤好清真。」[69] 周濟在經過一年與董士錫的相互論辯下，最後接受了董士錫以清真「沈著拗怒，比之少陵」的說法。之所以會有這樣的轉變，筆者以為和周濟的詩學偏好有關。周濟《存審軒詩序》即載：「余十餘歲好為詩，喜香山、樊川，已而厭之。喜長吉、飛卿，又厭之。……肆力於曹、阮、陶、謝，閱七年，壬

---

[67] 唐圭璋編：《詞話叢編》，頁 1654。

[68] 周濟晚年的《止庵詞》亦有不少與稼軒詞風氣味相似的作品，如《滿江紅》（翠羽明珠）的「投不了，班超筆。洒不盡，將軍血。……漫沉吟、北斗夜闌干，天如墨。」或是《齊大樂》（玉龍鱗甲漫空下）的「何人中夜喚起，劍華含舊雨，羞為重掣」等，更能看出周濟晚年對稼軒詞的喜好。需特別提出的是，《存審軒詞》也收錄了周濟模擬吳文英《鶯啼序》的作品，唯僅有一闋，只能推測周濟此時已接觸夢窗詞，並有相應的仿擬之作。由此亦可略窺周濟日後四家門徑之說的提出與其詞學實踐的關聯。引詞全文見周濟著，段曉華點校：《周濟詞集輯校》，頁 75、83。

[69] 唐圭璋編：《詞話叢編》，頁 1637。

申（1812）讀亭林詩，忽有得，面目為之一變。向之已學者，時時流露於行間，而最喜少陵矣。」[70]周濟早年偏愛杜詩，即便一開始對董士錫的說法頗有疑慮，隨著彼此的交流切磋，開始更深入理解了董士錫所謂清真詞「比之少陵」的內涵意蘊後，遂轉為「篤好清真」。這樣的傾向即表現於他對清真詞的擬作之中。對清真詞的讚美更是不時出現於詞論之中。試看下面引文：

> 美成思力獨絕千古，如顏平原書。雖未臻兩晉而唐初之法至此大備。後有作者莫能出其範圍矣。讀得清真詞，多覺得他人所做都不十分經意。鉤勒之妙，無如清真。他人一鉤勒便薄，清真愈鉤勒愈渾厚。（《介存齋論詞雜著》）[71]

> 清真渾厚正於鉤勒處見，他人一鉤勒便刻削，清真愈鉤勒愈渾厚。（《宋四家詞選目錄序論》）[72]

周濟對清真詞的論述大抵圍繞著「沈著拗怒」此一命題開展，如運筆用意的思致安排、構篇章法的鋪陳，以及語言藝術的精鍊等論說，都是為了說明清真詞法渾厚沉著、有繼往開來的集大成之功。他除了評清真「思力獨絕千古」以外，[73]也曾評稼軒「才情富艷，思力果銳」、竹山「有俗骨，然思力沉透處，可以起懦。」「思力」，為對事物思索顧慮所及的程度。如由詞體的藝術表現來看，如果說「果銳」是思慮天才靈敏的指稱；「沈透」，即是對事物本質深刻而透徹的洞悉，並出之以沉穩渾厚的表現。這裡的「思力果銳」或是「思力沈透」，既可解釋為一種思致的果斷敏銳、深刻透徹，體現詞人對事物本質意蘊的理解與安排之餘，尚能達到「起懦」此種召喚讀者內在潛藏的同情共感之抒情效果。這種「沈摯」、

---

[70]《詞辨序》作於 1812 年，與周濟《存審軒詩序》中提到的「壬申」年同年。從具體文脈來看，周濟對杜甫的喜好顯然也在壬申之前即已確立。可知周濟與董士錫於詩學品味上亦有相通之處。清代詩文集彙編編纂委員會編：《清代詩文集彙編》，冊 535，頁 302。

[71] 唐圭璋編：《詞話叢編》，頁 1632。

[72] 同上，頁 1643。

[73] 周濟評清真《雨霖鈴》為：「清真詞多從耆卿奪胎，思力沉摯處，往往出藍。」唐圭璋編：《詞話叢編》，頁 1651。

「果銳」或是「沈透」的氣韻，則需借重鉤勒的手法，以達於渾厚的境界。陳水雲曾解釋「鉤勒」之意而道：「周濟所謂『鉤勒』是指用帶有關鍵性的語句，把詞中分散、個別的意象，或用承接，或用轉折，或用鎖合，將它們鉤連綜合，使之成為完整而鮮明的藝術形象。」[74] 孫克強則延續況周頤之說解，以「鉤勒」為「顯明作者寓意主旨的文字」，而詞人鉤勒文字的成功與否，則視其是否能夠以鉤勒之句凸顯主旨之餘，尚能兼顧詞體含蓄蘊藉的特徵。[75] 申言之，鉤勒源於思力的經營安排，通過描繪物之神態體貌以及人的情感轉折，達到描摹精工細緻而不斧鑿尖刻，連綴意象如出自然而渾成的境界。如欠缺相當程度的思力安排與筆力，即便同樣鉤勒工巧，仍不免有鏤刻痕跡，失去詞體蘊藉之美而無法體現渾厚高致。周濟於日後的《宋四家詞選目錄序論》指出清真詞的特色在「沈痛至極，仍能含蓄」，即是強調清真抒情筆法的精煉純熟，在情感的收放吞吐與轉折收斂之間，仍能節制有度，體現「鉤勒渾厚」的蘊藉深重。

另一方面，周濟也在《介存齋論詞雜著》舉出了史達祖作為清真的反面對照。他說：「梅溪甚有心思，而用筆多涉尖巧，非大方家數，所謂一鉤勒即薄者。梅溪詞中喜用『偷』字，足以定其品格矣。」[76] 又《宋四家詞選目錄序論》更清楚談到：「梅溪才思，可匹竹山。竹山粗俗，梅溪纖巧。粗俗之病易見；纖巧之習難除，穎悟子弟，尤易受其熏染。余選梅溪詞，多所割愛，蓋慎之又慎云。梅溪好用偷字，品格便不高。」[77] 周濟在此雖然承認史達祖善於利用尖新奇巧的手法，突出個人巧妙靈動的筆觸思致，頗富才思；但用筆多涉「尖巧」、「纖巧」之習，並非「大方家數」，「一鉤勒即薄」，缺乏渾成穩重之態。對照清真鉤勒卻不尖纖，而能出之以渾化為尚的風格特徵，兩者高下不言可喻。

由《存審軒詞》中的《六醜·楊花》一闋，即能看到周濟對清真的模擬：

> 向濃陰翠幄，漾裊裊、春魂如雪。畫闌獨憑，飛英駕婭，正恁愁絕。
> 又對斜陽院，睛絲空裊，任飄零離別。南國誤了雙蝴蝶。草際輕粘，簾前

---

[74] 陳水雲：《清代詞學發展史論》，頁 444。

[75] 孫克強：《周濟論清真詞「鉤勒」析疑》，《中州學刊》，2008 年第 1 期，頁 224。

[76] 唐圭璋編：《詞話叢編》，頁 1632。

[77] 同上，頁 1644。

漫罄。纖纖映、蛾眉月。卻難尋瘦影，幽恨重疊。　　東風搖曳，算塵根小劫，灞岸鳴嘶騎，情暗切。柔條幾度攀折。縱天涯覓遍，買春榆英。只惆悵、眾芳都歇。爭得似、委艷香泥長倚，杏梁春帖。還消受、半枕寒怯。更唾絨、點綴茸窗底，嬌紅一捻。（《六醜‧楊花》）[78]

《六醜》為清真的自度曲之一。南宋周密《浩然齋詞話》曾記有清真自述此詞牌名之緣由為：「此犯六調，皆聲之美者，然絕難歌。昔高陽氏有子六人，才而醜，故以比之。」[79] 可知時人對此曲聲調音律之妙的推崇。周濟選擇填製《六醜》一調，又與清真同詠楊花，大抵亦也有效法比擬的意念在其中。

　　本詞開篇的濃陰即暗示時序已至暮春，鋪墊接下來的春愁。接著「畫闌獨憑」對照南園的「雙蝴蝶」。倚欄獨憑，寓目所見，只是一片「飛英鴛媞」、「晴絲空裊」的景象；而故人不見，往事難尋。春日所帶來的幽恨，便在這連綴的景象之中逐步盪開。過片以灞橋折柳的典故延續了上片講人事的「飄零離別」，亦開展了自然事物終究走向凋零衰敗的定律。柔條被折、榆英空轉，美好的事物無法久暫，最後僅能從杏梁間的春泥尋索春的蹤跡。人依舊孤立無憑，僅剩春寒相伴。

　　在此周濟雖然沒有直接援用清真原句，但在春日意象的塑造上仍看得到不少挪用原詞之處。如原詞的「亂點桃蹊，輕翻柳陌。多情為誰追惜。但蜂媒蝶使，時叩窗槅。……漸蒙籠暗碧。靜繞珍叢底，成歎息。長條故惹行客。似牽衣待話，別情無極」，描寫楊花柳條傁人，情意纏綿的樣貌；《丹鳳吟》（迤邐春光無賴）「生憎暮景，倚牆臨岸，杏靨夭斜，榆錢輕薄」，寫倚牆所見的杏花、榆花的翻飛樣貌；《浪淘沙》（畫陰重）「畫陰重，霜凋岸草，霧隱城堞。……情切。望中地遠天闊」，描述春日清晨濃霧不散的涼冷情景以及詞人望遠思鄉的強烈愁懷。與清真《蘭陵王‧柳》（柳陰直）上片的「柳陰直。煙裡絲絲弄碧。隋堤上、曾見幾番，拂水飄綿送行色。登臨望故國。誰識。京華倦客。長亭路，年去歲來，應折柔條過千尺。閒尋舊蹤跡。又酒趁哀絃，燈照離席。梨花榆火催寒

[78] 清代詩文集彙編纂委員會編：《清代詩文集彙編》，冊 535，頁 393。
[79] 周密：《浩然齋詞話》，唐圭璋編：《詞話叢編》，頁 232。

食。愁一箭風快，半篙波暖，回頭迢遞便數驛。望人在天北」，[80] 其中造景用意更有異曲同工之妙。蔣敦復曾評周濟此詞：「清真《六醜》一詞，精深華妙，後來作者，罕能繼縱。……此詞（案：周濟《六醜》）精思妙緒，宛轉環生，片玉家風，泃乎未墜。其聲律謹嚴處，可謂字字從華嚴法界中來。」[81] 極力讚美周濟此詞能繼清真遺緒，深思宛轉，聲律謹嚴，宛如華嚴法界天雨花的境界。如更進一步來看，這裡的「片玉家風」，大抵即指周濟對清真詞典重綿麗的語言使用、渾化宛轉的氣韻風致，與聲律安排的謹嚴有度的模仿之處。

其餘作品如《大酺》（向綠陰沈）、《六么令》（露濃煙重）、《憶舊遊》（東風吹別峒）、《憶舊遊》（相逢真草草）等，也都同樣取用了清真詞牌抒發舊遊難覓、羈旅哀愁的感懷。晚年的《止庵詞》，如《夜飛鵲》（春酣鎮無語）、《大聖樂》（積雨全收）等詞篇亦復如是。[82] 隨處可見周濟推崇清真思力獨絕與造語渾化，進而嘗試在個人創作裡面仿擬清真藝術手法與意境的意圖。唯整體而言，周濟雖然在一類作品裡面力求追摹清真之寄託渾化，但細味其詞的造語構篇，其中或延續清真原詞的典故造語，使人難以求索其中含蘊，以致於情感表現較為單一。即便有蔣敦復盛讚周濟能繼清真遺緒，但其評語仍舊是傳統印象式的批評，難以讓後人具體確知周濟詞的寄託微旨。學者批評的「專意寄託不出」的弊病即為此。

即便周濟作品不無佳句，但與清真風致仍舊有別。換言之，周濟模擬清真的這些作品，相對於模擬稼軒而言，毋寧是較不成功的。

## ◎ 三、結論

創作表述與詞論實踐之間的關係原即為文學研究的途徑之一。周濟作為常州詞論的確立者，在他尚未建立起門徑說之前，他的詞學創作，無論是模擬前人或是實踐自身理論，反映的都是周濟當時對詞體的認知。詞作的實踐或許與詞論不盡相合，但在詞論逐步建構的過程中，我們也能略窺轉變的軌跡。上述的討論，即是以周濟詞作為考察對象，對照出他的詞論與創作間的差異。就此，我們可以

---

[80] 周邦彥撰，孫虹校注，薛瑞生訂補：《清真集校注》（北京：中華書局，2001 年），頁 81。

[81] 蔣敦復：《芬陀利室詞話》，唐圭璋編：《詞話叢編》，頁 3635。

[82] 周濟著，段曉華點校：《周濟詞集輯校》，頁 91、97。

歸納結論如下：

首先，周濟擴充了張惠言的詞情範圍，包含了兩種層次，一是情感的純粹性，即「觸物」、「感物」所生的直觀感知；第二是需要接合比類興發的詩教傳統，強調「托物相比」、「緣情起興」。他的寄託說亦是奠基於此一對詞情的論辯，肯定了情在詞體中的作用與價值之餘，進一步將感興過程細緻化與深化的產物。詠物詞作為浙西詞派的標誌，周濟在《存審軒詞》借用了相同的題材實踐其詞情說與寄託說的內容，某程度亦能視為對浙西詞派的延續與反省。

其次，《存審軒詞》作為《詞辨序》、《介存齋論詞雜著》與《宋四家詞選目錄序論》的中介，周濟在此不僅表現出對溫、韋詞風的愛好，此時期所創作的《菩薩蠻》數量更是居於《存審軒詞》所有詞調之冠。並且，如與《詞辨序》、《介存齋論詞雜著》對照，可以看到在《宋四家詞選》出現前，周濟「北宋」的範圍仍較含混，且包含了唐五代詞。其次，歷來有關周濟對白石評價的印象多源自《宋四家詞選目錄序論》，其中對白石批判頗為強烈。但在《存審軒詞》中，周濟不但填製了為數不少的白石自度曲詞牌，在遣詞用字、造語命意與氛圍營造等方面也看得出模擬白石的痕跡。除印證了周濟自述曾學白石的經驗外，亦是周濟受到浙派詞論影響的體現處。並且，周濟當時仍選擇收錄，並將這些作品刊刻成集，亦透露了此時他對白石的評價並未如晚期的《宋四家詞選目錄序論》般斷然排斥。

最後，稼軒與清真兩家地位的提升。早年稼軒與白石都被周濟置於「變」的脈絡，直到《介存齋論詞雜著》之中，周濟才較細緻地觀察到稼軒詞的獨特風貌。就清真部分，周濟早年即喜好杜詩，後接受了董士錫將清真「比之少陵」的說法，極力推崇清真思力獨絕與造語渾化。繼而在《存審軒詞》之中，周濟亦有不少仿擬清真之作。雖然與他所標榜的渾化境界仍有差距，但已經能看到周濟意圖綰合自身理論與實際創作的努力。如將《存審軒詞》與周濟晚年的《止庵詞》相互參看，其中模擬稼軒、清真詞風的作品數量之增長，恰好也能呼應周濟日後四家門徑說的發展。

誠然，如單就詞作本身而言，周濟所抒發的情感類型大多為羈旅不遇之情，構篇用典也並不突出，未能到達他所謂「無寄託出」的那種深隱紆曲的審美理想，更遑論與清真、稼軒等詞人相提並論。無論是王國維評周濟詞為「淺

薄」，或是《四庫全書總目提要》稱其「有專寄託不出之病」、「近於膚淺」，大抵也都是指向詞中情感的單一與藝術技巧的不圓融成熟。然而《存審軒詞》作為周濟早年學詞的成果，無論是集中的詠物詞創作的比例或是對白石詞的仿作，都透露出他受到浙西詞派影響的痕跡。周濟這一類對前人作品的模擬與仿作提供了我們觀察他從《詞辨序》、《介存齋論詞雜著》至《宋四家詞選目錄序論》的詞論轉變基礎。由周濟詞論與作品出發，考察詞論與作品間的實踐關係之餘，也釐清了白石對周濟創作歷程的影響，以及清真、稼軒成為日後四家門徑的端倪。

（作者為臺灣中興大學中國文學系助理教授，本文原載《人文中國學報》2017 年第 24 期）

# 間架的美感：試探長調過片的抒情類型與表現

余佳韻

## ◎ 一、前言

詞為一結合了音樂與曲詞的有機體，其語言形式的安排與章法鋪陳亦為作者深層思維方式的展現。而對詞體結構的探討，亦是我們認知長調抒情效果與價值的徑路所在。過片處於結構中上下片轉折樞紐，肩負著由景至情的情緒延展宕開、承上啟下的過渡，其抒情類型與效果即值得進一步探討。

關於令慢兩種文類的過片特徵，洛地曾提到：「雖然在『令』中已經出現了『換頭』，但『換頭』成為格局是在『慢』。其原因也許是因為：『令』比較短小，每片僅兩韻斷，每韻斷多由兩句組成，每句不超過七個字，故其『換頭』即上下片首起不能變異過大，否則該詞調將失其基本體式。……『令』付唱時或須即席應答，其節奏節拍相對『慢』要疾促的多。……致使令調換頭沒有充裕展開的餘地。」[1] 由於製作場域與文類篇幅的長短不同，使得長調較小令的「首起」與「換頭」具備更多展開與變易的可能。雖然部分長調是雙調或是雙拽頭的形式，但絕大多數的詞牌都是在過片處稍作變化，藉此轉換或延展文意脈絡。可以說，過片雖然不是長調所獨有，但其結構功能卻是到長調才真正體現。因此，如欲探索過片的抒情美感特徵，詞調的擇選亦是不可忽略之處。

先行研究與本文較相關者，首推孫康宜《詞與文類研究》。該書以詞體演進的角度，勾勒了詞從體式到意義的形成過程。以為過片（或稱換頭）的出現是「詞體演變史上最重要的新現象」，且影響了詞的閱讀方式。[2] 確立了過片於詞學發展史的意義。另有趙雪沛、陶文鵬《論唐宋詞起、結與過片的表現技法》、楊

---

[1] 洛地：《詞體構成》（北京：中華書局，2009 年），頁 182-183。

[2] 〔美〕孫康宜著，李奭學譯：《詞與文類研究》（北京：北京大學出版社，2004 年），頁 24。

宛《詞的起結與過片》以及胡靜、鄧紅梅《試論姜夔詞過片的結構功能》三篇。[3]
其中前兩篇為總論式的文章，內容主要歸納前人關於起結、過片的填詞技法，大
抵沿襲舊說，尚無新論。最後一篇雖然稍微提到了白石過片的結構功能，唯在方
法上仍依循舊說，以上下片的文意關係進行分類。這些文章中雖然都談到了過
片，但卻很少觸及到過片的功能與結構的特殊性。近年歐陽德穎《晚唐北宋詞換
頭性質與演進初探》一文，初步考察了唐五代詞中小令換頭的特徵，並以為馮延
巳之後的小令換頭始為詞人所重視與經營，上下片之間的情景聯繫至此漸趨緊
密。[4] 可視為小令換頭的研究之補充。

奠基於此，本文首先回顧傳統詞論的「過片」定義。其次歸納並分類各個詞
調中相近的過片型態，嘗試辨識不同過片型態的結構作用及抒情功能之餘，亦有
助於我們觀察詞調使用狀況與抒情表現的關聯，以呈現長調過片的特殊性。

## ◎ 二、「間架」之確立──「過片」的義界

所謂「過片」，又稱為「過變」、「過處」或是「換頭」，[5] 一般的定義或以
為是「下遍起句」，或是指樂曲中的音樂停頓處，表示音樂上的過渡。[6] 宋人論
及過片作法與結構意義者，以南宋沈義父（1247 前後在世）《樂府指迷》及張炎
（1248-1320?）《詞源》兩書為代表。沈義父《樂府指迷》云：「大抵起句便見所詠
之意，不可泛入閒事，方入主意。詠物尤不可泛。過處多是自敘，若才高者方能
發起別意。然不可太野，走了原意。結句須要放開，含有餘不盡之意，以景結情

---

[3] 參見：趙雪沛、陶文鵬：《論唐宋詞起、結與過片的表現技法》，《西南民族大學學報（人文社科版）》，
2010 年第 2 期，頁 99-106；楊宛：《詞的起結與過片》，《貴州文史叢刊》，2008 年第 4 期，頁 55-59；胡
靜、鄧紅梅：《試論姜夔詞過片的結構功能》，《南陽師範學院學報（社會科學版）》，2005 年第 2 期，頁
80-84。

[4] 歐陽德穎：《晚唐北宋詞換頭性質與演進初探》，香港：香港中文大學中國語言及文學系畢業論文，2018
年，頁 22。

[5] 施蟄存所言：「換頭又稱為過，或曰過處，或曰過片。因為音樂奏到這裡，都要加繁聲，歌詞從上遍過
渡到下遍，聽者不覺得是上遍的重新開始。」施蟄存：《詞學名詞釋義》（北京：中華書局，2005 年），
頁 44。

[6] 宛敏灝即以為：「片與片的關係，在音樂上是暫時休止而非全曲終了；在詞的章法上也就必須做到若斷若
續的有機聯繫，彼此才能密切配合。」將過片解為音樂的暫時休止處。引文見宛敏灝：《詞學通論》（北
京：中華書局，2009 年），頁 101-102。

最好。」[7] 沈氏講論作詞之法，目的是指點子姪輩填詞要領，便於後世有意於詞者遵循。[8] 所謂「過處多是自敘」，係指向詞人多於過片處對上片景象所逗引出的情緒進行整理、反省與評論，也就是抒情自我的表現處。在延伸上片之餘，並開展下文的鋪陳敘述，以推動情感抒發之脈絡與文意的聯繫。「野」是為別意的外在限制，指即便過片得以另起新意，但仍不能脫離全篇主旨，且須留意過處與首尾之間的協調性。唯需注意的是，沈義父的「過處」之論實際上是針對填詞一事所提出的普遍性指引，並不限於小令或長調（慢詞）某一特定文類。縱使書中所列出的詞人如清真、白石或是夢窗等人皆以長調見長，但過片承上啟下的功能則並不限於長調。

　　相對於此，張炎《詞源》側重過片於慢詞結構意義的闡釋。他說：「作慢詞看是甚題目，先擇曲名，然後命意，命意既了，思量頭如何起，尾如何結，方始選韻，而後述曲。最是過片不要斷了曲意，須要承上接下。如姜白石詞云：『曲曲屏山，夜涼獨自甚情緒。』於過片則云：『西窗又吹暗雨。』此則曲之意脈不斷矣。」[9] 詞人須先確定吟詠對象的特徵，擇選與自身聲情相合的宮調詞牌，以利於詞人裁剪與個人情思相應之內容。陸輔之延續張炎之說，進一步闡述首尾與過片兩者之關係為：「製詞須布置停勻，血脈貫穿，過片不可斷曲意，如常山之蛇，救首救尾。」[10] 指出慢詞過處需「承上接下」、「意脈不斷」，[11] 並強調詞中的情感經驗需有內部邏輯的一致性之餘，尚需呼應首尾，以達「救首救尾」之效。整體來看，宋人的過片指稱範圍實僅限於下片起句。

---

[7]　張炎著，夏承燾校注；沈義父著，蔡嵩雲箋釋：《詞源注‧樂府指迷箋釋》（臺北：木鐸出版社，1987年），頁 55。

[8]　同上，頁 43。

[9]　同上，頁 13。

[10]　陸輔之：《詞旨》，唐圭璋編：《詞話叢編》（北京：中華書局，2005 年），頁 303。

[11]　以張炎舉的白石《齊天樂》（庾郎先自吟愁賦）詞為例，上片寫思婦深夜無眠的閨閣之思，下片從內景轉至外景，描寫西窗之外細雨連綿的場景，將離愁思緒由內延伸至外，增添了淒苦景象，再次扣緊了開篇的「愁」之命題。過片既延續了上片「愁」之命意，同時也拓展了原本限於閨閣的內景與愁情的深度，呈現「不斷曲意」的效用。

其次，宋人所謂的「過片」或「過處」，在明清詞評中多稱作「換頭」。[12] 如沈雄《古今詞話》將上片的末句視為換頭的一部分。[13] 又清人胡元儀亦注陸輔之《詞旨》「過片」一詞為「詞上下分段處也」。[14] 只不過在某些概念上仍顯曖昧不清。例如這裡的「上下分段處」，究竟是包括了上片的結尾、樂曲的暫時停頓或過渡轉換處，抑或是單指下片的開頭處？即有解釋餘地。相關的例子如沈雄即以「換頭起句須聯合上文及下段也」。[15] 又周濟《宋四家詞選目錄序論》：「吞吐之妙，

---

[12] 其餘例子尚有：清人陸鎣（？-？）《問花樓詞話》即道：「詞有換頭，換頭者，第二闋脫卸另起處也。唐人小令只一首，故無換頭。黃叔暘云：『唐詞多無換頭。』……古詞人無重韻者。換頭最喫緊，高手於此，殊費經營。」（《詞話叢編》，頁 2542。）杜文瀾（1815-1881）《憩園詞話》：「宋詞暗藏短韻，最易忽略。如《惜紅衣》換頭二字，木蘭花慢前後段第六七句平平二字，《霜葉飛》起句第四字，皆應藏暗韻。此外似此者尚不少，換頭二字尤多。」（《詞話叢編》，頁 2856。）沈祥龍《論詞隨筆》：「詞之換頭處謂之過變，須辭意斷而仍續，合而仍分。前虛則後實，前實則後虛，過變乃虛實轉捩處。」（《詞話叢編》，頁 4051。）陳銳（1861-1922）《褒碧齋詞話》：「換頭處六字句有挺接者，如『南去北來何事』之類。有添字承接者，如『因甚』、『回想』之類，亦各有所宜。若美成之《寒翁吟》，換頭『忡忡』二字，賦此者亦祇能疊韻以和琴聲。」（《詞話叢編》，頁 4196。）少數稱「過變」者，有劉熙載（1813-1881）《詞概》：「詞之過變，隱本於詩。」（《詞話叢編》，頁 3698。）

[13] 《古今詞話》載：「張炎曰：要知換頭不可斷了曲意。如白石云：『曲曲屏山，夜深獨自甚情緒。』於過變則云：『西窗又吹暗雨。此則曲意不斷矣。』……至如東坡《賀新郎》（乳燕飛華屋），其換頭『石榴半吐』，皆詠石榴。《卜算子》（缺月挂疏桐），其換頭『縹緲孤鴻影』，皆詠鴻，又一變也。」沈雄所引述部分是以張炎《詞源》為本，將原文的「過片」改為「過變」，並添加詞例說明。然此處之評述卻以「縹緲孤鴻影」此一上片的結句為換頭，而非以「驚起卻回頭」為換頭。如查照東坡原詞，沈雄所謂的「過變處」，實為上片結句，而非過片起句。此部分顯然與宋人之過片範圍皆指下片換頭處有所出入。而之所以造成此一誤解之因，或源自胡仔《苕溪漁隱叢話》的一段記錄：「此詞本詠夜景，至換頭但只說鴻。正如《賀新郎》詞（乳燕飛華屋），本詠夏景，至換頭但只說榴花。蓋其文章之妙，語意到處即為之，不可限以繩墨也。」下片全寫孤鴻之姿態斷無可疑，然上片結句之「縹緲孤鴻影」，亦與孤鴻相涉。或即因詞作解釋之故而造成後人的誤讀。又案：據筆者檢索萬樹《詞律》與《欽定詞譜》之詞例，前書收《卜算子》三體，後者收《卜算子》七體，依字數僅有四十四、四十五及四十六字三類。《卜算子》本為雙調，上下字數同一，一到二字的字數差異，或僅為配合音樂節度而增添之襯字。且無論何體，皆以其二十二（或二十三）字處為過片換頭處。並無如沈雄此處將「縹緲孤鴻影」此一上片結句作為換頭之例。再者，縱觀沈雄書中，將上片結句作為過片換頭處者，僅有一例，是為誤抄或有意為之，在此尚難定論。引文分見：沈雄：《古今詞話》，唐圭璋編，《詞話叢編》，頁 838，胡仔纂集，廖德明校點：《苕溪漁隱叢話》（北京：人民文學出版社，1962 年），頁 268；萬樹：《詞律》，《影印文淵閣四庫全書》（臺北：臺灣商務印書館，1983 年），集部冊 1496，卷 3，頁 27-30；陳邦彥等編，〔日〕清水茂解說：《欽定詞譜》（京都：株式會社同朋社，1983 年）卷 5，頁 7-11。

[14] 胡元儀：《詞旨注》，唐圭璋編：《詞話叢編》，頁 303。

[15] 沈雄：《古今詞話》，唐圭璋編：《詞話叢編》，頁 838。

全在換頭煞尾。古人名換頭為過變，或藕斷絲連，或異軍突起，皆須令讀者耳目振動，方成佳製。」[16] 都是以「換頭」稱過片，重申過片承上啟下功能。況周頤《蕙風詞話》：「曲有煞尾，有度尾。煞尾如戰馬收繮，度尾如水窮雲起。煞尾猶詞之歇拍也。度尾猶詞之過拍也。如水窮雲起，帶起下意也。填詞則不然，過拍只須結束上段，筆宜沉著；換頭另意另起，筆宜挺勁。稍涉曲法，即嫌傷格，此詞與曲之不同也。」[17] 通過詞曲之別劃分換頭與過拍，大抵也是欲解決過片義界範圍不明的問題。

　　總之，無論是沈義父就過處具體寫作指引，或是張炎提出的過片結構作用，宋人論過片多集中在創作論層面，討論範圍亦限於下片起句的段落。[18] 明清人對過片的認識較為模糊，或將上片末句與下片開頭並舉，註釋亦多語焉不詳之處。「過片」至明清後多稱「換頭」，實為避免混淆所作出的因應。

## ◎ 三、過片類型與抒情效果

　　詞體作為一音樂文學，如從歌曲音樂的的結構形態思考，上下片的組合即是在類似的重複架構中，通過間奏與換頭轉折的調整，轉換情感並整理思緒，使得下片得以針對上文所揭示的具體情境或抽象的情感境況進行反覆申述與延展，並串聯前後文脈。長調過片的經營，一則須留意章法結構之安排；二則是下字用意須思索忖度，不僅是對使事用典的深思熟慮、反覆推敲，而是包括了在結構的

---

[16] 周濟：《宋四家詞選目錄序論》，唐圭璋編：《詞話叢編》，頁 1646。

[17] 況周頤：《蕙風詞話》，唐圭璋編：《詞話叢編》，頁 4419。

[18] 施蟄存亦有過類似的論述。他說：「《樂府指迷》用過處，如『過處多是自敘』，『過處要清新』。《詞旨》、《詞源》用過片，如『過片不可斷意』，『是過片不要斷了曲意，須要承上接下』。這裡所謂過、過處、過片，都是指下遍起句而言。」又引述「《苕溪漁隱叢話》論東坡卜算子詞（缺月掛疏桐）云：『此詞本詠夜景，至換頭但只說鴻。正如賀新郎詞（乳燕飛華屋）本詠夏景，至換頭但只說榴花。』這裡所謂換頭，顯然是指下遍全部而言，並不專指下遍的起句。況且卜算子是重頭小令，下遍並不換頭，由此可見宋人竟以詞的下遍為換頭了。」即便是重頭小令，上下兩片的開頭句相同而沒有句式變化者，宋人也將下片稱作「換頭」，可知「換頭」是一個相對的概念。一是指下片起句為換頭，而不論其句式與上片開頭處相同與否；另一即是以上下片開頭處的同異判斷換頭與否，這也我們現在最常用的判斷標準。施蟄存：《詞學名詞釋義》，頁 44-46。

鋪陳以及字詞的設位流露出的精思巧構。[19] 近人如夏承燾與詹安泰等人由上下片的文意著眼，歸納出數種過片類型。如夏承燾以上下片的文意為判斷基礎，將過片分成：下片另詠它事它物的、上片結句引起下片、下片申說上片、上下文意並列、上片問下片答，以及打破分片定格等六類。詹安泰亦以用筆之法大略將過片分為六種連接形態，諸如一氣直注，不加穿插，脫換雖多，主位不變者；虛實相生，正反互用，一挑一刷，開闊靈快者等等。[20] 這種分類方式確實為我們提供了賞析唐宋詞的途徑，但兩人在分類之餘，並未解釋詞調、過片類型與抒情方式間的關聯及其抒情意義。

　　有鑑於此，下文即從過片的類型與抒情方式間的關聯著眼。先將過片以二字韻與非二字韻分作兩類，再以上下片文意是否產生收束性為分類標準，即換頭是否具有總結上片語意之作用，兼參酌過片與上片末句的關係，分過片為環狀結構與直述結構兩種基本形態並舉出相應例證。[21] 觀察過片處之結構特點與抒情手法，以把握長調過片處之敘述結構及藝術效果。

（一）環狀結構——相互呼應、回環往復的抒情模式

1. 二字短韻——情感的收束與沉澱

　　沈雄《古今詞話》曾引述周簣谷之言道：「換頭二字用韻者，長調頗多。」[22] 指出長調以二字短韻為過片的例子頗多。如統計相關的詞牌，大抵可以列出常見詞牌如下：《憶舊遊》、《月下笛》、《瑞鶴仙》、《滿庭芳》、《暗香》、《雙雙燕》、《浪淘沙慢》、《木蘭花慢》、《塞翁吟》、《無悶》、《秋思》、《絳都春》、《渡江雲》以及《鳳凰臺上憶吹簫》等。由於數量的關係，二字短韻還能再細分成疊字與非疊字兩類，亦各有不同的抒情表現。以下即就疊字與非疊字兩類分別論述：

---

[19] 語見《聽秋聲館詞話》：「詞中換頭句，扼一篇之要，故分段不容稍混。」丁紹儀：《聽秋聲館詞話》，唐圭璋編：《詞話叢編》，頁 2/58。

[20] 詳見夏承燾：《唐宋詞欣賞》（北京：北京出版社，2005 年），頁 160-165；吳承學、彭玉平編：《詹安泰文集》（廣州：中山大學出版社，2004 年），頁 126-129。

[21] 苗菁曾將詞體分為線性與回環兩大結構，唯其主要以文意判斷類型從屬，與本文以過片是否收束上片情意之標準略有不同。詳見苗菁：《唐宋詞體通論》（鄭州：中州古籍出版社，1998 年），頁 133-140。

[22] 沈雄：《古今詞話》，唐圭璋編：《詞話叢編》，頁 839。

關於疊字的二字短韻，試見下面詞例：

> 記愁橫淺黛，淚洗紅鉛，門掩秋宵。墜葉驚離思，聽寒蛩夜泣，亂雨蕭蕭。鳳釵半脫雲鬢，窗影燭花搖。漸暗竹敲涼，疏螢照曉，兩地魂消。　迢迢。問音信，道徑底花陰，時認鳴鑣。也擬臨朱戶，歎因郎僬悴，羞見郎招。舊巢更有新燕，楊柳拂河橋。但滿目京塵，東風竟日吹露桃。（周邦彥《憶舊游》）**[23]**

這一類作品的抒情結構可用下圖表示：

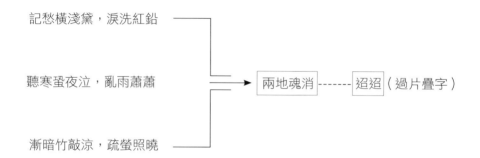

上片連用三個領字分別帶出「記愁橫淺黛，淚洗紅鉛」、「聽寒蛩夜泣，亂雨蕭蕭」、「漸暗竹敲涼，疏螢照曉」三個情境。由回憶起筆，推衍至外圍環境，鋪疊出秋日的蕭瑟氣氛與往日離別的難捨情景，反映詞人意識到舊歡重會難憑的寂滅心境。「兩地魂消」，一方面表明了詞人未忘舊情的心境，呼應首句的「記愁橫淺黛」；另一方面帶出了過片「迢迢」的隔絕感與遼遠貌。俞平伯曾評本詞過片處為「過片轉入近事，然只用迢迢兩字，極虛之筆。」**[24]** 又《詞絜》以此詞「『舊巢』下，如琴曲泛音，盡而不盡」。之所以能夠產生「盡而不盡」的效果，或亦源自於「迢迢」在音聲重複所挾帶的遼遠而無可復追的距離感與空間感。遼遠的意象隨著疊字的重複產生了情感的積累與加強的效果。這種愁情的積累，是彙集

---

[23] 周邦彥著，孫虹校注，薛瑞生訂補：《清真集校注》（北京：中華書局，2001 年），頁 199。

[24] 俞平伯：《清真詞釋》（臺北：臺灣開明書店，1982 年），頁 62。

了上半片的各種記憶行動形成的一種百轉千折、寂寞空茫而難以排解的心理狀態。末句「但」字下引滿目京塵，以顧況「露桃穠李自成蹊」之典，寫倦旅依然，露桃為誰而妍，卻不得而知。人一旦脫離了昔時的時空境況便如風流雲散。縱然是冀盼重會以解相思悵然，卻因為沒有實行的可能而僅能是永遠的想望。結句「但滿目京塵，竟日東風吹露桃」，暗指所思不見，時光流轉，春日將盡的落寞。再次呼應上片末句的「兩地魂銷」以及「憶舊游」的全詞主旨。就結構而言，上片的回憶場景與詞人的抒情表現已經完足；下片是在上片的基礎上所作出的延伸或設想。上下兩片內容各自獨立之餘，在意義上亦能相互補足。

又如《浪淘沙慢》（萬葉戰），寫詞人羈旅他鄉，透過視覺感知到的廣闊且蕭瑟的秋景。過片以兼具了感官以及心理感覺的「脈脈」為收束，陳述詞人當下凝望所得，並進行情感的收斂醞釀。過片成為樓笛秋色等外在景象過渡到心理感覺的中介，透過脈脈無言的含情凝視，延展感物而動的情緒，使得上片的景象成為觸動下片難以言說的羈旅懷抱。歲華易逝、往事堪傷等秋色情愁始能依附、聚集成句末的「凝思」，再次呼應主旨「旅情」之歎。又《塞翁吟》（暗葉啼風雨），上片靜態景物摹寫引動了未見君子的煩憂，以「忡忡」連結上文由於情感為外在的風雨所擾而「亂」，加上夢中所念唯「別」，但夢醒卻又成「空」的情緒轉折。衍生至下片則為「菖蒲漸老，早晚成花」，一份根源於時節遞嬗，青春難以久暫的時間意識。才有接下來以蜀紙寄恨，使遠人明己之心焦的舉措。

其他詞人如李清照（1084-1155）與盧祖皋（1174-1224）等的作品中，我們也同樣看到不少利用疊字作為過片情感轉換樞紐的例子。試見引詞如下：

> 香冷金猊，被翻紅浪，起來慵自梳頭。任寶奩閒掩，日上簾鉤。生怕離懷別苦，多少事、欲說還休。新來瘦，非干病酒，不是悲秋。　　休休。這回去也，千萬遍陽關，也則難留。念武陵人遠，煙鎖秦樓。唯有樓前綠水，應念我、終日凝眸。凝眸處，從今又添，一段新愁。（李清照《鳳凰臺上憶吹簫》）[25]

---

[25] 李清照著，王學初校注：《李清照集校注》（北京：人民文學出版社，1979 年），頁 20。

本詞開篇由晨起香消被冷，無意妝點的意態起筆，接著再以「『任』寶奩閒掩，日上簾鉤」的百無聊賴，描繪因相思消瘦的思婦模樣。過片「休休」疊字，收束且呼應了上片「欲說還休」的離愁苦情。下片的「陽關難留」以及「武陵人遠」、「煙鎖秦樓」，以「難」、「遠」以及「鎖」等字，跌宕出詞人輾轉迴旋、莫可奈何的心曲。明知舊愁應休，但人情難捨；新愁又在凝眸思念中滋長，反覆循環不已。

又盧祖皋《渡江雲》一闋：

> 錦雲香滿鏡，岸巾橫笛，浮醉一舟輕。別愁縈短鬢，晚涼池閣，此地忽逢迎。柄圓敧綠，倚風流、還恁娉婷。憑畫闌，嫣然輪笑，無語寄心情。　　盈盈。露華勻玉，日影酣紅，記晚妝慵整。還暗驚、人間離合，羞對池萍。三年一覺西湖夢，又等閒、金井秋聲。銷魂久，夜深月冷風清。
> （盧祖皋《渡江雲·賦荷花》）[26]

本闋上片寫羈旅途中忽見荷花亭亭盈然所勾動的情緒。過片「盈盈」承接了上片仍舊「嫣然輪笑」的荷花，同時轉出西湖情事驟然夢醒，人卻仍舊如舟般飄蕩不已的無奈與愁思難忍的狀態。

綜上所述，過片處的疊字不僅是音聲的重複，亦是情感的遞進、轉換與過渡。《文心雕龍》曾以「以少總多，情貌無遺」[27] 概括疊字的表情特質。以為疊字音聲具有複沓迴旋、連綿重複的抒情特點，既能捕捉相對大範圍的情緒推展，亦有助於抒情厚度的積累，形成內部意義得以自足、彼此呼應的完整結構。

### B. 非疊字的二字短韻——詞人當下的自我觀照

非疊字的二字短韻所出現的詞牌與二字短韻大抵相同，僅過片處以非疊字的二字句為開頭，往往展現詞人對上片所追憶起之情事的感歎以及對當下自我現狀的思索。試看引詞如下：

---

[26] 唐圭璋編：《全宋詞》（北京：中華書局，1998 年），頁 2411。

[27] 劉勰著，范文瀾注：《文心雕龍注》（北京：人民文學出版社，1962 年），頁 693。

> 暗柳啼鴉，單衣佇立，小簾朱戶。桐花半畝，靜鎖一庭愁雨。灑空階、夜闌未休，故人翦燭西窗語。似楚江暝宿，風燈零亂，少年羈旅。　遲暮。嬉遊處。正店舍無煙，禁城百五。旗亭喚酒，付與高陽儔侶。想東園，桃李自春，小唇秀靨今在否。到歸時，定有殘英，待客攜尊俎。（周邦彥《瑣窗寒·寒食》）[28]

首段並列了暗柳啼鴉（遠景）、單衣佇立（人）、小簾朱戶（近景）三個場景，體現出由遠至近的景象層次，並強調人的實存。而後由人的目光續筆，寫由室內透過窗櫺觀察到的景象，愁雨彷彿被靜鎖在半畝桐花之中，深院小庭更形成了第二層屏障，暗喻當下感情狀態的封閉。接著以領字「似」拉出自身作客楚江、羈旅天涯的無奈心境。過片「遲暮」，扣合了上片由日暮至夜晚的時間推移，也是「少年羈旅」、漂泊奔走的自我作注。陳洵分析此詞結構，以為：「自起句至『愁雨』，是從夜闌追溯。由戶而庭，乃有此西窗。由昏而夜，乃為此剪燭。用層層趲下。『嬉遊』五句，又從『暗柳』、『單衣』前追溯。『旗亭』無分，乃來此戶庭。儔侶俱謝，乃見此故人。用層層繳足作意，已極圓滿。『東園』以下，復從後一步繞出，筆力直破餘池。『少年』、『遲暮』，大開大合，是上下緊湊處。」[29] 這裡所謂「上下緊湊處」，即是上片的結尾與過片處，對比詞中今昔的反差以及羈旅催人的困頓。時空突如其來的轉變，數年的經驗感懷被壓縮在過片轉換處，亦是「緊湊」之來源。本詞的結構亦可以表示如下：

> 暗柳啼鴉，單衣佇立，小簾朱戶。

> 似楚江暝宿，風燈零亂，少年羈旅。 遲暮

不同於疊字反覆推衍，強調外在狀態如何影響內在情感轉變的特徵，非疊字的二字短韻多表現為抒情本體對當下情感狀況的定調。如《瑞鶴仙》（暖煙籠細柳），以「愁極」二字總結上文重門半掩、院宇深寂的寂寞傷感；《浪淘沙慢》（晝陰重）

---

[28] 周邦彥著，孫虹校注，薛瑞生訂補：《清真集校注》，頁 39。

[29] 陳洵：《海綃翁詞》，唐圭璋編：《詞話叢編》，頁 4866。

以「情切」涵蓋了由「經時信音絕」所致生的焦慮，同時點出對故人音訊的盼望之切；《丁香結》（蒼蘚沿階）透過「牽引」兩字宕出詞人登山臨水的羈旅苦況；《粉蝶兒慢》（宿霧藏春）以「眷戀」傳遞詞人感於春盡落紅所引發的「每歲嬉遊能幾日」之情思；《芳草渡》（昨夜裡）藉由「愁顧」兩字提點對昨夜溫存的難捨與匆匆離去的無奈等，皆為個人情思被外物所擾而陷入苦惱的狀態。詞人在上片末段點出寒食羈旅思鄉的全詞主旨，藉以連結到過片「遲暮」一詞的悲歎。

又如姜夔《霓裳中序第一》：

> 丙午歲，留長沙，登祝融，因得其祠神之曲曰黃帝鹽、蘇合香。又於樂宮故書中得商調霓裳曲十八闋，皆虛譜無辭。按沈氏樂律，霓裳道調，此乃商調。樂天詩云：「散序六闋」，此特兩闋，未知孰是。然音節閒雅，不類今曲。予不暇盡作，作中序一闋傳於世。予方羈遊，感此古音，不自知其辭之怨抑也。

> 亭皋正望極，亂落江蓮歸未得。多病卻無氣力，況紈扇漸疏，羅衣初索。流光過隙，歎杏梁雙燕如客。人何在。一簾淡月，彷彿照顏色。　幽寂，亂蛩吟壁，動庾信清愁似織。沉思年少浪跡，笛裡關山，柳下坊陌。墜紅無信息，漫暗水涓涓溜碧。漂零久，而今何意，醉臥酒壚側。（姜夔《霓裳中序第一》）[30]

根據白石詞序，本詞為丙午年（1186）的春夏之交，白石客居長沙的懷人之作。上片的羈旅漂泊、思歸情切，加之以肉體的多病無力，使「況」字以下因時光流轉與世情變易的匆促所層疊出的寂然孤獨變更為深沉。過片的兩字短韻「幽寂」一方面收斂了上片「一簾淡月，彷彿照顏色」的視覺經驗所架構出的「幽寂」氛圍與羈旅愁懷的抑鬱情緒，另一方面亦總結了詞人受眼前景象所帶來的情感衝擊。下片是聽覺經驗的記述，彷彿耳目八方的所見所感無不墜入寂寞幽獨之中。庾信思歸的清愁即是白石心境的寫照。「笛裡關山」、「柳下坊陌」等年少浪跡，

---

[30] 姜夔著，夏承燾箋校：《姜白石詞編年箋校》（上海：上海古籍出版社，1998年），頁5。

最後盡是以別離作終；往日似近實遠，逝去的華年猶如亂落飄零、爭逐流水的墜紅，悄然流逝，去住無痕。足以暫時慰撫詞人飄零日久的愁極心境者，僅剩下壚側酒盞。過片既是詞人孤獨幽閉情感的集結與延續，同時也是人的視聽感官受外物牽引所引發的一系列身體知覺體驗的過渡、情景轉換的架橋。

白石其他作品如《月下笛》（與客攜壺）以「凝佇」為換頭，既起到了由「殘茸半縷」等微物所勾起的「悵玉鈿似掃，朱門深閉，再見無路」的對比之感，表現出詞人精神之集中與體物之細密；亦藉由凝佇的靜定順勢轉化個人的視點，由外觀移轉至內省，延伸出「揚州夢覺」與「年少自恁虛度」的省思。又《翠樓吟》（月冷籠沙），以「此地」暗韻為過片，除總結上片詞人當時寄居漢陽，與友昔時同遊共作，十年之後仍舊傳唱不輟之事以外，也開啟了下片「興懷昔游，且傷今之離索」的情懷。又如宋徽宗《燕山亭》（裁翦冰綃），以杏花為喻，寫出昔日君王淪為外族俘虜的兩種對比，以過片「愁苦」收束並轉換杏花零落的傷感為詞人的離恨哀情，堆疊出詞人故國淪亡的斷腸之歎。陸淞《瑞鶴仙》（臉霞紅印枕）以「重省」為過片，總結了上片女子思念情人，百無聊賴的情狀，以及恐青春驟然流逝的忐忑心境；下片表明女子即便選擇等待，內心深處仍舊擔憂良人滯久不歸的情愁。二字短韻過片收束情感、開展後文的功能在此清晰不過。

接著再看張炎《月下笛》（萬里孤雲）一詞的過片。不同於前例中的二字韻都是以情緒語彙作為過片表現，他採用了典故為情感定調與轉換的樞紐。請看下面引詞：

> 萬里孤雲，清遊漸遠，故人何處。寒窗夢裡，猶記經行舊時路。連昌約略無多柳，第一是、難聽夜雨。謾驚回悽悄，相看燭影，擁衾誰語。　張緒。歸何暮。半零落依依，斷橋鷗鷺。天涯倦旅，此時心事良苦。只愁重灑西州淚，問杜曲、人家在否。恐翠袖、正天寒，猶倚梅花那樹。（張炎《月下笛》）[31]

————————————

[31] 張炎著，吳則虞校輯：《山中白雲詞》（北京：中華書局，1983 年），頁 26。

本闋詞為元成宗大德二年（1298），張炎在南宋亡後流寓甬東（今浙江定海），遊天臺萬竹山時所作。全詞以「孤」字貫穿，既是個人孤零寥落，親友流離，亦是故國舊事已成空無的感歎。在此，張炎通過「張緒」的人名典故作為抒情連結，投射了個人對都城舊事與前人風流的追憶懷想。《南史·張緒傳》載：「緒吐納風流，聽者皆忘飢疲，見者肅然如在宗廟。雖終日與居，莫能測焉。劉悛之為益州，獻蜀柳數株，枝條甚長，狀若絲縷。時舊宮芳林苑始成，武帝以植於太昌靈和殿前，常賞玩咨嗟，曰：『此楊柳風流可愛，似張緒當年時。』」[32] 張緒的典故隱喻既是對過去史事的認同，亦是一種個人經驗的投射疊合與自我呼告和設問。扣緊上片連昌宮柳的亡國處境之餘，也以「無多之柳」聯繫起現下所剩無多的昔日宮苑殘跡，收束上片天涯倦旅卻眷戀故國，零落不知歸處的悵然，繼而開展下片的「西州之泣」、「零落深憂」的黍黎麥秀之悲。

由上可知，非疊字的二字短韻多為抒情自我更深層的剖白與表現。通過抒情自我對前述回憶場景或眼前情境的追懷聯想與反省思索，帶出下片的諸多感會。相較於疊字的二字短韻的情形，既具備了含蓄內斂的美感，亦能表現抒情自我的心理活動。

2. 非二字韻——情感的延展與轉化

所謂的非二字韻，係指以三言、四言、五言、六言及七言等單句為過片起句並入韻者，[33] 多出現於《法曲獻仙音》、《綺寮怨》、《高陽臺》、《掃花遊》、《惜紅衣》、《惜黃花慢》、《氐州第一》、《解連環》及《惜秋華》等詞調。這一類過片多以詞組型態呈現，由於字數較多，較前者更能具體表現詞人情感流動或轉換的過程。

請看下面引文：

上馬人扶殘醉，曉風吹未醒。映水曲、翠瓦朱檐，垂楊裡、乍見津

---

[32] 李延壽：《南史》（北京：中華書局，1975 年），卷 31，頁 810。

[33] 在此將三字句納入非二字韻的範圍，原因在於三字句的構詞表現與二字句有所不同。以白石為例，《淡黃柳》（空城曉角）過片的「正岑寂」，即是領字「正」加上「岑寂」（狀態）的組合；《揚州慢》（淮左名都）過片的「漸黃昏」，即以「漸」與「黃昏」（名詞），表示時間逐步推移的情狀。與二字韻多以名詞或疊字的表現不同，抒情效果自然相異。

亭。當時曾題敗壁，蛛絲罩、淡墨苔暈青。念去來、歲月如流，徘徊久、歎息愁思盈。　去去倦尋路程。江陵舊事，何曾再問楊瓊。舊曲淒清。斂愁黛、與誰聽。尊前故人如在，想念我、最關情。何須渭城。歌聲未盡處，先淚零。（周邦彥《綺寮怨》）[34]

與二字句僅陳明詞人主觀的情緒，試圖營造出曖昧模糊而又帶有不盡之意的氛圍不同。此處的「去去倦尋路程」清楚表明了人的主觀想望，以及對現下境況的哀歎感、今昔對比的惆悵以及對此一境況的評價。上段歲月流離之「愁」，是因羈旅輾轉、歲月流逝所衍生的時間意識；而下段的「倦尋」，又與「徘徊久」相互對照，「舊事」、「舊曲」以及故人的往日之思，便在行行重重的路程中重新成為回憶的對象，轉折成另一種流離哀感。自是，藉由過片所展現的今昔對照之情緒反差，一幅孤寂落寞的抒情自我形象亦隨之堆砌而成。

孫康宜曾考察柳詞過片結構而談到：「下片的片頭幾乎就是全詞的關鍵所在，因為詞家的思緒由此延展，詞意的暢通也由此承接」，並且觀察到柳永最喜好的技巧為「在下片的第一個詞組裡總結上片詞意」。[35] 孫氏原論雖然是針對柳詞而發，挪用她的觀察置於這些詞調的過片經營，我們也能看到情感結構安排模式的類似性。下片的換頭處既為詞中關目，在評價並整理上片的情感之際，也是為下片的開展鋪疊提供了基礎，使全詞情感主軸得到再度強調與延續的同時，亦成就了一種回環凝鍊的表情型態。

劉體仁曾論過片作法為：「中調長調轉換處，不欲全脫，不欲明黏，如畫家開閭之法，須一氣而成，則神味自足。以有意求之，不得也。又「古人多於過變乃言情。然其氣已全於上段，若另作頭緒，不成章矣。」[36] 這裡的「過變言情」，即近似沈義父所謂「過處多是自敘」之意；所謂「其氣已全於上段」，即全篇言情之要旨在上段已為彰顯。為避免「另作頭緒，便不成章」之失，會通過短句或短韻的形態重述並呼應全詞的情感核心，延續上片的「氣」以拓展言情的範圍，

---

[34] 周邦彥著，孫虹校注，薛瑞生訂補：《清真集校注》，頁 190。
[35]〔美〕孫康宜著，李奭學譯：《詞與文類研究》（北京：北京大學出版社，2004 年），頁 101。
[36] 引文分見於劉體仁：《七頌堂詞繹》，唐圭璋編：《詞話叢編》，頁 619-620、628。

以呈現開合有度，脫黏符節的調度。

　　總之，這一類於過片入韻的詞調，其抒情結構大抵可以下圖表示：

上片 － 上片末句或結尾詞組（收束） ≈≈ 過片／首句（收束開展）－ 下片結尾

過片提供了使情感重新整理思索的空間。通過上下兩片結構的相似性，推進情感
敘事的進程。在此，上片本身已經可以視為獨立的抒情片段，是即使沒有下片的
附加說明也得以自足的結構。過片短韻的二重收束效果，讓情感在反覆的確認與
沉吟之間，順勢縮合上下兩片的時空背景與情感脈絡，成就了語意迴旋不盡的環
狀結構。雖然各片文意可以各自獨立，但由於片與片之間是以因果關係串連，故
上下文脈彼此間的聯繫往往顯得緊密。就情感表現上，短韻的過片形態除了是對
上片情事的回顧與情感的凝聚外，亦具有增添情韻迴盪之效用。因此，即便傳統
的過片定義是下片開頭處，然由文意的連續性而言，過片的意義範圍往往可以涵
蓋上片的末段。通過過片的情感收束與整理，呈現一張弛有度的情感轉換與過渡
過程。

　　值得一提的是這類具情感收束特色的過片音樂安排。向來談論過片時大多只
談到過片與上片末段於文意上往往存在著一種似離而合，黏而不分的關係。然而
如檢索白石旁譜的過片，不難發現這些詞調的上片結尾二字與換頭首二字有音符
與平仄相同的現象。如《長亭怨慢》（漸吹盡）上片末兩字的「青青如此」即與
換頭處的「日暮」表音符號相同。另外《翠樓吟》（月冷籠沙）、《角招》（為春
瘦）、《霓裳中序第一》（亭皋正望極）、《淒涼犯》（綠楊巷陌）以及《徵招》（潮
回卻過西陵浦）等五首情況也相同。

　　並且，在白石自度曲中，過片首句末字旁也不時可見延長符號的表記。如
《暗香》（舊時月色）、《疏影》（苔枝綴玉）、《長亭怨慢》（漸吹盡）、《淡黃柳》（空
城曉角）、《翠樓吟》（月冷籠沙）等。[37] 只不過在白石旁譜中，部分詞調的過片
處並沒有出現無延長符號。如《角招》（為春瘦）、《徵招》（潮回卻過西陵浦）等，

---

[37] 值得注意的是，《疏影》（苔枝綴玉）的下片開頭處的六字句雖然沒有押韻，但「猶記深宮舊事」的「事」
　　字旁仍有延長符號。

可知過片的音樂處理並非皆為延長。

總之，長調過片的經營除了文意脈絡的延續不斷以外，音樂與節奏的複沓也是上片情感在過處之後得以延續的保證。張炎以為過片「不要斷了曲意，須要承上接下」，顯然不只是文意上的離合，尚包括了某種音樂上的延續與重複。梁燕麥曾以這種「用二字句或三字句作為下闋的開頭，音調上重複上闋尾部的幾個音」為疊尾手法，並認為此種手法會使「上下闋之間的聯繫更為緊密，節奏上比較舒展，也使情緒轉折更加自然。」[38] 如同前文提到的，白石旁譜中疊尾的音樂表現實際上也呼應了過片情感的整理、收束、呼應與延展。也就是說，過片所營造的環狀敘述結構，不僅是單純文意的往復迴旋與前後呼應，更是在音樂節奏、情感抒發與敘事過程三者之下融合的藝術成果。

3.詞組的過片型態──過片言情，拓深原意

過片的種類除二字或多字短韻的形態以外，另外還有以一個詞組段落，約略兩到三句的長度為轉折樞紐，以敷陳推衍情感轉換的型態。過片在此不再以收束情感的型態出現，而是以語意的一貫性連結，透過延展擴張而促使詞人對物的深入描寫或是深層剖析個人情感所形成的結構脈絡。這一類的過片型態主要出現在《一寸金》、《宴清都》、《應天長》、《丹鳳吟》、《齊天樂》、《沁園春》、《滿江紅》、《風流子》、《綺羅香》、《醜奴兒慢》、《宴清都》以及《燭影搖紅》等。作為上片情感的延伸與說明，在此上下片仍舊為獨立結構的完整段落，與下片形成相互補充、映襯與對應的關係。試見引詞如下：

> 粉牆低，梅花照眼，依然舊風味。露痕輕綴。疑淨洗鉛華，無限佳麗。去年勝賞曾孤倚。冰盤同宴喜。更可惜、雪中高樹，香篝薰素被　今年對花最匆匆，相逢似有恨，依依愁悴。吟望久，青苔上、旋看飛墜。相將見、脆丸薦酒，人正在、空江煙浪裡。但夢想、一枝瀟灑，黃昏斜照水。（周邦彥《花犯‧梅花》）[39]

[38] 梁燕麥：《姜白石的自度曲》，《音樂研究》，1980 年第 2 期，頁 71。

[39] 周邦彥著，孫虹校注，薛瑞生訂補：《清真集校注》，頁 103。

這一類過片又可以用下圖表示：

去年勝賞曾孤倚。冰盤同宴喜。更可惜、雪中高樹，香篝薰素被。

 平行映照（語意獨立）

今年對花最匆匆，相逢似有恨，依依愁悴。吟望久，青苔上、旋看飛墜。

首句點明本詞的創作基調——因眼目不經意觸及了牆邊耀目的梅花所勾起的一種如舊但新的情懷。從舊時的「露痕輕綴」至現下「雪中高樹，香篝薰素被」，鋪疊出暗香凝滯於梅枝的姿態，亦暗示了當下生命的凝重感。下片換頭轉入「今年對花最匆匆」，將感舊與相逢之恨的關鍵情緒安置於過片處以承上啟下，散落青苔之梅花，暗示了詞人佇立之久，也對照出一份匆匆之感。清真利用鏡頭的連續感織就了時間推移的敘述，以上下片兩個詞組對照出「去年」與「今年」兩度梅花的差異，巧妙地將詞中兩條時間走向旋合為一。一是個人生命時光的推進，另外則是梅花初綻、旋落到結實的過程。沈祥龍《論詞隨筆》以過變處為「虛實轉捩處」，一是指時空遷變而產生虛實映襯之美，其次為詞人述物、感物之懷移轉至人事的喟歎。「梅」與「別離」兩種意象的疊合，經驗世界與現實交融，亦呈現了抒情自我由虛至實的表現過程。[40] 詞人在最後結尾處透過對未來的設想，將預設的梅花姿態連結了過往與現下記憶並將此延伸至未來，將自我與物象所代表的兩條時間線路輻合成一條重疊而相互補足的影像，使人當下的主觀經驗透過自我的延續與萬物得以感會交融。上片回憶中單一的梅花姿態與下片詞人自我的延伸疊合，成就了詞中首尾呼應的大環狀結構；圍繞著「感舊」的本旨而生的一連串對照敘事，亦成就了另一種迴環往復的情感表現。

　　這一類在過片處延展上片文意，並於下片添入新意，是使上下片之間產生一迴盪於離合之間、似斷而續的繫連手法。請看下例：

---

[40] 沈祥龍：《論詞隨筆》，唐圭璋編：《詞話叢編》，頁 4051。

疊鼓夜寒，垂燈春淺，忽忽時事如許。倦游歡意少，俯仰悲今古。江淹又吟恨賦。記當時、送君南浦。萬里乾坤，百年身世，唯有此情苦。　　揚州柳垂官路。有輕盈換馬，端正窺戶。酒醒明月下，夢逐潮聲去。文章信美知何用，漫贏得、天涯羈旅。教說與。春來要尋花伴侶。（姜夔《玲瓏四犯‧越中歲暮，聞簫鼓感懷》）**[41]**

本詞作於光宗紹熙四年（1193），是白石客居越中（浙江紹興），有感於歲晚遲暮之作。越地有歲暮用簫鼓迎春之習，從而「疊鼓夜寒」，是指詞人耳聞鼓聲不斷，眼見夜色漸轉深沉寒涼；「垂燈春淺」，懸掛的彩燈意味春日即將到來，寒意卻未見消退。「忽忽時事如許」，寫時日飛逝如此，所有的事物都處於不斷的流轉變化的感慨。接著從個人的漂泊感覺延伸到今昔的變異，江淹《恨賦》與《別賦》的典故則概括了詞人自身感於年月流逝所形成的諸種幽怨哀戚。「萬里乾坤，百年身世」，是以空間與時間兩條經緯概括整個人生行行重重的歷程，使得羈旅遲暮之苦情頓時充塞於詞人所身處的時空中。「揚州柳」以下三句，是以揚州借指都城繁華，以及詞人曾在當地有過的一段冶遊情事。「換馬」，據《異聞實錄》所載：「酒徒鮑生多聲妓，外弟韋生好乘駿馬，經行四方，各求其好。一日相遇於宿途，於山寺各出所有互易，乃以女妓善四絃者換紫叱撥。」**[42]** 白石借此典寫少年時期歌酒生活的風流豪放。「酒醒」以下兩句，寫舊夢逝去後，現實的冷寂寥落。末句自我寬慰，與其自身哀歎無人可解，不如待春來尋花為伴。然而自身悵懷僅能訴諸無情之物固然可悲，花謝終將凋零則是更深一層的悲哀。過片將上片倦遊思歸的詞人心事，拓展至天涯羈旅，乃至於懷才不遇等抽象情感一一落實，綰合歲暮感懷的詞旨，寫盡客中孤寂的身世之感。

又白石《念奴嬌》（鬧紅一舸）。上半闋全寫眼前荷葉之貌以及泛舟尋芳之往事。過片以降的「日暮青蓋亭亭」，是以隱喻和聯想為內在連結成就一文意上的延續關係。將上片的荷花的搖動之姿藉由過片轉化成擬人形狀，進一步與詞人抒情自我互動，融合了詠荷、懷人與自傷身世等諸種情緒。這種「另起新意」的

[41] 周邦彥著，孫虹校注，薛瑞生訂補：《清真集校注》，頁 193。

[42] 李玖：《異聞實錄》（臺北：藝文印書館，1965 年），頁 1 下。

過片形態表現出情感的轉化與延續，目的在於以虛入實或是以實化虛，聚焦到單一物體或意象，或是轉向抽象的情感抒發，以呼應情感的多端，表現詞人的抒情層次。

最後試引吳文英的作品以為分析：

> 漏瑟侵瓊管。潤鼓借、烘爐暖。藏鉤怯冷，畫雞臨曉，憐語鶯囀。殢綠窗、細咒浮梅盞。換蜜炬、花心短。夢驚回，林鴉起，曲屏春事天遠。　迎路柳絲裙，看爭拜東風，盈灞橋岸。髻落寶釵寒，恨花勝遲燕。漸街簾影轉。還似新年，過郵亭、一相見。南陌又燈火，繡囊塵香淺。（吳文英《塞垣春・丙午歲旦》）[43]

本詞為夢窗於宋理宗淳祐六年（1246）寓居臨安所作。上片的「漏瑟」和「藏鉤」，前者指歲旦之時為表現喜慶之意，因此將琴瑟、簫曲與皮鼓等樂器取出修整烘乾，以利於演奏；後者指藏鉤之戲，據邯鄲淳《藝經》載：「義陽臘日飲祭之後，叟嫗兒童為藏鉤之戲。」[44] 是在臘月飲祭之後所常玩的新春遊戲。參加者平均分為兩組，一組把鉤、彄或其他物品藏起，另一組則猜該物品藏於何人手中。樂器聲、遊戲聲與窗外的「憐語鶯囀」等喧鬧的節日氣氛，反襯出形單影隻的詞人那份「曲屏春事天遠」的孤寂。下片延續了上片末段的「春事」加以鋪寫。由當年柳絲灞橋的離別場景，到一系列的夢幻臆想，是情難自制的表現。然而所有的想望最終都是空無，點檢周邊，只剩下當時女子餽贈的香囊，散發出幾不可辨的淡香。詞人從「春事」轉出個人回憶經驗與感懷，利用節序相關的行事順序，埋下內外、幻真與今昔的種種對照。過片不收束上片情感，而是加以陳述補充的作法，即是「另起新意」的表現處。

以上的詞例都是在換頭處寫景另起新意。從詞人感懷另開下片，自實轉虛，由景之描摹轉入情之發抒，同樣呼應了沈義父「過處多是自敘」的觀察。過片轉折在此是為一段落的完結。除了逆入筆法多將結語提前，接著逐條鋪陳的表

---

[43] 吳文英著，孫虹、譚學純校箋：《夢窗詞集校箋》（北京：中華書局，2014 年），頁 274。

[44] 歐陽詢著，汪紹楹校：《藝文類聚》（上海：上海古籍出版社，1985 年），卷 74，頁 1280。

現形式外，上下兩片都是圍繞著全詞主旨而各自成就獨立的完整結構。相較於過片入韻那一類帶有情感收束的停頓形態，段落式的過片情感收束作用較不明顯，而傾向延展彼此具有因果關係或先後次第的存在；上下片在各自為獨立片段之餘，仍舊能維持環狀結構的抒情模式。

（二）線性結構——「以文為詞」，打破上下界限

線性結構的過片特徵是以直述形態表現，上片末段或過片開頭不再進行情感收束或整理，而是利用延續層進的敘述關係安排詞章佈局，形成線性開展的敘情模式。這一類的過片型態多出現於豪放派詞人的作品，其中又以《哨遍》、《賀新郎》、《滿江紅》、《水調歌頭》、《沁園春》、《念奴嬌》、《醉蓬萊》、《漢宮春》、《六州歌頭》等詞調為多。下面即以辛稼軒與張孝祥等人的作品為例，觀察這一類過片型態的使用概況與結構特徵。請看引詞如下：

> 綠樹聽鵜鴃。更那堪鷓鴣聲住，杜鵑聲切。啼到春歸無尋處，苦恨芳菲都歇。算未抵人間離別。馬上琵琶關塞黑，更長門、翠輦辭金闕。看燕燕，送歸妾。　　將軍百戰身名裂。向河梁、回頭萬里，故人長絕。易水蕭蕭西風冷，滿座衣冠似雪。正壯士悲歌未徹。啼鳥還知如許恨，料不啼清淚長啼血。誰共我，醉明月。（辛棄疾《賀新郎》）

> 佇立瀟湘，黃鵠高飛，望君未來。被東風吹墮，西江對語。急呼斗酒，旋拂征埃。卻怪英姿，有如君者，猶欠封侯萬里哉。空贏得，道江南佳句，只有方回。　　帆畫舫行齋。悵雪浪黏天江影開。記我行南浦，送君折柳。君逢驛使，為我攀梅。落帽山前，呼鷹臺下，人道花須滿縣栽。都休問，看雲霄高處，鵬翼徘徊。（辛棄疾《沁園春》）[45]

如將上述兩闋詞與清真過片相互比較，上面兩闋的過片處顯然都沒有就上片情感加以收束之意。尤其是《賀新郎》詞，整闋詞以「離別」典故為詞人自我抒情的核心。全詞結構可以下圖表示。

---

[45] 以上兩闋引詞分見於辛棄疾著，鄧廣銘箋注：《稼軒詞編年箋注》（臺北：華正書局，2007 年），頁 526-527、93。

| | ①馬上琵琶關塞黑。 | | |
| 人間離別 | ②更長門、翠輦辭金闕。<br>③看燕燕，送歸妾。<br>④將軍百戰身名裂。向河梁、<br>　回頭萬里，故人長絕。<br>⑤易水蕭蕭西風冷，滿座衣冠似雪。 | ⟶ | 啼鳥還知如許恨 |

由上圖可知，由上片「算未抵、人間離別」以降，連續五個送別的典故一氣而下，於下片則以「啼鳥」數句收束全詞。稼軒將自身所選取的詞調視為一整體進行思索安排，其將過片作為轉折承繼的意識較為薄弱；即便背後仍有統攝全詞的抒情主旨，但他的情感並不是以上下片分敘，而是類似古文行文般一氣連貫，打破上下片界線。這種近似古文章法的創作形式，即是所謂的「以文為詞」。陳模《懷古錄》載：「蔡曰：『子（稼軒）之詩則未也，他日當以詞名家。』故稼軒歸本朝，晚年詞筆尤高。嘗作《賀新郎》云：綠樹聽鵜鴃（全文略）。此詞盡是集許多怨事，全與李太白《擬恨賦》手段相似。又止酒賦《沁園春》云：杯汝來前（全文略）。此又如《答賓戲》、《解嘲》等作，乃是把古文手段寓之於詞。」[46] 歷來討論稼軒以文為詞者多引述此段話為佐證。如從稼軒長調的表現形式來看，詞人結合了古文的敘述方法與長調鋪陳的特點，使人感覺宛如一氣呵成。又如《哨遍》此一詞牌，稼軒採用了問答體的寫作形式，使得所欲論辯的概念通過上下分片而顯得層次井然。《康熙詞譜》以稼軒此調「其體頗近散文」，亦應是從過片文脈處理上所作的判定。

與稼軒約略同時期的張孝祥（1132-1169）亦有類似作法，請看下面引詞：

長淮望斷，關塞莽然平。征塵暗，霜風勁，悄邊聲。黯銷凝。追想當年事，殆天數，非人力，洙泗上，弦歌地，亦羶腥。隔水氈鄉，落日牛羊下，區脫縱橫。看名王宵獵，騎火一川明。笳鼓悲鳴。遣人驚。　念腰間

---

[46] 辛更儒編：《辛棄疾資料彙編》（北京：中華書局，2007 年），頁 109-110。

箭，匣中劍，空埃蠹，竟何成。時易失，心徒壯，歲將零。渺神京。干羽方懷遠，靜烽燧，且休兵。冠蓋使，紛馳騖，若為情。聞道中原遺老，常南望、羽葆霓旌。使行人到此，忠憤氣填膺。有淚如傾。（張孝祥《六州歌頭》）[47]

本詞作於宋孝宗隆興二年（1164）。主戰派的張浚於隆興元年（1163）北伐兵敗，朝廷上下議和之說再起。張浚召集抗金義士於建康，擬上書孝宗，反對議和。《白雨齋詞話》引《朝野遺記》載：「安國在建康留守席中賦此。歌闋，魏公（張浚）為罷席而入。」[48]詞作上片寫徽、欽二帝被俘的國仇家恨以及國土淪陷後由絃歌之地頓成一片腥羶荒涼之所的憤慨，下片轉入陳述自身報國之志的堅定以及反對議和的激昂情緒。詞人採取了和稼軒相同的抒情路徑，以遞進的敘述語脈陳述個人意志，打破了上下片的結構。

又如白石次韻稼軒的作品。請見下面詞例：

雲欲歸歟，縱垂天曳曳，終返衡廬。揚州十年一夢，俯仰差殊。秦碑越殿，悔舊遊作計全疏。分付與、高懷老尹，管弦絲竹寧無。　知公愛山入剗，若南尋李白，問訊何如。年年雁飛波上，愁亦關予。臨皋領客，向月邊、攜酒攜鱸。今但借、秋風一榻，公歌我亦能書。（姜夔《漢宮春·次韻稼軒秋風亭》）

雲隔迷樓，苔封很石，人向何處。數騎秋煙，一篙寒汐，千古空來去。使君心在，蒼崖綠嶂，苦被北門留住。有尊中酒差可飲，大旗盡繡熊虎。　前身諸葛，來遊此地，數語便酬三顧。樓外冥冥，江皋隱隱，認得征西路。中原生聚，神京耆老，南望長淮金鼓。問當時、依依種柳，至今在否。（姜夔《永遇樂·次稼軒北固樓詞韻》）[49]

---

[47] 張孝祥著，宛敏灝箋校：《張孝祥詞箋校》（合肥：黃山書社，1993 年），頁 1。

[48] 陳廷焯著，屈興國校注：《白雨齋詞話足本校注》（濟南：齊魯書社，1983 年），頁 590。

[49] 姜夔著，夏承燾箋校：《姜白石詞編年箋校》，頁 86、91。

以上兩闋詞大都作於孝宗嘉泰三年到四年（1203-1204），當時辛棄疾任紹興知府兼浙東路安撫使，白石亦居紹興。

首闋以稼軒「故人書報。莫因循、忘卻蓴鱸」原詞所抒發的歸隱之志為線索。上片「分付與、高懷老尹」，流露白石自身對稼軒的傾慕，將人間高雅樂事托與稼軒發抒。換頭延續上片末段，以李白訪剡山、東坡遊赤壁之事典比擬稼軒之風雅情懷，暗喻三人才氣之相似，最後歸結於酬唱之樂。末闋上片開頭即以位處鎮江的「迷樓」與「很石」扣緊與北固樓相關的歷史陳跡，化用「裴度」、「桓溫」之典激勵稼軒閒居二十年後重新為國所用，並強調此次鎮守鎮江的重要性以及稼軒統御下的士兵勇猛可欽。下片用諸葛亮西取益州與桓溫北征苻秦之典故，既是讚美稼軒謀略擘畫之才幹，亦指出北伐為當時南宋人殷殷所望之事。最後針對稼軒原詞「廉頗老矣，尚能飯否」之疑問給予了「問當時、依依種柳，至今在否」的勉勵之語。由於次韻詞須切合原詞題材與用韻，此處白石次韻詞所使用的典故大多貼合辛詞原作，與古今興亡及征戰北伐相關；雖然不同於稼軒驅遣典故橫貫過片，但兩闋詞的過片語意皆延續了上片的敘述脈絡，未見抒情自我的表露或情意收束。

另一類常見線性結構的作品，是南宋當時常見的酬酢祝壽或是自壽等題材。下面試看一闋劉克莊（1187-1269）的自壽詞：

> 小孫盤問翁翁，今朝怎不陳弧矣。翁道暮年唯隻眼，不比六根全底。常日談玄，餘齡守黑，赤睢從何起。鬢須雪白，可堪委頓如此。　心知病有根苗，短檠吹了，世界朦朧裡。縱有金篦能去臀，不敢復囊螢矣。但願從今，疾行如鹿，更細書如蟻。都無用處，留他教傳麟史。（劉克莊《念奴嬌·丁卯生朝》）[50]

此為劉克莊晚年自壽之作。以孫兒天真的提問開篇，接著以自答的方式自述晚年眼疾造成的生活不便；上片以自身因眼疾而委頓作結，下片則猜測眼疾至此的原

---

[50] 劉克莊著，錢仲聯箋注：《後村詞箋注》（上海：上海古籍出版社，1980 年），頁 201-202。

因。即便有金篦能去除眼翳，詞人也不敢再像從前一般囊螢夜讀，耗損視力。最後以祈願身強體健，始能擔負傳史的責任為總結。全詞以「眼疾」為書寫動機，直述詞人當下心境；過片換頭的文意轉折或延伸的功能同樣不明顯，上下片亦不構成獨立的敘事環節。

接著再看另一闋李曾伯（1198-1275?）[51] 的祝壽詞：

> 有擎天一柱，殿角西頭，手扶宗祐。萬里魚鳧，倚金城山立。亭障驚沙，氈裘卷地，倏度黃龍磧。玉帳從容，招搖才指，頓清邊色。　見說中天，翠華南渡，一捷金平，膽寒西賊。帝錫公侯，更高逾前績。箕尾輝騰，昂街芒斂，看清平天日。周衰歸來，鳳池麟閣，雙鬢猶黑。（李曾伯《醉蓬萊‧丁亥壽蜀帥》）[52]

本詞為南宋理宗寶慶三年（1227）李曾伯為當時的四川制置史鄭損（生卒年不詳）所作的壽詞。[53] 全詞由鄭損的風姿神態到指揮若定、運籌帷幄的風度起筆，從上片末段詞組的「玉帳從容，招搖才指，頓清邊色」到過片的「見說中天，翠華南渡，一捷金平，膽寒西賊」，極力讚揚鄭損軍事謀略才幹的卓越。最後期許將帥能夠一掃外賊，恢復河山本色。全詞以祝賀語氣讚揚將領從容若定的神態以及謀略襟抱，過片「見說中天」以下，亦是延續上片「玉帳從容」的描寫，帶出詞人對長官鄭損未來能夠順勢取得勝績的祝願。

---

[51] 李曾伯，字長孺，號可齋，曾任四川宣撫使、湖南安撫大使等職，為南宋晚期經營西南邊境頗有事功的文人之一。

[52] 唐圭璋編：《全宋詞》（北京：中華書局，1998年），頁 2788。

[53] 李曾伯壽蜀帥的詞共有兩首，分別是《醉蓬萊‧乙酉（1225）壽蜀帥》與《醉蓬萊‧丁亥（1227）壽蜀帥》，當時的四川制置使為鄭損。《宋史》載：「（寶慶三年）十二月己酉，日旁有氣如珥。壬申，發廩振贍京城細民。大元兵破關外諸隘，四川制置鄭損棄三關。」南宋因鄭損棄守三關而失去了四川一帶的關外領地，造成南宋西南邊防大傷。脫脫等著：《宋史》（北京：中華書局，1985年），卷41，《本紀》，頁790。關於南宋制置使的相關整理，可參照雷家聖：《南宋四川總領所地位的演變——以總領所與宣撫司、制置司的關係為中心》，《臺灣師大歷史學報》，2009年第41期，頁58-66。

誠如前述，這一類線性結構多出現於豪放派詞人的作品。[54] 絕大多數的詞作內容也與隱括古文、戰爭北伐、祝壽酬酢，以及對當下政治情境的憤懣不平等主題相關。究其原因，大抵是這一類的作品通常為個人激越昂揚的情感的直接呈現，或是堆疊典故，以稱頌讚美對方的功績人品的作法為主；抒情的直截性，或是文氣的連貫要求大於鋪陳迴旋、巧致點染的抒情安排，自然不適宜回環往復的抒情手法。此外，由於宋代道教盛行，文人與道士往來之風亦盛。為傳道之需要，道士們亦有不少以長調寫作丹藥煉製與求道修仙過程的作品。這一類作品也多以敘述道家義理為本，亦不重視過片。因此，過片換頭的收束特徵或是同心結構自然也在這一類作品中受到弱化。向來討論「以文為詞」大多以氣勢強弱、詞徑寬窄與詞境明暢與否作為區分標準。[55] 誠然，這些說法確實反映了「以文為詞」作品的共通特徵。但如果我們更進一步從詞調擇選與過片換頭的差異性來看，「以文為詞」事實上是奠基於詞人緣情擇調的主觀意識，而不僅是單純的文體越界或混用。當詞人決定了書寫的主題，選擇特定詞調的當下即決定了長調的抒情模式。相較於北宋以來已經臻至成熟的環狀結構而言，線性的直述結構可以說是長調發展至南宋以後，隨著題材的擴大以及文體間的交互影響之下所逐漸明確的新抒情模式。前面提到的《賀新郎》、《醉蓬萊》與《滿江紅》等詞調亦為詞人提供了這一類的線性敘事的抒情可能，遂而成為南宋時人，尤其是豪放詞人所常擇選的詞調。

## ◎ 結論

　　本文由詞調過片類型著眼，探討長調「過片」的結構特點與抒情類型。過片雖然不是長調所獨有，但其間架與過渡的功能在長調中尤為特出。就過片範圍而

---

[54] 值得一提的是，此種線性結構亦可見於道家方士的詞作。如夏元鼎（約 1201 前後在世）《水調歌頭》（採取鉛須密）、《水調歌頭》（要識刀圭訣），以及《沁園春》（大道無名）等談丹鼎道法之作。又葛長庚（1194-?）亦有《水調歌頭》（土釜溫溫火）、《沁園春》（要做神仙）等詞作。然而這一類詞作的內容多為論道修仙與煉丹長生，創作動機亦是為了記錄煉丹過程或推廣道教修身義理，幾與抒情無涉，而可以視為抒情美典的逸出。全詞分見於唐圭璋：《全宋詞》，頁 2710、2709、2587 及 2564。

[55] 關於「以文為詞」以及辛派詞人的相關研究，可參見簡秀娟：《辛派詞人「以文為詞」之研究》，桃園：中央大學中國文學研究所碩士論文，1994 年。

言，宋代的過片定義係指向下片開頭的詞組段落或韻段。至明清之時，由於音樂散失，論者多以文意連續與否為劃分過片的標準。雖然仍有部分詞評延續了宋人之說法，但多數已改稱「換頭」；部分詞論或是注解甚至將過片範圍擴張解釋到上片結尾。

其次，關於過片的結構類型，從過片情感收束性的有無，我們可以分成環狀結構與線性結構兩類。示意圖如下：

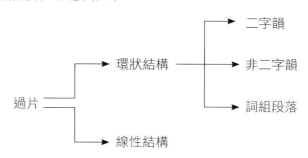

環狀結構係指詞體的上下兩片各為一獨立的抒情語意結構的同時，亦呼應了共同的抒情本旨；其中的過片處或對上片進行情感的凝定、整合或收束，或是利用共同的情感元素轉折延展，達成一種迴盪吞吐、跌宕頓挫的美感。這一類的組織型態為婉約詞人所好用，是長調中最常見的抒情配置。此種結構又可分為兩類。第一類是詞的上下片語意各自完足以外，上片的末段以及下片的換頭處常以情感收束的方式呈現。利用過片兩字句或是單句的形態重整情感，使上下片文意扣合得更為緊湊綿密。第二類係指全詞雖然圍繞著一個抒情中心展開，但上下兩片各自獨立，形成了一個完整的情感表述段落，呼應全詞的抒情意旨。高友工所謂同心結構的抒情模式即屬於此。

另一類線性結構為長調發展至南宋以後逐漸成熟的表述型態，是以辛棄疾、陳亮、劉克莊一派的豪放詞人以及道家方士為代表，主題多與戰爭北伐、酬酢祝壽與講經論道等內容相關。受到「以文為詞」風氣的影響，線性結構的鋪陳猶如短文試作，即使仍有一中心詞旨存在，上下分片的界限已被淡化，致使過片處並不全然等同於抒情自我的顯現處。線性結構一以貫之的敘事文脈可以說是長調發展至南宋以後，為迎合不同的製作場域與抒情情境的需要所發展而成的新抒情樣態。這一類的詞調也因為詞人的嘗試與擴充，產生了新的抒情可能。

總之，過片的抒情樣態取決於詞調結構。無論是收束情韻或是轉折文脈，詞

意的接續與延展始終是詞人考量的要點。過片的型態影響了詞人抒情自我的表出方式，藉由對過片字數節奏的調整及語言的運用，語意得以相互補充對照與層深擴展，詞人個體的抒情思索與諸種情緒反應亦得以相互連結、對應與互補，迭宕出更深微而含蘊深厚的美感，是長調特殊的情感表現方式之一。

（作者為臺灣中興大學中國文學系助理教授，本文原載《人文中國學報》2019 年第 29 期）

# 《群書治要》選編《墨子》的意蘊：從初期墨學的解讀談起

——

張瑞麟

## ◎ 一、前言

　　意義，因詮釋而開展，也因詮釋而限縮。以墨子而言，孟子説：「天下之言，不歸楊，則歸墨。」[1]《韓非子》：「世之顯學，儒、墨也。儒之所至，孔丘也。墨之所至，墨翟也。」[2] 顯見，墨子學説曾經大行於世。然而，在漢代之後，孔墨、儒墨並稱的現象或許依舊可見，但是墨子學説的傳承與精神的發揚，卻難覓其蹤。[3] 後人對墨學的評價與定位，總是透過批判者的視角，其中孟子的影響尤其巨大，他説：「墨子兼愛，摩頂放踵利天下，為之。」[4] 又説：「楊氏為我，是無君也；墨氏兼愛，是無父也。無父無君，是禽獸也。」[5] 到了宋代，儒學的思維有了質的跳躍式開展，卻仍是延續著孟子的視角來評判墨子。這現象是有趣的，因為兩種失衡的學術發展，儒學一方不斷地開展，卻總是批判著原始的墨學，究竟是墨學初起就擁有巨大的吸引力？還是，墨學有著潛在的發展脈絡？

　　韓愈曾經提出一個引起廣泛討論的説法：「孔子必用墨子，墨子必用孔子；不相用，不足為孔墨。」[6] 其中令人關心的是：為什麼韓愈會突然提出一個很不一樣的説法？是務去陳言使然嗎？或者是有未被看見的學術發展環節？

　　與《墨子》的境遇近似，魏徵等人所編撰的《群書治要》，在貞觀五年（631）成書之後，即不見廣泛傳播與影響，最終竟消失在中土。是《群書治要》缺乏價值與意義？但唐太宗曾評價説：「覽所撰書，博而且要，見所未見，聞所未聞，

---

[1] 何晏等注，邢昺疏：《論語注疏》，阮元校勘：《十三經注疏》（臺北：藝文印書館，1993 年），冊 8，頁 117。

[2] 王先慎著，鍾哲點校：《韓非子集解》（北京：中華書局，2011 年），頁 456。

[3] 《中國墨學通史》呈現了墨學在各代的發展狀態。鄭杰文：《中國墨學通史》（北京：人民出版社，2006 年）。

[4] 何晏等注，邢昺疏：《論語注疏》，阮元校勘：《十三經注疏》，冊 8，頁 239。

[5] 同上，頁 117。

[6] 韓愈著，馬其昶校注：《讀墨子》，《韓昌黎文集校注》（上海：上海古籍出版社，1998 年），頁 40。

使朕致治稽古，臨事不惑。其為勞也，不亦大哉！」[7] 同時，從流傳至日本並獲得的推崇與重視，可知《群書治要》必有深刻意蘊。[8] 其實，在「絕學」現象底下有著錯綜複雜的不確定因素，令人難以捉摸，因此聚焦在作品的內涵，當較具意義。

《群書治要》選錄了六十八部著作，其中就包含了《墨子》。[9] 從截錄的內容來看，《群書治要》將《墨子》的九個篇章內容，串接成七個篇章，分別是：《所染》、《法儀》、《七患》、《辭過》、《尚賢》、《非命》、《貴義》。換言之，《群書治要·墨子》可能在編選的過程中被賦予了新意，提供了解讀當時文化關懷的途徑。因此，本文欲透過對《群書治要·墨子》的掌握，處理兩個問題，一個是關於墨學的詮釋，呈現屬於唐代墨子學說的接受狀態，希望跳脫孟子與宋人的理解框架；另一個是關於如何看待《群書治要》的問題，期盼透過選錄《墨子》的解讀，開啟一個由思想層面掌握《群書治要》的可能性。

為了達到研究的目的，本文將採兩部分來處理。首先，為了掌握《墨子》到《群書治要·墨子》的轉變，重新審視並建構理解的脈絡是有必要的，故先呈現《墨子》的思維架構。其次，梳理《群書治要·墨子》，同時為了闡述其中的變化，將藉由《群書治要》的整體架構以及《貞觀政要》所提供的重要文獻，作為解讀的依據。期盼藉由這樣的探究，不僅得以看見墨學隨著時代產生的轉變，並且能夠透過《群書治要》的融攝傳統、開啟新意而得到啟發。

## ◎ 二、初期墨學的解讀 [10]

墨子繼孔子而起，雖時代相近而所思不同，然因學術的傳承、學說的撰述、體系的呈現、接受的偏差等問題，致使後人在詮釋解讀上產生分歧。如《淮

---

[7] 劉肅：《大唐新語》（北京：中華書局，1997年），頁133。

[8] 關於《群書治要》在日本的傳播，參閱金光一：《〈群書治要〉研究》，上海：復旦大學中國古代文學學科專業博士論文，2010年。

[9] 關於選錄典籍的數量，各家說法有異，本文取六十八部之說。詳見林朝成、張瑞麟：《教學研究計畫——以〈群書治要〉為對象》，臺南：成功大學中文系，2018年，頁11-13。

[10] 錢穆以「初期墨學」指稱墨子時代的學說，以與後來的墨學發展做區隔。本文取用此說。見錢穆：《墨子》，《錢賓四先生全集》（臺北：聯經出版事業股份有限公司，1998年），冊6，頁31。

南子》：「孔墨之弟子，皆以仁義之術教導於世，然而不免於偏。」[11]《韓非子》：「孔子、墨子俱道堯、舜，而取捨不同，皆自謂真堯、舜；堯、舜不復生，將誰使定儒、墨之誠乎？」[12] 孔子與墨子同是推行「仁義」，但取捨不同、想法有別，故有儒墨之分。《韓非子》：「孔、墨之後，儒分為八，墨離為三，取捨相反不同，而皆自謂真孔、墨。」[13] 可見不僅存在儒墨難分的問題，更含有學派文化精神的真偽問題。時至宋代，作為學術思維普遍化的科舉考試，其中策問的內容有：

> 孟子拒楊墨，荀子亦非墨子，揚子又曰「楊墨塞路」，以三子之言，墨子果有悖於聖人之道而不可用也。韓退之云：「孔子必用墨子，墨子必用孔子，不相用，不足為孔墨。」觀其說，墨子又若無悖於聖人之道而果可用也。……孔墨同，三子唱言而深拒之，何哉？其道誠異，退之又何取之而不畏後人也？四子者皆聖人之徒，然其所尚之異如是，得無說哉？[14]

儒學到了宋代，有了突破性的發展，自有其相應的關懷與嶄新的詮釋，但此刻蔡襄的提問，正反映出截至當時所形成的理解樣貌。策問中，雖僅扼要地標舉孟子、荀子、揚雄與韓愈取捨的差異，然已顯示兩層含意，一為四人皆是聖人之徒，為何會有不同的判斷；二為具有真知灼見的孟子、荀子與揚雄，在孔墨並稱之世，深拒墨子，而傳承道統的韓愈，在孔墨異流之際，倡言相用之說，充分凸顯出歷來孔墨學說的解讀問題。究竟如何把握墨子學說較為適當？本文嘗試建構之。

（一）《墨子》與墨學

自清代乾隆、嘉慶後，八十五年間，整理墨學的著作有十五種之多，構成了戰國以後第一個興盛的局面，道光元年（1821）至宣統三年（1911），九十一

---

[11] 何寧：《淮南子集釋》（北京：中華書局，2016 年），頁 148。

[12] 王先慎著，鍾哲點校：《韓非子集解》，頁 457。

[13] 同上。

[14]〈策問一〉，蔡襄：《蔡忠惠集》，曾棗莊、劉琳主編：《全宋文》（上海：上海辭書出版社，2006 年），冊47，卷 30，頁 153-154。

年間又產生了三十七種著作，是墨學整理的高潮期。奠基於文本的完善，梁啟超《子墨子學說》開啟了全面而系統的墨學義理研究。[15] 憑藉著文本與義理的研究成果進入墨子的思想世界，窺探其精神與內涵，已不再艱困。

1、《墨子》的篇章

根據錢穆《墨子事蹟年表》，墨子一生約在周敬王四十一年（前 479）至安王二十一年（前 381）之間。[16] 是接續孔子之後、孟子之前，在戰國時期有著巨大影響力的思想家。欲了解墨子的思想，自然要從他的著作入手，不過今傳《墨子》，不僅不是墨子所寫，並且在流傳中散佚了一些篇章。根據《漢書·藝文志》的記載，當有七十一篇，而《隋書·經籍志》以下，則指為十五卷。[17] 今本卷數與《隋書·經籍志》相符，但篇數僅有五十三篇，所差十八篇，其中八篇尚存篇目，餘則連篇目亦闕。[18]

由於五十三篇非出自墨子之手，自然需要辨析哪些內容具有論述效力。梁啟超說：「現存五十三篇，胡適把他分為五組，分得甚好。」[19] 確實，往後對於《墨子》篇章的討論，大體並未跳脫出胡適所歸類的架構，如梁啟超、錢穆、方授楚等人即予採用，而類似蔡尚思分為六部分，陳問梅分為七組，也只是微有不同。[20] 因此，本文的討論亦採用胡適的分組架構。[21] 詳細梳理如下：

（1）第一組，包含《親士》、《修身》、《所染》、《法儀》、《七患》、《辭過》、《三辯》七篇。前三篇，胡適、梁啟超與錢穆，都判定非墨家言，不足為據；後四篇，三人見解互有異同。依據篇章內容與旨意，《法儀》確實如梁氏、錢氏辨

---

[15] 清代《墨子》的刊刻與整理，以及清代墨學的義理研究，可參鄭杰文：《中國墨學通史》，頁 306-322、329-343。

[16] 錢穆：《墨子》，《錢賓四先生全集》，冊 6，頁 12-17。馮友蘭亦覺錢表較貼近事實，見馮友蘭：《中國哲學史》（北京：中華書局，1961 年），頁 107。

[17] 班固：《漢書》（北京：中華書局，1964 年），頁 1738。魏徵、令狐德棻：《隋書》（北京：中華書局，1982 年），頁 1005。脫脫：《宋史》（北京：中華書局，1977 年），頁 5203。

[18] 本文所用墨子文獻依吳毓江著，孫啟治點校：《墨子校注》（北京：中華書局，2017 年）。避免注解繁雜，此後引用此書，將逕於文後標註頁數。

[19] 梁啟超：《墨子學案》（上海：商務印書館，1923 年），頁 13。

[20] 諸家說法，詳見陳問梅：《墨學之省察》（臺北：臺灣學生書局，1988 年），頁 26-43。蔡尚思：《蔡尚思論墨子》，蔡尚思主編：《十家論墨》（上海：上海人民出版社，2004 年），頁 310-311。

[21] 胡適：《中國哲學史大綱》（臺北：臺灣商務印書館，2016 年），頁 158-159。

析，為「墨學概要」，深具重要性，其餘三篇則只是略存墨家之議論而已。[22]

（2）第二組，包含《尚賢》、《尚同》、《兼愛》、《非攻》、《節用》、《節葬》、《天志》、《明鬼》、《非樂》、《非命》、《非儒》等二十四篇，誠如錢穆所說：「我想這一組的二十四篇文字，都出後人追述，在沒有更可靠的證據以前，我們暫可一例對待，不必提出某幾篇來歧視他們。」[23] 從內容存在的緊密連結看，這些篇章確實是掌握墨子思想的重要憑藉。

（3）第三組，包含《經》上下、《經說》上下、《大取》、《小取》六篇，雖然錢穆提出《墨經》乃專為「兼愛」學說辯護，但精神已異於初期墨家，胡適即將之歸屬於「別墨」。[24] 因此，本文暫不討論。

（4）第四組，包含《耕柱》、《貴義》、《公孟》、《魯問》、《公輸》五篇，諸家說法，大體近似，視如《論語》，乃掌握墨子言行的重要資料。

（5）第五組，自《備城門》至《襍守》共十一篇，是「專言守禦的兵法」，[25] 與文化思想的聯繫較為疏遠，故略而不論。

綜上所述，本文將以第二組與第四組的篇章內容為主要論據，並以第一組的《法儀》、《七患》、《辭過》及《三辯》為輔助資料，展開意義的建構與詮釋。

2、墨學的核心觀念與思維系統

雖然渡邊秀方指出墨子的論說具有首尾一貫的論文形式，已不同於其前之欠缺系統、組織的樣貌，但是對於鮮明的十個觀點的把握，學者依舊意見分歧，各

---

[22] 梁啟超：《墨子學案》，頁 13。錢穆：《墨子》，《錢賓四先生全集》，冊 6，頁 20。徐復觀則認為：「由《親士》到《非儒》，依然可以代表《墨子》的基本思想。」見徐復觀：《中國人性論史：先秦篇》（臺北：臺灣商務印書館，2018 年），頁 315。

[23] 錢穆：《墨子》，《錢賓四先生全集》，冊 6，頁 21。

[24] 錢穆：《墨子》，《錢賓四先生全集》，冊 6，頁 26。胡適：《中國哲學史大綱》，頁 158-159。關於《墨經》的判定，有學者主張墨翟自著，然仍僅以莊子與魯勝之說為主要憑藉，尚需新證來支撐論點。見：嚴靈峰：《墨子簡編》（臺北：臺灣商務印書館，1995 年），頁 4-21；詹劍峰：《墨子及墨家研究》（武漢：華中師範大學出版社，2007 年），頁 226-241；《墨經真偽考》，李漁叔：《墨辯新注》（臺北：臺灣商務印書館，1968 年），頁 1-24；王讚源：《墨子》（臺北：東大圖書股份有限公司，1996 年），頁 20-31。

[25] 錢穆：《墨子》，《錢賓四先生全集》，冊 6，頁 30。

有所得，足知尚有未發之覆。[26] 為便於討論，試舉其要：

（1）梁啟超（1873-1929）認為墨子思想的總根源是「革除舊社會，改造新社會」，所以墨子創教的動機，直可謂因反抗儒教而起。至於墨學的十條綱領，「其實只從一個根本觀念出來，就是兼愛」。[27]

（2）胡適（1891-1962）認為墨子的根本觀念，在於「人生行為上的應用」，所以在哲學史上的重要性就在於他的「應用主義」，而兼愛、非攻等，就是此觀念的應用，甚至可說是「墨教」的「教條」。[28]

（3）渡邊秀方認為墨學有見於周代形式文明的積弊和貴族世襲的政治，以打破形式、打破階級、打破私利私慾為標的，根本於宗教信念的思想，稱天意、天道以樹立學說，而促進社會革命的實現。[29]

（4）馮友蘭（1895-1990）認為墨子的學說是就平民的觀點，反貴族而因及貴族所依的周制，孔子與儒家的各種理論也就在反對之列，而貫穿十項思想形成系統的根本在「功」、「利」，所以是功利主義的哲學。[30]

（5）錢穆（1895-1990）認為「兼愛主義」與「尚賢主義」是墨子學說中堅的兩大幹，分別要打倒貴族階級在政治與生活上的特殊地位，所以思想泉源是「反貴族」。後人誤認根本觀念只有「兼愛」，或者是帶有深厚宗教性，皆非見骨之論。[31]

（6）蔡尚思（1905-2008）認為墨子思想體系是以「兼愛」、「非命」為中心，兩者關係密切，一在打破血統觀念，一在打破宿命觀念，呈現出「打破先天決定

[26]〔日〕渡邊秀方著，劉侃元譯：《中國哲學史概論》（臺北：臺灣商務印書館，1979 年），頁 137。蔡尚思羅列了十五種關於墨子中心思想的說法，詳見蔡尚思：《蔡尚思論墨子》，蔡尚思主編：《十家論墨》，頁 311-316。

[27] 梁啟超：《墨子學案》，頁 4-10、15-27。

[28] 胡適：《中國哲學史大綱》，頁 177-186。

[29]〔日〕渡邊秀方著，劉侃元譯：《中國哲學史概論》，頁 135-136。

[30] 馮友蘭先後有三部作品討論墨子，內容略有差異，但基調未變。詳見馮友蘭：《中國哲學史》，頁 110、115-136；《中國哲學簡史：插圖珍藏本》（北京：新世界出版社，2004 年），頁 45；《中國哲學史新編》（北京：人民出版社，2001 年），頁 229-233。

[31] 錢穆：《墨子》，《錢賓四先生全集》，冊 6，頁 31-36。

「一切」的思維。[32]

（7）徐復觀（1904-1982）認為墨子的思想是以「兼愛」為中心，然後透過「兼愛」與「非攻」等各觀點的連繫而具有結構。[33]

（8）張岱年（1909-2004）認為墨子提出的十個主義，合為五聯，共成一個整齊的形式系統，兩個卓異的觀點為全系統的根荄：一，是制度設立應以人民大利為鵠的；二，是道德原則應以全體人民為範圍。[34]

（9）勞思光（1927-2012）認為墨子思想並非基於反貴族，而是以「興天下之利」為中心，此「利」是指社會利益而言，所以基源問題是：「如何改善社會生活？」這是墨子學說的第一主脈——功利主義。第二主脈，是建立社會秩序上的權威主義。兩條主脈，彙聚於「兼愛」。[35]

（10）方授楚認為墨子學說的十一目（納入「非儒」），是用以打破當時政治社會的現狀而有所建立，所以可劃分為積極與消極、立與破兩面。至於以「兼愛」為根本觀念，是依邏輯上的體系，若據事實上的體系，當是「非攻」。不過，在談墨子的根本精神時，則又指「平等」為根本思想或思想特點。[36]

（11）陳問梅認為墨學的十個觀念，都是針對周文罷敝後當時現實的弊病，而「天之意志」是十個觀念之根本觀念，「義」又是天之所以為天的本質與全幅內容，因此「義」就是體，十個觀念就是系。「義」即是「利」，所以實在於「利天下的精神」。[37]

（12）蔡仁厚指出墨學的中心觀念應該是「兼愛」，不過兼愛乃根據「天之意志」而來，故「天志」才是墨學的最高價值規範。因此，墨學的理論構造，當是以「天志」為垂直的縱貫，以「兼愛」為橫面的聯繫。至於天之意志的內容，根本上就是一個「義」，而義即是公的、他的、客觀的「利」，所以墨子的根本

[32] 蔡尚思：《蔡尚思論墨子》，蔡尚思主編：《十家論墨》，頁 316-327。

[33] 徐復觀：《中國人性論史‧先秦篇》，頁 318-319。

[34] 張岱年的兩個根源說，實是發明《序論》中的說法：「墨子最重功利，以求國家人民之大利為宗旨。」詳見張岱年：《中國哲學大綱》（南京：江蘇教育出版社，2005 年），頁 12、538。

[35] 勞思光：《新編中國哲學史（一）》（臺北：三民書局，1993 年），頁 290-306。

[36] 方授楚：《墨學源流》（臺北：臺灣中華書局，1979 年），頁 74-76、107-113。

[37] 陳問梅：《墨學之省察》，頁 X-XI、70-99。

精神是「絕對利他的義道」。[38]

（13）唐君毅（1909-1978）的角度是特別的，他說：

> 關於墨子之教之核心，畢竟在兼愛或天志？世之治墨學者，多有爭
> 論。人又或以墨子之教之核心在重利。然依吾人上之所言，則墨子之教之核
> 心，在其重理智心。重理智心而知慮依類以行，將人之愛心，一往直推，則
> 必歸於平等的周愛天下萬世之兼愛之教。[39]

之所以將唐君毅的說法放在最後呈現，主要有兩個原因：其一，是唐君毅明確指
出了治墨學者在掌握墨子思想核心時，普遍聚焦的觀點，有總結的效果；其二，
是「理智心」的提出，迥異於他人黏著於墨子所提出的觀點，展現出更為深遠的
識見與把握。

以上費勁地展示各家的說法，除了凸顯把握中心觀點的差異外，意在彰顯彼
此解讀的分歧。例如：辨析中心觀念，直接挑取墨子十觀點的就有「兼愛」、「天
志」、「非命」、「非攻」、「尚賢」等不同；延伸而加以思索的亦有「利」、「打破
限制」、「反貴族」、「理智心」等分別。至於觀點意涵的闡釋，如對「利」的解
讀，各家精彩盡現，尤其再與其他觀點聯繫，更顯多種面貌。雖然，解讀時必然
帶有立場、目的與視角，造成詮釋的局限，但多元的詮釋與把握，實足以刺激、
開發新見，自是使學術具有生命、文化得以延展的關鍵。本文嘗試借鑑諸家所
得，重新建構一個理解的模式，以期拓展理解墨學的視野。

（二）從賢者展開的思考

當《墨子》的內容，並非墨子所親撰，想藉此還原墨子思想而謂之真墨，必
是困難的。本文嘗試以「開發」替代「還原」，透過同情的理解體貼墨子相關的
思維，提出從「賢者」出發的詮釋模式，挖掘可貴的內涵。

1、核心觀點之關聯

為清楚說明本文所理解與建構下的墨學思想，先將主要觀點及其關聯繪製成

---

[38] 蔡仁厚：《墨家哲學》（臺北：東大圖書股份有限公司，1983 年），頁 66-73。

[39] 唐君毅：《中國哲學原論·導論篇》（臺北：臺灣學生書局，1993 年），頁 116-117。

下圖：

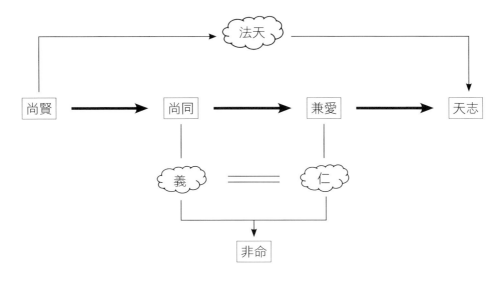

一反天上人下的慣性認知，關係圖改以橫置呈現，因為天雖具崇高地位，但天的視野亦屬人的理想，實質內涵有待於人去填補，故作如是安排。就各個觀點而言，「賢者」是價值實踐的主體，「尚賢」即為論述的基礎，故將之置於意味始點的最左側；「天志」代表最高的理想型態，所以將之置於終端的最右側；「尚同」與「兼愛」，終歸向「天志」，故置於兩者之間。至於賢者與天之間的關聯，可以用「法天」適切詮釋，故畫線將其標示。此外，「尚同」實為「義」的建構，「兼愛」實即「仁」的闡發，二者又是一體之兩面，同樣展現出反宿命的人文精神，故標示如上。

2、思想內涵與意義

孔子面對「周文疲弊」的局面，以仁義重新賦予禮樂價值與意義，關鍵即在於回到「人」的反省與自覺。墨子隨後而來，對於已開啟之人文精神的走向，必然無法漠視。因此，嘗試同樣以「人」的角度來切入，組織墨子所建構的理想人格，應是合理且適切的。[40]

---

[40] 牟宗三認為諸子所面對的問題就是「周文疲弊」。雖然在肯定儒家時，指出墨子否定周文的態度，並引述唐君毅說法，將其定位為次人文或不及人文。這個觀點或可再斟酌。詳見牟宗三：《中國哲學十九講：中國哲學之簡述及其所涵蘊之問題》（臺北：臺灣學生書局，1995 年），頁 60-64。

## A. 尚賢：從人開始思考

時代環境的問題，必然左右思想的呈現，但是思想的內涵與精神，在多元呈現中可能隱含著內在的發展脈絡。從春秋進入戰國，隨著環境的劇烈變動，舊有的思維已不足以應付新的時代課題。[41] 墨子說：

> 古者王公大人為政於國家者，皆欲國家之富，人民之眾，刑政之治。然而不得富而得貧，不得眾而得寡，不得治而得亂，則是本失其所欲，得其所惡，是其故何也？（頁 65）

在《論語》中有一則孔子回答弟子關於施政先後問題的記載：

> 子適衛，冉有僕。子曰：「庶矣哉！」冉有曰：「既庶矣。又何加焉？」曰：「富之。」曰：「既富矣，又何加焉？」曰：「教之。」[42]

相對地，孔子另有一段著名的關於貧寡、不安問題的敘述：

> 丘也聞有國有家者，不患寡而患不均，不患貧而患不安。蓋均無貧，和無寡，安無傾。夫如是，故遠人不服，則修文德以來之。既來之，則安之。[43]

孔子所講的「庶」與「寡」，即是墨子提到之人民眾寡的問題；孔子所講的「富」、「貧」，即是墨子提到之國家貧富的問題；孔子所講的「教」、「安」，近似墨子提到之刑政治亂的問題。顯然，孔子看待這些問題是有先後、輕重的差異，並提出解決的想法。不過，從墨子的表述，結合歷史的記載，可知實際上時局越顯混

---

[41] 當時社會環境的劇烈變化可參見郭沫若：《古代研究的自我批判》，《中國古代社會研究（外二種）》（石家莊：河北教育出版社，2001 年），頁 599-666。

[42] 何晏等注，邢昺疏：《論語注疏》，阮元校勘：《十三經注疏》，冊 8，頁 116。

[43] 同上，頁 146。

亂，問題更加嚴重。墨子説：

> 是在王公大人為政於國家者，不能以尚賢事能為政也。是故國有賢良
> 之士眾，則國家之治厚；賢良之士寡，則國家之治薄。故大人之務，將在於
> 眾賢而已。（頁 65）

治理的問題是複雜的，墨子也曾提出各種應對的方式，但是衡量先後、輕重、本
末，則「尚賢」才是關鍵之所在，當「賢良之士」越多，國家就能夠得到越好的
發展。其實，這道理看起來極為平凡，不過深入追究，即知並非如此。

「尚賢」可從兩個面向來説，首先，就用人而言，可以釋為「推崇賢能的
人」，旨在覓才。當時用人的條件是「骨肉之親、無故富貴、面目美好者」（頁
95），可見墨子的意見是具有鮮明的針對性，也是被解讀為「反貴族」的重要因
素。[44] 其次，就回歸自我來説，當釋為「追求成為賢者」時，是具有學習、養成
的要求，這是被多數解讀者所忽略，但卻是非常重要的面向。墨子説：

> 夫明虖天下之所以亂者，生於無政長。是故選天下之賢可者，立以
> 為天子。天子立，以其力為未足，又選擇天下之賢可者，置立之以為三
> 公。……諸侯國君既已立，以其力為未足，又選擇其國之賢可者，置立之
> 以為正長。（頁 107）

此處選立天子者誰並未明言，但依據墨子形式上的表述，即是指「天」。當天選
立了天子以掌理天下，天子即選立三公以為輔助，並選立諸侯國君以分治，諸侯
國君再選立正長以為股肱，這樣就形成了層級分明、秩序井然的治世網路。顯
然，不僅是處於低階的正長，必須成賢以待選，身為高階的國君，甚至是天子，
也必須努力學習、實踐成為賢能之人。墨子説：

---

[44] 錢穆：《墨子》，《錢賓四先生全集》，冊 6，頁 34。

然則富貴為賢以得其賞者，誰也？曰：若昔者三代聖王堯舜禹湯文武
　者是也。（頁77）

　　尚欲祖述堯舜禹湯之道，將不可以不尚賢。夫尚賢者，政之本也。
　（頁67）

「尚賢」是成就堯舜之道的根本，不僅是需要選用天下賢者，並且自身也需要努力「為賢」。

　　至於，舉國皆賢，如何區分上下？墨子說：

　　是以民皆勸其賞、畏其罰，相率而為賢。者以賢者眾而不肖者寡，此
　謂進賢。然後聖人聽其言，迹其行，察其所能而慎予官，此謂事能。故可使
　治國者，使治國，可使長官者，使長官，可使治邑者，使治邑。凡所使治國
　家、官府、邑里，此皆國之賢者也。（頁73-74）[45]

「賢」是指有德性，精神價值本不可量計以分高下，所以安置眾賢分別掌理國家、官府、邑里事務，衡量的基準就是處事的能力，也可以說是包含踐行道德所能產生影響的廣度，所謂「聽其言，迹其行」的「事能」即是，是兼具著才與德的兩面性。

　　綜上所述，根據「尚賢」具有的意涵，以及作為上自天子下至正長的普遍性要求，此觀點足為墨子思想的重心。因此，當可轉換視角，以一個墨家賢者的立場，表述出自我建構起的思想體系與精神價值。

　　B. 尚同：上下情義和合

　　作為墨家賢者，最為關注的焦點，即在於價值的思維，也就是對「義」的釐清。以下，用四部分說明。

　　i. 以義為貴

　　墨子指出：「萬事莫貴於義。」其論述的理據：「爭一言以相殺，是貴義於其

---

[45] 俞樾認為「者」字乃「是」字之誤，屬下讀。見吳毓江：《墨子校注》，頁79。

身也。」（頁 670）簡單而明白地標示出人與人之間的衝突，主要在價值觀上的爭執。墨子說：

> 古者民始生未有刑政之時，蓋其語，人異義。是以一人則一義，二人則二義，十人則十義。其人茲眾，其所謂義者亦茲眾。是以人是其義，以非人之義，故交相非也。是以內者父子兄弟作怨惡，離散不能相和合。……天下之亂，若禽獸然。（頁 107）

在墨子的想法裡，每個人都有「義」，也就是各自擁有自我的見解，處於原始社會的階段，在缺乏溝通、和合下，就會導致像禽獸一樣的相互衝突。因此，墨子認為欲由亂而治，各階層的賢者就要扮演好整合「義」的角色。墨子說：

> 明乎民之無正長以一同天下之義，而天下亂也，是故選擇天下賢良聖知辯慧之人，立以為天子，使從事乎一同天下之義。天子既已立矣，以為唯其耳目之請，不能獨一同天下之義，是故選擇天下贊閱賢良聖知辯慧之人，置以為三公，與從事乎一同天下之義。……國君既已立矣，又以為唯其耳目之請，不能一同其國之義，是故擇其國之賢者，置以為左右將軍大夫，以遠至乎鄉里之長，與從事乎一同其國之義。（頁 114-115）[46]

天子、三公、諸侯國君、正長，以及將軍大夫與鄉里之長，無不皆是「賢良聖知辯慧之人」，而諸賢為消弭動亂，所盡心從事的要務，即是整合「義」，故此理政模式又可稱為「義政」，足見「義」乃是為賢之要素。[47] 由此而言，墨子意識到理念之為人的核心價值，因而在孔子提出「義」之後深入「義」的甄別。[48]

---

[46] 畢沅云：「請」當為「情」，下同。見吳毓江：《墨子校注》，頁 120。

[47] 墨子又提出「義政」與「力政」的說法，能從事義政的為聖王，從事力政的為暴王。詳見《天志上第二十六》，吳毓江：《墨子校注》，頁 290。

[48] 《論語》中提到孔子曰：「君子義以為質，禮以行之，孫以出之，信以成之。君子哉！」透過「義」來挺立「禮」的價值，墨子再對「義」作省思，可以視為延續性的作為。何晏等注，邢昺疏：《論語注疏》，阮元校勘：《十三經注疏》，冊 8，頁 139。

## ii. 以行顯義

墨子對義的省思，是立足於深刻的時代觀照。在《墨子》中，「聖王既沒，天下失義。」（頁 258、260、330）的說法，雖僅三見，卻關鍵地指出此刻「失義」的時代困境。所謂「失義」，包括了知與行兩個面向。

首先，以知而言，墨子認為見解的矛盾，顯示世俗已無法明辨義與不義的差異。最顯著的說法，莫如：

> 今小為非，則知而非之。大為非攻國，則不知而非，從而譽之，謂之義。此可謂知義與不義之辯乎？是以知天下之君子也，辯義與不義之亂也。（頁 196）

墨子認為在小事件上大家尚能正確地區分是非善惡，但是當面對大是大非時，卻失去了原有權衡的基準。因此，批判這種小大之間態度矛盾、立場不一的人，是不明白「義」與「不義」的分別。相近的說法，尚可見於「明小物而不明大物」與「知小而不知大」等表述。諸如此類，亦可說是缺乏對義的透徹認知，自不可名之為賢。

其次，以行而言，墨子批判行不能踐知，顯示出立足於實踐的鮮明色彩。墨子說：

> 今瞽曰：「鉅者，白也。黔者，黑也。」雖明目者無以易之。兼白黑，使瞽取焉，不能知也。故我曰瞽不知白黑者，非以其名也，以其取也。今天下之君子之名仁也，雖禹湯無以易之。兼仁與不仁，而使天下之君子取焉，不能知也。故我曰天下之君子不知仁者，非以其名也，亦以其取也。（頁 672）

這是非常好的譬喻，一針見血地揭示出時移境遷下價值產生混亂與衝突的原因。墨子以區分黑白為例，對目明的人而言可謂輕而易舉，對失明的人則難如登天，但究竟具有意義的「分辨」所指為何？墨子認為關鍵不在「名」的形式層面，而是在具有成效之「取」的實踐層面。顯然，墨子突出意義存在的時空元素，透過

人的實踐掌握內在的真實，以避免名義的混淆不清。如此觀點，又可見於對「蕩口」的指責，墨子說：

> 言足以復行者，常之；不足以舉行者，勿常。不足以舉行而常之，是蕩口也。（頁 644）

「言」能落實於「行」的才有真實意義，不能付諸實踐，則只是空言妄語。近似說法，亦見於《貴義》（頁 671）。墨子對「蕩口」提出嚴厲批判，顯然徒具形式的「名」，非但多餘、無益，更會產生混淆認知、破壞實踐的負面影響。

iii. 言行以同義

賢者的要務乃在整合各自不同的「義」，配合墨子曾經表述的「今天下莫為義」（頁 670），可知墨子所謂的「義」，異於眾人之「義」。根據「尚同」的觀點，墨子確實想要泯除彼此的衝突，尋求看法的和同，然「尚同」如何可求？識者或視墨子為權威主義者，即使提出墨子是以「公義」取代「私義」來迴護，仍舊無法有效化解質疑。如何化解疑慮？回到墨子本身的論述，透過再詮釋的方式，當可突破前人有意解讀的局限。

扼要而言，墨子尚同的觀點，即是：「聞善而不善，必以告天子。天子之所是皆是之，天子之所非皆非之。去若不善言，學天子之善言；去若不善行，學天子之善行。」（頁 670）這是基於天子為聖賢，立足於善言與善行所呈現的想法，從發展的歷程而言，已屬結果的階段，所謂淪為權威主義，若關注整合的歷程，當可化解此質疑。試觀墨子對如何「同一天下之義」的回答：

> 然胡不賞使家君試用家君發憲布令其家，曰：「若見愛利家者必以告，若見惡賊家者亦必以告。若見愛利家以告，亦猶愛利家者也，上得且賞之，眾聞則譽之；若見惡賊家不以告，亦猶惡賊家者也，上得且罰之，眾聞則非之。」是以徧若家之人，皆欲得其長上之賞譽，辟其毀罰。……善人之賞而暴人之罰，則家必治矣。（頁 137）

這是以家族為例，說明成善去惡的過程。過程中，雖然採用了賞罰的手段，但是

墨子已清楚指出手段的運用，並不能讓惡成為善，因此關鍵還是在於義的內涵。從整個過程中，可以看到發憲布令之「言」，到賞善罰暴之「行」，言行相應以立義，關鍵乃在義的內涵。墨子說：

> 今王公大人之為刑政，則反此。政以為便嬖宗族、父兄故舊，立以為左右，置以為正長。民知上置正長之非正以治民也，是以皆比周隱匿，而莫肯尚同其上，是故上下不同義。若茍上下不同義，賞譽不足以勸善，而刑罰不足以沮暴。（頁 118）

當正長並非立足於善時，上下即成對立的關係，在缺乏認同下賞譽刑罰的手段將失去功效。換言之，單憑上者的想法，想要貫徹到下者，是有困難的。因此，在同義的過程中，有一個非常關鍵的環節，即是上下之情通。墨子說：

> 上之為政得下之情，則是明於民之善非也。若茍明於民之善非也，則得善人而賞之，得暴人而罰之也。善人賞而暴人罰，則國必治。……善人不賞而暴人不罰，為政若此，國眾必亂。（頁 135）

此處雖偏向於說明上之賢者在施行賞罰時，必須符合善惡之實情，然而細究此所謂善惡，並非僅是實現為上之義，應當同時符合為民之義。如墨子在論正長時所說：「萬民之所便利，而能彊從事焉，則萬民之親可得也。」（頁 117）又說：

> 故古者聖王唯而以尚同以為正長，是故上下情請為通。上有隱事遺利，下得而利之；下有蓄怨積害，上得而除之。（頁 118）

賢者透過具體的言行，取得萬民的信賴，上下之間，即在上遺下得、下害上除中，相互成就。此外，當墨子在談「尚同」的過程時，首言「家君總其家之義，以尚同於國君」（頁 137），次言「國君選其國之義，以尚同於天子」（頁 137），終言「天子又總天下之義，以尚同於天」（頁 138），不僅不是由上而下的貫徹意志，並且展現出價值觀的溝通與整合。因此，墨子的「尚同」觀念，若能在強調

同一之外，理解「尚」字具有的「追求」之意而細味其過程，則知這是一個努力「尋求認同」的「諧和之道」。**[49]**

iv. 三表以立義

透過努力的踐行以尋求認同其義的賢者，但如何確立義的內涵？雖然墨子明確提出了「義自天出」的說法，但在「天」之外，墨子又表示：「今天下之所同義者，聖王之法也。」（頁 137）順此追索，有所謂「三表」，或稱「三法」，也是確立「義自天出」的依據，是故「三表」應當才是墨子權衡「義」的實質準則。墨子說：

> 凡出言談、由文學之為道也，則不可而不先立義法。……然今天下之情偽，未可得而識也，故使言有三法。（頁 406）

簡單來說，言行必依據「義」，但如何確定義之「正」與「偽」呢？「三表」就是墨子提出的解決方式。關於「三表」的內容，墨子說：

> 有本之者，有原之者，有用之者。於何本之？上本之於古者聖王之事。於何原之？下原察百姓耳目之實。於何用之？廢以為刑政，觀其中國家百姓人民之利。此所謂言有三表也。（頁 394）

所謂「三表」，即是「本之」、「原之」與「用之」。所謂「本之」，就是以古代聖王的言行為依歸，這是墨子承繼文化的一面。值得留意的，是墨子已考量到時空的問題，不能只是單純移植、模仿而期盼獲得相同成果，所以有另外兩個調整的機制。所謂「原之」，就是透過多數人的具體感受，確認其真實性，這是客觀之理性精神的展現。所謂「用之」，就是透過具體的施行成效來做最後的檢證，其中含括了百姓的感受，這也是墨子特別重視的實踐精神，雖然學者因而有所謂「實用主義」、「應用主義」，甚至是「功利主義」的評斷，但若從「三表」的整

---

[49] 牟宗三認為層層上同，亦即「層層上下協和之意」，並不含專制極權的意思。詳見牟宗三：《墨子與墨學》，《鵝湖》，1980 年第 5 卷第 11 期，頁 5。

體性構思而言，確實為轉化傳統、融古通今的良好做法。

### C. 天志：敬以法天

關於墨子對天的定位，在天有意志的述說下，人格神的色彩，讓學者多持負面的解讀，但也有不同的聲音。該怎麼看？[50]《貴義》有記載一則事件，足資參考：

> 子墨子北之齊，遇日者。日者曰：「帝以今日殺黑龍於北方，而先生之色黑，不可以北。」子墨子不聽，遂北至淄水，不遂而反焉。日者曰：「我謂先生不可以北。」子墨子曰：「……是圍心而虛天下也，子之言不可用也。」（頁 674）

除了將日者與墨子對立呈現外，亦透過事件發展的結果，凸顯墨子的思維與立場，契合於前文所述的理性精神。順此，墨子藉由「天之意志」所展現的價值，有兩方面。首先，是擷取「敬」的精神。《魯問》記墨子以「擇務從事」回答魏越的提問，指出：「國家淫僻無禮，則語之尊天事鬼。」（頁 722）換言之，「天志」與「明鬼」的提出，一個核心的用意，就在於解決「無禮」的問題。從墨子的角度來說，其所認定的禮，本來就有別於繁飾的禮樂，而是直指本質。綜觀《天志》與《明鬼》兩篇論述，即緊扣著「敬」，如：

> 故昔也三代之聖王堯舜禹湯文武之兼愛天下也，從而利之，移其百姓之意焉，率以敬上帝山川鬼神。天以為從其所愛而愛之，從其所利而利之，於是加其賞焉，使之處上位，立為天子以法也，名之曰聖人。以此知其賞善之證。是故昔也三代之暴王桀紂幽厲之兼惡天下也，從而賊之，移其百

---

[50] 關於天的解讀，徐復觀認為：「墨子的天志，實同於周初宗教性的天命。」梁啟超認為是古代祝史的遺教，是一個人格神的天，有意慾，有感覺，有情操，有行為，不過終是實行兼愛的一種手段罷了。詳見：徐復觀：《中國人性論史‧先秦篇》，頁 313；梁啟超：《墨子學案》，頁 45-48。此外，亦有不同見解，唐君毅說：「墨子之論儒，雖非儒者之真，然墨子言天志，而闢除天之命定之說，則上承詩書所傳之宗教精神。」並提出墨子有分別天人，釐清分位的價值與意義。此說，值得重視。詳見唐君毅：《中國哲學原論‧導論篇》，頁 540-542。

姓之意焉，率以詬侮上帝山川鬼神。天以為不從其所愛而惡之，不從其所利而賊之，於是加其罰焉，使之父子離散，國家滅亡……名之曰失王。以此知其罰暴之證。（頁 314）

單純抓住賞善罰暴來看，自然充滿著神教的色彩，但是具體審視成就「聖人」與「失王」的關鍵，乃在相應於「敬」、「詬」的善惡作為。換言之，對上帝山川鬼神能夠表達敬意，即同時能展現兼愛、利人的善行，而對上帝山川鬼神呈現詬侮的不敬態度，則同時呈現賊害他人的惡行，這是間接地藉天以開顯人文價值的方式。墨子說：「故交相愛，交相恭，猶若相利也。」（頁 723）將恭敬與相愛、相利並提，亦足以顯示墨子的觀點。

其次，是「法天」所顯示的超越視野。由於對「上帝山川鬼神」的敬畏，在崇高的地位下，更設想其價值，墨子指出「鬼神之明智於聖人，猶聰耳明目之與聾瞽也。」（頁 641）比聖人展現更高的智慧，所以墨子說：

> 然則奚以為治法而可？故曰：莫若法天。天之行廣而無私，其施厚而不德，其明久而不衰，故聖王法之。既以天為法，動作有為必度於天，天之所欲則為之，天所不欲則止。（頁 29）

聖王的成就，亦是來自於法天，故「法天」乃是最根本的作法。如何「法天」呢？墨子提出「度」的方式，推測、設想天之所欲與不欲，以作為行事的依歸。此「度」，實涵蓋了自我的體會與天的視野。換言之，墨子「虛位以待」的天，提供了一個超越的視野，讓人得以提升價值的思維，所謂「兼愛」就是以此視野所展開的觀點。

### D. 兼愛：泯分別心

如同對於「義」的重新定義，關於「仁」，墨子也提出了新的見解。墨子說：

> 若大國之攻小國也，大家之亂小家也，強之劫弱，眾之暴寡，詐之謀愚，貴之敖賤，此天下之害也。又與為人君者之不惠也，臣者之不忠也，父者之不慈也，子者之不孝也，此又天下之害也。又與今人之賤人，執其兵刃

毒藥水火，以交相虧賊，此又天下之害也。（頁 172）

有三個危害天下的大問題，包括強劫弱、眾暴寡的藉勢欺人；不見君惠臣忠、父慈子孝的德行；以及底層民眾的直接惡鬥。墨子認為之所以產生這些問題的原因，即在於「別」，因為區分了彼此，故虧人利己。因此，墨子提出了「兼以易別」（頁 172）的方式。墨子説：

> 視人之國若視其國，視人之家若視其家，視人之身若視其身。是故諸侯相愛，則不野戰；家主相愛，則不相篡；人與人相愛，則不相賊；君臣相愛，則惠忠；父子相愛，則慈孝；兄弟相愛，則和調。……凡天下禍篡怨恨可使毋起者，以相愛生也，是以仁者譽之。（頁 156）

要言之，就是視人如己，在一體的關係下，就沒有彼此侵害的問題存在。至於這種相愛的觀點是如何形成的呢？墨子説：

> 今天下無大小國，皆天之邑也；人無幼長貴賤，皆天之臣也。此以莫不犓牛羊、豢犬豬，絜為酒醴粢盛，以敬事天，此不為兼而有之，兼而食之邪？天苟兼而有食之，夫奚説以不欲人之相愛相利也。（頁 29-30）

顯然，相愛相利的觀點，就是立足於「天」的視野，設想所有的國家都是天之邑，所有的人民都是天之臣，則自然不允許彼此產生侵害。順此而言，當墨子説：「仁人之事者，必務求興天下之利，除天下之害。」（頁 172）以天的視野，不僅由「天下」之大的整體思維來定義「仁」，並且個體在此刻也同時獲得平等的看待。

### E. 非命：肯定人文價值

「非命」的觀點正與「天志」意在「法天」的理性思維兩相呼應，展現出由天而人的奮鬥精神。墨子的時代，盛行「有命」的觀點，以解釋一些不可解的問題，如云：

有強執有命以説議曰：「壽夭貧富，安危治亂，固有天命，不可損益。窮達賞罰，幸否有極，人之知力，不能為焉。」（頁429）

其實僅僅擷取壽夭、貧富、安危、治亂等單一面向，給予正負評價，並嘗試在自以為是的德命關聯中找尋解釋，本就是不相應、不可解。更或衍生出命定的限制義，用來壓迫人存有的價值，墨子是非常反對的。墨子説：

昔桀之所亂，湯治之；紂之所亂，武王治之。當此之時，世不渝而民不易，上變政而民改俗。……若以此觀之，夫安危治亂存乎上之為政也，則夫豈可謂有命哉！……夫豈可以為命哉？故以為其力也。（頁416）

這是針對「安危治亂」具有命定説法的反駁。墨子透過聖王與暴王的對比，指出聖王在「世不渝而民不易」的狀態下，憑藉變政改俗的努力作為，終於成就被稱頌不已的治世。顯然，墨子突出地想肯定人為的價值，反對「被決定」的思維模式。《公孟》記述：

公孟子曰：「貧富壽夭，齰然在天，不可損益。」又曰：「君子必學。」子墨子曰：「教人學而執有命，是猶命人葆而去亓冠也。」（頁689）

墨子認為一方面強調君子應該學習，就是為了展現自我的價值，而另一方面如果又主張存在命定的限制，有如叫人包裹頭髮（為了戴帽子）卻將帽子拿走一樣，是不合理而可笑的。一則眾所熟知的例子，《公孟》紀述：

子墨子有疾，跌鼻進而問曰：「……今先生聖人也，何故有疾？意者，先生之言有不善乎？鬼神不明知乎？」子墨子曰：「雖使我有病，何遽不明？人之所得於病者多方，有得之寒暑，有得之勞苦，百門而閉一門焉，則盜何遽無從入哉。」（頁692-693）

聖人而有疾，雖然看起來是針對墨子尊天事鬼主張的質疑，不過同時也意味著貧

富壽夭不與德性關聯的命定觀點。面對如此窘境，墨子展現出同「法天」的理智思維，所謂「百門一閉」即是轉換成「天」的視角，試結合另一則記載，會有更清楚的認識，《魯問》記述：

> 子墨子出曹公子而於宋，三年而反，睹子墨子曰：「……今而以夫子之故，家厚於始也，有家厚謹祭祀鬼神。然而人徒多死，六畜不蕃，身湛於病，吾未知夫子之道之可用也。」子墨子曰：「不然，夫鬼神之所欲於人者多，欲人之處高爵祿則以讓賢也，多財則以分貧也，夫鬼神豈唯攫季拑肺之為欲哉？今子處高爵祿而不以讓賢，一不祥也；多財而不以分貧，二不祥也。今子事鬼神，唯祭而已矣，而曰：『病何自至哉？』是猶百門而閉一門焉，曰：『盜何從入？』若是而求福，於有？怪之鬼，豈可哉？」（頁722）

雖然曹公子提出不同的問題，但也是只因一個自以為是的矛盾，產生對於鬼神的質疑。反觀墨子的思維精神，不僅保持對神鬼的敬意，並且透過「法天」的視野，設想「人」該有諸多積極的作為，包括讓賢、分貧等，以防盜做比喻，就是說需要「百門」的多方面付出方足以達到防止盜賊闖入的效果。兩相對比，亦正顯示出多數人理解墨子尊天事鬼的觀點時，容易落入狹隘的原始宗教的格局，而忽略了墨子藉天以啟發人的積極面向。因此，墨子言：「命者，暴王所作，窮人所術，非仁者之言也。今之為仁義者，將不可不察而強非者，此也。」（頁418-419）必須深入體貼墨家賢者在行仁為義下所具有的人文精神。


◎ 三、《群書治要》選編《墨子》的意蘊

墨子思想的內涵與精神，到了魏徵等人選編而成的《群書治要》中，是否產生了變化？蘊含什麼意義？藉此探究或可折射出唐代墨子學的面貌，以下分成四部分，依序說明。

（一）《群書治要》的編撰與特色

關於《群書治要》的重要訊息，大體上能夠藉由《唐會要》的記載加以掌握，《唐會要》云：

貞觀五年九月二十七日，秘書監魏徵撰《群書政要》，上之。[51]

清楚記錄下成書的時間和主要的撰寫人。其下有雙行注，文曰：

太宗欲覽前王得失。爰自六經，訖於諸子，上始五帝，下盡晉年。徵
與虞世南、褚亮、蕭德言等始成凡五十卷。上之。諸王各賜一本。[52]

雖然只有簡短的數語，但已扼要地說明了撰寫原因、取材範圍、參與人員、卷帙
數量與傳播狀態等方面，足以讓人藉此深入探究。

五十卷的《群書治要》，包含了十二本經部著作，八本史部著作，四十八本
子部著作，合計六十八本經典。要將這六十八本經典內容置入《群書治要》，必
然需要經過刪減，所以《群書治要》所收錄的內容是經過編撰者的一番剪裁、取
捨。除了篇章字句的處理之外，《群書治要》的內容尚存在夾注的形式。夾注的
內容，同樣取自古籍，亦經取捨、剪裁，並非新創。至於夾注的呈現，不僅發揮
了解釋與補充本文的作用，甚至與本文有成為一體的現象，顯著的例子如《晉
書·陸機傳》，本文僅截錄：「陸機字士衡，吳郡人也。為著作郎。」注文則大
篇幅選錄陸機《五等論》，顯然達到豐富內容的效益。[53]

具有如此豐富內容的《群書治要》，是因應唐太宗治國的需求由魏徵主導撰
寫完成的。透過對《群書治要序》的梳理，有三個面向值得特別關注。[54] 首先，
編纂目的在於呈現治國理政的要點，所謂「本求治要，故以治要為名」即是。
不過，古代政治思想與學術文化之間，緊密相扣，難以切割，實不宜單純局限於
為政上理解。其次，講求踐行的價值。所謂「勞而少功」、「博而寡要」，就是在
面對龐大的傳統文化資源時產生無所適從的窘境，因此期盼能建構一個「簡而易

---

[51] 王溥：《唐會要》（京都：株式會社中文出版社，1978 年），頁 651。島田翰注解「政要」云：「唐避高宗諱，
治改理，又改政，故《玉海》依舊本作理要，且云實錄作政要。」足以說明書名不同的原因。詳見〔日〕
島田翰：《古文舊書考》（臺北：廣文書局，1967 年），頁 157。

[52] 王溥：《唐會要》，頁 651。

[53] 魏徵等編著：《群書治要（校訂本）》（北京：中國書店，2014 年），頁 719-720。

[54] 《群書治要序》，魏徵等編著：《群書治要（校訂本）》，頁 1-2。

從」的實踐依據。又次,重視思維的內涵。在編纂的時候,魏徵等人已意識到當避免產生好奇務博、文義斷絕的缺失,想展現出不同於《皇覽》、《遍略》的價值,因此採用「總立新名,各全舊體」的方式,讓完整的意義保存其中。順此趨向,審視《群書治要》的整體呈現,實可見在既已提及的「為君難」與「為臣不易」議題之外,尚有聚焦在五大議題的情形,並且議題與議題之間存有著緊密的關聯性。由此而言,魏徵在主導《群書治要》的編撰時,經過典籍的取捨,篇章的剪裁,如同賦詩言志一般,實已賦予了新「意」。換言之,《群書治要》乃是一部「以編代作」的作品,若僅視為類書,而忽略其中存在的意蘊,將錯失其精彩內涵。[55]

　　《群書治要》成書之後,卻與雕版印刷逐漸發展並推動了典籍傳播的趨勢背道而馳,南宋孝宗乾道七年(1171)時,秘閣所藏僅有第十一至二十卷的內容,元代之後,除《宋史》沿用記載,並未見相關討論,當已不傳。如今所見《群書治要》,有賴流傳至日本而受到推崇與維護,如細井德民說:「謹考國史,承和、貞觀之際,經筵屢講此書。」[56] 林信敬也提到:「我朝承和、貞觀之間,致重雍襲熙之盛者,未必不因講究此書之力。」[57] 約當唐文宗開成年間(836-840)已開始可以看到關注《群書治要》的情形。經過了九百多年之後,林信敬認為《群書治要》的編撰,是要展現聖賢治平之道的綱領,以應「因物立則,視宜創制」之所需,所以「先明道之所以立,而後知政之所行;先尋教之所以設,而後得學之所歸。」明確地揭示出《群書治要》含義的獨特精彩。[58] 與此觀點相互呼應,細井德民說:「臣等議曰:是非不疑者就正之,兩可者共存。……又有彼全備而此甚省者,蓋魏氏之志,唯主治要,不事修辭。亦足以觀魏氏經國之器,規模宏大,取捨之意,大非後世諸儒所及也。今逐次補之,則失魏氏之意,故不為也。」[59]

---

[55] 林朝成、張瑞麟:《教學研究計畫——以〈群書治要〉為對象》,頁 9-48。林朝成:《〈群書治要〉與貞觀之治——從君臣互動談起》,《成大中文學報》,2019 年第 67 期,頁 101-142。當中已嘗試與《貞觀政要》聯繫來闡釋《群書治要》的思想內涵。

[56] 〔日〕細井德民:《刊〈群書治要〉考例》,魏徵等編著:《群書治要(校訂本)》,頁 1。

[57] 〔日〕林信敬:《校正〈群書治要〉序》,魏徵等編著:《群書治要(校訂本)》,頁 1。

[58] 同上。

[59] 〔日〕細井德民:《刊〈群書治要〉考例》,魏徵等編著:《群書治要(校訂本)》,頁 1-2。

深恐因讎校的不慎，造成不能復見「魏氏之意」的遺憾。因此，欲見其精彩，有必要走入《群書治要》，闡發其內在的思維與精神。

（二）《群書治要》選編《墨子》的樣貌

與《群書治要》的內在思維與精神緊密相關的面向，是構成《群書治要》的諸多經典，究竟有哪些部分為魏徵等人編輯所取之「意」呢？因此，為了能夠在深入闡釋時有所依據，以下先呈現《群書治要》選編《墨子》的樣貌。

將《群書治要・墨子》的篇章內容與今本《墨子》核對，可得許多重要訊息，詳見下表：

| 《群書治要・墨子》篇章 | 《墨子》篇章 | 《群書治要・墨子》主題 | 《墨子》主題 | 備註 |
|---|---|---|---|---|
| 所染 | 所染第三 | 擇賢、染當 | 擇賢、染當 | 無「士染」 |
| 法儀 | 法儀第四 | 法度、法天、兼愛 | 法度、法天、兼愛 | |
| 七患 | 七患第五 | 七患 | 七患、國備 | 無「國備」 |
| 辭過 | 辭過第六 | 儉節：宮室、衣服、飲食、舟車 | 儉節：宮室、衣服、飲食、舟車、蓄私 | 無「蓄私」 |
| 尚賢 | 尚賢上第八 | 尚賢事能 | 尚賢事能 | 講眾賢之術 |
| | 尚賢下第十 | 尚賢事能 | 尚賢事能 | 莫知而行 |
| 非命 | 非命中第三十六 | 聖王有作暴王無作 | 三法以立義、本之 | 三法 |
| | 非命下第三十七 | 有力無命（勤政） | 三法以立儀、有力無命 | 三法 |
| 貴義 | 貴義第四十七 | 悖義 | 貴義、為義、義無貴賤、利天利人、言行相應、悖義、行、慎行（自愛）、學義、知義、不貴義、不為義、非命、自信（理性論辯） | 共同：悖義（尚賢、納諫） |

本表以五個欄位呈現：第一欄，呈現《群書治要・墨子》的篇章，並作為右欄填寫依據；第二欄，核對今本《墨子》後呈現原屬之篇章；第三欄，呈現《群書治要・墨子》的內容焦點；第四欄，呈現今本《墨子》的內容焦點；第五欄，註記第三欄與第四欄比對後呈現的重要訊息。

上表所呈現的訊息，詳細說明如下：

首先，就篇章來說。《群書治要·墨子》的篇章，應以主題為劃分依據，所以當計為七個篇章。至於核對今本《墨子》，可見《尚賢》截錄了《尚賢上第八》與《尚賢下第十》兩篇的部分內容，《非命》截錄了《非命中第三十六》與《非命下第三十七》兩篇的部分內容。換言之，《群書治要·墨子》所呈現的七個篇章，實際上涉及了《墨子》九個篇章的內容。

其次，從內容上作比對，可見各個篇章的取捨有很大的不同，分別說明如下：

1、以《所染》而言，《所染第三》內容包括了染絲、國染與士染三個部分，用以談擇賢、染當的觀點，雖然《所染》截錄的內容大體上涵括了染絲與國染，並且完整保留了擇賢、染當的觀點，但剔除了士染部分。

2、以《法儀》而言，截錄內容幾乎涵括了《法儀第四》的觀點，僅詳略之別而已。

3、以《七患》而言，《七患第五》內容除首段講七患外，其餘大量文字在明國備的重要性，雖然《七患》幾乎截錄了首段的內容，但將大篇幅的國備論述剔除了。

4、以《辭過》而言，《辭過第六》講究聖人之儉節有五，而《辭過》截錄四個內容，包括宮室、衣服、飲食與舟車，未取「蓄私」部分的論述。

5、以《尚賢》而言，「尚賢」的觀點是墨子學說的核心焦點之一，在《墨子》中有三篇文字不同、詳略有別的記述，《尚賢》串接其中兩篇的內容成為一完整論述。即先截錄《尚賢上第八》，除說明「尚賢事能」的重要，主要聚焦在如何能夠「尚賢事能」的解說上，也就是「眾賢之術」，然後銜接《尚賢下第十》，續言為何不能「尚賢事能」的原因。

6、以《非命》而言，「非命」的觀點亦是墨子學說的核心焦點之一，在《墨子》中有三篇文字不同、詳略有別的記述，《非命》截錄《非命中第三十六》、《非命下第三十七》而串接成文。換言之，合去取而言，《非命》著重於聖王與暴王的對比，凸顯力行勤政的一面，略去了《墨子》此篇之中心——「義法」——的論述。

7、以《貴義》而言，《貴義第四十七》圍繞著「義」呈現出有相當豐富的內容，從義的重要性到知行各方面皆有觸及，但《貴義》僅截錄了兩則有關悖義的

説法。

以上透過《群書治要・墨子》與今本《墨子》的比對，可見前者經過去取的掛酌，最終呈現的樣貌，已有很大的不同。整體而言，以全本七十一篇《墨子》計算，截錄自九篇的內容，佔比約 12.7%，並不算高。再由內容來看，不僅截錄的篇章沒有涵蓋墨子重要的十個觀點，而且在單篇內容的取捨上，雖有完整涵括的部分，亦有顯見遺漏墨子核心論述的一面，這應該是魏徵等人有意的擇取，足以透露出《群書治要・墨子》已被賦予了應用層面的詮釋。

（三）《群書治要・墨子》的關注焦點

不難理解，不同的作者，在各自的關懷下，將呈現各具特色的樣貌。魏徵等人雖述而不作，但隨著關懷的轉變，在擷取與隱去之間，《群書治要・墨子》已產生了變化。以下先說明《群書治要・墨子》所凸顯的面向。

1. 尚賢而事能

「尚賢」的觀點原本就是墨子思想的核心之一，持續的關注正可展現精神的延展。關於此觀點的呈現，除了《尚賢》之外，相應的論述尚見於《所染》、《七患》與《貴義》。

以《尚賢》而言，雖然未取用《尚賢中第九》，但若仔細審視內容，將會發現截錄《尚賢上第八》與《尚賢下第十》所串接而成的內容，正完整展現墨子「尚賢」的思維。

以《所染》而言，觀點在強調人與人相處之際，在無形中會產生相互的影響，因此必須慎選相友、共事的人。從選用的例子，也可同樣看見強調「尚賢」觀點的想法。

以《七患》而言，內容所涉多端，但如「君自以為聖智而不問事，自以為安強而無守備，五患也」的獨智自賢，「所信者不忠，所忠者不信，六患也」的識人不明，「蓄種菽粟不足以食之，大臣不足以事之，賞賜不能喜，誅罰不能威，七患也」的處置失當，其實都與「尚賢事能」的觀點相關聯。[60]

至於《貴義》的內容，在諸多論述與事例中，魏徵等人僅取兩則。其一為：「世之君子，使之一犬一彘之宰，不能，則辭之；使為一國之相，不能，而為

---

[60] 魏徵等編著：《群書治要（校訂本）》，頁 825。

之。豈不悖哉？」雖然是藉相近的事態，彰顯「義」的問題，所以才放在此篇目之下，但一事可有多義，且內容與《尚賢》近似，意在彰顯「尚賢事能」的觀點，並無問題。其二為：「世之君子，欲其義之成，而助之修其身則慍，是猶欲其牆之成，而人助之築則慍也。豈不悖哉？」與《七患》之五患近似，因不尚賢、不事能，也就更無法讓賢，或知賢之賢於己者，所以也與「尚賢事能」的觀點緊密相關。[61]

### 2. 非命而有為

「非命」的觀點是墨子學說的核心思想之一，也是《群書治要·墨子》在《尚賢》之外，形式上直接承續十論觀點的僅有篇章。與《尚賢》篇章略有差異，《非命》截錄了《非命中第三十六》與《非命下第三十七》，大體上概括了墨子《非命》三篇的內容，但是刪除立論的基礎——三法，即使《法儀》或可稍加彌補其意，仍然改變了對於墨子學說的掌握。不過，刪除了三法，讓非命而勤政有為的旨意獲得聚焦與凸顯，也就呈現出《群書治要》有「意」截錄《墨子》所產生的調整。

### 3. 法天而愛人

尊天、事鬼、兼愛是墨子思想中備受關注的一面，主要的內涵見於《天志》、《明鬼》與《兼愛》之中，但是《群書治要·墨子》則採用《法儀》的論述以涵蓋之。雖是如此，審視魏徵等人截錄《法儀》的內容，除了可見幾乎涵蓋了原本述說的旨意之外，更重要的是「法天」思維的凸顯。墨子說：

> 天下從事者，不可以無法儀；無法儀而其事能成者無有也。……然則奚以為治法而可？莫若法天。天之行廣而無私，其施厚而不息，其明久而不衰，故聖王法之。[62]

雖然墨子「天志」的觀點，如前所述，含有更深廣的意蘊，但容易被解讀為具有人格神的色彩，意味著思維退回到染有迷信的傳統宗教信仰階段，魏徵等人截錄《法儀》，將重心鎖定在行事欲有所成必有規矩的「法儀」，加上彰顯「天」之行

---

[61] 魏徵等編著：《群書治要（校訂本）》，頁 832。

[62] 同上，頁 824。

廣而無私、施厚而不息、明久而不衰的特質，並揭示聖王亦以為法，無形中已傳達出「天」具有崇高而客觀的價值與地位。然後，再藉由天的視野，轉向於對人的關注，從而強調愛民利人的重要。

4.儉節而利人

墨子學說中，由儉節而延伸開的論述有多個篇章，如核心篇章的《節用》、《節葬》、《非樂》，但《群書治要·墨子》主要截錄《辭過》與《七患》兩篇，尤其大量取用《辭過》的文字。若篇幅代表著言說的重要性，則儉節的美德，就被放大了，成為鮮明的實踐作為，這與貞觀君臣以隋為鑑，強調儉約富民的想法有緊密的關聯。

綜上所述，《群書治要·墨子》的賢者形象，在七篇有意的截錄文字中，保留了墨子學說中賢者的部分特點，而隱去的部分，正待《群書治要》的思想來填補，以完整其意義。此外，《群書治要·墨子》採用的篇章，除了《尚賢》與《非命》屬於核心觀點的專論外，《貴義》或有參考價值，但大量截錄具有爭議性的《所染》、《法儀》、《七患》、《辭過》等內容，重組而成的墨子學說，已是一新的樣貌。

（四）從《墨子》到《群書治要·墨子》的轉變

相同的文字放在不同的脈絡，會產生新的詮釋與效應。要解讀《墨子》到《群書治要·墨子》的轉變，有兩個視角是重要的，一是以《群書治要》的整體架構作為理解的視野，也就是在部分與全體的相互參照中，掌握思維的趨向；二是相應著時代而產生的變化，即藉記述君臣言行事蹟的《貞觀政要》來掌握言外之意。以下分三點說明。

1.君明臣良

將魏徵等人選錄《墨子》的內容加以歸類，《尚賢》、《所染》、《貴義》與《七患》的部分內容可以視為一組，皆屬「尚賢」觀點及其擴散之議題的論述。從《群書治要》的角度來看，關懷的層面涉及到「為君難」、「為臣不易」、「君臣共生」與「直言受諫」四個主題式焦點議題，契合整體呈現的趨向。

結合《貞觀政要》作關聯性的理解，截錄各篇的涵義，可詮釋與解讀如下：

就《尚賢》而言，《貞觀政要》有一則論述，涉及多端，當可作為討論的基礎，內容是：

貞觀十三年，太宗謂侍臣曰：「朕聞太平後必有大亂，大亂後必有太平。大亂之後，即是太平之運也。能安天下者，唯在用得賢才。……今欲令人自舉，於事何如？」[63]

在唐太宗的觀念裡，有一個清楚的認知，就是安天下的關鍵在於賢才的獲得，所以在《貞觀政要》裡不乏「任賢」的相關論述。如此地重視，與墨子的觀點，相互契合。然而，在墨子的學說裡「尚賢」與「尚同」是一組極為緊密的觀點，其中蘊含著對「義」的批判與反思，但是《群書治要》只留下了「尚賢」的觀點，而略去了「尚同」的追求，此間即蘊含了兩個變化。首先，是由「尚賢」轉為「任賢」。在墨子的學說中，「尚賢」具有崇賢正身與任賢揚善的兩種意義，但是在略去「尚同」之後，單獨呈現的「尚賢」，失去了正身為賢與和同上下之意，變成偏取拔擢賢才的一面而已。其次，是轉向「異義」，重視「諫諍」。在墨子的學說中，認為天下之所以亂，是因各是其義而非人之義，所以尋求「一同其義」。但是，到了唐太宗之時，則深深意識到個體視野的局限，因此積極尋求不同的見解以彌補自我的不足。唐太宗說：

人欲自照，必須明鏡；主欲知過，必藉忠臣。主若自賢，臣不匡正，欲不危敗，豈可得乎？……前事不遠，公等每看事有不利於人，必須極言規諫。[64]

隋代滅亡的借鑑，雖是一個重要的因素，但是看見什麼問題並採取新的作為，就展現出唐太宗與魏徵等人的思維特質。太宗強烈地意識到「自賢」造成的偏頗，而要彌補個體視野局限的缺陷，就是希望藉由「諫諍」的方式，讓事務得以完善。唐太宗說：

公等食人之祿，須憂人之憂，事無巨細，咸當留意。今不問則不言，

---

[63] 吳兢著，謝保成集校：《貞觀政要集校》（北京：中華書局，2012 年），頁 165。
[64] 同上，頁 83。

092

見事都不諫諍，何所輔弼？[65]

這是唐太宗處事有悔後對群臣的告誡，顯見「任賢」到了此時此刻，有尋求不同見解的重要用心，與墨子的想法有了極大的差異。不過，仔細分辨，《尚同》提到：「上有過則規諫之，下有善則傍薦之。」（頁108）墨子當也留意到在意見整合過程中不同見解的可貴，只是唐太宗等人放大了對諫諍的關注。

就《所染》而言，《呂氏春秋》有《當染》，[66] 內容兩相近似，容易造成疑慮，而《群書治要》於《呂氏春秋》不收《當染》，而於《墨子》截錄《所染》，或以為學說內容，當歸墨子也未可知。不過，從內容來說，除了所言「善為君者，勞於論人而逸於治官」的「任賢」思維，[67] 深得貞觀君臣的印可外，墨子雖然未有人性論，但是從強調學與行而言，可間接推知當貼近中性的說法，加上《尚賢》與《尚同》之意，關注於周遭相友善的人，思維取向應是一致。關於此思維內涵，魏徵提到：

> 中人可與為善，可與為惡，然上智之人自無所染。陛下受命自天，平
> 定寇亂，救萬民之命，理致升平，豈紹、誕之徒能累聖德？但經云：「放鄭
> 聲，遠佞人。」近習之間，尤宜深慎。[68]

這是回應唐太宗關於是否存有陶染的問題，雖然魏徵言語委婉，仍可知其肯定人與人之間存在互動的影響性。魏徵說：「陛下貞觀之初，砥礪名節，不私於物，唯善是與，親愛君子，疏斥小人。」[69] 不僅見諸實際作為，在言談中也展現相應思維。唐太宗說：

> 夫人久相與處，自然染習。自朕御天下，虛心正直，即有魏徵朝夕

---

[65] 吳兢著，謝保成集校：《貞觀政要集校》，頁431。

[66]《當染》篇內容，見許維遹：《呂氏春秋集釋》（北京：中華書局，2010年），頁47-53。

[67] 魏徵等編著：《群書治要（校訂本）》，頁823-824。

[68] 吳兢著，謝保成集校：《貞觀政要集校》，頁138。

[69] 同上，頁538。

進諫。自徵云亡，劉洎、岑文本、馬周、褚遂良等繼之。皇太子幼在朕膝前，每見朕心悅諫者，因染以成性，故有今日之諫。[70]

這是指唐高宗為皇太子時（643-649）犯顏進諫一事。當此之時，已是貞觀後期，可見唐太宗接受染習的觀點，並藉「因染成性」解釋太子的作為。此外，張玄素也說：「漸染既久，必移情性。」[71] 想法相近。由此可知，《群書治要》所以截錄《所染》，乃因其中內涵與當時的主流思想兩相契合。

再次，就《貴義》而言，於《墨子》當是圍繞著「義」作多方面的論述，但被截錄入《群書治要》之後，兩則論述的重心，當與《尚賢》以及貞觀思潮並列以觀，分別導向了「任賢」與「納諫」的觀點。

最後，就《七患》而言，截錄的一部分內容為：

> 君自以為聖智而不問事，自以為安強而無守備，五患也；所信者不忠，所忠者不信，六患也；蓄種菽粟不足以食之，大臣不足以事之，賞賜不能喜，誅罰不能威，七患也。[72]

五患所言，與前文提及的「自賢」相關，會被選錄，不難理解。至於六患的部分，除了與任賢而講求論人相關外，當由「君臣共生」的角度理解，在此議題下君臣間強調敬、信的建構。關於第七患方面，在墨子原來的學說中，當屬尚賢與尚同的範疇，指所立正長非正，將導致諸多不足、不能的後果，而移置至唐代，除了任賢使能的觀點外，由賞罰帶入了「信」的觀點，實與走向實踐的思維相關。

2. 稱天心合民意

至於第二組內容，包含《法儀》、《七患》、《辭過》三篇，由於皆指向對百姓的關注，故可視為一類。

---

[70] 吳兢著，謝保成集校：《貞觀政要集校》，頁 111。

[71] 同上，頁 238。

[72] 魏徵等編著：《群書治要（校訂本）》，頁 825。

根據《法儀》中提出的「法天」觀點，可知墨子的尊天事鬼並非僅是求福避禍的領受式迷信思想，而是藉由轉換至一個敬畏對象的視野，設想應當展現的理想作為，這是創發式的理性思想，所謂「義自天出」即是。然而，出於天之「義」，終究憑藉「三法」才得以確立。而「三法」的核心，即落實於對百姓的關注上。由此而言，兼愛百姓，乃是透過天的視野，平等兼顧所有人的權益。

時至唐代，當是一方面與墨子思想相互契合，一方面有鑑於隋代的滅亡，所以在特別強調於「牧民之道」下，大量截錄《辭過》的內容。[73] 唐太宗說：

> 朕每閒居靜坐，則自內省。恒恐上不稱天心，下為百姓所怨。[74]

> 朕每思出一言，行一事，必上畏皇天，下懼群臣。天高聽卑，何得不畏？群公卿士，皆見瞻仰，何得不懼？以此思之，但知常謙常懼，猶恐不稱天心及百姓意也。[75]

促使內自的省思，乃在於「天心」與「民意」，常保謙、懼的態度，說明了對兩者的關注程度。然而，對於天的認識，不論災祥都轉為戒懼自省的理性反思。有關於此，《貞觀政要・災祥》所記甚多，舉如祥瑞、災異等，並不往不可知的神秘力量思索，而是轉向「修德銷變」、「變災為祥」的理性應對。如是理性的應對，實質上也是轉向於對百姓的關注上。[76] 唐太宗說：

> 為君之道，必須先存百姓。若損百姓以奉其身，猶割脛以啖腹，腹飽而身斃。……若耽嗜滋味，玩悅聲色，所欲既多，所損亦大，既妨政事，又擾生民。且復出一非理之言，萬姓為之解體，怨讟既作，離叛亦興。朕每思此，不敢縱逸。[77]

---

[73] 林朝成，《〈群書治要〉與貞觀之治——以「牧民之道」為例》，發表於「第七屆臺大成大東華三校論壇學術研討會」，花蓮：東華大學中國語文學系，2019 年 5 月 24 日。

[74] 吳兢著，謝保成集校：《貞觀政要集校》，頁 87。

[75] 同上，頁 323。

[76] 同上，頁 520-527。

[77] 吳兢著，謝保成集校：《貞觀政要集校》，頁 11。

將百姓與君主視為一體的連動關係，若君上能節制治身，則下民能富足安樂，若君王縱逸無度，則百姓禍患無窮。因此，在「先存百姓」的想法下強調儉節利民的《七患》、《辭過》，就成為關注的篇章。當然，觀點的形成必然有其原因，魏徵說：

> 昔在有隋，統一寰宇，甲兵彊盛，三十餘年，風行萬里，威動殊俗，一旦舉而棄之，盡為他人之有。彼煬帝……恃其富強，不虞後患。驅天下以從欲，罄萬物而自奉，採域中之子女，求遠方之奇異。……上下相蒙，君臣道隔，民不堪命，率土分崩。[78]

強盛的隋代，卻僅有三十幾年的國祚，詳加追究，必然多有失當，但在魏徵看來，君主的縱逸是走向滅亡的根本原因。所謂「驅天下以從欲，罄萬物而自奉」，並非只是失德的問題，而是造成了「民不堪命」的影響。亦是在這樣的角度下，與《辭過》的儉節觀點產生了連結。值得一提的是，《辭過》原有「蓄私」的論述，著重在對人口問題的關注，屬於墨子的時代課題，所以《群書治要》就略而不取；《七患》原有大量「國備」的論述，依理本當可取，但有意與隋區別，故亦棄而不錄。貞觀二年（628）時，唐太宗對王珪說：

> 隋開皇十四年大旱，人多饑乏。是時倉庫盈溢，竟不許賑給，乃令百姓逐糧。隋文不憐百姓而惜倉庫……煬帝失國，亦此之由。凡理國者，務積於人，不在盈其倉庫。古人云：「百姓不足，君孰與足？」但使倉庫可備凶年，此外何煩儲蓄！[79]

從談論的內容可以看到唐太宗定位國家與百姓的角度，是與隋朝有很大的不同。在唐太宗的觀念裡，百姓是構成國家的重要元素，並非不相關，可任其饑乏逐糧而不顧，所以主張「務積於人」。換言之，在隋代，倉庫為君主之私庫，與百姓

---

[78] 同上，頁 16。

[79] 同上，頁 466。

不相干；在唐代，倉庫為國庫，是用以供給凶年時天下人之所需。因此，「何煩儲蓄」一語，正說明了其與「國備」有著不同的關注點。

### 3. 實踐導向

墨子的《非命》，是強烈地針對當時立命的觀點提出批判，同時展現人具有掌握生命情態的能力，是反宿命的觀點。至於貞觀君臣，當時不存在立命的思潮，故轉向以人為的修德應對不可知的災變，更彰顯出人文的價值與精神。

在貞觀時期，有三個待解的重要課題：其一，是任法御人或是仁義為治；其二，是專權獨任或是分權委任；其三，是耀兵振武或是戢兵興文。[80] 三者當中，爭議最大，影響最巨者，當屬「任法御人」與「仁義為治」的爭執。爭執的結果是魏徵的主張獲得了唐太宗的信任與支持，最終也收到了良好的成效，成就了世人所推崇的「貞觀之治」。試觀魏徵所說：

> 五帝、三王，不易人而理。行帝道則帝，行王道則王，在於當時所理，化之而已。考之載籍，可得而知。昔黃帝與蚩尤七十餘戰，其亂甚矣，既勝之後，便致太平。……紂為無道，武王伐之，成王之代，亦致太平。若言人漸澆訛，不返純樸，至今應悉為鬼魅，寧可復得而教化耶？[81]

論述重點在於「不易人而理」，強調人性純樸，端看如何為政。如此說法，連繫《非命》來看：

> 昔者，桀之所亂，湯治之；紂之所亂，武王治之。此世不渝而民不改，上變正而民易教。其在湯、武則治，其在桀、紂則亂。安危治亂，在上之發政也。則豈可謂有命哉？[82]

在否定有命外，不僅強調治亂在人與魏徵說法趨向一致，並且其中一個重要的論

---

[80] 吳兢著，謝保成集校：《貞觀政要集校》，頁 290。

[81] 同上，頁 36。

[82] 魏徵等編著：《群書治要（校訂本）》，頁 831。

述環節——「世不渝而民不改」，與魏徵説法極為近似，足見墨子思想所產生的影響。

此外，對於墨子為義的實踐精神，貞觀時期有進一步思索與拓展。試觀以下一則君臣之間的對話：

> 二年六月，謂侍臣曰：「朕觀隋煬帝文集，博而有才，亦悦堯、舜而惡桀、紂，何言行之相反也？」杜如晦對曰：「能言之者，未必能行。」魏徵又對曰：「為人君者，智者為其謀，勇者為其戰，雖聖哲猶垂旒黈纊以杜聰明。煬帝雖有俊才，而無人君之量，所謂非知之難，行之實難；雖解口談堯、舜，而躬行桀、紂，此其所以亡也。」[83]

「解口談堯、舜，而躬行桀、紂」一語，清楚地揭示出君臣關注的焦點——知行的問題。雖然此時注意到個體視野的局限，期盼透過互動、對話彌補缺陷，但是最終如墨子般依舊歸向於具體的實踐關懷。此處所言「非知之難，行之實難」，重提《尚書》「非知之艱，行之唯艱。」[84] 的説法，取之為證，亦是心有印可。對於實踐的困境，貞觀君臣有多方的關注，如同《群書治要》的編撰，即是要克服「勞而少功」、「博而寡要」的問題，《群書治要序》云：

> 用之當今，足以鑑覽前古；傳之來葉，可以貽厥孫謀。引而申之，觸類而長，蓋亦言之者無罪，聞之者足以自戒，庶弘茲九德，簡而易從。[85]

不論是「用之當今」，或者是「簡而易從」，都是期望能夠具體落實於踐行之上。更有甚者，不斷出現於君臣對話中的是強調踐行的持續性，最著名的即是魏徵《十漸不克終疏》，王珪亦云：「然在初則易，終之實難。伏願慎終如始，方盡其

---

[83] 王欽若等編纂，周勛初等校訂：《冊府元龜（校訂本）》（南京：鳳凰出版社，2006 年），頁 1750。

[84] 孔安國傳，孔穎達等正義：《尚書正義》，阮元校勘：《十三經注疏》，冊 1，頁 141。

[85] 《群書治要序》，魏徵等編著：《群書治要（校訂本）》，頁 2。

美。」[86] 即使是唐太宗亦希望臣下能「善始克終」，[87] 足見導向實踐的鮮明特色。

## ◎ 四、結論

　　由於《群書治要》的呈現型態，容易被界定為類書而忽略了其他解讀的可能性。為了拓展《群書治要》的探討視野，本文嘗試藉由所選《墨子》為分析對象，審視是否存在編撰後的意義轉化。

　　本文探究分為兩大部分：第一部分，先呈現墨子思想體系的詮釋與理解；第二部分，展示《群書治要・墨子》的特色。

　　為了觀察是否存在變化，就需要有一個衡量的基礎，先秦墨家學說的內涵就是一個立足點。然而，學者對於《墨子》的解讀，卻呈現出多元而不同的面貌。因此，為了確立比較的基礎，同時尋找一個適當地理解墨子學說的方式，本文從「尚賢」的觀點切入，也就是回到人文理想的建構，以一位賢者的角度來思考。經過了角度的調整，可見墨子思想的內涵能有不同的理解與詮釋，包含「尚同」、「天志」與「非命」等，從而串連、建構起一個完整的思維體系，並彰顯強烈的實踐精神。

　　有了比對的基礎，就可進一步梳理《群書治要》選錄《墨子》的內容。這部分，分四個小部分來呈現，以「《群書治要》的編撰與特色」扼要說明魏徵等人的編撰目的與手法，顯示其中蘊含了思想的色彩；以「《群書治要》選編《墨子》的樣貌」呈現《群書治要・墨子》與《墨子》的形式差異；在「《群書治要・墨子》的關注焦點」中，呈現選錄內容的四個關注焦點，包括：「尚賢而事能」、「非命而有為」、「法天而愛人」與「儉節而利人」；最後，在「從《墨子》到《群書治要・墨子》的轉變」中，以「君明臣良」、「稱天心合民意」與「實踐導向」三點闡釋《群書治要・墨子》的思想變化。

　　綜合以上所述，《群書治要・墨子》不僅展現出相應時代的思想特色，足以說明唐代對於墨子學術的接受視野，並且與《群書治要》有著共同的關懷面向，

---

[86] 吳兢著，謝保成集校：《貞觀政要集校》，頁 424。

[87] 同上，頁 148。

彰顯出《群書治要》存在著獨特的思想內涵，是一部「以編代作」的作品，值得深入開拓，以見貞觀時期轉舊為新的精彩變化。

（作者為臺灣成功大學中文系專案助理教授，本文原載《成大中文學報》2020 年第 68 期）

# 近世視野下的明文話研究與文章學建構

龔宗傑

　　文話是中國古代文學批評的重要樣式之一，近年來，隨著王水照先生主編《歷代文話》的出版以及與詩學、詞學並峙的文章學建設的興起，它的價值也逐漸受到學界的重視。但在文學批評之諸體中，相對於詩話、詞話，文話的研究仍處於起步階段，基礎較為薄弱。有關明文話著述，根據我們對明清以來公私藏書目、方志著錄，以及集部別集、總集，子部雜家、類書等文獻的初步調查，在《歷代文話》已收錄三十一種的基礎上另增補五十六種，即所得現存明文話八十七種，另搜檢得佚目三十九種。[1] 與宋元文話、清文話相比，明文話的數量居中，但與這數目相匹配的研究成果卻寥寥無幾，明文話之基本概貌、理論品格也未得到揭示。想要改變當前明文話研究的被動局面，在已全面調查、搜輯總目的基礎上，還須從這些著作的文本出發，以更為主動的姿態去尋求符合明文話自身特徵的研究問題和方法，嘗試去理解它們所寄寓的明人對文章寫作與批評的不同要求。

　　文話這一體裁自它誕生之初，就展現出不同於詩話「資閑談」的體式特徵，因其所論評的對象即文章，在宋代以後被賦予了較高的文體地位以及廣泛的文學和政治功能。與之相對應的，涵蓋了文評、文論及文式等多種類型的文話，由宋至明也越發體現出其作為文章學載體的重要作用。當前有關文章學定義、內涵和特徵的討論，可謂眾說紛紜。就學術發展來說，此類針對基本性質的研討自然有助於不斷調試和深化我們對文章學的理解。但作為一個動態發展的概念，對文章學在一定斷限內的衡量，觀察視角又須實現由一般到特殊的轉換。這種轉換，強調的是在一個相對完整的理論體系中對其歷史性的追問，落實到具體研究，則體現為對作者及作品之歷史語境和批評指涉的盡量還原。因此，立足於文話的文本形態，結合明代文章學所面臨的包括思想、文化、制度等近世社會的多重因素，

---

[1]　參見陳廣宏、龔宗傑：《明文話敘錄》，《復旦學報》，2016 年第 5 期。

或許是嘗試建立一套明文話研究體系的有效思路。

## ◎ 一、價值重估：對明文話三重形態的研究考量

文話長期受到冷遇，從古人「夫古今詩話多矣，文話則未之聞」的自我反省，[2] 到二十世紀以來文學批評領域中的乏人問津，側身於研究相對成熟的詩話、詞話研究，文話顯得相當落寞。對於這一狀況產生的原因，已有學者作了多方面的揭示，概括地說，一是「文」與「話」的內在矛盾，二是上世紀初古文傳統的斷裂。前者從體製形態的角度解釋了文話著述為何不以「話」命名的原因，[3] 而這也在一定程度上削弱了它類似於詩話、詞話那種統一且鮮明的標識度；後者則是借對學術史的梳理，來探析近百年來文話研究以及文章學學科建設所承受的「負面作用」。[4] 以上兩點，其實也契合我們重估文話價值並推進深層次研究的具體思路，即如何在深入文話文本，緊扣其本體特徵的同時，又不脫離其所處的歷史語境。

返觀「五四」以來中國文學批評的建設，雖然我們一直強調文話的普遍缺席，但也應了解，文話從建設之初就已經進入前輩學人的視野，只是在當時文學觀念中，文話多是不足稱道的文獻材料。在出版於 1927 年，象徵著批評史學科創立的《中國文學批評史》中，陳鍾凡提到：「唯劉勰《文心雕龍》、鍾嶸《詩品》獨存，二者皆論文之專著也。…… 此後論文之書，如歷代詩話、詞話，及諸家曲話，率零星破碎，概無統系可尋。」[5] 此書雖提及陳騤《文則》、陳繹曾《文筌》、王構《修辭鑑衡》等宋元文話，但僅停留於簡單的介紹，並未予以深入闡析。鄭振鐸在同一年發表的《研究中國文學的新途徑》一文寫到：「後來詩話文話之作，代有其人。…… 然這些將近百種的詩話，大都不過是隨筆漫談的鑑賞話而已，說不上研究，更不必說是有一篇二篇堅實的大著作。」[6] 鄭氏又對《四庫全書總目》所標舉的五類詩文評著作了如下評價：

[2] 陳用光：《睿吾樓文話序》，王水照編：《歷代文話》（上海：復旦大學出版社，2007 年），冊 6，頁 5357。

[3] 參見蔡德龍：《文話的辨體與溯源》，《文學評論叢刊》，2010 年第 2 期。

[4] 王水照、朱剛：《三個遮蔽：中國古代文章學遭遇「五四」》，《文學評論》，2010 年第 4 期，頁 18-23。

[5] 陳鍾凡：《中國文學批評史》（上海：中華書局，1927 年），頁 9。

[6] 鄭振鐸：《研究中國文學的新途徑》，《中國文學論集》（上海：開明書店，1934 年），頁 6。

除了第一，第二兩類著作以外，其餘的都不過是瑣碎的記載與文法的討論而已（像第一第二兩類的著作卻僅有草創的《文心雕龍》與《詩品》二種）。間有單篇論文，敘述古文或駢文之源流，敘述某某詩派，某某文社之沿革，或討論二個文學問題的，或討論什麼文章之得失的。然卻是太簡單了，不成為著作。[7]

鄭振鐸於文末在對比中西圖書分類法的基礎之上，提出了一套中國文學整理的分類大綱。在「批評文學」一類，將以《文心雕龍》為範例的「一般批評」與以《四六叢談》、《論文集要》為代表的「文話」分立，可視為其上述觀念的實踐規畫。鄭氏所謂的「大著作」與陳鍾凡強調的「統系」，在對詩文評著作的理論價值評估上並無二致。此後方孝岳《中國文學批評》同樣以「規模」二字作了陳說：「其實有許多詩話文話，都是前人隨便當作閒談而寫的，至於嚴立個人批評的規模，往往都在選錄詩文的時候，才錙銖稱量出來。」[8] 此類以理論的系統性、著作的完整性來評判文論作品的標準，大抵皆因五四以來的學者多在西學思潮之浸染中，以西方的文學理論為參照來衡量中國文學批評史之建構。在這一觀念的影響下，《文心雕龍》研究迎來熱潮並逐漸發展為顯學。相反，大量所謂「零星破碎」的文話作品在中西話語體系的巨大落差之中湮沒無聞。直到上世紀末，臺灣學者王更生宣言「龍學」的「黃昏」，[9] 指出中國古代文論需以整理文話為契機來構建新的格局，以及本世紀初《歷代文話》出版的開山導路，才使文話的系統整理與研究漸入正軌。

　　總的來說，從鄭振鐸「批評文學」整理的提倡，到當今學人對文話文獻整理和彙纂的實踐，雖然觀念和側重點不同，但他們的出發點是一致的，即以文學批評構建為目標來展開批評史料的採掘，進而帶動學界同仁的共同參與。《歷代文話》出版以來，文話與文章學研究即已吸引了許多學者的目光，相關領域也取得了一批值得關注的成果。這昭示我們，做好文獻調查、考訂的基礎工作，對於進

---

[7]　鄭振鐸：《研究中國文學的新途徑》，《中國文學論集》，頁 7。

[8]　方孝岳：《中國文學批評‧導言》（上海：世界書局，1934 年），頁 7-8。

[9]　王更生：《開拓中國古代文學理論的新局：從整理「文話」談起》，《文藝理論研究》，1994 年第 1 期。

一步認識明文話的基本概貌、特定品質及其作為批評文獻如何在古代文章學研究領域中發揮作用，是具有奠基意義的。以文獻形態進入文章學及文學批評的建設序列，是文話價值應被認識的第一個層面。

對文話價值重估的第二個、也是更為迫切的層面，是回歸文本形態的考察，強調文話的本體研究。在文獻足夠豐富的近世，仍以過去的眼光看待這些材料，重複前人的判斷，對於我們理解明文話的特徵和價值是毫無意義的。因為在批評風尚漸盛、書籍流通便利的明代，作為文學批評之一種，文話的文本變動性和生長空間也相應地得以擴展，其體製同樣呈現出多元化的特徵，已非以往批評史寫作所注重的系統著作所能涵蓋。

單就明文話的文本生成及其特徵而言，一方面，結構鬆散的隨筆體，或曰狹義層面的文話仍較為習見。這類著作往往以隨意的書寫方式，保留了話體批評的結構特徵。如宋禧《文章緒論》、馮時可《談藝錄》皆屬此類。另外像王鏊《震澤長語·文章》、何良俊《四友齋叢説·論文》、張元諭《篷底浮談·談文》、張仲次《瀾堂夕話》等則在命名上即已採用了近於「説部」的「語」、「説」、「談」、「話」。值得留意的是，狹義的詩話與文話雖然形式相仿，但在內容之「及事」與「及辭」的取捨中，文話則是以偏向後者的論評文章和講説格法為主，帶有鮮明的實踐性和功用性。

另一方面，彙編體文話在明代取得顯著的發展，其編刊亦顯示出批評文獻的近世性特徵。此類採用「輯而不述」形式的文話著作，雖在宋代即已出現，如張鎡的《仕學規範·作文》、王正德的《餘師錄》，但其編纂體例及編排手法直到明代才漸趨完善。作為現存明代最早的彙編體文話，在洪武十三年（1380）已成書的唐之淳《文斷》，即已依經史子集四部和唐宋諸家之文評進行分類編次。到了明代中後期，又出現了如高琦《文章一貫》、劉元珍《從先文訣》等依據文章作法之基本程式進行彙編的著作，編排思路更為明晰。隨著編纂體例的完善，體系完整也逐漸成為明代彙編式文話的特點。對此類彙編體文話的價值評估，除了文獻輯佚和校勘之外，至少還可以從以下兩個文學層面進行考量。首先，從文本生成的角度來說，宋元以來大量文章學文獻的積累，為明文話文本的編排和組合提供了多種可能，上文提到的唐之淳《文斷》在凡例中已言明：

是書之編，大概依仿《文話》及《文章精義》、《修辭鑑衡》、《金石例》、
　　《文筌》、《文則》等書。但《文話》太繁，《精義》無次，《鑑衡》詳於詩法，
　　《金石例》詳於金石之文，《文則》、《文筌》本為作文而設，似難盡采。今
　　門類視《文話》為簡，《鑑衡》、《精義》各歸其類，《文則》、《文筌》間取
　　之。」[10]

其中提到的《文則》、《文章精義》皆為後世援引蹈襲最為頻繁的著作，如萬曆
間王弘誨《文字談苑》四卷，卷一論古文部分即據《文則》裁割重編而成，徐朿
於萬曆二十三年（1595）編成的《重校刻藝林古今文法碎玉集》二卷，「古文法」
部分同樣據《文則》輯成。綜合考察這一文本重組的過程，解讀「重複」所體現
的文章觀念和訴求，是比一味指斥它們缺乏原創性更富意義的。其次，明代後期
隨著明人論著的逐漸積累，並在科舉制度及商業出版的推動下，明人選本朝文人
論文語加以彙編的方式，便逐步取代了前期依賴宋元資料進行類編的模式，諸如
袁黃《遊藝塾續文規》、汪時躍《舉業要語》、湯賓尹《讀書譜》、劉元珍《從
先文訣》等，均輯錄了茅坤、唐順之等明代文家之論說，亦體現了明代文章之學
因適應社會文化之發展而不斷調試的局面。促成上述兩點的動因之一，則是「刻
本時代」所帶來的在近世社會、學術、教育等諸多領域的變革。

　　由此引發的第三個層面的思考，是明文話的文化形態考察。自宋元至明
清，不同歷史時期的文化投射，干預著批評文獻的寫作、傳播與被閱讀，作為一
種回饋，後人又可以從中窺探到包括政治、經濟和思想在內的時代印記。以此為
出發點來探討明文話的研究價值，實則超越了理論品格高下之分的標準，無論是
理論精深的著作，還是識見淺顯的文本，皆可以等量齊觀。比如莊元臣《行文須
知》、張溥《初學文式》、杜浚《杜氏文譜》等文法、文式、文格一類的作品，
長期被視為蒙學讀物而鮮人問津，但從現存明文話中此類著作佔較高的比重來
看，正是這些為初學作文者而設的文法類書籍，通過不斷適應多層次的文化需
求，逐步完成古代文章學在近世社會面向中下層的、通俗化的普及和延伸。又如

---

[10] 唐之淳：《文斷》，陳廣宏、龔宗傑編：《稀見明人文話二十種》（上海：上海古籍出版社，2016 年），上
　　冊，頁 31。

汪正宗《作論秘訣心法》、徐未《古今文法碎玉集》、汪應鼎《流翠山房集選八大家論文要訣》等出自低功名階級文人之手的作品，看似隨意抄掇、粗製濫造，卻恰好反映了在文權逐漸分化的近世，通過中下階層文人的共同參與，最基礎的文章學法脈與知識系譜得以逐步形成與延續。

以上三重形態的價值評估，是一個循序漸進的過程。對仍處於起步階段的文話研究來說，從文獻與文本角度對明文話作更多的探討，自然顯得尤為重要。但以此為前提，將研究視野稍擴展至外部而與社會文化相結合進行考察，同樣是接下來需要開展的工作。總的來說，當前的文話研究，在文獻搜集、考訂的條件足以勝過「五四」以來批評文學建設時期的同時，相對應的文學觀念和評價標準，也應在不斷地反思與對舊有格局的重估中得以改善。一旦突破了原來的批評體系，我們討論的基本立場，便不再局限於前人所劃定的方寸之地，而可以返歸到明人所處的近世社會與明文話的歷史語境，這樣一種態度，是我們嘗試對諸多以往不受重視的著述予以較為公允及合理評估的前提。

◎ 二、視角切換：文章學建構的多元思路

近年來，明清詩文領域已受到學界廣泛的關注，其中所取得的顯著成果之一，便是明清文學批評與文學理論的研究。[11] 自上世紀末以來，有關明代文學批評、文學思想及文學思潮的探討可謂盛況空前，成績斐然。但其所鑄成的理論「大廈」，往往會使後來者帶著先入為主的觀念，將一些研究附著於當前已建立起來的批評框架之中，這自然不利於明代文學批評的持續發展。作為新晉的勢力，明文話研究也不可避免地會面臨類似的難題，如何為明代文章學、文學批評提供新的活力，而非簡單的文獻補益與知識疊加，是值得進一步思考的問題。以下三個方面的視角轉換，或許可視為通過文話研究來推動近世文章學多層次建構的努力方向。

一是從士人文章學到通俗文章學。儘管學界對近世社會的文化與文學之轉型已有了一個基本的認知，但不可否認的是，傳統詩文批評的關注重點仍集中於

---

[11] 參見周明初：《走出冷落的明清詩文研究：近十年來明清詩文研究述評》，《文學遺產》，2011 年第 6 期。

士人尤其是精英階層的理論主張層面。從明代前後七子、唐宋派、竟陵派的各派論爭，到清代桐城一脈的發展演變，主流文派的思想脈絡及士大夫精英的文學觀念，大致構成了明清近世文章學之主線。伴隨著近世社會政治和思想文化的革新與更迭，這一主線又從其自身體系中延展出新的生長空間。其中最值得關注的，或即文章學的下行滲透。

我們以「士人文章學」來指稱由士大夫精英所宣導的、理論層次較高的文章學主張，那麼與其相對應的，則是平民化或是通俗化的文章學。從一定意義上來說，以論文書為代表的單篇文論更多地體現了文人精深的理論書寫，相比之下，形式自由、出版便利的文話著作則是通俗文章學的天然載體。儘管明文話中同樣存在著如宋濂《文原》、王世貞《文評》、屠隆《鴻苞文論》之類理論品格較高的著作，但不容小覷的是大量以知識普及和寫作指導為主要內容的通俗讀本，正是它們反映了明代通俗文章學的基本面貌。一方面，一批進士出身的士大夫憑藉著對話語權的掌控，通過文話的刊行來規範和引領以士子為主要閱讀群體的文章習作。承宋元文法而來的曾鼎《文式》；為藝林所傳誦的袁黃《談文錄》、《舉業彀率》、《心鵠》三種；傳授作文「九字訣」的董其昌《論文宗旨》；蒐集諸家論文真訣的湯賓尹《讀書譜》等可視為此類作品的代表。另一方面，作為對文壇風向自下而上的回應，以舉人、諸生為主體的底層文人以及書商、書坊主，共同參與到了授學讀本的編撰、整理與出版，如輯《舉業要語》的舉人汪時躍，編《作論秘訣心法》的生員汪正宗以及續補《舉業卮言》的職業編輯陸翀之等。正是這些來自不同階層力量的加入，使得近世文章學發展在明代呈現出基礎與高階並存的立體格局。在教育制度和科舉制度的規約下，伴隨著閱讀對象的調整，面向底層文人與市民階層的通俗文章學，其內容更加具體和細緻，更傾向於知識的普及和規範的建立。這一點可以拿近世詩學的通俗化進程作為互參，宇文所安在《通俗詩學：南宋和元》中說得明白：「通俗詩學作品把傳統詩學的某些最基本的假定揭示出來，這彌補了它們微妙與細緻不足的缺欠；它們直白地說出了大批評家只是精明地點到為止的內容。」[12] 稍作引申，也可以理解所謂「大批評家」的理

---

[12] 宇文所安著，王柏華、陶慶梅譯：《中國文論：英譯與評論》（上海：上海社會科學院出版社，2002 年），頁 467。

論主張與一般化的知識、法則的對應互補關係。這裡也需要説明，提出研究視角在士人文章學與通俗文章學之間的切換，並非意在以後者取代前者，而是強調二者的動態平衡，嘗試調整以往單一的研究局面。

二是從理論型文章學到實踐型文章學。對通俗文章學的觀照，又牽涉到另一個值得關注的話題，即文章學批評與寫作的雙核。前文提到「五四」以來批評史寫作低估文話價值的問題，其中尚可以補充説明的是，自清人以下，從四庫館臣到近代以來的學人，對詩文評中的格法類作品都評價較低，對於明文話中的文法、文式類著作，也多視其為蒙學讀物和舉業用書而不屑研究。前者從理論品格的高度來加以否定，後者以古文與時文的優劣判別來進行批判，二者所持的價值評判標準是一致的，即均視技法論為文章學之末流。不管這一觀念是顯性的還是隱性的，所帶來的結果是文章學研究框架中理論闡釋與法度解析的失衡。換句話説，以往我們所重視的是以理論為主、批評型的文章學，而對以實踐為目的、建設型的文章學則缺乏相應的關注。

對於明人而言，文章法度之所以重要，在於唐宋時代逐漸建立起來的規範化的文章法則，成為他們創作實踐中無法回避的實際問題。對此，清人已作了不少反思，如姚範指出：「字句章法，文之淺者也，然神氣體勢，皆階之而見。古今文字高下，莫不由此。」[13] 一方面，士大夫精英階層在嘗試模擬甚至意欲比肩前代文章時，總結與反思前人作文法度是重要的取法途徑。另一方面，我們更應該認識到，對初學作文者和應舉士子來說，較之抽象的「精神命脈」，具體化的「繩墨佈置」是更具可操作性和易於接受的。由此也可以理解，為何南宋以降關注文章形式和技法的文話、評點作品不斷湧現，為何明人尤重「辨體」並通過具體分類來釐清不同文體的體式特徵和書寫準則。可以説，宋元時期「以法為文」的傳統建立以來，文法譜系的發展已演變成為近世文章學的重要一脈。明人如何在這一譜系中實現傳承與新變，有待對那些聚焦於文章技巧的文法和文格類著作作深入、全面的考察。這方面，相對成熟的詩學研究已作出了諸多值得借鑑的嘗試，以《元代詩法校考》（北京大學出版社，2001 年）、《全唐五代詩格彙考》（江蘇

---

[13] 姚範：《援鶉堂筆記》，《續修四庫全書》（上海：上海古籍出版社，1996 年），冊 1149，卷 44，頁 111。

古籍出版社，2002 年）為代表的文獻輯考工作，以及學界理論研究的相應展開，使得格法研究成為過去十年詩學領域中較為活躍的板塊之一。與近世詩學面臨宗尚與師法的問題相似，近世文章學同樣面對著歷經中世社會逐步建立起來的古文傳統。所不同的是，作為近世社會與文化形態的一部分，文章學尚需對科舉制度與時文寫作作出積極的回應。正、嘉之後，諸如莊元臣《論學須知》、王弘誨《文字談苑》等文話的相繼問世，也顯示出明人借助文話的刊行，意欲援古文之法干預時文創作的努力。正是上述文章學所面臨的實際狀況，決定了取資於古文以及向時文輸出的文法論，成為明代文章學實踐的關注重點。基於這些考慮，提出將重視法度論、偏重實踐型的文章學納入考察視野，意在盡量消除以所謂印象式批評為代表的感性認知所帶來的視野局限，因為結合文章批評、強調創作實踐，是古代文章學區別於古代文論的重要特徵。

　　三是從文章的經典化到批評的經典化。與明人闡說法度、論評文章相匹配的，是他們編選各類文章選本來作為示範。南宋以來文章評點、文話的不斷湧現與廣泛傳播，在很大程度上了推動了近世散文經典化的進程，「唐宋八大家」即為其中典型。[14] 如果將視角稍作位移，也可以發現，如果說文章選本、評點本的流行使得古文大家及其文章的聲價日增的話，作為批評話語傳播的介質，文話的傳刻則更多地促成了批評經典在明代的形成。兩者的異曲同工之處在於：就明人系統整理和利用前代文獻的層面來說，選錄前人論文之語的彙編體文話，以類似「文話選本」的姿態在明代大行其道，其功能恰恰是將一些經典論說篩選和過濾了出來；從更深層次的文化意義上來看，無論是文章範本還是文法、文評，在科舉教育的意識形態導向中均具有極為廣泛的接受度，而所謂的經典與權威正是在這種普及化的過程中被逐步樹立起來的。如下何良俊的觀點直觀地反映出明人作文取法於經典文論的狀況：

---

[14] 關於「唐宋八大家」自南宋至明的逐步形成，高津孝《論唐宋八大家的成立》一文已作闡發，指出從呂祖謙《皇朝文鑑》到茅坤《唐宋八大家文鈔》，諸多文章選本以其舉業用書的角色擔當，使八大家成為「中國社會自身所析出的散文作家的典型」。文載〔日〕高津孝：《科舉與詩藝：宋代文學與士人社會》（上海：上海古籍出版社，2013 年）。

古今之論文者，有魏文帝《典論》、陸機《文賦》、摯虞《文章流別論》、任昉《文章緣起》、劉勰《文心雕龍》、柳子厚《與崔立之論文書》，近代則有徐昌谷《談藝錄》諸篇，作文之法，蓋無不備矣。苟有志於文章者，能於此求之，欲使體備質文，辭兼麗則，則去古人不遠矣。[15]

此處有關「作文之法」的強調，顯示出明人對這些經典文論的定性判斷，即對「有志於文章者」來説，它們無疑是可以參考的文章指南。

從明文話來考察文章批評經典化的發生過程，仍可以唐宋八大家的例子來加以説明。唐宋以來，論文書的撰寫逐漸成為文人表達文章學理論的主要方式之一，古文大家的論説更是成為後世學子的治學根柢和作文門徑。前引柳宗元《與崔立之論文書》即為一例，又如明人孫鑛《與呂甥孫天成書牘》説到：「舉業無他秘術，但在多作。作之多，諸妙自出。又不可太著意，又不可太率易，要持中乃可耳。柳子厚《答韋中立書》中數語盡之矣。」[16] 從宋代張鎡《仕學規範・作文》、王正德《餘師錄》，到元代王構《修辭鑑衡》，再到明代諸如《文斷》、《文章辨體・總論作文法》、《文體明辨・文章綱領》、《舉業卮言》等，八大家論文書的片段不斷地出現在文話作品中。重複和高頻率實際上包含著一種歷史選擇的意味，正反映出明人對那些言説一再強調，甚至奉為圭臬的態度。清人對此也有共識，梁章鉅《制義叢話》引胡燮齋、程海滄語曰：

唐以前，無專以文為教者。至韓昌黎《答李翊書》、柳柳州《答韋中立書》、老泉《上田樞密書》、《上歐陽內翰書》、蘇穎濱《上韓太尉書》，乃定文章指南。……操觚之士，苟好學深思，心知其意，而行文者總不越規矩二字。[17]

除了八大家文論外，從明文話的編纂中，我們還可以看到宋元時期的文章學文獻

---

[15] 何良俊：《四友齋叢説》，《續修四庫全書》，冊 1125，卷 23，頁 674。

[16] 孫鑛：《月峰先生居業次編》，四庫禁燬書叢刊編纂委員會編纂：《四庫禁燬書叢刊》（北京：北京出版社，2005 年），集部冊 126，頁 226。

[17] 梁章鉅：《制義叢話》（上海：上海書店出版社，2001 年），卷 2，頁 34。

在明人閱讀群體中的評價和地位。比如朱熹之論文語，作為理學家文論的代表，多為明人援引而獲得了較為普遍的價值認同，余祐於嘉靖三年（1524）編成的《朱文公遊藝至論》即為典型。又如宋元文話《文則》、《文說》兩種文法著作在明代的不斷傳刻和文本衍生，先後被改編入徐駿《詩文軌範‧文範》、曾鼎《文式》、佚名《詩文要式》、杜浚《杜氏文譜》等明文話。總之，宋代以後文章學的一部分內容是圍繞承接已有的批評文獻而展開的，在大倡復古之風的明代，這一傾向顯得尤為明顯。通過文話的編纂，明人在這方面作了一系列遴選和彙輯工作，這是值得關注的一個話題。

## ◎ 三、途徑探索：作為方法的「近世性」

　　中國文學史的分期是學界長期關注的話題，其中以上古、中世、近世為框架的分期方法，最早借鑒自日本學者有關日本史、中國史的研究，並參照了歐洲的歷史分期法。相比於以朝代為斷限的斷代分期法，以上古、中世、近世三期來劃分中國文學史的方法，更貼近文學自身發展演變的階段性特徵。近年來如章培恒、駱玉明兩位先生主編的《中國文學史新著》、袁行霈先生主編的《中國文學史》，均採用了這一分期法來劃分「現代」以前的中國文學史。其中，作為中國文學史上的「近世」，學界對其上限時間的斷定，包括上述兩本文學史專著在內，尚存有不同的見解，但落實到具體的劃分標準及「近世文學」有關民間化、通俗化等特徵則已能達成一定的共識。

　　此種有關元明清文學的「近世性」，以文學權力的分化和下移為主線，主要體現為：一是在市民意識和文化需求不斷增長的情況下，文學表現形式和內容的世俗化；二是隨著社會、經濟尤其是作為文化媒介的出版業的發展，文學生產、傳播和消費機制的商業化和多元化。作為近世文學的一個分支，明代文章學在演進過程中，為適應世俗化社會的普遍需求，無論是其話語權向更廣大識字階層的延伸，抑或是其學術內涵向通俗和實踐文章學的擴容，均表現出近世文學的特徵。而作為文章學重要文本載體的文話，因其主要流行於明清兩代，某種意義上可視為近世之「產物」，同樣展示出契合上述近世性的特質：無論是文話撰述和閱讀主體階層的下移，還是文話內容側重文章寫作技法的實踐導向，甚或是文話之彙編所展現的商業化運作的特點。從這個層面來說，此種近世性對於我們開

展明文話研究同樣具有重要的方法論意義。文學史觀念中的近世，同時也是歷史學、社會學的分期，因而呈現出上述領域互相聯動的複雜關係，這與我們強調明文話的歷史語境與文化形態是相一致的；另外，就文學史書寫而言，新興的文學樣式（小說、戲曲）已被視為近世研究的主要對象，而傳統詩文領域則缺乏分量相當的觀照，那麼，將在一定程度上與科舉制度相伴、肇始於宋元、盛行於明清的文話放置於近世這一尺規下加以衡量，無論是對文話研究本身，還是對明清詩文研究的拓展，都或是一條行之有效且富有意義的考察途徑。

唐宋古文運動的開展、儒學傳統的恢復以及科舉制度的逐漸完備，構成了近世社會及其思想、學術的整體生態。北宋以後，文章用其載道的文學功用與政治職能得到普遍的認同，與之相匹配的，是在科舉制度層面從宋元時期詩賦和經義多次遞變，到明代罷詩賦而用經義、策論的定型，文章的地位在由虛向實的學風轉向中被逐漸鞏固。在這種文章學的背景下，藉助日益發展的雕版印刷和書籍市場，以及在此基礎之上不斷深化的資源分享與商業交流，文話發展到明代，隨著作者、讀者群體的擴大以及商業化運作的加入，而越發呈現出世俗化的特徵。

基於以上思考，從文話研究的角度來說，作為方法的近世性至少可包括以下兩個層面。一是以書籍為中心，圍繞編撰者、閱讀者與出版者（主要是書坊）共同形成的文化場，來考察文話生產與流通的過程。從目前已知的資料來看，嘉靖以後出版的作品數量佔據了明文話總數的四分之三，這與明代中後期印刷出版業的日益發達密切相關。在這一文化資本的運作中，書坊作為文話生產與流通的樞紐，無疑起到了重要的作用。一方面，出於射利的考慮，書坊的著眼點是為了滿足圖書閱讀者之需以擴大市場佔有率，由此可以觀測到明中葉以後逐漸崛起的中下階層，對獲取文章學寫作法則與知識的巨大需求。[18]另一方面，部分書坊主同時以編撰者的身份參與到文話的製作環節，藉助已累積的文獻資源，通過文本的複製、篩選、重組和拼合等加工手段來產出作品。如萬曆間衢州書坊主舒用中就

---

[18] 顯著的例子即編撰者和書坊為引導閱讀，往往會在題名中注明作者、批評者及其身份地位等「附屬文本」以凸顯書籍的權威和品質，如《新鍥諸名家前後場肄業精訣》、《湯睡庵太史論定一見能文》、《新刻張太史手授初學文式》。這些「名家」、「太史」的身份標注以及「肄業精訣」、「一見能文」的命名策略，均顯示出文話生產一端對廣大受眾消費需求的回應。

曾輯錄前賢文論彙為《雅林指玄》一書，民國《衢縣誌》卷十五「藝文志下‧集部‧詩文評選」著錄曰：

> 前有萬曆甲申了凡袁表序，後有浙衢少軒舒用中跋，略謂余近購歸茅太史所著論文諸篇，如董、賈與國朝名公未載已。自班、馬以至唐、宋，其間根柢理道，有切於論文者，悉取而錄之，名曰《指玄》。篇篇大雅，字字玄邃，似又為藝林之繩尺矣。集成乃鳩工梓之云云。按：用中前志未見，書為明刊本，刻工甚精，亦近時罕見物也。[19]

藉此可直觀地看到書籍市場的擴展為文話的衍生提供了更大空間。通過書坊的編輯運作，已有的舊材料又再生為新作品以滿足不同時代讀者的需求，這使得彙纂式文話在明代大量刊行。

除了書坊主外，編撰者和讀者也是這一文化場的重要組成部分。從上引舒用中的文論購入和《指玄》產出也可以看到，後二者往往形成身份的轉換或統一，進而構建起一個互動的、對話式的交流圈。僅就明文話編撰者的身份區分來說，進士出身的士大夫文人仍佔大半。作為推動明代文章學進程的主力，士大夫精英以及他們高階的理論主張自然是研究者首先關注的對象。但以近世社會文人的生存需要和功名追求而言，在科舉制度的主導下，浸淫於最基礎和廣泛的文章學知識體系，至少是他們必須經歷的人生階段。由此產生的一部分與高階相對的普及類文話，仍不失為我們考察這些文人生命情志的一塊內容。比如明初唐之淳早年的擬古情結與《文斷》的編纂，又如周瑛《文訣類編序》也說到：「予少習文藝，苦不得其門路。嘗博采諸家論說而類編之，以自軌範。」[20] 到了晚明，隨著私人出版業的興盛，原先較為封閉的「以自軌範」開始轉變為面向大眾的、更為活躍的出版活動。像湯賓尹、董其昌等文人均是在入仕後，以刊佈文話的方式來樹立

---

[19] 民國《衢縣志》，《中國地方志集成‧浙江府縣志輯》（上海：上海書店出版社，1993 年），冊 56，卷 15，頁 73。

[20] 周瑛：《翠渠摘稿》，《景印文淵閣四庫全書》（臺北：臺灣商務印書館，1986 年），冊 1254，卷 1，頁 722。

典範或標示文法，擴大他們在民眾尤其是士子中的影響和號召力。譬如董其昌的《九字訣》，自刊行以來，影響甚大，其相關文本為萬曆間諸如《遊藝塾續文規》、《舉業要語》、《新刻官板舉業卮言》、《從先文訣》等探析時文作法的專書所收錄。相對應的，像汪正宗、徐未、汪應鼎、張次仲、杜浚、左培等低功名文人，又紛紛完成由閱讀者（因他們本身就是文章教習或科考參與者）向文話編撰者的轉換，通過知識的傳輸和經驗的表達，佔據文化場的一席之地。

作為方法的近世性的第二個層面，是以文章學的理論與實際為探析目標，結合教育制度、科舉制度以及由二者所聯結的士大夫官僚、習文士子和書坊主等不同階層，嘗試打通上層與底層、古文與時文的界線，考察它們如何以文話產生內在的聯繫，不僅可展現士大夫的文風引領和理論輻射，而且可揭示下層文化勢力的崛起及其造成的反向影響。若以粗線條的形式對明代文章學之演進加以勾勒，可以看到它大致是沿著兩大路徑並行展開的：一是在古文領域，以接續自秦漢而歷唐宋的文統為重任，其間各類追摹、師法均可視為這一體系建設下的不斷調試；二是在時文領域，於制度規定的範圍內嘗試完成對文體內部空間的極致追求，正、嘉之後的「以古文為時文」的提出以及各式新說的注入，則可以看作是這一內部空間飽和之後的自我破解和對外接納，此過程實與近世社會思想、文化之變革息息相關。從歷時的視角來看，考察包括文話在內的批評文獻，可以了解到明代前期的文章學建設主要是在古文方面，如從宋濂《文原》、蘇伯衡《述文法》等館閣文人撰寫的授學讀本中，均可看出明初文章教育的直接途徑是承續元代延祐復科所塑造的雅正文風，推崇古作。但到了明中葉以後，隨著一批時文巨擘的集體活躍以及出版業的推波助瀾，時文論評開始成為一種頗為流行的批評風尚，進而鑄就了晚明別開生面的學術格局。落實到文話的研究，其中值得關注的大致包括以下幾點：一是在宏觀層面，探析明代的文章學如何藉助科舉制度的內在驅動，逐漸完成其體系內部的「新陳代謝」——大致以萬曆中為界，明人自主的批評話語開始取代宋元舊說佔據主導地位；二是繼續深入有關古文與時文關係的研討，分析明人如何以更具開放性的文章學觀念，來彌補時文封閉體系內「自

我造血」功能的欠缺，[21] 如董其昌《九字訣》對禪宗思想的吸收已顯現出晚明思潮對文法體系的滲透；三是結合出版史，考察時文大家有關文章技法的言論如何成為公共資源和文化資本的過程，如《舉業要語》選錄歷科進士三十五家之論文語，《新刻官板舉業卮言》卷二專收隆慶、萬曆歷科會元，題作「會元衣缽」，《流翠山房集選八大家論文要訣》則選錄趙南星、袁黃、董其昌、吳默、趙之翰、湯賓尹、黃汝亨、王衡八家，這彙輯時文方家論文語的彙編類文話也將納入研究的範圍。

最後需要說明的是，近世性是一個包容度很強的概念，因其本身即包含著史學、哲學、社會學等諸多因素，故而在方法論層面上也有其開放性。文話研究自然需要立足於文學本位，以文獻考訂與理論闡釋為根基，但同時也應嘗試從更豐富多元的視角如出版史、制度、權力、教育等切入探討。以近年來盛行的新文化史理論為代表，海外漢學界運用這些新途徑對於明清文學研究已有了豐富的成果，也引起了國內學界的一定關注。在此，提出作為方法的近世性，一方面希望通過對近世文學的整理觀照，破除文話研究在傳統批評史敘述中面臨的困境，使其不至於遭到切割；另一方面，也自覺文話研究無法回避甚至需要重視科舉、教育、出版等近世社會的複雜元素，故希望在中西學術積極對話的背景下，通過對文話研究的探索實踐，嘗試推動近世文章學向多層次、立體格局的方向發展。

（作者為復旦大學中國古代文學研究中心、古籍整理研究所青年副研究員，

本文原載《文藝理論研究》2017 年第 6 期）

---

[21] 這一欠缺集中體現為「恪遵傳注」的日趨繁瑣與自我封閉，萬曆年間傳統四書評注的滯銷為其突出表現，相關論述可參見周啟榮《為功名寫作：晚明的科舉考試、出版印刷與思想變遷》，張聰、姚平主編《當代西方漢學研究集萃‧思想文化史卷》（上海：上海古籍出版社，2012 年）。

# 文之「復興」：明人文集與明文研究之途徑

龔宗傑

清人對明代文章的系統研究，黃宗羲首開風氣。他不僅費心竭力編纂《明文案》、《明文海》及《明文授讀》三部明文總集，以成「一代文章之淵藪」，還對明代文章之發展演進、總體成就予以評價。其《明文案序上》嘗提出著名的明文「三盛」説，且進一步指出與前代相比，明代文章在總體上呈現平庸化：

> 某嘗標其中十人為甲案，然較之唐之韓、柳，宋之歐、蘇，金之遺山，元之牧庵、姚燧、道園、虞集，尚有所未逮。蓋以一章一體論之，則有明未嘗無韓、柳、歐、蘇、遺山、牧庵、道園之文；若成就以名一家，則如韓、柳、歐、蘇、遺山、牧庵、道園之家，有明固未嘗有其一人也。議者以震川為明文第一，似矣。試除去其敘事之合作，時文境界，間或闌入，較之宋景濂尚不能及。此無他，三百年人士之精神，專注於場屋之業，割其餘以為古文，其不能盡如前代之盛者，無足怪也。[1]

此處黃宗羲把明代文家與唐、宋以來的幾位名家進行對比，認為單就一章一體而言，明文或有可與匹敵者，但從個人成就來説，則明代沒有一人可以與韓、柳、歐、蘇等前代名家相提並論。同時將此種一代文章的整體平庸化，歸因於科舉取士制度及八股文寫作帶來的負面影響。

黃宗羲的觀點自清季以來影響很大，近人陳柱編寫《中國散文史》，以文體特徵為標準，把中國古代散文史劃分為六個時代，明、清兩代為「以八股為文化時代之散文」。其中對明代文章，陳氏也説「自來論明文者多貶詞」。[2] 錢基博的《明代文學》雖然極力維護明代詩文，申言「自我觀之：中國文學之有明，其如

---

[1] 黃宗羲：《南雷文定前集》，《叢書集成初編》本，卷 1，頁 1。

[2] 陳柱：《中國散文史》（上海：商務印書館，1937 年），頁 242。

歐洲中世紀之有文藝復興乎」，但也指出「自來論文章者，多侈譚漢、魏、唐、宋，而罕及明代」。[3] 時至今日，儘管明代文學研究總體上獲得了大幅推進，尤其是明代的詩文研究，近年來呈現出趕超傳統戲曲小說研究的良好趨勢，[4] 但無論是作為特定體裁或類型被研究的明文，還是文學史或散文史書寫中的明文，在很大程度上，仍未完全擺脫百年前「多貶詞」和「罕譚及」的尷尬局面。

　　當然，造成此種局面的因素是多方面的，除了上述歷史積累的原因外，作為明代文章研究之基礎，長期以來相關文獻整理與研究的整體滯後，更是不可忽視的問題。不過，近些年，這種狀況已多有改善，例如出現以明代文體學、文章觀為研究旨趣而展開的對明代文章總集的研究，[5] 以及以建構明代文章學為目標而開掘的明代文話整理與研究。[6] 作為明代文章研究的主要文獻，明人文集的文獻整理，主要從影印出版和點校整理兩方面推進。如文集影印，在以往以「四庫」系列為代表的各種大型影印叢書之外，近幾年又有《明別集叢刊》（黃山書社，2013 年）、《明代詩文集珍本叢刊》（國家圖書館出版社，2019 年）、《日本所藏稀見明人別集彙刊》（第一輯，廣西師範大學出版社，2021 年）；明人文集整理方面，在已有的校點本、校注本的數量基礎上，也有《明人別集叢編》這類大型文獻叢書的系統整理。[7] 因此，在當前文獻整理有力推進的同時，如何站在文學立場有效開展明文研究，反思前路，瞻望未來，顯得尤為迫切和重要。

## ◎ 一、從《中國大文學史》說起

　　百餘年前，身處新舊學術交鋒點的學人，曾對在「文學史」這一新模式下如何處理古典學術之舊傳統，作過許多思考。由此種思考而來的二十世紀早期中國文學史著述中，蜀中學人謝無量的《中國大文學史》，無疑是一種頗值得玩味的

---

[3] 錢基博：《明代文學‧自序》（上海：商務印書館，1934 年），頁 1。

[4] 參見左東嶺《2016 至 2020 年元明清文學研究趨勢、存在問題及前景展望》，《復旦學報》，2020 年第 6 期。

[5] 相關研究如吳承學：《明代文章總集與文體學：以〈文章辨體〉等三部總集為中心》，《文學遺產》，2008 年第 6 期；鄭雄：《明人編選明文總集研究》，復旦大學博士學位論文，2020 年。

[6] 文獻整理方面有陳廣宏、龔宗傑編：《稀見明人文話二十種》（上海：上海古籍出版社，2016 年）；相關研究有龔宗傑：《明代文話研究》（北京：中華書局，2019 年）。

[7] 參見鄭利華：《〈明人別集叢編〉編纂之緣起》，《薪火學刊（第 6 卷）》（上海：復旦大學出版社，2019 年）。

「文學史」樣本。此書既受歐美「文學成為美藝之一種」觀念的影響，也體現出對中國傳統之「文」的堅守，昭示其以「文章者原出五經」為根基的大文學史觀。這種在過渡時期視古典文章為文學主體的學術關懷，或許對當下的中國古典文章研究仍有啟發。

由於受到中西兩股不同力量的牽制，我們可以明顯感受到，謝無量對「文學」的理解始終是分裂的。首先，在對「文學」概念的認識上，謝無量首次作了廣義和狹義的區分。《中國大文學史》第一章第一節「中國古來文學之定義」，對此書之研究對象作了廣義上的理解：「今以文學為施於文章著述之通稱。自《論語》始有文學之科，或謂之『文』，或曰『文章』，其義一也。」[8] 此後結合晉宋以來的文筆之分以及劉勰《文心雕龍》對「文」的論述，圍繞中國古代文學發展之大勢，對廣義、狹義文學及其歷史演變作了一番梳理：

> 綜彥和之論，則文之廣義，實苞天地萬物之象。及庖犧始肇字形，仲尼獨彰美製，而後人文大成。文言多用偶語，為齊、梁聲律所宗。齊、梁文士，並主美形，切響浮聲，著為定則，文之為義愈狹而入乎藝矣。唐世聲病之弊益甚，學者漸陋狹境，更趣乎廣義，論文必本乎道，而以詞為末。至宋以下，其風彌盛。周元公曰：「文所以載道也。」又曰：「文辭，藝也；道德，實也。」不知務道德而第以文辭為能者，藝焉而已。且又以治化為文，王荊公曰：「禮樂刑政，先王之所謂文也。書之策，引而被天下之民也，一也。」於是文學復反於廣義，超乎藝之上矣。[9]

謝無量認定，在中國古代，重聲律、主美形而以文辭為能者為狹義之文，只是「藝」；廣義上的「文」，則以是文辭和道德為表裡，超乎於「藝」之上。在歷史上，狹義之文可指向六朝文辭，而廣義之文，尤以歷經唐宋古文運動而被賦予豐富的政治內涵及道德要素之文章為代表。之所以作如此區分，當有謝無量結合中西兩方面經驗的思考。在「外國學者論文學之定義」一節中，謝無量指出「藝」

---

[8] 謝無量：《中國大文學史》（上海：中華書局，1940 年），卷 1，頁 1。

[9] 同上，頁 2-3。

代表了歐美近世對文學之理解：

> 歐美皆以文學屬於藝（art）。柏拉圖曰：「雕刻繪畫，藝之靜也；詩歌音樂，藝之動也。」亞里士多德所說亦同。至黑格爾，則分目藝、耳藝、心藝，以詩歌屬諸心藝。至於文學之名，實出於拉丁語之 Litera 或 Literatura。當時羅馬學者用此字，含文法、文字、學問三義。以羅馬書證之：用作文字之義者，塔西兌（Tacitus）是也；用作文法者，昆體盧（Quintianus）是也；用作文學者，西塞羅（Cicero）是也。要至近世，而後文學成為美藝之一種耳。[10]

更進一步，謝無量援引龐科士（Pancoast）所著《英國文學史》對文學的定義，指出屬於「藝」的、狹義之文學，「唯宗主情感，以娛志為歸者，乃足以當之」，功能上「描寫情感，不專主事實之智識」，體裁上「如詩歌、歷史、傳記、小說、評論等是也」。[11] 如果將上述兩條線整合，可以看到，謝無量從「藝」之一端，將中國文學中重聲律、主美形之文辭，歐美文學中主情感、重娛志之詩歌、小說等，皆歸納入狹義文學的範疇內。但顯然，這一範圍遠無法涵蓋中國傳統之「文」。

因此，在文學分類的處理上，謝無量也採取了兼綜中西二說的分法，以「主於知與實用」與「主於情與美」兩大類來區分傳統文學，以此為中國古代大量的、以知與實用為特點的文章尋找歸屬。在第一章專論「文學之分類」的第四節，謝氏在綜合了中國古代文體學與西方文學分類觀之後，提出了如下的文學分類法：

> 文學分類，說者多異。吾國晉宋以降，則立文筆之別，或以有韻為文，無韻為筆。然無韻者，有時亦謂之文。至於體製之殊，梁任彥昇《文章緣起》僅有八十三題。歷世踵增，其流日廣。自歐學東來，言文學者，或分

---

[10] 謝無量：《中國大文學史》，卷 1，頁 3。

[11] 同上，頁 4。

知之文、情之文二種，或用創作文學與評論文學對立，或以使用文學與美文學並舉。顧文學之工亦有主知而情深、利用而致美者，其區別至微，難以強定。近人有以有句讀文、無句讀文分類者，輒采其意，就吾國古今文章體製，列表如左。[12]

以這種分類法製定的「文學各科表」，分「無句讀文」與「有句讀文」兩大類，「無句讀文」分圖書、表譜、簿錄、算草四類，「有句讀文」下分「有韻文」與「無韻文」兩類。「有韻文」下細分辭賦、哀誄、箴銘、占繇、古今體詩、詞曲六類；「無韻文」下細分學說、歷史、公牘、典章、雜文、小說六類，各類下又有細分，如雜文類下再分符命、論說、對策、雜記、述說序、書札六小類。若按知之文、情之文來衡量，則「無句讀文及有句讀文中之無韻文，多主於知與實用；而有句讀文中之有韻文及無韻文中之小說等，多主於情與美」。

儘管謝無量的這套文學分類法頗為繁複龐雜，在後來也未有多少影響，但也有值得留意之處。其一是謝氏的分類法以傳統文章流別論為內裡，肯定了中國古代以文集為單元所反映的古代文章體製之複雜性。如他指出，以此各科表處理古代各類文章的方法，是「經史以下，及後人文集，可各就其體製所近，以類相從」。[13] 其二是謝無量對知之文、情之文的分類，成為此後中國文學史寫作的一種先行經驗，《中國文學史學史》評價為「預埋了兩條路線」：

> 在謝無量這樣一種方式的思考中，對「文學」一詞的理解由混沌一團開始分裂。這一分裂，實際上隱含了動搖舊的文學觀念的某種力量，並且在未來的中國文學史寫作與研究中預埋了兩條路線；由於歷史的機緣，其中的一條路線又將藉助著舊的文學觀念被顛覆的勢頭，由隱而顯，拓寬其途，成為今後幾十年寫作《中國文學史》的唯一「正道」。[14]

---

[12] 謝無量：《中國大文學史》，卷1，頁6。

[13] 同上，頁9。

[14] 董乃斌、陳伯海、劉揚忠主編：《中國文學史學史》（石家莊：河北人民出版社，2003年），第2卷，頁25。

其中所謂「歷史的機緣」，正是「五四」新文化運動及其帶來的巨大影響。在那之後，「中國文學史」的撰寫基本沿著謝無量預埋的「情之文」的道路越走越遠。而從《中國大文學史》的分類觀來看，謝無量所走的，顯然是與後來的這條「正道」相反之途。也正因此，《中國大文學史》在後來遭到一些文學史家的批評，如譚正璧《中國文學進化史》論及「過去的文學觀」說：「過去的中國文學史，因為根據了中國古代的文學定義，所以成了包羅萬象的中國學術史。」[15] 鄭賓于《中國文學流變史・前論》也指出：「據我的眼光看來，似這般『雜貨舖式』的東西，簡直沒有一部配得上稱之為『中國文學史』的作品。」[16] 又點出謝無量《中國大文學史》受章太炎之文學觀的影響，所做的文學史乃「玩世欺俗」、「荒謬絕倫」。胡雲翼《新著中國文學史・自序》更進一步，認為章太炎、謝無量的文學界說「寬泛無際」：

> 乃是古人對學術文化分類不清時的說法，已不能適用於現代。至狹義的文學，乃是專指訴之於情緒而能引起美感的作品，這才是現代的、進化的、正確的文學觀念。本此文學觀念為準則，則我們不但說經學、史學、諸子哲學、理學等，壓根兒不是文學；即《左傳》、《史記》、《資治通鑑》中的文章，都不能說是文學；甚至韓、柳、歐、蘇、方、姚一派的所謂「載道」的古文，也不是純粹的文學。（在本書裡之所以有講到古文的地方，乃是藉此說明各時代文學的思潮及主張。）我們認定只有詩歌、辭賦、詞曲、小說及一部美的散文和遊記等，才是純粹的文學。[17]

必須承認的是，鄭賓于、胡雲翼對謝無量《中國大文學史》如雜貨舖般寬泛無際的批評，頗中要害。而胡氏別除經史子以及載道之古文，認定詩歌、戲曲、小說、散文的文學四分法為現代的、進化的、正確的文學觀念，也出於其自身之文學立場。然而，正是在這種純文學的觀念下，如前述謝氏所言由中國古代文集體

---

[15] 譚正璧：《中國文學進化史》（上海：光明書局，1929 年），頁 2。

[16] 鄭賓于：《中國文學流變史・前論》（上海：北新書局，1931 年），頁 7。

[17] 胡雲翼：《新著中國文學史・自序》（上海：北新書局，1947 年），頁 5。

現的眾多文類，被放置於文學史敘事的現代性裝置之中，被壓縮、歸類及汰選，這在極大程度上消解了中國古典文章類型、體製、創作經驗的多樣性。從這一點來說，我們強調反思以往的文學史，試圖揭開中國傳統文學之原本面貌，特別是立足於謝氏所謂歷經唐宋古文運動而「復反於廣義」的文學之實際，那麼《中國大文學史》所走的那條背「正道」而馳之途，似乎又有了全新的學術意義。

## ◎ 二、以類相從：文體研究之困境與文類研究之進路

謝無量「大文學史」的構設，之所以最終呈現出巨細無遺、包羅萬象的文學分類格局，乃在於他所面對的傳統文體之實存異常複雜。就古人別集所反映的情況而言，四庫館臣在「集部總敘」中就曾指出「自編則多所愛惜，刊版則易於流傳。四部之書，別集最雜」。[18] 自宋代以來，文人別集編刻漸趨流行，內容及編次亦趨於複雜。別集之書，多收子部雜著，又兼有經、子二部的內容。如以明人文集為例，據陳文新、郭皓政統計，以三十七位明代狀元的別集為總體，它們所包含的文體將近七十種，若以詩、文兩大類分，「文」這一大類下的細目也有五十餘種。[19]

與明人別集收錄文體繁雜的狀況相應，以總集為歸屬的中國古代文體分類亦頗為龐雜。明代的幾部文章總集如吳訥《文章辨體》分古今文辭為五十九類，此後徐師曾、賀復徵踵武吳氏，分別編《文體明辨》、《文章辨體彙選》，又各分文體一百餘類。明人總集對中國古代文體齊備式的分類，足以反映古典文章的類型複雜性以及分類標準的不確定性。

在「文辭以體製為先」（《文章辨體・凡例》）觀念的驅動下，明代文體學尤注重對文學類型的細緻辨析，不免趨於瑣碎繁蕪。清人對此多有反思，往往採取歸類的方法來收束眾多文體。例如清初儲欣編選《唐宋八大家類選》，以「兩層分類法」將八家文分成六大類三十體，其六大類分別為奏疏、論著、書狀、序記、傳志、詞章，以此兼顧「分體」與「歸類」，糾正此前文體分類繁瑣之弊。[20]

---

[18] 永瑢等：《四庫全書總目》（北京：中華書局，1965 年），卷 148，頁 1267。

[19] 參見陳文新、郭皓政：《明代狀元別集文體分佈情形考論》，《文藝研究》，2010 年第 5 期。

[20] 參見常恒暢：《儲欣及其〈唐宋八大家類選〉》，《學術研究》，2013 年第 4 期。

姚鼐《古文辭類纂》同樣採取了歸類的分法，設置十三「體類」：論辨、序跋、奏議、書說、贈序、詔令、傳狀、碑誌、雜記、箴銘、頌贊、辭賦、哀祭。曾國藩編纂《經史百家雜鈔》沿襲姚氏分法，稍有更改：

> 姚姬傳氏之纂古文辭，分為十三類。余稍更易為十一類：曰論著，曰詞賦，曰序跋，曰詔令，曰奏議，曰書牘，曰哀祭，曰傳誌，曰雜記，九者，余與姚氏同焉者也；曰贈序，姚氏所有而余無焉者也；曰敘記，曰典志，余所有而姚氏無焉者也；曰頌贊，曰箴銘，姚氏所有，余以附入詞賦之下編；曰碑誌，姚氏所有，余以附入傳誌之下編。論次微有異同，大體不甚相遠，後之君子，以參觀焉。[21]

曾國藩在具體編目上同樣用兩層分類法，以著述、告語、記載三門來總攝十一文類，兼顧了傳統文體稱名及文類功能。從儲欣到曾國藩，清人的這種以類相從式的分類法，也影響了近代的文學分類學，王葆心《古文辭通義》、來裕恂《漢文典·文章典》都採取了相對合理而統一的分類法來歸類古典文體。如王葆心便提出了「以至簡之門類騾梧文家之製體」的分類原則，[22] 同時借鑑上述儲欣、姚鼐、曾國藩三書，規畫出一套三門十五類的文學分類法：

> 告語門：詔令類、奏議類、書牘類、贈言類、祭告類；
> 記載門：載言類、載筆類、傳誌類、典志類、雜記類；
> 著述門：論著類、詩歌類、辭賦類、傳注類、序跋類。

作為依據晚清學制而設計的教學參考書，《古文辭通義》對古代文章類型的認識同樣受西學之影響。最明顯的便是以情、事、理三者來對應上引之三門，王氏云：「文章之體製既不外告語、記載、著述三門，文章之本質亦不外述情、敘

---

[21] 曾國藩：《經史百家雜鈔·序例》，清光緒三十二年（1906）石印本。

[22] 王葆心：《古文辭通義》，王水照編：《歷代文話》（上海：復旦大學出版社，2007 年），冊 8，卷 13，頁 7705。

事、説理三種」。又説：「以告語之文述情，記載之文敘事，著述之文説理，文之本質乃附體製以達群用。明乎此，足以貫綜文家之體用矣。」[23]

誠如王葆心所言「文之本質乃附體製以達群用」，中國古代諸多文體之分類，往往是體製與功能相統一的，它們不僅受到文學體式的制約，更受到社會行為的指引。[24] 因此，文體功能同樣是分類的重要標準，[25] 姚鼐的十三體類、曾國藩的三門十一類、王葆心的三門十五類及分別對應的述情、敘事、説理，便是依據文體功能以類相從的結果。筆者認為，當不同文體依照社會行為之指引，而體現出功能上的趨近並以此類聚，我們可以稱之為「文類」。文體作為一種實體範疇，指向文章具體的體式特徵；文類則是關係範疇，強調的是文章的功能分類。例如王葆心歸納的「傳誌類」，其功能為「所以記人生平者」，在此功能標準下的不同文體，有玉牒、宗譜、外傳、別傳、家傳、墓表、阡表、墓誌銘、神道碑碣、行狀、行述、年譜、事略、書事、題名等等。就當前的古典文章研究而言，借鑑前述如《古文辭類纂》、《古文辭通義》等的類型歸納，從「文類」這一概念入手，化繁為簡，當有助於具體研究對象的確定，避免古代文體分類繁複、混亂帶來的諸多問題。

運用文類作為研究路徑，除了便於明確研究對象的邊界之外，其有效性還在於能讓我們把握古代文章的實用性特質，深化對古典文學的認知。仍以明人文集為例，據上引陳文新、郭皓政對明代狀元文集的考察，就數量而言，在「文」這一大類下，贈序類、碑傳類、書牘類是書寫頻率最高的三種文類。儘管調查的樣本因作家身份為狀元，或許帶有一定的特殊性，但其結果仍具有參考意義。如按《古文辭類纂》的分類法，來考察明萬曆三十年（1602）鄧雲霄刻本《空同子集》，

[23] 王葆心：《古文辭通義》，王水照編：《歷代文話》，頁 7719。

[24] 郭英德《由行為方式向文本方式的變遷——論中國古代文體分類生成方式》（《陝西師範大學學報》，2005年第 1 期）指出：「中國古代文體的生成大都基於與特定場合相關的『言説』這種行為方式，這一點從早期文體名稱的確定多為動詞性詞語便不難看出。人們在特定的交際場合中，為了達到某種社會功能而採取了特定的言説行為，這種特定的言説行為（動詞）指稱相應的言辭樣式（名詞），久而久之，便約定俗成地生成了特定的文體。因此，中國古代的文體分類正是從對不同文體的行為方式及其社會功能的指認中衍生出來的。」

[25] 關於文體功能是古代文體分類基本參考的相關討論，參見郗文倩：《中國古代文體功能研究論綱》，《福建師範大學學報》，2010 年第 6 期。

此集卷一至卷三為「賦類」，卷四至卷三十七為「詩類」，卷三十八以下為「文類」。「文類」具體編排如下：

文類一　　族譜六篇

文類二　　上書一篇

文類三　　狀疏四首

文類四　　碑文二十五首

文類五　　誌銘三十七首

文類六　　記二十一首

文類七　　序八十一首（書序三十首，贈序五十一首）

文類八　　傳六首、行實一首

文類九　　之一雜文十八首（說四首、論三首、敘三首、跋八首）、之二雜文二十三首（文五首、銘八首、贊十首）、之三雜文二十五首（箴六首、戒六首、頌二首、辭二首、誄一首、對三首、解一首、字義四首）

文類十　　書二十六首

文類十一　祭文十八首

文類十二　外篇八首

略作歸類可知，作品數量較多的仍為贈序類、碑誌類、序跋類及書牘類。這些文類之所以頗受文人青睞，恐怕並非個人創作傾向，很大程度上正是受社會行為的指引。對明代士大夫精英階層而言，像贈序、碑誌類等應用性文體寫作，正是他們文人生活及社交活動的重要構成部分。

　　進一步以贈序為例，《空同子集》「文類七」之八卷雖皆以「序」命名，但其編排上仍作了有意的切分。卷五十至五十二為書序，卷五十三至五十七則為贈序，二者自然有所區分。《古文辭類纂》分序跋類和贈序類，正是考慮到這兩類序文體功能的不同。姚鼐對贈序類解說道：

　　　　贈序類者，《老子》曰：「君子贈人以言。」顏淵、子路之相違，則以

言相贈處。梁王觴諸侯於范臺，魯君擇言而進，所以致敬愛、陳忠告之誼
也。唐初贈人，始以序名，作者亦眾。至於昌黎，乃得古人之意，其文冠
絕前後作者。蘇明允之考名序，故蘇氏諱序，或曰引，或曰說。今悉依其
體，編之於此。[26]

如姚鼐所言，文體學史上的贈序文於唐初正式確立，唐人的贈序撰作又以韓愈為
典範，其功能主要是「贈人以言」。對此，宋代曾鞏《館閣送錢純老知婺州詩序》
一文，對古代文人的贈別文化以及贈序傳統，作了很好的詮釋：

> 蓋朝廷常引天下文學之士，聚之館閣，所以長養其材而待之上用。有
> 出使於外者，則其僚必相告語，擇都城之中廣宇豐堂、遊觀之勝，約日皆
> 會，飲酒賦詩，以敘去處之情，而致綢繆之意。歷世浸久，以為故常。[27]

明人吳訥的《文章辨體》在解說「序」這一文體時也指出「近世應用，唯贈送為
盛」，[28] 表明作為文人社交活動中的一種文類，贈序文自宋代以來已發展成極為
重要的應用之文。吳訥雖未區分這兩類序，但在序題中引宋人呂祖謙「凡序文
籍，當序作者之意；如贈送謙集等作，又當隨事以序其實也」的說法，大致說明
了所謂文籍序與贈序之間的差別。在吳訥看來，無論是「當序作者之意」的文籍
序，還是「當隨事以序其實」的贈序，在行文體式上都應「以次第其語、善敘事
理為上」。但事實上，就文學功能而言，如姚鼐所指出贈序是「贈人以言」，而
文籍序之要義在於「推論本原，廣大其義」，[29] 二者是不同的。

綜上所述，姚鼐、曾國藩、王葆心等運用多層分類法，來區分及歸類古代眾
多的文章類型，對當下有待推進的明文研究有著可資借鑑的意義。一是用「文類」
來統攝功能類型相近的文體群，可在一定程度上避免以明代文體學為代表的古代

---

[26] 姚鼐：《古文辭類纂·序目》（上海：上海古籍出版社，2016 年），頁 9。

[27] 曾鞏著，陳杏珍、晁繼周點校：《曾鞏集》（北京：中華書局，1984 年），頁 214。

[28] 吳訥著，于北山校點：《文章辨體序說》（北京：人民文學出版社，1962 年），頁 42。

[29] 姚鼐：《古文辭類纂·序目》，頁 3。

文章分類所帶來的龐雜性難題，以此來考量以文集為主要載體的明文類型及書寫特徵，確定具體的研究對象及其邊界，當具有較強的可行性。二是以類相從的歸類法，強調以文章的功能作為標準，既符合古代的文章書寫總體上受社會行為指引的特點，也有助於我們分析不同文類的書寫規範、審美標準，[30] 從文學的程式化、應用性、適用語境等層面豐富考察古典文章的視野，擴展明文研究的可能性。

## ◎ 三、演變與新生：明文研究的新因素

上文對贈序文生成、發展的討論，實際上涉及中國古代文體演變、新生的議題。這其中，由社會行為方式所引起的功能變化，對文章類型的流變仍具有關鍵作用。[31] 中國古代贈序文由詩序演變而成為獨立之一體，正在於唐代以來「送別序在社交活動中的廣泛應用，其為行人延譽的社交功能逐漸得到強化」。[32] 這也表明，對古代文章的研究，尚應關注在文體功能及社會行為背後的時代性特徵。例如，王潤英《梓而有序：明代書序文研究》即關注明代蓬勃發展的書籍文化與明人序文撰寫之間的關聯，嘗試以書籍史為視角探索明代書序文在文體、文化等層面的新變。[33] 當然，古代文類在明代社會、文化背景下發生的演變、新生不僅限於此，下文試舉兩例：

其一是新生，例如序文類下的「試錄序」與「時文序」，是在明代科舉文化下出現的新興樣式。其中，試錄序依附於科舉文獻鄉試錄、會試錄而來。關於試錄，明末朱荃宰《文通》曾專列「錄」這一文體，解說曰：「辰、戌、丑、未，大比天下貢士，錄其文曰《會試錄》；子、午、卯、酉，鄉舉，錄其文曰《某省鄉試錄》。皆冠以前序，主考官為之。」[34] 例如，薛瑄為天順元年（1457）會試

---

[30] 柯慶明教授曾指出，如論說、序跋、書箋、碑銘、傳狀等古典文類，在實用性特質之外，同樣具備古典文學的美感潛能及性情表現。詳見柯慶明：《古典中國實用文類美學》（臺北：臺灣大學出版中心，2016 年）。

[31] 參見〔英〕阿拉斯泰爾‧富勒者，楊建國譯：《文學的類別：文類和模態理論導論》（南京：南京大學出版社，2018 年），頁 191。

[32] 錢蕾：《從贈詩到贈序：韓愈與贈序文體的確立》，程章燦主編：《古典文獻研究》（南京：鳳凰出版社，2020 年），第 22 輯上卷，頁 52。

[33] 參見王潤英：《梓而有序：明代書序文研究》（北京：商務印書館，2020 年）。

[34] 朱荃宰：《文通》，王水照編：《歷代文話》，冊 3，卷 15，頁 2880。

所撰的《會試錄序》云:「是以九十餘年,薄海內外,文教隆治,士習萃然,一出於天理民彝之正,而雜學、術數、記誦、詞章之習,鑱刮消磨,無復前季之陋。」[35] 作為依附於前兩級科舉錄的文本,試錄序的作者身兼文人與考官的雙重身份,其敘述多是站在官方的立場,更多體現引領士風、釐正文體的官方意志,與一般文集序在功能及表達上都有所不同,但相同的是同樣可以收入文集而傳於後世。

嘉靖中以後,非官方的時文編集與刊刻日漸盛行。此類選集每有編刊,多邀名家為之撰序,久之漸成慣例。因此,作為這種科舉與出版相結合的文化產業之一環,「時文序」也得到迅速發展。關於試錄序與時文序之差別,翻檢萬曆年間屠隆、陶望齡、袁宏道等明人文集,皆收有這兩類序文,可略作比較。如陶望齡所撰《癸卯應天鄉試錄序》,收於《歇庵集》卷三,其中談到經義之法度說:

> 臣嘗竊觀我明制舉之業,莫盛於吳。博士所誦說,若所謂王、唐、瞿、薛者,皆吳人也。其文若爰書之傅法律,而不可出入;若歌者節拍,不可舒促。四方師之,號為正始。蓋尺幅之中,一題之義,求之而彌有,濬之而彌新。因歎聖賢之言,無窮若是,而其法之精微曲折,亦有卒世不能究者。[36]

從吳地舉業名家王鏊、唐順之、瞿景淳、薛應旂四人談到舉業之法難以窮盡,其表述頗為宏闊。再看陶望齡為董其昌時文集所撰《董玄宰制義序》:

> 余髫時竊已讀玄宰所為制義,然不能知其為何若人,而第見所裒集名氏錯出於唐、薛諸名公間,遂謬計以為其儔矣。後薄遊四方,遂益聞玄宰,而甚怪其猶偃蹇諸生間。迨戊子,余復偕計北來,則玄宰已領京兆薦,方籍籍負厚名,愈欲望見之,……世傳玄宰制義多矣,是編最後出。

---

[35] 薛瑄:《敬軒薛先生文集》,《明別集叢刊(第一輯)》(合肥:黃山書社,2013 年),冊 36,卷 17,頁 526。

[36] 陶望齡著,李會富編校:《陶望齡全集》(上海:上海古籍出版社,2019 年),上冊,頁 138。

其以求玄宰巧拙之效，謂其語然否。[37]

此處陶望齡所寫基本上是一種文人式的、個人化的表述，而與一般意義上的文集序並未有多大的差別。當然，從文體功能上來說，時文序在晚明的出現以及文人別集對此類序文的收編，有其特定的學術背景和歷史意義。

時文序在晚明的大量創作，也為明清之際文體學的發展提供了新元素。例如賀復徵《文章辨體彙選》，其中卷二百八十一至卷三百六十為「序」類，凡八十卷。大類下又細分「經」、「史」、「文」、「籍」、「騷賦」、「詩集」、「文集」等三十一個子類。特別值得留意的是「試錄」與「時藝」二類，是對明代才出現的試錄序、時文序之收錄，以符合此書在前人基礎上新立文體以求全備的編纂宗旨。此外，黃宗羲《明文海》卷二百十至卷三百二十五「序」類下，也分「著述」、「文集」、「詩集」、「贈序」、「送序」、「雜序」、「序事」、「時文」、「圖畫」、「技術」、「壽序」、「哀輓」、「方外」、「列女」十四小類。其中亦有「時文」一類，收錄明人所撰時文序共七卷。這反映出在明清之際隨著時文創作的迅速開展，時文序作為新興的序體樣式也趨於成熟。

其二是演變，以碑誌文類下的「壙志」在明代的創作情況為例。一般而言，壙志、壙銘只是墓誌銘的別稱，徐師曾《文體明辨》解說墓誌銘一體曰：「又有曰葬誌，曰誌文，曰墳記，曰壙誌，曰壙銘，曰楬銘，曰埋銘。其在釋氏，則有曰塔銘，曰塔記。凡二十題，或有誌無誌，或有銘無銘，皆誌銘之別題也。」[38]明初王行《墓銘舉例》以韓愈文作為正例來昭示墓誌銘之義例，收錄韓愈《女挐壙銘》一文，以示「題書壙銘」之例。韓文如下：

女挐，韓愈退之第四女也，慧而早死。愈之為少秋官，言佛夷鬼，其法亂治，梁武事之，卒有侯景之敗，可一掃刮絕去，不宜使爛漫。天子謂其言不祥，斥之潮州漢南海揭陽之地。愈既行，有司以罪人家不可留京師，迫遣之。女挐年十二，病在席，既驚痛與其父訣，又輿致走道撼頓，失食飲

---

[37] 陶望齡著，李會富編校：《陶望齡全集》，頁 195-196。

[38] 徐師曾著，羅根澤校點：《文體明辨序說》（北京：人民文學出版社，1962 年），頁 149。

節，死於商南層峰驛，即瘞道南山下。五年，愈為京兆，始令子弟與其姆易棺衾，歸女挐之骨於河南之河陽韓氏墓，葬之。女挐死當元和十四年二月二日；其發而歸，在長慶三年十月之四日。其葬在十一月之十一日。銘曰：

> 汝宗葬於是。汝安歸之。唯永寧！[39]

此文雖與為士大夫所撰的墓誌銘有所不同，但仍包含諱字、姓氏、壽年、卒日、葬日、葬地及大致履歷等墓銘的基本要素，符合墓誌銘的格套正例。

在明代，從明人文集所收碑誌文的情況來看，壙志的寫作呈現出新貌，一是題書「壙誌」、「壙銘」的墓誌較為普遍，二是在書寫上呈現出為庶民作誌、[40] 個性寫作等新的因素。例如歸有光《震川先生集》，在編排上對墓誌銘和壙誌作了區分，卷十八至二十一為墓誌銘，卷二十二為權厝誌、生誌、壙誌。其中壙誌乃為其子女、妾氏所撰。這些誌文與一般意義上的墓誌在風格、語言表達上多有不同。如《女二二壙誌》：

> 女二二，生之年月，戊戌戊午；其日時，又戊戌戊午。予以為奇。今年，予在光福山中，二二不見予，輒常常呼予。一日，予自山中還，見長女能抱其妹，心甚喜。及予出門，二二尚躍入予懷中也。既到山數日，日將晡，余方讀《尚書》，舉首忽見家奴在前，驚問曰：「有事乎？」奴不即言，第言他事。徐卻立曰：「二二今日四鼓時已死矣。」蓋生三百日而死。時為嘉靖己亥三月丁酉。余既為棺斂，在某月日瘞於城武公之墓陰。嗚呼，余自乙未以來多在外，吾女生既不知，而死又不及見，可哀也已！[41]

此誌除交代生年、生日、卒年、卒日、葬日、藏地等墓誌要素外，更主要的是對生活細節的描述以及情感的抒發。與士大夫的墓誌銘主要記載墓主之職官、履

---

[39] 韓愈著，馬其昶校注：《韓昌黎文集校注》（上海：上海古籍出版社，1998年），頁 561-562。

[40] 明代造墳例規定，「庶民塋地九步，穿心一十八步，止用壙誌」，見《大明會典》，卷 203「職官墳塋」條，明萬曆十五年（1587）內府刊本，第 8b 頁。

[41] 歸有光著，彭國忠、查正賢、楊焄、趙厚均校點：《震川先生集》（上海：上海人民出版社，2020年），卷 22，頁 599。

歷、政績等內容不同，此類壙志因「事關天屬」，故多著墨於庶人日常生活的書寫，更可見真情流露。翻檢其他明人文集，如王樵《幼子壙銘》（《方麓集》卷十二）、葉向高《亡女壙誌》（《蒼霞草》卷十六）、萬時華《女洽壙誌》（《溉園集・二集》卷三）、陳孝逸《殤兒亞子壙銘》（《癡山集》卷三）等誌文，同屬此類。將這類墓誌文放置於明代文學的近世性視野下，或許會有更為豐富的研究意義。

　　以上舉明代試錄序、時文序及壙志的寫作為例，意在說明明文研究仍有諸多未被發掘的新議題有待研究者進一步探索。當然，除了這類較易引起關注的新問題，明代文章研究仍存在著諸多長期被輕忽或遮蔽的研究領域需要重審及開拓。前引錢基博《明代文學》將中國文學史上的明代比作歐洲中世紀的文藝復興，認為明文「蓋承前代文學之極王而厭以別開風氣者也」，[42] 在強大的古典文章傳統中又孕育著新變。在當前明別集文獻調查及整理系統推進的同時，如何挖掘明代文章的新因素、新問題，推動學術研究意義上的文之「復興」，是擺在今後研究者面前的一項重要任務。

（作者為復旦大學中國古代文學研究中心、古籍整理研究所青年副研究員，

本文原載《文藝理論研究》2017 年第 6 期）

---

[42] 錢基博：《明代文學》，頁 1。

# 天花藏主人真實身份考

梁 苑

對於天花藏主人，學術界一直有所關注。不僅因為這個名字與清初一批廣為流傳的小説頻頻聯繫在一起：目前學界公認題有天花藏主人序、述、編次、評字樣的小説作品有：《玉嬌梨》、《平山冷燕》、《天花藏合刻七才子書》、《兩交婚》、《畫圖緣》、《金銀翹傳》、《飛花詠》、《賽紅絲》、《定情人》、《玉支璣》、《宛如約》、《麟兒報》、《人間樂》、《錦疑團》、《幻中真》、《梁武帝演義》、《濟顛大師醉菩提》、《後水滸傳》，共計十八部，[1] 其中前十四部是學界公認的才子佳人小説；而且還因為這個名字與歷來公認的兩部代表性的才子佳人小説《玉嬌梨》和《平山冷燕》有著不可分割的聯繫：天花藏主人不僅將二書合刻並為之寫序，而且對《平山冷燕》一書，用心用力尤其突出；其評《平山冷燕》的本子稱為《天花藏批評平山冷燕四才子書藏本》，首有序，目錄後有一總評，每回都有細評。所以研究才子佳人小説，天花藏主人實為一個無法繞過的人物。但到目前為止，對天花藏主人的真實身份和生活年代這些基本問題，雖有不少研究文章，但都存在著明顯分歧。所以天花藏主人的真實身份至今仍是一個沒有解開的謎。

造成這種研究現狀的原因，一方面是由於研究資料的匱乏。由於傳統價值觀念對小説的歧視，不僅小説家本人在作品上少署真實姓名，而多以名號、堂號代之；而且方志、筆記很少著錄小説和小説家，公私藏書樓也基本上不存藏小説。小説在流傳過程中基本上處於自生自滅的狀態。這於才子佳人小説上表現得更為明顯。另一方面是研究者對研究問題的混淆。具體到對天花藏主人的研究而言，由於學界有研究者將其與《玉嬌梨》、《平山冷燕》的作者視為一人，而二書與天花藏主人的序在身份認同上又有不合之處，所以對天花藏主人的真實身份，學界雖有不少探討文章，但觀點往往相互抵牾，諸多疑點仍然未能得到切實解決。

---

[1] 《宛如約》以前未歸到天花藏主人名下，徐永升據日本築波大學圖書館藏本《宛如約》考證其為天花藏主人編次作品。見徐永升《宛如約研究》，成都：四川師範大學碩士學位論文，2018 年。

這樣研究者各持一據，儘管都有在駁論上駁倒對方的鐵證，但都不能同時在立論上做到無可辯駁，從而使學界對天花藏主人的探討眾說紛紜，莫衷一是。這樣一來，天花藏主人的身份變得更加撲朔迷離。因此在弄清天花藏主人的真實身份之前，有必要回顧一下這一論題的研究史，以便我們弄清哪些問題是基本問題，哪些是衍生問題，問題出在什麼地方，並順便在回顧中將一些問題理清。

## ◎ 一、天花藏主人身份研究綜述

提到前人的研究，則要從兩個清人的兩條筆記談起，一是沈季友的《檇李詩繫》，另一是盛百二的《柚堂續筆談》。

沈季友《檇李詩繫》卷二十八「張秀才勻」條載：

> 勻字宣衡，號鵲山，秀水諸生。年十二作稗史，今所傳《平山冷燕》也。又為傳奇，有《十眉圖》、《長生樂》二十種，海內梨園爭傳播之。臨卒書云：「赤剝來時赤剝還，放開笑口任顛頑。還時更不依前路，跳過瓊樓海上山。」有鵲山堂。[2]

盛百二《柚堂續筆談》卷三云：

> 張博山（劭，號悔庵）先生，嘉興人，與查聲山宮詹僚婿也。幼聰敏，十四五時，私撰小說未畢，父師見之，加以夏楚。其父執某續成為之解紛，曰：「此子有異才，但書未畢，其心終不死，我為足成之。」今所謂《平山冷燕》是也。[3]

沈季友與盛百二分別是康熙丁卯（1687）和乾隆丙子（1756）舉人。他們的生活年代距才子佳人小說的產生與流傳時間很接近，所以多為後人稱引。但這兩條筆記卻引發了後人關於張劭、張勻二人是不是《平山冷燕》的作者；二人是不是同

---

[2] 沈季友：《檇李詩繫》（上海：上海古籍出版社影印文淵閣四庫全書）。
[3] 盛百二：《柚堂續筆談》卷三，清抄本。

一個人；二人與天花藏主人的關係等一系列問題的討論。

　　先是魯迅在《中國小說史略》裡明確指出《平山冷燕》「文意陳腐，殊不類童子所為」，[4] 否定了盛百二《柚堂續筆談》中的張劭說。有必要指出的是，沈季友、盛百二與魯迅，雖都對張勻、張邵是否為《平山冷燕》的作者發表了看法，但都沒有將二人與天花藏主人相關聯，也都沒有談及天花藏主人為《平山冷燕》的作者。將張劭、張勻二人同時提及，進而將其視為《玉嬌梨》和《平山冷燕》的作者，並產生了較大影響的是的孫楷第。孫楷第在他初版的《中國通俗小說書目》中，直接把《玉嬌梨》和《平山冷燕》的作者署以張勻著。後為了穩妥起見，1981 年修訂時改為「清無名氏撰」，但在附注裡仍存兩說：「清盛百二《柚堂續筆談》謂張劭撰。《檇李詩繫》又以為秀水張勻所撰。」他在《錦疑團》的附注裡，又說，「天花藏主人不知何人，觀《玉嬌梨》序，似即《玉嬌梨》作者，其序《平山冷燕》在順治十五年，則為明末清初人也。」[5] 應當說，這個時候，「五四」的學者們並沒有將張劭、張勻與天花藏主人相聯繫。但後來的研究者，多以《天花藏合刻七才子書》這一書名及天花藏主人寫在前面的序，便不加詳細分析，將天花藏主人徑直視為《玉嬌梨》與《平山冷燕》的作者。這種看法被進一步引申發揮，便與張劭、張勻扭結在一起。至此，張劭與張勻、天花藏主人、《玉嬌梨》與《平山冷燕》的作者，這三個論題及其之間的關係成為學界關注才子佳人小說者重要的研究論題。這也是對天花藏主人身份的探討進入糾纏階段的開始。

　　較早致力於才子佳人小說研究的學者林辰在其《天花藏主人》一書中，就列舉了關於天花藏主人的五種說法。

　　一說天花藏主人姓張名劭字博山，嘉興人。

　　二說天花藏主人姓張名勻字宣獻，秀水人。這是孫楷第在《中國通俗小說書目》中引《檇李詩繫》的說法。

　　三說天花藏主人又一別號叫煙水散人，是秀水人徐震，字秋濤。

　　四說天花藏主人又號天花主人、天花才子，都是徐震的別號。這三、四兩說，都是戴不凡在他的《小說見聞錄》中提出來的。

---

[4]　魯迅：《中國小說史略》（上海：上海古籍出版社，1998 年），頁 134。

[5]　孫楷第：《中國通俗小說書目》（北京：人民文學出版社，1982 年），頁 152、156。

五説天花藏主人是墨浪子、墨浪主人、席浪仙。這是王青平在他的《墨浪主人即天花藏主人》一文中提出來的。[6]

概括上述關於天花藏主人的説法，實際上可歸結為三種。即張勻説、徐震説和墨浪子、墨主人、席浪仙説。接下來，筆者以探討天花藏主人身份為核心線索，結合學界關於天花藏主人的最新研究成果，梳理並辨析學界關於天花藏主人的幾種説法，進而在此基礎上提出自己的觀點。

第一，張勻説。由於張邵説已被魯迅否定，並在當今學界也達成共識，所以筆者略去張邵説。蘇興在《天花藏主人及其才子佳人小説》（一）、（二）[7] 與《張勻張劭非同一人》兩文中，將天花藏主人證明為張勻。[8] 臺灣的胡萬川、[9] 李進益 [10] 等學人也支持這一觀點。這一觀點被權威的文學史所採納：「清初才子佳人小説的代表作家是天花藏主人張勻，橋李煙水散人徐震。張勻編著並經營刊印多為才子佳人小説，最著名的是《玉嬌梨》、《平山冷燕》、《定情人》等。徐震是在最初寫出傳奇類的小説《女才子書》之後，受書坊主人的邀請作起才子佳人小説的，作品有《合珠浦》、《珍珠舶》、《賽花鈴》等。他們都是失去了科舉仕進緣機的文人，在小説創作邁入興盛之際，作小説是一種謀生的方式。他們都曾自述其境遇、心境。」[11] 范志新《黃荻散人·主人天花藏·徐震》一文中，否定了天花藏主人為秀水張勻説。[12] 馮偉民在《張勻父子與〈平山冷燕〉》一文中，證明了張勻和張劭是父子二人，進而指出將天花藏主人視為張勻，「這個問題還不能下結論」。[13]

應當説，范志新和馮偉民的兩篇文章，抓住了將天花藏主人視為張勻，從

[6] 林辰：《天花藏主人》（瀋陽：春風文藝出版社，1999 年），第 1 版。

[7] 蘇興：《天花藏主人及其才子佳人小説》，《才子佳人小説述林》（瀋陽：春風文藝出版社，1985 年），頁 182-195。

[8] 蘇興：《張勻張劭非同一人》，《明清小説論叢》（瀋陽：春風文藝出版社，1987 年），第 5 輯，頁 235-241。

[9] 胡萬川：《話本與才子佳人小説》（臺北：大安出版社，1994 年）。

[10] 李進益：《天花藏主人及其才子佳人小説之研究》，臺北：中國文化大學中文研究所碩士論文，1988 年。

[11] 袁行霈主編：《中國文學史》（北京：高等教育出版社，2003 年版），第 4 卷，頁 333-334。

[12] 范志新：《黃荻散人·主人天花藏·徐震》，江蘇省社會科學院文學研究所編：《明清小説研究》（北京：中國文聯出版公司，1986 年），第 2 輯。

[13] 馮偉民：《張勻父子與〈平山冷燕〉》，《文學遺產》，1989 年 5 月。

兩者已知資訊對照中顯示出來的最為根本性的矛盾，雖然在天花藏主人是誰這個問題上沒有定論，但二文否定張勻是天花藏主人的證據是確鑿的。所以儘管二文一為先反駁後立論，一為反駁文章，但反駁的證據都是強有力的鐵證，無可質疑。因此，將天花藏主人視為張勻並不成立。實際上，魯迅以治小說史深厚的學養，在《中國小說史略》裡早已明確指出《平山冷燕》「文意陳腐，殊不類童子所為」，[14] 否定了盛百二《柚堂續筆談》中的張劭說。魯迅之論斷即是史學大家陳垣所言的校勘中以通識為根基的理校法。而魯迅據以否定張劭說的理校法也足以否定沈季友《檇李詩繫》中的張勻說，可惜沒有受到應有的重視。

第二，徐震說。將天花藏主人視為徐震的是戴不凡。《天花藏主人即嘉興徐震》一文中，他認為煙水散人是天花藏主人的又一別號，並認為天花主人、天花才子都是徐震的別號。徐震是秀水人，字秋濤。他說：「可見徐震始終是以有一支『生花妙筆』自詡的……這位『夢筆生花』的人，最後頂禮佛前，因而先以『天花主人』、『天花才子』，後以『天花藏主人』為號，也是很自然的。他不能做散花之天女，則其『天花』只得『藏』起來了。」[15] 由於天花主人、天花才子和徐震的別號之間的關係很可置疑，且與天花藏主人的關係也難以建立，所以學界多不贊同這種說法。故筆者在這裡只列他的「徐震說」，不再將「天花主人、天花才子說」單列為天花藏主人身份的另一說。

范志新《莫荻散人‧主人天花藏‧徐震》一文，否認張勻說，贊同戴不凡的說法。[16] 文革紅《天花藏主人非嘉興徐震考》，否定了天花藏主人為徐震的說法。[17]

該文最有力的兩個證據一是天花藏主人自稱素政堂主人，素政堂在蘇州，而徐震自號「檇李煙水散人」、「南湖煙水散人」、「鴛湖煙水散人」，這些是嘉興的地名；二是天花藏主人是書坊主，煙水散人是為書坊敦請作編輯工作的文人。天花藏主人與落拓不偶、不得已替人寫作的煙水散人有著完全不同的經歷。可以說，這兩點基本上可以否認天花藏主人是徐震這一看法。

---

[14] 魯迅：《中國小說史略》（上海：上海古籍出版社，1998 年），頁 134。

[15] 戴不凡：《小說見聞錄》（杭州：浙江人民出版社，1980 年），頁 232。

[16] 范志新：《莫荻散人‧主人天花藏‧徐震》。

[17] 文革紅：《天花藏主人非嘉興徐震考》，《明清小說研究》，2005 年第 1 期。

第三，墨浪子、墨浪主人、席浪仙説。説天花藏主人是墨浪子、墨浪主人、席浪仙，是王青平在他的《墨浪主人即天花藏主人》一文中提出來的。[18]胡萬川在其《話本與才子佳人小説研究》一書中，認為這一説法並不能成立。[19]林辰所提出的質疑意見頗為中肯，「（該文）提供了很多資料，擺列了很多現象，把視野擴大到幾十部小説上，但矛盾很多，而且也解釋不通。天花藏主人不僅生於明，而且青年學子生活也是明朝度過的。但他的小説家生活卻全部在清初。此人康熙二十年以前還在世。若説墨浪主人就是天花藏主人，那麼，墨浪主人於天啟七年（1627）校《醒世恒言》時，至少也有二三十歲了吧，到康熙二三十年還活著而且還編撰小説，這怎麼可能呢。即使百歲老人是有的，那麼，這個以編校小説為生的墨浪主人，其生平和天花藏主人的自述又何其矛盾。所以説，王青平此説也還是孤證」。[20]其實即便是王青平自己，也並不認為自己的這一觀點就是確論。他在文章的結尾處説得很明確，本文也只是提出一種看法，以期引起學界更多的思考和討論。

　　以上三種説法基本上代表了二十世紀八十年代的研究成果。綜觀這一時期學界圍繞天花藏主人這三種説法的研究文章，基本上是據持某一文獻資料，提出假設作者，然後是學人根據另一文獻資料，否定假設作者；再後是再提假設作者，再否定。事實上，以上所有假説都有不足為據的缺點，只能算是有關天花藏主人身份的推測，並都有足以推翻之的反證。但由於反證文章又多不能從正面立論，所以迄今為止，學界對天花藏主人的真實身份，仍未達成共識。進入二十一世紀以來，有三篇關於天花藏主人的研究文章不容忽視。我們將這三篇文章所提出的説法順次分列為第四、第五、第六三點。

　　第四，女性説。這是邱江寧在《天花藏主人為女性考》[21]一文中提出來的。這篇文章雖沒有像以往那樣將天花藏主人定在具體的某個人上，但卻是率先從性別角度對天花藏主人的身份進行探討的第一篇文章。這篇文章找到了天花藏主人

[18] 王青平：《墨浪主人即天花藏主人》，《才子佳人小説述林》，頁 196-218。

[19] 胡萬川：《話本與才子佳人小説研究》。

[20] 林辰：《天花藏主人》。

[21] 邱江寧：《天花藏主人為女性考》，《復旦學報（哲學社會科學版）》，2006 年第 1 期。

為女性的一個正面證據——「妾」——可以說頗有說服力。遺憾的是此文並未結合天花藏主人的其他大量文字材料予以佐證，從而使這一有利的證據成為孤證。更為可惜的是該文在論證時出現了一個大的失誤，從而使其結論不得不帶有猜測性質。

第五，馮夢龍之子馮焴說。這是文革紅在《「素政堂主人」為馮夢龍之子馮焴考》[22]中提出來的。這是在邱江寧文之後，又一篇探討天花藏主人身份的值得注意的文章。雖然這一提法比較新穎，但由於證據不足，所以結論並不能成立。對此，筆者已有專文考證。[23]而且這篇文章通篇不提素政堂主人與天花藏主人的關係，顯然在回避或不能回答這一無法繞過的問題。

第六，素政堂主人說。這是筆者在《素政堂主人是天花藏主人——兼考其非馮夢龍之子馮焴及馮氏後裔》一文中提出來的。素政堂主人是天花藏主人，或說素政堂主人與天花藏主人是同一個人的論斷一直是學界默認的共識，但從未有學人對此進行過論證。筆者以考證素政堂主人非馮夢龍之子馮焴及馮氏家族後裔的糾謬工作為根基，確立了學界的共識——素政堂主人是天花藏主人。這一方面排除了將素政堂主人與天花藏主人視為兩個人的可能，另一方面也排除了將天花藏主人視為馮夢龍之子馮焴及馮氏家族後裔的可能，避免了將天花藏主人身份研究引入不必要的混亂。

進入新世紀以來這三篇關於天花藏主人的研究文章，為探究天花藏主人的真相開闢了新道路。經過學界在這一輪又一輪的否定之否定的考證過程，天花藏主人真實身份的搜索範圍大大縮小，距離真相的揭示越來越近。新文獻資料的發現，成為突破和解決這一問題的關鍵。


## ◎ 二、天花藏主人的真實身份

梳理上述學界長期以來糾纏不清的問題，澄清並糾正學界關於天花藏主人的

---

[22] 文革紅：《「素政堂主人」為馮夢龍之子馮焴考》，《復旦學報（哲學社會科學版）》，2006 年第 2 期。

[23] 梁苑：《素政堂主人是天花藏主人——兼考其非馮夢龍之子馮焴及馮氏後裔》，《明清小說研究》，2011 年第 3 期。

一些通行的看法，是探究天花藏主人的真實身份的前提。由於筆者對此已有專文考證，[24] 此處不再贅述。

（一）天花藏主人是女性

邱江寧《天花藏主人為女性考》[25]（以下簡稱邱文）率先從性別角度，對天花藏主人的身份進行了探討。這篇論文以鄭振鐸舊藏本《天花藏評點四才子書》回評中出現的「妾」為文獻資料依據，證明天花藏主人為女性。由於鄭振鐸的這一舊藏本早在上世紀八十年代就已被校點出版，而邱文未明言其所據本為當代校點本還是原鄭振鐸舊藏刻本。為進一步考證這一文獻資料的真實可靠性，筆者專程到中國國家圖書館查證鄭振鐸舊藏刻本《天花藏評點四才子書》，發現這一刻本第十二回回評中赫然有「第恨妾生較晚，不及細為點綴耳。」（附書影）這就排除了只據當代校點本「妾」字做出判斷可能出現失誤的隱患，所以邱江寧判斷天花藏主人為女性的這一論斷當能成立。

由於此刻本早在 1983 年就已作為單行本被校點出版，所以學界對此本所據的刻本並未有太多關注。但作為研究考證的第一手文獻資料，刻本作為原始依據的意義不容忽視。此本從內封面到正文卷端依次是內封，序、目錄、正文題目、回評、正文。內封上框外自右至左橫題「古本宋體」，框內分兩列豎書「天花藏評點」、「四才子書」。序題「四才子書序」，序末題署「時順治戊戌立秋月天花藏主人題於素政堂」。目錄題「天花藏批評平山冷燕四才子書藏本目次」，正文第一回題目「天花藏批評平山冷燕四才子小傳藏本」，不題撰者。（附書影）

這一刻本內封題「天花藏評點四才子書」，則書中各回評點乃天花藏主人所為無疑。天花藏主人在評點中自言其身份時稱「妾」，足證天花藏主人為女性。儘管邱文以此為據，並結合回評中明顯有女性視角與特色的評語，考證天花藏主人為女性。但在具體考證過程中未能一以貫之。因為邱文或限於當時所見資料，出現較大失誤——先是並無充分證據亦無充足道理地認為國圖藏刻本《四才子書序》為男性所為，進而並無充分證據亦無充足道理地認為這篇序並非出自天花藏主人之手，從而在論證過程中自相矛盾。也就是說，邱文只能根據回評證明天花

[24] 梁苑：《〈玉嬌梨〉和〈平山冷燕〉的作者不是天花藏主人》，《明清小說研究》，2010 年第 3 期。

[25] 邱江寧：《天花藏主人為女性考》，《復旦學報（哲學社會科學版）》，2006 年第 1 期。

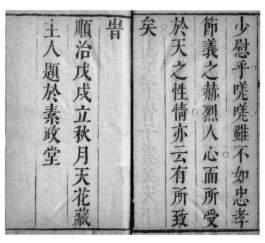

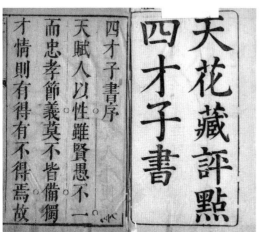

少慰乎嘵嘵雖不如忠孝
節義之赫烈人心而所受
於天之性情亦云有所致
矣

昔

順治戊戌立秋月天花藏
主人題於素政堂

天花藏評點
四才子書

四才子書序
天賦人以性雖賢愚不一
而忠孝節義莫不皆備獨
才情則有得有不得焉故

天花藏批評平山冷燕四才子小傳藏本
評曰小說者小言也何一言何謂小曰不文而
質也不深而淺也故小之同一言何不文而
深也與書史垂其大奈何小之曰婆人不能
窺數切之精韓人不能聽聾韓之曰誰如之而已
家喻而戶曉也使文之深之深也使之之
之故不文而質盡人而識世情奸耳因如為此小
化之美盡人而識世情奸耳因如為此小言

書影

藏主人為女性，而不能根據刻本前總序證明天花藏主人為女性。而且她認為總序是男性所為，所以總序的著作權不屬於天花藏主人。所以其結論帶有猜測性：「天花藏主人有可能是素政堂書坊的女主人」。儘管邱文有這樣的失誤，但瑕不掩瑜。筆者贊同邱文的結論，從邱文失誤入手，並結合國圖本《四才子書序》及天花藏主人大量其他原始文獻進行考證，將邱文之猜測變成事實。

實際上，從國圖藏本《四才子書序》來看，天花藏主人為女性這一考證結果也是可以成立的。

此刻本中的《四才子書序》是一篇很重要的序，序後題署「時順治戊戌立秋月天花藏主人題於素政堂」，[26] 可知此序為天花藏主人所做無疑。鑑於這篇序在不同版本中有不同名稱，為統一起見，筆者將此序稱為「天花藏主人順治戊戌序」，或簡稱「順治戊戌序」。此序是研究天花藏主人和才子佳人小說的代表作品《玉嬌梨》和《平山冷燕》的重要材料。細讀此序，或許令人驚訝，但卻順理成章，我們發現，天花藏主人的女性身份於此已有所流露。

由於筆者已經證明天花藏主人不是《玉嬌梨》和《平山冷燕》的作者，而是二書的刊刻者和《平山冷燕》的評點者，《玉嬌梨》和《平山冷燕》的作者是一個人。[27] 此處筆者想要據這篇序證明的是，《玉嬌梨》和《平山冷燕》的作者是男性及天花藏主人與二書作者之間的分野——天花藏主人女性身份的再確認。儘管學界對《玉嬌梨》和《平山冷燕》二書作者為男性從未有過質疑，但因《玉嬌梨》、《平山冷燕》作者的性別判定，對於佐證天花藏主人為女性具有重要意義，所以此處證明「二書作者為男性」這一學界共識並非畫蛇添足。我們來看序中對《玉嬌梨》和《平山冷燕》作者的描述：

> 是人（案：即《玉嬌梨》和《平山冷燕》的作者）縱福薄時屯，不能羽儀廊廟，為鳳為麟，亦可詩酒江湖，為花為柳。

---

[26] 此序在多個版本中出現。除國圖藏本以《四才子書序》題名外，還以《天花藏七才子書序》為名題於《玉嬌梨》、《平山冷燕》合刻本中，及以《平山冷燕序》為名題於《平山冷燕》的單行非評點本中。儘管題名不同，但正文內容相同，落款字樣稍有不同。筆者案：落款題署字眼稍有不同，用括弧標出：「時順治戊戌（立）秋月 天花藏主人題（於素政堂）」於此可見天花藏主人對此序的著作權不容剝奪。

[27] 梁苑：《〈玉嬌梨〉和〈平山冷燕〉的作者不是天花藏主人》，《明清小說研究》，2010 年第 3 期。

「羽儀」一詞，《易‧漸》有「鴻漸于陸，其羽可用為儀」，孔穎達疏「其羽可用為物之儀表，可貴可法也」。「廊廟」是朝廷的代稱，按古代中國的典制與傳統，只男子才有為官之資格，[28] 再者，詩酒江湖，也不是女子的生活方式。由此可見，這裡說的「是人」是男性，「為花為柳」是特指其才情秀異特出，而不能理解為女性的隱喻。同理，後面的「岩谷幽花」，也是寫其不被賞識的寂寞。接下來再看「奈何青雲未附，彩筆並白雲低頭，狗監不逢，《上林》與《長楊》高閣。」以司馬相如被起用的典故，寫「是人」「青雲未附」的懷才不遇，無緣仕進，也可證明其為男性。再後面的「貧窮高士」「一心在千秋之上」，都是寫男性所用的詞彙。由此可證明，《玉嬌梨》和《平山冷燕》的作者是男性。所以學界之二書作者為男性這一默認共識可以成立。既然如此，為二書作序的天花藏主人在介紹了作者之後，言及自身的語句就非常關鍵，理應引起高度關注。

天花藏主人在此序中言及自身的話只有短短的幾句：

> 余雖非其人，亦嘗竊執雕蟲之役矣。顧時命不倫，即間擲金聲，時裁五色，而過者若罔聞罔見。淹忽老矣！

如果不加辨析，這幾句很容易被看成是表達其懷才不遇的套話而被囫圇過去。但在我們前已有足夠證據證明天花藏主人為女性這一前提下，天花藏主人下面的這句話就很關鍵了：「余雖非其人」，明確標出其與《玉嬌梨》和《平山冷燕》作者的不同。由於「其」既可指單數，又可指複數，所以，「其」作單數解時，這句話意為「我雖不是這人」，「這個人不是我」的意思，據此，她不是《玉嬌梨》和《平山冷燕》的作者；當「其」作複數解時，這句話為「我雖不是這樣的人（這類人）」的意思。「這樣的人（這類人）」是什麼樣的？根據本序的語境，如果從類的角度分別，只能表現在三個方面：其一是才情之別，其二是生平遭際之別，其三是男女性別之別。由於天花藏主人緊接著說「亦嘗竊執雕蟲之役矣」，另外

---

[28] 儘管古代有女官之名，但考之歷代女性官職名下多從事為後宮奉教女工婦學，在禮儀中贊助天子世婦掌祭禮、賓客、喪紀，帥女官滌溉之事，絕大部分工作類似今天的職業工作，其行政管理功能並不強。即便在號稱女官制最為完善的唐代，亦無大的改觀。

從天花藏主人的其他序跋文字中，我們可以看到其對自己的才情頗為自負，據此可知天花藏主人與「其人」不是才情之別；再據其序中所言「顧時命不倫……而過者若罔聞罔見」可知天花藏主人雖和「其人」不一定有在在皆同的遭際，但在懷才不遇這一大前提下是相同的，據此可知亦不是遭際之別；可見兩者的差別是在性別上。由此我們可以認為，天花藏主人此序中已暗藏了自己為女性的資訊。

我們還特別注意到，天花藏主人在談到自己的才情時說「亦嘗竊執雕蟲之役矣。顧時命不倫，即間擲金聲，時裁五色」。「金聲」出自「金聲玉振」這一典故，「金」，鐘屬，「聲」，宣也；「玉」，磬也；「振」，收也。以鐘發聲，以磬收韻，奏樂從始至終，比喻音韻響亮、和諧。[29]「五色」即青、白、赤、黑、黃五種顏色，古代以此五色為正色，亦泛指各種顏色。[30] 天花藏主人在序中談到曹植、李白、蘇軾等才子時，多稱慕他們的風流文采，也就是他們吟詩作賦的文學才情。言及自身時除了說「執雕蟲之役」，又談到「間擲金聲，時裁五色」。天花藏主人將「執雕蟲之役」與「間擲金聲，時裁五色」並列，固然可以視為一種文學筆法，籠統地解讀為對自己文學才情的孤高自詡。但「金聲」、「五色」本身所側重的含義是在音樂、繪畫方面，這是否也暗示出其在調音弄彩方面的才情？（關於天花藏主人這方面的才情筆者在後面有物證證明，此處從略。）退一步說，如果天花藏主人沒有這方面的才情，又何必將其特別指出？筆者認為，天花藏主人這裡言及自身時說「間擲金聲，時裁五色」，實際上是凸顯其與「其人」的區別，是其女性身份的自然流露。如果不加一以貫之的細緻考察，很難捕捉到。

將這幾句話進行條分縷析之後，我們再將這幾句話聯繫在一起分析，「余雖非其人」，可以理解為「我雖不是這樣的才子」，而絕不能理解為「我在才華上

---

[29] 出自《孟子‧萬章下》：「孔子之謂集大成。集大成也者，金聲而玉振之也。金聲也者，始條理也；玉振之也者，終條理也。始條理者，智之事也；終條理者，聖之事也。」朱熹注：「此言孔子集三聖之事而為一大聖之，猶作樂者集眾音之小成而為一大成也。……金聲玉振，疑古《樂經》之言。」朱熹：《四書集注》（長沙：岳麓書社，1987 年），頁 451。自漢之趙歧、宋之朱熹、清之焦循直至當今學者，基本上都是從音樂的角度釋此。

[30] 漢語大詞典編輯委員會、漢語大詞典編纂處編纂：《漢語大詞典‧五色詞條注》（上海：漢語大詞典出版社，1994 年）。

比不過這樣的才子」；因為同時這句話的下文表達的是「但卻和他們有著同樣懷才不遇的遭際」之意。既然才情不輸給才子，又同有懷才不遇的遭際。所以天花藏主人和「其人」最終只可以歸到性別的區別上來，即天花藏主人為女性。這樣，此序中所暗藏的天花藏主人女性身份的資訊，與刻本《天花藏批點四才子書》第十二回回評中自明身份的「妾」，相互發明呼應，證明可以成立。

不僅如此，隨著對天花藏主人其他原始文獻資料的進一步考證考察，國圖刻本《天花藏評點四才子書》中所明示與暗藏的其女性身份的資訊，會有更加清晰具體的指向。這點將在後面詳細展開。

此外，考察天花藏主人作於其他小説前的序文，亦支持其為女性這一判定。檢索《賽紅絲》、《飛花詠》、《畫圖緣》、《兩交婚》、《定情人》等序，我們可以發現，其對佳人、美人的分析辨別遠遠超過才子。這些序中，有大量關於佳人、美女之色與才的論述，裡面交織著她對才、色、美的理解，對佳人與才子間姻緣的理解。「原夫春之為春，氣雖和淑，必至花香柳媚而始見其為春之豔。秋之為秋，氣雖鮮新，亦必至月白天青而後知其為秋之清。故娥眉皓齒，莫非美人也。雖未嘗不怡耳悦目，亦必至才高白雪，情重陽春，而後飛聲閨閣，頌美香奩，傾慕遍天下也」。「金不煉，不知其堅；檀不焚，不知其香；才子佳人，不經一番磨折，何以知其才之愈出愈奇，而情之至死不變耶。……唯有此前後聯吟之飛花詠，而後才慕色如膠，色眷才似漆，雖至百折千磨，而其才更勝，其情轉深，方成飛花詠之為千秋佳話也」。[31]「同此大冶賦姿，獨津津於一二人、三四人，而謂之佳，謂之次美，則鬚眉而外，當必有秀骨妍肌，出幽閨之類，拔香閨之萃者也。故笑實堪憎，顰尤可喜，為人所欣慕耳。雖然，此猶佳美於耳目，而銷一時之魂者。至於竊天地之私，釀詩書成性命，乞鬼神之巧，鏤錦繡作心腸，感時吐彤管之雋詞，觸景飛香奩之警句，此又益肌骨之榮光，而逗在中之佳美者也。」[32]她為《畫圖緣》寫的《序》説：「予所以流覽低回而不忍去，心因譜其有因而若無因，以見情之所觸，動人實深；恩之所及，感人殊切；才美之所眷戀，又關人不淺也」。所有這些，都帶有明顯的女性體驗。而且字裡行間，似頗有以

---

[31]《飛花詠序》，古本小説集成編委會編：《古本小説集成》（上海：上海古籍出版社，1990 年）。

[32]《兩交婚小傳序》，古本小説集成編委會編：《古本小説集成》。

佳人自詡的意味。這表明，以天花藏主人其他的大量文字材料作為佐證，也展現出支持其為女性這一考證結果。

經過這樣的綜合統籌比勘，我們認為，天花藏主人為女性的論斷可以成立。這是筆者所揭示的關於天花藏主人真實身份的第一點。天花藏主人的女性身份，也足以回證筆者所考證出的她不是《玉嬌梨》和《平山冷燕》的作者這一判斷。不僅如此，當我們把目光投向其為《金雲翹傳》寫的序及各回回評時，我們發現，她不僅是女性，而且是一有過青樓經歷的女性。這是筆者下面要集中考述的問題。

（二）天花藏主人是一有過青樓經歷的女性

《金雲翹傳》[33] 是破解天花藏主人這一身份的關鍵。對於《金雲翹傳》，學界研究的重心集中在版本流傳、故事演變、文本研究及海外傳播影響方面。筆者所據版本為大連圖書館藏本衙藏板山水鄰刻本《金雲翹傳》，與中國社會科學院文學研究所古籍部藏景鈔本《金雲翹傳》，並參照古本小說集成編委會據日本淺草文庫藏《金雲翹傳》的影印本。刻本、景鈔本與影印本均保留著天花藏主人序與回評。是關於天花藏主人難得的珍貴資料。

需要指出的是，隨著明末清初小說文獻資料整理工作的大範圍展開，《金雲翹傳》的文本得到了點校整理，但點校整理後所有新版的《金雲翹傳》都不約而同地刪除了每回的回評，有的甚至連正文前署「天花藏主人偶題」的這則序也不存留；所以迄今為止，這篇序雖被《中國歷代小說序跋集》著錄下來，因其未被學界關注，其間所包蘊的關於天花藏主人身份的重要資訊並未被發現；而被視為無關宏旨而刪除的每回前的評點文字，則塵封在幾成孤本的原刊本中，很難為研究者所見到。如果不是專門的研究者，恐怕也很難去細讀這點評點文字。實際上

---

[33] 關於《金雲翹傳》的版本，以董文成《金雲翹傳版本考》等系列文章與歐陽健《〈金雲翹傳〉的刊本與鈔本》的考證最為詳實可信。董文成先生將《金雲翹傳》現存十三種傳本分為「第二代繁本」、「第一代簡本」、「第二代簡本」、「第二代簡本」及存疑的刊本等類型。《金雲翹傳》的早期版本即第二代繁本與第一代簡本，均見於大連圖書館。第二代繁本（亦見於日本內閣文庫）為春風文藝出版社點校的底本，出版後保留了天花藏主人的序，刪除了每回的回評。第一代簡本亦見於日本淺草文庫，古本小說集成編委會編、上海古籍出版社出版的《古本小說集成·金雲翹傳》據日本淺草文庫藏本影印，影印本保留了序與每回回評。對於大連圖書館藏本衙藏板山水鄰刊本《金雲翹》，董文成先生是認為這是第二代繁本，後又糾正了原來的看法，考證其為原刊本。筆者經考證認為大連圖書館藏山水鄰刊本確為《金雲翹》之原刊初印本。

這是極為珍貴難得的研究天花藏主人的第一手文獻資料。《中國古本小說集成·金雲翹傳》影印本雖保留了天花藏主人序與評點文字。然影印本文字散漫，有些難以辨認，是後出翻刻本。相比之下，筆者搜集查證到的大連藏本與社科院藏本，字跡清晰而訛誤少，堪稱善本。

筆者在中國社會科學院文學研究所古籍部查閱資料時，發現了抄本《金雲翹傳》。社科院文學所古籍部將此著錄為景鈔本，列為善本，收於《中國社會科學院文學研究所藏古籍善本書目》中。這一景鈔本由於未易得見，學界未見有談及，更未有專文考證。景鈔本內封題：聖歎外書 貫華堂批評 金雲翹 本衙藏板二十回。首序，序後署「天花藏主人偶題」，有「天花藏主人」與「山水鄰」兩方鈐印。第一回正文卷端題：貫華堂評論金雲翹傳 下署青心才人編次。半葉八行，行二十字。就社科院文學所古籍部檢索目錄將其著錄為景鈔本，筆者曾專此請教過社科院文學研究所劉世德先生。劉先生告訴我說社科院在為所裡藏的古籍作目錄時，請的是與古籍長年累月打交道，在古籍版本鑑定上已練就火眼金睛的版本學專家。他們從小就在這行摸爬滾打，深諳古籍版本之胡奧。所謂景鈔本，就是指把紙鋪在原本上，像描紅一樣，描摹下來的本子，相當於手工複印。

筆者將社科院景鈔本與大連藏刻本對校過，發現二書內封題署、序文正文及題署，序後的兩方鈐印、行款、第一回正文卷端題署均完全一致。社科院古籍善本書目將其定為景鈔本，確為卓見。其所景鈔之刻本，正是大連圖書館藏山水鄰刻本。大連圖書館藏刻本與社科院之景鈔本，是同一版本。大連圖書館藏《金雲翹傳》屬於原刊本系統。這樣來看，保存在原刊本中的這篇序和每回回評，就成為了探索天花藏主人真實身份的資訊寶藏。正是《金雲翹傳》多個版本所捨而不錄的這則序與回評，作為鮮有學界徵引的第一手文獻資料，啟動了天花藏主人流傳下來的大量文字材料，這些文字資料間彼此呼應印證，如草蛇灰線，成為筆者破解天花藏主人身世之謎的關鍵資訊。

我們先從這篇序談起。

此序中，天花藏主人首以貞淫之辨，認為「身免矣，而心辱焉，貞而淫矣；身辱矣，而心免焉，淫而貞矣」，為王翠翹陷入娼門的失身經歷進行了辯白，指出「此中名教，唯可告天，只堪盡性，實有難為塗名飾行者道也」，稱王翠翹是「古今之賢女子」。尤其重要的是本序最後兩句話：「余感其情而欣慕焉，聊書此

以代執鞭云。倘世俗庸情，第見其遭逢，不察其本末，曰此辱人賤行也，則予為之痛哭千古矣」。「執鞭」是用典，語出《論語·述而》：「子曰：『富而可求也，雖執鞭之士，吾亦為之。如不可求，從吾所好』。」意為為人駕馭車馬，給他人服役，引申為因景仰而追隨。天花藏主人為什麼對王翠翹這樣的經歷有如此深的感觸，為什麼「感其情而欣慕」，並願意為之「執鞭」，到景仰而追隨的地步？並且，如果「世俗庸情」武斷為「辱人賤行」，那麼其就要「為之痛哭千古」？設若其為男性，其為閨秀，都不可能説出這樣的話來。因為，作為一個同情或敬重青樓女性的男性，最有可能在氣節或民族大義上借題發揮。陳寅恪的《柳如是別傳》正是在此立意。而王翠翹的身世經歷，並未提供這一題目。因為王翠翹三入娼門的經歷，談不上什麼氣節，如果説勸降海盜徐海，還勉強可以往民族大義上拉的話，那麼徐海降而被戮後，王翠翹因念己過，悔而投水以求同死的舉動根本就不是民族大義的立場。再者，作為一個閨秀，哪怕是一個不同流俗、同情妓女身世遭遇的閨秀，也不可能説出這樣的話來。因為，深受儒家倫常禮教薰陶的閨秀，她們所敬重的品德是忠孝節烈——對丈夫的忠貞、對長輩的孝及對忠與孝不惜以生命捍衛的節烈之舉。而且無論怎樣為其開脱，王翠翹三陷娼門的經歷也難還其白璧之身。如果説王翠翹第一次淪落風塵是因救父兄而被騙入，她的以死抗爭還可稱得上是剛烈的話，那麼當她求死不得而第二次陷入時就已經失去了第一次的剛烈，第三次陷入後更有一種看破紅塵而隨波逐流的意思了。《列女傳》中有那麼多的女性作為楷模，王翠翹無論如何也難列其中。對這樣的身世經歷，能夠同情一把就可稱得上不同流俗了，更別説是「欣慕」而到景仰追隨為之「執鞭」的地步。更為合理的解釋就是，她本人也有過類似不幸的遭遇，才會在情感上引起這麼強烈的共鳴。

天花藏主人選擇什麼樣的文本作為寫序與評點對象，一方面固然有商業價值上的考量，另一方面，當還有文本與其身世經歷有強烈共鳴的感情因素在其中。為《金雲翹傳》寫序和評點，屬於後者。因為綜觀此序（包括後面所要分析的每回前的評點文字），天花藏主人常常難抑其情直接站出來對王翠翹的身世經歷進行辯護。而且我們看到，王翠翹的身世經歷，在忠孝節烈任何一點上做文章發揮都會很牽強，但天花藏主人卻在王翠翹的「貞節」上大書特書，一而再再而三地稱王翠翹是為時、世所迫的「無主」「風花」，對其「風花無主」的命運充滿悲

憤難抑的不平。其「借他人之酒杯，澆自己之壘塊」的用意十分鮮明。這樣也能更合理地理解和解釋天花藏主人用「欣慕」、「執鞭」這些字眼的用意。天花藏主人用「欣慕」、「執鞭」這樣的字眼，正是借此表達她對命運不公、世俗壓抑的抗爭，宣洩對世俗庸情壓抑的不滿。如果沒有切身之痛，恐怕不能投入如此之深。

再者，天花藏主人序中所透露出的上述資訊，在本書回評的回應中也得到了印證。[34] 天花藏主人深感其情為此書寫序，又在序中暗藏自己的身世，那麼她「借他人之酒杯，澆自己之壘塊」，評點此書的可能性是很大的。本書二十回，細讀這二十回的回評，我們可以作出這樣的判斷：二十回回評是天花藏主人序中表達的感憤之情的反覆嗟歎和淋漓盡致的展開。

此書開篇之回評有這樣的話：「有根有枝有花有葉，時時豔，時時逸，時時香。雖露亦藏，雖藏亦露。而用筆深淺誰能窺見？其唯予。酣飲痛讀，敢不拈花一笑？」儼然以本書的知音自詡。綜觀這二十回的回評，可以看到評點者的確於此書深有會心。以本書為依託，其中既有對作者行文中所蘊深意的闡發，如：

> 淺言中不意有此深筆，非才人不能。（第二回回評）
>
> 讀者識此意，吾當為作者下拜。（第三回回評）
>
> 臨文須細索之，方見作者之苦心。（第五回回評）
>
> 作者大有深意，讀之不勝歎息。（第六回回評）

又充滿對主人公王翠翹不幸遭遇的同情的理解，傷人亦自傷。如：

> 人，境遇不同也，難言難言。（第七回回評）
>
> 知此意則知翠翹矣，方許讀是傳。（第八回回評）
>
> 女子一身無主，苦樂由人，真可憐可歎！（第十一回回評）

---

[34] 本書雖標「貫華堂批評聖歎外書」，學界公認為顯係偽託。金聖歎將小說寫作與評點看成是「名山事業」，他所選擇評改的小說也都是在這種價值體系中，《金雲翹傳》顯然會被他排除出視野之外。另外亦沒有證據證明這本書與金聖歎有關，所以學界視為偽託的共識可以成立。

可惜翠翹有如此才識，而不獲才識之報，此又命之為主也，奈何？（第十二回回評）

第九回回評，全文就是對翠翹遭遇的傷嗟：

翠翹事事精明，何獨不識楚卿之詐？嗟呼，思急脫之心亂之也。譬之饑，食不擇食；譬之溺，援不擇人。況口詩書，而首儒冠，豈逆意為龜婆作鷹犬耶？此名教之罪，非翠翹之罪也。即誤認押衙，亦火坑中不得已，而行險僥倖也。何嘗以紅拂識英雄自負哉？此時嬌鳥在籠中哀哀被繫，欲其安心飲啄，以俟萬全之開放。平康中恐無此天理人情也。嗚呼，自處難，責人易，使設身其地，而想其風花無主，吹去飄來之苦，自應憐其不得已，悲其沒奈何而淚下如雨矣。

而其中「風花無主」之嗟，與序中所言的「亦風花無主，暫借一枝逃死耳」，是相互呼應的。這在第十一回回評中也有同樣的表述：

女子一身無主，苦樂由人，真可憐可歎！（第十一回回評）

還有借本書抒發其傷世歎世抑鬱之情。如：

翠翹以白璧之身，而流落煙花，安得不哭。既哭而遠父母兄弟，又安得不哭皇天，即哭皇天，吾疑皇天聞之必傷心垂淚而開條生路。故使束生要娶嫁，以完其終身。誰知皇天亦不是好人，平康之債，不容其一案償完，又生出束生作一過脈，何其忍哉？（第十一回回評）

歎則歎矣，是不為翠翹歎而為世道人心歎。（第十四回回評）

以及面對此無可如何的無奈與虛無：

此又命之為主也，奈何？（第十二回回評）

噫，誰謂人事，不關於天道哉？（第十九回回評）

所有這些，和天花藏主人在序中所表達的「風花無主」之嗟、對世俗庸情的憤懣，是相互呼應的。所以我們認為回評出自天花藏主人之手，是合理的。

不僅如此，對比回評與天花藏主人在其他才子佳人小說序中表達的關於才子佳人的理解，亦存在相通之處。如第三回回評：

> 從來男女愛慕，不過貪其色美，作淫媾想耳。至所謂才情，多未夢見。即有愛慕才情，亦不過竊才情之名，而高作聲價，仍不出淫媾窠臼。究竟才情之所以為才情者，亦未夢見。徒令真正才子佳人，一段才情，埋沒千古，而不知作何意態。唯此一書，先揭苟合，以存名教，然後去去來來，播弄其百般春戀之深情，死處生生，訂囑其終身之約。三星一盟，何其真至；胡琴一曲，何其風流。至於星眼朦朧，何嘗不橫生姿態，熟視不語，何嘗不願竊芳香。他一拒絕，而又投懷著魔，復思解脫，婉轉低徊，幽幽悄悄方令人想見才子佳人，恩情美滿有如此者。所以不可正言，作曲終奏雅，始知男女之愛慕。淫媾自是禽獸之墮落為禽獸耳，實與才子佳人無關。（第三回回評）

這一回評中關於才子佳人的理解，和天花藏主人在《賽紅絲》、《飛花詠》、《畫圖緣》、《兩交婚》、《定情人》等序中所表達的看法是相通的。

不僅如此，再比較一下素政堂主人在《玉嬌梨敘》中所表達的觀點，我們看到這兩者也是相近的：

> 世於男女悅慕，動稱風流。不知西鄰之子，亦有窺摟，東里之施，不無挑達。止堪俎豆登徒，蒸嘗嫫母，題曰風流，斯云辱矣。必也琴心逗卓，眉憮畫張，長生殿內深盟，玳瑁筵前醉態，白公之柳腰櫻口，崔君之人面桃花；他如溫詐乎妹，阮哭諸鄰，荀倩中庭慰冷，朝雲湖上參禪，紅線宵征俠氣，綠珠曉墜貞心，方足膾炙閨帷，誇揚婚好。使談者舌涎，聞者夢喜，何哉？蓋郎挾異才，女矜殊色，甚至郎兼女色，女擅郎才，故其近遇作

合，為人欣慕，始成佳話耳……蘇友白才而美，白紅玉美而才，盧夢梨才美而俠。三人婉轉作緣，時露悄心，忽呈嬌慧；不弄癡柔，即吐香豔；明明色界，卻非欲海。遊心其際，覺窈窕河洲之遺韻尚存，而衿衣鼓琴之流風不遠；正砭世之針，醫俗之竹，故不惜木災，用代絲繡，以一洗淫汙之氣。使世知風流有真，非一妄男女所得浪稱也，何其快哉！」[35]

我們已經證明素政堂主人就是天花藏主人。這表明，回評中所體現出的關於才子佳人的理解，與天花藏主人在其他文字材料中所表達的理解在在相通。

再者，本書回評中所表達的無可如何的無奈與虛無的情緒，與天花藏主人在《幻中真》、《麟兒報》、《畫圖緣》、《梁武帝西來演義》等序中表現出來的天心難測、世事難料的幻滅感，是一脈相通的。參之天花藏主人所編次的兩部非才子佳人小説，《梁武帝西來演義》和《濟顛大師醉菩提全傳》兩書，更是充滿佛教濃重的輪回和果報思想，則天花藏主人為本書寫回評證據是充分的。

而且綜觀這二十回的回評，我們發現，其行文風格也酷似天花藏主人評點《平山冷燕》。現試以兩書評點文字作一比較。

凡善立言者，立言之始，必有一大根蒂而總統之，則枝葉四出，方不散亂。

一枝一葉，次第而生，看來宛若天然，而不知良匠苦心，已有穿通天地者矣。[36]

情之一字，乃此書之大經；苦之一字，乃此書之大緯。然情必待境而生，苦必待遇而出。開卷豈能便見？

有根有枝有花有葉，時時豔，時時逸，時時香。雖露亦藏，雖藏亦露。而用筆深淺誰能窺見？其唯予。酣飲痛讀，敢不拈花一笑？[37]

---

[35]《玉嬌梨敘》，日本內閣文庫藏刊本《玉嬌梨》。

[36]《平山冷燕》第一回回評，《天花藏評點四才子書》，國家圖書館鄭振鐸舊藏本。

[37]《金雲翹傳》第一回回評，大連圖書館藏山水鄰刊本，中國社會科學院古籍部藏景抄本《金雲翹傳》。

綜上可知，無論是從回評對序的回應，還是從回評與天花藏主人其他的序作的對照，都可看出回評與天花藏主人的密切關係。回評不僅與序相應，更將序中所表達的無助無奈、悲慎難抑而又抗爭世俗壓抑的複雜情緒進一步發揮。序與回評有共同的立足點——「借他人之酒杯，澆自己之壘塊」：感慨王翠翹才貌俱佳卻淪落風塵的無助和無奈，對王翠翹「風花無主」，受盡「吹去飄來之苦」的身世經歷充滿同聲相歡的哀傷；並以對王翠翹的辯白寄託自己的景仰，表達對世俗與命運壓抑的抗爭。據序與回評，我們可推出，天花藏主人有過青樓經歷。

最有說服力的是，天花藏主人對自己的這種遭際，在《平山冷燕》序，即我們前面所言的順治戊戌序中，有過親口交待。那就是她言及自身時所說的「顧時命不倫」一句。由於天花藏主人身處明清易代之際，所以這句很容易被理解為懷才不遇、對自身命運坎坷的表述——當然這樣的解讀並不算錯——而不再深究。順便指出，正因學界長期以來的解讀停留在此，所以與天花藏主人的真實身份失之交臂。事實上，當我們結合天花藏主人《金雲翹傳》序與回評文字進行梳理統觀後，再反觀此序，我們發現，這短短的一句實際上還隱含著如不加辨析則很難為人所知的資訊。

「倫」是古代漢語中很早出現的一個字。許慎《說文解字》「倫，輩也，從人從侖」。許慎在《說文解字·人部》釋「人」：「人，天地之性最貴者也，……凡人之屬皆從人。」《說文》釋「侖」：「侖，思也，從亼從冊」。[38]「亼」讀作「集」，有會集之義。「冊」指條理秩序。[39] 這表明，倫字與人類社會秩序有關。《孟子·公孫丑下》「內則父子，外則君臣，人之大倫也」，《孟子·滕文公》「契為司徒，教以人倫，父子有親，君臣有義，夫婦有別，長幼有序，朋友有信」。韓愈《謝自然詩》「人生有常理，男女各有倫」，也表明了這點。對「倫」一字源流考察得最詳細最周全的現代學者是潘光旦，他在《說「倫字」——說「倫」之一》、《「倫」有二義——說「倫」之二》、《說「五倫」的由來》三文中，將「倫」字所積澱的厚重的歷史意蘊進行了周詳的梳理和歸結。他指出「倫」的第一義是類別，第二義是關係。第二義是在第一義的基礎上產生和引申出來的。「倫」由類

---

[38] 許慎著，徐鉉校定：《說文解字》（南京：江蘇古籍出版社，2001 年），頁 164、161、108。

[39] 潘光旦：《潘光旦文集》（北京：北京大學出版社，2000 年），卷 10，頁 132-136。

別轉換到關係，成為人類社會用以描述自身結構關係的倫常概念，第一義便不大被人提及。而表示關係這一義對人類社會秩序的描述，也經歷了從先秦二倫到清代五倫的演進定型過程。即從兩種關係起到十種關係止（十種以上關係的例子未見於文獻資料），最終到清代定型為五倫：君臣、父子、兄弟、夫婦、朋友。[40]由此，我們再來看天花藏主人所說的「時命不倫」一句，不僅僅是對其身處易代之際的坎坷遭遇的普通表達，而且還深藏其切身之痛。

　　唐代江淮間名妓徐月英寫過一首《敘懷》詩：「為失三從泣淚頻，此身何用處人倫。雖然日逐笙歌樂，長羨荊釵與布裙。」表達了對自身處境的深深的感傷：處於倫常秩序之外的生活儘管不乏歌舞之樂，但她卻對普通人家女子為人女人妻人母的人生軌跡充滿由衷的羨慕。「此身何處用人倫」一句，鬱結著她對被拋出綱常體制之外的自身處境無法釋懷的悲愁。所以，天花藏主人的「時命不倫」這句話，除了是對其身處明清易代之際坎坷遭際的表達，還蘊含著並應該被解讀為：生不逢時，命運使她淪於倫常秩序之外。對女子而言，除此之外還有什麼能被稱為「不倫」呢？這不正是她曾經的青樓經歷的自道嗎？而且，結合此句出現的語境，這點體現得更為清晰。天花藏主人在本序前面感慨天地生才不易，由憑弔歷代才人，過渡到對「是人」（案：《玉嬌梨》、《平山冷燕》的作者）臨雲之才虛負和埋沒的痛惋，進而言及自身：「余雖非其人，顧時命不倫」。由此可見，將自己與前面所言才人、「是人」相比附，是想借此抒發與他們一樣「其才奇，其運更奇」[41]的壓抑：自己是女性，所以不能奢求像男子那樣建功立業，但命運更捉弄人的是有如此之才的女性，卻被拋出綱常體制之外，連擁有普通女性的那種正常生活秩序都不可能。長期以來，由於研究者將天花藏主人誤視為男性，所以這句就誤讀為其懷才不遇、仕途淹蹇的自我寫照，這種誤讀反過來又支持了其為男性這種誤視，又與其他的問題糾結在一起，造成天花藏主人研究聚訟紛紜，莫衷一是的研究現狀，從而使天花藏主人的身份一直未能得到有效揭示。

　　這樣，由《金雲翹傳》的序及回評，以及順治戊戌序，我們可推出，天花藏主人是一有過青樓經歷的女子。天花藏主人自稱素政堂主人，參與編、述、序、

---

[40] 潘光旦：《潘光旦文集》，卷 10，頁 132-136、147-158、181-241。

[41] 袁宏道《徐文長傳》對徐渭的生平遭際有「其才奇，其運更奇」的感慨。

評才子佳人小說而成為這一小說類型的翹楚，由此我們可以推知她後來脫離青樓從良。

（三）天花藏主人是一位精通戲曲與小說創作的有才情的女性

天花藏主人精通小說創作，這已經是文學史上不爭的事實，據目前流傳下來有天花藏主人序、述、編次、評字樣，表明其參與的小說作品有十八部，如前所列。但對於天花藏主人參與戲曲創編，內地研究者絕少提到。臺灣學者胡萬川曾有文章寫到，「據日本人傅田章編《明刊元雜劇西廂記目錄》所收，京都大學文學部中國語學中國文學研究室藏有一部《新鑄增定古本北西廂弦索譜》，為二卷本。正文第一頁題『西湖釣史查繼佐伊璜氏鑑定，東吳逸史袁於令籜庵氏參著，天花藏主人補輯』，認為「這是專為演出之用的工尺譜，如果不是對戲曲藝術有甚深造詣的人，是不會從事這種書的補輯出版的。由此自然可以證明，天花藏主人是一個戲曲行家」。[42] 胡萬川先生提供的這則稀見而珍貴的材料，是筆者所探究出的天花藏主人身份的又一有力佐證。

天花藏主人精通戲曲，在她的順治戊戌（1658）序中，也可找到根據。筆者在前面曾提到過的她有調音弄彩的才情，此處我們細析。順治戊戌序中，天花藏主人自言「余雖非其人，亦嘗竊執雕蟲之役矣。顧時命不倫，即間擲金聲，時裁五色，而過者若罔聞罔見，淹忽老矣。」由於駢文文體的特殊性，我們固然可以將這段話籠統地概括為：天花藏主人對自己文學才能的表述，和無知音欣賞的寂寞情懷。這也是學界對此句的通行的解釋，這大體上是不錯的。漢代揚雄曾稱辭賦為「雕蟲小技」，列在「壯夫不為」之列。所以，「執雕蟲之役」，除與其小說創編相呼應，還應包含她的詩賦之才，這是肯定的。「間擲金聲」中，「金聲」泛指鐘、鈴等金屬樂器之聲，亦比喻美好的聲音或才學，與胡萬川所言的天花藏主人對戲曲十分在行相呼應，另外此句還暗含她有美妙的歌喉，唱得出動聽的歌曲。「時裁五色」中，「五色」除了比喻文才外，還應該含有她調彩弄色的繪畫方面的才能，聯繫前面我們提到的她特殊的身份經歷，她在大量的文字材料中反覆表述的女子的美與才的關係，怎樣的女子才可稱得上是真正的佳人時，關於天花

---

[42] 胡萬川：《話本與才子佳人小說》，頁 279。

藏主人精通戲曲與文學的論斷是成立的。當我們把這一切與前面所考證出的她的身世經歷時相聯繫時，我們認為，天花藏主人不僅精通小說創作，而且在音樂與繪畫方面亦有很高的造詣。

實際上，天花藏主人的才情與其身世經歷，於其「天花藏」的別號中也有暗示。接下來，筆者從分析取號「天花藏」之用意來追蹤其間所暗藏的個人身世資訊。「天花」亦作「天華」，佛教語，指天界仙花。《維摩經・觀眾生品》：「時維摩詰室有一天女，見諸大人聞所說法，便現其身，即以天華散諸菩薩、大弟子上，華至諸菩薩即皆墮落，至大弟子便著不墮。一切弟子神力去華，不能令去。爾時天女問舍利弗：『何故去華？』答曰：『此華不如法，是以去之。』天曰：『勿謂此華為不如法，所以者何？是華無所分別，仁者自生分別想耳。若於佛法出家，有所分別，為不如法。若無所分別，是則如法。觀諸菩薩，華不著者，已斷一切分別想故。結習未盡，華著身耳。結習盡者，華不著也。』」《高僧傳》中說，梁武帝時雲光法師講經，感動上天，天花紛紛墜落。取名天花藏，表明天界仙花在人間無處落身，只好藏起，還透露出她禮佛的人生寄託。另外，天花還指雪花，是無根之花，金代高士談《雪》詩：「簌簌天花落未休，寒門疏竹共風流。」這裡我們不禁聯想到天花藏主人在評點《金雲翹傳》時所反覆出現的「風花無主」之嗟，同時對其在序與回評中表達的痛恨世俗庸情，不厭其煩地為王翠翹剖白的用意也有了更好的理解：這正是她「借他人之酒杯，澆自己之壘塊」的感憤抑鬱之情的發抒。「天花」既暗藏其身世，又取其冰清玉潔，不落塵俗。

戴不凡在談到天花藏主人時說「這位『夢筆生花』的人，最後頂禮佛前，……後以『天花藏主人』為號，也是很自然的。他不能做散花之天女，則其『天花』只得『藏』起來了。」[43] 雖然大前提下他認為天花藏主人是徐震，他所談到的「頂禮佛前」也是據徐震《美人書》卷末的《自記》，但這一提法卻給我們以啟發。雖然對天花藏主人持齋禮佛我們沒有發現直接的文字記錄，但天花藏主人晚年所參與的《梁武帝西來演義》、《濟顛大師醉菩提全傳》二書，充滿幻滅感、佛教輪迴和果報思想。而且梁武帝本人也信佛，數次出家，可算得「佛

---

[43] 戴不凡：《小說見聞錄》，頁 232。

家天子」。我們認為天花藏主人禮佛作為自己的人生寄託是有可能的。而取名「天花藏」，也透露出同樣的資訊。結合前面對天花藏主人身份的探討，我們再反觀「天花藏」這一名稱，發現名字取得相當巧妙。「花」代表她的女性身份，又隱喻其容顏的姣美、才情的曼妙。「天花」既指雪花——無根之花，又指天界仙花；「天花」的雙重含義，既暗藏其身世，又含冰清玉潔、超凡脫俗之品性。「藏」，既可讀 cáng，意為隱匿，收藏，也可讀 zàng，是佛教或道教的經典的總稱；「藏」因不同讀音而具有的不同含義，與「花」、「天花」的雙重含義疊加，既表明她以天界仙花、冰清玉潔的無根之花自詡，難於人間覓所，只能藏起；又表明她紅塵看破、持齋禮佛的人生寄託。可以說，她取此名字，既暗藏自己身世，又有自標高格、不同俗塵之意，同時也表達出世俗庸情對自身的壓抑和自己對此的抗爭。能在一個名字中包蘊如此豐富的自身資訊，又能將二者結合得如此巧妙，天花藏主人的才情，於此或略見一斑。

綜上所述，天花藏主人是一有過青樓經歷而又有才情的女子。破解了天花藏主人的這種經歷和身份，意義可謂重大。單她女性身份這一點，就足以刷新中國出版史。而且，以此為突破口，這一考證結果為我們確定《玉嬌梨》和《平山冷燕》這兩部名揚海內外的暢銷書作者、確定才子佳人小說的產生時間和地點提供了重要的資訊與證據。為解決學界自魯迅《中國小說史略》以來關於才子佳人小說研究一直懸而未決的一系列問題，從而最終實現基本文獻資料的突破，打下了堅實的根基。是才子佳人小說研究的重大突圍，也必然帶來小說史、文學史研究的重大突圍。

(作者為上海立信會計金融學院講師)

# 文學傳統的背離：王次回的情感世界

陳　豔

　　王彥泓（1593-1642），字次回，金壇（今屬江蘇）人。崇禎時以歲貢為松江訓導，卒於官。有《疑雨集》傳世，集中的豔詩「窮情盡態，刻露深永」（嚴繩孫《疑雨集》序），極豔詩之至。《疑雨集》在清初和民國初年兩度流行，刊版極多，王次回也因此博得很大的名聲。後世的學者在研究王次回時，多將其置於豔體詩的傳統中，視為玉溪、香奩詩的後勁。這方面的研究有康正果、鄭清茂等人的著作。此外，就《疑雲集》的真偽和王彥泓的生平，又有鍾來因《王彥泓探考》、黃世中《王次回「疑雲」「疑雨」詩探考》和耿傳友的博士論文《一個被文學史遺忘的重要作家——王次回及其詩歌研究》等文章。[1] 其中以耿文用力最深，作者依據前此論者均未提及的家譜資料《三旌義門王氏族譜》，考訂了王彥泓的生卒年以及家族成員，又將《疑雲集》和清末俞廷瑛《瓊華詩集》、《瓊華詞集》一一對照，確鑿地論定《疑雲集》為偽作。應該說，有關王次回生平和作品真偽等問題，迄今已基本清楚，需要進一步探討的是文人王次回的情感世界和文學傳統的關係問題，這在目前的研究中還較少觸及。

　　中唐以降，詩歌審美逐漸走向多元化，日常、卑瑣、俚俗之物都漸漸進入了詩歌的抒寫領域。何者可以入詩的界限也變得越益模糊，一代代的詩人不斷向外延伸詩歌能觸及的範圍。與此同時，固有的詩歌表現主題卻很少隨之嬗變，形成了某種約定俗成的界限：思念家園的懷鄉詩、歌頌真摯友情的寄友作、體現伉儷情深的悼亡詩，類似的界限構成了古典的詩學傳統。即以與王次回約莫同時的晚明文學思潮的領軍人物袁宏道為例，他的詩歌多在律度上令人有耳目一新之感，

---

[1]　下引先行研究出處如下：康正果：《詞淫和意淫：談王次回及其〈疑雨集〉》，《萬象》，2001 年第 3 卷第　　 7 期；鄭清茂：《中國文學在日本‧王次回研究》（臺北：臺灣純文學出版社有限公司，1981 年）；鍾來因：《王彥泓探考》，《徐州師範學院學報（哲學社會科學版）》，1985 年第 3 期；黃世中：《王次回「疑雲」「疑雨」詩探考》，《溫州師院學報（哲學社會科學版）》，1988 年第 2 期；耿傳友：《一個被文學史遺忘的重要作家——王次回及其詩歌研究》，上海：復旦大學博士論文，2005 年。

但懷鄉、寄友、悼亡等傳統主題的詩作則仍然繼承了古典範式。《疑雨集》則與此相反，沒有奇山異水，也沒有對日常之物極盡比擬之能事的形容，無非是傳統的主題，卻與傳統大異其趣，他筆下的家鄉涼薄猙獰，婦姑勃谿，與妻子相敬如賓卻無恩愛之致，與朋友狂歡痛飲後仍然有無法消解的傷心，甚至是贈妓詩也少有稱譽才色的千人一面之語。將《疑雨集》置於這樣的詩學傳統中，筆者認為其價值不止在「冬郎香奩傳統中最出色之作」（錢鍾書語 [2]），而在於王次回背離了種種古典詩學傳統，將詩歌的領土從內部拓展開來。摹寫真我，並不顧忌應否入詩。就這一點而言，《疑雨集》與後來的新文學旨趣更為接近，這應該也是該書在民國年間大受歡迎的一個原因。本文即意在抉發王次回詩中的這種現代性，重新釐定其在文學史上的地位，展現古典詩歌近代轉型進程中的另一種可能。

## ◎ 一、悼亡詩中的懺悔心態

王次回在妻子病痾纏身、彌留之際，以至身後營奠時，都寫下了不少詩句。無論是從題目（《悲遣十三章》）還是用詞（「開徹夜」）上，[3] 都不免讓人想到元稹的《遣悲懷三首》，[4] 雖然元詩中如「顧我無衣搜藎篋，泥他沽酒拔金釵。野蔬充膳甘長藿，落葉添薪仰古槐」（《遣悲懷》其一） 等句也顯露出貧苦困頓之狀，但我們仍能看出夫妻之間的情意深重。篇末的「今日俸錢過十萬，與君營奠復營齋」也多少彌補了詩人在妻子生前的缺憾。

反觀王次回，其生活之拮据，竟到了「艱難典盡嫁時衣」（卷二《病婦》）、「賣到當年結髮簪」（卷二《述婦病懷》其七） 的地步。除了生活的艱辛，夫妻之間的感情也絕談不上情好意篤，妻子在時，二人「十載同愁一笑稀」（同前）。甚至在妻子身後，詩人的回憶也只是：「悼亡非為愛緣牽，儷敬如賓近十年。疏闊較多歡洽少，倍添今日淚綿綿。」（卷二《悲遣十三章》其八）

詩人醉心於男女之間的親昵狎褻，嚮往的並不是相敬如賓式的愛情。他毫

---

[2] 鍾來因：《錢鍾書致鍾來因信八封注釋》，《江蘇社會科學》，2003 年第 3 期，頁 115。

[3] 本文涉及王次回生平問題，均據耿傳友博士論文後附年表。引用作品，若無特別說明，均據掃葉山房石印本《疑雨集》民國十五年本，參校掃葉山房石印本《疑雨集注》民國十一年丁國鈞注本。

[4] 元稹著，周相錄校注：《元稹集校注》（上海：上海古籍出版社，2011 年），頁 248-250。

不諱言寫作悼亡詩並非出於愛意，甚至坦陳這十年的夫妻生活「疏闊較多」。末句的「淚綿綿」，包含著詩人未能善待妻子的悔恨，也有此後孤身一人的自憐之情。詩人毫不做作地吐露感情，也體現在描寫妻子病重之狀時：「巉岩骨出難眠坐，細碎心煩易喜嗔。爭奈睡眸開徹夜，可堪肝病苦逢春。」(卷二《婦病憂絕》)詩人摒棄了那些用以粉飾美人病態的陳詞濫調，而是直陳所見，「巉岩骨出」，狀病妻之瘦，自然談不上什麼美感。妻子雖是嫻良之人，也不免因長期臥病而喜怒無常。三句接首句的「難眠坐」，狀妻子因病痛折磨難以入眠之景，而元稹原詩的「唯將終夜長開眼，報答平生未展眉」是感念妻子而極寫悲哀之辭。兩相比較，更能看出王詩雖感情直露，但刻削逼真的特色。

康正果在《詞淫和意淫──談王次回及其〈疑雨集〉》一文中以「平生守禮多謙畏，不受苟郎熨體寒」(卷二《述婦病懷》其五)一句為例，認為詩人「刻意套用了香奩的典故，以致從那惱人的病房情景中都昇華出了淒美的意味。」在寫到妻子的詩篇中使用「香奩的典故」確實是《疑雨集》中少有的。筆者的看法與康氏略有不同，與其說詩人意在「點綴得富有惜玉憐香的情調」，毋寧說一片情熱與守禮拘謹之間的反差更見出詩人的真我，即使在妻子沒後，也無法矯飾兩人情感並不融洽的事實。詩人本為多情之人，在並不如意的情感世界中，只能假借典故，獲得一二安慰。

與元稹不同，王次回始終沒有為亡妻大肆設祭的能力，甚至連營造墳壙都極為艱難。卷二《重遣三首》其三有「典君裙玦換香焚，賣我琴書為買墳」語，雖有誇飾成分，想來離實情不遠。《記永訣時語四首》更在「婢因買藥金珠盡，浪負人間俠女名」句後有這樣的小注：

> 余內家素豪侈，而婦實儉約，居恒布衣，十年不製。病革之日，篋無金珠，唯典券數十紙，皆頻年藥債，及女伴戚屬困乏者所移貸耳。內外尊人，咸咎其靡費及好施而自窘之。婦心冤之，於永訣時，自白一二語，實不能達意也。

小注中寫妻子生性節約，但又豪爽愛施，甚至借貸解他人之憂，而為姑舅所不滿，妻子在臨終時仍不忘申說自己的冤屈。無怪乎賀氏身後如此淒涼，婦姑勃谿

大概是很重要的原因。詩人雖然沒有明言父母之非，但我們仍能看出詩人庇護妻子，為妻子叫屈之情。這樣的表述在古典文學中實屬罕有，反觀稍後於此，《浮生六記》中見芸娘為姑舅所冤而不能發一詞的沈復，可見詩人的坦蕩。悼亡詩的常套尚包含有對於來世的期許，以彌補今生的遺憾。元稹寫下「同穴窅冥何所望，他生緣會更難期」（《遣悲懷》其三）時，大約還對來世有所期待。王次回對此卻看得分明：「他生未必重相認，但悟無生了不難」（卷二《仲父水部公、世母焦孺人、余妻賀氏，相繼奄逝。七月之望，同諸父昆弟設薦盂蘭盆道場。即事棲感，因申慧命，用遣悲懷》）。詩人毫不掩飾對於來世的不抱期待，用近乎口語化的詩句寫出真正的貧賤夫妻之哀，自己對於受盡病痛折磨故去的妻子雖抱有愧疚之情，卻沒有用虛妄的來世告慰亡者，這樣的詩歌固然背離了古典美學傳統，卻以其直面剖析自我的力度獨樹一幟，下啟近代文學。

## ◎ 二、贈妓詩中的女性聲音

王次回在妻子去世後還追逐過名為阿鎖和阿姚的女子。阿姚與詩人有數年的糾葛，後來作了詩人的侍妾（卷四《阿姚之歸凡同心皆為予喜，而向來知其事者端己韜仲叔也，於其來賀賦謝一章》）。阿鎖則是王次回在京時結識的妓女，[5] 數月後，次回南歸，遂再未相見。臨別時，王次回寫下了贈給阿鎖的一組詩歌。詩題較長，是以題代序的寫法：

> 臨行阿鎖欲盡寫前詩，凡十一首。既而色有未滿曰：「斯語太文，妾不用此。可為別製數章。取數月來情事蹤跡，歷歷於心者譜之。勿詭勿豔，勿譽妾姿藝。如一語有犯，即罰君一杯。」余曰：「固然。但每詩成而卿以為可，亦引滿賞此，何如？」一笑許諾，遂口占為下酒。

詩序中阿鎖的活潑潑使人驚異，她主導了這次贈詩，而且還提出諸般限定，必須寫兩人真事，不能流於輕豔，不能稱譽姿色，詩人欣然允諾，並寫下了多達十六

---

[5] 卷四《左卿阿鎖》其三云：「名姬有妹推桃葉，豔母攜雛定采春。」（自注：阿母三十許，舊有盛名。）

首的組詩。這組詩就題材而言，屬於贈妓詩，但卻有著以往贈妓詩中全然沒有的特點。為了分析的方便，這裡引入松浦友久分析唐詩中女性形象的方法。松浦友久認為關聯到女性的唐詩主要有兩種不同的表現手法：第三人稱角度客體手法和第一人稱角度主體手法。前者採用第三人稱的觀點，用客觀手法寫成，被描繪的女性形象的類型化程度嚴重，如典型的閨怨、宮怨詩。後者則從第一人稱的角度，對象為與作者直接相關的女性，並舉李白《南流夜郎寄內》、李商隱《夜雨寄北》、杜牧《贈別》其一等詩為例。[6] 按照松浦氏的分類，贈妓詩因為所抒寫的對象是與作者直接相關的個體，無疑屬於第二種表現手法。但就詩歌內容而言，贈妓詩中描繪的歌妓形象和宮怨詩中的宮女、閨怨詩中的思婦類似，類型化程度很高，她們的個性全然湮沒在怨慕、相思或是冶遊的概念下，始終扮演著被觀察、被賞玩的角色。即以杜牧的《贈別》為例，我們從詩中只能得知所贈對象是一位容貌出絕的少女，其他一切均付闕如。李群玉《同鄭相並歌姬小飲戲贈》、《贈妓人》及韓偓《席上有贈》等詩無不如此。從某種意義上來說，這類詩歌和詠物詩並沒有什麼不同，女性同被觀察的物品一樣，都只是詩材，經由詩人嚴苛的審視而進入詩篇，她們沒有作任何評論，也無法拒絕這樣的身份。正如松浦友久在評價閨怨詩時所說：「這種女性形象不是作為主體積極地去改變情況，而是相反，只是在現成條件下對男性懷抱不能滿足的思慕。……在這個意義上，那美的、可愛的、被動的、偏偏又對愛的可能性沒有絕望而持續期待的存在——閨怨的女性形象，是最集中地形象化了當時士人社會女性觀的要素的產物。」[7] 女性不僅長久地處於等待的角色，而且對此不怒不嗔。這種逆來順受又多情癡狂的女性形象，多半是詩人自身慾望的投射罷了，也許實有其人，也許子虛烏有，不變的是永遠等待著的姿態。就贈妓詩而言，詩人並沒有希望（大多數情況下，同樣也是沒有可能）像寫給士人的詩那樣獲得來自女性的回饋，詩人只是借用「別妓」表達一種離別的姿態，無怪乎這樣的詩作一律顯得面目模糊，可以任意更互換題目而無抵牾處。

---

[6] 〔日〕松浦友久著，孫昌武、鄭天剛譯：《唐詩中表現的女性形象和女性觀》，載《中國詩歌原理》（瀋陽：遼寧教育出版社，1990 年），頁 43-60。

[7] 同上，頁 59。

而阿鎖則不同，我們能夠看到她不附屬於任何品類，有獨立的個性、情感、遭際。王次回不僅參與了這場獎罰有度的詩歌遊戲，而且還細緻地以詩後小注的方式記下了阿鎖即時的反應，所以我們能看到那些極其私密、只屬於兩人的回憶：蓬頭相迎（第五首）、夜遊靜業庵（第十三首）、醉酒後鬢邊半落的珠花（第十四首）、嗔怒時臂彎上掐出的指痕（第十五首）。王次回筆下的阿鎖，善妒易嗔，聽不懂詩中的典故，甚至不知道武則天是何人，卻又豪爽詼諧，對詩人情意綿綿。她不喜歡詩人拿那些贈予他人亦可的「萬金油」詩敷衍自己。即以第六首為例：「慣坐肩輿怯繡鞍，棋盤幾步下街難。自誇簪上杭州髻，瞞過巡軍與內官。」（自注：已上五盞皆歡飲無辭；至此首云：事蹟雖真，不關情好，且八寸三頭巾耳，何煩指念？余為受罰一大杯。）阿鎖評論中的「八寸三頭巾」，當是「八寸三分頭巾」的略稱，指帽子直徑有八寸三分長，做得很大，人人能戴，常用來比喻套話、空話。[8] 詩中出現的「杭州髻」，指的是當時時興的髮型。馮夢龍輯《掛枝兒》卷八《破綻帽歌》有「光油油露出了杭州丫髻」句可以作為佐證。此外，《金瓶梅》中也有「一窩絲杭州攢」（詞話本第五十九回）的說法，《金瓶梅鑑賞辭典》注為「明時北方地區雅尚南風，本書中女子多挽這一髮式，可能與此風尚有關。」[9] 這首詩前兩句寫嬌怯的姿態，後兩句用自誇的口吻寫髮型之時新，正如阿鎖批評的那樣，缺乏個性，又墮入了摹寫歌妓的常套：寫外表姿態而不及精神氣質，無怪乎詩人會被罰酒一大杯。正因為有了詩中這些細節的填充，阿鎖從抽象化、類型化的「歌妓」中跳脫出來，擺脫了慣見的千人一面的妓女形象，重新獲得了自我。她不再只是詩歌離思的符號，而還原為個體的「阿鎖」。詩的最後，詩人因傷心而擱筆，而阿鎖也為詩人的深情動容，不再發出聲音。但至少我們曾經通過詩人的筆觸聽到過「她」，一位普通歌妓的聲音，置於前文所述的詩歌傳統中，顯得彌足珍貴。

---

[8] 翟建波編：《中國古代小說俗語大詞典》（上海：漢語大詞典出版社，2002 年），頁 9。

[9] 上海市紅樓夢學會、上海師範大學文學研究所編：《金瓶梅鑒賞辭典》（上海：上海古籍出版社，1990年），頁 767。

## ◎ 三、異質的家鄉

　　思鄉是中國詩學中一個恆久不變的主題，而故鄉的形象也經由一代代詩人的塑造變得典型化、審美化起來。思鄉情結概括起來有兩大特徵，一是農業文化帶來的安土重遷等觀念，直接反映為懷念故園、居處等的情感；一是血緣關係和宗法制度等合力形成的人倫情味，是親情的外化。兩類特徵在思鄉詩中均有體現，又各有偏重，分別可舉王維《九月九日憶山東兄弟》和《雜詩三首》其二為例。余英時先生認為戰國時的遊士因為缺少宗族和田產的雙重羈絆，所以輕去其家，甚至連宗國觀念都很淡薄。[10] 這裡提到的宗族和田產正好可以對應上文言及的兩大特徵，這也可以說明秦代之後，由遊士轉變來的士大夫為何不再樂於遊宦，即使是仕途順利，也很難從根本上消除懷鄉之情。

　　身處這樣的文學傳統，王次回筆下的故鄉未免顯得有些異類：

　　　　鄉園事事驅人出（卷一《丁卯首春余辭家薄遊，端己首唱驪歌，情詞淒宕，征途吟諷，依韻和之，並寄呈發仲以志同歎》）

　　　　縱使到家仍是客，迢迢鄉路為誰歸。（卷一《歸途自歎》）

　　　　在家愁似客中愁（卷二《余有湖濱舊寓將往寄跡，友人陳旅食之，難勖以歸計，口占答之》）

　　　　雖然困頓歸猶懶，未必家園勝客邊。（卷二《客中苦寒作》其二）

　　　　典衣沽得看山杯，一醉聊為避債臺。慚愧青楓根下客，爺娘猶送紙錢來。（卷一《歲除日即事》其二）

他並不渴望回鄉，而家鄉也拒絕他的歸來。即使回到家鄉，也不能獲得家人的一絲溫暖，家鄉與異鄉無異，甚至還比不上身在異鄉般自在。最後一首詩讀來尤為沉痛。避債臺用周赧王築臺避債的典故。後兩句出自《太平廣記》卷三四五「劉方玄」中的鬼詩，其詞曰：「爺娘送我青楓根，不記青楓幾回落。當時手刺衣上花，今日為灰不堪著。」[11] 當時詩人正遊京口，又是一年將盡之時，坐對雪山，

---

[10] 余英時：《士與中國文化》（上海：上海人民出版社，2003 年），頁 52。

[11] 李昉等編：《太平廣記》（北京：中華書局，1961 年），卷 345，頁 2732。

竟羡慕起了小說中的鬼，鬼尚有雙親祭奠，人而片紙都無，人不如鬼，實在是可歎可憐。

王次回何以會出現厭惡家鄉的反常心理，詩集中並沒有明確的表述，這裡只能借助外部材料，對他的家世情況作一二推測。鄭清茂推測可能是因為繼母的緣故，所以王次回與親族交惡。但據新發現的家譜，[12] 王次回父王枎錕並未另娶，妻子姜氏在他身後四年才去世，這就排除了繼母的可能性。另外，家譜中還明確記載了王次回的哥哥「以同母弟彥泓子元楷為後」，[13] 而王彥禎又是「塚子」，可見王次回也並非庶出。金壇王氏雖稱不上鐘鳴鼎食之家，也算得上書香門第。曾祖王樵於嘉靖二十六年（1547）舉進士，官至右都御史，明史有傳，祖父王啟疆、父親王枎錕也都淹通詩文。從家譜的記載來看，王次回這一支屬長房，哥哥彥禎生而早慧，深受曾祖父王樵的喜愛，王樵不僅在他年僅十四歲時便為其取字「孟原」，希望他能在學業上有所進益，還專門寫了《彥禎字説》一文記載緣由（見王樵《方麓集》卷十三）。[14] 王彥禎也沒有辜負家人的期望，「三試京兆，一中副榜」。與兄長不同，王次回久困場屋，直到四十四歲才任華亭訓導。王彥禎於二十七歲早逝，其時王次回只有十九歲，兄長的故去意味著他必須從此擔負起家中嫡長子的重任。從王樵寫給長子啟疆的家書可見，王家的家訓尚算嚴明，王次回放誕任性，實為家人所不容。始終生活在兄長的陰影之中，行為處事又與家人期望不符，家鄉的異化也就在情理之中了。

古代交通十分不便，家書從某種意義上説是消泯異鄉與故鄉空間距離的唯一媒介，也是懷鄉詩中不多的幾抹亮色。家書無論報喜或者言憂，都加深了作者的思鄉之情，很多詩人也因此選擇了家書作為構築詩情的重要意象。次回詩中的家書卻呈現出另一番景象。妻子過世那年，他寫下了兩首《客中苦寒作》：「更簡家書反覆看，了無人問客邊寒。去年尚有尪羸婦，裹寄裙褲一兩端。客被何人為著綿，敵寒沽酒已無錢。雖然困頓歸猶懶，未必家園勝客邊。」（卷二）詩人雖

---

[12] 耿傳友：《一個被文學史遺忘的重要作家——王次回及其詩歌研究》，頁 16。

[13] 同上，頁 23。

[14] 王樵：《方麓集》，紀昀、永瑢等編：《文淵閣四庫全書》（臺北：臺灣商務印書館，2008 年），冊 1285，頁 377。

然收到了家書，他與家人之間的心靈距離卻沒有相應縮短，因信中沒有片言隻語提及自己的寒暖。初秋時節仍蓋著薄薄的單被，想喝酒禦寒卻囊中羞澀。雖然已意識到唯一能夠給予詩人慰藉的妻子故去後，家中再無別人對他牽掛於懷，仍不免重新拿出家書，反覆翻檢，希望能尋得字裡行間的暖意。詩人的可憐可歎，從「反覆看」三字中顯露無餘。詩人一生都貫穿著這樣的情緒，直到晚年，也沒有落葉歸根的想法，反而寫下了「故園堆積幾多愁，倦向家山似倦遊」（卷四《將返棹松江書懷留別發仲》）的詩句。在詩人筆下，家鄉與異鄉的界限早已消失，他鄉客遊固然潦倒，尚能與友朋一時縱情，留居家中，反而只能飽受避無可避的人間寒暖。

## ◎ 四、疏離的朋友

詩人以狂士自居，甚至還因為狂放不羈引起過許多誤會與非議，集中有詩題為《以詩得過復詩以解之》（卷三），此外還有「讒唇激浪稽千尺，妒眼成城繞一周」（卷二《再賦個儂》其四）、「得謗似緣詩作祟，悔將吟筆教逢蒙」（卷三《可歎》其二）、「豈憚讒唇工貝錦，尚甘詩骨墮泥犁」（卷三《無題》）等句。據耿傳友的推測，這些詩作是為一名婢女所寫，[15] 詳情雖不得而知，以王次回一向的狂態，也是可以想像的。從《疑雨集》中大量的酬贈唱和之作來看，王次回與數人過從甚密，他在《半塘遇邑人莊斂之同遊虎丘山，後方舟抵錫山，獲汲而歸》（卷二）中寫道：「幾拍歌聲在半塘，感君同載不嫌狂」，感念對方並不厭惡自己的狂態。卷三有一首以詩題代序之作，記敘一次酒醉後的經歷，引如下：

> 長至前一日霜月甚冷，飲於孝先齋頭，俄而醉矣睡矣。端己發仲孝先頻呼不覺，繼以扶攜擁披，余竟頹然其時，僮僕無一人從者，發仲卒倩一客負余以歸，且行歌相送，直至余居，呼余兒起置余於所坐胡床，覆以被裘而後去。四鼓始醒，兒云若此，因紀以一詩志友生之誼愛。

[15] 耿傳友：《一個被文學史遺忘的重要作家——王次回及其詩歌研究》，頁 60。

詩人大醉不起，友人一路高歌，護送至家，想必也屬狂生無疑。詩人還與諸友創立了名為「狂社」的詩社（卷二《示狂社諸君效劍南體》），詩社成員大多與王次回一樣，沉淪下僚，史傳無載。詩人並不喜歡獨飲，多與朋友狂歌痛飲，集中有句「狂社乍聞浮白手」（卷二《晴日偕同人有見》）、「醒時相勸醉相扶」（卷三《長至前一日霜月甚冷……》），都是詩人落拓的一生中少有的豪情快意。醒時無聊，醉時放情，這些都不過是文人的常態，置於這樣的背景中，卷二《吳行舟中漫興》一首便顯得十分特出，無怪乎《中國文學史新著》會以此為例，稱道次回詩「個性鮮明、具有獨創性」。[16] 全詩如下：「睡足空船夕照黃，水程三日酒為糧。招魂宋玉因詞貌，助懶嵇康是老莊。好友僅能同筆硯，美人難與共杯觴。醉偕俗客無聊甚，聊當長歌哭幾場。」這首詩平心而論寫得很平易，用的也都是熟典。旅程無聊，只得借酒消愁，因狂態招來讒言，又性情懶惰的自己，至少在這點上可與古人宋玉、嵇康比肩。這樣的經歷隨處可遇，這樣的詩句也顯得稀鬆平常，但就在這一刻，詩人清醒地意識到，即使是知交好友，也無法理解自己心中真正的寂寞，從這個角度來說，「好友」與「美人」別無二致，僅僅能夠一同談詩飲酒罷了。少小離家，以至終老他鄉，是古代士人慣常的遭際，如果能在漂泊的一生中遇到一二知己，實乃大幸，歌頌友情也就成了詩歌的一支傳統。詩人之間的同聲相應、互相推重，即使是世人公認的孤高者，表達起友情來也總是不吝筆墨，這從李杜、元白、蘇黃互贈的詩作中可見一斑。但在詩人這裡，即使是與好友痛飲，待到酒闌人盡時，也只得一身擔荷痛苦，天地間竟沒有一人能夠了解自己的苦衷，這真是莫大的悲哀。頸聯突兀地橫在這首詩當中，也橫在古典詩歌傳統中。詩人是矛盾的，自斟自飲，便又回到了愁苦的常態，不是「獨吟孤醉自支持」（卷四《旅況書寄雲客》其二），便是「狂歌爛醉更闌後，此意誰人識苦辛」（卷二《獨酌有懷》）；與友人共飲，固然可以獲得一時的快意，但人生終歸是寂寞的。值得注意的是，詩人的這種痛苦與當時的鼎革之變幾乎完全無關，也不同於「眾人皆醉我獨醒」的自矜，而純然是一種疏離感的表達，友情的不可恃，被理解的不可能，無法與這個世界達成和解，詩人甚至來不及尋章雕句、仔細打磨

---

[16] 章培恒、駱玉明主編：《中國文學史新著（增訂本）》（上海：復旦大學出版社、上海文藝出版社，2007年），下冊，頁243。

這種痛苦，就施諸字句，「悲」、「歡」、「笑」、「啼」、「哭」等表達強烈情感的字眼在集中俯拾即是。

綜上所述，王次回的詩集就疏離感和情感表達的強度而言，多有偏離傳統文學範式處，更多地與近代文學相近，這或者也是其深受民國讀者喜愛的一大原因，日人永井荷風十分激賞《疑雨集》，說詩歌「富有骨肉」，「言及人之內心秘密弱點」，[17] 也大概源於此。

（作者為西北大學中國文化研究中心講師，本文原載《中國詩學》2016 年第 22 輯）

---

[17]〔日〕永井荷風著，陳德文譯：《初硯》，《永井荷風散文選》（天津：百花文藝出版社，1997 年），頁 234。

# 日本江戶時期漢詩人創作心態發微：
## 以蘐園派詩人群體為中心

陳　豔

　　中國古代文學的發展史，不僅是歷代文士騷客挑戰舊範式，創建新文體，如此周而復始，不斷嬗變的歷史，也是文學作品不斷向外輻射，波及整個東亞的影響史。近鄰諸國，不僅閱讀、傳抄來自中國的文學著作，還積極效仿中國文人的作品，使用漢字創作詩歌，寫作文學評論，這樣的詩文便統稱作域外漢詩。日本漢詩便是這海外遺珍的重要組成部分，這其中，又以江戶時期為日本漢詩發展的最高峰。[1] 近年來，已有不少學者就江戶漢詩及其與中國文學的關係作了有益的探討。[2] 但總的來說關注點主要在於兩國詩歌在詩風及詩論等方面的影響和受容上，有關漢詩本身的探討較少。這當然是由中國古典文學與漢詩之間上下位的關係所決定的。但是，如果以漢詩本體作為研究對象，則仍有不少有趣的問題值得我們去思索。比如，江戶時期的漢詩人為何對於漢詩寫作報以如此大的熱情與執著？漢詩對於他們意味著什麼？漢詩人又從漢詩寫作中得到了什麼呢？本文即以蘐園派這一日本漢詩史上最為重要的詩歌流派的成員為對象來探討漢詩寫作者的心態問題。

## ◎　一、蘐園派創作漢詩的心態

　　首先來簡單介紹一下蘐園派的相關情況。日本享保年間（1716-1735），江戶儒者荻生徂徠因偶然得到了後七子中李攀龍和王世貞的文集，在明代復古派的基

---

[1] 有關日本漢詩的概述參見馬歌東：《日本漢詩概說》，載《日本漢詩溯源比較研究》（北京：商務印書館，2011 年），頁 13-23。

[2] 有關近年來國內學界研究漢詩領域的成果，可參看王向遠《我國的漢文學研究的成績與問題》，《東北亞外語研究》，2013 年第 1 期。關於江戶漢詩的研究，這裡只略舉一二，如：陳廣宏：《明代文學東傳與江戶漢詩的唐宋之爭》，《上海師範大學學報（哲學社會科學版）》，2010 年第 6 期；劉芳亮：《日本江戶漢詩對明代詩歌的接受研究》，濟南：山東大學博士論文，2009 年；嚴明：《明清詩風之變對江戶漢詩的影響》，《中國比較文學》，2013 年第 4 期。

礎上創設了古文辭説，其門下弟子安藤東野、平野金華、服部南郭、高野蘭亭、太宰春台等人羽翼隨之，以學説稱「古文辭派」，又因徂徠私塾所在地得名「蘐園派」。在蘐園派全盛的享保、寶曆（1751-1763）年間，徂徠的弟子和再傳弟子遍佈全國，大有席捲一世之態。蘐園派的主流受明代復古派影響極大，不僅十分推崇後七子尤其是李攀龍、王世貞二人的文學理念，而且還在創作中積極模擬明詩，大得盛唐高華之風。本文之所以選擇蘐園派作為研究對象，是因為蘐園派是日本漢詩史上第一個大量創作漢詩的文學流派，成員大多積極投身文學創作，留下了大量的漢詩作品。稍早於蘐園派，主要活動於京都的木下順庵（1621-1698）及其弟子，有木門十傑之稱的新井白石（1657-1725）、祇園南海（1676-1751）等人雖然也創作了不少漢詩，但是新井白石後來任六代將軍德川綱豐的侍講，參與幕政，不再措意詩文；祇園南海因行為不檢，青年時代被放逐至和歌山城長達十年之久。[3] 以文學流派而言，影響力有限，門下眾人對於文學創作的執著也遠未到達蘐園派的程度。

　　蘐園派諸人勤於寫詩作文，留下眾多的漢詩文集，原因約略可舉出兩點。其一，江戶初期的儒學主流乃是朱子學，所據經典是《四書》。荻生徂徠繼承了伊藤仁齋（1627-1705）批評宋儒之處，認為宋儒重《四書》勝於《六經》，敷衍經典，反致誤解，唯有記載了先王之道的《六經》才具有至高無上的價值。[4] 既然要從《六經》中獲取先王之道，首先應從掌握《六經》的語言入手。徂徠將《六經》的語言稱為「古文辭」，這也是古文辭派名稱的來由。隨著徂徠對古文辭認識的加深，他關注的重點由語言學轉向文學。他認為《詩經》與《尚書》並列，為四教之一，乃君子應掌握的儒家經典，所以他尤其重視詩歌這種文體。雖然徂徠對於漢魏盛唐詩風以至明代李攀龍、王世貞詩文的重視都是出於通過掌握古文辭進而體察先王之道的目的，但是從客觀上實使文學的價值不再僅僅囿於作為「道」的表現或是勸善懲惡，大大提升了文學的地位，使得門下眾多儒者紛紛投入漢詩文的創作中來。徂徠自己留下了七卷詩歌、十二卷文章，被認為是徂徠文學一面繼承者的服部南郭有皇皇四編《南郭先生文集》，蘐園派中其他成員也多有漢詩

---

[3]　元祿十三年（1700）遭放逐，時年二十五歲，十年後寶永七年（1710）獲赦復職。

[4]　參見朱謙之編著：《日本的古學及陽明學》（上海：上海人民出版社，1962年），頁129-177。

文集傳世。

其二，研習並自己模仿創作古文辭，從而體察先王之道，固然是古文辭說的根本要義。但在實際踐行過程中，漢詩文的作者仍然需要一個與自身生命意義更為接近的理由支持自己的寫作。這便與本文討論的核心議題，通過立言追求不朽有關。中國的漢籍很早就傳入日本，日本的儒生閱讀《詩》《書》，創作漢詩文，與中國古代的士人共用著相同的文化記憶。[5] 他們對於《左傳‧襄公二十四年》中的立德立功立言三不朽之說自然也不陌生。蘐園派中成員關於三不朽之說也有過不少討論。吉川裕在《服部南郭における不朽と身體》[6] 一文中比較了荻生徂徠、太宰春台和服部南郭三人在三不朽價值判斷上的差異。總的來說，徂徠認為當今之世儒者已無法經世濟民，故而只能著述立言以求不朽。徂徠作為儒學家，雖然也寫作詩文，但最看重的自然還是與儒學相關的著述。對他而言，立德、立功、立言三者並無明顯的優劣，甚至毋寧說他是主動選擇了立言。春台則認為立德、立功的意義遠勝於立言，著述文辭只是君子的餘緒，不應以此為主。這樣的觀點鮮明地體現了春台作為蘐園派中儒學方面繼承者的角色。南郭在重視立言這點上與徂徠非常接近，但是，相較徂徠堅定地相信自己的儒學著作可以不朽於後世，南郭在這個問題上的看法略顯猶疑，他一方面希求自己的詩文藏之名山傳之其人，但另一方面又認為古人既朽，知己難獲，千載之下未必有能得其心意者，這正是南郭作為職業文人先導者尷尬身份的體現。

◎ 二、儒者的處境與町人的企望

吉川文中對蘐園派中最主要三位成員關於三不朽之說看法的分析十分精到，但有關當時的社會背景和儒者的遭遇，這裡還想再作一點補充。幕府初期，德川家康就聘用朱子學者藤原惺窩，又任用其弟子林羅山管理文事。其後的歷代將軍也都繼續奉行獎勵文教的措施，使儒學的影響力進一步擴大開來。在上位的

---

[5] 如蘐園派首領荻生徂徠五歲起便讀經史百家之書，參見平石直昭：《荻生徂徠年譜考》（東京：平凡社，1984 年），頁 28；派中重要成員平野金華稍遲一些，棄醫從儒，「年十四五時，既得誦其書，而知孔子，而知左氏、司馬子長之文辭」，參見《南郭稿序》，《金華稿刪》，卷 4。

[6] 〔日〕丸山真男著，王中江譯：《日本政治思想史研究》（北京：生活‧讀書‧新知三聯書店，2000 年），頁 16-33。

將軍如此，諸大名也紛紛提倡儒學，登用儒者。儘管江戶時代儒學替代了之前佔思想界統治地位的儒教，成為了當時社會的主導思想。但是，當時社會等級森嚴，士與農工商階層絕對分離，即使是武士階層內部，從置於頂點的將軍、諸侯，到處於最下位的青年武士、夥伴等武家奉公人，也存在無數的等級劃分。[7]像徂徠這樣出身藩町醫師家庭，最終以儒者的身份接受八代將軍吉宗的諮問，還獻上了自己有關幕政改革的政論著作，能在一定程度上實現自己的政治抱負的，可謂絕無僅有。而且徂徠能夠有此殊榮，與其父曾任館林侯綱吉（後為五代將軍）的藩醫不無關係。中國古代士人用以自勵的「朝為田舍郎，暮登天子堂」的理想，在江戶社會，近乎癡人說夢。

　　荻生徂徠曾出仕柳澤侯吉保，受到重用，後吉保隱退，徂徠也隨之出府開私塾。後來徂徠在寫給友人的信中自述「逢掖之子，果矣為贅旒於世」，[8]徂徠尚然發出如此感慨，儒者在當時的遭際可見一斑。也正是鑑於此，徂徠在寫給對馬藩儒雨森芳洲的序文中稱：「海內侯國以百數，國有文學，莫非具職，即其橫經語聖，何有乎修辭。若或登高作賦，摛藻若春葩，聊以自娛，何取乎大夫哉。當今之世，文士之用其材，亡已乎，則外交耳。」[9]江戶時代，朝鮮共向日本派遣通信使共十二次，對馬藩（今長崎縣）是朝鮮通信使訪日的第一站，雨森芳洲數次負責接待使節，這也是徂徠以春秋時諸國大夫比擬芳洲的原因。徂徠此言固然是由於雨森芳洲職責所在，言外交以抬高對方，有恭維之意，但是我們仍不難從徂徠的話中看出那些即使是得以在諸侯處任職的普通儒生，也不過是點綴太平的工具罷了，於世無濟。

　　江戶時期尚武之風頗盛，儒者即使在大名處任職，也會遭到武人的輕視，難酬壯志。平野金華在送別朋友岡井嵰州前往水戶藩時寫道：


　　　　蓋今以儒起家者，一入諸侯之國，乃見夫俗吏武人，被輕乘肥，樹兵

---

[7] 有關武家身份制與作為儒學理想的周代封建制度的相似性，參見〔日〕丸山真男著，王中江譯：《日本政治思想史研究》，頁 7。

[8] 見《與縣雲洞第二書》，《徂徠集》，卷 27。

[9] 見《贈對書記雨伯陽敘》，《徂徠集》，卷 10。

戈，出使四方，入番衛城門，世其官，世其祿，大之跋扈於國中，小之豪舉
於閭閻。……加之東方獷猂之民，浴百年右文之化，猶不改其面目，人人
崇尚門地，家將種，戶良家。[10]

武人不僅剽悍跋扈，而且甚為輕視以儒立身者：「趙括何所怙也，而其所挾邪，
無所忌憚，乃遂以豎呼儒，曰籩豆長物也，何當鞭弭，揖讓弦歌，能使人怯，獨
足敗乃公之事耳。」可見武人驕橫之態，至言儒者會對主君不利。身處如此世態
之中，儒者的心態也不期然有了改變：「初其來也，縫掖服，章甫冠，儼然一先
生。一入諸侯之國，卒然而失故步，革其面，鼠壤餘蔬而棄妹，日入於幽谷，
向者千金之所饗，何其一朝而土苴乎。」[11] 水戶藩向有獎掖學問之名，藩主德川
光圀（1628-1701）開設史局，編著《大日本史》，禮遇明末遺民朱舜水（1600-
1682）；樂山公子（水戶藩主德川宗翰之弟德川賴順）也與服部南郭有詩章往來。
岡井嵋州此去，便是在水戶藩的史局彰考館任職，平野金華在序文中因而稱讚友
人「有所擇」。但即便如此，不過是以儒者的身份，在藩府裡擔任顧問或者教官
的角色，距離創制垂法或是拯厄除難 [12] 尚有相當遠的距離。

　　像服部南郭這樣出身於町人家庭的人，[13] 更是不可能實現三不朽中的立德與
立功。南郭雖然曾出仕甲府藩主柳澤侯吉保，但是身份近乎寵臣，主要在府中
陪主君消閒聊天。吉保一旦退隱身故，南郭也隨之失寵。[14] 在等級森嚴的江戶時
代，南郭町人的身份註定了他無法參與政治，即使只是在藩國中任職亦是不可能
的。在這樣的情況下，立言成為了南郭唯一的選擇。他關於儒者在當世之用的言
論無疑更為激烈，稱那些動輒口言應當如何治國的學者，心存理窟，不知時勢，

---

[10] 見《送岡仲錫適水藩序》，《金華稿刪》，卷 4。

[11] 同上。

[12] 孔穎達將德、功、言三者分別解釋為「立德謂創制垂法，博施濟眾」；「立功謂拯厄除難，功濟於時」；「立
言謂言得其要，理足可傳」。

[13] 南郭祖上雖然一直擔任越中高岡（富山縣）町年寄，是町眾中的高等身份，但其父已遷居京都，以商業
為生，若以士農工商四大階級而論，乃是商人階層，並非武士階層。

[14] 有關服部南郭生平，尤其是其出仕甲府藩的情況，參見〔日〕日野龍夫：《服部南郭伝攷》（東京：ぺり
かん社，1999 年），頁 62-103。

紙上空談，未至山川，不知民情，應以誤國治罪。[15] 又稱讚老子知者不言之語，唯後世只視學問為自我滿足之物，強言經濟，有侮弄朝廷之心。[16] 南郭此後終身未仕，以職業詩人的身份度過了一生。徂徠沒後，南郭以詩名世，聲名之盛，四方投章求詩之人，紛至遝來，至於不勝其擾。[17] 曾有無賴的京都町人委託小倉中將寄詩給南郭，因數年未見和詩，中將託成島道築詢問和詩一事，南郭回覆說恕難從命，言：「對於出仕朝廷的諸君而言，和歌乃重要之事，對我而言，詩也是如此。」[18] 即使是面對身份遠高於自己之人，南郭仍然不卑不亢，堅守自己對於詩歌的執著。

與南郭齊名但出身更等而下之的高野蘭亭，[19] 十五歲入徂徠門下。[20] 徂徠雖然收他作弟子，但是仍不免區別對待。徂徠與人相接，若非士人則絕不身處一室。蘭亭雖屢屢出入其門，但因其為魚商之子，須隔屋相授，拜訪徂徠也只能至玄關而止。[21] 可見町人與武士之間身份如何之懸隔。蘭亭十七歲時失明，奉徂徠教誨，專為詩業，不惜蕩盡家財，終於從寂寂無名之輩一躍而為與服部南郭齊名之人，以盲目詩人的身份廣收弟子，門下有「蘭亭五子」[22] 之稱。而徂徠也終於以士人之禮待蘭亭。[23] 通過創作詩歌，蘭亭竟得以躋身士人的行列，甚至與天下諸侯相交，聲名之盛不亞於南郭。[24] 蘐園社同樣以詩歌名於世的二人均出自町人之家，這也許從側面反映出町人階層雖然與處在高位的漢文學相距甚遠，一旦商業發達、文化下移，町人就開始有機會接觸到漢文學，文學對於他們而言，成為了

---

[15]《文會雜記》卷 3 之上，頁 290。

[16] 同上，卷 1 之上，頁 177。

[17] 享保十七年（1732）南郭五十歲左右，文集中已可見聲名甚盛之狀：「乃四方君子，謬以為喬也可與言，靡不日致投章，以試其技窮，即不佞亦不給之才，日應四方之責，疲困亦甚。」見《報江寧泉》，《南郭先生文集》二編卷 9。

[18]《文會雜記》卷 1 之下，頁 200。中將為相當高的官職，官品從四位下。

[19] 蘭亭祖上雖言「世為貴族」，天文之亂實已沒落，祖輩以賣魚為生。有關蘭亭的家系，參見〔日〕高橋昌彥：《高野蘭亭伝攷（上）》，《語文研究》，1985 年第 60 期，頁 30-31。

[20] 墓誌銘中言蘭亭「成童受業徂徠先生」，見《蘭亭先生詩集》附錄。

[21] 見《蘐園雜話》。

[22] 松崎觀海、山唯熊子祥、竹政辰子德、谷友信文卿、近藤西涯（一作釋禪軌）。

[23] 見《蘐園雜話》。

[24] 高橋昌彥：《高野蘭亭伝攷（下）》，頁 29。

某程度上擺脫身份差別的唯一途徑（即使只是在詩歌中以近乎幻想的方式），他們對於文學的企望，也因而較武士階層更為強烈。

　　追求身後不朽，是生命短促的古人慰藉自我不多的途徑之一。即使是那些謀得一官半職的人，通過立言得以不朽的可能性也遠遠大於立德與立功。因此，寫下文集流傳後世對藹園派成員和同時代的知識人來說，便有了莫大的吸引力。而文學創作相對於思想、歷史著作，更有其獨特的吸引力：文學不僅是作者的心血所得，還包含著極其私人化的表達，是以一己的生命細節都借由文學獲得了不朽。這種吸引力與學派重視文學的理論相輔相成，便彙成了藹園派蔚為壯觀的詩文創作：生前孜孜不倦地寫作，即使在生命即將結束之際，他們最為關心的，也是自己的文集能否刊刻出版，最終得以流傳後世。

## ◎ 三、關於不朽的不同敘事

　　服部南郭在當時名噪一時，無論身後是否能夠不朽，他至少獲得了生前之名。但對於藹園派的大多數成員來說，生前已是寂寂無名，死後文集的出版便成了使自己不朽的唯一途徑。他們孜孜以求，生前將詩文集委託友人，輾轉多方，終於在去世後多年得以出版遺稿，成為了很多人的生命軌跡。時風影響所至，與藹園派中南郭、松下烏石等人交往甚為密切的萬庵禪師 [25] 也寫下了這樣的絕筆詩《重期將至自書贈烏石山人》：「囑君千古意，今日絕弦時。天地蒼茫裡，《江陵》一部詩。」[26] 他在臨終之際，將自己的詩稿《江陵集》鄭重託付給了友人，從此之後，天地之間，唯有此一部詩集可以證明自己的存在。蒼茫天地，與詩稿一部的對舉，正表現出萬庵將一生心血全部聚集於詩文之上。萬庵的好友松下烏石終於不負重託，在萬庵去世六年後的延享二年（1745），在江戶出版了遺稿《江陵集》，得以告慰泉下之人。服部南郭在序言中稱萬庵早已囑託他為詩集作序，並且為其辯白，說「以詩視師固不可也，以詩病師亦不可也」。[27] 但事實上，雖然

---

[25] 萬庵原資（1666-1739），江戶前中期僧人、漢詩人，別號芙蓉軒。江戶芝臨濟宗東禪寺住持。與荻生徂徠門下服部南郭、松下烏石等人相來往。編著有《解脫集》，身後烏石為編遺詩集《江陵集》。

[26] 《江陵集》卷 4 末尾，延享二年（1745）刻本。

[27] 《江陵集序》，《南郭先生文集》三編卷 5。

萬庵是江戶芝臨濟宗東禪寺住持，而臨濟宗作為禪宗南宗的一大流派之一，自然也當標榜不立文字，但通過文學得以不朽的吸引力竟如此之大，身為住持的萬庵也無法抵擋，臨終之際，念茲在茲的，確實只是自己的詩稿能否傳於後世。

六年在江戶時代已經是相當短的出版周期，不少蘐園派成員都在生前刊刻了自己的文集，[28] 但對大多數詩人來說，看到自己的文集出版近乎夢寐，他們所祈求的，不過是能夠留下身後之名。但就連這樣的念想，也每每需要多方助力，才得以在當事人去世幾十年後實現。《東野遺稿》的出版便是一個例子。安藤東野 [29] 去世後，眾人收集了其遺稿，與他有師生之誼的猗蘭侯自告奮勇願為出版。但猗蘭侯因公務繁忙，遲遲未付刊刻。後來還是東野的好友春台從猗蘭侯處要來了遺稿，才終於上梓付印，[30] 此時距離東野去世已過去了三十年。東野是徂徠的開門弟子，又在早期蘐園派發展史中發揮了極其重要的作用。刊刻他的文集尚且如此一波三折，其他聲名不著之輩的經歷更是可想而知了。

蘐園派中有一人名為鷹見爽鳩，聲名遠遜於東野，他的文集也是在去世幾十年後才刊刻出版的。他的例子稍有些特殊，剛好可供我們觀察蘐園派成員的創作心態。爽鳩本姓石川，名正長，字子方，通稱三郎兵衛，三河（愛知縣）人，他也是較早入徂徠門下的蘐園派成員。爽鳩本人不僅善詩文，還精通經濟、刑法，他並非普通的武士，而是三河田原藩的家老，[31] 在任期間積極推行藩政改革。若以三不朽而言，立德姑且不論，立功應屬無疑，《文會雜記》中也有關於爽鳩政績的記載。[32] 爽鳩既然已經可以通過立功獲得不朽，那麼詩文能否流傳按理來說便變得無足輕重了。這也正符合春台在《爽鳩子墓銘原文》中所寫道的：

---

[28] 比如《南郭先生文集》的前三編及太宰春台的多數著作，都刊刻於作者生前。

[29] 安藤東野（1683-1719）名煥圖，字東壁，通稱仁右衛門，人稱東野先生，江戶中期儒者、漢詩人。早年與太宰春台同為朱子派學者中野撝謙的門生，後師事徂徠，是徂徠最早入門的弟子。寶永三年（1706）事甲府藩主柳澤侯，正德元年（1711）二十九歲時辭去官職，營居駒込山，稱商丘丈人。此後未仕，受到同為蘐園門下伊勢神戶藩藩主本多忠統的庇護，終於不多侯宅邸。有《東野遺稿》三卷行世。

[30] 有關《東野遺稿》刊刻中的延誤，參見《刻東野遺稿序》，《春台先生紫芝園後稿》卷 5。該文收入《東野遺稿》時刪去了批評猗蘭侯的文字。

[31] 家老在一藩中地位甚高，僅次於藩主。

[32] 「爽鳩氏即鷹見三郎兵衛。田原侯之大夫，於政事殊勞心，甚有功，四十餘歲而亡，春台屢賞之。」見《文會雜記》卷 1 之下，《日本隨筆大成新裝版》（東京：吉川弘文館，1995 年），第 1 期第 14 冊，頁 210。

苟學道而立功於其所奉，足以釀始志，不負夙願，死無遺憾，則可以死也。何必長生久視之可貴哉。……子方少好學，無書不讀，年僅三十，見獲徂來先生而聞古道焉。卒用是立功，於其所奉，可謂善學者也。其所能詩若文，雖人所稱，乃其土苴已。[33]

認為爽鳩已可憑藉在藩中的政績獲得不朽，所謂能詩善文，不過是他人所津津樂道的，卑視之可矣。[34] 春台的銘文中亦有「立功不朽，雖死如生」之語。儘管如此，立功的力量似還顯稍弱，並不足以確保一個人能獲得不朽。爽鳩去世後三年，他的妻子編成《爽鳩詩稿》，十餘年間四處奔走，希望能夠出版此書。生前的政績功名，仍然不及薄薄一卷詩稿的出版。爽鳩妻子這樣的執念，想必受到了亡夫極深的影響。爽鳩去世三年後，其妻找到南郭希望他能為《爽鳩遺詩》題序，並言若不錄存其詩，「無甯先人若問及是事，將何辭以對之」。[35] 據詩稿末尾的跋語，主要刊行者之一的石川夷庚並不認識爽鳩，只是偶然間在若拙禪師處，恰逢爽鳩遺孀前來拜訪。夷庚閱讀了詩稿後深為之感慨，言道：

蓋深傷其名不傳於不朽也。余於是悲孀氏之志，爽鳩氏之生榮，人無不知，死而湮沒無聞，豈不惜乎？昔者司馬子長著書，既藏諸名山而又傳諸通邑大都者，顧豈亦有慮於陵谷之變歟？余悲孀氏之志，於是遂為與禪師謀上木，以成孀氏之志云。[36]

夷庚道出了不朽的真相：爽鳩雖然生前頗有令名，可謂立功有得，然而這並不足

---

[33]《春台先生紫芝園後稿》卷 15。

[34] 這與春台一向輕視文藝的觀點相一致，他曾言：「故君子之所學者，先王之道也。所行者，先王之道也，所以成德者，先王之道也。夫然後見諸文辭，施諸事業，是故生可以坐廟堂而出政令，死可以血食百世，此之謂不朽。然則著述文辭，特君子之餘緒也，土苴也。今之學者，不志於道，不據於德，唯文藝是執，務麗其辭，不修其行，所希則左氏司馬，所要則名譽，日弄文墨，孳孳汲汲，唯恐技之不售，名之不聞，輕薄之徒，見而悅之，聞而慕之，於是同欲同趣，同情相成，為羽為翼，更相稱譽，朋黨比周，橫行一世，拔茅連茹，不可奈何。」見《春台先生紫芝園後稿》卷 7 文論一。

[35] 見《題〈爽鳩遺詩〉》，《南郭先生文集》三編卷 9。

[36] 同上。

以延續至身後。真正能使其名傳於不朽的，還屬傳諸後世的詩文。夷庚還引用了《報任少卿書》中的文字用以說明甚至連司馬遷都有這種對湮沒無聞的焦慮。同為文士，夷庚對於爽鳩的這種心情亦心有戚戚，也許正鑑於此，夷庚雖不識爽鳩其人，最終還是與朋友共同完成了爽鳩的夙願，終於在爽鳩去世二十年後，出版了《爽鳩詩稿》。

在苦苦追求聲名不朽的過程中，不同人的經歷各有其慘澹的一面。東野與爽鳩的文集，待到去世後數十年，墓木已拱，才告刊刻，而有些人，雖然身後不久即出版遺著，但這不朽，卻又多了幾分悲哀。即以南郭次子維恭為例。他於元文五年（1740）去世，一年後，也就是寬保元年（1741），遺作《鍾情集》即在江戶由友人、亦為南郭的弟子熊本華山 [37] 出版。據南郭所寫的墓石，維恭自幼即好讀書，八九歲時雖未嘗受教，已可就書自讀。到了十四五歲，無論經史雜家，無不閱覽殆盡，又與當時英俊相結交。[38] 這樣一位少年才子，竟在十七歲尚未成家立業的年齡便去世，無法完成南郭承繼家業的期待，所謂不朽更多的並非告慰亡者，而是撫恤生者。儘管南郭在維恭身後寫道「汝所與固已俊傑，其中必當有顯當今傳後世者，亦必當不使汝堙滅」，[39] 但聲名水上書，一旦所與之人也離開人世，終有一天少年才子之名將湮沒無聞。最終維恭仍然需要可堪流傳後世的文集從而成全不朽之名，正如南郭在祭文中所云：「嗚呼，汝之垂成不遂，其志則可存，吾雖老憊為世棄物，後汝一日，汝志是成，汝事是言，況乎諸友豪傑，同好寔繁，左提右挈，助吾成汝恩，吾因茲幸而不朽，汝亦不朽，付墨洛誦，相傳以永久。」[40] 所謂「汝志」、「汝事」皆是指刊行維恭的文集而言。熊本華山輯錄了維恭遺詩，並附有諸人弔哭之詩和南郭所作祭文、墓石。南郭為之命名為《鍾情集》，取王衍喪子後「情之所鍾正在我輩」之意。《鍾情集》不僅使維恭之詩

---

[37] 熊本華山（1714-1752）名元朗，字君玉，通稱自庵，江戶人，服部南郭弟子，善詩文，書學於松下烏石，尤擅楷書。

[38] 見《識願卿墓石》（維恭字願卿），《南郭先生文集》三編卷 8。另外，寬延元年（1748），南郭長子維良去世，時年三十八歲，但現存的南郭文集中，未見悼念維良的詩文。二子先後去世，後來繼承家業的是入贅南郭家的服部仲英。

[39] 同上。

[40]《祭兒恭文》，《南郭先生文集》三編卷 9。

名長久地存於世間，甚至還使諸人之詩文也同時獲得了不朽，文學的意義莫甚於此。在《刻鍾情集序》中南郭這樣說道：「古人有言曰：『名湮滅而不稱，悲夫。』此無他，無相傳以至後世之具也。今願卿雖身既沒，而著作猶存，況負戴家聲而昭昭乎後世者哉。則安在其名湮滅，則何必事多也。此可以少解余之悲憾焉耳。」[41]

對於南郭來說，維恭的早夭已是痛徹心扉，但最為悲痛之處還在於維恭身死之後，無家無業，令名無法流傳後世，而《鍾情集》的刊行改變了這一切，不僅使後人知維恭之名，亦使服部一門家聲永不磨滅，南郭的悲痛也因此得以消減一二。追悼維恭的二十七首詩歌以熊本華山的這首詩作結：「妙年經國志，已出古人賢。眼過書千卷，業餘詩百篇。才毫名豈滅，金石聲猶連。非是揚雄草，遂令桓子傳。」[42] 熊本華山在詩中點出了詩文之於維恭的意義：文章乃是經國之大業，不朽之盛事。維恭之賢後人已不得而知，幸而尚存詩篇使後人知維恭之才。華山以桓譚自詡，以揚雄比維恭，對維恭身後聲名顯著一事充滿了信心。[43] 有趣的是，華山本人的詩文集並未流傳下來，附於《鍾情集》後的弔詩是目前僅存的華山的作品，華山為維恭輯錄的詩文最終也使自己通向了不朽。

上文所舉萬庵禪師、鷹見爽鳩、服部維恭三人，只是蘐園派成員有關不朽的三種敘事，還有很多人，他們的經歷未必如此曲折，但重視詩文，視之為立言不朽的途徑卻是相仿的。高野蘭亭有詩句云「天地長留大雅言，文章不朽骨可朽」，[44] 這大概可以代表蘐園派大多數成員所抱持的心態。寫作是為了身後聲名長留世間，如果連這也不能如願，那麼便只有寄希望於由名人寫作墓誌銘，借此得以不朽。這裡舉醫官守屋峨眉 [45] 為例，他在彌留之際對長子元泰說：「吾生無所營，死無所求，與一世而得澹漠焉，適去處順而已。唯沒後，速訃東都服夫子

---

[41] 熊本華山《刻鍾情集序》，《鍾情集》，寬保元年（1741）刊本。

[42] 《哭服願卿三首》其一，《鍾情集》。

[43] 揚雄死後，有人問桓譚揚書能否流傳後世，桓譚答定會流傳，而且若遇時君，為其稱道，必超越諸人。事見《漢書·揚雄傳下》，見班固著，顏師古注：《漢書》（北京：中華書局，1962 年），卷 87 下，頁 3585。

[44] 《歎老行》，《蘭亭先生詩集》卷 2。

[45] 守屋峨眉（1693-1754），名煥明，字秀緯，通稱小十郎，江戶人，初學於安藤東野，東野沒後，學於荻生徂徠。善詩文，以醫官仕美濃（岐阜縣）大垣藩。與社中越智雲夢、平野金華、服部南郭等人為親友。

不朽之事，亦一托之，爾等得此，九泉之下，吾猶生。」[46] 雖然峨眉面對死亡十分坦然，「神氣不昏，言笑如常」，似得大道，但他仍然無法放下對於不朽之事的執著，要求元泰在自己死後盡快前往江戶，委託服部南郭為自己撰寫碑文。南郭果然不負所託，不僅依據行狀記錄了峨眉的生平，還寫下了與之交往的經歷，並在碑文最後作詩一首，追悼故友。峨眉雖善詩文，徂徠稱讚他詩風極似東野，蘐園派的代表選集《蘐園錄稿》也錄其詩四首，但他的詩集《閒居集》現在只存寫本，似乎並未刊行。儘管如此，因為南郭的這篇碑文，峨眉得以長載史冊，他終於如臨終所言，九泉之下，雖死猶生。

　　無論是早夭的少年才子、禪宗寺院的住持，抑或以政績著稱的藩府家老，對他們來說，詩文的意義都遠遠超出了用以自娛的範疇，而具有了超越時空界限的可能。他們不僅在文學創作中確認自我存在的價值，而且希望自己的生命能夠通過詩文著述延續至身後之世。在階級固化嚴重，文人階層又尚未完全確立的江戶中期，文士常處於捉襟見肘的境地之中：一方面他們認識到了文學的重要性，自己也積極投身於文學創作之中；另一方面，以文學立身並未獲得社會上的一致認可。他們只有刊刻文集，達成三不朽中的立言，並寄希望於千載之後有知己出現，得以撫慰泉下之靈。蘐園派詩人的創作，大多並不屬於一流作品，但他們對於文學的執著，和對於身後不朽的期待，仍使千載之後的讀者為之動容。

（作者為西北大學中國文化研究中心講師）

---

[46] 服部南郭：《峨眉守屋君墓碑》，《南郭先生文集》四編卷 8。

# 傳統詩學視野中的白居易感傷詩

葉躍武

　　白居易的詩學觀念對後世影響深遠，但論者多集中於白氏諷諭詩學的探討。其實白居易對感傷詩的類分、闡釋和價值判斷，同樣蘊含著複雜而深刻的詩學思想。白氏於元和十年（815）自編其詩時，把作品分成諷諭詩、閒適詩、感傷詩和雜律詩四類，前三者為古體，後者為近體。元稹在長慶四年（824）循此體例再編白詩。但此後白氏感傷詩的寫作便趨於衰微。白氏在寫於元和十年的《與元九書》中論及上述詩歌分類的依據，同時對感傷詩作出「時之所重，僕之所輕」[1] 的價值評判，並表現後人再編其詩時，可將此類詩刪去。這種看似一己偏好使然的寫作選擇和價值觀念，其實正根源於深刻的思想傳統和詩學傳統。現有研究往往是在綜合探討白詩四分類的時候，或多或少地談及感傷詩成立的依據，[2] 但並沒有將之與詩緣情等詩學傳統結合起來思考。學界也尚未充分揭示出白居易感傷詩學所蘊含的詩學史意義。本文認為，作為詩類，感傷詩成立的依據在於屈騷以來的寫作傳統、詩緣情的詩學觀念以及中國古典人性論。白居易又從詩教觀與性情之辨的角度，做出輕視感傷之情和感傷詩的價值判斷。白詩作為體現唐宋詩歌轉型的典型之一，他對感傷詩的認識和態度，有助於理解「宋人的詩揚棄悲哀」的問題。

## ◎ 一、感傷詩的內涵與詩學淵源

### （一）感傷詩的基本內涵

　　《白氏文集》中有「感傷詩」四卷。由於元稹編排《白氏長慶集》時的綜合考慮，感傷詩卷三實際上包括了白居易寫於離開江州之後至赴任杭州刺史之前的

---

[1] 白居易著，朱金城箋校：《白居易集箋校》（上海：上海古籍出版社，1988 年），頁 2795。

[2] 例如陳寅恪《論元白詩之分類》，《嶺南大學學報》，1949 年第 10 卷第 1 期，又收入其《元白詩箋證稿》；王運熙：《白居易詩歌的分類與傳播》，《鐵道師院學報》，1998 年第 6 期；錢志熙：《元白詩體理論探析》，《中國文化研究》，2003 年春之卷，等等。

所有五言古詩，也自然包括了寫於該時期的閒適詩，以及可能有的諷諭詩。[3] 所以這裡在分析感傷詩的基本內涵時，以白居易《與元九書》中對感傷詩的界定為準，同時參考感傷詩卷。

白居易《與元九書》從「感物起情」的角度，闡釋感傷詩的基本內涵：

> 有事物牽於外，情理動於內，隨感遇而形於歎詠者一百首，謂之感傷詩。[4]

「情理」是理解該句的關鍵點之一。它不是「情」與「理」的合稱，而是偏指「情」，是「情緒，思慮」之義。白居易在《祭微之文》中也有類似用法：「《詩》云『淑人君子，胡不萬年』，又云『如可贖兮，人百其身』，此古人哀惜賢良之懇辭也。若情理憤痛過於斯者，則號呼壹鬱之不暇，又安可勝言哉。」[5] 被「憤痛」修飾的「情理」當指「情感」無疑。唐代其他著作中亦可見此類用法，如《禮記·樂記》有「是故君子反情以和其志」之句，孔穎達《禮記正義》疏：「反情，謂反去淫弱之情理，以調和其善志也」，[6] 即以「情理」釋「情」。這不僅在語義統計學上能得到確證，[7] 從該詞的文化語境也能得到檢驗——之所以有「情理動於內」，是因為「事物牽於外」，即內在之情理是由外在之事物引起的。這其實就是淵源久遠的「感物起情」說，即《禮記·樂記》所言：「人心之動，物使之然也；感於物而動，故形於聲」，[8] 又說：「情動於中，故形於聲」，[9] 這種「動於中」的情，也就是「感於物而動」。白居易自己詩文中就多次提及這種觀念，例如《寄

---

[3] 參考拙文《白居易早期古體詩分卷問題——以「閒適詩」為中心》，《新國學》第 14 卷（成都：四川大學出版社，2017 年）。

[4] 白居易著，朱金城箋校：《白居易集箋校》，頁 2794。

[5] 同上，頁 2794。

[6] 鄭玄注，孔穎達疏：《禮記正義》（《十三經注疏》版）（北京：中華書局，2009 年），頁 3329。

[7] 如《漢語大詞典》「情理」條只有兩個義項：一是「人情與道理」，此項顯然不合文意；二是「情緒；思慮」，此項為是。見《漢語大詞典》（香港：商務印書館〔香港〕編輯製作，2002 年），2.0 版光碟。

[8] 鄭玄注，孔穎達疏：《禮記正義》，頁 3310。

[9] 同上，頁 3311。

李十一建》:「外事牽我形,外物誘我情。」[10]《孟夏思渭村舊居寄舍弟》:「時物感人情,憶我故鄉曲。」[11]

　　白居易對感傷詩的闡釋,並不是對傳統感物生情之創作發生論的簡單重複,它其實還蘊含了白氏對感傷詩獨特內涵的概括,即情感體驗的感傷性。為了更好地理解這個問題,這裡有必要參考白居易對諷諭詩和閒適詩的定義。從《與元九書》對諷諭詩和閒適詩的論述中,能看到詩人對二者之獨特性的交代:

> 自拾遺來,凡所遇所感,關於美刺興比者,又自武德訖元和,因事立題,題為《新樂府》者,共一百五十首,謂之諷諭詩;又或退公獨處,或移病閒居,知足保和,吟玩情性者一百首,謂之閒適詩。[12]

無論是「所遇所感」,還是「吟玩情性」,都是情動於中而形於言。這是白居易一貫的詩學主張。但諷諭詩的情感是有關「美刺興比」,是基於社會關懷所具有的情感,閒適詩的情感則是「知足保和」,是基於佛道思想而具有形而上意味的情感。所以白詩對感傷詩的闡釋,雖然沒有直接指出情感的類型,但其有所專指則是可以肯定的。其實,在對感傷詩的界定中,「事物牽於外」的「牽」字已指明所起之情感的非愉悅性。「感傷詩」的「感傷」一詞更直接道破。這也可以從白氏自己的作品得到印證。閱讀感傷詩卷,很容易生成這樣一個印象:感傷詩最鮮明的特點,就是其情感體驗的消極性。這種情感包括哀亡歎逝、飢寒衰病、親友離別、身處異鄉、仕途不遇等等之感傷,如《將之饒州江浦夜泊》、《秋暮西歸途中書情》寫「憶歸復愁歸,歸無一囊錢」[13]的貧苦與漂泊之情;《曲江感秋》、《登村東古塚》是悲秋歎逝之作;《曉別》、《秋將送客》表現別離的愁苦傷悲;《念金鑾子》、《哭李三》則寫悼女哭友;《琵琶行》、《初入峽有感》寫身世不遇之感。它們多是白居易個人日常生活的感傷之情,其中以「歌行曲引」為題者雖不一定

---

[10] 白居易著,朱金城箋校:《白居易集箋校》,頁 291。

[11] 同上,頁 560。

[12] 同上,頁 2794。

[13] 同上,頁 499。

反映詩人自身的經歷及感受，但也多寫人間日常愁苦之事，如《長恨歌》、《生離別》等題目所示。

由此可見，白居易是從情——而且是感傷之情——的角度理解感傷詩，並基於此將之獨立成類。

（二）騷怨傳統與感傷詩

如果說，上述《與元九書》中對感傷詩的闡釋，是從詩學評論的層面切入，那麼，《序洛詩》中的相關論述，則可以視為是從詩歌史的角度對感傷詩進行溯源：

> 予歷覽古今歌詩，自風騷之後，蘇李以還，次及鮑謝徒，迄於李杜輩，其間詞人聞知者累百，詩章流傳者鉅萬。觀其所自，多因讒冤遷逐，征戍行旅，凍餒病老，存歿別離，情發於中，文形於外。故憤憂怨傷之作，通計今古，什八九焉。世所謂文士多數奇，詩人尤命薄，於斯見矣。又有以知理安之世少，離亂之時多，亦明矣。[14]

這段論述是從「閒適詩」對立面的角度進行梳理，意在突出閒適詩之難得，但它對理解白居易觀念中的感傷詩傳統極有幫助。引文中提及的「讒冤遷逐，征戍行旅，凍餒病老，存歿別離」等場景，跟白居易感傷詩的創作背景相近，白居易少小漂泊，挨餓受凍，身體病弱，遭遇貶謫，這從前文感傷詩的舉例中即可看出。先秦之風騷、兩漢之蘇李，以至南朝之鮑謝和唐代之李杜，各是其所在時代最偉大的詩人，他們詩中多「憤憂怨傷之作」，正說明感傷詩傳統的淵源久遠，以及它在漢語詩史中的主流地位。屈原之傷時、宋玉之悲秋即開啟這一傳統，李白即言：「哀怨起騷人。」[15] 元稹亦云：「騷人作而怨憤之態繁。」[16] 故此，這一傳統亦稱為騷怨傳統。兩漢也存在以悲為美的風尚。感傷之作在重視真情的六朝文論家

---

[14] 白居易著，朱金城箋校：《白居易集箋校》，頁 3757。

[15]《古風‧其一》，李白著，王琦注：《李太白全集》（北京：中華書局，1977 年），卷 2，第 87 頁。

[16]《唐故工部員外郎杜君墓系銘》，元稹著，冀勤點校：《元稹集》（北京：中華書局，2010 年），卷 56，頁 690。

那裡，其至被視為詩之正宗。蕭繹將文學定義為吟詠哀思：「吟詠風謠，流連哀思者謂之文。」[17]（須知《禮記·樂記》中即言：「亡國之音哀以思。」[18]）王微也稱：「文詞不怨思抑揚，則流澹無味。」[19] 鍾嶸在《詩品序》中羅列詩歌創作發生之場景時，絕大多數是引起傷怨之情的遭遇，例如：「至於楚臣去境，漢妾辭宮。或骨橫朔野，或魂逐飛蓬。或負戈外戍，殺氣雄邊。塞客衣單，孀閨淚盡。」[20] 這是那個時代的文學主張，以至出現江淹《別賦》、《恨賦》這種專詠感傷的抒情篇章。由此可見感傷詩流脈的強大。

（三）詩緣情與感傷詩

那麼感傷詩的合理性在哪？作為個人之情的書寫，感傷詩不像諷諭詩那樣有儒家思想的支撐，也不像閒適詩那樣有佛道思想的加持。其合理性就在於它是人性使然：

> 民有血氣心知之性，而無哀樂喜怒之常，應感起物而動，然後心術形焉。（《禮記·樂記》）[21]

心術，指喜怒哀樂等情感。《樂記》認為情感的產生是受外在事物之觸動。《詩大序》也說：

> 發乎情，民之性也；止乎禮義，先王之澤也。[22]

雖然強調詩歌要「止乎禮義」，但它也肯定了「發乎情，民之性也」。這種思想的意義在於，它證明了情感存在的正當性，即它是一種人生而然的感受，是基於人之「血氣心知」。當人心中有情感激蕩時，就必須發洩出來。《樂記》這樣解

---

[17] 蕭繹：《金樓子·立言》（北京：中華書局，1985 年），卷 4，頁 75。

[18] 鄭玄注，孔穎達疏：《禮記正義》，頁 3311。

[19] 沈約：《宋書》（北京：中華書局，1974 年），卷 62，頁 1667。

[20] 鍾嶸著，曹旭集注：《詩品集注》（上海：上海古籍出版社，2011 年），頁 56。

[21] 鄭玄注，孔穎達疏：《禮記正義》，頁 3327。

[22] 鄭玄注，孔穎達疏：《毛詩正義》（《十三經注疏》版）（北京：中華書局，2009 年），頁 567。

釋音樂的發生：「情動於中，故形於聲。聲成文，謂之音。」[23]《詩大序》也說：「情動於中而形於言。」[24] 韓愈的「物不得其平則鳴」，[25] 同樣是一種常理上的論證。這其實是漢代以來很明確的創作發生論。司馬遷在解釋《離騷》的寫作時，也使用了這一觀念：「人窮則反本，故勞苦倦極，未嘗不呼天也；疾痛慘怛，未嘗不呼父母也。」[26]「人窮則反本」，如呼天地、喊父母，都是出於人之本能，自然不過。屈原寫作《離騷》，也是受冤窮困時一種本能的表達，即「自怨生」，它像呼天喊地一樣自然而然。班固說樂府歌謠是「感於哀樂，緣事而發」（《漢書·藝文志》），何休注《公羊傳·宣公十五年》曰：「男女有所怨恨，相從而歌，饑者歌其食，勞者歌其事」，[27] 亦是此意，都是在人性自然這個層面言說。

在此種詩學傳統中，陸機提出「詩緣情」，而不提「止於禮義」，便不足為奇了。陸機在詩文中多次使用「緣情」一語，其語境都是指哀傷的一己之情。例如《思歸賦》：「彼離思之在人，恆戚戚而無歡。悲緣情以自誘，憂觸物而生端。」[28] 這是懷歸之悲傷。又如《歎逝賦》：「顧舊要於遺存，得十一於千百。樂隤心其如忘，哀緣情而來宅。」[29] 是因舊友多亡而興感。但陸機都沒有用禮義予以規範。這便是對《詩大序》「詩言志」說的突破。因為陸機此說影響頗大，故此種詩學傳統也可稱為詩緣情傳統。

鍾嶸也有類似的觀點，他說：「氣之動物，物之感人，故搖蕩性情，形諸舞詠。」然後羅列各種激發詩歌寫作的場景，最後說：「凡斯種種，感蕩心靈，非陳詩何以展其義？非長歌何以騁其情？」[30] 詩歌可以起到發洩內心壓抑之功效，從而「使窮賤易安，幽居靡悶」。正是將難以抑制的心靈感蕩表達出來後，能讓人內心獲得平和的功效，使得感傷詩的創作獲得天然正當性，尤其是在「吟詠情性」的詩學文化傳統中，更是如此。換言之，詩歌之寫作，是人性之有情使然，

---

[23] 鄭玄注，孔穎達疏：《禮記正義》，頁 3311。

[24] 鄭玄注，孔穎達疏：《毛詩正義》，頁 563。

[25]《送孟東野序》，韓愈著，岳珍、劉真倫注：《韓愈文集彙校箋注》（北京：中華書局，2010 年），頁 982。

[26] 司馬遷：《史記·屈原賈生列傳》（北京：中華書局，1982 年），頁 2482。

[27] 何休注，徐彥疏：《春秋公羊傳注疏》（《十三經注疏》版）（北京：中華書局，2009 年），頁 4965。

[28] 陸機著，劉運好校注：《陸士衡文集校注》（南京：鳳凰出版社，2007 年），頁 146。

[29] 同上，頁 189。

[30] 鍾嶸著，曹旭集注：《詩品集注》，頁 56。

又是安頓人性之需要。這便是「詩緣情」傳統的合理性所在。

綜言之，結合理論上和詩作上的解讀，可見白居易是從「情」的層面來把握感傷詩，並認為「情」是由具體事物刺激於人而引發的心理體驗。這種情的內涵偏於個人日常生活的感傷，它區別於諷諭詩所彰顯的社會情懷和閒適詩所體現的閒樂。白居易的感傷詩寫作，其合理性是基於哲學層面的人性論、詩論層面的緣情說，以及詩歌史層面的感傷詩創作傳統。其中，哲學層面的人性論，也是「詩緣情」說之合理性及其被廣為接受的原因所在。

## ◎ 二、詩教觀視野下的感傷詩

既然白居易是從「感傷之情」的層面理解感傷詩，那他對「感傷之情」的態度，自然也就影響到他對感傷詩的價值判斷。白氏詩文中蘊含著濃烈的貶情思想，這與人們普遍認為白氏重情的看法相去甚遠。這種貶情思想主要包括詩教觀和性情之辨兩種觀念。

詩教觀源於對《詩經》的接受。《詩三百》在儒家思想中被尊為「經」，也被後世視為詩歌寫作的典範。《詩經》中的「大雅」、「頌」等類詩歌以頌美為主，形成雅頌傳統；其「小雅」、「國風」等類詩歌則多怨刺之作。這些怨刺詩在《詩大序》中被稱為變風變雅，對後世影響也極為深遠。這兩種傳統合而言之就是美刺。美是頌美，刺是怨刺。孔穎達《禮記正義》在疏解《經解》時說：「以詩辭美刺諷諭以教人，是詩教也。」[31] 白居易最為看重的諷諭詩類，便包括頌美和怨刺兩大內容。這兩種傳統中無論哪一種，都否定感傷之情。首先來看雅頌傳統。前文所引《序洛詩》對騷怨傳統的論述，其實就蘊含了另一個視角：對感傷詩的批判。這即是基於儒家詩教觀的立場。引文最後兩句認為感傷詩反映出兩種形象：一是個人層面的「命薄」，二是社會層面的「世亂」。個人之命薄其實也指向「理安之世少，離亂之時多」。這些評價都是負面的。白居易把「憤憂怨傷之作」與「世之離亂」關聯起來，就是從雅頌傳統出發批判感傷之情。被奉為聖典的《禮記》，其《樂記》篇即言：「情動於中，故形於聲；聲成文，謂之音。

---

[31] 鄭玄注，孔穎達疏：《禮記正義》，頁 3493。

是故治世之音安以樂，其政和；亂世之音怨以怒，其政乖；亡國之音哀以思，其民困。聲音之道，與政通矣。」[32]《詩大序》引用這段話，並據此解釋《詩經》中的傷怨之作：「至於王道衰，禮義廢，政教失，國異政，家殊俗，而變風變雅作矣。」[33] 隋唐時期將哀怨之作視為王道衰、詩教墜的思潮，即肇始於此。隋代王通已有「變風變雅作則王澤竭矣」[34] 之論。張九齡作為盛唐著名宰相，也說：「《詩》有怨刺之作，《騷》有愁思之文，求之微言，匪云大雅。」[35] 風騷被排斥在大雅之外，由此可見雅頌正聲之權威地位。李白的言論可作為佐證：「正聲何微茫，哀怨起騷人。揚馬激頹波，開流蕩無垠。」[36] 楚騷被認為是大雅正聲衰落之後的作品。古文家之批判更為激烈，如盛唐李華云：「屈平、宋玉，哀而傷，靡而不返，六經之道遁矣。」[37] 柳冕也明確指出：「《大雅》作則王道盛矣，《小雅》作則王道缺矣，《雅》變《風》則王道衰」，[38]「騷人起而淫麗興」。[39] 可見，基於儒家思想以及《詩大序》以大雅為正聲的詩教觀，是唐代處於意識形態地位的詩學思想。從白居易在《序洛詩》中對閒適詩性質的闡釋可以看出，他深受這種觀念的影響。白氏在解釋閒適詩的內涵後，寫道：

予嘗云：「理世之音安以樂，閒居之詩泰以適。」苟非理世，安得閒居？故集洛詩，別為序引。不獨記東都履道里有閒居泰適之叟，亦欲知皇唐太和歲有理世安樂之音，集而序之，以俟夫采詩者。（《序洛詩》）[40]

---

[32] 鄭玄注，孔穎達疏：《禮記正義》，頁 3311。

[33] 鄭玄注，孔穎達疏：《毛詩正義》，頁 566。

[34] 王通著，阮逸注釋：《文中子》（上海：掃葉山房，1926 年），卷 3，頁 37。

[35]《陪王司馬宴王少府東閣序》，張九齡著，熊飛校注：《張九齡集校注》（北京：中華書局，2008 年），卷 17，頁 875。

[36] 李白著，王琦注：《李太白全集》，卷 2，頁 87。

[37] 李華：《贈禮部尚書清河孝公崔沔集序》，董誥等編：《全唐文》（北京：中華書局，1983 年），卷 315，頁 3196。

[38] 柳冕：《謝杜相公論房杜二相書》，《全唐文》，卷 527，頁 5354。

[39] 柳冕：《答荊南裴尚書論文書》，《全唐文》，卷 527，頁 5357。

[40] 白居易著，朱金城箋校：《白居易集箋校》，頁 3758。

這便是從大雅正聲的角度，指出閒適詩的價值。白居易在《與元九書》中論詩推崇「六義」，如今卻將「六義」闕如的、表現獨善的閒適詩，也往詩教的框架裡硬套。這正說明詩教觀的影響之大。

白居易論詩，既有大雅正聲的視角，但有時也採用變風變雅的立場。後者體現於《與元九書》中對屈騷詩歌的評價：

> 《國風》變為騷辭，五言始於蘇、李。詩、騷皆不遇者，各繫其志，發而為文。故河梁之句，止於傷別；澤畔之吟，歸於怨思。彷徨抑鬱，不暇及他耳。然去《詩》未遠，梗概尚存。故興離別則引雙鳧一雁為喻，諷君子小人則引香草惡鳥為比。雖義類不具，猶得風人之什二三焉。[41]

這是從風雅「六義」的視角評論屈騷，一方面批評其「止於傷別」和「歸於怨思」，另一方面卻肯定其興寄精神。這顯然有別於雅頌正聲的視角。但白居易那些關乎一己之經歷的感傷詩，既缺少楚騷和漢古詩那樣的興寄精神，也沒有類似雅頌之安樂情調。所以如果置於宏觀的詩論史視野，其被批判的處境便可想而知。白居易從詩教觀的角度批判感傷詩，某種程度上也可以說是基於諷諭詩理念對感傷詩的觀照。

## ◎ 三、性情之辨觀念中的感傷詩

從政教層面批判感傷詩，這是白氏以前就存在的詩學傳統，它甚至是唐代詩學的主流，所以白氏取用之，並不奇怪。但此外還有另一種思想史資源成為白居易批判感傷詩的立足點，這便是「性情之辨」。性情之辨是中國古代哲學史的核心論題之一，它主要包括兩個層面：一是情與性的二元區分，這是「事實」上的判斷；一是情與性的利弊衡量，這是價值上的判斷。儒、釋、道發展至中唐，都具有明確的性情之辨觀念。白居易對儒釋道三家兼容並蓄，這一點前人已有充分論述。他具有性情之辨觀念，不僅能從其知識結構中找到線索，還可以從其作品

---

[41] 白居易著，朱金城箋校：《白居易集箋校》，頁 2790-2791。

中得到印證。下面即從儒釋道這三個思想譜系來揭示白居易性情之辨觀念的可能來源，並結合其作品進行解讀。

儒家一系有從西漢董仲舒等漢儒雜陰陽以論性仁情貪，至中唐李翱援佛理以言性明情昏。董仲舒基於陰陽的觀念，整合孟子性善説和荀子性惡説，提出性、情二元對立和性善情惡的思想：「天之大經，一陰一陽；人之大經，一情一性。性生於陽，情生於陰。陰氣鄙，陽氣仁。曰性善者，是見其陽也；謂性惡者，是見其陰者也。」[42] 此觀念被寫進東漢具有官方意識形態色彩的《白虎通義》，對後來思想史影響深遠。後世學者從人性論層面解釋社會生活中的善惡時，往往重複著這種觀念。白居易在《策林·五十四·刑禮道》認為「禮者可以防人之情……道者可以率人之性」，[43] 一防一率，正透顯其情惡性善的觀念。如果説董仲舒是從宇宙論層面解釋性情之辨，那麼李翱則是從心性論層面進行闡述。儒家思想在中唐發生了心性論轉向，其標誌之一就是李翱引佛入儒的《復性論》。李翱是白居易的朋友。貞元二十年（804）白居易在李翱家住過，説明他跟李翱不只一面之交。《復性書》是在貞元十六年（800）前後寫成的，所以白居易在寫《與元九書》之前也極可能知道。《復性書》中説：「人之所以為聖人者，性也；人之所以惑其性者，情也。喜怒哀懼愛惡欲，七者皆情之所為也。情既昏，性斯匿矣，非性之過也，七者循環而交來，故性不能充也。」[44] 這也可視為白居易性情之辨觀念的背景。

道家一系則有從莊子保真性而摒哀樂，到嵇康重修性而輕愛憎，再到唐代道家（道教）的全性滅情。《莊子》之人生態度被白居易奉作圭臬，這從其閒適詩即可看出。莊子云：「悲樂者，德之邪；喜怒者，道之過；好惡者，德之失。」[45] 他在這裡對人之成見所引起的「情」予以否定，認為理想的人生境界就是「人而無情」，[46] 這樣才能守護住人分殊自天地大道的真性。他譴責「損性」、「傷性」、「失性」的行徑，而追求「全性」、「保真」的人生。於此可見莊子尊性貶情的思

---

[42] 董仲舒著，蘇輿義證，鍾哲點校：《春秋繁露義證》（北京：中華書局，1992 年），卷 10，頁 284。

[43] 白居易著，朱金城箋校：《白居易集箋校》，頁 3525。

[44] 李翱：《復性書·上》，《全唐文》，卷 637，頁 6433。

[45]《莊子·刻意篇》，莊子著，郭慶藩集釋：《莊子集釋》（北京：中華書局，1961 年），頁 542。

[46]《莊子·德充符》，莊子著，郭慶藩集釋：《莊子集釋》，頁 320。

想。這種性情之辨的觀念，被嵇康和道教從保性與養生的角度進一步發揮和實踐。嵇康對白居易的影響同樣巨大，白氏詩中即大量言及嵇康。嵇康在其《養生論》中說：「修性以得神，安心以全身，愛憎不棲於情，憂喜不留於意，泊然無感，而體氣平和。」[47] 這裡主張修性安心，而對愛憎憂喜等情感則避而遠之。道教在唐代一度上升為國教，包括白居易在內的唐代眾多文人不僅與道士親密交往，而且還親自煉丹服藥。道教以長生為目標，有「性命雙修」之論，例如吳筠便宣稱：「生我者道也，滅我者情也。」[48] 性與情處於互不相容的對立態勢，而保性則是養生之基礎：「情亡則性全，性全則形全，形全則氣全，氣全則神全，神全則道全，道全則神王，神王則氣靈，氣靈則神超，神超則性徹，性徹則反覆通流，與道為一。」[49] 通過形、氣、神等中介，保性與養生能圓融貫通。但由此也可見，道教在一定程度上還汲取了傳統醫學的氣論，從情與氣之關係解釋養生問題。《黃帝內經‧素問‧舉痛論》便寫道：「余知百病生於氣也，怒則氣上，喜則氣緩，悲則氣消，恐則氣下……」[50] 情影響氣進而影響健康。這從白居易自己的詩作中即可看出：

> 自知氣發每因情，情在何由氣得平。若問病根深與淺，此身應與病齊生。（《病氣》）[51]

正如「此身應與病齊生」所言，白居易是一體弱多病之身。他把生病歸因於體內之氣的失衡，又認為這種失衡的成因之一就是情。白居易有時也越過「氣」這一環節，更為直接地表達「情」與「病」的關係，如「早衰因病病因愁」[52] 就把病與感傷之情（「愁」）之間的關聯明確揭示出來。「年少已多病」，並常常擔憂「此

---

[47] 嵇康著，戴明揚校注：《嵇康集校注》（北京：人民文學出版社，1962 年），頁 146。

[48] 吳筠：《玄綱論》，《全唐文》，卷 926，頁 9656。

[49] 同上。

[50] 郭靄春主編：《黃帝內經素問校注》（北京：人民衛生出版社，1992 年），頁 510。

[51] 白居易著，朱金城箋校：《白居易集箋校》，頁 847。

[52] 《自問》，白居易著，朱金城箋校：《白居易集箋校》，頁 1267。

身豈堪老」（《病中作》，[53] 詩下原注：「時年十八」）的白居易，豈能不對傷身害命的「情」避而遠之？但道家和道教對白居易的影響，並不局限於養生層面，白居易同樣重視保性滅情以得到心靈的清靜、平和與自由，這從其表現「知足保和」的閒適詩可以看出。

佛教的性情之辨可以說是性淨情染和性覺情迷論，對「情」的否定是其基本教義。作為情慾的貪、嗔、癡，就被視為三毒。與白居易同時的華嚴宗五祖宗密在闡釋牛頭宗的宗旨「本無事而忘情」時說：「言本無事者，是所悟理，謂心、境本空，非今始寂；迷之謂有，所以生憎、愛等情；情生諸苦所繫，夢作夢受。故了達本來無等，即須喪己忘情；情忘即度苦厄，故以忘情為修行也。」[54] 情是諸種痛苦的根源，「無事」就不會心生愛憎，就能遠離苦厄，無事忘情就是修行。白居易是唐代習佛極為深入的士人，他在《贈僧五首‧自遠禪師》題下自注：「遠以無事為佛事。」[55] 白氏詩中多處將自己視為「無事人」（《玩新庭樹，因詠所懷》），又說自己「心與無事期」（《夏日獨直，寄蕭侍御》）。[56] 佛教這種否定情的觀念對白居易影響深遠，他後來便追求「置心世事外，無喜亦無憂」（《適意二首》其一）[57] 的生活，甚至把禪的真諦概括為：「憂喜心忘便是禪！」（《寄李相公崔侍郎錢舍人》）[58] 這是追求心靈的平和與自由。

由此已能清晰看出，情，尤其是感傷之情，受到各種層面的批判：儒家的性善情惡論，道家的性真情偽論，道教的性真情邪論，以及佛教的性淨情染論等等。這些觀念在白居易的思想中融為他自己的性情之辨。

性情之辨作為一種價值判斷，它同時也是人生修養之依據：既然性利情弊，那麼人生之方向就是捨情取性。白居易在此種觀念的指導下，逐步把感傷之情從生活中清除出去，如「以道治心氣，終歲得晏然」，[59]「所以達人心，外物不

---

[53] 白居易著，朱金城箋校：《白居易集箋校》，頁 770。

[54] 宗密：《圓覺經大疏鈔》，《新纂續藏經》，冊 14，卷 3 之下，頁 534 下欄。

[55] 白居易著，朱金城箋校：《白居易集箋校》，頁 1924。

[56] 同上，頁 284。

[57] 同上，頁 317。

[58] 同上，頁 1011。

[59] 《夜雨有念》，白居易著，朱金城箋校：《白居易集箋校》，頁 540。

能累」，[60] 又如「外順世間法，內脫區中緣。秋不苦長夜，春不惜流年」。[61] 白居易閒適詩中記錄了大量「知足」、「齊物」、「委命」等自我安頓的例子。隨著其適性生活的張揚，記錄感傷之情的感傷詩也就自然而然地衰歇：

> 自三年（案：大和三年，即公元 829 年）春至八年夏，在洛凡五周歲，作詩四百三十二首，除喪明哭子十數篇外，其他皆寄懷於酒，或取意於琴，閒適有餘，酣樂不暇，苦詞無一字，憂歎無一聲，豈牽強所能致耶，蓋亦發中而形外耳。(《序洛詩》) [62]

閒適有餘而憂歎無一，可見這個時期感傷詩的寫作，已經衰微。此後更是如此。其實白氏感傷詩數量的劇減，始於長慶元年（821），其原因與生活境況的改善有關，因為此前一年，他結束了長達六年（815-820）的貶謫生涯，回到朝廷任職。但更關鍵的原因，還是多年心性修養所帶來的精神覺解能力，因為詩人於貞元十八年（803）至元和六年（811）雖然也在長安任職，但卻寫下為數不少的感傷詩。而「苦詞無一字，憂歎無一聲」則是指詠寫適性生活的閒適詩。這便說明「性情之辨」的觀念對白居易人生，進而對白居易詩歌的影響之大。「喪明哭子」等詩不能免去，誠如柳冕所言：「骨肉之恩，斯須忘之，斯為亂矣；朋友之情，斯須忘之，斯為薄矣。」[63] 白居易後期也有悲悼好友如令狐楚、劉禹錫的詩作。這也正是白氏兼容儒釋道之體現。

白居易對性與情的或褒或貶，可以用他自己的詩句來概括：「雅哉君子文，詠性不詠情。」[64] 雖然這是白居易用以讚美友人，但也可以看作是詩人基於自己識見的詩歌觀念。白居易的閒適詩也可稱為「詠性詩」，因為這些詩所表現的，

[60] 《感時》，白居易著，朱金城箋校：《白居易集箋校》，頁 270。

[61] 《贈杓直》，白居易著，朱金城箋校：《白居易集箋校》，頁 352。

[62] 同上，頁 3757。

[63] 柳冕：《答荊南裴尚書論文書》，《全唐文》，卷 527，頁 5357。

[64] 《祗役駱口驛喜蕭侍御書至兼睹新詩吟諷通宵因寄八韻》，白居易著，朱金城箋校：《白居易集箋校》，頁 502。

便是其適性、遂性、任性的生活體驗。[65] 因此，道釋視野下的性情之辨，某種程度上也是閒適詩和感傷詩的價值之辨。白氏重閒適詩而輕感傷詩，根源之一即在於此。

## ◎ 四、關於「宋人的詩揚棄悲哀」的問題

白居易貶抑感傷之情以及感傷詩，這看似是白氏個人的偏好。但如果將之放置在更大的思想史和詩學史視野中，便可發現它是某種文化興起後的伴隨現象。如果放在中唐至北宋的視野中，這「某種文化」便是基於儒家思想的詩教觀和基於心性論文化的性情之辨。

由於《禮記・樂記》、《詩大序》在傳統文化中的經典地位，詩教觀是一種淵源久遠的詩學思想，歷代學者都清楚地意識到它，南北朝如此，唐代如此，宋代亦如此。宋代詩教觀既有以大雅正聲批評騷怨，例如北宋楊億說：「若乃《國風》之作，騷人之辭，風刺之所生，憂思之所積，猶防決川泄流，蕩而忘返；弦急柱促，掩抑而不平。今觀聶君之詩，恬愉優柔，無有怨謗，吟詠情性，宣導王澤。其所謂越《風》《騷》而追二《雅》。」[66] 也有接受白居易諷諭精神的影響，肯定騷怨中的興寄美刺精神，例如梅堯臣說：「聖人於詩言，曾不專其中。因事有所激，因物興以通。自下而磨上，是之謂國風。雅章及頌篇，刺美亦道同。不獨識鳥獸，而為文字工。屈原作離騷，自哀其志窮。憤世嫉邪意，寄在草木蟲。」[67] 梅堯臣對屈騷自哀的肯定是建立在「憤世嫉邪意」上的，如果離開此點，自哀便會被否定。歐陽修與梅堯臣一樣提倡詩學的政治功能，當他單就屈騷之自哀而論時，便說：「可笑靈均楚澤畔，《離騷》憔悴愁獨醒」。[68] 可見，無論對騷

---

[65] 例如《登天宮閣》：「委形群動裡，任性一生間」、《春日閒居三首》：「魚鳥人則殊，同歸於遂性」、《春池閒泛》：「飛沉皆適性……魚跳何事樂，鷗起復誰驚」，白居易著，朱金城箋校：《白居易集箋校》，頁1957、2465、2499。

[66] 楊億：《溫州聶從事雲堂集序》，曾棗莊、劉琳主編：《全宋文》（上海：上海辭書出版社，2006年），卷294，頁376-377。

[67] 《答韓三子華、韓五持國、韓六玉汝見贈述詩》，梅堯臣著，朱東潤校注：《梅堯臣集編年校注》，（上海：上海古籍出版社，1980年），頁336。

[68] 《啼鳥》，歐陽修著，劉德清、顧寶林、歐陽明亮箋注：《歐陽修詩編年箋注》（北京：中華書局，2012年），卷7，頁789。

怨或貶或褒，其出發點都是教化或諷刺的功利詩學，日常生活中沒有興寄意味的悲哀感傷之情，並沒有得到肯定。

性情之辨作為一種思想觀念，可以追溯到先秦，但直至唐代，其在詩學話語上的體現還極其有限。東晉玄言詩中有「除情累」之論，如許詢《農里詩》云：「亹亹玄思得，濯濯情累除」，[69] 又如陶淵明《形影神·神釋》中說：「正宜委運去。縱化大浪中，不喜亦不懼」，[70] 都是通過玄思或理性來解除「情」對人生的困擾。但這一方面很難說是基於性情之辨觀念的自覺思考，另一方面也沒有在詩學上形成強勢話語。這與哲學史演變進程中，心性論和性情之辨的地位有關。孔子不談性與天命，老子重在論天道與無為，莊、孟雖有心性之論，但並未為當時人所重。漢代重宇宙論，魏晉重本體論，直至東晉後，佛教在漢化過程中以其自身心性論之長，融合了中國傳統人性論，經過深入而精緻的闡發，使得世人知心性論之微妙，最終才反過來推動儒、道對心性論的探索。可以說，時至中唐，性情之辨已不止是一種觀點，而且是一種思維模式。這表現在儒釋道思想學說都在使用它，而且是在不同的含義上使用（見前文）。這種心性論文化正契合唐代士大夫安頓人生的精神需要。柳宗元在批評韓愈闢佛的行為時，說道：「退之所罪者其跡也，……退之忿其外而遺其中，是知石而不知韞玉也。」[71] 這裡就指出佛教在心性修養上的優越性。中唐士大夫間少有不受佛教影響，就連想從心性理論上駁斥佛教的李翱，也是使用佛教心性論的資源。白居易早年也談到僧人凝公教給他「心要」（《八漸偈並序》）。這都說明心性論是文人士大夫接受佛教的主要層面之一。白居易說「釋教治其心」，[72] 更是一語道明。這些都在指向一種或隱或顯的社會意識：中唐文人士大夫已多從心性層面理解人生。他們接受心性論，是在尋求人生內在超越的精神資源，而性情之辨是心性論的進路之一，因為它在回答人超越的依據和途徑：依據在於人之性，途徑在於去情復性。這是白居易性情之辨觀念的時代思潮背景，其「詠性不詠情」之說即是該觀念的詩學表述。雖

[69] 逯欽立輯校：《先秦漢魏晉南北朝詩》（北京：中華書局，1983 年），中冊，頁 894。

[70] 陶淵明著，袁行霈箋注：《陶淵明集箋注》（北京：中華書局，2015 年），頁 47。

[71] 《送僧浩初序》，柳宗元：《柳宗元集》（北京：中華書局，1979 年），頁 674。

[72] 《醉吟先生墓誌銘並序》，白居易著，朱金城箋校：《白居易集箋校》，頁 3815。

然當時應者寥寥，但卻是性情之辨觀念深刻影響詩學的範例和先兆。

宋代儒學繼承中唐韓愈、李翱所推動的儒學心性論轉向，兼綜道釋，將之與形而上之道德本體關聯起來。王安石從體用論角度解說性情之辨，張載引入「天地之性」和「氣質之性」的視野，程頤更將性情之辨推向理慾之辨，從而有存天理滅人慾之論。此種思潮深刻影響宋代文化，[73] 也影響宋代的詩學。性情之辨觀念極強的宋人，不失儒家之擔當精神，同時也追求體道自適的人生態度。二者其實是統一於具有道德色彩的心性（理學家認為此種心性分殊自形而上的道德本體），對社會之顯用即是兼濟天下，對自身之顯發即是體道自適。前者的表現就是「開口攬時事，議論爭煌煌」，[74] 前文所論詩教觀即是其詩學話語；後者的體道自適則以窮處之際的豁達為典型。被視為宋代士大夫文化開啟者的范仲淹即強調：「未大用間亦處處有仁義」。[75] 作為仁宗朝後期文壇領袖的歐陽修，也有類似的主張。他在景祐黨爭中遭貶，到謫所後致書友人：「路中來，頗有人以罪出不測見弔者，此皆不知修心也」，並勉勵被貶的同黨，「慎勿作戚戚之文」。[76] 范仲淹與歐陽修都是宋人極為仰慕者。作為宋詩中的代表，蘇軾更是以其曠達形象聞名於世。曠達即是對惡劣環境及一己悲愁的超脫。對士大夫而言，貶謫往往就是人生中最大的打擊之一。宋人在此之際尚且豁達，於日常生活便不太可能沉溺於悲愁感傷。這表現在詩文寫作上，就是「意氣未宜輕感慨，文章尤忌數悲哀」。[77] 日本學者吉川幸次郎更概括道：「宋人的詩揚棄悲哀」。[78] 其反映在宋代詩學中，便是看重體現於詩作中的格韻。宋代對「格韻」的追求即是對一己之悲戚的否定，表現在詩歌典範的選擇上就是對襟懷高妙的陶淵明詩歌的無上推崇，而晚唐詩歌也正以其悲哀與豔情而被宋人批判為體格卑弱。

綜上而論，白居易的感傷詩寫作，是基於屈騷以來的寫作傳統、詩緣情的

---

[73] 參考陳植鍔：《北宋文化史述論》（北京：中國社會科學出版社，1992 年）。

[74]《鎮陽讀書》，歐陽修 ·《歐陽修詩編年箋注》，卷 /，頁 /39。

[75] 范仲淹：《與韓魏公書》，曾棗莊、劉琳主編：《全宋文》，卷 383，頁 715。

[76]《與尹師魯書》，歐陽修著，李逸安點校：《歐陽修全集 · 居士外集》（北京：中華書局，2001 年），卷 19，頁 998。

[77]《李璋下第》，王安石：《王安石全集》（上海：上海大東書局，1936 年），卷 22，第 139 頁。

[78]〔日〕吉川幸次郎著，李慶、駱玉明等譯：《宋元明詩概説》（上海：復旦大學出版社，2012 年），頁 23。

詩學觀念以及中國古典人性論。但唐代詩教觀對屈騷以來哀情傳統的批判，儒、釋、道性情之辨觀念中對感傷之情的貶低，都深刻影響追求兼濟和獨善之人格形象的白居易，使他做出輕視感傷詩的價值判斷。隨著人生境遇的改善和修身養性的追求，白居易感傷詩創作的衰微也就不言而喻。詩教觀和性情之辨觀念也深植於宋代文化，宋詩揚棄悲哀的現象可以從中找到原因。這同時也是性情之辨這一思想觀念深刻影響文人生活和文學的例子。可以說，白居易作為一大詩人，活動於「百代之中」的中唐，其對感傷詩的寫作、分類和評論，是基於對詩學傳統的理解和總結，而透過白氏感傷詩學，又有助於理解中國詩學中的感傷傳統，以及古典詩學對此思想觀念之合理性的辯護和批判。

（作者為哈佛大學東亞語言文明系訪問學人，本文原載《安徽大學學報》2019 年第 5 期）

# 適性與白俗：論白居易閒適詩及其詩史意義

葉躍武

閒適詩[1]寫作貫穿白居易一生，其核心內涵是適性。適性描述的是白居易安頓人生的方向。不管在詩類命名上，還是在詩歌寫作中，白居易都不斷凸顯適性的思想。適性思想繼承自莊玄的適性逍遙觀念。但在後世接受中，白居易對適性的書寫卻落得「白俗」的批評。白俗指向的是白居易詩歌題材的日常化，乃至思想境界的俗常（藝術形式的淺俗亦是白俗的內涵之一，但此點不在本文探討範圍）。論述適性的文章並不罕見，[2]闡釋白俗的論文亦不在少數，[3]但適性與白俗到底是什麼關係？莊玄的適性理念在踐行和書寫過程中，為什麼會導向白俗？這些問題論者甚少關注。通過探討這對關係，將有助於我們更辯證地把握白居易閒適詩的內涵，同時理解白居易閒適詩在詩歌史上的意義。

## ◎ 一、適性與閒適詩

白居易於元和十年（815）自編其詩時，分為諷諭詩、閒適詩、感傷詩和雜律詩四類。前三者為古體，後者為近體。這種分類標準是先按體裁分為古體和近體，然後在古體中再按旨趣細分為三類。白居易說諷諭詩是「凡所遇所感，關於美刺興比者」，[4]其核心就是社會關懷；說感傷詩是「事物牽於外，情理動於內，

---

[1] 閒適詩是白居易早年用以概括其部分詩歌的用語。但本文採用廣義之閒適詩，即它包括白居易後來寫作中與早期閒適詩旨趣類似的作品。

[2] 例如：〔日〕松浦友久著，李寧琪譯：《論白居易詩中「適」的意義——以詩語史的獨立性為基礎》，《山西師大學報（社會科學版）》，1997年第1期；周尚義：《「閒」與「適」的文化解讀——以對白居易閒適詩的考察為基礎》，《湘南學院學報》，2006年第6期。

[3] 例如：花房英樹：《白俗論考》，馬歌東編譯：《日本白居易研究論文選》（西安：三秦出版社，1995年）；杜学霞：《「白俗」文化溯源》，《遼寧師範大學學報（社會科學版）》，2010年第1期；尚永亮：《「白俗」論之兩宋流變及其深層原因》，《學術研究》，2010年第5期；《有關「白俗」的檢討》，〔日〕川合康三：《終南山的變容》（上海：上海古籍出版社，2013年）。

[4] 白居易著，謝思煒校注：《白居易文集校注》（北京：中華書局，2011年），卷8，頁326。

隨感遇而形於歎詠者」，[5] 則強調該類詩的個體感傷。[6] 那麼閒適詩的基本內涵是什麼呢？我認為是適性。適性作為閒適詩的核心內涵，不僅體現在詩類的命名中（「閒適詩」一名便直呈該詩卷的旨趣），也體現於閒適詩本身（詳參後文引例），同時還可以從白居易對閒適詩的闡釋中見出。

白氏在《與元九書》中，解釋閒適詩的內涵道：

> 或退公獨處，或移病閒居，知足保和，吟玩情性者一百首，謂之閒適詩。[7]

該表述極為簡潔，又富於深意，是理解白氏一生追求及其閒適詩寫作的重要入口。前二句點出適性之場合，「知足保和」是實現適性的方式及依據，「吟玩情性」是寫詩之雅稱。這段引語的核心是「知足保和」一語，其正確解讀方式當為「知足以保和」。「知足」固然源於《老子》「知足不辱」[8] 等思想，但它並非僅僅是基於通過與不如我者進行比較而得到的滿足，更是基於「性各有分，止分而足」[9] 的性命論。白詩中大量表現知足的內容就屬於以上二者。「保和」之「和」源於《老子‧四十二章》「萬物負陰而抱陽，沖氣以為和」。[10]「和」是一種宇宙論意義上之存在，是陰陽二氣交融後美滿勻和的狀態。張湛《列子注》即說：「得性之極謂之和。」[11] 白氏曾言：「性者中之和。」[12]「中」是指「內心」。又說：「馬從銜草展，雞任啄籠飛。只要天和在，無令物性違。」[13] 這更直接地道出萬物身上之「天和」與「性」的關係。天和與性在這裡也互相闡釋，既從性的角度加深

---

[5] 白居易著，謝思煒校注：《白居易文集校注》，卷 8，頁 326。

[6] 參考拙文：《傳統詩學視野中的白居易感傷詩》，《安徽大學學報（哲學社會科學版）》，2019 年第 5 期。

[7] 《與元九書》，白居易著，謝思煒校注：《白居易文集校注》，卷 8，頁 326。

[8] 《老子》第 44 章，朱謙之：《老子校釋》（北京：中華書局，2000 年），頁 180。類似表述還有：「罪莫大於可欲，禍莫大於不知足，咎莫大於欲得。故知足之足，常足矣。」（《老子校釋》，頁 186-188）。

[9] 《大宗師》疏，郭象注，成玄英疏：《南華真經注疏》（北京：中華書局，1998 年），頁 141。

[10] 朱謙之：《老子校釋》，頁 175

[11] 《列子‧黃帝篇》題注，楊伯峻：《列子集釋》（北京：中華書局，1985 年），卷 2，頁 39。

[12] 《省試性習相遠近賦》，白居易著，謝思煒校注：《白居易文集校注》，卷 1，頁 25。

[13] 《自詠》，白居易著，謝思煒校注：《白居易詩集校注》（北京：中華書局，2006 年），卷 33，頁 2492。

我們對天和之境界的了解，又從天和角度加深對性之天道內涵的認識。這種「保和」即是「適性」，也就是生命理想的實現，換言之，這種「天和」或「真性」便是實現生命價值的最終依據。白詩中也多處使用「任性」、「遂性」、「適性」、「逍遙」等詞語來表述這種理想。例如《琴茶》：「兀兀寄形群動內，陶陶任性一生間」、[14]《春日閒居三首》：「魚鳥人則殊，同歸於遂性」、[15]《春池閒泛》又說魚鳥「飛沉皆適性」、[16]《答崔侍郎、錢舍人書問，因繼以詩》：「泥泉樂者魚，雲路遊者鸞。勿言雲泥異，同在逍遙間。」[17]《讀莊子》一詩中更提出「遂性逍遙」[18]一語。由此可見，知足保和是基於道家的人之天性說：知足才能免於「罪禍」，才能免於「苦心勞形以危其真」，[19] 也才能守護身心內那份得自天地大道的和氣。

退公獨處、移病閒居、知足保和，是白氏用以闡釋其閒適詩寫作旨趣的表述。白氏在詩中也多處提及此類生活方式和思想觀念，如《昭國閒居》：

> 貧閒日高起，門巷晝寂寂。時暑放朝參，天陰少人客。槐花滿田地，僅絕人行跡。獨在一床眠，清涼風雨夕。勿嫌坊曲遠，近即多牽役。勿嫌祿俸薄，厚即多憂責。平生尚恬曠，老大宜安適。何以養吾真，官閒居處僻。[20]

這首詩寫詩人閒居（「放朝參」）獨處（「少人客」）時的自得其樂，「勿嫌」四句便是知足之語，是對人生不足之內在消解。詩人還把閒居獨處說成是「養真」的途徑。「真」的觀念源於《莊子》。《莊子‧漁父》寫道：「禮者，世俗之所為也；真者，所以受於天也，自然不可易也。故聖人法天貴真，不拘於俗。」[21] 這種養真即是適性，它跟前文所引的「保和」同義。「真」和「和」在這裡都是指向人

---

[14] 白居易著，謝思煒校注：《白居易詩集校注》，卷 25，頁 1954。

[15] 同上，卷 36，頁 2712。

[16] 同上，卷 36，頁 2747。

[17] 同上，卷 7，頁 626。

[18] 同上，卷 32，頁 2424。

[19] 《莊子‧漁父》，郭慶藩集釋，王孝魚點校：《莊子集釋》（北京：中華書局，2012 年），卷 10，頁 1025。

[20] 白居易著，謝思煒校注：《白居易詩集校注》，卷 6，頁 581。

[21] 郭慶藩集釋，王孝魚點校：《莊子集釋》，卷 10，頁 1032。

之天性，都被認為是生命實現其價值的最終依據。真是就性的價值判斷而言，和是就性的理想狀態而言。陶淵明即有「不為好爵縈。養真衡茅下」[22] 之句。

　　總而言之，白居易閒適詩的內核就是適性，這是基於老莊的價值主張，其合理性亦淵源於此。它在內容上表現為對個人閒居安適生活的追求、體驗和認知。《夏日獨直寄蕭侍御》中即說：「情性聊自適，吟詠偶成詩」，[23] 對適性生活的玩賞吟詠，也就成為閒適詩。閒適詩便是在「遂性逍遙」這一層面上體現白氏所言的「僕之道」，亦即：「奉而始終之則為道，言而發明之則為詩」（《與元九書》）。[24]由此也可見，適性的獨善性質，使得閒適詩不同於諷諭詩的兼濟情懷；適性所具有的平和心境，亦區別於感傷詩的感傷情緒。

## ◎ 二、形而下與形而上的融貫

　　「遂性逍遙」或「適性逍遙」是白居易安頓人生之方式，但它僅僅是一種理想或理念而已。如果要落實到日常生活中，它還必須指向更為具體的實然之性，這樣才能成為日常生活中遂適的對象。在白居易的踐行中，適性不少是指向氣稟之性和生理需求之性的滿足。

　　氣稟之性是就人的性情才智而言。這裡可以借鑑牟宗三先生的解釋，指「氣質之清濁、厚薄、剛柔、偏正、純駁、智愚、賢不肖等所構成之性，此即後來所謂氣性才性或氣質之性之類」。[25] 白居易認為天性因人而異：「工拙性不同」（《常樂里閒居偶題十六韻……》）。[26] 那白氏認為自己的「性」是怎樣的呢？他首先認定自己是「性拙」。他在《詠拙》中闡釋這種見解：

> 　　所稟有巧拙，不可改者性。所賦有厚薄，不可移者命。我性愚且蠢，我命薄且屯。[27]

[22] 陶淵明著，袁行霈箋注：《陶淵明集箋注》（北京：中華書局，2015 年），頁 194。

[23] 白居易著，謝思煒校注：《白居易詩集校注》，卷 5，頁 471。

[24] 同上，卷 8，頁 326。

[25] 牟宗三：《心體與性體》（上海：上海古籍出版社，1999 年），上冊，頁 170。

[26] 白居易著，謝思煒校注：《白居易詩集校注》，卷 5，頁 447。

[27] 同上，卷 6，頁 553。

這便是從氣稟之性的層面言說自我之性。詩人認為自己生性拙愚。這看似就能力層面而言，其實是植根於老莊批判巧智的語境，即這種「拙」是合於大道之天性的顯露。白居易自己就說：「性拙身多暇」（《北院》），[28]「憂勞緣智巧」（《與僧智如夜話》）。[29] 這與其閒適理想是一致的。白居易所尊崇的陶淵明，其詩中也多處詠及「拙」，並表示要「守拙歸田園」。[30] 守拙就是對天性的守護，也就是「養真」，[31] 亦即「保和」。白氏曾明確表示要養拙（《養拙》）。謝靈運詩中也多處提及「拙」，如「工拙各所宜，終所反林巢」、「進德智所拙」、「拙訥謝浮名」[32] 等。這都是白氏認定自我之「拙」性的背景。

白居易還說自己性慵。「性慵無病常稱病」（《酬皇甫賓客》），[33]「性慵」一語雖然用來形容皇甫鏞，但完全適用於白居易本人。白氏詩集中有近百處詠及自己心性之慵，其中不乏全詩詠寫「慵」者（《詠慵》），此外還有《慵不能》、《老慵》等以「慵」命題者。白居易對這種慵懶之性的認識應該來自嵇康，因為它幾乎是嵇康人格的標籤。白詩中有二十餘處談到嵇康，其中多處即論及嵇康的慵懶之性。嵇康這種慵懶是他基於人性論的追求：「人之真性無為。」[34] 其目的就是「志在守樸，養素全真」。[35]「慵」跟「拙」一樣都是指向人之真性，如：「性拙身多暇，心慵事少緣」（《北院》）、[36]「懶與道相近，鈍將閒自隨」（《詠所樂》）。[37]

但拙與慵只是白氏閒適詩中典型的精神胎記。[38] 詩人還用不同的詞彙來加深對這一自我氣稟之性的認定：「酒狂憐性逸，藥效喜身輕。慵慢疏人事，幽棲遂

---

[28] 白居易著，謝思煒校注：《白居易詩集校注》，卷 23，頁 1818。

[29] 同上，卷 25，頁 1972。

[30] 陶淵明著，袁行霈箋注：《陶淵明集箋注》，頁 53。

[31] 《辛丑歲七月赴假還江陵夜行塗中》，陶淵明著，袁行霈箋注：《陶淵明集箋注》，頁 137。

[32] 以上分別引自顧紹柏校注：《謝靈運集校注》（鄭州：中州古籍出版社，1987 年）中的《從遊京口北固應詔》（頁 157）、《登池上樓》（頁 63）和《初去郡》（頁 97）。

[33] 白居易著，謝思煒校注：《白居易詩集校注》，卷 28，頁 2193。

[34] 嵇康．《難自然好學論》，該處引文有不同斷句法，此處依夏明釗譯注：《嵇康集譯注》（哈爾濱：黑龍江人民出版社，1987 年），頁 143。

[35] 《幽憤詩》，嵇康著，戴明揚校注：《嵇康集校注》（北京：人民文學出版社，1962 年），頁 27。

[36] 白居易著，謝思煒校注：《白居易詩集校注》，卷 23，頁 1818。

[37] 同上，卷 29，頁 2272。

[38] 〔日〕菅野禮行：《白居易詩中的慵和拙（上）》，《漢文教室》，1985 年第 153 期。

野情。」（《早春獨遊曲江》）[39]「帝都名利場，雞鳴無安居。獨有懶慢者，日高頭未梳。工拙性不同，進退跡遂殊。……三旬兩入省，因得養頑疏。」（《常樂里閒居偶題十六韻兼寄……》）[40]「性逸」、「慵慢」、「野情」、「懶慢」、「頑疏」等「負面」詞彙都是在完成同樣的工作：塑造自我拙慵近道者的形象。既然這種拙、野、慵、懶是自我之性，那麼適性便是這種「性」的滿足：「性命苟如此，反則成苦辛。以此自安分，雖窮每欣欣。……優哉復遊哉，聊以終吾身。」（《詠拙》）[41]翻讀白氏閒適詩，可見其著力刻畫自我之慵、拙形象。詩中反覆回蕩著辭官歸去的願望，以及仕宦羈絆的牢騷，即多是基於慵拙等氣稟之性的呼喚。詩集還大量詠及琴、酒、詩之娛，這些也經常指向養慵養拙。它們被目為天趣之樂：「酒助疏頑性，琴資緩慢情。有慵將送老，無智可勞生。」（《江上對酒二首·其一》）[42]琴、酒與詩皆是嵇康與陶淵明所同好。白詩中大量描寫此三者，以至最後目之為「三友」（《北窗三友》）。此外白氏還經常描寫他居住的園林以及其中的無用之物，如「太湖石」、「雙鶴」等等。還有數量並不少的閒遊之作，無不是這種適性之表現。

白居易閒適詩所適之性，並非都停留於氣稟層面，也經常出現在生理層面。雖然白氏沒有明確把此層面的需求視為一己之性，但從閒適詩中對此層面之描寫，還是能一目了然。白居易在閒適詩中，時常把性之適落實到物質生活以及身體感受上：

> 五步一啄草，十步一飲水。適性遂其生，時哉山雉雄。梁上無矰繳，梁下無鷹鸇。雌雄與群雛，皆得終天年。嗟嗟籠下雞，及彼池中雁。既有稻梁恩，必有犧牲患。（《山雉》）[43]

山雉的「適性」，一方面被落實於日常的啄草、飲水，另一方面被歸結於「終天

---

[39] 白居易著，謝思煒校注：《白居易詩集校注》，卷 13，頁 1038。

[40] 同上，卷 5，頁 447。

[41] 同上，卷 6，頁 553。

[42] 同上，卷 24，頁 1939。

[43] 《山雉》，白居易著，謝思煒校注：《白居易詩集校注》，卷 8，頁 674。

年」。前者從飲食而論，後者從壽命而言，二者皆落實於「遂其生」——命與身，換言之，即落實於物質生命。「性」在這裡就含有生理上之基本需要和感受的意味。牟宗三先生將此類性概括為：「生物本能、生理欲望、心理情緒這些屬於自然生命之自然特徵所構成的性」，此為「性」的「最低層」。[44] 此種性論更從白氏日常生活中鋪展開來：

> 鳥鳴庭樹上，日照屋簷時。老去慵轉極，寒來起尤遲。厚薄被適性，高低枕得宜。神安體穩暖，此味何人知。睡足仰頭坐，兀然無所思。如未鑿七竅，若都遺四肢。緬想長安客，早朝霜滿衣。彼此各自適，不知誰是非。(《晏起》) [45]

> 紅粒陸渾稻，白鱗伊水魴。庖童呼我食，飯熱魚鮮香。箸箸適我口，匙匙充我腸。八珍與五鼎，無復心思量。捫腹起盥漱，下階振衣裳。繞庭行數匝，卻上簷下床。箕踞擁裘坐，半身在日暘。可憐飽暖味，誰肯來同嘗。(《飽食閒坐》) [46]

《晏起》所寫被子厚薄、枕頭高低之適性，是從身體寒暖以及關節感受而言。《飽食閒坐》對美食之描寫，是從「適口」的角度切入，還有曬太陽時的溫暖，亦是身體層面的舒適。這些適性都落實於身體器官層面的感受，皆以溫飽睡足、聲色之娛為滿足。又如《偶作二首》其一中「筋骸雖早衰，尚未苦羸憊。資產雖不豐，亦不甚貧竭。登山力猶在，遇酒興時發。」[47] 六句，這種念念不忘個人之筋力溫飽，乃至沉溺於吟詠「眼下有衣兼有食」(《偶吟二首》其一) [48] 的生活，於白詩中極為常見，尤其是晚年的詩歌中，「杯」「盤」之語，「衣」「被」之辭，以及「衰」「病」之詠屢見不鮮。可見白居易對「性」的理解和踐行，不僅具有性情才智層面的，也具有身體化感覺化的傾向。

---

[44] 牟宗三：《心體與性體》，上冊，頁 170。

[45] 白居易著，謝思煒校注：《白居易詩集校注》，卷 8，頁 714。

[46] 同上，卷 30，頁 2307。

[47] 同上，卷 22，頁 1771。

[48] 同上，卷 27，頁 2153。

從以上論述可見，白居易閒適詩所適之性，傾向於個人氣稟之性和基本生理需求，有時純粹是為了感受的愉悅，具有強烈的形而下氣息。從這個層面而言，白居易雖然深受莊子逍遙論的影響，但他沒有襲承《莊子》逍遙論的玄遠和高度精神化，而是更接近向秀、郭象《莊子注》中所論的適性逍遙。《莊子》原義的逍遙極具精神性，超塵脫俗，乃至與世隔絕，具有高度理想主義。但向、郭認為「物各有性，性各有極」，[49]「苟足於其性，則雖大鵬無以自貴於小鳥，小鳥無羨於天地，而榮願有餘矣。故小大雖殊，逍遙一也。」[50] 無論是大鵬，還是小鳥，只要依據個體的本性達到滿足，便是逍遙。白氏就在這個意義上，滿足自己的「天性」。他強調個性，認為「工拙性不同」，並將自己的稟性定位於慵拙。這與向、郭的「物各有性，性各有極」的殊性論是一致的。但白詩中還有對生理之性的大量書寫，它雖然蘊含在向、郭的適性論中，但向、郭並沒有明確地揭示出來，或者說，沒有給予論證。這便得訴諸《列子・楊朱篇》。《列子》也主張遂性逍遙，張湛《列子序》便說該書旨趣之一是：「治身貴於肆任，順性則所之皆適……大歸同於老莊。」[51] 但《楊朱篇》則明確提倡「豐屋美服，厚味姣色」[52] 的滿足，換言之，就是所謂「肆性情之所安，耳目之所娛」。[53] 這些便有縱慾的意味。因此，《楊朱篇》被視為是魏晉縱慾派生活之總結，[54] 這於著作時代上，不無可議，但於內容旨趣上，確實可通。所以說，白居易的適性，其範例不僅存在於魏晉的嵇康、陶淵明和謝靈運，同時也存在於該時期縱慾派的人物身上。《楊朱篇》對適性與名位之關係，也有精闢的論述：

> 今有名則尊榮，亡名則卑辱；尊榮則逸樂，卑辱則憂苦。憂苦，犯性者也；逸樂，順性者也，斯實之所繫矣。名胡可去？名胡可賓？但惡夫守名

---

[49]《莊子・逍遙游》，郭慶藩集釋，王孝魚點校：《莊子集釋》，卷1，頁11。

[50] 同上，頁9。

[51] 楊伯峻：《列子集釋》附錄二，頁279。

[52] 同上，卷7，頁238。

[53]《列子・楊朱篇》張湛題注，楊伯峻：《列子集釋》，卷7，頁216。

[54] 楊伯峻：《列子集釋》「前言」。

而累實。守名而累實，將恤危亡之不救，豈徒逸樂憂苦之間哉？[55]

形而下的適性論，過於依賴外在的物質和環境。而這些物質和環境，不是憑空而來，其獲得亦得有保障，而名位便是其保障。可以說，尊榮而逸樂，這是魏晉名士的「風流」。它也在白居易身上得到呼應。

但這些實有層面之下，其實蘊含著性的另一層面——超越層面。於此層面，「性」被認為是源自天地大道的含有至高價值的真性，是人能合於天地大道而生存的內在依據。前文論述「知足保和」時已經說明。這一層是性的形而上層面。它在莊玄語境中容易與前兩層緊密關聯起來。從邏輯上說，當形而上之「性」在落實的過程強調「適」，並以「適」來判斷「性」的落實情況時，它往往被依附在實有之「性」上，否則就會因違背實然之性而不適，而「不適」一般會被等同於違道背性的不適，如《列子·楊朱篇》即謂：「憂苦，犯性者也；逸樂，順性者也。」[56]

可見，白居易的適性論，並沒有違背老莊的「性」論，尤其是向、郭改造後的適性論，更勿提《列子·楊朱篇》中物慾化的「從性而遊」[57]論。而這些影響深遠的思想觀念，都是從形而上的本體論來言性的。至此或許就不難明白，為什麼白居易所遂之「性」中，涵蓋了低端層面的實有之性，但卻仍被視為具有正面價值，成為可「奉而始終之」的「道」。這一點對於白居易詩歌寫作影響極為深刻。

## ◎ 三、「白俗」及其詩史意義

後世關於白居易詩歌的評論很多，諸如「學淺切於白居易」之「淺切」、「廣大教化主」、「纖豔不逞」等等，但「白俗」或許是最具影響力和關注度的評價和命題。這一評價和命題的提出者是蘇軾，他在《祭柳子玉文》中說道：「元

---

[55] 楊伯峻：《列子集釋》，卷 7，頁 238。

[56] 同上。

[57] 同上，頁 220。

輕白俗，郊寒島瘦。了然一吟，眾作卑陋。」[58] 柳子玉是蘇軾的近親兼好友。「白俗」一語是蘇軾藉以美譽亡友，而非一定要貶低白氏。白居易也曾誇過同僚寄贈的詩作是「毛詩三百篇後得，文選六十卷中無」，[59] 目的無非是「美而謝之」而已，並非嚴肅的詩歌論斷。雖然蘇軾該語不無受中唐以來「學淺切於白居易」等評論的影響，不過還是包含了他對白居易詩的基本印象。[60] 因為蘇軾在宋代的泰斗級地位，「白俗」之説後來迅速脱離其語境，成為宋代詩歌批評中的一大論題，也是後世討論白居易時難以回避的命題。這從側面反映出宋人對「俗」的關注。「白俗」之説不無語帶偏見，乃至貶義，但它至少從字面上道出讀者對白詩不同層面的印象：既有語言藝術層面的淺俗，題材內容層面的俗常，也有思想情調上的「塵俗」。由於論題所限，這裡僅論後兩個層面。這兩個層面都能從白居易適性思想及其踐行中得到解釋。

　　白居易在適性的視野中，將日常生活之衣食住行娛，大量寫進詩中。他描寫睡眠狀態、衣服合身與否、曬太陽、吃魚、洗漱、遊玩、賞花、飲酒、伎樂等俗常之事，前文論白居易適性的表現時，所引用的《飽食閒坐》、《晏起》等詩即是例子，從白詩一些擬題亦可看出，例如《食筍》、《烹葵》、《飽食》、《飯後》、《香山寺石樓潭夜浴》、《安穩眠》、《曉寢》、《晚起》、《眼病》、《老慵》、《別春爐》、《截樹》等等，但更多描寫都散落在閒適詩中，一聯二聯，無處不在，開卷即可得。雖然題材日常瑣細，但白氏以其才大，下筆自如，出語妥帖，意脈調暢，富有情味。《竹莊詩話》引蔡伯衲語：

　　　　白樂天詩自擅天然，貴在近俗。恨如蘇小雖美，終帶風塵。[61]

「天然」即沒有造作，「近俗」謂其題材源於凡常，趣味同於世俗，故論者認為

---

[58] 蘇軾著，孔凡禮點校：《蘇軾文集》（北京：中華書局，1986 年），卷 63，頁 1938-1939。

[59] 《偶以拙詩數首寄呈裴侍郎，蒙以盛制四篇，一時酬和，重投長句，美而謝之》，白居易著，謝思煒校注：《白居易詩集校注》，卷 30，頁 2346。

[60] 〔日〕花房英樹《白俗論考》説：「蘇軾雖然是在特殊場合下説的這個話，但未必全局限於這一場合，可以説在某種程度上也包含了平素的認識在內。」馬歌東編譯：《日本白居易研究論文選》，頁 17。

[61] 何汶著，常振國、絳雲點校：《竹莊詩話》（北京：中華書局，1984 年），卷 1，頁 11。

「終帶風塵」。清人田雯論白居易五律説：「極清淺可愛，往往以眼前事為見到語，皆他人所未發。」[62] 亦可旁證。

白居易對適性的踐行和日常化、對《楊朱篇》思想的認可，使得其詩作包含大量日常生活乃至物質享樂的內容。詩歌題材上的雅俗，本無關人格上的雅俗與否。宋人也極為關注生活中的瑣細之物。問題在於，白氏大量言説它們，致使讀者產生這樣一種印象：白氏深戀其中。連極力維護白氏的葉夢得，在為白居易一生的出處辯護之後，也流露出不無悵惜之情：

> 然吾猶有微恨，（白氏）似未能全忘聲色杯酒之類，賞物太深，若猶有待而後遣者，故小蠻、樊素，每見於歌詠。（葉夢得《避暑錄話》卷上）[63]

白詩中確實有不少與歌伎相關的詩作，光是題目中牽涉歌伎者，便數以十首計，如《山遊示小妓》、《醉後題李、馬二妓》、《代諸妓贈送周判官》、《燕子樓三首》、《和薛秀才尋梅花同飲見贈》、《同諸客嘲雪中馬上妓》等等。至於一句兩句詠及歌兒舞女者，在白居易宴飲酬對的詩作中，更是大量可見。晁迥是宋初白體詩人之一，對白居易及其詩歌推崇備至，但他也説：「白氏先生耽醉吟，銜杯灑翰恣歡心。樽空才盡若為計，釋悶遣懷功未深。」（《醒默居士歌》）[64] 白氏「平生好詩酒」（《衰病無趣因吟所懷》），[65] 自稱「酒放狂」、「酒癲」、「詩成癖」、「詩魔」等等，詩中有大量以詩、酒對舉的例子。「釋悶遣懷功未深」也就是葉夢得所説的「猶有待而後遣」。確實如此，白詩中大量描寫宴會、遊玩、飲食之樂，其落腳點都在一「適」字，而此「適」有時不無及時行樂，乃至縱慾之傾向。

以上還只是日常生活享受趣味上的世俗。白居易被後世詬病者，更在於對名利的態度，對官宦的留意。正如前引《楊朱篇》所言，追求生活享受，在某種程度上會導向對利祿的認可。而這也是宋人批評白氏之俗的另一著眼點。葛立方

[62] 田雯：《古歡堂集雜著》（上海：上海古籍出版社，1983 年），頁 622。

[63] 葉夢得：《避暑錄話》，《叢書集成》初編本，卷上，頁 9。

[64] 北京大學古文獻研究所編：《全宋詩》（北京：北京大學出版社，1992 年），冊 1，頁 609。

[65] 白居易著，謝思煒校注：《白居易詩集校注》，卷 11，頁 897。

《韻語陽秋》稱白氏「未能忘情於仕宦」，《蔡寬夫詩話》也有類似看法，但最有力的批評來自南宋朱熹：

> 樂天，人多說其清高，其實愛官職，詩中凡及富貴處，皆說得口津津地涎出。[66]

白氏對自己一生所歷官職、所受俸祿之詳實記載，洪邁和趙翼已有輯集，史家還可據此證史或補史。白氏言說之中，還不無沾沾自喜。這些都不虛。而宋代是心性文化昌盛的時代，宋人即是基於心性文化的立場對白詩提出批評。葉夢得說白居易「猶有所待」，晁迥認為白氏「遣懷釋悶」之功夫未深，以及朱熹所論，均著眼於此。

白詩對適性的表現，從質氣之性擴大到生理需求之性，不僅面向日常生活，而且帶著歌頌的調子，雖然導致「白俗」之非議，但這種做法卻具有深遠的詩史意義，是對詩史題材的極大開拓。明代江進之評論道：

> 意到筆隨，景到意隨，世間一切都著並包囊入我詩內。詩之境界，到白公不知開闊多少。[67]

白詩境界之闊大，其諷諭詩之寫社會事件固是一端，如果說這是向外挖掘社會題材，那麼其閒適詩之記錄一己日常生活場景和感想，則是向內開拓個人生活之素材。衣食溫飽、安睡懶起等日常生活，在傳統以崇高和優美為尚的詩學視野中，處於被審美忽略的地位，個人享樂也多被等同於庸俗。它沒有山水之優美，沒有英雄之崇高，沒有生離死別之搖蕩人心，沒有奇狀怪聞以引起興趣，甚至沒有華麗事物可供馳騁辭采。建安以來不乏「憐風月，狎池苑，述恩榮，敘酣宴」[68]之作，其中涉及對音樂、美食、娛樂、服飾之描寫，但多是採取鋪敘渲染之法，寫

[66] 黎靖德編：《朱子語類》（北京：中華書局，1986 年），卷 140，《論文》下「詩」，頁 3328。
[67] 江進之，《雪濤小書・詩評・評唐》，《全明詩話》（濟南：齊魯書社，2005 年），冊 4，頁 2764。
[68] 劉勰著，范文瀾注：《文心雕龍注》（北京：人民文學出版社，1958 年），頁 66。

其奢華、高貴、矯健，一言蔽之，寫其非同尋常。謝靈運作為條件優越的士族，其言論更具代表性，他在《遊名山志序》中寫道：「夫衣食，生之所資；山水，性之所適。今滯所資之累，擁其所適之性耳。」[69] 性分之所適，是山水。作為人生之所資的衣食，則被視為滯累。「衣食」在此種思想視野下，不可能成為適性審美的對象。

漢樂府雖然寫及日常生活，但只是人物或事件表現之背景，杜甫以及元白的新樂府，也多是如此。直至東晉陶淵明才在日常生活中體會到真味，但陶詩筆法省潔，存作僅有百餘篇，亦未在詩中展現衣食之樂。它仍是提倡一種超物質的貧士之樂，日常生活並未被深入挖掘。唐代王績、孟浩然取法陶詩，詩中雖也有鋪寫日常飲食之適口，但僅見一二。杜甫於成都草堂時期多寫閒適之作，於日常生活中開拓題材，但主要用以表現自我的幽默和情趣，而不是從人生安頓或人生本體的角度，去體會日常生活之「深度」。真正堂而皇之地大寫特寫物質安逸所帶來的適性，是始於白居易。白氏在這方面極大地拓展疆域，人所未言或少言者，白氏往往能大而言之。這類詩不僅數量繁多，而且詩中不無渲染，例如前舉的《飽食閒坐》，又如《食筍》中對筍的來源、購買以及煮法、色澤等的記錄，《睡起晏坐》描寫曬太陽的感受等。白氏在寫這些題材時，也不是作純粹客觀的描寫，而是加以歌頌的，也就是說，他從人生根本的角度肯定這些生活，所以他才在詩中誇誇而談。把生理層次的滿足，帶著歌頌的調子寫進詩中，這在白居易之前是沒有的。[70] 這種形而下與形而上貫穿的視野，加上白居易的才力，日常生活之衣食住行，便在詩人妙筆下生花。這對後世影響深遠。近人陳衍評價說：「白詩之妙，實能於杜、韓外擴充境界。宋詩十之七八從《長慶集》中來，然皆能以不平變化其平處。」[71]

---

[69] 顧紹伯校注：《謝靈運集校注》，頁 272。

[70] 參見〔日〕中木愛：《試論白居易詩中生理層次的「閒適」表現——兼及姚合閒適詩》，《中華文史論叢》，2009 年第 2 期。

[71] 陳衍：《石遺先生談藝錄》，《陳衍詩論合集》（福州：福建人民出版社，1999 年），頁 1020。

## ◎ 四、閒適詩的情懷與境界

　　思想境界之低俗是白氏閒適詩遭受詬病之一大方面。白詩落人口實的印象是：其落筆往往不離一己之身心，其追求亦只停留於一己之適性。「體與心同舒」（《東歸》）、「身不經營物，心不思量事」（《途中作》），[72] 便是其閒適生活之寫照，皆落歸於個人的身之閒與心之適上，此亦為「獨善」之面目。其實白詩在「俗常」之外還蘊含著對形而上之真性的關懷。他對適性之人生理想的追求，即展現為其詩歌的理想主義氣質，這不亞於陶淵明對田園的追求。閒適詩中大量歸隱之思，即為其證。但白居易還由此適性之理想，觀看和褒貶世間情態，同時也彰顯宇宙萬物「皆遂性」的社會理想和天地情懷。這些正是白居易詩歌世俗、平淡之下的奇崛和境界。

　　白氏在表述自己追求閒適生活的時候，總是自覺不自覺地凸顯反省意識。對世人趨利求名的描寫，是白居易觀看這個世界的「發現」或所見的核心點之一。他登上山頂所看到的，竟然不是山水風景，而是地上如螻蟻般的趨利之人。例如《登商山最高頂》：「高高此山頂，四望唯煙雲。下有一條路，通達楚與秦。或名誘其心，或利牽其身。乘者及負者，來去何云云。我亦斯人徒，未能出囂塵。七年三往復，何得笑他人。」[73] 這首詩充滿自我反省和批判意識，同時也存在明顯的他人與自我之對峙。但這裡有「悲他」以及「自悲」的凝重感，是從他者身上發現自我。這種視角改變了白詩觀看世界的方式。《登香爐峰頂》就是這樣一首佳作：

> 迢迢香爐峰，心存耳目想。終年牽物役，今日方一往。攀蘿躡危石，
> 手足勞俯仰。同遊三四人，兩人不敢上。上到峰之頂，目眩神怳怳。高低
> 有萬尋，闊狹無數丈。不窮視聽界，焉識宇宙廣。江水細如繩，灩城小於
> 掌。紛吾何屑屑，未能脫塵鞅。歸去思自嗟，低頭入蟻壤。[74]

該詩結構頗為完整，登山之前心存嚮往、登山過程的經歷和感受、登頂的所見，

---

[72] 白居易著，謝思煒校注：《白居易詩集校注》，卷 30，頁 2320、2321。

[73] 同上，卷 8，頁 671。

[74] 同上，卷 7，頁 624-625。

以及所見後的所感，一應俱全。就山水詩寫作傳統而言，登山過程和登頂所見，當是詩歌描寫的高潮，往往是詩筆精工之處。但白氏沒有像謝靈運那樣傾力於風景的刻畫。對於登山過程，他只是從人出發，更像紀事之筆；對於登頂所見，白詩也只是用概述性的語言點明其所見空間之廣大。這本來無甚出彩之處。但讀到詩歌最後一個詞「蟻壤」時，便覺得這些描寫「出彩」。形容所見之大，正是要反襯人之渺小：不僅是世人之渺小，「我」也像世人一樣，渺小如蟻。這是一種「自悲」，若局限於風景描寫就難以寫出此意味。

白居易也通過世界萬物的生活方式，觀照自己的人生選擇。例如《偶作二首·其一》：「戰馬春放歸，農牛冬歇息。何獨徇名人，終身役心力。來者殊未已，去者不知還。我今悟已晚，六十方退閒。」[75] 趨利營名以致自役其心，這是白居易反覆批判的人生情態。如果說白居易諷諭詩是從正義的角度作出社會批判，那麼閒適詩則是基於人之合理存在的角度作出人性批判。這些觀照方式，使得白詩具有廣闊的視野和精神維度，也給白詩帶來思想上的宏大和深刻。

或許讀者容易生成這樣一個印象：在諷諭詩中，白居易對百姓有一種富有擔當之情懷，但在閒適詩中，百姓便變成趨利求名的芸芸眾生，成為批判的對象，如《早送舉人入試》、《晏起》所示。其實白居易也關注他們，只不過不再是從社會公平、個人溫飽的角度著眼，而是著眼於人們的生存方式。白居易對世人、乃至萬物都有一種天地情懷。就像《犬鳶》一詩中，萬物的遂性會讓詩人內心適然：

> 晚來天氣好，散步中門前。門前何所有，偶睹犬與鳶。鳶飽凌風飛，犬暖向日眠。腹舒穩貼地，翅凝高摩天。上無羅弋憂，下無羈鎖牽。見彼物遂性，我亦心適然。心適復何為，一詠逍遙篇。此仍著於適，尚未能忘言。[76]

此詩寫傍晚出門散步，看見犬鳶的自由自在，從而產生一種「見彼物遂性，我亦

---

[75] 白居易著，謝思煒校注：《白居易詩集校注》，卷 30，頁 2325。

[76] 同上，頁 2317。

心適然」的感受。當詩人內心適然的時候，他也會想起這個世界的「壓抑」，甚至寫出一種希望普天之下皆得自在的大願，就像《移家入新宅》寫自身「幸有祿俸在，而無職役羈」，過著溫飽、詩酒以及家人和煦的日子，接著寫道：

> 有思一何遠，默坐低雙眉。十載囚竄客，萬時征戍兒。春朝鎖籠鳥，冬夜支床龜。驛馬走四蹄，痛酸無歇期。磑牛封兩目，昏閉何人知。誰能脫放去，四散任所之。各得適其性，如吾今日時。[77]

這首詩顯示出白居易一種類似於諷諭詩的天地情懷。與他那首廣為人傳的《新製布裘》是同一種思路。後詩寫自己在嚴冬穿上新製布裘時「支體暖如春」，然後寫道：「丈夫貴兼濟，豈獨善一身。安得萬里裘，蓋裹周四垠。穩暖皆如我，天下無寒人。」[78] 但由於二詩的關懷重點不同，導致後世論者只重視後者。其實白居易在詩中多處表露過這種關懷，如《風雪中作》同樣寫自己在風雪天中的溫暖，然後「忽思遠遊客，復想早朝士。蹋凍侵夜行，凌寒未明起。」[79] 只不過該詩說理的成分稍多，未受關注罷了。

綜上所論，適性是白居易閒適詩的核心內涵。白居易所適之性，不僅導源於《老子》、《莊子》，還深受向秀、郭象《莊子注》思想以及《列子·楊朱篇》觀念的影響，這就形成了白居易融貫形而下與形而上的適性觀。白詩多從適性這一人生安頓的角度去體會日常生活的「深度」，放筆直寫物質安逸所帶來的愉悅，從而給人「世俗」的印象。但白居易閒適詩的詩史意義正在於適性與白俗的合一。適性是世俗層面的適性，所以它是對此前山水詩、田園詩等適性詩歌傳統的變革。白俗是適性意義上的俗常生活，也包含著對真性的追求和人生的反思，因而「白俗」雖受非議，卻仍然為後世文人所繼承，並直接影響了宋詩風貌的形成。

（作者為哈佛大學東亞語言文明系訪問學人，本文原載《北京大學學報》2020 年第 2 期）

---

[77] 白居易著，謝思煒校注：《白居易詩集校注》，卷 8，頁 709。
[78] 同上，卷 1，頁 122。
[79] 同上，卷 30，頁 2310。

# 「詩窮而後工」詩學話語譜系的文化闡釋

李豔豐

　　考察中國古代詩歌的抒情傳統，可以明顯發現，以悲情、怨憤入詩成為古代知識份子文化生命中揮之不去的審美情結。自《詩經》伊始，即有「君子作歌，唯以告哀」（《詩經·小雅·四月》）之說。至戰國屈原，漢代賈誼、王粲、蘇武、李陵，唐之李白、杜甫，宋之歐陽修、梅堯臣、李清照、陸游，明清之徐渭、李贄、納蘭性德、王國維等，其名章佳句，多為悲憤怨怒等苦難情感的符號結晶。正可謂「正聲何茫茫，哀怨起騷人」（李白《古風·大雅久不作》）、「國家不幸詩家幸，賦到滄桑詩便工」（趙翼《題遺山詩》）。中國古代詩人何以總喜歡在苦難的鬱積中孕育情感之胚芽，進而分娩出詩性的花蕊？錢鍾書先生在《詩可以怨》中作如此解釋：「苦痛比快樂更能產生詩歌，好詩主要是不愉快、煩惱或『窮愁』的表現和發洩。這個意見在中國古代不但是詩文理論的常談，而且成為寫作實踐裡的套板因。」[1] 這樣的理解本沒有什麼問題，但卻有些意猶未盡。中國傳統詩學理論中所謂的「詩可以怨」、「發憤以抒情」、「窮苦之言易好」、「詩窮而後工」等，是否僅僅只道出了「苦痛比快樂更能產生詩歌」？這些理論話語的生成，究竟有著怎樣的文化根由？話語陳述在衍進的過程中，其意義蹤跡經歷了怎樣的延異？詩學話語的背後，到底蘊含著怎樣的文化內涵？帶著這些困惑和疑慮，本文嘗試對傳統詩學「詩窮而後工」的理論話語譜系進行一次文化學的解讀與闡釋，以發掘詩學話語中被隱匿和遮蔽的文化意義。

## ◎ 一、從「詩可以怨」到「詩窮而後工」：一個詩學話語譜系的形成

　　話語譜系指多種話語因為具有親緣性、相似性而聚合形成的話語家族系統。一個話語譜系中的各種話語陳述，既具有親緣性　相似性，同時也具有異質性、特殊性。這意味著，我們在分析同一話語譜系中的不同話語陳述時，既要看

---

[1]　錢鍾書：《七綴集·詩可以怨》（北京：生活·讀書·新知三聯書店，2002 年），頁 116。

到其家族相似的文化性質，也要分析其在具體的歷史化過程中所產生的變異性。從這一理論前見出發，我們把上自孔子「詩可以怨」，下至宋歐陽修「詩窮而後工」的理論視為一個具有家族相似特徵的詩學話語譜系。

「詩窮而後工」話語譜系的濫觴，可追溯至春秋時代。隨著周朝的王綱解紐、禮崩樂壞，詩歌中「變風變雅」之作大興，怨刺之聲不絕。何休在《春秋公羊傳解詁》中言：「男女有所怨恨，相從而歌，飢者歌其食，勞者歌其事。」[2]《漢書·禮樂志》曰：「周道始缺，怨刺之詩起。王澤既竭，而詩歌不能作。王官失業，《雅》《頌》相錯。」[3] 孔子尊周道而弦歌「詩三百」，「以求合韶、武、雅、頌之音」，[4] 然《詩經》中已不乏大量怨刺詩，如《魏風·碩鼠》、《齊風·東方未明》、《小雅·采薇》等。所以孔子論詩亦強調其「怨」的功能，說「詩可以興，可以觀，可以群，可以怨。」（《論語·陽貨》）繼孔子之後，荀子言「天下不治，請陳佹詩。」（《荀子·賦篇》）如籠統而論，似乎可一言以蔽之：「詩可以怨」。但必須指出的是，自西周已降至春秋，詩並非只是士人專屬的審美藝術，而是普遍流行的文化形式。所以西周有采詩制度，通過采詩以觀民風、考見政治得失。西周政治文化衰落、王官之學解體後，詩的創作和學習更是散佈民間，所謂「聘問歌詠不行於列國，學《詩》之士逸在布衣。」[5] 早期詩歌創作、傳播與接受的多元化，意味著詩歌功能與價值的複雜性，詩既可傳播政治倫理意識，以行教化佈道之用，也可興、觀、群、怨，「識於鳥獸草木之名」。既可怨刺上政，亦可如黃宗羲言：「怨亦不必專指上政。後世哀傷、挽歌、譴謫、諷諭皆是也。」[6] 事實上，在這一歷史時段，「詩可以怨」並非專指士人知識份子以詩言志載道、怨刺上政，而是更多地傳達出上至宗廟、下至民間的現實主義文化精神和民主主義思想情懷。

自戰國後期，至秦漢、魏晉階段，「詩可以怨」的理論話語日益豐富。屈原

---

[2]　何休注：《春秋公羊傳注疏》（北京：北京大學出版社，2000 年），卷十六，頁 418。

[3]　班固著，顏師古注：《漢書·禮樂志》（北京：中華書局，1962 年），頁 1042。

[4]　司馬遷：《史記·孔子世家》（北京：中華書局，2005 年），頁 1559。

[5]　班固著，顏師古注：《漢書·藝文志》，頁 1756。

[6]　黃宗羲：《南雷文定·汪扶晨詩序》，《續修四庫全書》（上海：上海古籍出版社，2002 年），冊 1397，卷一，頁 521。

假以辭賦，接續著「詩可以怨」的話語傳統。「惜誦以致湣兮，發憤以抒情。」（《惜誦》）司馬遷：「屈平正道直行，竭忠盡智以事其君，讒人間之，可謂窮矣。信而見疑，忠而被謗，能無怨乎？屈原之作《離騷》，蓋自怨生也。」[7] 劉勰：「逮楚國諷怨，則離騷為刺。」[8] 相對於「詩可以怨」而言，屈原「發憤以抒情」的話語含義已有所突破。首先，怨的主體已經從無名詩人轉變為有名的士人知識份子。產生這一變化之根本原因，正在於士人階層的興起並獲得話語權。其次，怨的內容已從廣義的悲憤怨怒，轉變為士人抒發其對失道之政、命途之窮的怨恨。最後，怨的形式已從言志載道轉向發憤抒情，詩歌之情與采的審美意味增強。劉勰《文心雕龍‧辨騷》曰：「故《離騷》《九章》，朗麗以哀志……故能氣往轢古，辭來切今，驚采絕豔，難與並能矣。」[9] 繼屈原之後，司馬遷提出「發憤著書」之說：「乃如左丘無目，孫子斷足，終不可用，退而論書策以舒其憤，思垂空文以自見」、[10] 「人皆有所鬱結，不得通行其道也，故述往事，思來者。」[11] 怨憤的主體，已限定為純粹的士人知識份子。怨憤的內容則更為複雜，具體表現為兩個方面：一是對專制主義皇權體制之憤與士人知識份子卑微身份之怨。「僕之先人，非有剖符丹書之功；文史星曆，近乎卜祝之間，固主上所戲弄，倡優蓄之，流俗之所輕也。」[12] 二是對個體生命悲劇性遭際的怨憤，即因李陵之禍「幽於縲紲」、「身毀不用」。怨憤的形式不局限於詩，而是廣義的「立言」。通過「立言」的形式，宣洩怨憤情緒，用符號權力消解政治壓抑，表文采於後世，從而達到不朽之目的。如果說屈原選擇詩賦抒情，以舒緩此在生命的焦慮和苦難，更多表現出文人的詩性智慧和生命關懷，司馬遷據理經史，追慕不朽之舉，則彰顯出士人群體性格中揮之不去的道統意象與文化原型。自司馬遷之後，鍾嶸於《詩品‧序》中再次提出「詩可以怨」的命題：「離群托詩以怨」、「『詩可以群，可以怨。』使

---

[7]　司馬遷：《史記‧屈原賈生列傳》，頁 1933。

[8]　周振甫：《文心雕龍今譯》（北京：中華書局，1986 年），頁 56。

[9]　同上，頁 45。

[10]　班固著，顏師古注：《漢書‧禮樂志》，頁 2735。

[11]　司馬遷：《史記‧屈原賈生列傳》，頁 2494。

[12]　班固著，顏師古注：《漢書‧禮樂志》，頁 2732。

窮賤易安，幽居靡悶，莫尚於詩矣」。[13] 稱李陵詩「多悽愴怨者之流」，王粲詩「發愀愴之詞」，劉琨「既體良才，又罹厄運，故善敘喪亂，多感恨之詞」。表面上看，鍾嶸的「詩怨」理論，似乎是傳統「詩可以怨」話語的翻版，但其實不然，單就「詩可以怨」之功能而言，除了「怨刺」和抒發窮途失意之志外，還可「使窮賤易安，幽居靡悶」，詩成為現實生活「苦悶的象徵」。齊梁時代的文學自覺，鍾嶸儒道兼修的文化積澱，及其對詩之審美意蘊的藝術專注，決定了他在強調詩抒發哀怨之情的同時，必然注重詩歌的形式之美。真正的好詩，須得「情兼雅怨」、「風華清靡」，達到「風力」與「丹彩」的辯證統一。

迄至唐宋，「詩可以怨」經韓愈、白居易、歐陽修等人的發展，逐步形成較為完備的理論話語形態。韓愈《送孟東野序》曰：「大凡物不得其平則鳴」、「有不得已而後言，其歌也有思，其哭也有懷」，[14]《荊潭唱和詩序》云：「夫和平之音淡薄，而愁思之聲要妙；歡愉之辭難工，而窮苦之言易好也」。[15] 韓愈在強調「怨」、「愁思」、「窮苦」的同時，明確提出詩歌文辭形式之「工」與「好」的審美標準。雖然韓愈獨尊儒道，力排佛老，其詩學理念與鍾嶸大異其趣，但其對「窮」和「工」的強調，又同鍾嶸有了某些共通之處。白居易曰：「予歷覽古今歌詩，自《風》、《騷》之後，蘇、李以還，次及鮑、謝，迄於李、杜，其間詞人，聞知者累百，詩章流傳者巨萬。觀其所自，多因讒冤譴逐，征戍行旅，凍餒病老，存歿別離，情發於中，文形於外，故憤憂怨傷之作，通計古今，什八九焉。世所謂文士多數奇，詩人尤命薄，於斯見矣。」[16] 白居易認為「文士多數奇，詩人尤命薄」，骨子深處瞧不起詩人，「此誠雕蟲之技，不足為多」，況「詩人多蹇」，與其作窮者之詩，不如守獨善之道，「或花時宴罷，或月夜酒酣，一詠一吟，不知老之將至。」[17] 繼韓、白之後，宋代歐陽修對「詩可以怨」命題作出了進一步論述。《梅聖俞詩集序》云：「蓋世所傳詩者，多出於古窮人之辭

---

[13] 鍾嶸著，周振甫譯注：《詩品譯注》（北京：中華書局，1998 年），頁 20-21。

[14] 韓愈：《送孟東野序》，郭紹虞主編：《中國歷代文論選》（上海：上海古籍出版社，1979 年），冊 2，頁 125。

[15] 韓愈：《荊潭唱和詩序》，郭紹虞主編：《中國歷代文論選》，頁 129。

[16] 《序洛詩》，白居易：《白居易集》（北京：中華書局，1979 年），頁 1474。

[17] 白居易：《與元九書》，郭紹虞主編：《中國歷代文論選》，冊 2，頁 101。

也。凡士之蘊其所有，而不得施於世者，多喜自放於山巔水涯，外見蟲魚草木風雲鳥獸之狀類，往往探其奇怪；內有憂思感憤之鬱積，其興於怨刺，以道羈臣寡婦之所歎，而寫人情之難言；蓋愈窮則愈工。然則非詩之能窮人，殆窮者而後工也。」[18]《薛簡肅公文集序》言：「至於失志之人，窮居隱約，苦心危慮而極於精思，與其有所感激發憤唯無所施於世者，皆一寓於文辭。故曰窮者之言易工也。」[19]歐陽修同韓愈一樣，一生恪守儒道，志在兼濟。這種「士志於道」的文化精神，使其在追慕顯達的同時，骨子深處亦帶有「恥作文士」的念想。韓愈憫孟郊之窮，歐陽修惜梅聖俞之不得志，正在於其不能「鳴國家之盛」、「幸得用於朝廷」、「功業顯於朝廷，名譽光於竹帛」。由是觀之，「詩窮而後工」倒並非是在真正揄揚詩的藝術性、審美性，反而成了窮厄文人遭遇「政統」遺棄的佐證。

自宋以降，「詩窮而後工」詩學話語譜系朝著四個方向發展和變化。一是認同與接受。蘇軾云：「非詩能窮人，窮者詩乃工。此語信不妄，吾聞諸醉翁。」（《僧惠勤初罷僧職》）「詩人例窮蹇，秀句出寒餓。」（《病中大雪答虢令趙薦》）元代徐世隆《遺山集序》稱元好問「周流乎齊、魯、燕、趙、晉、魏之間三十年，其跡益窮，其文益富，其聲名益大以肆」。清代歸莊曰：「然則士雖才，必小不幸而身處厄窮，大不幸而際為亂之世，然後其詩乃工也。」[20]二是詩達亦可工。蘇軾《與王定國》云：「醉翁有言，窮者後工，今公自將達而詩益工」。[21]南宋周必大《跋宋景文公墨蹟》曰：「柳子厚作司馬、刺史，詞章殆極其妙，後世益信窮人詩乃工之說。常山景文公出藩入從，終身榮路，而述懷感事之作徑逼子厚。贈楊憑等詩，自非機杼既殊，經緯又至，安能底此？殆未可以窮論也。」[22]三是詩能窮人。蘇軾《答陳師仲書》云：「詩能窮人，所從來尚矣，而於軾特甚。」[23]明代以後，由於科舉考試不再以詩賦取士，而是代之以四子五經之書，

---

[18]《梅聖俞詩集序》，歐陽修著，洪本健校箋：《歐陽修詩文集校箋》（上海：上海古籍出版社，2009年），中冊，頁1092。

[19]《薛簡肅公文集序》，歐陽修著，洪本健校箋：《歐陽修詩文集校箋》，中冊，頁1128。

[20]《吳余常詩稿序》，歸莊：《歸莊集》（上海：上海古籍出版社，1984年），上冊，頁182-183。

[21]蘇軾著，顧之川點校：《蘇軾文集》（長沙：岳麓書社，2000年），下冊，頁532。

[22]歐陽修：《文忠集》，《四庫全書》（上海：上海古籍出版社，1987年），冊1147，卷十六，頁148。

[23]《答陳書仲主簿書》，蘇軾：《蘇軾全集》（上海：上海古籍出版社，2000年），頁1659。

詩能窮人之説，遂廣為傳佈。清劉大櫆《王載揚詩序》言：「然其道皆以四子五經之書，為八比之時文，至於詩蓋無所用之。而天下之習為舉子業，多不能詩；其能為詩者，亦不復留意舉子業。嗚呼！此詩之所以能窮人也。」[24] 四是詩能達人。宋人陳師道以王平甫為例，言「詩能達人矣，未見其窮」，清代姚鼐云：「夫詩之源必溯於風雅，方周盛時，詩人皆朝廷卿相大臣也，豈愁苦而窮者哉？」[25] 這種發展和變化，既豐富了「詩窮而後工」詩學話語的譜系，也從多個層面折射出中國古代知識份子階層的群體性格與文化追求。

## ◎ 二、從道統到政統：權力延異與「詩窮而後工」話語譜系的文化嬗變

考察「詩窮而後工」詩學話語譜系的文化意義，除了要理性審視其所表現的詩學內蘊與美學精神之外，還需深入探討話語運演背後的權力邏輯。福柯曾説，話語即權力。「話語傳遞著、產生著權力，它強化了權力，但也削弱了其基礎並暴露了它，使它變得脆弱並有可能遭受挫折。」[26]「詩窮而後工」詩學話語譜系的生成與流變背後，有著怎樣的權力邏輯？這種權力邏輯產生了怎樣的文化驅力？話語的聚合與裂變，又折射出傳統知識份子怎樣的群體性格與文化追求？

結合「詩窮而後工」詩學話語譜系的歷史來看，可以發現，從「詩可以怨」向「詩窮而後工」之説的流變，經歷了一個漫長的過程。春秋戰國時代，主要流行的還是孔子「詩可以怨」的思想。到了漢代，司馬遷開始將士人之窮同詩文創作勾連起來。[27] 但真正以「窮」「達」論詩，提出「詩窮而後工」之説，則要下延至唐宋時期。元代黃溍曰：「古之為詩者，未始以辭之工拙驗夫人之窮達。以窮達言詩，自昌黎韓子、廬陵歐陽子始。」[28] 究竟如何理解這一話語現象呢？或許，僅從詩學理論的立場，很難作出合理的闡釋。本文試圖從歷史出發，結合傳統政治與文化權力的延異，以及士人階層的群體性格與文化追求，來思考「詩窮

[24] 劉大櫆著，吳孟復標點：《劉大櫆集》（上海：上海古籍出版社，1990 年），頁 65。

[25] 姚鼐著，劉季高標校：《惜抱軒詩文集》（上海：上海古籍出版社，1992 年），卷八，頁 118。

[26] 〔法〕福柯著，張廷琛等譯：《性史》（上海：上海科技文獻出版社，1989 年），頁 99。

[27] 司馬遷：《史記·屈原賈生列傳》，頁 1933。

[28] 《惠山愁吟後序》，黃溍：《金華黃先生文集》，《續修四庫全書》，冊 1217，卷十八，頁 772。

而後工」詩學話語譜系背後的文化意義。

　　余英時教授曾指出，中國古代知識份子經歷了由「道尊於勢」到「勢尊於道」、由道統到政統的文化轉型。春秋戰國時代，由於權力呈極度彌散的狀態，小國民主的經濟與政治結構，最終釀成百家爭鳴、處士橫議的文化生態格局。政治、經濟與文化意識形態的動盪，使士人階層迅速崛起並獲得話語權，他們以道自任，追求「道尊於勢」的文化權力。「知識份子不但代表『道』，而且相信『道』比『勢』更尊。所以根據『道』的標準來批評政治、社會，從此便成為中國知識份子的分內之事。」[29] 費孝通認為自孔子之後，便「構成了和政統分離的道統」。[30] 在「道尊於勢」的時代，雖然孟子已提出「達則兼濟天下，窮則獨善其身」之說，但在詩學領域，則延續著孔子「詩可以怨」的話語傳統，並未出現以窮論詩的現象。我擬從如下幾個層面作簡要探討。

　　首先，士人普遍追求道，視道為真理和元權力。以道為尊的信念，既強化了士人的話語權力，又彰顯出士人的主體意識。但「道尊於勢」畢竟只是一種理想的文化權力格局，而非現實的政治結構圖景。作為載道主體的士，不可能脫離具體的政治與經濟結構，作凌空蹈虛的話語表演。因而，勢與仕又成為士人無法僭越的世俗化權力陷阱。道作為以實用理性為表徵的政治與倫理哲學，必須轉化為具體的意識形態話語，才有實現的可能。所以孟子言「士人慕君」、「士之仕也，猶農夫之耕也」。但是，仕的前提是士人與統治者志同道合，如士人之道難以獲得統治者認同，則「從道不從君」，甚至當舍達為窮、舍貴為賤、舍富為貧。《淮南子·修務訓》言「段干木不趨勢利，懷君子之道。隱處窮巷，聲施千里。」可見，「達」雖不失為士人追求道器合一的超越之境，而「窮」也未必就是士人失志無處皈依的流亡之地。單就「窮」而論，其所表現的或許不是士人懷才不遇、命途多舛的悲劇性生命際遇，而是更多彰顯出士人的理性意識與崇高精神。

　　其次，士人以道為尊的價值追求，催生了君主尚賢、以吏為師的政治文化傳統。在春秋戰國時代，士人主體精神得以弘揚的一個重要原因，正在於其所擁有的社會地位與身份意識。在具體的政治權力結構中，士不只是單純的吏，而是

---

[29] 余英時：《士與中國文化》（上海：上海人民出版社，1987年），頁107。

[30] 費孝通：《皇權與紳權》（天津：天津人民出版社，1988年），頁25。

具有「立法」權力的「師」。孔穎達云：「《周禮》立官多以師為名。師者眾所法，亦是長之義也」（《古文尚書》，孔穎達疏）。《莊子·漁父》言：「既上無君侯有司之勢，而下無大臣職事之官，而擅飾禮樂，選人倫，以化齊民。」[31] 以吏為師、官師合一的政治權力結構，既強化了士人對道統的信念，又從制度層面確保了士人符號資本的政治化。「道統」的文化追求與「師儒」的身份意識，使得士人在世俗化的政治經濟活動中，必然會把修天爵而棄人爵、求正身而薄食祿視為自己的理性選擇。《荀子·大略》載：「子夏家貧，衣若縣鶉。人曰：『子何不仕？』曰：『諸侯之驕我者，吾不為臣；大夫之驕我者，吾不復見。』」在士人看來，彰顯其自我價值的真正尺度，不是官與祿，而是師與道。如師道不存，則寧願選擇貧與窮。由此可見，貧與窮非但未對士人的身份意識與人格魅力造成毀損，反而成為士人以身殉道的現實佐證。

最後，士人以道為尊的價值追求，使其在具體的文化實踐層面，更多站在實用理性的現實關懷維度，而少有對個體審美意識的感性宣洩。閻步克指出：「處於『俗』『法』之間的『禮』，富於人間性、現世性，因而較少純文化的意味而更多地面向人倫日用、社會政治，這也使得戰國時期趨於分離的學士群體，在總體上較少地取向於純粹的審美追求或理性思辨，缺乏排除了其它考慮的『愛美』或『好奇』。」[32] 士人把美涵養於政治與倫理的實用理性之中，在美政與美俗的世俗化經驗世界中，體味詩藝的超越性。當美政與美俗之志難以實現時，士人也會退回於個體的生命世界，但他們大多選擇倫理化的修身而非審美化的詩藝，來實現個體的靈魂安頓與精神皈依。即便選擇詩歌，也主要強調詩言志載道的意識形態屬性與倫理關懷價值等外部功能，而很少言及詩的內指性和審美意蘊。

自秦漢已降，隨著封建經濟、專制主義政體與大一統文化權力格局的形成，士人命運開始發生根本變化，道尊於勢的歷史走向終結，取而代之的是道勢合一，是政統壓倒道統。余英時教授指出：「歷史進入秦、漢之後，中國知識階層發生了一個最基本的變化，即從戰國的無根的『遊士』轉變為具有深厚的社

---

[31]《莊子·漁父》，郭慶藩：《莊子集解》，《諸子集成》（北京：中華書局，1954 年），冊 3，卷八，頁 206。

[32] 閻步克：《士大夫政治演生史稿》（北京：北京大學出版社，1998 年），頁 152。

會經濟基礎的『士大夫』。」[33] 宗族與田產的羈絆，加劇了士人精神的世俗化。「天下事無大小皆決於上」的專制主義皇權政治，徹底弱化了士人的主體性。如果說，在道尊於勢的時代，士人用道構築起自己的菲勒斯中心與陰莖崇拜機制，把自身視為毋庸置疑的立法者。那麼，自秦漢以後，士人實際上已從整體上被皇權閹割與去勢，屈原與司馬遷的遭遇就是明證。屈原被楚懷王三次放逐、司馬遷被施以宮刑的根本原因，正在於皇權的不可僭越性與士人「以道抗勢」原則的失效。如龔自珍所言，這種「煌煌人莫達」的皇權，最終形成「一人為剛，萬夫為柔」的格局。

皇權與封建官僚體制的形成，使士人被整合到王朝統治的範圍之內，從而失去了身份自由與人格獨立。「知識階層『為王者師』的唯一憑藉只是『真理』，但是當思想逐漸定型，並通過官方的認可成為意識形態，通過教育的傳播成為普遍知識，知識階層就失去了憑藉『真理』與『權力』對抗的能力，從『王者師』的地位降到了『帝之臣僕』的地位。」[34] 當士人由「道」轉向「仕」，當師儒身份流落為臣僕與家奴，士人的文化心理結構也就被徹底改寫。當道尊於勢成為神話，「仕」便成為了士人命運必然的傳奇。回溯秦漢之後的歷史，可以明顯看到士人群體性格與文化追求的嬗變。相當多的士人把仕途顯達、官運亨通視為生命的主導性追求，甚而出現以道求仕、得人爵而棄天爵的現象。《史記·李斯列傳》載李斯言：「詬莫大於卑賤，而悲莫甚於窮困。久處卑賤之位，困苦之地，非世而惡利，自托於無為，此非士之情也」，[35] 已反映出士人文化心理的變遷。隋唐已降，科舉制度的實施又從體制上確保了士人入仕的合法性，並進一步固化了士人的仕宦情結。唐傳奇《枕中記》主人公盧生言：「士之生世，當建功樹名，出將入相，列鼎而食，選聲而聽，使族益昌而家亦肥，然後可以言適乎」，完全把科舉入仕、建功立業視為自己人生的理想。士人與官宦身份的同構，使其在具體的現實生活中，更多偏向實用理性，把功名爵祿視為肯定自身價值的主要尺規，而相對輕慢審美化的詩藝。

---

[33] 余英時：《士與中國文化》，頁 77。

[34] 葛兆光：《中國思想史》（上海：復旦大學出版社，2004 年），冊 1，頁 264。

[35] 司馬遷：《史記·李斯列傳》，頁 1977。

然而，並非每個士人都能寄生官場如魚得水，當士人左遷失志又不願守道固窮時，最理想的選擇或許就是轉向文章詩藝，以文辭詩賦的形式來言志載道、發憤抒情。所以，自秦漢之後，詩不再被視為絕對的貫道之器，「詩言志」亦開始轉向「詩緣情」，且此「情」多為表現士人宦海浮沉、窮厄無依的悲憤怨怒之情。正是在這樣的文化背景之下，以窮言詩遂開端倪。司馬遷言「屈原之作《離騷》，蓋自怨生也」。何以怨？正在於屈原命途之「窮」。桓譚《新論・求輔》言「賈誼不左遷失志，則文采不發」。歐陽修感喟梅聖俞「奈何使其老不得志，而為窮者之詩」，道出了以窮言詩背後的政治文化邏輯。以窮言詩發展到唐宋，產生韓愈「窮苦之言易好」與歐陽修「詩窮而後工」之說，強化了詩的審美性，但就話語所蘊藉的文化權力而言，卻沒有發生根本性變化。

## ◎ 三、從不仕到藝：「詩窮而後工」詩學話語生成的文化前提與歷史局限

　　《論語・子罕》載，牢曰：「子云，『吾不試，故藝』。」朱熹《論語集注》認為，試即用也，言由不為世用，故得以習於藝而通之。劉寶楠《論語正義》言：「試，用也。言孔子自云我不見用，故多技藝。」[36]孔子的意思是說，我不為世所用，所以就學習各種技藝。這裡的「試」並非僅指做官，「藝」也不是單純指審美化的詩藝。結合前面的分析可知，在「道尊於勢」的時代，士人對「不試」及「窮」的生命際遇，往往秉持理性與樂觀的態度，少有以窮為悲的文化喟歎。「不試」與「窮」並不代表對士人人生的否定性評價，反而具有某種積極的倫理意義。

　　但是，自秦漢以後，隨著封建專制主義「超穩定結構」（金觀濤）的形成和儒家思想意識形態的固化，士人最終被整合到皇權政治與官僚體制之中，其角色也由自由知識份子演變為封建官吏。道勢的融合與士人身份的政治化，徹底改變了孔子「吾不試，故藝」的話語意蘊。由於官場變成了士人無法僭越的一元化權力結構，仕也就成為士人此在生命必然的文化歸依。在道的菲勒斯權力遭遇褫

---

[36] 劉寶楠：《論語正義・子罕第九》（北京：中華書局，1990 年），卷十，頁 331。

奪之後，仕為士人的文化生命注入新的「陽性」血脈與基因，士人則在這種虛幻的陽物崇拜中將自身誤認為主體。這種身份的迷誤，使得士人把功名吏事視為最本己性的價值追求。就審美化的詩藝而言，雖然士人並不否定其所具備的政治、倫理價值與審美意義，但在具體的現實層面，又往往「視文章為末事」。真正的士人，其志在兼濟，對文辭詩賦是不屑為之的。唯有那些不得志於有司，仕途失意、宦海無依者，當其內心鬱積的悲劇性情感體驗無法排遣時，才會選擇辭賦詩藝，以審美化的方式，達成對仕而不得之心理缺失的宣洩與補償。如歐陽修所言：「蓋遭時之士，功烈顯於朝廷，名譽光於竹帛，故其常視文章為末事，而又有不暇與不能者焉。至於失志之人，窮居隱約，苦心危慮而極於精思，與其有所感激發憤唯無所施於世者，皆一寓於文辭，故曰窮者之言易工也。」[37] 由此而論，從不仕（主要指仕而不得）到藝（主要指詩藝），可謂是「詩窮而後工」詩學話語譜系生成的一個重要文化前提。仕途失志導致士人物質與精神的雙重受難，這種苦難的悲劇性情感體驗長期鬱積於士人的文化心理結構之中，最終化育為個體倫理的詩性表徵。

「詩窮而後工」詩學話語譜系的衍生與形成，具有積極的理論意義。從邏輯層面而言，這一詩學理論揭示出一個普遍的藝術真理：痛苦出詩人。痛苦容易激發認知活動的深化，從而獲得對宇宙人生的透徹理解；痛苦更能激發豐富的藝術想像力，從而使人產生審美的衝動。叔本華說：「痛苦是天才靈感的泉源」，斯達爾夫人認為：「痛苦對一些喜劇天才來說，這是何等取之不竭的思考的源泉啊！」可見，真正的詩歌，乃是苦難情感的藝術結晶，所謂「梗柟鬱蹙以成緥錦之瘤，蚌蛤結痾以銜明月之珠」（劉晝《劉子·激通》），正道出了苦難情感與藝術創作之關聯。「詩窮而後工」詩學話語譜系充分意識到這一藝術的心理學機制並對其作出了理論回應。從歷史層面而言，雖然詩學話語形態和文化意蘊在歷史語境中發生了諸多變遷，但詩學話語中蘊含的怨刺、諷諫與批判的詩歌精神，卻一直沿襲和傳承下來。這種詩歌精神，在文以載道之詩教觀與溫柔敦厚之審美心理的柵欄外，種植出個體反抗的荊棘之花，從而給陰性的審美文化與被閹割的士

---

[37]《薛簡肅公文集序》，歐陽修著，洪本健校箋：《歐陽修詩文集校箋》，中冊，頁 1128。

人精神注入了一絲陽剛之氣。

作為封建時代的一種詩學話語形態，「詩窮而後工」詩學話語譜系亦不可避免地具有一定的歷史局限性。首先，在封建專制主義時期，士人的仕宦情結使其在具體的文化實踐中更為重視經世致用，做官成為士人首選，吏事則為衡量士人價值的主要尺規，正所謂「士之登庸，以成務為用」（劉勰）。漢代甚至一度形成文儒與世儒的文化區隔。王充曾描述世人對文儒與世儒的不同看法：「著作者為文儒，說經者為世儒，二儒在世，未知何者為優？或曰：文儒不如世儒。世儒說聖人之經，解賢者之傳，義理廣博，無不實見，故在官常位，位最尊者為博士，門徒聚眾，招會千里，身雖死亡，學傳於後。文儒為華淫之說，於事無補，故無常官，弟子門徒，不見一人，身死之後，莫有紹傳：此其所以不如世儒者也。」[38] 雖然，王充並不苟同世人之論，劉勰《文心雕龍·程器》亦對文人有所辯護與正名，但從整個封建時期來看，「士當以器識為先，一命為文人，無足觀矣」的看法又確實較普遍和流行。范曄「常恥作文士」，《通鑑》不載文人的現象，彰顯出文人在封建文化結構中尷尬的身份意識。文人身份合法性的流失，最終帶來文學話語生產主體的異化和話語自律性的淪喪。就「詩窮而後工」詩學話語譜系而言，由於話語的生產者並不是純粹的詩人，而主要是被政治文化結構同化的官宦，因此，詩學話語的所指意蘊，更多流溢出的是士人失志而悲的政治無意識，而非詩性的審美主義精神。

其次，文人身份的矮化直接導致文學話語在整個權力場的邊緣化。唐開元、天寶年間及北宋王安石變法前，科舉考試的詩賦取士制度，一度把詩提升為政治意識形態的御用文體。晚唐皎然甚至認為：「詩者，眾妙之華實，六經之精英，雖非聖功，妙均於聖。」（皎然《詩式》）但從整個封建時代來看，詩賦的地位明顯低於經史和散文。「司馬遷割相如之浮說」（摯虞）；揚雄《法言·吾子》悔其少作，稱賦為雕蟲篆刻，壯夫不為；歐陽修云「文章止於潤身，政事可以及物」；晁補之言「文學，古人之餘事，不足以發身。其用以發身，亦不足言，至於詩，又文學之餘事。始漢蘇、李流離異域困窮怵別之辭，魏晉益競，至唐家好

[38] 王充：《論衡》，《諸子集成》（上海：上海書店，1991 年），冊 7，頁 274。

而人能之。然為之而工，不足以取世資，而經生法吏咸以章句刀筆致公相，兵家門士亦以方略齊力專斧鉞，詩如李白杜甫，於唐用人安危成敗之際，存可也，亡可也。」[39] 道出了士人對實用理性的持重和對文辭詩賦的輕慢。這種文化偏見，決定了士人不可能完全從審美本體論的立場出發來建構詩學理論，而是必然會不經意地滑向政治的場域。如果說「窮」更多地被視為士人仕而不得的政治無意識，那麼，「窮而後工」之詩也就成為負載士人群體政治無意識的符號象徵。我們在理解「詩窮而後工」之詩學話語譜系的文化意義時，必須看到其在政治意識形態詢喚機制中所發生的話語異變。

最後，「詩窮而後工」的詩學話語譜系，反映了封建專制主義時代集體倫理與個人倫理、實用理性與審美經驗、政治無意識與純藝術精神在士人文化心理結構中的權力交媾與博弈。受皇權政治一元化權力結構的桎梏，「詩窮而後工」詩學話語譜系本身並沒有、也不可能實現對封建專制主義文化結構的僭越與突圍，如朱國華所言：「符合文學自由本性的對於正統意識形態的顛覆，並非始於屈原，亦非濫觴於發憤著書的司馬遷，更不是不平則鳴的韓愈，因為他們批判的武器或者發牢騷的前提仍然還是封建社會的官方話語。」[40] 事實上，在封建專制主義文化權力的禁錮之下，文藝決不可能成為審美自由的象徵或「意識形態內部的爆炸性因素」。[41] 「詩窮而後工」的詩學話語譜系，雖然也反映出士人對「窮」之生命狀態的文化抵抗，但這種抵抗最終在詩藝的境界中消弭於無形，審美喧囂導向人性的靜默，怨刺之音最終轉化為個體生命無望的救贖。或許，在一個高度專制集權的奴化時代，一個自由精神與獨立人格缺失、知識份子主體精神破碎與彌散的時代，一個審美文化從屬於政治與倫理文化、文辭詩賦叨陪末座的時代，知識份子的任何話語實踐，都不過是主導性權力在意識形態結構盛宴中的話語表演。就「詩窮而後工」之詩學話語譜系而言，最終亦未能擺脫歷史所賦予的文化宿命。

（作者為華南師範大學文學院副教授，本文原載《雲南社會科學》2014 年第 2 期）

---

[39]《海陵集序》，晁補之：《雞肋集》，《四庫全書》，卷三十四，頁 662-663。

[40] 朱國華：《文學與權力——文學合法性的批判性考察》（上海：華東師大出版社，2006 年），頁 121。

[41]〔德〕哈貝馬斯著，劉北成、曹衛東譯：《合法化危機》（上海：上海人民出版社，2000 年），頁 103。

# 王國維的文化創傷及其在哲學與詩學中的話語表徵

李豔豐

　　創傷是一個現代性的話語和話題，一般是指重大的社會歷史事件（如戰爭、屠殺等）對人類造成的悲劇性創痛以及這種創痛在群體心理結構中的文化沉積。當這種創傷被文化銘刻、記憶與反思，進而形成一種深沉的集體意識與群體性的文化結構，即所謂的文化創傷。「當個人和群體覺得他們經歷了可怕的事件，在群體意識上留下難以抹滅的痕跡，成為永久的記憶，根本且無可逆轉的改變了他們的未來，文化創傷（cultural trauma）就發生了。」[1] 美國學者傑弗里‧亞歷山大對「文化創傷」的概念作出了諸多理論分析與界定，其中提到文化創傷的兩種理論脈象，一是常民創傷理論，二是文化建構主義理論。常民創傷理論強調創傷發生的自然主義基礎，即當人的安全、秩序、愛的需求等遭到破壞，創傷便自然產生。文化建構主義理論則強調文化對創傷性經驗的建構作用，通過文化的意義連接，自然和社會創傷生展成為文化事件並產生廣泛深刻的文化影響。亞歷山大顯然更加強調創傷的文化建構，但我們認為，不能割裂文化創傷的自然主義基礎。人的生理器官、身體意識與精神結構既是自然的，也是文化的。文化創傷的發生，乃是人的身體創痛經驗與文化悲劇意識衝突融合的結果，也正因如此，文化創傷所帶來的不僅僅是文化精神的危機與苦悶，而是有可能促成背負文化創傷之主體生命存在的毀滅。

　　下面，我結合文化創傷理論來分析王國維的文化創傷及其在哲學、詩學話語中的表徵。研究王國維的學者都面臨著一個無法回避的問題，那就是王國維的自殺。自 1927 年王國維於頤和園昆明湖自沉以來，多少人苦苦思索其自殺的動機與原委，究竟是什麼原因使得王國維選擇以這樣的方式來換取人生之解脫？本文以為，可從文化創傷的理論視域出發來對此作進一步理解與闡釋，即王國維自殺之終極根由，在於文化主體的衝突與撕裂所造成的文化創傷。這種文化創傷的

---

[1] 〔美〕傑弗里‧C‧亞歷山大：《邁向文化創傷》，《文化研究》，2011 第 11 期，頁 36。

形成，並非一朝一夕而就，而是經歷了漫長的歷史演繹與文化淤積。王國維遺書言：「五十之年，只欠一死。經此世變，義無再辱」，可見這死亡意識乃是如影隨形的，「世變」不過是壓倒王國維生命的最後一根稻草。王國維之文化創傷究竟如何形成，其有著怎樣的話語表現形態？

## ◎ 一、從王國維自沉之悲劇反思其生命的文化創傷意識

從理性的層面而言，王國維是反對自殺的。在《教育小言十則》中，王國維言：「我國人廢學之病，實源於意志之薄弱。而意志薄弱之結果，於廢學外又生三種之疾病：曰運動狂，曰嗜欲狂，曰自殺狂。」「至自殺之事，吾人姑不論其善惡如何，但自心理學上觀之，則非力不足以副其志而入於絕望之域，必其意志之力不能制其一時之感情而後出此也。而意志薄弱之社會反以美名加之，吾人雖不欲科以殺人之罪，其可得乎？」[2] 認為自殺乃是「意志之力不能制一時感情」所致。在《〈紅樓夢〉評論》中，王國維曰：「而解脫之道，存於出世，而不存於自殺。出世者，拒絕一切生活之欲者也。彼知生活之無所逃於苦痛，而求入於無生之域。」「苟無此欲，則自殺亦未始非解脫之一者也。」[3] 受叔本華悲觀主義哲學的影響，王國維認同生命的痛苦本質，即所謂的「欲生之戚」（《叔本華像贊》），但並不傾向於自殺的解脫之道，而是強調無生主義的出世與在世的審美主義救贖。遺憾的是，理性的因牢不能捆縛情慾的突圍。閱讀王國維的詩詞，可以發現，無生與生生的對立、現實與理想的衝突、理智與情感的齟齬常常呈如火如荼之勢：「早知世界由心造，無奈悲歡觸緒來」（《題友人三十小像》）、「雲若無心常淡淡，川如不競豈潺潺」（《雜詩》）、「江上癡雲猶易散，胸中妄念苦難除」（《五月十五夜坐雨賦此》）。人生苦難的淤積與創傷的負累，使王國維之情感結構中浸染著強烈的憂患與死亡意識：「書成付與爐中火，了卻人間是與非」（《書古書中故紙》）、「千載荒臺麋鹿死，靈胥抱憤終何是」（《人間詞甲稿·蝶戀花》）。浪漫主義的審美抒懷未能消解王國維內心的悲劇精神與死亡意識，反而加劇、強化了其生命中的文化創傷，詩詞中的死亡憂患意識最終化為現實的自殺倫理。

---

[2] 傅傑：《王國維論學集》（北京：人民出版社，2008 年），頁 456。

[3] 周錫山：《王國維文集》（北京：中國社會科學出版社，2008 年），冊 1，頁 9。

關於王國維自殺的原因，學界有諸多看法，大致歸納如下：其一，世亂恐辱。據王國維遺書言「經此世變，義無再辱」，認為王國維自殺是因北伐軍在湘鄂殺了葉德輝、王葆心，浙江政府抄沒了章炳麟家產，加之北平《世界日報》刊發了《戲擬黨軍到京所捕之人》一文，王國維的名字赫然在列。諸多世變，使王國維擔心再次受辱（前辱為 1924 年遜帝溥儀被馮玉祥趕出宮外），進而在進退維谷之際選擇自殺。陳洪祥的《王國維傳》對此有較為詳細的解釋，即所謂在「恐辱中投湖」。[4] 柏生亦認為「先生之死，自有宿因；而世亂日迫，實有以促其自殺之念」。[5] 其二，殉清。陳守謙《祭王忠愨公文》言「君以纏綿忠愛之忱，眷懷君國之念，十餘年來，湮鬱填塞，卒以一死以自明，其志可敬，亦可哀已。」[6] 吳宓直言「王先生此次捨身，其為殉清室無疑」。[7] 陳鴻翔在分析王國維《頤和園詞》時言：「毋庸諱言，王國維把自己的全部同情、全部哀樂，傾注於剛退出歷史舞臺的中國最後一個封建王朝。」[8] 亦認為王國維自沉有殉清之意。其三，殉文化與殉學術。陳寅恪在《王觀堂先生挽詞》中言：「凡一種文化值衰落之時，為此文化所化之人，必感苦痛，其表現此文化之程量愈宏，則其所受之苦痛亦愈甚；迨既達極深之度，殆非出於自殺無以求一己之心安而義盡也。」[9] 認為王國維自殺是為中國傳統文化殉道。劉烜則認為王國維自殺乃是「以身殉學術」。[10] 其四，矛盾衝突說與思想苦悶說。豈明認為：「王君以頭腦清晰的學者而去做遺老弄經學，結果是思想的衝突和精神的苦悶，這或者是自殺——至少也是悲觀的主因。」[11] 殷南《我所知道的王靜安先生》中肯定豈明的這一說法：「豈明君說他自殺的原因，是因為思想的衝突與精神的苦悶，我以為是能真知王先生的。」[12] 王令之在《王國維早年讀書志趣及家學影響》中言：「王國維的一生充滿矛盾，……可以

---

[4] 陳洪祥：《王國維傳》（北京：人民出版社，2004 年），頁 637-652。

[5] 陳平原、王風：《追憶王國維》（北京：生活・讀書・新知三聯書店，2009 年），頁 176。

[6] 同上，頁 3。

[7] 同上，頁 96。

[8] 陳洪祥：《王國維傳》，頁 392。

[9] 陳寅恪：《陳寅恪先生全集》（臺北：里仁書局，1979 年），下冊・補編，頁 14411。

[10] 劉烜：《王國維評傳》（南昌：百花洲文藝出版社，2014 年），頁 292。

[11] 陳平原、王風：《追憶王國維》，頁 56。

[12] 同上，頁 105。

說，他的逝世是他解脫人生矛盾的最後抉擇。」[13] 葉嘉瑩亦認為王國維自殺的主要原因是情與理的衝突、理想與現實的衝突、新文化與舊文化的衝突等。這些衝突讓王國維思想極其苦悶，終釀成自殺之悲劇。[14] 以上四種說法較為普遍，除此之外，還有人認為王國維自殺是因喪子之痛，或羅振玉逼債，或受叔本華悲觀主義哲學毒害，或無法忍受身體病恙之折磨，或一死殉知己，等等，不一而足。

本文以為，以上看法似都有合乎情理之處，但又都顯得片面。如果我們將王國維自殺視為一個典型的文化事件，那麼，對這一文化事件的認識，就不能僅僅局限在一些外在的、片面的、特殊的、經驗性的現象層面，而是應從長時段的歷史語境與文化全息結構的理論視域出發來重新審視與思考。

首先，要理解王國維自殺的問題，不能只局限於老年王國維的生命悲劇與文化矛盾，而是要回溯王國維人生五十載的所有悲歡離合及文化價值的衝突與抉擇，特別是那些在重要轉折時期深刻影響王國維生命意識的社會矛盾與文化經驗，都綿延累積為王國維無法釋懷的創傷性文化記憶，並最終衍生為王國維的創傷性文化心理結構。

其次，應從整個封建社會的長時段歷史出發來理解王國維所遭受的文化衝突與撕裂，而不是僅僅局限於 20 世紀初期的短時段歷史。唯有將王國維置身於傳統封建社會的超穩定文化結構之中，才能真正體味到王國維這一「世紀苦魂」所遭受到的文化創痛與苦難，也才能真正理解王國維自殺的悲劇性倫理意識。

最後，應從整體性的文化全息結構出發去理解王國維的自殺問題。如果將中國傳統封建文化視為一個全息性文化結構，將王國維個體性文化心理結構視為一個文化全息元，就可以判定，王國維自殺並非源於個體生命單純的現實矛盾，如恐懼革命軍、長子潛明病逝、被羅振玉逼債等，而是反映出了傳統文化的衝突與蛻變，以及這種衝突與蛻變對深受其浸染之知識份子造成的精神壓抑與斷裂的創痛意識，如夏中義所言：「王國維之死是對處於價值轉型期的傳統文化危機的悲劇性放大，亦即民族或人類價值轉型首先是通過其文化精英的心靈裂變來演示

---

[13] 吳澤：《王國維學術研究論集》（上海：華東師範大學出版社，1990 年），第 3 輯，頁 483。

[14] 葉嘉瑩：《王國維及其文學批評》（北京：北京大學出版社，2008 年），頁 70-97。

的。」[15] 另外，如果我們將王國維個體的文化心理結構視為一個文化全息結構，那麼可以肯定的是，這一結構帶有明顯的創傷與悲劇性。時代變遷、文化斷裂與王國維人生創傷經驗的積澱，共同生成創傷性的文化心理結構。王國維之自殺，乃是這一創傷性文化心理結構的終極裂變與典型呈現。

結合上述分析，我認為可以從三個層面來思考王國維自沉這一文化事件，一是王國維憂鬱悲觀之天性、憂生的本體意識與憂世的實踐倫理以及其命途多舛的創痛性現實生命體驗等，使得王國維的生命結構之中被綿延不斷地注入創傷性的精神與情感元素。二是適逢古今、中西文化交彙的變革時代，王國維經歷了文化衝突與斷裂所帶來的巨大文化創痛，其文化主體意識遭遇了難以彌合的撕裂，對傳統文化的固戀最終釀成悲劇性文化命運。三是文化的衝突與斷裂所帶來的身份認同危機，讓王國維在世變劇烈的時代感到無所適從，最終以死來向世人證明其志向與人格，在混濁之茫茫人間成就個體之獨立性與自由之價值。

## ◎ 二、王國維的憂生憂世情懷與文化創傷心理結構的形成

王國維自沉之悲劇，與王國維憂鬱悲觀之性格有著必然聯繫。王國維在《三十自序》中云：「體素羸弱，性復憂鬱，人生之問題，日往復於吾前，自是始決從事於哲學」。[16] 羅振玉言王國維初入《時務報》時，「抑鬱不自聊」。[17] 佛雛認為：「王國維四歲喪母，依賴叔祖父、姑祖母撫養，體質單弱，『憂鬱』性格的形成，看來是很早的。」[18] 葉嘉瑩也指出，王國維有著「憂鬱悲觀的天性」，「在靜安先生的性格中，另一點值得我們注意的，則是他既秉有憂鬱悲觀的天性，又喜歡追索人生終極之問題。」[19] 王國維之所以會形成這種性格，大約有如下幾個方面的原因。

其一，其父王乃譽的影響。王令之就認為，促使王國維悲觀心理與憂鬱性格形成之客觀原因，在於「家庭社會地位的低微和王乃譽精神狀態的抑鬱」，「王

---

[15] 夏中義：《王國維——世紀苦魂》（北京：北京大學出版社，2006 年），頁 258。

[16] 傅傑：《王國維論學集》，頁 494。

[17] 同上，頁 501。

[18] 佛雛：《王國維詩學研究》（北京：北京大學出版社，1987 年），頁 339。

[19] 葉嘉瑩：《王國維及其文學批評》，頁 9。

乃譽的人生觀、時間觀，那種情感豐富而又抑鬱苦悶的心境，影響了王國維性格的發展。」[20] 這種遺傳基因與家庭環境的影響，是導致王國維憂鬱性格生成的原發性因數。

其二，物質生活貧弱、身體羸弱多病導致其安全感匱乏。王國維《三十自序》言：「余家在海寧，故中人產也。一歲所入，略足以給衣食。」[21] 可見其在物質上並不富裕。1898 年入上海《時務報》後，求學與求業給王國維經濟上帶來了巨大壓力，幸遇見羅振玉，受其資助而解決了物質上無所依傍的困局。羅振玉「贍養其家，使其無內顧之憂。靜安感激知遇，事羅以師禮，自此結成終生依託的關係。」[22] 這種終生依託之關係，雖然為王國維解決了生計問題，但同時也讓王國維因缺乏經濟之獨立性而有了些許寄人籬下之感。仔細閱讀王國維與羅振玉的通信，可以發現其寄人籬下、委曲求全之情狀，如 1916 年 10 月 3 日「致羅振玉」言：「前後二函承詢滬上費用，並代籌明年之計，此非言語所能謝。今年費用雖不必定及所入之數，然以有此館之故，故恐亦適如其數。蓋食住零用等專案雖不過百元左右，而不虞之費與衣服器用亦頗不貲，故上半年僅餘百元，至付下半年學費而盡。……公既以此自任，而復假維以可處之名，則所以酬公者，亦唯有推公上為學術、下為私交之心，以此自勵而已。」[23] 這種物質上的依附性可以說是王國維精神世界的無形鎖鏈，亦使其生命中有了更多忍辱負重之感。此外，身體羸弱與疾病困擾，可謂是雪上加霜，身體創傷讓王國維更感生命之悲苦。在王國維的詩詞中，寫疾病的地方頗多，如「苦覺秋風欺病骨，不堪宵夢繼塵勞」（《塵勞》）、「因病廢書增寂寞，強顏入世苦支離」（《病中即事·甲辰》）、「詩緣病輟彌無賴，憂與生來詎有端」（《欲覓》），等等。

其三，家庭與社會之多重變故，加重了王國維憂鬱性格中的創傷與悲劇意識。王國維四歲時，生母淩氏去世，讓王國維首次體味死生契闊之悲苦，其憂鬱悲觀之性格，與此有很重要的關係。王國維有詩云：「中道失所養，幽怨當如

[20] 吳澤：《王國維學術研究論集》，第 3 輯，頁 489-490。
[21] 傅傑：《王國維論學集》，頁 493。
[22] 陳永正：《王國維詩詞箋注》（上海：上海古籍出版社，2011 年），頁 2。
[23] 吳澤：《王國維全集·書信》（北京：中華書局，1984 年），頁 128。

何？」（《雜詩》其三），即為明證。劉夢溪在《王靜安先生學行小傳》中言：「先生之寡言憂鬱之性格，實童年生活境況使然」。[24] 此外，王國維父親、髮妻莫氏去世以及長子王潛明的病故，都帶給王國維極為沉痛的打擊。社會變故如甲午戰爭讓王國維始知有西學，東渡日本求學而與叔本華悲觀主義哲學相遇，公車上書、百日維新讓王國維在新舊之學、中西之學間躑躅徘徊，1907 年入學部後漸次回歸傳統，辛亥革命爆發後再次東渡日本，此一階段，王國維「盡棄前學，專治經史」。[25] 1923 年更是搖身一變為遜帝溥儀之帝師，「拜朝馬之賞」，食五品俸，其文化與政治立場表現出極度的頑固保守。1924 年馮玉祥驅逐溥儀出宮，王國維已有「屈原沉江」之志，因家人監視未果。1926 年長子王潛明病逝，羅振玉因金錢與之斷交，諸多世變之亂與社會關係的紛擾，讓王國維在痛定思痛後「猝從彭咸」，終走上自沉之路。

　　王國維憂鬱悲觀之性格，在哲學上表現為憂生的本體論。這種憂生的本體論哲學，是王國維憂鬱之性格、苦難之現實經驗與叔本華悲觀主義哲學交媾雜糅而成的思想產物。在未接觸到叔本華悲觀主義哲學之前，憂鬱與悲觀之天性已宛如潛流一樣徜徉於王國維的生命意識之中。王國維二十六歲時始閱讀叔本華之書並深陷其中，憂鬱悲觀之性情遂本體化為理性的悲觀主義哲學之思。這種憂生的本體論哲學主要表現在三個方面：一是認為生命的本質乃是意志，意志衍生無盡的慾望與痛苦。王國維言：「吾人之本質，既為意志矣，而意志之所以為意志，有一大特質焉：曰生活之欲。」[26]「生活之本質何？『欲』而已矣。欲之為性無厭，而其原生於不足。不足之狀態，苦痛是也。既償一欲，則此欲以終。然欲之被償者一，而不償者什伯。一欲既終，他欲隨之。故究竟之慰藉，終不可得也。」「然則人生之所欲，既無以逾於生活，而生活之本質，又不外乎苦痛，故欲與生活，與苦痛，三者一而已矣。」[27]「生活之欲之先人生而存在，而人生不過此欲之發現也。此可知吾人之墮落，由吾人之所欲，而意志自由之罪惡也。」[28] 王國維在《去

---

[24] 劉琅：《精讀王國維》（廈門：鷺江出版社，2007 年），頁 1。

[25] 傅傑：《王國維論學集》，頁 505。

[26] 周錫山：《王國維文集》，冊 2，頁 152。

[27] 同上，冊 1，頁 4。

[28] 同上，頁 7。

毒篇》、《孔子之美育主義》等文章中均有相似之論，不再贅引。總之，王國維認為生活之本質為慾望與痛苦，慾望先於人生而存在，人生無論快樂與厭倦均限於苦痛之中，此為意志自由之罪惡。二是認為天才比常人更能體味痛苦之本質。「天才存於知之無所限制」，但「宇宙何寥廓，吾知則有涯」（《來日》），求知意志的無限性與時空之充足理由律的有限性產生了無法克服的矛盾與無法解脫的痛苦。天才有明亮的世界眼，更能看透生活苦痛之本質。叔本華説：「天才所以伴隨憂鬱的原因，就一般來觀察，那是因為智慧之燈愈明亮，愈能看透『生存意志』的原形，那時才了解我們竟是這一副可憐相，而興起悲哀之念。」[29] 王國維在《叔本華與尼采》中言道：「天才者，天之所靳，而人之不幸也。」[30] 王國維雖並未以天才自喻，但智識與審美上的貴族主義傾向，亦讓王國維深深感受到那種異於常人的痛苦。三是憂生本體視域下的解脫之道。王國維顯然不認同自殺這一滅絕意志的倫理學取向，自殺亦為一意志，並且是意志薄弱之表現。真正的意志滅絕乃是無生主義的解脫，如佛教的空無、老子的「無身」，以及莊子的外物外生外天下的思想。王國維在理論上認同形而上的無生哲學，但在情感與現實層面則陷入審美主義與實用理性的矛盾糾葛之中，從而未能參悟生命之形而上的玄機而遁入信仰的世界，「入乎其內」與「出乎其外」、可信與可愛、無生與生生、定命論與定業論的矛盾，讓王國維最終陷入永恒的意志衝突之中難以自拔和解脫。

王國維憂鬱悲觀之性格，在倫理上則表現為憂世的實踐理性。憂生之本體意識，並沒有讓王國維走向「意志之滅絕」，也沒有讓王國維徹底放棄入世之理想而走向宗教的超脫與審美的烏托邦，而是使其有了更為深沉與積極的入世情懷。正因為人生的本質是痛苦，人才要選擇去追求幸福；正因為生命中有太多厭倦與無聊，所以才會在倫理上不斷選擇正義的事業來讓生命變得充實與快樂。康德言：「求得幸福，必然是每一個理性的然而卻有限的存在者的熱望，因而也是他欲求能力的一個不可避免的決定根據。」[31] 人擁有求取幸福、實現價值的熱望，但這種自由意志的實現又並非是必然可以獲得的結果，反而經常陷入失落與虛妄

[29] 〔德〕叔本華：《生存空虛説》（北京：作家出版社，1987 年），頁 166。

[30] 周錫山：《王國維文集》，冊 2，頁 182。

[31] 〔德〕康德著，韓水法譯：《實踐理性批判》（北京：商務印書館，2000 年），頁 33。

的境地，「終日驅車走，不見所問津」，[32] 由此帶來憂世之精神與情感。在王國維那裡，憂生與憂世的理性與情感可以說共同融鑄了其創傷性的文化心理。夏中義曾指出：「在青年王國維的靈魂深處，很可能埋著一份由『憂生』與『憂世』簽署的無形契約」，[33]「前額憂生，後腦憂世」。[34] 憂生與憂世的互滲與耦合，可以說加劇了王國維「創傷性」的生命意識與苦難感受，強化了王國維悲劇性的情感結構。簡單而言，王國維的憂世主要表現在三個方面：

其一，1898 年至上海的一段時間，王國維受傳統教育與文化的影響，其憂世之精神與情感基本限定在「學而優則仕」的傳統文化結構之中。王國維於十六歲、二十歲時兩次參加科舉考試，但並未考中，遂斷了考科舉求功名的希望與念頭。可見青年王國維還是同傳統士人一樣，希望通過考取功名來實現其入世的理想。閱讀王國維早年的《詠史》詩，可以看出其作為一個傳統士人的志向與人格，如《詠史》其十二：「西域縱橫盡百城，張陳遠略遜甘英。千秋壯觀君知否？黑海東頭望大秦。」此詩雖是詠甘英之遠略，但無疑也寄託著自己壯志未酬的憂世之豪情。

其二，甲午戰後開始接觸西學，進入王國維所謂的「獨學之時代」，此一時期的憂世主要表現為知識啟蒙與學術救亡，強調譯介西學、化合中西與學術獨立。王國維在致許家惺的信中言道：「若禁中國譯西書，則生命已絕，將萬世為奴矣！」[35] 王國維在此階段尤為重視西學，認為「發明光大我國之學術者，必在兼通世界學術之人」，提出「學無中西」之說。秉持這一理念，王國維既譯介西學，又以化合中西之法撰寫了許多研究國學的文章，如《〈紅樓夢〉評論》等。在此一階段，王國維特別強調學術之獨立性：「欲學術之發達，必視學術為目的，而不視學術為手段而後可」、「學術之發達，存於其獨立而已。然則吾國今日之學術界，一面當破中外之見，而一面毋以為政治之手段，則庶可有發達之日歟！」[36] 需要指出的是，王國維所表現出的學術之憂，表面上似乎不關涉政治與現實之功利性，但其本質卻可以說是傳統知識份子「以道干政」集體無意識的現

---

[32] 王國維著，滕咸惠譯評：《人間詞話》（長春：吉林文史出版社，2004 年），頁 38。

[33] 夏中義：《王國維——世紀苦魂》，頁 244。

[34] 同上，頁 248。

[35] 吳澤：《王國維全集‧書信》，頁 3。

[36] 傅傑：《王國維論學集》，頁 259。

代變體，這種文化改良主義的主要目的並非僅僅為形成獨立之學術與文化，而是借學術與文化改良，最終達成改良中國現實文化與政治之宏願。葉嘉瑩曾對王國維的這種心態作出過精闢的分析：「既關心世變，而卻又不能真正涉身世務以求為世用，於是退而為學術之研究，以求一己之安慰及對人生困惑之解答；而在一己之學術研究中，卻又不能果然忘情於世事。於是乃又對於學術之研究，寄以有裨於世亂的理想。」[37]

其三，辛亥革命至王國維自沉，其憂世主要表現為對傳統封建政治與文化的憂患。此一階段，王國維在學術上逐步放棄西學而轉向國學，其研究主要以歷史與考古學為主。在政治思想上也逐步轉向復古與保守：「長治久安之道，莫備於周孔」。[38] 王國維撰《孔子之學說》，推崇孔子的「德教政治」，[39] 其《殷周制度論》更是表現出王國維維護封建帝制的政治信仰，如陳夢家所言：「此文之作，乃借他所理解的殷制來證明周公改制的優於殷制，在表面上似乎說周制較殷制為進步的，事實上是由鼓吹周公的『封建』制度而主張維持清代的專制制度。此文實際上是王氏的政治信仰，它不但是本末顛倒的來看周代社會，而且具有反動的政治思想。」[40] 在詩詞創作方面，王國維則表現出對清王朝走向沒落的哀婉與同情，以及對時代大變革的驚悸與恐懼，如《頤和園詞》、《隆裕太后挽歌辭九十韻》、《冬夜讀山海經感賦》等。這些詩詞較為真實地銘刻著王國維復古保守的文化與政治情結，以及他對封建政治與文化走向沒落的憂患。在現實當中，王國維更是搖身蛻變為清朝遺老，不僅為遜帝溥儀鞍前馬後，甚至為張勳復辟帝制搖旗吶喊。這種復古保守的憂世情懷，最終化為「殉清」的意識與實踐。

## ◎ 三、王國維文化創傷意識在哲學與詩學話語中的典型表徵

Ron Eyerman 在 *Cultural Trauma* 中指出：「同個體心理與身體所遭受的那種巨大情感創痛經驗相反，文化創傷指向身份與意義的流失，社會結構的斷裂，影響

---

[37] 葉嘉瑩：《王國維及其文學批評》，頁 29-30。

[38] 傅傑：《王國維論學集》，頁 504。

[39] 周錫山：《王國維文集》，冊 1，頁 328。

[40] 陳夢家：《殷墟卜辭綜述》（北京：中華書局，1988 年），頁 630。

一個群體走向統一與聯合的程度。就此而言，文化創傷並不必然被共同體中的個人感受或被多數人直接經驗。」[41] 這意味著，文化創傷理論致力於反思並建構群體性的文化記憶與文化斷裂的普遍症候。前面我們主要從王國維個體的人生經驗出發，分析了王國維憂鬱悲觀的性格與憂生憂世的情懷。結合亞歷山大的文化創傷理論，我們認為，憂鬱悲觀之天性與憂生憂世之情懷構成了王國維文化創傷心理結構的自然主義基礎。結合上面的論述，可以發現，社會秩序的混亂、經濟上的不獨立、安全感與愛的缺乏、人際關係的緊張等均給王國維帶來了創傷性的生命體驗。這些創傷性的苦難歷程，成為生成王國維文化創傷之整體結構的基礎和前提。如果我們將憂鬱悲觀之性格與憂生憂世之情懷視為王國維文化創傷心理結構的支架，那麼，在此支架內多重文化價值的衝突就是文化創傷形成的動力源，文化主體的撕裂與文化身份認同的迷誤則是文化創傷結構的終極文化表徵。如果說憂鬱悲觀之性格、憂生與憂世之情懷更多地帶有自然主義的個體化創傷屬性，文化創傷則主要指向王國維置身其中之文化場域的結構性斷裂與破碎所帶來的群體性精神創傷。換句話說，文化創傷並非僅僅指個體性的精神苦難與文化悲情，而是說個體生命之悲劇在整體性的文化場域中被形塑和建構，同時映照出時代群體性的文化創傷意識。下面，將結合王國維的哲學與詩學話語，簡要談談其所蘊藉與表現的文化創傷意識。

中西文化衝突與王國維的學術焦慮。王國維的文化創傷，首先源於中西文化衝突以及王國維在這種文化衝突中所產生的學術焦慮與文化矛盾。王國維對西學的態度，經歷了一個從積極擁戴到主動摒棄的過程。王國維自二十二歲時開始接觸西學，並對叔本華、康德哲學產生濃厚興趣。20 世紀初期，王國維編輯《教育世界》時候亦譯介、撰寫了大量有關西學的文章。可以說，在王國維所謂的「獨學之時代」，其主要是以學習和譯介西學為主。對西學的集中研究，形成了王國維學無古今、學無中西的學術視野，改變了王國維的文化知識結構與治學方式，但更為重要的是讓王國維產生了強烈的學術焦慮與文化矛盾。就學術焦慮而言，首先是學術選擇之焦慮；王國維言：「余疲於哲學有日矣。」何則？一是

---

[41] Ron Eyerman, *Cultural Trauma: Slavery and the Formation of African American Identity*（England: Cambridge University Press, 2003），p.2.

「哲學上之説，大都可愛者不可信，可信者不可愛。……知其可信而不能愛，覺其可愛而不能信，此近二三年中最大之煩惱」；二是「余之性質，欲為哲學家則感情苦多，而智力苦寡」，「然為一哲學家，則不能；為哲學史，則又不喜」。[42]這種學術選擇的焦慮顯然源自中西文化與思維方式的衝突。其次是學術獨立之焦慮；王國維在研讀西學的過程中感受到西方學術知識的分化自治邏輯與學術獨立品格，進而批判中國官學一體的學術傳統。「以官獎勵職業，是曠廢職業也；以官獎勵學問，是剿滅學問也。」[43]王國維對學術獨立性、非實用性與非功利性的強調，顯然受到西學之影響。但事實上，受中國傳統文化的影響，王國維在倫理實踐層面又更多傾向於實用理性。西學的知識論與中學的價值論混雜，導致西方的人本主義與啟蒙理性並沒有最終生成王國維現代性的文化追求，反而最終讓其回退到政教合一的士人文化傳統之中。最後是中西化合之焦慮；王國維在《論近年之學術界》中指出，西學「非與我中國固有之思想相化，絕不能保其勢力」。[44]凡是將西學視為改造古代學説之工具與實現政治之手段，如康梁諸人，都難以真正實現中西化合。但就王國維自己而言，他其實也並沒有找到中西化合的理想路徑，反而陷入了一系列的文化矛盾之中。下面將結合具體文本談談王國維在化合中西中所表現出來的諸多文化矛盾與思想衝突。

《〈紅樓夢〉評論》是王國維實現中西化合的最早嘗試，但這種「以西釋中」的闡釋模式顯然帶有機械套用西方理論解讀中國文化的偏誤。《〈紅樓夢〉評論》最大的問題就是李長之先生所説的「硬扣」，[45]即將《紅樓夢》完全視為叔本華悲觀主義哲學的思想注腳，在價值層面則將《紅樓夢》複雜的文化內涵簡化為慾望的客體化與解脱，甚至將賈寶玉之「玉」強制闡釋為「欲」，有牽強附會之嫌。

到了《人間詞話》，王國維開始擺脱西方本體論知識的桎梏並回到傳統詞學研究的領域，力圖將西方哲學與詩學話語與中國傳統詞論融合起來。但《人間詞話》中化而未合的痕跡仍較為明顯，如境界論。王國維棄傳統詩學的意境概念，轉而創境界之新學語，乃是吸收了西方生命哲學的理論，特別是叔本華的「痛苦

[42] 周錫山：《王國維文集》，冊 2，頁 298。

[43] 王國維：《靜安文集續編‧王國維遺書》（上海：上海書店，1996 年），頁 56。

[44] 周錫山：《王國維文集》，冊 2，頁 304。

[45] 陳洪祥：《王國維傳》，頁 162。

說」。生命的本真境界是悲劇與苦痛，文學之最高境界乃是審美地窺視其苦痛之本質並將其表現出來，並以審美的態度達成超越之可能。「詞以境界為上」，乃是說詞要能真正寫出生命存在之悲劇與苦痛之境界。可見，境界與意境說存有很大的差異性。夏中義言「意境實為詩學化了的境界」，[46] 可謂道出了境界與意境之根本區別。但王國維在對詞展開分析時，又常常在境界與意境間遊移。從境界論出發，王國維偏向「有我之境」並推崇李煜之詞，認為「後主之詞，真所謂以血書者也。」[47] 而從傳統的意境論出發，王國維又推崇「無我之境」：「古人為詞，寫有我之境者為多，然未始不能寫無我之境，此在豪傑之士能自樹耳。」[48] 在《人間詞乙稿序》中，王國維則完全用意境取代了境界概念，可見其已經意識到中西化合的矛盾與齟齬之處。

《論性》、《釋理》、《原命》被學界稱為化合中西的「哲學三部曲」，但細讀文本就可以發現，王國維用西方邏輯思維與理論抽象的知識論方法來重新闡釋中國傳統的道德哲學命題，其骨子深處的二元論邏輯與反形而上學的經驗主義立場，使其更多偏向知識論的真假判斷而對中國傳統道德哲學所蘊含的實踐價值重視不夠，這顯然是用西方哲學的知識論分化肢解了中國傳統哲學的價值論。如《論性》一文，王國維認為性善性惡之一元論，於經驗世界而言均為假命題，為「無益之議論」，[49] 殊不知中國傳統哲學並不追求超絕的二元論，反而是道器合一、通達圓融之實踐理性一元論，任何本體的設定最後都指向在世生命的道德關懷與文化救贖。這種中西化合中所產生的文化衝突與思想矛盾，深刻影響著王國維主體意識與文化身份的建構，並加劇了王國維的文化創傷。

王國維在古今、中西、傳統與現代交彙衝突的千年未有之變局時代，其文化主體意識遭遇了前所未有的撕裂，這種撕裂帶來的創傷與陣痛，以及其在文化變異時代的身份錯位與迷失，使王國維這匹負重的駱駝既未變成獅子，也未變成赤子，[50] 而是在壓抑中選擇了自殺。作為一個文化主體，王國維深陷於古今、中

---

[46] 夏中義：《王國維——世紀苦魂》，頁 37。

[47] 王國維著，滕咸惠譯評：《人間詞話》，頁 28。

[48] 同上，頁 5。

[49] 周錫山：《王國維文集》，冊 1，頁 268。

[50] 同上。

西、傳統與現代文化的交彙衝突之中，在這種多元異質之文化結構中，王國維受到多重知識、話語、思維方式與文化價值的形塑與建構，文化心理結構中充滿了衝突與撕裂。這種撕裂具體表現為如下幾點：

其一，生命結構中理性與情感的衝突所帶來的文化撕裂。王國維既崇尚理性，又秉有詩化的激情。崇尚理性，則有青年時追求可信之哲學，老年時追求可信之歷史與考古學；有詩化的激情，則又不能忘情於詩詞歌賦與審美主義。崇尚理性，便喜歡追溯人生之終極問題，便希冀有理性的救贖與信仰的價值皈依；有詩化的激情，則又會在生活中訴諸詩性的宣洩與抒懷。「早知世界由心造，無奈悲歡觸緒來」（《題友人三十小像》），理性與情感、哲學與詩的雙重衝動，造成了王國維文化主體的撕裂。

其二，懷疑論與經驗主義的思維範式所帶來的文化撕裂。王國維是典型的經驗主義者，在《論性》中，王國維言：「吾人之經驗上善惡二性之相對立如此，故由經驗以推論人性者，雖不知與性果有當與否，然尚不與經驗相矛盾，故得而持其說也。」[51] 王國維之所以在優美與宏壯之外再創古雅之話語，正在與古雅不存於「自然」，而是「後天的、經驗的也」，「古雅之性質既不存於自然，而其判斷亦但由於經驗，於是藝術中古雅之部分，不必盡俟天才，而亦得以人力致之。」[52] 經驗主義必然導向懷疑論，康德言「普遍的經驗主義表現為地地道道的懷疑主義」，[53] 王國維亦云「人間總是堪疑處，唯有茲疑不可疑。」（《人間詞甲稿・鷓鴣天》）懷疑論與經驗論的求知理性，雖然有益於實證的歷史與考古之學，卻難以真正解決實踐理性與人生信仰問題。王國維用西方的邏輯哲學方法重新闡釋中國的道德哲學，質疑其知識上的真假，但在實際生活中則又全力維繫其道德價值，這就必然帶來文化主體意識的衝突與撕裂。

其三，王國維在學術獨立與經世致用間產生了文化價值的撕裂。受西學影響，王國維強調學術獨立與自由，力求做專門的學問家；受中國士人文化傳統影響，王國維又無法擺脫「士志於道」的集體無意識，由此陷入矛盾與衝突之中。

---

[51] 周錫山：《王國維文集》，冊 1，頁 176。

[52] 同上，頁 186。

[53] 〔德〕康德著，韓水法譯：《實踐理性批判》，頁 20。

這種文化矛盾與衝突的擴大，遂使王國維在時代劇變的洪流之中產生了身份認同的彷徨和迷誤。

鮑曼言：「無論何時人們不能確定其歸屬就想到身份」。[54] 身份是主體在文化結構中的一種自我確證與文化標識。明確的身份意識代表著主體自覺的文化認同與文化歸屬，而模糊與迷亂的身份意識則意味著文化主體的撕裂與迷失。當然，身份並非總是穩固不變，「身份從來不是單一的，而是建構在許多不同的且往往是交叉的、相反的論述、實踐及地位上的多元組合。它們從屬於一個激進的歷史化過程，並持續不斷地處於改變與轉化的進程當中。」[55] 當一個人在歷史化進程中遭遇身份認同的錯位與喪失，必然形成創痛性的文化體驗。王國維文化創傷心理結構的形成，與其身份認同的迷亂與錯位有著重要關係。

王國維受西學影響，追求學術獨立與自由，反對學術的政治化，其身份定位為學者，王國維最初提出的三種境界的主體即為「大事業、大學問者」。[56] 但自辛亥革命後，王國維迅即回歸傳統學術，其在身份認同方面也開始發生轉捩。結合王國維的現實經歷、學術實踐與詩詞創作，均可以看出，王國維不再只將自己定位為純粹的學者，而是逐步回到士大夫官學一體的文化傳統之中。如現實中進入遜帝溥儀的末代政權，過了一把官癮。王國維被賞「紫禁城騎馬」之恩賜後，曾向羅振玉激動報喜：「維於初二日與楊（鍾羲）、景（方昶）同拜朝馬之賞。……若以承平時制度言之，在楊、景已為特恩，若維則特之又特矣。」[57] 言語間已不再是純學者，而是官宦幕僚之身份。在學術研究上，王國維不再完全排斥政治，反而積極為封建專制政治的合法性展開學術辯護。據蒲菁轉述王國維之新「三種境界說」：「第一境即所謂世無明王，棲棲皇皇者。第二境是知其不可而為之。第三境非歸與歸與之歎與。」[58] 據此亦可看出王國維身份意識的迷亂，即在學術與政治的文化認同之間逡巡彷徨。正因為這種文化認同的混亂，使王國

---

[54] 〔英〕斯圖亞特・霍爾、〔英〕保羅・杜蓋伊著，龐璃譯：《文化身份問題研究》（鄭州：河南大學出版社，2010 年），頁 23。

[55] 同上，頁 4。

[56] 王國維著，滕咸惠譯評：《人間詞話》，頁 41。

[57] 王慶祥、蕭立文校注：《羅振玉王國維往來書信》（北京：東方出版社，2000 年），頁 603。

[58] 周錫山：《王國維文集》，冊 1，頁 249。

維「在激變之時代中，陷入了一種極尷尬的身份，而終於不得不以自沉來結束自己的生命」。[59] 這既是王國維個人的生命悲劇，也是一個時代的文化創傷。在《沈乙庵先生七十壽序》中，王國維言：「國家與學術為存亡。天而未厭中國也，必不亡其學術；天不欲亡中國之學術，則於學術之所寄之人，必因而篤之。」[60] 或許，王國維依附於晚清帝制，不是為了去做一個政客，而是出於一個受傳統文化深沉浸淫的知識份子本能。遺憾的是，王國維看到的是風雨飄搖中滿清帝國的覆滅，是傳統文化的崩塌潰敗。政治與文化的雙重危機，讓王國維徹底失去精神依靠與文化歸宿，文化創傷被放大到極致，終釀成自沉之悲劇。

## ◎ 四、結語

經過百年的沉澱，再次回眸 20 世紀初歷史的興亡沉浮與文化的衝突裂變，似更能深沉感受在傳統與現代、中西文化夾板中生存之知識份子的生命際遇和文化離散。王國維作為當時頗具代表性的文化知識份子，其人生追求和價值抉擇，亦可謂是一個時代文化背景的高度濃縮。王國維自沉之悲劇，或許帶有個體性的命運症候，但深置於其精神結構中的文化創傷，則體現著當時傳統士人階層普遍的文化共相。當傳統文化信仰之大廈將傾，為此文化所化之人可以虔誠守護甚至以身殉道、以身殉學術，其精神非「愚忠」可表。拋開政治而言，陳寅恪先生之碑銘，似更能傳達出一代知識份子對王國維自沉悲劇的文化理解與同情：「先生以一死見其獨立自由之意志，非所論於一人之恩怨，一姓之興亡。」[61] 此「獨能洞見」之評價，於王國維自沉之文化創傷事件中，生發出燭照千古的文化悲情。

(作者為華南師範大學文學院副教授，本文原載《魯東大學學報（哲學社會科學版）》

2020 年第 3 期)

---

[59] 葉嘉瑩：《王國維及其文學批評》，頁 86。

[60] 傅傑：《王國維論學集》，頁 486。

[61] 同上，頁 507。

# 論李慈銘詞學思想轉變及其詞風流轉

柯秉芳

## ◎ 一、前言

　　李慈銘（1829-1894），初名模，[1] 字式侯、愛伯，號蓴客，別號花隱生，晚署越縵老人，浙江會稽人。其《霞川花隱詞》二卷，存詞二百三十四闋，另吳汝霖據《越縵堂日記》及《日記補》增補三十九闋，[2] 因此總計為二百七十三闋。目前學術界關於李慈銘詞學方面的研究，除了嚴迪昌《清詞史》、[3] 莫立民《近代詞史》[4] 有敘及外，尚有魯欣然碩士論文《〈霞川花隱詞〉研究》，[5] 以及馬強《談〈霞川花隱詞〉中的「愁」》、[6] 陳桂清《晚清學者李慈銘的詞學思想》、[7] 秦敏《李慈銘詞學思想與創作平議》[8] 等單篇論文。魯欣然分析李慈銘的性格對其文學作品的影響，並將李詞分為感懷詞、題畫詞作探討，最後再分析詞作之藝術風格；馬強從詞體創作入手，著重探討李慈銘《霞川花隱詞》中「愁」字所呈現的多樣意義；陳桂清認為李慈銘以「風神格韻」論詞，提倡詞體宜雅，主張「詞別出一

---

[1]　冒廣生《小三吾亭詞話》云：「蓴客初名模，平子（王星誠）名章，因畇叔先生名星譽（周星譽），於是蓴客更名謨，平子更名星誠，與余五外祖涑人先生（周星）、外祖季況先生（周星詒），稱五星。……其後周李交惡，蓴客始更名慈銘。」冒廣生：《小三吾亭詞話》，唐圭璋編：《詞話叢編》（北京：中華書局，2005 年），冊 5，卷 5，頁 4735。

[2]　《霞川花隱詞補》後云：「《霞川花隱詞》乃吳汝霖鈔補，卷末有識云：『《霞川花隱詞》二卷，係先生自定稿本。據樊增祥《二家詞鈔序》言：先生自稱所作之詞已盡於是。茲以《越縵堂日記》及《日記補》斠校，尚有四十四闋，為此本所無者，因補綴於後，以成全璧。雖非先生之志，或亦愛讀先生之詞者所先睹為快乎？汝霖附識。』按，吳氏所鈔，《浣溪沙》『睡起慵教貼翠鈿』、《側側輕寒護臂紗》、《南歌子》『裙衩文冤窄』三首，《霞川花隱詞》卷一已收錄，《洞仙歌》雨中飲滬上王氏犀禪閣聽殷翠娘度曲追感舊游」一首，已入《霞川花隱詞》卷二，故皆係重鈔。吳氏所補，實為四十闋耳。」然而，經筆者比對，《點絳唇·書所見》亦已收入《霞川花隱詞》卷一之中，因此實際所補應為三十九闋。《霞川花隱詞補》，李慈銘著，劉再華校點：《越縵堂詩文集》（上海：上海古籍出版社，2008 年），頁 744。

[3]　嚴迪昌：《清詞史》（南京：江蘇古籍出版社，2001 年），頁 564-567。

[4]　莫立民：《近代詞史》（北京：人民文學出版社，2010 年），頁 372-377。

[5]　魯欣然：《〈霞川花隱詞〉研究》，長春：吉林大學中國文學研究所碩士論文，2013 年。

[6]　馬強：《談〈霞川花隱詞〉中的「愁」》，《吉林省教育學院學報》，2009 年第 25 卷第 7 期，頁 129-130。

[7]　陳桂清：《晚清學者李慈銘的詞學思想》，《西華師範大學學報》，2009 年第 4 期，頁 24-29。

[8]　秦敏：《李慈銘詞學思想與創作平議》，《徐州師範大學學報》，2010 年第 36 卷第 2 期，頁 53-57。

家」，並批評了浙派流弊；秦敏認為李慈銘推崇唐五代南北宋詞，對南宋姜夔頗有微詞，但又呈現離合於南北宋之間的詞學觀，並強調獨抒性靈與學養，以及反映在詞體創作上之生命感喟與家國之思的重要性。

李慈銘生當浙、常交接之際，陳水雲《明清詞研究史（1368-2005）》云：富壽蓀將李慈銘的詞史地位定位於衍浙派之緒。[9] 然而，倘若仔細探究李慈銘的學詞歷程，可以發現他從早年、中年，乃至晚年中進士以後，[10] 其詞學觀皆有不同的層次變化，在不同的階段自覺地擇取浙派或常派的思想。故此，本文將其詞分為三個階段，著重探討李慈銘詞學思想的轉變。首先，探究他三十歲以前，初學詞時的師法對象及其詞作風格；其次，以其三十至五十一歲的作品為主，探討這段時期的詞作內容及其心境與詞學思想上的轉變；最後，以其五十二歲以後的作品為主，除了探討這段時期的詞作內容及其心境轉變，也探究其詞體創作逐漸銳減的原因，從而總結出李慈銘對於詞體創作的看法及其詞風與心境上的變化。

## ◎ 二、尊崇五代南宋之詞

李慈銘早年家境富裕，族田一萬有餘，兄弟輩有舉人、進士，是為耕讀世家。[11] 道光十九年（1839）鴉片戰爭爆發，二十一年（1841）太平軍陷浙，李慈銘隨家人四處流離避亂。戰亂所及，促成李慈銘欲以科舉重振家族之動機。李慈銘十九歲時參加縣試，至二十二歲才中秀才，[12] 是年，李氏開始作詞。其初期學詞，以創作小令為主，爾後漸為長調，不僅可見其學詞進程，亦可見其推崇五代南宋之詞。

### （一）學習花間，清綺婉麗

李慈銘二十二歲開始作詞，其《霞川花隱詞自序》云：早年多山水之作，後入京師，「行事乖迕，精神流漂，感觸益多，篇幅稍富。蓋美人香草之旨，所

---

[9] 陳水雲：《明清詞研究史（1368-2005）》（武漢：武漢大學出版社，2006 年），頁 384。

[10] 道光二十七年（1847），李慈銘十九歲，首次參加縣試，至二十二歲時中秀才，此後十一次應試不中，逮同治九年（1870）四十二歲才中舉人。其後又參加五次會試，直至光緒六年（1880）五十二歲方進士及第。

[11] 張桂麗：《李慈銘年譜》，上海：復旦大學中國語言文學研究所博士論文，2009 年，頁 12。

[12] 《李慈銘年譜簡編》，李慈銘著，劉再華校點：《越縵堂詩文集》，頁 1601-1603。

不免矣。」[13] 咸豐五年（1855），李慈銘集結二十七歲以前的詞作，編名為《松下集》，後來收入《霞川隱花詞》卷一之中。《松下集》有「言社」友人孫垓（字子九）、王星誠（字孟調）、孫廷璋（字蓮士）、徐虔復（字葆意）等人的評語。「言社」為咸豐三年（1853）李慈銘與周星譽、周星　、周詒詁、周光祖、王星誠、徐虔復、丁文蔚等十七人共結的詩文社團。[14] 社中成員皆當時名士，其中更不乏填詞名家，他們為李慈銘詞作品評，除了有標舉李詞的用意，也藉此展現出相互支持的友情。

關於李慈銘學詞的歷程及其對於作詞的看法與心得，其《松下集》云：

> 右詞十三首皆已入《松下集》，予自庚戌（道光三十年，1850）秋賦《菩薩蠻》十餘闋，多擬《花間》為作詞之始。癸丑甲寅間（咸豐三、四年，1853、1854）喜填拗調，宮商僻澀，誦之悽哽。至乙卯（咸豐五年，1855）冬，剛定得百餘首。亡友布衣陳閬谷為草寫成幟，更欲覓佳手寫以登木，匆匆未果，今已不可復見。而散存行笥繰幟中者，猶六十餘首。痛汰治之，僅錄此數列於卷前，聊誌一時境界而已。舊有友人評語雖多阿好，亦自可念。今蓮舫、孟調墓草久宿，寶衣死難姚江，蓮士流徙嶺嶠。音徽半沫，光景猶新，仍錄存之，以寄山陽思舊之感。癸亥（同治二年，1863）上巳，越縵書於京邸。[15]

《松下集》所收為咸豐五年（1855）李慈銘二十七歲以前所作之詞。上文乃同治二年（1863）其三十五歲時候所撰。此文重點有三：其一，李慈銘始學詞，乃模擬《花間集》小令描寫男女相思、閨怨別情，風格趨於婉約含蓄；其二，李慈銘二十七歲以前詞作原有百餘首，散佚後僅存六十餘首，之後《松下集》收入《霞川隱花詞》中僅十三首；其三，言其選錄宗旨，猶如向秀思懷山濤一般，強調詞體抒情功能的重要性。

---

[13]《霞川花隱詞》，李慈銘著，劉再華校點：《越縵堂詩文集》，卷2，頁786。

[14] 張桂麗：《「言社」考述》，《安陽師範學院學報》，2013年第1期，頁78-84。

[15]《霞川花隱詞自序》，李慈銘著，劉再華校點：《越縵堂詩文集》，卷1，頁637。

其中二、三點可併談。首先就第二點說明《松下集》何以由百餘首僅存十餘首。根據李慈銘《霞川花隱詞自序》云：

> 蓋自有明訖今歷十一世，五百餘年，田宅相望，不見兵火。至去年辛酉（咸豐十一年，1861）九月，粵賊陷紹而故里盡焚，家藏困學樓書萬卷無一存者，所為《松下集》者亦已化焦土之一塵矣。[16]

此序作於咸豐十二年（1862），李氏三十四歲時。由序中可知，咸豐十一年（1861）因太平軍攻陷浙江，焚燒書樓，使其大半藏書皆遭焚毀，詞作大量亡佚，因此僅存六十餘闋。

那麼，為何今日所見《霞川隱花詞》所錄《松下集》詞作又僅剩十三首？細察《松下集》中的十三闋詞，所存多為寄託情懷的作品，此中顯然已刪除部分早年學習《花間》所作的山水、閨情之作。而其主要原因是李慈銘歷經時歲遞遷，有感人事乖舛，因此於晚後擇錄詞作之時，有意識地刪減了許多寫景與豔情的作品，更強調以「美人香草之旨」為依歸，傾向「以寄山陽思舊之感」的真情之作。

李慈銘早年模擬《花間集》的作品雖已僅存不多，然從他的詞集中仍可窺其一二。如《浣溪沙》：

> 睡燕鑪香裊午絲，碾茶聲裡捲簾遲。等閒又過日長時。　　棊局閒尋飛絮點，風箏兜折小桃枝。當年何事解相思。[17]

《花間集》使用七十餘種牌調，其中又以《浣溪沙》、《菩薩蠻》、《臨江仙》、《酒泉子》使用得最為頻繁。此詞第一、二句藉由閨中景物描寫女子慵懶的情態，「等閒又過日長時」、「棊局閒尋飛絮點」、「風箏兜折小桃枝」三句，描寫女子漫長的等待，唯借下棋、放風箏打發無聊時光。而這一切漫長的等待，其實都是為了排解「當年何事解相思」的愁情。此詞與《花間集》描寫女性閨怨相思的手法

---

[16]《霞川花隱詞》，李慈銘著，劉再華校點：《越縵堂詩文集》，卷 2，頁 787。

[17] 同上，卷 1，頁 631。

與內容相似，王星誠評此詞「字字幽豔」，[18] 可謂深切《花間》詞風的特點。

又如李慈銘二十八歲時所作《浣溪沙‧丙辰清明微雨》：

> 冒戶蛛羅鏤細塵，紅欄到處近流鶯。絲絲暮雨玉簫聲。　柳絮慣飛連日暖，桃花嬌助一分晴。閒調鸚鵡過清明。[19]

此詞同樣用了《浣溪沙》詞牌。詞中「冒戶蛛羅鏤細塵」將窗戶網紗比作蜘蛛所結之網，用字極為精美。而後將鏡頭拉遠，描寫春天暮雨、柳絮、桃花之景色。全詞由「紅欄」、「柳絮」、「桃花」之紅、綠、桃紅三種色設構成，除了有視覺美感，亦融合了「玉簫」的聽覺之美，幽豔婉麗，具有《花間》格調。

李慈銘《玉可盦詞存序》云：「僕二十餘歲時喜賦綺詞。癸丑（咸豐三年，1853）四月間，嘗倚長調二十餘解，多傷春怨別之辭。」[20] 文中所謂「綺詞」，即指《花間》之詞。而謂二十五歲始作長調，多傷春怨別之辭，可見李慈銘在初學長調之時，仍未完全脫離《花間》詞的格局與範疇。

（二）師法姜夔，虛實兼並

李慈銘學詞由小令入手，三年後才開始創作長調，並以南宋姜夔作為師法對象。其云：「予初學倚聲，頗似白石，人亦多以相擬，十年來屏不一觀矣。」[21] 此謂「初學倚聲」非指開始學詞之時，而是指初學長調之時。根據張桂麗《「言社」考述》云：「言社的詩歌理論主張與創作都受到浙派詩人厲鶚的影響，厲鶚專學宋詩，言社諸人的創作中也多浙派風貌……。」[22] 按「言社」成立於咸豐三年（1853），李慈銘為社中成員，其詩多受厲鶚影響，而厲鶚為詞，極其推崇浙西宗主朱彝尊，以南宋姜夔、張炎為師法，並將朱彝尊的詞學理論發揮極致。此一時期，浙西詞派仍深刻影響著詞壇，是以李慈銘不僅在作詩上受到厲鶚影響，

---

[18] 《霞川花隱詞》，李慈銘著，劉再華校點：《越縵堂詩文集》，卷 1，頁 637。

[19] 同上，頁 639。

[20] 《玉可盦詞存序》，李慈銘著，劉再華校點：《越縵堂詩文集》，頁 798。

[21] 《白石道人集》，李慈銘著，由雲龍輯：《越縵堂讀書記》（北京：中華書局，1963 年），咸豐八年（1858）12 月 24 日讀書記，頁 911。

[22] 張桂麗：《「言社」考述》，《安陽師範學院學報》，2013 年第 1 期，頁 82。

在填詞上也受到浙西詞派尊崇姜夔的主張所影響。

　　浙西詞派標榜姜夔，以其詞具備婉約、清空、醇雅為宗。李慈銘詞學姜夔，從「言社」友人的品評中可以得見，如徐虔復評其《賀陂塘》(甲寅三月十五日別蘺薐，將遊武林，日莫下山，桃花落盡，徘徊渡口，為賦此詞) 云：「清空質實，婉轉流麗。」[23] 王星誠評其《鳳凰臺上憶吹簫‧七夕坐雨有憶》云：「玉田所謂清空質實者，結韻迴腸九折，此我家伯興所以欲為情死。」[24] 寶衣評其《賀新涼‧柬王平子病起》云：「愈嬉笑乃愈沉痛，空靈婉妙。顧華峰寄吳漢槎兩作，真儕父矣。」[25] 三則評論的共同論點，皆一致指向「清空」與「婉約」，即符合浙西詞派推尊姜夔詞的核心主張。而從徐虔復、王星誠的品評中，更顯見李慈銘詞作除了有清空的特質，亦融合了實質，折衷二者之間。

　　試觀李慈銘二十六歲所作《金縷曲‧杭州寓樓阻雨，不得遊湖上》：

> 　　笛裡尋春起，恁匆匆、江東客到，落花天氣。水樣年華塵樣事，汗漫湖山能幾？況蠟屐、漸難料理。十載蘇堤楊柳約，問鬖鬖、今日撩人未？攀折處，可儂意。　　朝來幾遍闌干倚。惱無端、煙屏雨困，和愁難寄。芳草西南湖寺路，應盼青絲遊騎。誰與說、春歸容易？把酒無聊尋燕子，訴東風、不解儂來意。還暗祝，明朝霽。[26]

上闋「水樣年華塵樣事，汗漫湖山能幾？」點明詞人遊賞因由，有勸人當把握青春遊賞山水之意。下闋描寫詞人原定的計畫被打斷，幾遍倚闌干，卻終究為雨所困，等不到天晴。末句「還暗祝，明朝霽」，是詞人期盼天氣能由雨轉晴，同時也是期盼一切人事都能雨過天晴。此詞以「落花天氣」、「汗漫湖山」構成蕭疏、迷濛之虛境，並以「落花」、「楊柳」、「芳草」、「青絲」實寫春天之景。「落花」顏色本不鮮豔，而「楊柳」、「芳草」、「青絲」皆為青色調，除了因時節所致，

---

[23]《霞川花隱詞》，李慈銘著，劉再華校點：《越縵堂詩文集》，卷 1，頁 632。

[24] 同上，頁 635。

[25] 同上，頁 636。

[26] 同上，頁 632。

也反映了春雨阻行，詞人內心黯淡、失落的心境。

《金縷曲》的詞情應較為慷慨激昂，然此詞的情調卻顯柔和婉約，王星誠評云：

> 南宋詞有極可愛者，敘次宛折，情事畢列，使人誦之意消，故非北宋以前所能。越縵素不喜北宋，而此作清麗芊綿，自為清真以後風調，迴腸蕩氣，政令按拍者不能自己矣。[27]

指出李慈銘素不喜北宋詞，相對更傾心南宋詞，而此詞卻有清真風調。實際上，詞至北宋周邦彥，雅化已顯而易見，姜夔取法周邦彥，詞風更形空靈含蓄，而且醇雅；李慈銘雖師法姜夔雅詞，然可上溯清真風致，呈現出「清麗芊綿」的詞風，同時又蘊含清真詞「沉鬱頓挫」的特點，因此詞作更加「迴腸蕩氣」，感人至深。不過就此詞而言，王評似顯過譽。

又如《聲聲慢·武陵遊蔣氏廢園》：

> 牆垂薜荔，砌上莓苔，愁痕剛界朱欄。杏白梨紅，次第做盡春寒。曲池抱階如鏡，問何人、照影窗前？斜陽地，指茸茸翠草，曾閣秋千。　　我本傷春狂客，趁蝶簾燕戶，鈿隊箏筵。載酒遲來，花間誰擘蠻箋？紅樓只今已改，覓殘題、猶在屏山。歸去晚，聽東風，盈路杜鵑。[28]

武陵蔣氏園原為陳圓圓故居，順治九年（1652）由蔣垓所購，因園丁除草時偶得一石，上有「繡谷」二字，故稱蔣氏繡圃。[29] 蔣垓沒後，園林三易其主，至李慈銘登臨時已成廢園。詞中上闋描寫今日所見園林之景，以杏花、梨花漸次凋零，襯托園林之衰敗。接著設想何人曾在窗前留下身影，以及園林曾經茸茸翠草、秋千纏繞的景象，帶出昔日盛況，與今日衰敗形成對比。下闋旨在抒情，融合詞人

---

[27]《霞川花隱詞》，李慈銘著，劉再華校點：《越縵堂詩文集》，卷1，頁633。

[28] 同上，頁633。

[29] 吳秀之等修，曹允源等纂：《江蘇省吳縣志》（臺北：成文出版社，1970年），冊2，卷39，頁40上-41上。

的傷春情愁、因園林由盛轉衰的興廢之愁，以及晚歸「盈路杜鵑」所引起的思鄉愁情。王星誠評其詞：「淒怨諧婉，絃絃掩抑之音。」[30] 所言極是。李慈銘借蔣氏園林之盛衰，投射家族興衰，寄託意味甚深；詞中反映的思鄉情懷，也正是詞人當下客居異鄉的身世寫照。此詞亦以虛實交錯的筆法佈局，「牆垂薜荔，砌上莓苔」、「杏白梨紅」描寫實景，故為實筆；「愁痕剛界朱欄」、「次第做盡春寒」則為虛筆，「愁」、「寒」透露苦情、寒意，[31] 意象清冷，有姜夔風致。

前二首皆寫傷春之感，寫作時間較早，稍晚至二十八歲所作《水龍吟‧丁巳中秋夜風雨橫甚，賦此寄悶》，仍以婉約之筆，寫憂傷之事，但詞作內容相較前面幾首來說，融入了更多的個人身世與國事感懷在其中。詞云：

> 百年如此今宵，倩誰力挽銀河住。長空一白，萬聲都噤，截天風雨。斗大蟾宮，魚龍翻動，波濤秋怒。恁奔雷戰夕，癡雲遏曉，看長劍，青虹吐。　　慘黷初鴻征路。問天涯、弄珠何處？人間一霎，排風吹浪，廣寒知否？可惜江山，不曾照出，悲歡離聚。祇葫蘆、尊酒蒼茫獨夜，喚冰夷舞。[32]

此詞作於咸豐七年（1857），描寫中秋之夜，風雨大驟。上闋寫景，以三個層次描寫風雨：首先，由「萬聲都噤」到「截天風雨」之由靜轉動的瞬息變化，描寫雨勢突然乍到；其次，以魚龍翻動的姿態，形容雨勢之大；最後，將狂風驟雨、「奔雷戰夕」比喻為戰爭，帶出寄託之旨。詞中「蟾宮」乃借蟾宮折桂的典故，寄望自己應考得中，成為「力挽銀河住」的朝廷要臣。然而，下闋「慘黷初鴻征路」，暗示其宦途不順；「排風吹浪」，似有隱喻朝野腐敗，真才慘遭排斥、不得入選的黑暗現實，同時亦回扣上闋，借狂風驟雨比喻當朝政局，猶如風雨吹拂，搖搖欲墜。就表現手法而言，全詞借景抒情，透過婉約含蓄的筆法，以風雨暗喻

---

[30]《霞川花隱詞》，李慈銘著，劉再華校點：《越縵堂詩文集》，卷 1，頁 633。

[31] 趙曉嵐云：「姜夔好用寒、冷、清、苦等詞描繪其意象，使所詠對象顯得清冷、清寒、清幽、清苦。」趙曉嵐：《姜夔與南宋文化》，上海：華東師範大學中國古代文學博士論文，2001 年，頁 182-184。

[32]《霞川花隱詞》，李慈銘著，劉再華校點：《越縵堂詩文集》，卷 1，頁 641。

國勢之頹危。詞中風、雨為實景，而「魚龍翻動」、「奔雷戰夕」、「看長劍，青虹吐」則為虛寫。又「慘黷」、「寒」、「蒼茫」、「獨」共同構成了詞中清苦、寒冷的意境。

嚴迪昌《清詞史》曾評價厲鶚詞：「比起浙派大多數詞人來，其高明處就在於『意』雖虛淡，卻仍實有，所以能空靈而不空枵。」[33] 厲鶚為晚近浙派的代表，其詞既有浙西詞派之清空，又能融入實質而使詞作不致空疏。李慈銘的創作受到厲鶚影響，手法與厲鶚近似，能將清空與實質交織融合，構成虛實相並的詞作風格。

## ◎ 三、汲取常州詞派思想

時至中歲，李慈銘與譚獻交遊，深受譚氏批評浙西宗主「朱（彝尊）傷於碎」的影響，[34] 認為浙西詞派內容空虛狹隘，無反映個人、時代與社會的實質意涵。李慈銘在汲取常州詞派思想後，也修正了早年師法姜夔的主張，認為「石帚名最盛，業最下，實群魔之首出者。」[35] 並批評厲鶚：「（太鴻）詩詞皆窮力追新，字必獨造，遂開浙西纖哇割綴之習。」[36] 以下透過李慈銘書寫早年往事與時事的詞作，管窺其情感心境與詞學思想、詞風轉變的成因。

（一）抒寫「廿年」往事，感昔傷今

其實在李慈銘早年的詞作中，即可看見思念家園及抒發個人失意的作品，然而到了中年以後，由於整體國家局勢的頹危，及其無數次的應試失敗，使他的詞作中自然地流露出相較早年更多、更深的愁苦與傷感。

在李慈銘的詞作中，最值得注意的是他時常會描寫「廿年」以前，其十二至十四歲時候的往事。如《滿庭芳》（庚申閏清明日，客中扶病小游坊曲。聞月下歌聲，悵觸舊懷，含悽成詠。憶自辛丑閏後再逢今日，廿年夢影，三月愁根，懺往傷今，殊難自己耳）云：

---

[33] 嚴迪昌：《清詞史》，頁 346。

[34] 譚獻：《復堂詞話》，唐圭璋編：《詞話叢編》，冊 4，頁 4008。

[35] 李慈銘著，由雲龍輯：《越縵堂讀書記》，咸豐十一年（1861）4 月 6 日讀書記，頁 913。

[36] 李慈銘著，孫克強輯校：《越縵堂詞話》，《詞學》，2016 年第 35 輯，頁 341。

啼鴂留春，游絲惹夢，天涯又潤清明。夜涼人靜，獨向六街行。月裡幽坊如畫，那門邊、低度歌聲。問誰傍、尊前擪笛，還似訴儂情。　廿年前舊恨，柳枝共挽，私語調 。驀東風回首，獨自飄零。料得小窗今夜，映梨花、一樹冥冥。可能把、斷腸詩句，月下念教聽。[37]

此詞作於咸豐十年（1860）清明節，李慈銘三十二歲時。上闋描寫四月春天清明節的晚上，詞人聽見樂坊淒涼的絃音，因此引發共鳴，觸動內心的感懷，不禁回憶起辛丑年（道光二十一年，1841）時候的往事。下闋「廿年前舊恨」即轉入回憶。「廿年前」約莫是李慈銘十二、三歲時，當時鴉片戰爭爆發，詞人隨家人流亡遷徙，雖已歷經二十年的光景，然家亡舊恨仍未消滅。「驀東風回首，獨自飄零」，將時間拉回至現在，抒發自己如今淪落飄零的處境。詞中用了兩次「獨」字：「獨向六街行」，描寫清明節孤獨寂寞的景況；「獨自飄零」，以「飄零」二字加深孤獨的深度，暗示了詞人無所作為，流落京師的現實處境。

值得注意的是，李慈銘詞中特別喜歡寫清明、寒食。如《百字令‧壬戌清明，風雨淒沓，援筆寫此，寄故園弟妹》寫同治元年（1862）清明寒食之日客中風雨，其憶及家鄉「長饑弟妹」，備感淒涼。又如《念奴嬌‧癸亥寒食，岑旅病眠，熨夢添衣，淒然有憶，不止天上人間之感也》為同治二年（1863）寒食節時，李慈銘旅居異鄉所作。詞中回憶「廿年前事」，即其十四歲以前的往事，並藉由當年寒食春遊熱鬧的情景，映照今日孤旅飄零的處境。清明、寒食本是紀念祖先的日子，藉由節日的書寫，能將詞人帶回到過去的時光，然而廿年前祖母、父親皆尚在世，因此寒食春遊是歡欣、愉悅的，而如今親人已沒，自己又旅病臥榻，一樣都是寒食節，同樣都是旅遊，卻已時移事易，物是人非。詞中流露的今昔之感，多與詞人現實生命的拂逆波折相牽繫；寫清明、寒食並非純粹只是為了道出對親人的思念，更有一種「病裡每愁佳節過，何況天涯羈怨」的失意與傷愁交雜其中。

倘若細究李慈銘詞中「廿年」之意，多有特指其十二、三歲時，鴉片戰爭爆

[37]《霞川花隱詞》，李慈銘著，劉再華校點：《越縵堂詩文集》，卷1，頁648。

發至家族敗落的那段時期。李慈銘在送別表哥陳壽祺（1829-1867，字珊士）回浙江的詞作《金縷曲·送珊士由海道入浙尋親》中，即回顧了廿年來戰爭所帶來的慘劇。詞云：

> 慈亦窮民耳，廿年來、孤兒寡母，艱難生計。舊產池陽都割盡，乞食淒涼京邸。更慟絕、橫流鄉里。宗族千人家八口，盡倉黃、乞命干戈裡。天地酷，有如此。　與君己丑生同歲。數衣冠、崔盧中表，舊家門第。等是飄零傷亂客，說甚成名難易。只腸斷、今朝分袂。泥首馬前無別語，但思親、淚血煩歸寄。生死託，君行矣。[38]

此詞為同治元年（1862），[39] 李慈銘三十四歲時所作。是年，太平軍攻陷浙江，表哥陳壽祺將還鄉尋親，李慈銘於是作詞送別。上闋主要描寫戰爭為家族帶來的殘害，以及詞人當時流寓京師的處境。詞中「廿年來」應指自鴉片戰爭爆發以來，家鄉深陷水火，處境十分艱難，而李慈銘雖有光耀門楣之志，然仕途卻屢遭挫折，困塞場屋。「舊產池陽都割盡，乞食淒涼京邸」，指其三十歲左右時，變賣田產，捐資為戶部郎中，但始終未得分發，流寓京城。捐官所費巨資，不僅未能重振家族，反而使其家道更加衰落。如今家鄉又深陷干戈，族人流轉奔走，在戰火中求生，處境堪悲。下闋描寫陳壽祺與其生於同年，皆出自名門子弟，且兩人又有表親關係，也同樣「等是飄零傷亂客」，頓困京師。末句「泥首馬前無別語」表面似寫送別的傷感，實言自己雖身在他鄉，卻心繫故鄉，心底的那份沉痛，委實難用言語傳達，流露出對戰爭無情的控訴。

李慈銘以「廿年」入詞追憶往事者，共有四首。除了上述三首之外，另有一首是《滿庭芳》（己卯閏三月三日，小雨微晴，偕辛楣、敦夫、子縝游慈仁寺，坐欒枝花下，返憶庚申舊事，悵然有作，索諸君和），作於光緒五年（1879），李慈銘五十一歲時。此詞中「廿年」所指為咸豐十年（1860），其三十二歲太平

---

[38]《霞川花隱詞》，李慈銘著，劉再華校點：《越縵堂詩文集》，卷1，頁657。

[39] 陳壽祺亦作有《金縷曲·壬戌春暮，航海尋親，李蓴客表弟拈金縷曲為贈送，途次依韻和之》。陳壽祺：《青芙館詞鈔》，王雲五主編：《叢書集成簡編》（臺北：臺灣商務印書館，1965年），冊700，頁35。

軍攻佔杭州之時。雖與前述所指「廿年」的時期不同，但詞中所表達的家國感懷與思鄉之情，皆無二致。

此外，如《百字令·癸亥花朝》：「彈指十年重疊恨，偏到今朝淒斷」、《雨霖玲·夏夜坐月，同茗樓感舊，言愁欲愁，且喚奈何矣》：「回頭恨事如水，相憐倦旅，傷心愁說」、《解連環·酒邊感賦贈霞芬》：「悲歌舊情漫省。漸中年耗去，壯懷消盡。問底事、未了愁根，把零句么弦，細搜幽恨」，都是藉由過去和今日的相映襯托，傳達思念家鄉與個人失意的情懷。懷念過去，不僅是懷念過去某一段時期的記憶，其實也正是在懷念自己過去的某種狀態；這種狀態必然是比現在更好，才能更加凸顯今昔對比、今不如昔的悵惘。在這些詞作中，時而可見詞人的「愁」與「恨」，多半是由於家道中落，而自己又久困科場，孤身飄零，流寓異鄉所致。因此，儘管時光無情，過去已成追憶，仍格外珍惜昔日有家人相伴的美好時光。

（二）諷諭時局，撫時傷亂

李慈銘除了感傷鴉片戰爭對家族興衰帶來的影響，對於太平天國戰爭的爆發，也抱持相當批判的立場。這兩起戰爭是影響李慈銘生命極為重要的戰事。他何以如此痛惡太平天國？原因有二：一是在於太平天國運動是導致故鄉破碎的主要元兇，二是由於李慈銘出身儒家家庭，秉持不違古有之制的原則，因此極力反對農民起身革命。值得一提的是，正當太平天國戰爭如火如荼席捲而來之際，咸豐十一年（1861），清廷又爆發辛酉政變，李慈銘曾為慈禧、奕訢一派所用。[40] 其居京期間，經濟一度困窘，亦多仰賴張之洞、潘祖蔭等友人資助。而這年，他也為潘祖蔭起草奏章，進獻鎮壓太平天國之亂的策略。顯然可見，李慈銘政治立場傾向保守派。

---

[40] 劉再華云：「咸豐十一年（1861），慈禧太后與恭親王奕訢發動政變，將八大臣處死、革職、遣戍，由兩宮皇太后垂簾聽政。其間李慈銘曾受當國者囑，為檢歷代賢后臨朝事，為垂簾聽政尋找歷史依據。」據 0 月 4 日《越縵堂日記補》云：「當國有議請母后垂簾者，囑為檢歷代賢后臨朝政事，予隨舉漢如惠（和帝后）、順烈（順帝后）、晉康獻（康帝后）、遼睿知（景宗后）、懿仁（興宗后）、宋章獻（真宗后）、光獻（仁宗后）、宣仁（英宗后）八后，略疏其事蹟，其無賢稱者亦附見焉，亦為考定論次，並條議上之。」慈禧太后、奕訢利用李慈銘所撰代歷代帝后臨朝聽政事蹟，以為慈禧太后垂簾聽政提供正當理由。《李慈銘年譜簡編》，李慈銘著，劉再華校點：《越縵堂詩文集》，頁 1606-1607。《越縵堂日記補》辛集上，李慈銘：《越縵堂日記》（揚州：廣陵書社，2004 年），冊 3，頁 1890。

其《買陂塘》（庚申閏三月八日，招庭芷、叔雲、豫庭、子恂、雪甌、珊士、鹵香慈仁寺賞花。時江南軍事甚急，孤蹤偶侶，羈愁未瘳，對酒傷春，因賦此解）表露了他對當時江南戰事危急的憂心，也反映出他對太平天國戰爭的批判：

> 鎮消魂、故園烽火，天涯猶惜春晚。客懷無賴尋花醉，寂寞自來僧院。禪榻畔，但破帽、茸衫留得高陽伴。鳳城漸暖，任清磬聲邊，花開花落，容易鬢絲換。　　江南恨，提起東風腸斷。馬頭飛絮零亂。王孫已是無歸路，說甚間關鶯燕。花莫管，便唱煞、銅鞮那有金樽勸。飄零自怨，祇倚遍闌干，長安芳草，依舊夕陽滿。[41]

李慈銘至京以後，時常參與京城雅集，結交當時名士。此為咸豐十年（1860），其三十二歲所作。當時李慈銘與友人在北京西城區的慈仁寺賞花，忽聞太平軍攻破江南大營，佔領杭州的消息，因此懷憂國事，為賦一詞。上闋描寫故鄉正面臨烽火摧殘，與此時詞人遠在京城，「無賴尋花醉」，形成強烈的對比。而看似開來無事的生活，其實已在「但破帽、茸衫留得高陽伴」與「容易鬢絲換」的形容中，道出年華已逝及長年困蹇京城的現實處境。下闋首句「江南恨，提起東風腸斷」承續上闋首句「鎮消魂、故園烽火」而來。「江南恨」三字，深切傳達了詞人對太平天國戰爭導致故鄉殘破的國仇家恨。「王孫已是無歸路」，乃李慈銘困蹇京師又不得歸鄉的自況。詞中一方面寫時局混亂，另一方面又寫自己「飄零自怨」的處境，並將「故園烽火」與「長安芳草，依舊夕陽滿」互為對比，著意凸顯江南與京城的差異，有暗喻民不聊生而朝廷卻仍苟且偷安的諷刺深意。

咸豐八年（1858），李慈銘變賣田地捐報郎中，但卻一直等到五年後才分發戶部，而所得也僅是跑腿的工作。[42] 未幾，又奉派稽核堂印。其六月三日《越縵堂日記》云：「得署中司務廳知會，予派稽核堂印。向例滿漢各八員，須日日進署。生最畏暑，近日炎高尤酷，支離病甚，又無一錢可名，乃正用此時持事來，

---

[41]《霞川花隱詞》，李慈銘著，劉再華校點：《越縵堂詩文集》，卷1，頁647。

[42] 董叢林：《論晚清名士李慈銘》，《近代史研究》，1996年第5期，頁16-17。

殆非人力所能致者也。」[43] 道出職事艱辛，不甚合意的心情。也許正因為李慈銘科舉失意，捐官後又為官不順，因此儘管偏向保守派，詞中也難免流露出對朝政的不滿。

其《貂裘換酒》（春中得故人孫子九書，具言亂後三子夭沒，貧不自存，唯以歌詩自娛窮老，兼述徐州判虔復嘖血賊庭，魯明經燮元闔門灰燼，愴懷舊昔，遂異幽明，靜夜多思，重復循覽，泫然雖已，寫以此章）云：

> 　　一紙從頭讀，正鐙前東風猛撼，狂花盈屋。差喜故人猶健在，留得空山歌哭。還苦耐吟詩窮獨。覆卵傾巢都不計，祇虛名、抵死爭殘局。期老享，文章福。　　城南當日同追逐。最難忘、徐公風貌，魯生高躅。嚼舌堂堂傳罵賊，恨血千秋埋綠。更慘絕、橫流湛族。憔悴儒冠差不負，問斯人、九地誰能贖。還忍聽，山陽曲。[44]

此詞約為同治四年（1865），李慈銘三十七歲時所作。上闋描寫收到友人孫垓書信的激動心情，一方面既為故友健在而欣喜，另一方面又為自己吟詩窮獨、圖謀虛名而感歎，同時也為國家覆卵傾巢而憂心。下闋轉為追憶，遙思徐虔復、魯燮元「嚼舌堂堂」謾罵太平軍賊、寧死不屈的高蹈風貌，流露出欽佩讚賞之情，而令其感傷的是，一切最終都化為「恨血千秋埋綠」的黃煙塵土。「更慘絕、橫流湛族」，寫出戰爭造成家亡族滅的殘酷事實，流露出詞人對於時局紛亂的感傷與批判。「憔悴儒冠差不負，問斯人、九地誰能贖」，謂己憂心國事，卻無力挽救國土殘破的命運。最後，「還忍聽，山陽曲」借用向秀「山陽思舊」的典故，[45] 感傷徐、魯二位友人的逝世。而也正因為親友的死亡，使得詞人在收到友人的書信時，更加感到「差喜故人猶健在」的歡喜。

《清史稿》謂李慈銘「其為人性簡略，胸無城寓，然矜尚名節，意所不可，

---

[43]《孟學齋日記》，李慈銘：《越縵堂日記》，冊 4，頁 2359-2360。

[44]《霞川花隱詞》，李慈銘著，劉再華校點：《越縵堂詩文集》，卷 2，頁 669-670。

[45] 蕭統編，陳宏天、趙福海、陳復興主編：《昭明文選譯注》（長春：吉林文史出版社，2007 年），冊 2，頁 83-87。

輒面折人過，不輕假借苟同，雖忤樞輔不之顧，以是人多媢之。」[46] 李慈銘矜尚名節，善於謾罵，當日政壇名流如張佩綸、寶廷等，皆曾受其批評。而他對於嚼舌堂堂、激憤罵賊的徐虙復和魯燮元特別讚賞，實際上也有自我身世的投射在其中。莫立民《近代詞史》云：「作者憂心歲月易逝，而自己功名未達，所以他憤世嫉俗，借酒澆愁。而其傲岸的風骨也從他借酒罵世的憤激語中得以畢見。」[47] 認為李慈銘的諷譏罵世，很大一部分是隱含了他長年科考失意與個人意氣在內。[48] 晚清買官風氣盛行，知識份子失意者多，真才得選者少。李慈銘變賣田產，但捐官所得之職卻不甚合意，他將對於功名的熱衷與執著，淡化成對「名士」氣節的追求，藉由善罵與罵世，表現自我風骨，但有意思的是，因為政治立場的因素，使他即使表露出對政治的不滿，其詞也表現得相當婉曲含蓄。

在這段時期的詞作中，也可見不少寫恨之作，如《長亭怨慢》（雨夜和子繽《寄懷》詞，均岑旅勦歡，同此蕭索。子繽閒情無寄，託興騷蘭，然予愁則更深矣）：「最恨。是黃昏燕子，芳訊傳來無定」、《解語花》（子繽小住春明，屢尋歡墜。初以琵琶佐飲，眷昑桐郎。近中微噴，移情雲侶。適持所繪《香草靈嬉》小冊屬題，其中託興蘭荃，寓言柘舞，騷情客感，殆不自勝。為賦此解，寫之浪藥迷離，微波綿邈，非寄懷於翠被，祇觸淚於青衫。楊柳囊愁，櫻桃新寵，亦復誰能遣此也）：「湘簾鬥影，翠管留春，恨譜翻都遍」、《滿庭芳》（汝翼邀同仲彝、子繽、雲門、禔盦、發夫飲蕙蘭室，徵笛選歌，子繽、雲門賦此解，余亦和之）：「笛裡分明舊恨，瀟湘水、不到天涯。空贏得，青衫老淚，重與灑琵琶」，皆有託興楚騷，抒發自我仕途失意，以及批判時政的深隱意涵。

同治十年（1871），李慈銘曾用姜夔《疏影》原韻，題顧南雅通政為姬人所作紅梅小幅；十二年（1873），又借姜夔《琵琶仙》原韻，以為戲束。是以可見，這段時期仍可見李慈銘師法姜夔的痕跡，只是寄託意蘊不深。而由於個人身世境遇以及時代環境的變化，使他自覺地摒棄浙西詞派末流空洞無深意的創作方式，

---

[46] 趙爾巽：《清史稿》，卷 486，頁 19 上 - 下。

[47] 莫立民：《近代詞史》，頁 374。

[48] 光緒十年（1884），李鴻章曾聘李慈銘至問津堂書院講席，對他有知遇之恩。李慈銘素以清流自居，喜彈劾大臣、批評俗吏，但對李鴻章卻未置一詞，對此，文廷式評其：「託事不慎。」

轉而汲取常州派「比興寄託」、「意內言外」的詞學思想，合乎當時詞壇的普遍現象。黃志浩《談談常州詞派》曾指出當時常州詞派文人的普遍特徵：「既有著對國家命運的憂慮感，又有著對個人身世、個人前途的失落感……這樣的情感特徵適應了當時一部分知識份子的心理需要，從而轉化為常州詞派興起的社會基礎和心理基礎。」[49] 張惠言的詞學理論雖然早在嘉慶年間便已提出，但真正產生影響，則要一直到道光十年（1830）以後。李慈銘生逢浙、常交替的轉換期，他與多數常派詞人一樣，既有著對個人前途的失意，亦有著對國家命運的擔憂，因此在此環境背景下，自然地選擇了汲取常州詞派的創作思想。

## ◎ 四、融合浙西與常州詞派

李慈銘在四十二歲中舉以後，又參加過五次會試，但依舊名落孫山，直到光緒六年（1880），其五十二歲時才進士及第。李慈銘中進士以後，在他五十二至六十三歲之間，曾經作有二十三闋詞，內容與中期相似，主要是應制祝壽、宴飲、懷鄉、臥病榻中等。在這段時期的詞作中，雖仍可見抒寫「愁」情的基調，然而對於「恨」的抒寫則有明顯減少的趨勢，筆調也趨於和緩。

李慈銘居京期間，曾結交不少仕紳官員與詩文名流，在他中期的詞作中，已可見不少宴飲唱和的作品，中進士以後，遊樂宴飲之作自然更不可少。其《宴清都・辛巳臘月望夜，偕同鄉翰林院鳳池諸公飲朱霞精舍，然鐙賭月，將旦立春》云：

> 綺幔籠雕檻，晶屏隔、蜜梅花下香淺。金爐麝火，煎茶細語，暗催壺箭。當頭壁月還滿，問今歲、尊前幾見？況畫廊、兩兩華燈。媚紅剛映人面。　　回眸又是春來，旛搖彩蝶，釵簇珠燕。遙知鏡裡，銀蟾對影，黛眉先展。分明語近香遠。更玉筍、藏鉤送暖。莫管它、錦帳蘭薰，消停翠盞。[50]

---

[49] 黃志浩：《談談常州詞派》，《古典文學知識》，1989 年第 6 期，頁 50-54。

[50] 《霞川花隱詞》，李慈銘著，劉再華校點：《越縵堂詩文集》，卷 2，頁 722。

此為光緒七年（1881），李慈銘五十三歲時所作。上闋寫其相偕翰林院諸公宴飲朱霞芬之精舍，等待茶熟品飲。朱霞芬為當時梨園名伶，與徐阿福、錢秋菱並稱「花部三珠」。在李慈銘中進士以前，便經常偕友飲酒霞芬室。他如此捧伶，一是由於本身憐才好色所致，二是由於優伶飄零的身世命運，往往能使詞人聯想到自己的身世，進而產生一種「同是天涯淪落人」的憐惜之情。下闋則寫朱霞芬回眸如春，凌波起舞，猶旌旗飄揚、彩蝶紛飛之姿，又以鏡裡月影與眉黛紛飛相映對照，襯托其美貌，並以「更玉筍、藏鉤送暖」[51] 寫宴集之樂。詞中更透過「綺幔」、「晶屏」、「金爐」、「華燈」、「錦帳」、「翠盞」等，描繪室內裝飾的華美。全詞除了表現士紳階級的享樂生活，也呈現出李慈銘中進士之後閒適歡愉的心境。

在這一段時期，也可見李慈銘抒寫寒食、清明的詞作。如《小重山令·峭寒雨止，落花如雪，餘霞澹映，小窗轉明，念明日寒食矣，賦此寄感》：

> 微雪疏疏下鳳城，今年寒較甚、近清明。小桃花落撲簾旌，東風峭，偏倚柳青青。　　雨過澹霞生，攤書貪一晌、小窗晴。鳥啼頻勸曳筇行。花如舊，頭白去年人。[52]

此詞約為光緒十三年（1887）寒食節前一日，李慈銘五十九歲所作。上闋描寫今年寒雪較甚，臨近清明，春日京城桃花零落、柳色青的景象；下闋由景入情，寫花開花落，恒常自然，然光陰似箭，自己年華已逝，白頭更勝去年。

又如《高陽臺·辛卯清明後二日微陰，綺畫小園。花事初濃，傍晚倚闌，淺吟薄醉，為賦此解，悵觸彌深》：

> 蜀錦桃緋，湘羅柳碧，紫丁香動參差。消幾番寒，東風展盡芳菲。尋春祇盼清明到，到清明、能再多時。算句留、自擘蠻箋，自慰新詞。　　天

---

[51] 「藏鉤」典故源於鉤弋夫人少時手拳，漢武帝使其雙手伸展，發現手中有一鉤。當時女子紛紛起效鉤弋夫人攥緊雙拳，後來藏鉤漸成為一種宮廷遊戲。

[52]《霞川花隱詞》，李慈銘著，劉再華校點：《越縵堂詩文集》，卷 2，頁 727。

涯總少流鶯信，但鴉啼鵲噪，略解相思。況是雕梁，難容燕子棲遲。東闌倚盡斜陽影，有誰憐、鬢已成絲。對芳尊、萬種溫存，衹有花知。**[53]**

此寫於光緒十七年（1891）清明節後二日，其時六十三歲時。上闋表示自己殷切期盼清明節的到來，但同時又自問不知還能度過幾個清明，流露出對時光無情的憂傷。下闋感歎「天涯總少流鶯信」，表達對親友的相思之情，並藉由「東闌倚盡斜陽影」寫其無數春秋，獨倚憑欄，遙志遠情的感傷，更自憐年華老大，「鬢已成絲」，唯有年年開落的花兒相知惜。

事實上，李慈銘中進士以後，一直未入翰林，直到光緒十五年（1889），在翁同龢的保薦下，才授山西道監察御史。上述兩闋詞同樣是以寒食、清明為背景，同樣都寫出了俯仰流年、年華老去的現況，道盡了詞人一生久困場屋、棲遲數載的身世之感。然而，從整體詞作來看，這段時期相較中期而言，明顯是感慨較多，而憾恨較少，用字上也沒有「恨」、「血淚」、「斷腸」一類感情色彩強烈的詞語，可見詞人此時的心境已相較平和。而就當時的政治情勢來看，國家危機尚未化解，但李慈銘的心境卻有如此轉變，應與得中進士與否有很大的關係。

值得注意是，李慈銘晚年在作詞的數量上也有逐漸減少的趨勢。其詞集末尾有云：「頻年老病，兼以人事膠擾紛紜，不倚四聲者四五年矣，技癢為此，亦自笑也。」**[54]** 自光緒十年（1884，五十六歲）李慈銘作《浪淘沙‧甲申花朝病中飲霞芬室》之後相隔三年，才又作詞五首。又間隔四年，至光緒十七年（1891，六十三歲），才完成最後一首詞。此後，至李慈銘六十六歲逝世以前，則已無任何詞體創作。換言之，在光緒十年（1884）至光緒十七年（1891）之間，李慈銘總共只作了七首詞。然而，反觀李慈銘的詩文集，卻仍然可見持續不斷的作品，甚至有反映國家政治的文字。例如他六十三歲時，在《越縵堂日記》中說，為官之後，有漸覺政治險惡，仕途艱辛，與志相違之感。**[55]** 其《感事》詩也說：「畿輔傳桴鼓，烽煙照白狼。出師人不覺，奏捷國爭望。閉塞成冬令，憂危乏諫章。廟堂

[53]《霞川花隱詞》，李慈銘著，劉再華校點：《越縵堂詩文集》，卷 2，頁 728。

[54] 同上。

[55]《越縵堂日記補》，李慈銘：《越縵堂日記》，冊 4，頁 2321-2322。

正行賞，珂馬簇明光。」[56] 又如《後瘞貓詩癸巳十月初四日》云：「攫搏猶見颯爽姿，國士報恩不忘死。」[57] 由此可見，李慈銘仍舊將對國家的憂懼感懷訴諸詩文，但卻不再透過詞作來呈現，在某種層面上也透露了李慈銘對詞體的看法。在李慈銘的思想裡，詞終究是隱微婉曲，「抒情」大於「言志」的一種文體。相對來說，詩文反而更能直接吐露他內心的憤慨與不滿。而亦正因如此，李慈銘晚年的詞作之中，既有近似於浙派宗主朱彝尊所謂「宜於宴嬉逸樂」的主張，又自然地流露出常派「比興寄託」的創作傾向；既汲取了常派思想，又未完全脫離浙派，呈現出流轉於浙、常二者之間的詞作風貌。

## ◎ 結論

　　李慈銘一生致力科舉，然而國事紛擾，以及長年的仕途失意，促使他從早年學習《花間》、尊崇姜夔的主張，轉為汲取常州詞派比興寄託的詞學思想，並自覺地刪除了早年所作的大半山水與閨情之作。其詞多側重抒寫自身感懷，除了經常以「廿年」入詞，也特別喜歡寫清明、寒食，以其「慎終追遠」的文化意涵，道出對往日時光與親人的思念，並從中投射其經年流寓京師、困塞科場的身世之感。李慈銘站在滿清的立場對太平天國加以批判，而對於滿清昏庸政治的不滿，則表現得相當深隱婉曲。此一時期，已由師法姜夔，轉為摒棄姜夔；由學習浙派，轉為汲取常派。至晚年進士及第後，其詞流露出較為平和閒適的心境，在詞作數量上也有相對減少的趨勢；此時雖仍可見感歎時光、描寫宴會逸樂的作品，但卻不再借詞來書寫國家政治，顯現他認為詞宜「抒情」的詞學觀，甚至有逐漸融合浙、常二派思想的傾向。

（作者為香港浸會大學孫少文伉儷人文中國研究所副研究員）

---

[56]《杏花香雪齋詩補》，李慈銘著，劉再華校點：《越縵堂詩文集》，頁 617。
[57] 同上，頁 628。

# 周岸登「和韻詞」及其對南北宋詞人的接受

柯秉芳

## ◎ 一、前言

　　周岸登（1873-1942），字道援、癸叔，號二窗詞客、北夢翁，四川威遠人。清光緒十八年（1892）舉人，先後任職廣西陽朔等地知縣與全州知州。曾加入孫中山領導的同盟會。辛亥革命後，曾任四川會理、蓬溪、江西寧都等縣知事。20年代以後，投身教育，歷任廈門大學、安徽大學、重慶大學、四川大學教授，主講詞曲。[1] 在當時，周岸登與南京中央大學王易、廣州中山大學陳洵、湖北武漢大學劉永濟、杭州之江大學夏承燾、上海暨南大學龍榆生等詞人，比肩齊名。[2] 據周岸登《長江詞》、《邛都詞》、《蜀雅》與《別集》所收，總計約七百八十一闋詞。[3] 馬大勇評云：「百年巴蜀詞壇，趙熙之後，當推周氏才情富豔，堂廡特大，巋然為一時重鎮。」[4]

　　然而，隨著周岸登病逝之後，其聲名也逐漸淡出人們的視野。目前可見與周氏相關之研究，有馬大勇《論清末民初巴蜀詞壇的創作力量構成》、[5] 時潤民《周岸登詞述略》、[6] 閔定慶《胡先驌佚文〈蜀雅序〉考釋——兼論胡先驌詞學觀念的文化守成主義傾向》、[7] 丁偉及鄭仁強《館藏周岸登批校本〈夢窗稿〉考述》[8] 等。

---

[1] 胡傳淮：《芝溪集》（遂寧：四川省遂寧市歷史文化研究會，2003 年），頁 258-263。彭靜中：《傑出的愛國詞曲家周岸登》，胡傳淮主編：《蓬溪文史資料》（遂寧：四川省蓬溪縣政協文史資料委員會，2000-2001年），第 28、29 輯，頁 125-130、110-116。

[2] 《南北各大學詞學教授近訊》，《詞學季刊》，1933 年第 1 卷第 1 號，頁 220。

[3] 周岸登：《長江詞》、《邛都詞》、《蜀雅》，曹辛華主編：《民國詞集叢刊》（北京：國家圖書館出版社，2016 年），冊 8-10。

[4] 馬大勇：《二十世紀詩詞史論》（長春：時代文藝出版社，2014 年），頁 258。

[5] 同上，頁 248-260。

[6] 孫克強、羅振亞主編：《南開詩學》（北京：社會科學文獻出版社，2019 年），第 2 輯，頁 82-94。

[7] 閔定慶：《胡先驌佚文〈蜀雅序〉考釋——兼論胡先驌詞學觀念的文化守成主義傾向》，《華南師範大學學報》，2011 年第 4 期，頁 53-60。

[8] 丁偉、鄭仁強：《館藏周岸登批校本〈夢窗稿〉考述》，《晉圖學刊》，2015 年第 5 期，頁 53-55。

馬大勇從蜀中詞史的視角切入，在「『二窗詞客』周岸登」一節裡，認為周詞有晦澀好奇之病，然敢拈大題，風格多變，於「百年蜀中，其位置當居香宋詞人之次席」，評價甚高。時潤民從「辭藻」、「格律」、「詞中風物及本事」、「和庚子秋詞」四個層面，論述周詞重辭采、精格律，在描寫蜀地風物及自抒身世時，皆能表現其個人特色。閔定慶以胡先驌《蜀雅序》為探討對象，除了論述胡氏詞學觀，亦兼及周氏詞學思想。丁偉、鄭仁強著重於周氏批校《夢窗稿》的考證層面，從中可見周氏崇尚夢窗的詞學思想。

周岸登詞作的最大特色在喜於追和。自宋以來，和韻詞的創作就十分豐盛。在周氏現存的七百餘闋詞中，擬和之作便佔總數的一半以上。況周頤《蕙風詞話》云：「初學作詞，最宜聯句、和韻。始作，取辦而已，毋存藏拙嗜勝之見。久之，靈源日濬，機括日熟，名章俊語紛交，衡有進益於不自覺者矣。」[9] 和作不僅是一種學詞的方法，也有助展現詞人的交遊情形，窺見其師法對象，反映詞學思想。清末民初，在「四大詞人」及其門徒的推尊之下，掀起一陣擬學夢窗的時風，周岸登亦宗奉夢窗與草窗，並且自號「二窗詞客」。其詞集除了有多首追和吳文英、周邦彥、周密的詞作外，對於柳永、秦觀、蘇軾、辛棄疾、姜夔、張炎、史達祖等人之詞，也有擬和之作；1912-1927 年之間，周氏輾轉四川、北京、江西，也時常與夏敬觀、王易、胡先驌等詞學家多所唱和。本文旨在透過周岸登和韻吳文英、周密、周邦彥、蘇軾、辛棄疾的詞作中，管窺他對南北宋詞的接受，及其兼容婉約、豪放的詞學思想，並從而得見民初和韻詞的創作盛況與常州詞派思想的承遞。

## ◎ 二、祖述夢窗草窗

周岸登推崇南宋二窗，宗尚「喬皇典麗」的詞風。曾自記：「暇日偶一繙閱，題辭《鶯啼序》十二闋，皆用夢窗韻。」[10]《鶯啼序》乃詞調中最長者，填寫不易。蔡嵩雲云：「填此調，意須層出不窮，否則滿紙敷辭，細按終鮮是處。又全

---

[9] 況周頤：《蕙風詞話》，唐圭璋編：《詞話叢編》（北京：中華書局，2005 年），冊 5，卷 1，頁 4415。

[10] 見《鶯啼序‧題沈南雅塞上雪痕集，用夢窗韻》詞後，時戊辰（1928）夏五記。周岸登：《蜀雅》，曹辛華主編：《民國詞集叢刊》，卷 11，頁 3 上。

章多至四遍，若不講脈絡貫串，必病散慢，則結構尚矣。此外更須致力於用筆行氣，非然者，不失之拖沓，即失之板重。」[11]《鶯啼序》非夢窗之創調，然自夢窗以後，「佳構絕鮮」，夢窗遂漸成代表。吳文英為南宋典雅派代表，歷來夢窗、草窗並稱，乃因二家詞在雕章鏤句上有相似之處，但從周岸登仿效夢窗多達四十首，而仿效草窗則二十六首，可見周氏更加傾心夢窗。汪東有云：「草窗與夢窗並稱，儷辭琢句，亦有相似。然風骨沉厚殊不逮，其視夢窗，蓋延年之於康樂，顧其善者，亦復情文相生，丰約適體。」[12]足見夢窗風骨沉厚更勝草窗。又據胡先驌《蜀雅序》云：周岸登「於宋人夙宗夢窗，近賢則私淑彊村，與翁所尚不謀而合。」[13]朱祖謀崇尚夢窗，認為：「君特以雋上之才，舉博麗之典，審音拈韻，習諳古諧，故其為詞也，沉邃縝密，脈絡井井，繩幽抉潛，開徑自行，學者匪造次所能陳其義趣。」[14]周岸登在光緒二十六年（1900）之時，經常拜訪王鵬運，研治學詞，爾後又私淑彊村，可見其宗尚夢窗與當時「四大詞人」推尊夢窗有極大關係。

歷來最早品評夢窗詞的詞家為張炎：「姜白石詞如野雲孤飛，去留無迹。吳夢窗詞如七寶樓臺，眩人眼目，碎拆下來，不成片段。」[15]張炎這段品評影響深遠。清代前期，浙西詞派推尊白石「清空」詞風，否定夢窗之「實質」，實是受到張炎影響，直到周濟提出「問塗碧山，歷夢窗、稼軒，以還清真之渾化」，[16]夢窗詞才逐漸受到重視。張炎指出夢窗詞「綿密富麗」的特點，是造成夢窗詞「實質」尤甚的主因，然而常州詞派以夢窗「實質」救浙派末流疏空之弊，反使張炎所認為的短處成為長處。況周頤云：「近人學夢窗，輒從密處入手。夢窗密處，能令無數麗字，一一生動飛舞，如萬花為春，非若珊瑚蹙繡，毫無生氣也。」[17]蔣兆蘭亦云：「玉田生稱其『何處合成愁』篇，為疏快不實質。其實夢窗佳處，

[11] 蔡嵩雲：《柯亭詞論》，唐圭璋編：《詞話叢編》，冊 5，頁 4916-1917。

[12] 汪東：《唐宋詞選評語》，屈興國編：《詞話叢編二編》（杭州：浙江古籍出版社，2013 年），冊 4，頁 2316。

[13] 胡先驌：《蜀雅序》，周岸登：《蜀雅》，曹辛華主編：《民國詞集叢刊》，頁 3 上。

[14]《夢窗詞集跋》，朱祖謀：《彊村叢書》（上海：上海古籍出版社，1989 年），頁 4395。

[15] 張炎：《詞源》，唐圭璋編：《詞話叢編》，冊 1，頁 259。

[16] 周濟：《宋四家詞選目錄序論》，唐圭璋編：《詞話叢編》，冊 2，頁 1643-1644

[17] 況周頤：《蕙風詞話》，唐圭璋編：《詞話叢編》，冊 5，頁 4447。

正在麗密，疏快非其本色也。」[18] 都是以「密麗」、「實質」為夢窗本色而推尊之。

周岸登深受夢窗詞風影響，好尚密麗。其《風入松‧夢遊陶然亭，用夢窗韻》云：

> 天涯飛夢繞春明。疑冢讀香銘。魂銷眉黛煙波句，是湘卿、寫怨緣情。碧血三年化蝶，茜窗一夕聞鶯。　流鶯啼上夕陽亭。淚眼不曾晴。干卿底事春池皺，對芳韶、祇自銷凝。幾付華鬘劫換，等閒碑字金生。[19]

此詞旨在抒發韶光易逝、華鬘劫換之慨。詞中用字綿密，如「天涯飛夢繞春明」，結構為二、二、三。寫「夢」以「飛」字修飾，寫「春明」以「繞」字為動詞，僅七字即包含三層意象。詞中鍊字靡麗，如「碧血三年化蝶，茜窗一夕聞鶯」，對偶工整，「碧血」、「茜窗」中有綠、紅顏色，「化蝶」、「聞鶯」在靜態中見動態。又如「流鶯啼上夕陽亭」，若僅寫流鶯啼鳴，尚且不夠生動，「上」字卻能使流鶯宛如在眼前飛動、翻飛亭梢，使啼聲彷彿更為流轉嘹亮。正如況周頤云：「夢窗密處，能令無數麗字，一一生動飛舞，如萬花為春」，此有異曲同工之妙。

從用字遣詞與風格技巧來說，周岸登詞與夢窗風格相近，深具綺麗濃密的特點；從詞作內容來說，乃借夢窗詞中「古之傷心人別有襄襄」，[20] 寓託內心的苦悶。如《鶯啼序‧用夢窗韻紀夢》云：

> 神清洞天縹緲，款蘼扃岫戶。藐姑射、冰雪仙人，夢驚春換年暮。黯無語、潛申怨抑，琴絲宛轉歌芳樹。倚迴闌、愁眼茸茸，話言低絮。　再世瓊簫，夢裡見了，似輕雲罩霧。故環在、笋束黃柔，廿年重展心素。倩魂離、華鬘幾劫，淚痕澄、鮫絲千縷。恨難禁，風露高寒，上清鵷鷺。　瑤宮謫久，故國依稀，寄燕鴻倦旅。別恨在、蜀魂鵑拜，桂管鶯遠，爨玉炊

---

[18] 蔣兆蘭：《詞說》，唐圭璋編：《詞話叢編》，冊 5，頁 4633。

[19] 《長江詞》，周岸登：《蜀雅》，曹辛華主編：《民國詞集叢刊》，卷 2，頁 1 下。

[20] 朱祖謀：《夢窗甲乙丙丁稿序》，《四印齋所刻詞》（上海：上海古籍出版社，1989 年），頁 1 下。

矛，瘴江煙雨。蠻花自冶，螢熏愁重，文園持節邛都道，鏤靈關、駕鵲孫源
渡。黿瀘海日，星回勝節曾來，浣筆醉題風土。　　遊春夢覺，錦瑟歌長，
費練裳白芷。漸滿地、愁苗含豔。瘴草抽紅，惱亂琴心，鳳鸞雙舞。清真舊
譜，蘋洲漁唱，周郎披扇還顧曲，變新聲、鶗管調鷗柱。乘槎便溯河源，聖
約靈期，定教證不。[21]

此詞原收於 1913 年所作《邛都詞》中，後收入 1931 年所刊刻的《蜀雅》集中，
文句多有更改。第一片借詞人夢見一座仙境與天上仙人，醒後驚覺韶光不待、春
換年暮作為開篇。第二片「華鬘幾劫」、「風露高寒」，寫其年華暗度，以及自命
高潔的心志，似是對於宣統二年（1910）任職全州知州之時，遭到鄉民以反官府
壓迫為由釀成民變的自我辯白。據《東方雜誌》記載：「全州民變一事，全由知
州周岸登激動民怒而起，事後辦理失宜，愈激愈憤。州屬六鄉，連合響應，宣言
不重懲周岸登及清鄉委員曹駿，誓不干休。」[22] 可見當時周氏官聲不佳，民怨沸
騰，故此自白心跡。第三片借「瑤宮謫久，故國依稀」與「別恨在、蜀魂鵑拜」
寫出亡國的哀傷。「文園」典故出自《史記‧司馬相如傳》：「相如拜為孝文園
令」。[23]「文園持節邛都道」，有借司馬相如自比之意。司馬相如任職郎官期間，
唐蒙受命開通夜郎，因濫用民力，引起巴蜀民眾驚恐，司馬相如遂作《喻巴蜀
檄》安撫百姓。爾後，漢武帝又命司馬相如為中郎將，持節出使，平定西南夷。
故此為周氏自指在辛亥革命以後，轉任會理、蓬溪等縣知事，治理四川。周氏每
於政務之暇，不時為人物、山川寫照，因此著成《邛都詞》、《長江詞》，其「黿
瀘海日，星回勝節曾來，浣筆醉題風土」所言即此。第四片寫夢覺之後，決意捻
「清真舊譜，蘋洲漁唱」，變作新聲，表現肆力為詞的志向。全詞以夢境與現實
互為對比，抒發官場歷劫與年華似水的感傷。

　　又如《霜花腴‧重九後三日訪菊南郊農場，倚夢窗自度腔抒感》云：

[21] 周岸登：《邛都詞》，曹辛華主編：《民國詞集叢刊》，卷 1，頁 8 下 -9 下。

[22] 《中國時事彙錄：廣西民變餘聞二則》，《東方雜誌》，1910 年第 7 卷第 10 期，頁 303。

[23] 司馬遷：《史記》（北京：中華書局，2014 年），冊 9，卷 117，頁 3702。

背城路曲，趁小車、清風為我吹冠。霜曉楓濃，日暈花病，秋容繪也
應難。倦懷暫寬。甚舊情、偏觸尊前。歎頻年、雁翼參差，上京風雨剷緵
寒。　　塵劫盡歸游眺，弔南窪牧笛，故苑哀蟬。嬴墨殘題，若甄淒句，江
亭畫壁傳箋。勸舷送船。蕩墜魂、離夢連娟。謝朝華、鬢改簪羞，強來臨
鏡看。

光緒甲午（二十年，1894）五月南窪地中有聲如牛，是歲中日戰起，長
沙胡元儀填詞一卷，名曰《南窪牧笛》，以紀之。乙卯（1915）夏仲，復見
此異，而帝制既起，說者以為祥也。余自乙卯入京，兩作重九於江亭，補書
湘卿舊題於壁堛。昔《和庚子秋詞》，近作《三海觀荷》詞，皆落葉哀蟬意
也。張子野、蘇東坡均有《勸金船》詞。**[24]**

此詞作於 1917 年。上闋描寫詞人在訪菊的途中，因秋風吹來，思及自己雖有報
國之志，然「上京風雨剷緵寒」，頻年落拓，終其一生只是地方小官。下闋借胡
元儀作《南窪牧笛》喻中日甲午戰爭；借漢武帝作《落葉哀蟬曲》思李夫人，
傷悼家國危亡。按詞注，1915 年，袁世凱假借民意，以帝制自為。周氏聞之切
齒，是年前往京城，嘗於重九之時，兩度前往「江亭畫壁」，一為此詞，一為《霜
葉飛‧重九霜降凭高念遠，以待制舊調寫之》，二詞皆抒發了家國傷亂的不幸。

在此之前的 1914 年，周岸登曾捻三十六調，作《和庚子秋詞》一百一十六
首。《庚子秋詞》為光緒二十六年（1900）庚子拳亂爆發之時，王鵬運、朱祖謀、
劉福姚、宋育仁坐困京城，唱和抒憤的課題之作。周岸登《和庚子秋詞自序》
云：「是時給諫居下斜街，予於五六月間拳禍初訌時曾屢過之。後余先出京，甲
辰（光緒三十年，1904）重入京師，始得秋詞讀之，半塘已歸道山。」**[25]** 周岸登
曾目擊庚子拳亂，又身歷全州民變與辛亥革命，在歷經一連串的巨變後，周氏追
和秋詞，可視為有意識的寄託之作。其《鶯啼序‧三海觀荷，和夢窗荷韻》，通
篇手法婉約隱晦，著重描寫荷花之姿，並以類似南宋遺民張炎、周密、王沂孫等
人所著《樂府補題》之筆法，借宮殿、帝妃、太液、璧臺等宮中意象，暗喻國家

---

[24]《南潛詞》，周岸登：《蜀雅》，曹辛華主編：《民國詞集叢刊》，卷 7，頁 9 上 - 下。

[25]《和庚子秋詞》，周岸登：《蜀雅別集》，卷 1，頁 1 上。

興亡，是「更續秋詞，恨題鳳紙」又一寄託落葉哀蟬之作。

隸事用典本是歷代詩人常用的手法，夢窗好用典故製造深晦詞境，沈義父認為：「夢窗深得清真之妙。其失在用事下語太晦處，人不可曉。」[26] 但陳廷焯卻說：「其實夢窗才情超逸，何嘗沉晦。夢窗長處，正在超逸之中，見沉鬱之意。」[27] 認為是夢窗詞的一項特色。周岸登祖述夢窗，詞亦寓典言事。其《鶯啼序·風雨中自焦山渡江，登北固亭，讀張子苾、鄭叔問光緒甲午感事，用夢窗韻聯句及半塘和篇，晚歸金陵，繼聲有作》運用多重典故，借古傷今：

> 東風縱狂似虎，也扁舟渡水。布帆緊、練雪千堆，蕩搖波面銀藻。碇石峭、懸崖度索，盤渦眩轉天疑墜。袂飄飄飛上，危亭畫出奇思。　如此江山，冒雨弔古，問當時帝子。締姻好、昭烈栖栖，仲謀情款獨至。定三分，收兵建業，甚終隙，連營東指。漫高吟，遺恨吞吳，未諳微意。　梟盧幾擲，晉曆潛移，繫寄奴寢寐。何地訪、佛貍祠廢，社鼓聲杳，霸迹凌歊，露臺鉛淚。秋風戲馬，春江釃酒，英雄無覓非虛語，對茫茫、累煞詞心悴。重來倦鶴，人民故國都非，噀墨怕題空里。　名區第一，勝客成三，贈四愁翡翠。恨小阻、尋詩甘露，試茗中冷，煮趁鰣鮮，暝隨鴉起。嚴城甕轉，鋒車雷動。高資燈火連下蜀，睇經途，宵冷人相倚。歸來剩數游情，斷闋重翻，墜魂在紙。[28]

此詞為 1931 年所作。詞中借用三國至漢朝的典故，道出國家盛衰、功業未成與英雄末路的感傷。從「如此江山」到「仲謀情款獨至」，借用孫權建都京口、成就霸業的典故。「定三分，收兵建業……漫高吟，遺恨吞吳」，化用杜甫《八陣圖》：「功蓋三分國，名成八陣圖。江流石不轉，遺恨失吞吳。」讚揚孔明功績，亦為劉備伐吳失計的遺恨而惋惜。「佛貍祠廢，社鼓聲杳」，借北魏太武帝建佛貍祠的典故，寫出時世遷移，如今行宮已成廢墟，對比辛棄疾《永遇樂·京口北

---

[26] 沈義父：《樂府指迷》，唐圭璋編：《詞話叢編》，冊 1，頁 278。

[27] 陳廷焯：《白雨齋詞話》，唐圭璋編：《詞話叢編》，冊 4，頁 3802。

[28] 《江南春詞》，周岸登：《蜀雅》，曹辛華主編：《民國詞集叢刊》，卷 12，頁 12 下 -13 下。

固亭懷古》的名句:「可堪回首,佛狸祠下,一片神鴉社鼓」,更顯時代興衰。「露臺鉛淚」借魏明帝取捧露盤銅仙,銅仙泣淚的典故,暗寫漢朝滅亡。「秋風戲馬」用項羽自立為西楚王,曾在徐州城南戶部山上,為觀閱將士操練兵馬而築崇臺之事。按詞題,周氏在「讀張子苾、鄭叔問光緒甲午感事」後作此詞,實有暗指1931年爆發「九一八事變」之意。光緒二十年(1894)中日甲午戰爭爆發,至民國二十年(1931)的「九一八事變」,再度暴露出日本蠶食中國的野心,是以周氏藉由這些典故,寫出「人民故國都非」的易代感傷,也為當時日軍侵華與自己報國未成而深感憾恨。

　　周岸登在仿效草窗的二十六首作品裡,雖也涉及家國之思,然終究未及和夢窗之《鶯啼序》來得沉鬱哀傷。其中較具特色者,如《清平樂‧次草窗均》、《清平樂‧疊前均效草窗》,以及「和弁陽翁倣矍十解」。《清平樂》二詞中,用了「羌謌」、「關山月」、「秦簫」、「秦樓月」等邊塞意象,寫出離情歸思。周密《清平樂》原是與友人張宙雲的唱和之作,周岸登仿效其詞,並與友人梁正麟(1869-1951,字叔子)相互唱和。周、梁的詞中,分別提到了「邛海」與「邛杖」,可與周氏《邛都詞》之名相互呼應。「邛都」本為古蠻夷「越雟郡」的所在地,位於今日四川西昌一帶。周岸登《邛都詞自序》云:「壬子(1912)浮湘歸蜀,與長寧梁叔子俱,每有所觸,輒寓之詩。癸丑(1913)復偕叔子南行,國憂家難,底於勞生,其情彌哀,志彌隱,詩所難達,壹託之詞。」[29] 周、梁同為四川人,此詞為周岸登奉權會理之時,與梁正麟同感國事憂傷,遂寓託家鄉風物而作。「倣矍十解」則為周密模擬花間、稼軒(辛棄疾)、蒲江(盧祖皋)、梅溪(史達祖)、東澤(張輯)、花翁(孫唯信)、參晦(趙汝茪)、夢窗(吳文英)、二隱(李彭老、李萊老)、梅川(施岳)而作的組詞。爾後,周密編《絕妙好詞》將「倣矍十解」收入集中,可見周密將它視為得意之作。柯煜《絕妙好詞序》云:「況乎人間玉碗,闕下銅駝,不無荊棘之悲,用志黍離之感。」[30] 周岸登「和弁陽翁倣矍十解」,除了有學習周詞精髓之意,同時也藉此寄託了荊棘銅駝、黍離之悲的憂國哀思。

[29] 周岸登:《邛都詞》,曹辛華主編:《民國詞集叢刊》,頁1上。
[30] 施蟄存主編:《詞籍序跋萃編》(北京:中國社會科學出版社,1994年),卷8,頁683。

## ◎ 三、命意漸窺清真

胡先驌《蜀雅序》云：

> 乙丙而還，世亂彌劇，翁乃避地海疆，謝絕世事。講學之暇，閒廡前
> 操，命意漸窺清真，繼軌元陸，以杜詩、韓文為詞，槎枒渾樸，又非夢窗門
> 戶所能限矣。[31]

夢窗得力於清真，馮煦云：「予則謂商隱學老杜，亦如文英之學清真也。」[32] 陳
銳云：「夢窗變美成之面貌，而鍊響於實。」[33] 周濟認為南北宋之異在於：「南宋
有門徑，有門徑故似深而轉淺。北宋無門徑，無門徑故似易而實難。」[34] 因此，
主張學詞應「問塗碧山，歷夢窗、稼軒，以還清真之渾化」，由南宋而返北宋。
朱祖謀為王鵬運《半塘定稿》作序時，曾援引周濟這段話，暗示以王鵬運為首
的「四大詞人」，皆奉周濟的學詞主張為圭臬。唐圭璋謂朱祖謀學詞經歷：「四十
以後結交王鵬運，始專心致志作詞，取徑夢窗，上窺清真，旁及秦、賀、蘇、
辛、柳、晏諸家……。」[35] 按胡先驌《蜀雅序》所言「謝絕世事」，乃指 1927 年
「四一二事件」以後，周岸登毅然辭官，赴廈門大學講授詞曲，[36] 其詞學亦逐漸學
步王、朱，由夢窗上窺清真。但事實上，周岸登在 1914 年以前便有和作清真之
詞，而在他 1926 年和清真韻書寫時事的詞作中，已然可見清真「沉鬱」風致。
因此胡氏此言，應是為了凸顯周氏在歷經一連串的人事乖舛以後，其心志更為醇
熟，詞風也更加沉鬱頓挫。

周岸登仿效清真詞共計二十九首，有寄託羇旅相思、年華流逝者，如《三
犯渡江雲‧邛都本事，借清真韻》：「虹腰駐馬，舊樂府、休續芳華。端正看、玉
顏窺戶，鬢影映雛鴉」、《華胥引‧三溪祠碧波亭賦，用清真韻》：「苦說相思難

---

[31] 胡先驌：《蜀雅序》，周岸登：《蜀雅》，曹辛華主編：《民國詞集叢刊》，頁 2 下 -3 上。

[32] 馮煦：《蒿庵論詞》，唐圭璋編：《詞話叢編》，冊 4，頁 3594-3595。

[33] 陳銳：《裒碧齋詞話》，唐圭璋編：《詞話叢編》，冊 4，頁 4200。

[34] 周濟：《宋四家詞選目錄序論》，頁 1645。

[35] 唐圭璋：《夢桐詞話》，朱崇才編：《詞話叢編續編》（北京：人民文學出版社，2010 年），頁 3364。

[36] 四川省威遠縣志編纂委員會：《威遠縣志》（成都：巴蜀書社，1994 年），頁 821。

避，任錦璫緘篋。雙鯉迢迢，又牽離恨千疊」。也有借弔古、悼亡，寄託故國之思者，如《蘭陵王·夏至日行經新華門，次清真韻》：「傷惻。霽註積。歎戟影彌天，空國沉寂。……銅仙鉛淚，共暗雨，竟夜滴」、《蘭陵王·弔鄭叔問文焯，用清真韻》：「斷魂直。歸訪芝崦瘦碧。游仙事、空想寓言，石老梅枯照顏色。青山換故國」。其中最值得注意的是那些反映軍閥割據時期時事的作品，如《浪淘沙慢·南昌戰後城望，用清真韻》云：

> 自得勝門循江岸南經章江、廣潤、惠民，轉東至進賢門，重街複巷，綿亙十里，全付一炬。滕王閣已無寸椽，洲邊戰血長五六里，廣稱之。水地皆赤，經月未散。順化門外衢巷亦燼焉。
>
> 壞雲墮，灰飛萬瓦，霧鎖千堞。殘血經霜蘚發。哀笳傍水弄闋。惱客子、登臨羈緒結。舊遊地、閣燬亭折。似喚起、蟲沙對人語，江山共悽絕。　悲切。故鄉亂久離闊。歎道阻歸難，青天遠、未語聲暗咽。嗟後死堪憐，遑問生別。向風淚竭。憑夢尋同照，家山今月。魂溯回風酸波疊。流紅殢、舊腥未歇。亂鴉起、飛鳴城上缺。戰塵黕、碧化龍沙，助暝色、同雲慘淡催春雪。[37]

袁世凱去世後，各部將為爭奪權利互相攻伐，中國於是進入軍閥割據的「北洋時期」。國民革命軍為了殲滅軍閥勢力，誓師北伐。此詞寫的是 1926 年革命軍率師北伐，攻打南昌以後的城中情景。戰爭當時，贛軍師長岳思寅為了阻止北伐軍入城，下令火燒南昌城，大火連燒三日，從德勝門、章江門、廣潤門、惠民門到進賢門，「灰飛萬瓦，霧鎖千堞」，街巷民宅全付燼炬，滕王閣也遭到焚毀。「殘血經霜蘚發」、「哀笳傍水弄闋」，寫戰爭結束之後，血滿街衢，悲歌四起。周岸登與南昌有深厚的淵源。1916 年，周氏赴贛軍幕，後轉任寧都知事，其《東風齊著力·辛酉（1921）孟春，之官寧都，初發南昌，卻寄幕府同人》有云：「滕王閣、虛陪勝宴，曾費雄文」，寫其曾經宴集滕王閣、揮筆成文的往事。而此次舊地重

---

[37]《退圃詞》，周岸登：《蜀雅》，曹辛華主編：《民國詞集叢刊》，卷 10，頁 9 下 -10 上。

遊，卻已是亭臺樓毀，殘血經霜，不禁心生江山悽絕之感。下闋換頭以「悲切」二字上承南昌戰爭，下啟「故鄉亂久離闊」。四川自 1912-1926 年之間，就發生過省門之亂、護國戰爭、靖川之戰、川鄂戰爭、倒楊之戰等多起戰爭。軍閥長年混戰所造成的殘破與傷亡，至今仍是「舊腥未歇」，血染家山。此詞以「切」、「絕」、「咽」、「別」、「竭」、「缺」、「雪」等入聲字為韻，詞情悲切；又以「歎」、「嗟」之感歎詞為領字，凸顯詞人內心的無奈與哀傷，情感深刻而強烈。

繼之，周岸登又作《浪淘沙慢・九月下旬，西山之戰，兩軍傷亡，過當客有述其慘狀者。復次清真韻》云：

> 戰血灑、仙壇恨結，紺露零碛。斷骷侵苔廢綠，陰燐冒水漾碧。映冷月、寒蕪新骨白。向夕聽、鈴鐸鐘魚，帶步虛、幽怨似鄰笛。愁黯四山色。　脈脈。我懷問取仙釋。問千劫、成毀何匆遽，人世都如客。如電光漚影，雲飛無迹。醉生夢死，天自寬，志士憂來翻窄。雙淚向、同情傾瀉，真哀樂、曠代靡隔。等胞與、無情便路陌。有情底、便有冤親，悵恨極。傷今弔古難終拍。[38]

此詞寫革命軍與孫傳芳軍隊在南昌西山萬壽宮一帶交戰過後的情景。上闋描寫戰亂過後，西山「寒蕪新骨白」、「斷骷侵苔廢綠」的荒涼景象，更以陰燐漾影、冷月映照白骨，顯見此地陰氣逼寒，死傷慘重。「陰燐」、「冷月」、「寒蕪」皆以冷筆塑造陰寒氛圍。「寒蕪新骨白」的「新」字，更揭示了舊白骨在寒蕪中慢慢風化，而新白骨又一天天的增加，死亡累累。下闋轉而抒懷，由於這場戰爭發生在西山萬壽宮，因此詞人借仙釋之道，興發「問千劫、成毀何匆遽，人世都如客」的空寂與超然，對於人類「等胞與、無情便路陌」的自相殘殺行為，更是嚴加批判。對於詞人來說，比起政治鬥爭，國家承平安定才是最值得關心的事。

時至民國十六年（1927），北伐革命軍攻克南京，周岸登作《西河・聞黨軍克金陵，用美成韻》云：

---

[38]《退圃詞》，周岸登：《蜀雅》，曹辛華主編：《民國詞集叢刊》，卷 10，頁 10 上 - 下。

形勝地。龍蟠虎踞能記。南朝送卻鳥聲中，醉魂喚起。大江日夕撼城
流，英雄淘盡無際。　　嘯長劍，天外倚。歷年舊史徒繫。興亡故轍軌相尋，
弔殘廢壘。幾人百戰定神州，愁心難問淮水。　　辨亡論古一閎市。倦拋書、
飛夢千里。萬感不關身世。奈清尊、鬢雪青山，相對蕭瑟蘭成，江關裡。[39]

　　第一片描寫南京素來有「鍾山龍蟠，石頭虎踞」之稱，其地形勢險要，易守難
攻。這裡曾是昔日南朝古都，也曾是許多英雄豪傑的發跡之地。第二片寫詞人面
對這片「神州」要地，深刻感受到的卻是「歷年舊史徒繫」、「興亡故轍軌相尋」
的歷史相循與易代之悲。第三片借北周庾信（小字蘭成）作《哀江南賦》傷慟梁
亡，寄託對國家內亂的擔憂。

　　巨傳友曾經評價周岸登《和庚子秋詞》：正因「躑躅移晷，不能為懷」的心
香所繫，故此集頗能「任意揮灑，直抒胸臆」。[40] 但馬大勇卻認為《和庚子秋詞》
「因『詞課』質地的束縛，也難稱平生精彩」，[41] 受限了周岸登的創造發揮。同樣
是以抒懷國事為主題，相較《和庚子秋詞》來說，《浪淘沙慢》、《西河》由於沒
有「課題」的限制，因此更能恣意地發揮，大膽抒寫了南昌會戰、西山之戰、南
京之戰等當下時事，使詞作讀來更覺奇思壯采，感觸深刻。

　　比較周岸登和夢窗韻詞與和清真韻詞之間的差異，可以發現：周岸登和夢
窗之詞多屬抒寫感懷，情感婉約深致；而和清真之詞，不僅有抒發情懷的婉曲之
作，還有反映時事的悲憤之作。夢窗學自清真，然夢窗貴密麗，清真貴沉鬱，
各有妙處。陳廷焯認為清真詞之妙處，「亦不外沉鬱頓挫，頓挫則有姿態，沉鬱
則極深厚」。[42] 唐圭璋也說：「清真詞處處沉鬱，處處頓挫，其所積也厚，故所成
也既重且大，無人堪敵。」[43] 沉鬱即深厚，即「重」且「大」，也是「四大詞人」
在承繼常州詞派詞論之後所提出的詞學主張。況周頤評李治《摸魚兒·和遺山賦
雁丘》過拍有云：「『詩翁感遇，把江北江南，風嘹月唳，並付一邱土』，托旨甚

[39]《退圃詞》，周岸登：《蜀雅》，曹辛華主編：《民國詞集叢刊》，卷 10，頁 12 下 -13 上。

[40] 巨傳友：《清代臨桂詞派研究》（上海：上海古籍出版社，2008 年），頁 254。

[41]《留得悲秋殘影在：論〈庚子秋詞〉》，馬大勇：《二十世紀詩詞史論》，頁 153。

[42] 陳廷焯：《白雨齋詞話》，唐圭璋：《詞話叢編》，冊 4，頁 3787。

[43] 唐圭璋：《夢桐詞話》，朱崇才編：《詞話叢編續編》，頁 3331。

大。」[44] 周岸登以清真《浪淘沙慢》、《西河》同調和韻作時事詞，寄託國事紛擾、百代興亡的感觸，同樣沉鬱深厚，詞旨重大而深遠。

## ◎ 四、學亦不廢蘇辛

周濟捻出學習四家之法，以學習稼軒作為「達清真之渾化」的必經歷程，此後學詞者大抵不出此範圍。朱祖謀曾四校夢窗詞，並以推尊夢窗引領詞壇，掀起一陣「夢窗熱」。不過，朱氏晚年也自覺宗奉夢窗所帶來的流弊，因此引蘇入吳，欲借東坡之疏宕，救夢窗綿密堆砌之病。蔡嵩雲云：「彊村慢詞，融合東坡、夢窗之長，而運以精思果力。學東坡，取其雄而去其放。學夢窗，取其密而去其晦。遂面目一變，自成一種風格，真善學古人者。」[45] 朱祖謀的弟子龍榆生也說：「彊村先生雖篤好夢窗，而對東坡則尤傾服。深以周選退蘇而進辛，又取碧山儕於領袖之列為不當。以是晚歲乃兼學蘇，門庭遂益廣大。」[46] 周岸登學步朱祖謀，祖述夢窗，漸窺清真，亦不薄蘇辛。[47] 雖然他仿效東坡的詞作只有六首，仿效稼軒的詞作只有三首（其中一首為「和弁陽翁傲辈十解」之仿稼軒），數量上難與仿效夢窗、清真的詞作相匹比，但也從側面反映出周氏博采眾家、不廢豪放的詞學思想。

其《念奴嬌·丙辰（1916）端午後一日書事，次東坡赤壁韻》云：

> 大千塵劫，問蒼蒼、主宰其中何物。舜跖孳孳，同盡耳、誰遣湘纍呵壁。七聖曾迷，四凶非罪，一蹶終難雪。雲雷天造，古來安用英傑。　遙睇莽蕩神州，咸池夕浴，瞰扶桑黿發。廿四陳編，俱點鬼、狐貉一邱生滅。共此銷沉，流芳遺臭也，不爭毫髮。潛移舟壑，有人麾日脩月。[48]

此詞作於 1916 年端午節（6 月 5 日）後一日，即袁世凱逝世之日，故此應為刺袁

---

[44] 況周頤：《蕙風詞話》，唐圭璋編：《詞話叢編》，冊 5，頁 4466。

[45] 蔡嵩雲：《柯亭詞論》，唐圭璋編：《詞話叢編》，冊 5，頁 4914。

[46] 《陳海綃先生之詞學》，龍榆生：《龍榆生詞學論文集》（上海：上海古籍出版社，2009 年），頁 535。

[47] 林蔭修：《四川近現代文化人物》（成都：四川人民出版社，1989 年），頁 293-298。

[48] 《北夢詞》，周岸登：《蜀雅》，曹辛華主編：《民國詞集叢刊》，卷 3，頁 8 上 - 下

之作。詞中用典繁多，上闋首先借《孟子·盡心上》「舜跖孳孳」[49] 與王逸《天問序》「湘纍呵壁」[50] 的典故，意謂聖人與惡人皆為善與利各自竭盡心力，而未若屈原呵壁問天、投湘江自絕，凸顯了屈原的悲憤憂國之心，用以比喻那些維護國體的有識之士。接著，引《莊子·雜篇》「七聖曾迷」的典故，[51] 暗喻孫中山讓位於袁，爾後又討伐袁，亦如七聖之曾在追尋治國之道的路途中迷失方向。又借傳說舜帝流放渾敦、窮奇、檮杌、饕餮「四凶」的典故，[52] 暗指趙秉鈞、梁士詒、陳宦、段芝貴親附袁世凱，助紂為虐。[53] 下闋「遙睇莽蕩神州，咸池夕浴，瞰扶桑量發」，借用神話傳說，寓指中國乃仙女沐浴、扶桑生長的靈地。雖然那些記載於史冊的僥險之輩，也曾在這片土地上汲汲名利，煞費苦心，但一切最終都隨著時間而寂滅，只剩下「流芳」與「遺臭」予後人評價。最後，周氏借用《淮南子·覽冥訓》「陽公麾日」的典故，[54] 比喻以孫中山為首的中華革命黨、護國軍、舊國民黨、進步黨，就如魯陽揮戈，誓師起兵，護國討袁。

周岸登和韻東坡《念奴嬌·赤壁懷古》共有兩首，另一首《念奴嬌·焦山和半塘題如此江山圖，東坡原叶》，由王鵬運和韻在前，周岸登追和在後：

　　　　一拳危石，鎖江流、閱盡前朝英物。誰試摩天，疏鑿手、點破頑苔昏壁。水溢岷觴，詩從玉局，浪捲蓬婆雪。狂瀾須挽，我來翹佇時傑。　　曾訪海上成連，移情玄賞，舒嘯潮音發。島嶼微茫，琴思遠、回首山河明

[49]《孟子·盡心上》：「雞鳴而起，孳孳為善者，舜之徒也；雞鳴而起，孳孳為利者，跖之徒也。」史次耘註譯：《孟子今註今譯》（臺北：臺灣商務印書館，1974年），頁365。

[50] 王逸《天問序》：「天問者，屈原之所作也。屈原憂心愁悴，彷徨山澤，經歷陵陸，嗟號昊旻，仰天歎息。……仰見圖畫，因書其壁，呵而問之，以渫憤懣，舒瀉愁思。」王夫之：《楚辭通釋》（香港：中華書局，1972年），卷3，頁46。

[51]《莊子·徐无鬼》：「黃帝將見大隗乎具茨之山，方明為御，昌寓驂乘，張若謵朋前馬，昆閽滑稽後車；至於襄城之野，七聖皆迷，無所問塗。」郭慶藩輯，王孝魚整理：《莊子集釋》（北京：中華書局，1978年），冊4，卷8中，頁830。

[52]《左傳·文公十八年》：「舜臣堯，賓於四門，流四凶族，渾敦、窮奇、檮杌、饕餮，投諸四裔，以禦魑魅。是以堯崩而天下如一，同心戴舜，以為天子，以其舉十六相，去四凶也。」楊伯峻編著：《春秋左傳注》（北京：中華書局，1983年），冊2，頁641-642。

[53] 偉生編：《中外紀事：內國之部：章太炎請去四凶》，《國民雜誌（上海）》，1913年第3期，頁3。

[54]《淮南子·覽冥訓》：「魯陽公與韓搆難，戰酣日暮，援戈而撝之，日為之反三舍。」沈德鴻選注：《淮南子》（上海：商務印書館，1931年），頁27。

滅。九域蟲沙，同舟風雨，痛癢連膚髮。江神安在，掃雲呼起江月。[55]

此為一首題畫詞，《如此江山圖》為道光二十四年（1844）湯貽汾為黃爵滋所繪的圖畫。黃爵滋倡議禁煙，鴉片戰爭失敗後，被以「御史任內失察銀庫」為由，遭到彈劾。[56] 春日，黃爵滋與黃文涵、闓德林、馬書城游訪焦山自然庵，賦詩而歸，並囑託湯貽汾作圖。道光二十六年（1846），圖畫歸藏自然庵，歷經定峰、鶴山、六瀞、溯源四位庵主，每當有文士歷遊此地，數位庵主便示以囑題，王鵬運《念奴嬌·迴暑焦山自然庵，為庵主六公題如此江山圖》即是受到六瀞囑題而作。周氏此詞延續了圖畫本身的命意，借圖畫寄託風景不殊的感慨。上闋「一拳危石」、「閱盡前朝英物」、「浪捲蓬婆雪」、「我來翹佇時傑」，顯然是變化東坡「亂石崩雲」、「千古風流人物」、「驚濤裂岸，捲起千堆雪」、「一時多少豪傑」而來，一則描寫江山壯闊的景色，一則讚賞古時英雄豪傑。下闋寓情於景，抒發「回首山河明滅」、「江神安在」的憂國之思。

《念奴嬌·赤壁懷古》為蘇軾因「烏臺詩案」被貶黃州期間所寫，周氏二詞與東坡同樣涉及政治問題，前詞為有明確所指的諷諭時事之作，後詞則借畫寄託風景不殊的感慨，詞情皆豪放激昂。此外，如《永遇樂·徐州感燕子樓事，和坡公》乃用東坡《永遇樂·彭城夜宿燕子樓，夢盼盼，因作此詞》之韻，東坡旨在抒發被貶徐州的失意與思鄉心情，而周岸登則著重抒發「危樓斜照」的憂國心情。又如《玉樓春·造口夜泊，和東坡》乃用東坡《玉樓春·宿造口，聞夜雨，寄子由、才叔》之韻，詞旨俱是抒寫離情。

1921 年，周岸登之官寧都，途經造口，曾借稼軒詞作《菩薩蠻·造口和辛稼軒》：

> 雙江一碧無情水，滔滔盡是哀時淚。晚泊夢難安，古愁千疊山。　　北流渾不住，何事人南去。歲晏尠華予，新詞賡鷓鴣。[57]

---

[55]《江南春詞》，周岸登：《蜀雅》，曹辛華主編：《民國詞集叢刊》，卷 12，頁 11 下 -12 上。

[56] 黃爵滋：《僊屏書屋初集年記》（臺北：華文書局，1968 年），卷 28，頁 1 上。

[57]《丹石詞》，周岸登：《蜀雅》，曹辛華主編：《民國詞集叢刊》，卷 9，頁 3 下

《菩薩蠻・書江西造口壁》為辛棄疾任職江西提點刑獄，駐節贛州，途經造口時候所作。稼軒借用比興手法，透過對江水青山的描寫，寄託未能收復中原的沉鬱心情。周詞同樣「借水怨山」，以「滔滔盡是哀時淚」、「古愁千疊山」道出傷時之感。袁世凱死後，各地軍閥割據，國家陷入混戰，當時孫中山為了與北京的北洋政府抗衡，呼籲國會議員南下廣州組織新政府。1921年，孫中山在廣州就任非常大總統。「北流渾不住，何事人南去」，意味贛江北流，而人卻南去，似是詞人自指，亦似暗指眾議員南下廣州，支持護法運動。「歲晏孰華予」引自屈原《九歌》：「留靈修兮憺忘歸，歲既晏兮孰華予。」[58] 感歎歲月荏苒，年華不待。而今賡續辛詞，作鷓鴣哀鳴，更見周氏與稼軒同樣懷有壯志未酬的感慨。

　　1931年「九一八事變」爆發，周岸登除了借夢窗《鶯啼序》寫登北固亭事，同一時期，也借稼軒韻作《永遇樂・登北固亭迴望金焦，用稼軒韻》：

> 　　小李將軍，天然金碧，圖畫開處。山勢北迴，江流南折，滾滾朝宗去。鼇撐砥柱，城高鐵甕，龍象鬱蟠難住。障狂瀾、金焦兩點，眾流截斷雙虎。　　帶淮襟海，盾吳干越，笠鑰金陵東顧。自染煙螺，笑人脂粉，鏡裡揚州路。摩挲劍石，塵埃土障，想像舊時鐘鼓。凭多景、蒼茫莫問，乃公健否？[59]

《永遇樂・京口北固亭懷古》作於辛棄疾任職鎮江府知府之時，詞中借孫權與劉裕之功業，期許自己也能為國立功，並以劉義隆冒進誤國為借鏡，抒發憂國之思。北固亭乃晉朝蔡謨所建，西可遠眺金山，東可眺望焦山，因優越的地理位置而得盛名，爾後再經稼軒作詞，遂更知名。周詞延續辛詞「弔古傷今」的本意，首先描寫江山之美，宛如唐代小李將軍李昭道所繪的金碧山水，充滿氣勢豪壯的「盛唐氣象」；其次，描寫焦山與金山隔江相望，猶似「鼇撐砥柱」座落於滔滔江水之中，詞中也借孫權在京口築鐵甕城的故實，寫此城堅固雄偉，堅如天柱，又似「龍象鬱蟠」，曲折幽深，凸顯此地形勢險要。再以「盾吳干越，笠鑰金陵東

---

[58] 王夫之：《楚辭通釋》，卷2，頁42。
[59] 《江南春詞》，周岸登：《蜀雅》，曹辛華主編：《民國詞集叢刊》，卷12，頁12上 - 下

顧」，說明此乃兵家必爭之地，也是通往南京的重要門戶。最後，詞人藉由「鏡裡揚州」、「舊時鐘鼓」遙想昔時揚州繁華與戰爭景況，呼應辛詞「烽火揚州路」，表現出對外敵入侵的憂心。

「九一八事變」爆發的這年，距周岸登棄官執教已經四年，但他卻從未忘懷家國。從周岸登最早所作《長江詞》，乃至最晚所作《江南春詞》，幾乎一半以上的作品皆涉及了國家興亡的主題。這個現象，也反映在周岸登繼承常州詞派主張寄託「盛衰大義」的思想上，並透過和韻學步前人的方式，達到學詞與關心國事的目的。周岸登《永遇樂》雖不及稼軒用典繁多、以史映實，然「憑多景、蒼茫莫問，乃公健否？」仍流露出他在致仕之後，依然像稼軒一樣懷有經世為國的抱負。由此可見，周氏學習的不僅是和韻詞的表面形式，更重視學習和作對象的內在精神。

## ◎ 結論

周岸登詞集體現了民初「和韻詞」的極致盛況，他在承繼常州詞派及王鵬運與朱祖謀的詞學思想上，祖述二窗，上窺清真，不薄蘇辛，並以寄託「盛衰大義」為旨歸。在當時「夢窗熱」的時風中，周詞並沒有因過分強調守律而害其詞意，是其詞作最大的優點，然而周氏以和韻為主的創作態度，似乎也顯示他一直是從「模擬學習」的角度出發，因此儘管其詞皆切合「大義」微旨，卻不免流於刻意經營與題材狹隘的弊病。時潤民曾說：「周氏所作既豐，則雷同之病亦不能免，集中『弓衣』『蠻熏』之類詞出現頻率少則數次多則十數次，至於連篇累牘以同調賦同一題材亦所在多見。其先後填有十首《鶯啼序》更是古今僅此一家。」**[60]** 所言不虛，但如《鶯啼序》寫「九一八事變」，《浪淘沙慢》寫南昌之戰、西山之戰，《西河》寫黨軍克復金陵諸作，卻能反映當時的戰爭情況，亦具有不容忽略的紀實意義與史料價值。

（作者為香港浸會大學孫少文伉儷人文中國研究所副研究員）

---

[60] 孫克強、羅振亞主編：《南開詩學》，第二輯，頁92。

# 臨桂詞派的文學地理考察

王　娟

　　臨桂詞派是晚清民國時期興起的一個詞派，因該派創始人、領袖王鵬運和主將況周頤均為廣西臨桂人而得名。葉恭綽曾以「桂派」稱之，蔡嵩雲沿用這一稱呼，並給予高度評價：

> 　　清詞派別，可分三期。……第三期詞派，創自王半塘，葉遐庵戲呼為桂派，予亦姑以桂派名之。和之者有鄭叔問、況蕙風、朱彊村等，本張皋文意內言外之旨，參以凌次仲、戈順卿審音持律之說，而益發揮光大之。此派最晚出，以立意為體，故詞格頗高。以守律為用，故詞法頗嚴。今世詞學正宗，唯有此派。餘皆少所樹立，不能成派。其下者，野狐禪耳。故王、朱、鄭、況諸家，詞之家數雖不同，而詞派則同。[1]

以王鵬運為首的桂派，詞格「高」，詞法「嚴」，是晚清唯一的一個詞派，是當世「詞學正宗」。

　　臨桂派詞人個體與群體的生存狀態、精神狀態都受到生態環境的影響，同時又與當時社會、文化、地理的生態發生互動，通過他們的詞學活動表現出來，他們堅守傳統，堅持詞學創作，取得了成功並引領著詞壇風氣，也曾嘗試過改革，提出順應新時代的詞論，留下了經典傳世之作。

　　我們將臨桂詞派放在其孕育、誕生、成長和發展的特定文學生態環境中進行考察，發現地理生態在其發展過程中有突出的作用，地理空間的轉移亦與其相對應。

---

[1]　蔡嵩雲：《柯亭詞論》，唐圭璋編：《詞話叢編》（北京：中華書局，1986 年），頁 4908。

## ◎ 一、粵西：臨桂詞派的淵源

臨桂詞派產生的生態環境之中，地理環境是重要的一環。臨桂詞派是以地域命名的流派，粵西不是臨桂詞派詞學活動的中心，卻是臨桂詞派的淵源所在。

### （一）粵西之地

粵西偏處一隅，瘴癘叢生，歷來是貶官的流放地，是落後、貧窮、偏僻的代名詞。梁啟超説：「廣西崎嶇山區，去文化圈絕遠」。[2] 粵西地偏，遠離朝廷，遠離政治中心和文化中心；同時遠離大都市，遠離塵俗的喧囂和浮躁，是一片淳樸的鄉土。

在粵西詞人的成長過程中，粵西的奇山秀水都已融入了他們的意識當中，成為他們進一步認識世界的原型，致令粵西人的詞具有粵西特有的鄉土氣。在新思潮、新觀念、新事物湧入中國大都市的時候，偏遠的粵西並沒有被商業化，仍保持著某種傳統性和鄉土性，保持著一片純真，也就是況周頤所説的「地偏塵遠詞境也」。[3]

我們來讀讀況周頤筆下的粵西，其《垂絲釣近》云：

> 地偏樹古，鷗鄉昔遊回首。鏡裡綠陰，舊染詩袖。湖上柳，更繫船能否？綸竿手，問卅年忍負！　　淡妝西子，紅衣青蓋時候。記曾載酒。無奈飄零後，佳處非吾有。南雁遠送，暮雲佇久。[4]

詞前有一小序曰：「憶杉湖。湖在桂城西偏，湖上有樓，舊西門城樓也，俗名榕樹樓。樓前榕樹，相傳李唐時物。湖水空翠，澄鮮如鏡，新拭峰巒匼匝，樓閣參差，方春萬柳垂絲，夏則紅香千畝。昔放翁於桂林山水，有詩境之品題。此則詞境也。別來三十年，每憶青篷玉勒，少年情味，不無悵惘久之。」詞人回憶故鄉的杉湖，杉湖偏處城西，湖水、樓閣、古樹互相映襯，境界清幽，如同一幅優美的風景畫，陸游稱之為「詩境」，況周頤則以其為「詞境」。全詞字裡行間

---

[2]　梁啟超：《近代學風之地理的分佈》，《清華大學學報》，1924 年第 1 期。

[3]　況周頤：《粵西詞見．敘錄》，光緒丙申（1896）金陵刻本。

[4]　況周頤著，秦瑋鴻校注：《況周頤詞集校注》（上海：上海古籍出版社，2013 年），頁 308。

無不透出詞人對某種純真的眷戀，這是對沒有受到城市生活污染的田園風光的眷戀——這應該是最值得眷戀的「詞境」；而不僅僅是對故鄉的無限眷戀。

況周頤還在其詞作中多次表達出對淳樸的鄉村生活的留念。《減字木蘭花》（風狂雨橫）下片云：「花枝縱好。載酒情懷都倦了。柳外湖邊，付與鴛鴦付與蟬。」[5] 表現出對城市「載酒情懷」的厭倦。《解蹀躞》（十里珠簾齊卷）小序云：「甲寅寒食節，旅滬西人執戈者，為跳舞焰火之嬉。觀者空巷，余攜二女往。歸途謂之曰：『今日禁火節，吾輩乃觀火』。二女瞠目不知所云。因念車馬殷填，裙屐雜遝中，能有幾人知今日是寒食耶？燈烛香焦，悵然賦此。」[6] 古人寒食節禁火，今人觀焰火，把節日習俗拋諸腦後，況周頤慨歎鄉村生活的淳樸和原始已經在城市的繁華當中慢慢消亡，傳統文化逐漸淪喪。

王鵬運也在詞作中表達過對粵西故園的深情，其《百字令》云：

> 杉湖深處，有小樓一角，面山臨水。記得兒時嬉戲慣，長日敲針垂餌。萬里羈遊，百年老屋，目斷遙天翠。寄聲三徑，舊時松菊存未。　　昨夜笠屐婆娑，沿緣溪路迴，柳陰門閉。林壑似聞騰笑劇，百計不如歸是。蘭縛春蠶，巢憐越鳥，骯髒人間世。焉能鬱鬱，君看鬢影如此。[7]

家鄉的山水、家鄉的老屋以及兒時的嬉戲地都在記憶深處。萬里羈遊，「天涯久住，頗動故園之思」（詞前小序），舊時松菊而今仍存否？表達出詞人對於自然山水的熱愛，以及對於骯髒人間世的不滿，謂「百計不如歸是」。

（二）粵西之人

王鵬運是臨桂詞派創始人和領袖人物，況周頤是臨桂詞派重將，他們都是臨桂人。他們的家學淵源、師承，以及鄉邦先賢在他們成就詞學的道路上起到了奠基作用。

---

[5] 況周頤著，秦瑋鴻校注：《況周頤詞集校注》，頁 104。

[6] 同上，頁 259。

[7] 王鵬運著，沈家莊、朱存紅校箋：《王鵬運詞集校箋》（上海：上海古籍出版社，2017 年），下冊，頁 305。

王鵬運生於詩禮之家，他的文學和校勘學也是淵源有自。況周頤學詞亦有家學淵源，況氏家族是臨桂的書香世家，其曾祖況世榮有詩作傳世；祖父況祥麟是當地的飽學之士；祖母朱鎮是明代靖藩的後裔，能詩能詞；大伯父況澍有詩集傳世；二伯父況澄是臨桂著名的詩人，著述非常豐富，編有《古詞選鈔》，[8] 對況周頤的影響尤為深重。耳濡目染之下，況周頤「齠齔即嗜倚聲」，[9]「十三四歲即已癖詞」，[10] 一生致力於詞。

況周頤自述其詞學之路，多從廣西前賢處汲取精華，他曾回憶自己小時候剛開始學詞的經歷：

> 余女兄三，某仲適黃，名俊熙，字籲卿。籲卿之曾祖蓼園先生，有詞選梓行。起玄真子《漁歌子》，訖周美成《六醜》，都二百二十四闋。並渾雅溫麗，極合倚聲消息。每闋有箋，微引贍博。余年十二，女兄于歸，詒余是編，如獲拱璧。心維口誦，輒仿為之。是余詞之導師也。……[11]

況周頤說他是從廣西前輩詞人那裡獲得學詞的途徑和方法的，並自覺地以鄉賢詞作作為自己的榜樣，在其詞《鶯啼序·題王定甫師〈夏碪課誦圖〉》的序中述其生平師承：「復念吾廣右詞學，朱小岑先生依真倡之於前，吾師與翰臣、虛谷兩先生繼起而振興之」，[12] 對粵西前輩詞人大加讚賞。

到了晚清，王鵬運和況周頤已經得到了前代詞人的沾溉，有粵西的傳統文化作為底子。

（三）粵西之詞學宗尚

況周頤曾指出王鵬運的意願志趣與粵西前輩詞人相近，粵西之詞學宗尚早已深入人心。他在《粵西詞見跋》中說：

---

[8] 況澄：《古詞選鈔》，清木于橋本，桂林圖書館藏本。

[9] 《薇省詞鈔》，《蕙風叢書》（上海：中國書店，1925 年），冊 6。

[10] 況周頤：《餐櫻廡漫筆》，《申報·自由談》，1925 年 11 月 9 日。

[11] 《蕙風詞話續編》卷二，況周頤著，孫克強輯考：《蕙風詞話 廣蕙風詞話》（鄭州：中州古籍出版社，2003 年），頁 144。

[12] 況周頤著，秦瑋鴻校注：《況周頤詞集校注》，頁 378。

綜論國朝吾粵詞人，朱小岑先生倡之於前，龍、王、蘇三先生繼起而振興之，一二作者，類能擺脫窠臼，各抒性情，造詣所獨得，流傳雖罕，派別具存。今半塘王前輩（案：指王鵬運）大昌詞學，所著《袖墨》、《味梨》等集，微尚亦不甚相遠，殆不期然而然耶！

況周頤總結了清代廣西詞學的發展道路，由乾嘉年間的朱依真到道咸年間的龍啟瑞、王拯和蘇汝謙，已是「派別具存」，再到晚清的王鵬運更是「大昌詞學」，「微尚亦不甚相遠，殆不期然而然耶」，臨桂詞派已是自然而然地形成，只是到王鵬運時更加壯大、成熟而已。在況周頤的眼裡，現今的粵西詞人與前輩粵西詞人的志趣、意願是相投的，王鵬運的「大昌詞學」淵源有自。

況周頤曾指出《蓼園詞選》在他學詞道路上的指引作用，他認為《蓼園詞選》「渾雅溫麗，極合倚聲消息」，就是說這部詞選中體現出來的選詞觀是他所認為的詞學正宗。「雅」是況周頤所提倡的填詞要旨之一，而他對於「渾」、「溫」、「麗」也都是很看重的，這些字眼在《蕙風詞話》中多次出現，而且都是用來評價優秀作品的詞風。可見，況周頤一直是沿著同鄉前輩詞人黃蓼園「渾雅溫麗」的路子走的，這種詞學宗尚早已深入其心。

粵西前輩詞人「擺脫窠臼，各抒性情，造詣所獨得」的特色被王鵬運、況周頤推崇效法，他們後來所取得的詞學成就與自覺汲取鄉賢前輩的詞學經驗分不開。

（四）粵西詞總集、臨桂詞派的地域性詞選《粵西詞見》

況周頤編纂《粵西詞見》，選錄明末至清同治年間廣西詞人作品，敘錄說：「粵西詩總集有上林張先生（鵬展）《嶠西詩抄》、福州梁撫部（章鉅）《三管英靈集》，詞獨缺如。」可見他是有意編纂粵西詞總集的。他還在《粵西詞見》跋中感慨：「嗟乎，世路荊棘，風雅弁髦，區區選聲訂韻之末技，深山窮谷之音夫，孰過而問者？是編刻成，以貽半塘，亦曰傷心人別有懷抱也。」敘說了自己回鄉搜集前輩詞、編纂《粵西詞見》的深層原因就是要追溯臨桂詞派的淵源，找出宗風所在，這就是所謂「別有懷抱」。《粵西詞見》在臨桂詞派形成過程中有特殊的地位，它是況周頤自發自覺地尋根的產物。

「況周頤不僅僅是懷著對鄉賢巨大的崇敬來編選《粵西詞見》，而且，他是

視《粵西詞見》中的詞人、詞作為臨桂詞派的基本詞學觀的先聲來完成此項工作的。」[13] 以王鵬運和況周頤為核心的臨桂詞派是有根基的,他們的詞學素養、詞學觀是從粵西得來的。

## ◎ 二、京城與臨桂詞派的形成發展壯大

縱然粵西已有了孕育詞派的種種可能性因素,但它是偏處一隅的。王鵬運和況周頤在考中舉人後都進京參加進士第,開啟他們人生的新篇章。王鵬運和況周頤成功的經驗之一就是走出廣西,走向全國,這對他們個人和詞派而言意義重大,影響至關重要。而時間的推移和空間的轉移必然導致文學生態的變化和新的文學生態的形成,以下我們把臨桂詞派放在京城文學生態之中來觀照。

(一)京城:政治中心

王鵬運同治十三年(1874)以內閣中書分發到閣行走,後補授內閣中書、內閣侍讀,至棄官居揚州之前,期間除回鄉奔喪以及寓居開封外,大約二十多年時間都在京城度過。況周頤於光緒十五年(1889)應禮部試未中,遵例官內閣中書,至庚子事變,期間除短期寓居杭州、蘇州外,十餘年時間都居於京城。

京城是政治中心,而這個時候的清王朝已處於風雨飄搖之中。以王鵬運和況周頤為代表的臨桂派詞人有積極救世的政治取向。他們具有匡時濟世的時代責任感,以挽救民族危機為己任。王況二人雖官位較低,但仍有建功立業的願望。尤其王鵬運,懷著干世之心、經國之志而步入仕途,敢於抨擊權強,直言敢諫,力主抗戰,指斥和議,聲震內外。雖屢試不售,仍不斷上書,表達對朝廷的忠心,曾因諫光緒皇帝駐頤和園之事觸怒慈禧,險遭殺身之禍。

除了頻頻上書,直接議論政事,臨桂派詞人還以詞作表明其政治立場和文化心態,包括對於王朝統治的信念以及為國為時所產生的憂愁。

(二)京城:文化中心

在京城,開展了以王鵬運為中心的詞學活動。京城是文人聚集之地,是學術中心、文化中心,也是詞人詞學活動的重要地點。初入京時,王鵬運參加了龍繼

---

[13] 王娟:《粵西詞見:臨桂詞派的尋根之作》,《詞學》,2013 年第 30 輯。

棟組織的以廣西籍官吏為中心的文學組織「覓句堂」，為當中重要人物。後數舉詞社，組織集會，飲酒酬唱，獎掖後進，推動詞學群體的發展，促進詞藝交流，成為一代詞壇領袖。八國聯軍侵入京城之際，王鵬運、朱祖謀、劉福姚唱和詞作三百多首，結集為《庚子秋詞》。三人外，鄭文焯、劉恩黻、吳鴻藻等亦加入酬唱，自庚子十二月至第二年三月唱和得詞一百多首，結集為《春蟄吟》。另外，亦與前輩詞人端木埰、繆荃孫等交遊密切。

在京城，況周頤從王鵬運處獲益良多。況周頤《餐櫻廡隨筆》第八二條：「余之為詞，二十八歲以後，格調一變，得力於半塘」。[14] 況周頤學詞得到了王鵬運的指點和規誡，其《餐櫻詞自序》云：

> 余自壬申、癸酉間即學填詞，所作多性靈語，有今日萬不能道者，而尖豔之譏，在所不免。己丑薄游京師，與半塘共晨夕。半塘詞凤尚體格，於余詞多所規誡。又以所刻宋元人詞屬為校讎，余自是得窺詞學門徑。所謂重、拙、大，所謂自然從追琢中出，積心領神會之，而體格為之一變。半塘亟獎借之，而其它無責焉。……[15]

況周頤的詞學觀也是從王鵬運處來。王鵬運以「重拙大」之說規誡況周頤，使其「心領神會之，而體格為之一變」。況周頤繼承並發揚了王鵬運的觀點，以「重拙大」為填詞要旨加以闡發。

另外，由於王鵬運的提攜，況周頤在詞壇的地位有較高的提升，彭鑾《薇省同聲集序》：「況（周頤）到官在鑾轉外後，佑遐以同里後進寄其詞相矜詫，鑾與彼都人士游亦聞況舍人名，因並甄錄以志嚮往。」[16]

況周頤《蕙風詞話》云：「初學作詞，最宜聯句、和韻。」[17] 他認為聯句有益於培養詞人們共同的審美傾向，加強群體成員的關係，詞人通過和韻可以學習師

---

[14] 況周頤：《餐櫻廡隨筆》，《民國筆記小說大觀》（太原：山西古籍出版社，1995 年），第 1 輯冊 4，頁 61。
[15] 《第一生修梅花館詞》第七，《蕙風叢書》（上海：中國書店，1925 年），冊 12。
[16] 彭鑾輯：《薇省同聲集》，清光緒間刻本。
[17] 況周頤著，孫克強輯考：《蕙風詞話 廣蕙風詞話》，頁 9。

友的長處，提高寫作能力，融入群體的創作。況周頤也正是通過聯句和和韻逐漸形成了同王鵬運相近的審美觀，融入了王鵬運領導的詞人群。

況周頤詞創作水準的提高，詞壇地位的提升，是與同鄉前輩王鵬運以詞論交及其指導和影響分不開的。

（三）臨桂詞派詞論的提出與詞籍校勘

臨桂詞派以「重、拙、大」三字為其詞論綱領，是況周頤在《蕙風詞話》中提出的。如前所述，王鵬運在況周頤的詞學道路上影響甚大，是他規勸況周頤填詞去掉側豔之風，他標舉重拙大，注重性情，講究聲律，推崇夢窗詞，這些都被況周頤接受後發揚光大，在《蕙風詞話》中亦多處引述王鵬運的詞學思想。

王鵬運有論詞詞二首直接表述他的觀點，《沁園春》其一云：

> 詞汝來前，酹汝一杯，汝敬聽之。念百年歌哭，誰知我者，千秋沆瀣，若有人兮。芒角撐腸，清寒入骨，底事窮人獨坐詩。空中語，問綺情懺否，幾度然疑。　　玉梅冷綴莓枝，似笑我吟魂蕩不支。歎春江花月，競傳宮體，楚山雲雨，枉托微詞。畫虎文章，屠龍事業，淒絕商歌入破時。長安陌，聽喧闐簫鼓，良夜何其。

其二云：

> 詞告主人，酹君一觴，吾言滑稽。歎壯夫有志，雕蟲豈屑，小言無用，芻狗同嗤。搗麝塵香，贈蘭服媚，煙月文章格本低。平生意，便俳優帝畜，臣職奚辭。　　無端驚聽還疑，道詞亦窮人大類詩。笑聲偷花外，何關著作，情移笛裡，聊寄相思。誰遣方心，自成遷舌，翻訝金荃不入時。今而後，倘相從未已，論少卑之。[18]

這兩首詞作於光緒二十二年（1896）除夕，王鵬運與來京城的弟弟辛峰一起度歲

---

[18] 王鵬運著，沈家莊、朱存紅校箋：《王鵬運詞集校箋》，下冊，頁 331。

祭祀詞神。其一致詞，謂百年歌哭，誰知我者，創作這回事，甘苦自知。對於畫虎文章、屠龍事業，無須抱有太大寄望。還是於長夜，聽聽長安道上傳來的喧闐簫鼓。其二代詞作答，謂壯夫有志，雕蟲豈屑，未必小言就派不上用場。作為小歌詞，其「窮人」或「達人」的效果，與詩相比其實亦相類同。不過於花外、笛裡，聊寄相思而已。感慨詞已經不適合這個現代社會，但依然認為不要因為「金荃」的不入時，就將歌詞看作「小道」。

王鵬運集合況周頤等人，自光緒十四年（1888）起，彙刻《花間集》、《草堂詩餘》、《蟻術詞選》及宋、金、元諸家，包括馮延巳、蘇軾、賀鑄、李清照、周邦彥、辛棄疾、姜夔、張炎、王沂孫、朱淑真、蔡松年、白樸等多家詞為《四印齋所刻詞》。光緒十九年（1893），又彙刻《宋元三十一家詞》，收錄潘閬、朱敦儒等二十四家，劉秉忠、陸文圭等七家，共三十一卷附入《四印齋所刻詞》。這一大規模的詞籍彙刻，遂成為晚清以來彙刻詞集、詞總集的開始，影響極為深遠。面對新時代、新文化，王鵬運選擇了堅守傳統，以詞籍校勘與重印為己任，為文化傳承保留寶貴文獻。

（四）內閣詞人唱和與結集

王鵬運和況周頤任職內閣中書，結識內閣中前輩詞人端木埰、許玉瑑等，與之相酬唱。

內閣前輩彭鑾編纂《薇省同聲集》，收錄端木埰《碧瀣詞》二卷，並收錄許玉瑑《獨弦詞》、王鵬運《袖墨詞》、況周頤《新鶯詞》各一卷，為光緒年間薇省詞壇留下一段佳話。

況周頤的詞亦入編《薇省同聲集》。自此，況氏聲名大噪，影響日甚。他對於自己所在的這個群體，亦感自豪。他錄校前輩端木埰《碧瀣詞》，並賦詞曰：「我朝詞學空前代，薇垣況稱淵萃。」[19] 他以為，清代詞學發展中，薇垣（內閣）可說得上是個集聚地。況周頤編纂《薇省詞鈔》專門選錄內閣詞人詞作，可見他對於自己所在群體的推揚；可見況周頤進入薇省、任職內閣後詞風的轉變以及詞壇地位的提升；亦可見將詞學活動的參與和薇省大、小政事的參與聯繫在一起的

---

[19] 況周頤著，秦瑋鴻校注：《況周頤詞集校注》，頁 67。

詞史意義。[20]

京城階段於臨桂詞派而言是重要的形成發展階段。在王鵬運的宣導下，集合了多處詞人以詞酬唱，大家相互探討、切磋詞藝，影響面廣，詞籍校勘活動也是在此一階段開展起來。臨桂詞派的詞論亦是王鵬運和況周頤在京城任職期間醞釀形成。由於王鵬運、況周頤的引領，最終形成享譽全國的臨桂詞派。

## ◎ 三、上海與臨桂詞派的影響餘緒

王鵬運於 1904 年病逝，然臨桂詞派這個派別儼然已存。況周頤、朱祖謀等續將其發揚光大。況周頤「壬子已還，避地滬上」，於民國元年（1912）到上海，之後的歲月多在上海度過。民國以後，朱祖謀亦退居上海，二人過往甚密，唱和聯句甚多，為「良師友」，以詞相砥礪，成為王鵬運去世後的臨桂詞派領袖。

（一）居上海的變與不變

19 世紀中葉，鴉片戰爭爆發，西方資本主義以堅船利炮以及鴉片和商品，打破清王朝閉鎖的國門，源遠流長的中華文化開始與西方近代文化相交彙。中華文化在尚未自我覺醒的情況下，便因外來文化強行侵入而被動地進入了轉型期。正如陳寅恪所說：「今日之赤縣神州，值數千年未有之巨劫奇變。」[21] 晚清民初是一個大變革的時代。而這個時代的上海是新舊文化碰撞的前沿陣地。彼時彼地，社會變革、文化轉型、時局動盪、西方列強入侵、民族危亡、保守和革新兩派政治勢力鬥爭、農村文化和都市文化衝突，文學生態與此前大異。

況周頤、朱祖謀等人以遺老自居，遠離世事，相與論詞，為莫逆之交，各多有所獲。況周頤說：「與漚尹以詞相切磨，漚尹守律綦嚴，余亦恍然向者之失。」[22] 從朱祖謀那裡，他認識到詞律的重要性，益嚴詞律。張爾田《近代詞人逸事》記載：「歸安朱彊村，詞流宗師，方其選三百首宋詞時，輒攜鈔帙過蕙風簃，寒夜啜粥，相與深論。維時風雪甫定，清氣盈宇，曼誦之聲，直充閭巷。」朱祖謀編纂《宋詞三百首》，況周頤是有參與討論的。

---

[20] 王娟：《薇省詞鈔探論》，《詞學》，2015 年第 34 輯。

[21]《寅恪先生詩存》，陳寅恪：《寒柳堂集》（上海：上海古籍出版社，1980 年），頁 7。

[22] 況周頤著，孫克強輯考：《蕙風詞話 廣蕙風詞話》，頁 443。

而一時之間，文人名流彙聚上海，況周頤、朱祖謀與繆荃孫、葉德輝、冒廣生、賽金花、梅蘭芳、程頌萬、徐珂、康有為、吳昌碩、王國維等等交遊往來。

　　民國以後，許多作家都以賣稿或給報刊投稿為生，文學作品逐漸商品化。詞人也隨之發生變化，從舊學向新學，從追求仕途到自謀生路。況周頤的詞學生涯還出現了職業化的趨向，將寫詞作為一種謀生的職業，多於《小說月報》、《東方雜誌》發表詞作、詞話、筆記，曾任《蒼聖大學雜誌》、《申報》編輯，賺取稿費和薪金。

　　世事變化也體現在況周頤的詞作中，新題材進入其視野，如《望海潮‧江建霞屬題日本女郎小華像》、《霜花腴‧哈園九日同漚尹作。園主人哈同，猶太人》、《醉翁操‧外國銀錢，有肖像絕娟倩者，或曰自由神。亦有其國女王真像》、《水調歌頭‧壬戌六月十一日集海日樓，為寐叟金婚賀。海外國俗結褵五十年為金婚》、《千秋歲‧贈日本澀澤青淵男爵》，日本人、猶太人、英國女王及外國風俗都成為況周頤詞作吟詠的對象。

　　然而，況周頤的詞風是未嘗發生變化的。他事實上還是在維護傳統詞的抒寫，以《醉翁操‧外國銀錢，有肖像絕娟倩者，或曰自由神。亦有其國女王真像》為例：

> 嬋媛，苕顏，蓬仙。渺何天，何年，如明鏡中驚鴻翩。月娥妝映蟾圓，凝佩環。典到故衫寒，得楚腰掌擎幾番。　　泛槎怕到，博望愁邊。玉容借問，風引神山夢斷。冠整花而端妍，鬢嚲雲而連蜷。東來蘭絮緣，西方榛苓篇，此豸秀娟娟，倩誰扶上輕影錢。[23]

雖然他的吟詠對象是全新的，但是意象和典故都是古典的傳統的。如果我們不看詞序的話，或許以為就是吟詠美女。可見，況周頤寫新題材的詞也還是沿用傳統的語言要素，在表現方式方面的審美定勢絲毫沒有改變，詞的特性同樣也沒有改變。

---

[23] 況周頤著，秦瑋鴻校注：《況周頤詞集校注》，頁342。

在這個新舊文化衝突的新興城市裡，臨桂派詞人的探索是矛盾的失敗的，發出的只能是不順應時代的固執的哀歎而已。

（二）居上海的流風餘韻

從另一方面來看，臨桂詞派對後世的影響大多是在上海產生的。

其一，詞論經典之作《蕙風詞話》面世。1924 年，趙尊嶽為刊《蕙風詞話》。另外，況周頤的《漱玉詞箋》、《繪芳詞》、《蕙風詞》、《蕙風叢書》、《宋人詞話》出版。《鴦音集》合刊出版，包括《蕙風琴趣》、《彊村樂府》。

其二，詞選經典之作《宋詞三百首》完成。另外，朱祖謀輯校《彊村叢書》，參與總纂《全清詞鈔》。

其三，民國時期的上海，朱祖謀、況周頤或為社長或參與其中的春音詞社、漚社，其活動是詞學活動主流。

其四，臨桂詞派代有傳人。一是況周頤的弟子趙尊嶽，況氏曾為其審定《和小山詞》。其《蕙風詞話跋》記載：「受詞學於蕙風先生。此五年中，月必數見，見必詔以源流正變之道，風會升降之殊，於宗派家數定一尊，於體格聲調求其是，耳提面命，朝斯夕斯。」[24] 趙尊嶽是清末民初著名政治家趙鳳昌之獨子，家資巨富，其惜陰堂為況周頤刻書多種，包括王鵬運、況周頤和張祥齡的聯句詞集《和珠玉詞》。趙尊嶽終生以發揚況氏詞學為己任，成就卓著。二是備受朱祖謀稱頌的陳洵。朱祖謀有詞《望江南·雜題清代諸名家詞集》云：「雕蟲手，千古亦才難。新拜海南為上將，試要臨桂角中原。來者孰登壇？」此詞有序：「新會陳述叔、臨桂況夔笙，並世兩雄，無與抗手」。他將陳洵提升到和況周頤並列的「雙雄」，以詞壇統帥視之。其他弟子如林鐵尊、陳匡石、夏承燾、龍榆生等對今世詞學貢獻亦頗大。

臨桂詞派的產生發展是一個流動性動態的過程。粵西是他們的根，是他們的淵源所在；京城是臨桂詞派得以產生的根基，以王鵬運的引領詞壇為重點；上海是臨桂詞派產生後世影響的重要地域，以況周頤和朱祖謀的詞學活動為重點。

---

[24] 況周頤著，孫克強輯考：《蕙風詞話 廣蕙風詞話》，頁 452。

只是，處於晚清民初文化轉型之際的臨桂詞派，為適應新時代，對於詞的內容和形式，既追求新變，又堅守傳統，力圖令倚聲填詞這一傳統樣式，既用於實踐，用於社會，又保持其原有特質，這顯然是矛盾的。臨桂派詞人堅守住了傳統詞的最後一塊領地，令其所創立的詞派成為中國詞壇在傳統意義上的最後一個詞派，然而，由於不能順應時代潮流，臨桂詞派只是傳統文學的最後一抹夕陽而已。

（作者為廣西師範大學文學院副教授，本文原載《南方文壇》2019 年第 6 期）

# 身份、主體與合理性：清代閨秀家務詩詞的日常化書寫

劉陽河

　　有清一代出現了閨秀詩詞創作繁盛的文學景觀，「婦人之集，超軼前代，數逾三千」。[1] 閨秀詩詞的興盛，不但體現在女詩人群體之大、詩詞創作之多，更體現在題材、內容等創作空間上的拓展。閨秀詩詞突破了唐宋以來女性詩詞經典傳統中閨情閨怨的狹隘內容，也因社會穩定而逐漸淡化動盪時期的家國之思，在這兩大女性傳統詩詞主題的罅隙中，轉而從平淡世俗的日常生活中發現詩意、汲取靈感，增加了對日常瑣事俗務的記錄與真實生活感受的表達。詩詞日常化的創作趨勢，打破了「唐宋以還，婦才之可見者不過春閨秋怨、花草榮凋」[2] 的偏見。這類詩詞創作在選材方面不避凡俗，關注日常細節，涉及現實家庭生活的各個方面，從詩題上就可見端倪：有極細微的有趣發現，如許禧身《金縷曲·獨坐無聊忽見蜘蛛一絲微吐滿屋旋轉戲作》；有閨友交往，如凌祉媛《分龍日以紅鹽一箸從陸氏聘貓雛翌日謝之以詩》；有溫馨的親情體驗，如盛氏《月夜同兒女坐話》；有繁瑣的家務整理，如俞慶曾《架上亂書手自整理口占一絕》；有家計營生的操勞煩憂，如季蘭韻《鬻衣》、楊繼端《無米》；有生活中的微小探索，如陳蘊蓮《自製豆腐偶成》；甚至還有難登大雅之堂的略顯粗鄙之作，如王慧《詠蚤虱》……主題紛繁，內容駁雜，不一而足。

　　日常化研究在男性詩詞領域已然甚夥，如「以俗為雅」的宋詩及清代關注自我的性靈詩派。反觀女性詩詞，雖然孫康宜早在 20 世紀末已提出明清女詩人「從刺繡、紡織、縫紉到烹飪，直到養花、撫育」[3] 等日常化新氣象，但學界對明清女詩人的研究卻大多圍繞在更為新異的「閨外敘事」中。板蕩喪亂、羈旅遠行等向男性文學傳統靠攏的主題備受青睞，而對日常化這一表面平淡實則關鍵的文學現象卻回應寥寥，僅有的研究也大多將關注點集中在日常化對於前代女性詩詞

---

[1] 胡文楷編著，張宏生增訂：《歷代婦女著作考》（上海：上海古籍出版社，2008 年），頁 5。

[2] 章學誠：《文史通義·婦學》（長沙：岳麓書社，1993 年），頁 182。

[3] 孫康宜：《古典與現代的女性闡釋》（臺北：聯合文學，1998 年），頁 80。

題材的突破上。[4]據此，我們不禁要發問：除了將清代閨秀詩詞日常化這一現象回置古代女性文學內部脈絡中，與前代女詩人作比較之外，這一文學現象的出現是否具有更深層次的意義？為解答這個問題，研究視角需要跳出純女性文學的範圍，而放大到整個古代文學系統中，與男性詩詞並置以觀。同時，由於日常生活題材紛繁，本文特拈出「家務」[5]這一具有代表性卻幾乎未經闡發的主題，縮合性別研究，考察家務詩詞中的女性性別意識，並見微知著，探索女性詩詞日常化書寫的重要意義。雖然古代女性在文學領域常常受到男性話語的影響和支配，但透過家務詩詞，我們仍可以清晰地看到閨秀在文學實踐中構建性別主體性的嘗試。

## ◎ 一、在追摹中創新：孵育於日常化書寫中的女性意識

女性的文學創作不外乎要對兩個傳統進行回應和追摹，其一是女性文學系統內部的「小傳統」，其二是男性佔主導地位的文學史「大傳統」。在「小傳統」方面，唐宋時期的女性詩詞經典傳統中有兩大主題對後世女性寫作具有垂範意義。其一是閨怨相思，主要內容圍繞閨閣情境和自然景物，抒發思婦離愁別緒的怨艾或傷春悲秋的閒愁，如魚玄機詩「涉於多情」，[6]朱淑真詞「傷於悲怨」、[7]「多憂愁怨恨之思」。[8]也有風格偏於清新別致的作品，如李清照早年詞作《點絳唇‧蹴罷秋千》，但仍屬於愛情主題。其二是易代之際的離亂之苦與家國之思，如李清照的南渡詞，其後明末女詞人徐燦等繼其遺風，踵事增華。作為中國古代文學史上為數不多由女性綻放的光芒，這些文學經典所獲讚譽頗多，如李清照和

---

[4] 如：張宏生：《日常化與女性詞境的拓展——從高景芳說到清代女性詞的空間》，《清華大學學報（哲學社會科學版）》，2008 年第 5 期，頁 80-86；魏遠征：《生機妙在本無奇——顧太清詞日常性審美特徵》，《安慶師範學院學報（社會科學版）》，2008 年第 8 期，頁 82-87。

[5] 根據上海辭書出版社 2007 年版的《漢語大辭典》，「家務」具有四個內涵：其一，家中日常事務；其二，專指家中日常勞動；其三，指家業、家產；其四，喻指機關、部隊等單位的集體財產。本文的「家務」與第二個定義「家中日常勞動」相近，指的是古代女性日常生活中的家內職責，包括烹飪、女紅、掃灑、盥洗、育兒等。古代文獻並無詞彙專指這些女性家中日常勞動，故本文以現代漢語的「家務」一詞概括。此外，由於「家務勞動」（domestic labor）一詞在現代語境中更傾向於女權運動和馬克思主義範疇，為避免歧義，本文以「家務」或「家中日常勞動」代之。

[6] 陳文華：《唐女詩人集三種》（臺北：新宇出版社，1985 年），頁 142。

[7] 董谷：《碧里雜存》（北京：中華書局，1985 年），頁 36。

[8] 田汝成：《西湖遊覽志餘》（上海：中華書局，1958 年），卷 16，頁 312。

朱淑真「《漱玉》《斷腸》二詞，獨有千古」。[9] 在這種典範化了的文學慣性引導之下，後世女作家大多自覺遵循這些傳統題材和表情達意的範式進行創作。這種繼承固然可以維持女性作品在文學意義上的高度，但同時也衍生出一些問題。以女性詞為例，已有學者發現，從金元到明代中期的女性詞，「一般女詞人可以寫出一般化的自我情性，卻幾乎寫不出能反映自己個體化藝術特徵的深度情緒」，「在藝術創造力上也呈現下降的態勢」。[10] 簡言之，因循傳統創作的女性詩詞題材較為狹窄，內容也不豐富，更重要的是抒發的感情幾乎千篇一律，缺少女性真切的個性化表達。《閨秀詩話》記載一位清代女詩人朱淑儀的經歷，「喁喁學語，詩多愁苦之作。雖經訓飭，答曰：非不自知，然一舉筆莫之為而為者」。[11] 這種「莫之為而為」，暗示了愁苦之作並非發自內心真切感受而具有習仿之嫌。實際上，悲怨傷感的情緒並非日常生活的常態，相思情愛在現實人生中所佔比重也並不一定如此之大。此外，隨著清代逐漸進入承平時代，女性的生活趨於安定，黍離麥秀之悲也逐漸失去現實意義。因此一名女子，尤其是士大夫階層的閨秀，在人生中面對的更多是日常生活中平淡和瑣碎的內容。

置身於男性主導的文學史「大傳統」中，古代女性文學一直處於男性文學的影響之下。明清時期，女性詩詞的創作空間不斷擴大，但這個擴大往往是向男性靠攏的。[12] 男性詩歌自宋代起就呈現出日常生活化的傾向，關注凡俗瑣細的生活；而清詩的日常生活化特質更加全面且細緻，並在一定程度上影響了閨秀詩人日常生活題材的選擇。其中，性靈詩派主張詩歌應貼近自我生活、關注日常細節，以通俗自然的文字書寫自我真性情，反對沈德潛擬古的格調說和翁方綱以考據入詩的肌理說。因此，其主張對於經籍誦讀相對較少、筆力較弱的閨秀詩人而言十分適合。袁枚的性靈詩學在乾嘉時期傳播廣泛，受眾頗多，「隨園弟子半天

[9] 梁紹壬：《兩般秋雨庵隨筆》（石家莊：河北教育出版社，1994 年），卷 3，頁 156。

[10] 鄧紅梅：《女性詞史》（濟南：山東教育出版社，2000 年），頁 181。

[11] 雷瑨、雷瑊輯：《閨秀詩話》，王英志：《清代閨秀詩話叢刊》（南京：鳳凰出版社，2010 年），冊 2，頁 903。

[12] 參考張宏生：《偏離與靠攏——徐燦與詞學傳統》，《暨南學報（哲學社會科學版）》，2005 年第 2 期，頁 56-62。張氏以清代女詞人徐燦為例，認為徐燦詞之所以在不少方面超越了前代的女性詞傳統，在很大程度上是通過向男性文學主流靠攏來實現的。

下，提筆人人寫性情」。[13] 這些受眾中，就有不少女弟子，「以詩受業隨園者，方外緇流，青衣紅粉，無所不備」。[14] 據統計，接受袁枚授業的女詩人多達四十餘人。[15] 甚至對於後世女詩人而言，性靈詩學依然保持很大影響力，如道咸女詩人戈馥華在《學詩》中明確指出詩歌創作時「筆底還須寫性靈」。[16] 雖然性靈詩學並非清代女性詩詞日常化現象產生的直接決定性因素，但它在很大程度上使乾嘉及之後的女詩人在詩歌創作中書寫日常生活的趨勢增強。

在詩詞日常化寫作方面，雖然女性常常處於對男性追摹中，但由於男女性別分工不同，在某些特定題材上女詩人更易寫出個性化的自我性情與真實生活體驗，甚至突破已有的男性「大傳統」，家中日常勞動就是其中代表。漢代班昭《女誡》指出「盥洗塵穢」、「潔齊酒食」[17] 為女性家內職責；唐代宋氏姐妹《女論語》也明確指出女性需「奉箕擁帚，灑掃灰塵」、「炊羹造飯」，甚至「積糠聚屑，餵養孳牲」。[18] 士大夫階層的閨秀雖然很少從事繁重的體力勞動，但對於家務仍需盡心盡力，如宋代袁燮寫其妻邊氏：「吾飲食衣服，烹飪補紉，常躬其勞而不使吾盡知之」。[19] 因此，當詩詞書寫趨近日常化後，佔據女性日常生活重要地位的家務開始廣泛出現於女性的詩詞寫作中，如山陰女詩人許桐在《碧梧軒詩草》中有《消寒十八詠》，包含《糊窗》、《包羔》、《釀酒》、《裝綿》、《掃雪》、《煮茗》等日常家務。清代尤其強調家務中的女紅與中饋，清女教讀物《新婦譜補》特拈出這兩項：「一應女工及中饋等務，是婦人本分內事」；[20] 在《清史稿》中女子四德中的「工」特指「針黹、紡績」的女紅與「酒漿、菹醢」的中饋，且女性「終

[13] 袁枚著，顧學頡點校：《隨園詩話》（北京：人民文學出版社，1982 年），卷 8，頁 786。

[14] 同上，卷 9，頁 806。

[15] 隨園女弟子成員具體人數的考證見王英志：《隨園女弟子考述》，《江南社會學院學報》，2000 年第 4 期，頁 34-35。

[16] 惲珠：《國朝閨秀正始續集》，清道光十六年（1836）紅香館刻本，補遺卷，頁 49b。

[17] 黃嫣梨：《女四書集注義證》（香港：商務印書館〔香港〕有限公司，2008 年），頁 18。

[18] 同上，頁 57。

[19] 伊沛霞著，胡志宏譯：《內闈——宋代的婚姻和婦女生活》（南京：江蘇人民出版社，2004 年），頁 105。

[20] 東海查、琪石丈：《新婦譜補》，蟲天子編：《香豔叢書》（北京：人民文學出版社，1994 年），冊 1，頁 748。

身不能盡」。[21] 男性雖然也從事勞作，但大多屬於閨外領域的密集型勞動，其寫作題材也更多的和這些勞動類型相關，如陶淵明《歸園田居》；杜甫《種萵苣》、《為農》；白居易《春葺新居》、《栽松》等。因此唯有女性才有機會將閨內家務，尤其是中饋和女紅的內容從自我經驗的角度表達出來。

法國女性主義作家埃萊娜・西蘇（Helen Cixous）指出，只有真正出自婦女的寫作，婦女才能由此確立自己的地位。[22] 這句話歷來被奉為女性建立主體意識必經之途，所謂「真正出自婦女」，不單強調女性作為創作主體的身份，更重要的是在創作中需要表達女性自我真實的聲音。因此，即使是女性創作的文學，若始終處於模仿男性的「展演」[23] 之中，亦很難表達出真實的自我。無獨有偶，清末女詞人呂碧城曾對這個問題提出自己的看法：

> 若言語必繫蒼生，思想不離廊廟，出於男子，且病矯揉，詎轉於閨人，為得體乎？女人愛美且富感情，性秉坤靈，亦何羨乎陽道？若深自諱匿，是自卑而恥辱女性也。古今中外不乏棄笄而弁以男裝自豪者，使此輩為詩詞，必不能寫性情之真，可斷言矣。至於手筆淺弱，則因中饋勞形，無枕葃經史、涉歷山川之工……[24]

作為近代女權運動的先驅，呂碧城從女子書寫自我「性情之真」的角度出發，在清末背景之下難能可貴地認識到女性詩詞具有基於性別而生的本色特質，並強調女性無須刻意模仿陽性氣質的蒼生廊廟之作。因此，無論是耽於閨情閨怨、傷春悲秋的女性詩詞經典範式，還是刻意模仿「語言必繫蒼生，思想不離廊廟」的男

[21] 趙爾巽：《清史稿》（北京：中華書局，1977 年），冊 46，頁 14028。

[22] 埃萊娜・西蘇著，黃曉紅譯：《美杜莎的笑聲》，張京媛：《當代女性主義文學批評》（北京：北京大學出版社，1992 年），頁 195。

[23] Maureen Roberson 提出，「展演」（performance）是女性寫作主體將自己置於男性的立場與心境，模擬男性詩詞寫作傳統。見 Maureen Robertson, "Changing the Subject: Gender and Self-inscription in Authors' Prefaces and 'Shi' Poetry", in Ellen Widmer and Kang-i Sun Chang, eds., *Writing Women in Late Imperial China* (California: Stanford University Press, 1997), p.192.

[24] 呂碧城：《女界近況雜談》，呂碧城著，李保民箋注：《呂碧城詩文箋注》（上海：上海古籍出版社，2007 年），頁 477。

性氣質的銅琶鐵板之聲，都較難表達出，或者說難以令讀者注意到真正的女性主體意識。

遺憾的是，呂碧城將女性詩詞「筆力淺弱」的缺陷歸因於「中饋勞形」，尚未認識到日常生活本身對於女性創作的重要意義。出於同樣的考量，當前研究者大多為閨秀踏出閨門而欣異，汲汲於探尋她們在閨外空間「枕葄經史、涉歷山川之工」的詩詞創作，而囿於閨閣之內「中饋勞形」、還原日常生活的詩詞則處於一個幾乎無人問津的尷尬境地。然究其實，正是從佔據自己生命歷程重要內容的瑣細日常——尤其是家務勞作——著手，書寫個性化的自我性情與現實生活經驗，一名古代女性才可能真正通過詩詞創作的文學實踐建構內蘊於其中的女性主體意識。至於這種女性主體意識如何通過詩詞得以建構，與之相關的性別身份認同又如何確立，還需從具體的詩詞文本中，從與男性相同主題作品的對比中得窺。

## ◎ 二、閨秀中饋詩詞：新題材中的價值實現與性別認同

所謂「中饋」，是古代女性承擔的家內職責，「婦主中饋，唯事酒食衣服之禮爾」，[25] 明清時期主要指烹調食物、釀造酒漿等家中日常勞動。將烹調納入詩詞寫作，在男性詩人筆下十分少見，[26] 雖有飲食作為詩歌題材，但食物多以意象的形式出現在日常生活領域之外，或以玉盤珍饈諷刺貴族鋪張奢侈，或以飲風餐露襯托自己的高潔人格。[27] 同時，中饋主題的詩詞在前代女性文學中也極為罕見，因此可以說這一題材既非向男性文學的靠攏，亦非對傳統女性文學的回顧，而是清代女性對於詩境或詞境自覺的開拓。

從現代女性主義的視角觀之，婦女從事中饋等家務是一個頗具爭議的話題。五四運動以來，西方婦女運動思想的傳入對封建社會形成的「女正位乎內，男正位乎外」的性別分工不斷造成衝擊。不少論者習慣從現代思維出發，認為古

---

[25] 顏之推：《顏氏家訓》，《諸子集成》（上海：中華書局，1936 年），卷 8，頁 13。

[26] 雖然在古代男性文學創作中可以找到關於自己烹飪菜肴的內容，但多見於詩詞以外的其他文體，如蘇軾《菜羹賦》、《東坡羹頌》、《豬肉頌》等。

[27] 參考莫礪鋒：《飲食題材的詩意提升：從陶淵明到蘇軾》，《文學遺產》，2010 年第 2 期，頁 4-15。

代女性的中饋婦職是其被壓迫和缺乏自主能動力的體現。然而，若回到歷史現場，將女性中饋置諸清代時空情境與歷史文化語境之中，會發現在儒家社會中，性別空間和男女分工是社會倫理的關鍵。學者歐麗娟以杜甫為中心解讀唐詩中在家外工作的「雄化之女戶」形象，並得出以下結論：「在父權體制並未改變的前提下，婦女之逾越家內空間，顛覆和破壞兩性界限及其對立形態，使之模糊化和不確定化的結果，並未導致兩性更為平等的契機，反而為女性製造更大的苦難與困境，也更強化了女性的邊界存在。」[28] 在儒家意識形態和封建禮教思想佔據統治地位的清代社會，男女性別分工和空間秩序的強化相較於唐代更甚。明末清初僦居西泠的才女黃媛介，即使「詩名噪甚」，[29] 也免不了「踟躕於驛亭之間，書奩繡帙半棄之傍舍中」的尷尬處境和「近風塵之色」[30] 的狼藉聲名。因此，在當時的社會情境之下，女性走出家門非但不會獲得意義和尊嚴，反而會進入更加窘迫的困境。另一方面，在清代社會，治家中饋是衡量婦德的重要標準。清代女詩人曾懿著有《中饋錄》，記載食品製作的技巧，並在書中明確表明撰寫此書的目的是「使學者有所依歸，轉相效仿，實行中饋之職務」，並強調「古之賢媛淑女，無有不嫻於中饋者」。[31] 婦女勤於中饋甚至是整個家族實現「齊家之道」的重要因素：

> 士大夫之家，門庭雍睦而子弟又皆孝友，端謹無聲利嬉游之習者，其原多出於閨內。蓋婦德既備，家政必修；母教克稱，瑤環自秀。古聖人立言垂訓，而禮重《內則》，《易》著家人，良有以也。中饋之賢，實於齊家之道，為功不少焉。……太守一官繫跡，日從事於手版簿領間，不暇問家事，而恭人勤內政，手治米鹽，日以女紅蘋蘩督子婦，暇則勖諸子力學勵行，遇過失，訶責不少貸。接人以和，馭下亦不苛而嚴，以故持門戶數十年，內外秩然無間言。其中饋之賢、齊家之道，可以無愧矣！而太守之得以

---

[28] 歐麗娟：《論杜甫詩中倫理失序的邊緣女性》，《文與哲》，2008 年第 12 期，頁 244。

[29] 《黃媛介略傳》，湯漱玉輯：《玉臺畫史》，清道光十七年（1837）錢塘汪氏振綺堂刻本，卷 3，頁 20a。

[30] 俞右吉：「世徒盛傳皆令之詩畫，然皆令青綾步障，時時載筆朱門，微嫌近風塵之色。」朱彝尊著，姚祖恩編，黃君坦校點：《靜志居詩話》（北京：人民文學出版社，1998 年），卷 23，頁 730。

[31] 《中饋錄總論》，曾懿：《古歡室集》，清光緒三十三年（1907）刻本，頁 1a。

從公述職、宣勞著績，而鮮內顧憂者，亦恭人之力也。[32]

這是一篇男性文人為清代閨秀冒俊的詩詞別集《福祿鴛鴦閣遺稿》所撰之序，序文中以「恭人」（即冒俊）「勤內政，手治米鹽」、「持門戶數十年」的婦德，強調「中饋之賢」對於「齊家之道」的重要性。回歸家庭、治理家務才是清代女性的首要職責。中饋治家並非低微末技，而是具有聯結「修身」至「治國」的重要性，這令清代主婦們對自身肩負的性別職能產生責無旁貸的使命感，她們借詩歌表達：

> 京城俗例，臘月下旬即豫製肴品供新正半月之需，謂之「年菜」。家慈既精烹，屆時必督予一一手造，不假庖人。外子謂：「此中饋之儀，不可忽也。」賦詩以志。
>
> 內則儀循敢自寬，況需新歲佐辛盤。魚苴雁麥調量徧，休作庖丁末技看。
>
> 苄羹酒醴待陳筵，鼎俎還思奉祀虔。翠袖禁寒勤午夜，喜聞竹爆漸迎年。
>
> 殽覈先儲是古風，絲雞蠟燕製還工。繇占中饋應符吉，調鼎先成隔歲功。[33]

組詩詩題因兼具詩歌背景的敘事功能而十分冗長，可作為詩序理解。從詩題可看出，中饋是家族女性成員之間代代傳遞的技能，甚至成為家族文化傳統。「一一手造，不假庖人」，中饋活動經由女詩人的親身實踐，彰顯其嚴肅性和重要性；而丈夫叮囑的「中饋之儀不可忽」更是與詩歌首句「內則儀循敢自寬」呼應，以夫妻之間共同遵守的準則實踐「齊家之道」。「魚苴雁麥」、「苄羹酒醴」、「絲雞蠟燕」，女詩人需要烹製儲備數種食物以應付陳筵和奉祀等新春活動，箇中辛苦

---

[32] 俞洵慶：《福祿鴛鴦閣遺稿序》，胡曉明、彭國忠：《江南女性別集三編》（合肥：黃山書社，2011 年），下冊，頁 880。

[33] 劉之菜：《啟秀軒詩鈔》，光緒二十四年（1898）大興朱氏刻本，卷 2，頁 6b-7a。

自不必説，卻僅被女詩人以一句「禁寒勤午夜」輕描淡寫而過，毫無辛苦勞作的抱怨和自傷。詩中感發更多的是一種微妙的自豪感：「鬴占中饋應符吉，調鼎先成隔歲功」，繁瑣枯燥的中饋勞作成為女性實踐自我生命意義的道場。

通過做家務引發自豪感以及對勞動成果的欣慰，這在清代閨秀詩詞中並不鮮見。武進女詩人錢孟鈿擅用詩意筆觸書寫粗糙的家務，字裡行間流露出發自內心的愉悦、自適和滿足，如組詩《長日多暇手製餅餌糕糍之屬餉署中親串輒綴小詩得絕句三十首》。一氣呵成製作三十種糕點小食本是無比繁瑣辛苦又極需耐心的中饋勞動，而在詩人筆下卻化為充滿創造性、自我表現與審美能力的高雅藝術活動。在這三十首絕句中，除了「候火新泉細細添」（《蓮子茶》）、「韭葉椒花次第排」（《春卷》）等少數敘寫烹製過程的詩句之外，絕大多數筆墨都用於細緻刻畫食物本身，有意淡化苦累的細節描寫，形成一種詩意化書寫的策略。組詩所用的藝術手法也很明顯，善用比擬描摹菜饌的色香味形，如「團將瑤粉為甜雪」（《玫瑰糕》）、「留仙衣袂薄如雲」（《縐紗餛飩》）、「天風吹下水晶球」（《薄荷湯丸》）、「椎髻蓬頭氣亦豪」（《燒麥》）等；又在詩中多處用典，如「相稱貧家纏齒羊」（《炊餅》）、「求仙何意學淮南」（《腐羹》）、「珍羞不羨五侯庖」（《和鯖飯》）、「恐教踐卻夢中畦」（《馬蹄酥》）等。[34] 將凡俗瑣細的家務與詩意的藝術欣賞活動結合在一起，模糊了勞動與藝術之間的界限，是閨秀將凡俗生活藝術化詩意化的一個努力嘗試。由此觀之，清代閨秀不但將中饋視為實現自我價值的性別職能，更有意識地將這一題材引入詩詞創作，以詩意的手法賦予中饋勞作審美意蘊。

## ◎ 三、閨秀女紅詩詞：舊題材中的女性意識新變

閨閣場域之內從事女紅刺繡的美人少婦常常出現在男性文人筆下，女紅主題在詩詞文體中自古有之，這類作品中的女性大多作為男性凝視之下被觀看的對象：

---

[34] 本段引詩皆出自錢孟鈿：《浣青詩草》，胡曉明、彭國忠主編：《江南女性別集初編》（合肥：黃山書社，2008 年），上冊，頁180。

方知纖手製，詎減縫裳妍。龍刀橫膝上，畫尺墮衣前。熨斗金塗色，簪管白牙纏。衣裁合歡，文作鴛鴦連。縫用雙針縷，絮是八蠶綿。香和麗邱蜜，麝吐中臺煙。……更恐從軍別，空床徒自憐。（蕭綱《和徐錄事見內人作臥具》）[35]

樓上吹簫罷，閨中刺繡闌。佳期不可見，盡日淚潺潺。（權德輿《玉臺體詩十二首》其五）[36]

繡床斜憑嬌無那，爛嚼紅絨，笑向檀郎唾。（李煜《一斛珠》）[37]

日上花梢初睡起，繡衣閒縱金針。錯將黃暈壓檀心。見人羞不語，偷把淚珠勻。（李呂《臨江仙》）[38]

閒倚瑣窗工繡。春困兩眉頻皺。（陳允平《宴桃源》）[39]

一張機，織梭光景去如飛，蘭房夜永愁無寐。嘔嘔軋軋，織成春恨，留著待郎歸。（無名氏《九張機》）[40]

閨閣刺繡女性在男性文人筆下大多出現在輕豔綺媚的宮體詩和婉約幽恨、哀淒纏綿的閨怨詩、花間詞中。在這些詩詞文本中，女性書寫對象被男性詩人從女紅的婦德職能和家庭倫理身份中抽離出來，通過「纖手」、「膝上」、「兩眉」等女體書寫，「斜憑」、「嬌無那」、「羞不語」等情態呈現，以及「合歡」、「鴛鴦」等情慾暗示，賦予豔情的感官性質。同時，刺繡活動在男性筆下大多與書寫閨怨的思婦文本緊密聯繫，與其說深閨女性刺繡紡績是為了履行婦職、從事家庭生產，不如說她們的刺繡行為是對丈夫或情人等男性角色思念憂心的體現。「徒自憐」、「淚潺潺」、「傷春意」、「偷把淚珠勻」、「兩眉頻皺」、「愁無寐」、「春恨」……諸如此類表達離愁別緒、春恨秋悲的詞句在刺繡詩詞中觸目皆是。而這些著意刻畫閨怨少婦思而不得的詩詞，是男性文人建立的托喻美學，具有「香草美人」的

[35] 徐陵編，吳兆宜注，穆克宏點校：《玉臺新詠箋注》（北京：中華書局，1985 年），卷 7，頁 289。

[36] 權德輿著，郭廣偉校點：《權德輿詩文集》（上海：上海古籍出版社，2008 年），頁 161。

[37] 李璟、李煜著，王仲聞校訂：《南唐二主詞箋注》（北京：中華書局，2013 年），頁 38。

[38] 唐圭璋：《全宋詞》（北京：中華書局，1998 年），冊 3，頁 1481。

[39] 同上，冊 5，頁 3132。

[40] 同上，冊 5，頁 3649。

比興寄託意蘊，將忠君愛國的宏大思想隱藏其中，雖在一定程度上淡化了豔情色彩，但卻更消解了詩詞中刺繡女性的主體性。綜上所述，男性筆下的刺繡女性作為文本主體，「人」的獨立特質被消解，成為被物化了的詩學意象和文化符碼。在此背景下，清代女性對這一主題如何承襲、改寫，並進一步創新而彰顯女性創作者的性別主體意識呢？

首先，女詩人借刺繡塑造自我立體、豐富而多面的形象——刺繡不再僅與愛情相思發生聯繫，它可以指向生命中的多個場域：

> 女伴相邀織綺羅，纖纖素手弄金梭。晚來尋取紅牙尺，較得工夫若個多？(陳端麟 詩題不詳) [41]

> 一粟寒燈，五紋刺繡添金線。鈿蟬釵燕。幸結蘭閨伴。指冷於冰，著手成花片。更兒轉。唾絨吹罷，顏色評深淺。(左錫嘉《點絳唇‧寒夜諸女刺繡》) [42]

> 繡餘靜坐發清思，煮茗添香事事宜。招得階前小兒女，教拈針線教吟詩。(陳淑蘭《繡餘吟》) [43]

> 阿母金針度若何，安排機杼與機羅。鳥鮮花活尋常事，畢竟書中錦繡多。(戈馥華《學繡》) [44]

> 自愧針神荷錫名，難將薄技獻先生。秀盦翻盡新花樣，錦樣文心繡不成。(歸懋儀《自製繡物奉獻味莊師並繫以詩》) [45]

由上述引詩可見，刺繡作為一種兼具家務與休閒娛樂的活動，在清代閨秀的詩詞文本中分化為不同主題：除了作為閨秀消磨時間、頤養性情的閨閣活動之外，還可以發生在「蘭閨女伴」的群體社交場合，這一行為成為聯結女性友誼的紐帶，

[41] 工蘊章：《燃脂餘韻》，王英志，《清代閨秀詩話叢刊》(南京：鳳凰出版社，2010年)，冊1，卷3，頁759。

[42] 左錫嘉：《冷吟仙館詩稿》，清光緒辛卯 (1891) 刻本，詩餘卷，頁17a。

[43] 袁枚輯：《隨園女弟子詩選》，清嘉慶、道光年間 (1796-1850) 坊刻巾箱本，卷4，頁10b。

[44] 惲珠：《國朝閨秀正始續集》，補遺卷，頁50a。

[45] 歸懋儀：《繡餘續草》，胡曉明、彭國忠主編：《江南女性別集初編》，上冊，頁750。

甚至是女性之間的一種競技遊戲；同時，刺繡作為家庭中女性長輩向晚輩傳授的方式，既是一種傳遞和接受的雙向互動學習體驗，又飽含人倫親情；刺繡具有的實用價值除了製造經濟效益之外，還可作為人際交往的饋贈佳禮，以刺繡與文章互喻的方式更是渾然天成。方秀潔（Grace S. Fong）指出，清代女性常將刺繡與作詩兩項活動並置而寫，二者在她們的生活中具有同等價值和審美愉悅而共存。[46] 而筆者進一步發現，在女紅與讀書作詩的關係上，清代女性雖常將她們在詩句中並列，但在感情傾向上卻有所偏重：

> 旭日曈曈下碧梧，曬書拋卻繡工夫。（章婉儀《曬書》） [47]
>
> 滿院秋光渾不賞，金針贏得買書錢。（劉絮窗，詩題不詳） [48]
>
> 無情天亦妒蛾眉，博得才名不療饑。莫怪紅閨諸女伴，祇工刺繡不工詩。（顧淑齡《書熊澹仙詩後》） [49]
>
> 懶拈彤管事微吟，鎮日蘭閨度繡針。（歸懋儀《戲贈二妹》） [50]

第一處引詩以「拋卻」的果斷態度表達在「書」、「繡」關係上對前者的明顯偏重；劉詩則體現了女紅產生的經濟效益，有趣的是，女詩人之所以不賞秋光而專注女紅，並非因女紅行為本身，而是將以女紅勞動成果換取「買書錢」作為動因。後兩處引詩字面上反映的似乎是閨秀在女紅和作詩的天秤兩端上更倚重女紅，但顧詩經過前兩句中「無情」、「妒」的鋪墊，實際上採取了一種反語式的表達，體現其對於女性「祇工刺繡不工詩」現象的無可奈何；而歸詩詩題中的「戲」亦反映出她對二妹懶於作詩卻鎮日刺繡行為的戲謔甚至反諷，與《贈三妹》中「聰明易領名師訓」和《為次女作》中「略解頌詩知母意」、「書齋受業師初拜」[51] 等欣

[46] Grace S. Fong, "Female Hands: Embroidery as a Knowledge Field in Women's Everyday Life in Late Imperial and Early Republican China", *Late Imperial China*, 25.1(2004): p.3.

[47] 章婉儀：《紫藤蘿吟館遺集》，清光緒二十一年（1895）刻本，頁 1a。

[48] 王蘊章：《燃脂餘韻》，王英志：《清代閨秀詩話叢刊》，冊 1，頁 708。

[49] 沈善寶：《名媛詩話》，王英志：《清代閨秀詩話叢刊》，冊 1，卷 2，頁 382。

[50] 歸懋儀：《繡餘續草》，胡曉明、彭國忠主編：《江南女性別集初編》，上冊，頁 711。

[51] 同上，頁 711-712。

賞愛憐的感情不同。歸懋儀在其詩集中屢屢提到女紅家務對讀書作詩的牽絆和束縛，如「此生苦被蠶絲縛，何日都將結習刪」（《病中即事》），[52]「蠶絲」是女紅刺繡的代名詞，而「結習」則在她的另一首詩中得到明確解釋：「結習難忘只有詩」（《秋宵即事》）。[53] 其實早在宋代朱淑真筆下就已經出現「磨穿鐵硯非吾事，繡折金針卻有功」一類女紅與作詩的矛盾對立，但清代之前在詩詞中表達類似思想的女性屈指可數；在幾百年後的清代，閨秀群體終於借詩詞對這一命題作出了集體回應。

更為重要的是，同為敘寫女紅刺繡的情境，清代閨秀滌瑕蕩穢，一掃男性刺繡詩詞的香豔情色之風，借刺繡標榜性情：

簾卷西風冷氣侵，幾回纖手欲停針。竹梅並繡非無意，唯托冰霜一片心。（黃韻蘭《刺繡寄外》）[54]

春日正遲遲，當窗理彩絲。鴛鴦慵不繡，只繡女貞枝。（宗粲《刺繡》）[55]

手擘香絨一縷輕，殷勤揀取眾芳名。紅顏大半霜前落，不繡芙蓉繡女貞。（席佩蘭《刺繡》）[56]


這三首以刺繡為主題的詩中，值得關注的是閨秀詩人所繡之物：黃韻蘭「非無意」地選擇「歲寒三友」中的竹子和梅花；宗粲與席佩蘭則不約而同地選擇女貞作為刺繡對象。在黃詩中，女詩人在嚴寒時節刺繡，詩人幾次想收回凍僵的手指停止勞作，卻在某種執念之下繼續堅持。這種執念，可以理解為「寄外」的心意，其中既飽含對丈夫的一片冰心，又是自我高潔端莊、不畏嚴寒霜冷之人格的寫照。如果說竹與梅的氣質風姿與精神意蘊在中國傳統文化中具有普遍性的道德指向，那麼「女貞」更具有婦德貞潔的典型意蘊。《名媛詩歸》記錄魯處女歌詠

---

[52] 歸懋儀：《繡餘續草》，胡曉明、彭國忠主編：《江南女性別集初編》，上冊，頁 769。

[53] 同上，頁 734。

[54] 單士釐輯：《閨秀正始再續集》，民國元年（1912）活字印本，卷 3，頁 23b。

[55] 宗粲：《蘭香館吟草》，清光緒六年（1880）常熟宗氏刻本，頁 1a。

[56] 席佩蘭：《長真閣集》，清光緒十七年（1891）強氏南皋草廬刻本，卷 1，頁 1a。

女貞木：「修身養志，建令名分」。[57]《藝文類聚》引《鄭氏婚禮謁文贊》：「女貞之樹，柯葉冬生，寒涼守節，險不能傾」；又引蘇彥《女貞頌》：

> 昔東阿王作《楊柳頌》，辭義慷愷，旨在其中。余今為《女貞頌》，雖事異於往作，蓋亦以屬冶容之風也。女貞之樹，一名冬生，負霜蔥翠，振柯凌風。故清士欽其質，而貞女慕其名，或樹之於雲堂，或植之於階庭。[58]

可見女貞並非狹義上特指女性之貞操，更與竹、梅相類，同為堅貞不渝、鬥雪傲霜之屬。有趣的是，宗粲和席佩蘭都在詩中明確表示自己不繡「鴛鴦」或「芙蓉」。如果說女詩人對芙蓉的摒棄，因其「紅顏大半霜前落」、不堪風霜的柔弱特質，那麼「鴛鴦慵不繡」的緣由則更具闡釋空間。鴛鴦作為男女愛情的象徵，其冶豔明麗的色彩和悠游自得的生存狀態更成為情色觀照，尤其當鴛鴦意象被賦予「野」而越出家庭倫理之外，就更成為非正當男女關係的暗示：「使君自有婦，莫學野鴛鴦」、[59]「鹿頭湖船唱報郎，船頭不宿野鴛鴦」。[60] 至於出自女性之手的鴛鴦繡品，無論作為男女定情信物，還是女性閨房之中、衣裙之上的花紋裝飾，都被蒙上一層曖昧情色和男女歡愛的隱喻。宗粲不繡鴛鴦只繡女貞，從女性角度出發，切斷男性詩詞中女紅與鴛鴦的緊密聯結，進而使刺繡行為從男性的情色觀照中抽離，而以女貞之高潔襯托自我人格。

以黃韻蘭「竹梅並繡」、宗粲和席佩蘭「只繡女貞枝」為代表，雖然這些閨秀詩人的性別意識或許未達到沈善寶等女詩人對男權中心有意識挑戰的程度，[61] 但她們在女紅這一經典詩詞主題上，突破了男性筆下繡女織婦自怨自傷的被動形

---

[57] 鍾惺：《名媛詩歸》，明末（1621-1644）刻本，卷1，頁3a。

[58] 歐陽詢著，汪紹楹校：《藝文類聚》（上海：上海古籍出版社，1982年），卷89，頁1543。

[59] 杜甫著，仇兆鼇注：《杜詩詳注》（北京：中華書局，1979年），卷12，頁997。

[60] 楊維楨著，鄒志方點校：《楊維楨詩集》（杭州：浙江古籍出版社，1994年），頁133。

[61] 此處特拈出沈善寶，意在強調清代閨秀詩人在性別主體意識層面呈現出的複雜性。沈善寶編寫的《名媛詩話》可謂女性詩話集大成者，她嘗試建立女性文學批評體系，並強化女性文學成就、傳揚女性才名，具有以詩歌書寫達到不朽的文學自覺。從沈善寶自己的詩歌作品中亦可看出她對聲名的強烈追求，以及對女性囿於閨閣而抱負不得施展發出的不平之鳴。因此沈善寶的女性意識是嘗試挑戰甚至解構男權中心，而本文論及的閨秀詩人則大多是在男權的絕對支配之下為自己爭取相對獨立的空間。二者雖然都具有性別主體意識，但無論在自我價值認知還是主觀能動性方面的程度皆有不同。

象，通過對刺繡對象的自主選擇，嘗試擺脫女性被物化的困境，女性兼具創作與文本主體於一身的意識也因而浮現。

## ◎ 四、女性家務詩詞的生成：創作主體的轉變

唐宋建立起的女性詩詞經典傳統大多重複傳遞閨情閨怨，將文本主體塑造為傷春悲秋、嬌慵疏懶的形象。如魚玄機《贈鄰女》：「羞日遮羅袖，愁春懶起妝」；[62] 李清照《鳳凰臺上憶吹簫》：「香冷金猊，被翻紅浪，起來慵自梳頭」；[63] 朱淑真《絕句》：「日長無事人慵困，金鴨香銷懶更添」；[64] 易袚妻《一剪梅·寄外》：「紅日三竿懶梳妝」。[65] 然而正如本文第一節所述，無論各朝女教名篇，還是歷代男性對其妻室的記錄，都明確指向家務才是女性生活的重心，令人費解的是，這些生活的重心並未廣泛進入女性的文學實踐。清代以降，社會經濟發展，女性教育受眾下移，再加上前文剖析的文壇風氣尤其是袁枚性靈詩學的影響，家務主題逐漸進入閨秀詩詞創作中。然而，這些外部因素對於文學創作的影響畢竟是有限的，若想探尋這一主題生成和普及的原因，還需要從女詩人創作主體的內部角度入手。

古代文學女性主要是閨秀和女妓兩大群體。[66] 女妓詩人的詩詞大抵言情之作，細分之，則有相思閨怨、男歡女愛、唱和贈答、離愁別緒等題材。以魚玄機為例，陸費達總勘的《唐女郎魚玄機詩》共收錄五十首詩，其中與男性贈答唱和之作有二十二首，詠物寫景以感時傷懷之作十首，其他單純表達閨怨和離愁之作則有《閨怨》、《愁思》二首、《送別》二首等。而閨秀，尤其是已嫁為人婦的家

---

[62] 陳文華校注：《唐女詩人集三種》，頁 96。

[63] 陳祖美編著：《李清照詞新釋輯評》（南京：南京大學出版社，1995 年），頁 90。

[64] 朱淑真著，張璋、黃畬校注：《朱淑真集》（上海：上海古籍出版社，1986 年），頁 16。

[65] 趙世傑輯：《古今女史》，明崇禎（1628-1644）問奇閣刻本，卷 12，頁 11a。

[66] 女尼女冠中有詩詞存留者，如魚玄機、李冶等周旋於文士之間，「素行放浪，不能自持」，「風流之士爭修飾以求狎，……鳴琴賦詩，間以諧浪」，可歸於女妓一類（還有不少女尼女道由妓身份遁入空門），章學誠將這類女子稱為「女冠坊妓」，認為她們「多文因酬接之繁」。見王仁裕：《玉堂閒話》，傅璇琮等編：《五代史書彙編》（杭州：杭州出版社，2004 年），冊 4，頁 1554；《魚元（玄）機答蒨綠翹致殺》，皇甫枚：《三水小牘》（南京：江蘇古籍出版社，1988 年），頁 52；《婦學》，章學誠：《文史通義》（長沙：岳麓書社，1993 年），頁 181。

庭主婦，在書寫性情、春思秋怨之外，出現了更多閨閣日常、家計營生、人倫親情等題材。

以明末清初為分水嶺檢閱前後女詩人群體，前代女性詩詞創作者多為女妓詩人，在數量上雖不能說具有壓倒性優勢，但至少可與閨秀詩人分庭抗禮。《全唐詩》收錄青樓女妓、女尼女冠詩二百餘首，閨閣婦女詩一百五十餘首；宋代妓女善詞者「十有七八」，《詞苑叢談》諸書中有大量記載；[67] 明代青樓產業愈加繁盛，秦淮名妓多「縱橫縹帙」，才華似「李易安之流」。[68] 至清代情況則發生了改變，袁枚感歎「近時閨秀（能詩者）之多，十倍於古」，[69] 女詩人群體的主力軍轉變為閨秀階層，胡文楷編《歷代婦女著作考》收清代女詩人三千五百餘人，女妓所佔比例不足十分之一。

至於女詩人主體轉變的原因，一方面是清代女妓詩人衰落，另一方面是清代閨閣詩人興盛。目前學者多把關注點放在「清代閨閣詩人興盛」上，並已經取得較為完備的研究成果，主要原因可歸納為兩點：其一，清代經濟文化不斷發展，出現許多世家大族，受到家族傳統和家庭環境的薰陶，女性創作得到發展；其二，清代社會環境相較前代寬鬆，文士階層對女性創作大多持鼓勵宣導態度，文壇名士如毛奇齡、袁枚、王士禎等編選女性詩集，進一步推動女性詩詞繁榮。[70] 至於清代女妓詩人的衰落，首要原因是戰亂的影響。明清易代鼎革之際，清軍入侵江南，燒殺搶掠，將昔日的煙柳繁華地洗劫一空，青樓楚館十室九空，群芳萎道，「擄掠甚慘，妓女悉被擄」。余懷在《板橋雜記》中感歎盛衰浮沉，將秦淮河畔的今昔作對比：

> 鼎革以來，時移物換，十年舊夢，依約揚州，一片歡場，鞠為茂草，
> 紅牙碧串，妙舞清歌，不可得而聞也；洞房綺疏，湘簾繡幕，不可得而見

---

[67] 王書奴：《中國娼妓史》（上海：生活・讀書・新知三聯書店，1988 年），頁 131。

[68] 余懷著，李金堂校注：《板橋雜記》（上海：上海古籍出版社，2000 年），頁 45。

[69] 《隨園詩話補遺》，袁枚著，顧學頡點校：《隨園詩話》，卷 8，頁 785。

[70] 相關研究包括：姚品文：《清代婦女詩歌的繁榮與理學的關係》，《江西師範大學學報》，1985 年第 1 期，頁 53-58；張宏生：《清代婦女詞的繁榮及其成就》，《江蘇社會科學》，1995 年第 6 期，頁 120-125；沈輝：《清代泰州女性文學繁榮的緣由》，《哈爾濱學院學報》，2010 年第 3 期，頁 57-62 等。

也；名花瑤草，錦瑟犀毗，不可得而賞也。間亦過之，蒿藜滿眼，樓館劫灰，美人塵土。[71]

原因之二是清初法規制度的改革。順治八年（1651）、十六年（1659）先後兩次廢除教坊女樂，京師官妓制度被廢，而後各省官妓也在康熙朝次第被廢，[72] 由此官妓消失而轉為私娼。自唐宋以來，官妓多由獲罪的官宦家族女子充當，如唐代女冠詩人薛濤，出身長安官宦家族，後因父薛鄖被貶，流落蜀地而入樂籍淪為營妓。[73] 章學誠在《婦學》中指出：

> 自唐、宋以訖前明，國制不廢女樂。公卿入直，則有翠袖薰爐；官司供張，每見紅裙侑酒。……前朝虐政，凡搢紳籍沒，波及妻孥，以致詩禮大家，多淪北里。其有妙兼色藝，慧傳聲詩，都人士從而酬唱，大抵情綿春草，思遠秋楓，投贈類於交遊，殷勤通於燕婉。[74]

自唐宋至明代，官妓群體有相當一部分出身於詩禮大家，具有一定的文學修養；而另一部分官妓出身於世代沿襲的教坊樂籍，也自小接受詩文技藝培養，同屬於倡優階層在文學實踐上的主體。然而官妓轉為私妓之後，妓女群體內部組成和青樓經營性質皆變，不重風雅而重盈利，明人形容私妓「倚門賣笑，賣淫為活」，[75] 由此可想清代廢官妓而僅剩私妓後青樓的文化格局。同時，清廷下令禁止買良為娼，「買良人子女為娼優」、「將領賣婦人逼勒賣奸圖利者」，將受到「杖一百」等嚴厲懲處。[76] 因此淪為倡優之女子，絕大多數出身低賤，其文化素養與官妓不可同日而語。

　　彌綸以上諸面，清代女性詩詞創作的主體從前代的女妓詩人轉變為閨秀詩

---

[71] 余懷著，李金堂校注：《板橋雜記》，頁 73。

[72] 王書奴：《中國娼妓史》，頁 261。

[73] 陳文華校注：《唐女詩人集三種》，前言頁 5-7。

[74] 《婦學》，章學誠：《文史通義》，頁 180-181。

[75] 蕭國亮：《中國娼妓史》（臺北：文津出版社，1996 年），頁 86。

[76] 張榮錚等點校：《大清律例》（天津：天津古籍出版社，1993 年），卷 33，頁 558。

人，而閨秀身份使得清代女詩人更易受到社會男權主流話語的規範。雖然《禮記》中針對女性「內言不出於閫」的性別約束在明清時期已略有鬆弛，女性創作得到文士階層的鼓勵而獲得發展；然而社會上依然有諸多聲音表達對閨秀創作詩詞的不滿：清初文人周亮工載其父《觀宅四十吉祥相》，認為「婦女不識字」是家宅平安的保證：「《列女》《閨範》諸書，近日罕見；淫詞麗語，觸目而是」；[77] 清代思想家章學誠直斥「古之婦學，必由禮以通詩；今之婦學，轉因詩而敗禮」。[78] 需要注意的是，這些男性文人反對的並非是女子讀書作詩這一行為，而是「春閨秋怨，花草榮凋」、「紅粉麗情」、「纖佻輕薄」[79] 等主題的綺靡之作：

> 今天下世教之衰久矣，家庭中縱無詬誶勃谿之習，而為婦者於事舅姑、相夫子教、卑幼之道，概乎其未有聞。而大家世族，又往往耽於逸樂，學管弦、繪畫諸事。讀書數寸，稍知文墨者，又或吟風弄月，自以為閨人高致，而婦德婦功具視為迂疏不足道。[80]

在男性文人眼中，清代的「世教」本已有衰落跡象，而「吟風弄月」的詩詞創作會使女性脫離婦德規範而產生越軌行為：不但有失溫柔敦厚的詩歌宗旨，更有可能將閨秀導向失行婦一流。同時，閨秀過於沉溺文學創作，勢必會對她們履行性別職能產生影響。在此情境下，選擇家務這一彰顯婦德的創作主題，成為清代閨秀詩人減小創作阻力的一個合理化途徑。面對社會上反對女性詩詞創作的聲音，閨秀詩人沒有直接放棄詩詞創作，而是刪減或回避吟風弄月的淫詞麗語，在閨怨相思、傷春悲秋的主題之外增加對辛勤井臼、烹調酒食、針黹女紅和課兒教子等題材的書寫，以轉移寫作主題、擴大創作空間的方式減小創作阻力，在男權主導話語之外自覺爭取詩詞寫作的合理性。這既是清代女性家務詩詞大量湧現的重要原因之一，又是閨秀詩人創作自覺的另一體現。

---

[77] 周亮工：《因樹屋書影》，清康熙六年（1667）刻本，卷1，頁1b。

[78] 《婦學》，章學誠：《文史通義》，頁183。

[79] 同上，頁182-184。

[80] 高學瀛：《翠螺閣詩詞稿序》，胡曉明、彭國忠主編：《江南女性別集初編》，下冊，頁861。

錢塘女詩人柴靜儀在一首寫給長媳朱柔則的詩中以迂迴手法暗示並強調了女性作詩的合理性：「自汝入家門，操作苦不休。蘋藻既鮮潔，戶牖還綢繆。……潛龍慎勿用，牝雞乃貽羞。寄言閨中子，柔順其無憂」。[81]「蘋藻」既指祭祀用品，又有婦女美德之意涵，[82] 柴靜儀描寫朱柔則家務中饋的操勞，藉以表現後者對婦德的重視，並進一步強調女性應遵守性別規範，勿作牝雞司晨之事。然而這幾句詩因婆媳二人的詩人身份顯得頗為微妙，寫朱柔則將家務打理得井井有條，意在說明詩詞創作並不會影響婦德職能的履行；告誡朱柔則潛龍勿用，保持柔順恭謹，是教導她詩歌創作要遵循一定的婦德規範，順勢而為，則可減少阻力。

　　這種「合理性」還能從清代女性詩詞別集的序跋中得到體現：

> 女正位內能以婦職餘閒流覽篇什，啟其性靈，則四德之美備。[83]
> 若冰性慧而才敏，幼喜讀書，女紅婦事之餘，即拈翰苦吟。[84]
> 女紅之暇以詠詩作字自娛。[85]
> 太夫人課女紅外，間繪花鳥，作詩詞，以博尊嫜歡然，非其好也。[86]

這幾句話共同強調：女詩人從事讀書作詩等文學活動，都在「婦職餘閒」、「女紅婦事之餘」、「女紅之暇」進行。首句更強調了遵守「女正位內」的性別空間規範和以讀書作詩充實四德為依歸。後三句如此重視女紅，因其為婦職代表。清代閨秀不但將自己針黹女紅的情境寫入詩詞中，還紛紛將自己的詩詞集以「繡

---

[81] 柴靜儀：《與塚婦朱柔則》，胡孝思：《本朝名媛詩鈔》，清康熙五十五年（1716）凌雲閣刻本，卷 1，頁 3a。

[82]《詩經・召南・采蘋》：「於以采蘋？南澗之濱；於以采藻？於彼行潦」，序言曰：「大夫妻能循法度也」，鄭玄注曰：「古者婦人先嫁三月，祖廟未毀，教於公宮，祖廟既毀，教於宗室。教以婦德、婦言、婦容、婦功。教成之祭，牲用魚，芼用蘋藻，所以成婦順也。」見鄭玄注，孔穎達疏：《毛詩注疏》（香港：中華書局，1964 年），頁 125、127。

[83] 高學沅：《翠螺閣詩詞稿序》，胡曉明、彭國忠主編：《江南女性別集初編》，下冊，頁 861。

[84] 仙嵯老人：《南樓吟稿序》，胡曉明、彭國忠主編：《江南女性別集初編》，上冊，頁 177。

[85] 莊仲方：《淩祉媛傳》，胡曉明、彭國忠主編：《江南女性別集初編》，下冊，頁 859。

[86] 馬承昭：《繡佛樓詩鈔序》，胡曉明、彭國忠主編：《江南女性別集初編》，下冊，頁 1165。

餘」、「紅餘」、「織餘」等為名，[87] 表示自己以婦德婦功為先而以詩詞創作為無傷
大雅的餘暇之娛。

## ◎ 五、總結

女性的詩詞創作不外乎對女性創作的「小傳統」和男性創作的「大傳統」進
行回應。其中，女性「小傳統」主要是唐宋建立的女性詩詞經典，包括傷春悲
秋、離愁別緒的閨情閨怨，及以李清照亂後諸作為代表的家國之思。時至清代，
女性詩詞的創作空間不斷拓展，題材類型漸見豐富，舉凡時事、家庭、山水、行
旅、懷古，皆進入女詩人筆下。這種題材的拓展往往是向男性創作「大傳統」的
靠攏，通過對男性詩詞的追摹效仿產生。然而家務詩詞這一題材卻有所不同，它
是清代女詩人在女性文學「小傳統」中的自覺開拓，以詩意化策略書寫凡俗的家
務勞作，開啟了女性書寫自己勞動的新篇章，從而共同構建了新的中國古典詩詞
「大傳統」。同時，這些詩詞中勞動女性的文本形象呈現出更加豐富的面貌，這
是女詩人對女性被物化這一困境有意識的突破，以及通過文學實踐建立性別主體
性的嘗試。

到了清代，詩詞文類經過長時期的歷史積澱與發展，已然形成一套規範化的
範式，在此背景下，無論男詩人抑或女詩人都面臨著詩詞創作的困境，如何突破舊
有傳統、超越平庸並實現詩詞寫作的創新成為詩人共同面對的問題。清代男性詩人
對此問題已經有過不少解答，但其中重要的一條，是對日常化表達足夠的警惕。
即使是宣導關注日常細節的性靈派詩人袁枚也汲汲於探索如何超越日常化平庸：

> 欲作好詩，先要好題，必須山川關塞、離合悲歡，才足以發抒情性，
> 動人觀感。若不過今日賞花，明日飲酒，同寮徵逐，吮墨揮毫，剔蠍無
> 休，多多益累。縱使李、杜復生，亦不能有驚人之句，況我輩生於今日，求
> 傳尤難。[88]

---

[87] 根據胡文楷《歷代婦女著作考》，清代女詩人作品集以「繡餘」為名的多達一百三十八部，以「紅餘」為
　　名的有二十五部，以「織餘」為名的有五部，以「紡餘」為名的有四部，以「紃餘」為名的有四部，以「唾
　　絨」為名的有四部，以「蕭餘」為名的有三部。

[88] 《答祝芷塘太史》，袁枚著，王英志主編：《袁枚全集》（南京：江蘇古籍出版社，1993 年），頁 203。

對於男性文人來說，「賞花」、「飲酒」、「同寮徵逐」等皆是他們日常化的主要內容，但若詩詞創作僅圍繞這些題材來寫，則會「多多益累」，殊無新意。為了在創作中去除這種日常化，他們提倡的做法之一是走向「山川關塞」，品味「離合悲歡」，在跌宕起伏的人生經歷中避免日常化帶來的陳陳相因。然而清代女詩人則不同，囿於閨閣之困，她們缺少涉歷山川的機會，因而致力於從日常化中汲取靈感、尋找詩意，進而找到一條建立主體意識推陳出新的道路。因此從日常化的角度來看，清代男性詩人與女性詩人克服創作困境的方式並不完全相同。

最後需要說明的是，以家務詩詞為代表，清代女性詩詞的日常化傾向除了有文學史建構、文本審美和藝術價值等層面的意義之外，對於古代婦女生活史研究同樣具有不可忽視的價值。中國傳統史志和傳記缺乏對普通女性生活的記載，大多只對貞女節婦的生平事蹟進行刻板記錄，以標準樣式的剪裁達到宣傳婦德的目的，閨秀的日常生活難以為人們了解。因此，在千篇一律的官方史料之外，清代女性詩詞的日常化趨勢為我們進入清代女性的日常生活、了解她們的日常情感和內心世界提供了一個新的途徑。

(作者為哈佛大學東亞語言文明系訪問學人，本文原載《婦女研究論叢》2020 年第 6 期)

# 從《水雲樓詞》到《中興鼓吹》：
## 百年近代戰爭中的詞史變遷

——

劉陽河

## ◎ 一、引言

　　以詞表現戰爭場面、戰時生活及抒發個人情志，在中國古代文學中其來有自。以辛棄疾為代表，南渡詞人在宋元之交的顛沛流離中創作了大量戰亂詞，其作品大多抒發對宋朝政權的忠心、黍離麥秀的創傷和報國無門的憤懣。宋元時期的戰亂詞在中國 20 世紀的政治文化語境中已基本實現經典化，本文則將研究視角轉移至晚清民國，將戰亂詞置入近現代語境，進行深入解讀。自 1840 年代至 1940 年代一個世紀的風雲詭譎中，內憂外患紛攘而起：兩次鴉片戰爭、太平天國運動、中法戰爭、甲午戰爭、辛亥革命、護法戰爭、南昌起義、抗日戰爭……中國忍辱負重，在巨大的政治變革與社會轉型中披荊斬棘、篳路藍縷。經過「選詞所以存詞，其即所以存經存史」[1] 的清詞尊體説，詞體記錄戰亂、書寫歷史的功能逐漸確立，例如，清詞人蔣春霖（1818-1868）的《水雲樓詞》和民國文人盧前（1905-1951）的《中興鼓吹》就分別以舊體詞的形式記錄了這百年戰亂的起訖兩端。通過比對這兩部詞集，可以清晰地發現，雖然兩部文本同為書寫戰亂，且藴含感情皆充沛飽滿，但卻呈現出截然相異的兩種風格：蔣春霖《水雲樓詞》內斂幽約，感傷而驚懼，滿紙消極頹喪；盧前《中興鼓吹》則激昂直露，慷慨悲壯，盡顯豪邁的英雄氣概。詞風是詞人抒情模式和作品內在藝術手法的外化，「詞心之養成，必其性情之特至，而又飽經世變，舉可驚可泣之事以醞釀之」。[2] 兩部詞集風格迥異，基本離不開創作主體和時代背景兩個大方面的影響，而前者的才情氣質、性格特質和人生遭際在很大程度上又是後者的產物。諸如「時代影響文學」、「國家不幸詩家幸」等話題已是老生常談，相對於這種抽象而

---

[1] 陳維崧等：《今詞苑》，清康熙間刊本，卷首頁。

[2] 《晚近詞風之轉變》，龍榆生：《龍榆生詞學論文集》（上海：上海古籍出版社，1997 年），頁 380。

寬泛的概括，本文更著意考察在百年戰亂的書寫譜系中，這起訖兩端對於詞風的「影響」究竟包含哪些層面，其內在機制如何具體發生作用？更重要的是，這兩部詞集皆誕生於晚清民國的大變革時代，這百年歷史歷經多個政權更迭，舊有體制不斷分崩離析，「新」的現代性與「舊」的傳統互相頡頏。在這混亂失序、新舊嬗遞的語境之下，思想文化更呈現出眾聲喧嘩、多音複義的奇異景象。創作主體是如何處理個體與國族、傳統與現代等對立話語？最後，從《水雲樓詞》到《中興鼓吹》，這兩部詞集又如何反映百年戰亂中中國文人的心態變化？本文以兩部詞集的對比為研究路徑，梳理兩位詞人對戰爭的態度、以戰時為中軸線的時間向度、群我之辨，以及時代文學觀念影響下的抒情模式，揭櫫對上述問題的思考。

## ◎ 二、情感傾向：回避與主動

　　蔣春霖與盧前雖然站在相隔百年的時間距離之外，但他們在其時代內部所處的位置大致相類，二人皆出生於江蘇的士大夫家庭，其家庭背景與幼年受到的傳統文化薰陶十分相近，成年後皆在文學方面成績斐然，政治上又分別擔任兩淮鹽官和國民參政會議員。[3] 縱使兩人的成長歷程相類，然而面對戰爭的態度卻截然不同。蔣春霖在中年逢咸豐兵事，作為典型的晚清傳統知識份子，他別無所長，只能被迫捲入混亂失序的戰亂世界。《水雲樓詞》中的文字在在映現了蔣春霖對戰爭的消極回避，這種情感傾向揭示出詞人微妙複雜的心境：一方面，不斷在作品中傾訴自己對從戰亂中掙脫逃離的渴望，另一方面，又不得不強迫自己直面社會現狀，借種種喪亂之景、事、人而抒發內心的恐懼、困惑和深深的抑鬱之感。正是由於這種矛盾心理的潛意識作用，《水雲樓詞》中的大多數作品雖以戰亂為主題，但極少直接描寫兵戎干戈的戰事場面，而是通過「登山臨川」，狀山川自然之景寄傷離悼亂之情，「每有感慨，於是乎寄」。[4] 以蔣春霖頗負盛名的一首《木蘭花慢·江行晚過北固山》為例：

---

[3]　關於蔣春霖和盧前的生平，見黃嫣梨：《蔣春霖評傳》（南京：南京大學出版社，1997 年），頁 2-47；盧前：《盧前文史論稿》（北京：中華書局，2006 年），序言頁 1-5。

[4]　蔣春霖著、劉勇剛箋注：《水雲樓詞箋注》（上海：上海古籍出版社，2011 年），頁 334。

泊秦淮雨霽，又燈火、送歸船。正樹擁雲昏，星垂野闊，暝色浮天。蘆邊夜潮驟起，暈波心、月影蕩江圓。夢醒誰歌楚些，泠泠霜激哀弦。　嬋娟。不語對愁眠。往事恨難捐。看莽莽南徐，蒼蒼北固，如此山川。鉤連。更無鐵鎖。任排空、檣艫自迴旋。寂寞魚龍睡穩，傷心付與秋煙。[5]

這首詞寫於 1847 年秋，詞人赴揚州途中。此時清廷在鴉片戰爭中慘敗，太平天國運動雖未正式打響，但連年戰亂，民生凋敝、國勢日蹙的現實已在詞人心中蒙上了悲涼愁悶的陰影。詞題中的北固山，是三國時期孫權建立霸業的屏障，自古兵家必爭之地，又因辛棄疾兩首慷慨悲壯的北固山懷古詞（《南鄉子·登京口北固亭有懷》、《永遇樂·京口北固亭懷古》）而化為報國無門的文學典實。在蔣春霖寫下此詞之時，北固山已為外敵佔領。從詞題看，詞人似乎並非刻意專門前往北固山，而是通過一個「過」字，暗示這一事件的不經意與偶然性。在《水雲樓詞》中，詞人多次在詞題中使用「過」加地名這一搭配，如《壽樓春·過垂楊春城》，《好事近·舟過東淘時見此景》，《一萼紅·舟過小邨》等。詞題中的「過」字，傳達出詞人並無著意探尋戰亂場景的意圖，然而這種迴避心理卻暗示給讀者知道，詞人心目所關注的，無一不浸潤著他面對山河空在、家國陵夷的痛心與無奈。

回到這首詞本身，首句「秦淮」在點明寫作背景之餘，亦將秦淮昔日的旖旎升平與今日的門戶大開、馬亂兵荒作對比。之後，詞人營造了空濛迷離、淒清幽暗的場景，即景生情，融鑄前人詩句如「星垂平野闊」（杜甫《旅夜書懷》）、「波心蕩，冷月無聲」（姜夔《揚州慢》），杳茫浩蕩的空間更凸顯出戰亂中詞人的渺小孤寂、無助疏離。悲慨之下，詞人毫無睡意，悽楚之景也轉而以「楚些」、「哀弦」等悲涼之音入耳。下闋以往事之恨起，望「南徐」、「北固」而生「國破山河在」的憂患慨歎。詞人以「鉤連。更無鐵鎖。任排空、檣艫自迴旋」之句書寫清廷無能，任江防廢弛、英軍橫行無阻。末句之「寂寞魚龍睡穩」從「魚龍寂寞秋江冷」（杜甫《秋興八首》其四）中化出，不僅指向「秋煙」之季節，更以「睡

---

[5]　蔣春霖著，劉勇剛箋注：《水雲樓詞箋注》，頁 11。

穩」暗喻清廷上下一片文恬武嬉、醉生夢死的未醒之態。然而詞人的「傷心」無人可訴，無處可說，只能再次採取孤絕無望的回避之態，盡數付與渺茫秋煙。

《水雲樓詞》中也有以具體事件為主題的作品，但其中記錄的軼聞和個人經歷，都從他人處得來，並非自己親身體驗。在一首《滿庭芳》中，詞序道出其寫作緣由：

> 秋水時至，海陵諸村落輒成湖蕩。小舟來去，竟日在蘆花中。余居此既久，亦忘岑寂。鄉人偶至，話及兵革，詠「我亦有家歸未得」之句，不覺悵然。[6]

這首詞寫於 1860 年詞人避難泰州之時，詞序描寫了海陵村莊被洪水摧殘過後的狼藉境況。然而，即使水患肆虐、處境艱難，甚至終日以舟代步，詞人仍然固守海陵村莊以避家鄉戰亂，「居此既久」乃至於忘卻孤絕獨立之境，卻從未嘗試改變現狀。「鄉人偶至」之「偶」，與前文所析之「過」，皆強調事件的偶然性和詞人的被動性。「話及」同樣暗示詞人並未主動詢問家鄉戰況，在這種情境之下，詞人作為文本的主動敘述者，卻在實際中處於被動接受者的位置。

相比於《水雲樓詞》中蔣春霖無助的戰爭受害者形象與面對戰亂時被動、消極回避的感情傾向，盧前在《中興鼓吹》中採取了相反的寫作策略。雖非親身參戰，盧前仍以時刻密切關注戰事形勢的方式，積極主動地參與到戰爭中。南京陷落後，盧前攜家眷前往蕪湖避難，身處戰爭尚未蔓及的太平之地，他並沒有「兩耳不聞窗外事」，反而「每天早晨讀報，翻地圖，打探消息，極度的緊張；晚上在燈前宣洩我的憤慨，沉鬱煩悶的只有詞的寫作」。[7]《中興鼓吹》中幾乎所有詞作都以具體戰事為靈感觸發點，這一特徵從詞題中即可看出：《水調歌頭·七月八日得宛平之警》記錄震驚上下的盧溝橋事變；《浣溪沙·八月十三日敵復犯我上海》述寫淞滬會戰的發端；《菩薩蠻·徐州北望》以台兒莊戰役為寫作背景……除了以宏大戰事為書寫主題之外，盧前的詞集也涵蓋了戰爭中以人物個體為焦點

---

[6] 蔣春霖著，劉勇剛箋注：《水雲樓詞箋注》，頁 37。

[7] 盧前：《我怎樣寫〈中興鼓吹〉的》，《改進》，1943 年第 11 期，頁 415。

的細微事件，如《滿江紅・送往古北口者》：

> 如此乾坤，當慷慨、悲歌以死。君不見、胡塵滿目，殘山剩水。萬里投荒關塞蒙，幾家子弟揮戈起。問江淮、若個是男兒，無餘子。　且按劍，從新誓。豈肯灑，英雄淚。縱天真亡我，死而已矣。叱吒風雲驚四海，憑君一洗彌天恥。細思量、三十九年前，傷心事。[8]

從詞題看，這段文字書寫詞人送其友奔赴戰場。與書寫具體戰事的詞作不同，傳統送別詞通常會借常見意象如柳、酒、長亭等抒發不捨與惜別之情。然而這首詞卻在寫作手法上自出機杼，很少比興寄託，開篇即以悲壯的英雄主義基調表達出強烈的情感立場：國難當頭，應正面迎擊，就算捐軀沙場、馬革裹屍亦在所不辭。在接下來的文字中，詞人摹寫戰亂中的廢池喬木，滿目瘡痍，並反覆激發鬥志，鼓勵大眾投入抗敵鬥爭。詞作結尾再次勉勵友人為三十九年前中日甲午戰爭之慘敗一雪前恥。在單刀直入的開篇和強有力的語言風格中，詞人將自己熱切參戰、直面殘酷戰場無畏的勇氣表現得淋漓盡致，與蔣春霖《水雲樓詞》的情感傾向迥隔天壤。

## ◎ 三、時間向度：追憶過去與期待未來

隨著太平天國運動愈演愈烈，清廷徵召大量兵力進行抵禦，蔣春霖之友陳百生北上參軍抗擊太平軍隊。蔣春霖以《垂楊》為調，作《送陳百生北遊》：

> 偷彈老淚。向短亭話別，蘭舟重艤。韻咽寒簫，斷腸聽到篷底。漁灘風定蘆花起。破霜色、天涯行李。晚來潮催送秋心，共故人千里。　猶記題詩舊邸。染京洛暗塵，醉春遊騎。戍鼓驚秋，夢魂還渡桑乾水。連邨黃葉圍殘壘。雁聲在、斜陽紅裡。何時一笛山樓，杯共洗。[9]

---

[8] 盧前：《中興鼓吹》（桂林：開明書店，1994 年），頁 6-7。

[9] 蔣春霖著，劉勇剛箋注：《水雲樓詞箋注》，頁 48。

這首詞不論主題抑或背景，表面上皆與盧前《滿江紅·送往古北口者》極為相似；然細究內容，則會發現兩者的內在差異。這種差異主要體現在詞人更為嚮往的時間向度——過去或未來。蔣詞選取「短亭」、「蘭舟」、「寒籟」、「蘆花」和「雁聲」等傳統送別意象，描繪了一幅凄婉悱惻的秋日別離圖景。在上闋情景相融的離愁別緒之外，下闋轉寫過去的美好回憶：「題詩舊邸」、「京洛暗塵」、「醉春遊騎」。舊邸對於詞人來說是提供心理撫慰和凝聚親密感的私密柔情空間，又兼身處國都「京洛」，是一個被安全溫暖環繞的庇護軸心；「醉春遊騎」也描繪了一個乘興遊賞、醉吟春風的極樂圖景。猝不及防地，昔日之美好被戰鼓聲打斷，蕩然無存，只餘喪亂蕭索之殘酷現實。與此相反，盧前的《滿江紅·送往古北口者》描畫的大多是對未來的暢想，包括投身沙場、為國捐軀的慷慨和對異日凱旋得勝的期待：「縱天真亡我，死而已矣」、「叱吒風雲驚四海，憑君一洗彌天恥」。同時，「過去」在盧詞中反而是恥辱與傷痛的不堪回憶：「細思量、三十九年前，傷心事」。《中興鼓吹》中處處可見盧前站在戰爭當下而對未來勝利的展望，如《滿江紅·聞達雲已率所部上東戰線矣》，茲錄其上闋：

> 佛子書來，謂我友、親提勁旅。昨日已、陳師東線，氣雄於虎。古北威名天下重，江南殘敵囊中取。待前方、捷報到于湖，杯高舉。[10]

詞人在這段文字中充滿昂揚鬥志，為戰事的進展感到歡欣鼓舞，並在結句轉向未來，表達對勝利前景的熱切盼望。《中興鼓吹》中面向未來的書寫比比皆是，在這些詩句中，頻繁出現的動詞「待」、副詞「異日」、「早晚」等，不但指向時間維度上的「將來」，也在空間維度上將詞境拓展延伸：

> 收拾邊氛事了，整頓炎黃家業，未雨待綢繆。異日公稀壽，高會棋樓。（《水調歌頭·右任先生今年六十》）
> 勝負吾能卜。膻腥掃盡，朝來興我民族。（《百字令·聞白健生將軍入京》）

---

[10] 盧前：《中興鼓吹》，頁10。

青春伴，收京可待，悲喜不成言。(《滿庭芳·喜聞蕪湖收復訊》)

雄兵早晚渡長淮，定能行宿諾，奮臂與相攜。(《臨江仙·漢口待佛千至》)

實際上，在中國詩學抒情傳統的時間維度上，相比於渴盼未來，追憶和留戀過去才是更常見的主題。「在這種建立在回憶模式之上的藝術裡，一種雙重性出現了：回憶不僅是詞的模式，而且是詞所偏愛的主題。」[11] 作為傳統詞人的代表，蔣春霖在《水雲樓詞》中執著地將詞的寫作與承平時代的回憶纏繞在一起，反覆呈現今昔的交織對比：

還記敲冰官舸。鬧蛾兒、揚州燈火。舊遊嬉處，而今何在，城闉空鎖。(《水龍吟·癸丑除夕》)

還記荷亭露坐，小池乍退暑。涼氣吹燭。繞遍花陰，巧入湘簾，笑倚畫羅同撲。而今一院繁星亂，但冷颸、蕭蕭疏竹。(《綠意·螢》)

重省。歡遊境。記借舫移花，試泉分茗。西洲再過，可奈鷗鄉人醒。掩霜篷、殘燈自挑，半床翠被支峭冷。(《瑣窗寒·歲聿云暮，舟行苦寒，擁衾酌酒，感吟成調》)

休記銀屏朱閣，便江山如畫，今落誰邊。倚斜陽彈淚，一例弔秋煙。(《甘州》)

還記水曲吹笙，頻呼酒江船，勝友星聚。舊日垂楊都消瘦，誰更約、東風對舞。今宵又、蘆根繞，暗潮湧、霜寒聞雁語。(《尉遲杯》)

當時淮水西邊月，曾照玉鉤斜。遊船多處，年年風雨，開盡桃花。夕陽一醉，樓空失燕，樹晚棲鴉。(《青衫濕·話平山舊遊》)

還記春零覆苑，麗譙望縹緲，登眺時節。動地征鼙，捲入驚風，亂落霜楓如血。(《疏影·秋蝶》)

[11] 宇文所安著，鄭學勤譯：《追憶：中國古典文學中的往事再現》(北京：生活·讀書·新知三聯書店，2004年)，頁 149。

如此真切鮮明，蘊含祥和、歡樂與溫情的場景卻總與「記」、「還記」、「當時」等表示過去時間狀態的詞語聯結，意在提醒讀者以及詞人自己，這些美好往昔已然消逝化為記憶。以上所引詞句率多出自下闋，詞人在寫作時，有感於凋敝蕭條的戰亂場景，在上闋末尾將主觀情感逐漸導向過去的時間，通過回憶進入烏托邦文本，從而逃避眼前現實。詞人通過詞體創作再度棲身於過去的時光中，指認已然失去的安寧與幸福，這種寫作手法也是前文所述詞人消極逃避之情感傾向的另一印證。然而，即使鴉片戰爭和太平天國之前的社會狀況相對穩定，晚清國力日頹和騷亂頻仍的現實狀況也難以用「銀瓶朱閣，江山如畫」的富麗升平之語強加妝點；況且，詞人本身的生活狀態也不可能永恒停留在「借舫移花，試泉分茗」、「呼酒江船，勝友星聚」的「歡遊」中。可見，詞中通過時間維度塑造的回憶不過是一種實已成虛，以虛存實的文本，烏托邦只是以過去的虛構性敘述為基礎，而遠非「真實的過去」。即便如此，詞人對承平時代的回憶也並非單純為強化今昔對比之張力而有意架空的白日夢幻想，而是一種重構起來的「選擇性記憶」（selected memory）。[12] 通過對記憶的選擇、過濾與重構，陰暗抑鬱的記憶被淡化，美好溫暖的記憶被強調。正是這種記憶的重構機制，使創作主體得以通過詞的寫作盡情抒發對安寧繁華過往的眷戀渴慕，並進一步在寫作中療癒因回憶行為產生的內心傷痛。[13]

## ◎ 四、我群之辨：個人主義與國族共同體

咸豐三年（1853）是晚清風雨飄搖的時代中尤為動盪的一年：三月，太平軍

---

[12] Maurice Halbwachs: *On Collective Memory* (Coser, Chicago: University of Chicago Press, 1992), p.183. 宇文所安也提出類似看法：「當我們讀到根據回憶寫成的作品時，我們很容易忘記我們所讀的不是回憶的正身，而是它的由寫作而呈現的轉型。」「回憶具有根據個人的回憶動機來構建過去的力量，因為它能夠擺脫我們所繼承的經驗世界的強制干擾。在創造詩的世界的詩的藝術裡，回憶就成了最優模式。」宇文所安著，鄭學勤譯：《追憶：中國古典文學中的往事再現》，頁129。

[13] 宇文所安：「所有的回憶都會給人帶來某種痛苦，這或者是因為被回憶的事件本身是令人痛苦的，或者是因為想到某些甜蜜的事已經一去不復返而感到痛苦。寫作在把回憶轉變為藝術的過程中，想要控制住這種痛苦，想要把握回憶中令人困惑、難以捉摸的東西和密度過大的東西；它使人同回憶之間有了一定的距離，使它變得美麗。」見宇文所安著，鄭學勤譯：《追憶：中國古典文學中的往事再現》，第129頁。

攻陷南京；五月，太平天國率兩萬大軍發動北伐；十月，進抵天津……[14] 一時之間，道殣相望，人心惶惶，亂象迭生。蔣春霖於此年除夕作《水龍吟》一首：

> 一年似夢光陰，匆匆戰鼓聲中過。舊愁才罷，新愁又起，傷心還我。凍雨連山，江烽照晚，歸思無那。任春盤堆玉，邀人臘酒，渾不耐、通宵坐。　還記敲冰官舸。鬧蛾兒、揚州燈火。舊遊嬉處，而今何在，城闉空鎖。小市春聲，深門笑語，不聽猶可。怕天涯憶著，梅花有淚，向東風墮。[15]

整首詞充斥著揮之不去的愁悶與無奈情緒，「舊愁」、「新愁」、「傷心」、「無那」、「不耐」……連同深沉的懷舊之情（nostalgia）和詩學傳統中的經典梅花意象，共同體現了戰爭對詞人造成的巨大情感創傷。這首詞在在顯現鮮明的對比：往日之美好與現實之失落、熱鬧的節日氣氛與隱匿在文字背後的戰爭危機、自我與人群之間迥異的心境。最後一種對比尤為深刻而諷刺：當詞人為思鄉念遠和兵燹之禍痛苦難當，無暇顧及節日慶祝之時，身邊眾人卻在熙來攘往中共同歡慶即將到來的新年，他們享用春盤，縱情飲酒，通宵不寐，「春聲」、「笑語」從詞人緊閉著的深門外傳來。在人聲鼎沸、觥籌交錯的背景之中，詞人疏離、蕭索而孤絕的身影逐漸浮現於文字之上，他不願，也無法將自我融入周遭人群構成的「集體」中。蔣春霖似乎有意識地通過詞體書寫，將自己刻畫成一個廉介獨居的冷僻形象，「獨」、「自」一類表示背離人群、清淨孤獨的字眼俯拾皆是，詞人或以物自比，或直接描寫自我的真實狀態：

> 近水偏多，避月還明，飛飛自照幽獨。（《綠意 · 螢》）
> 掩霜篷、殘燈自挑，半床翠被支峭冷。（《瑣窗寒 · 歲聿云暮，舟行苦寒，擁衾酌酒，感吟成調》）

---

[14] Philip A. Kuhn. "The Taiping Rebellion", in John K. Fairbank ed.: *The Cambridge History of China Volume 10, Late Ch'ing 1800-1911, Part 1.* (Cambridge: Cambridge University Press, 1978), pp.270-272.

[15] 蔣春霖著，劉勇剛箋注：《水雲樓詞箋注》，頁 53。

傍闌干、深杯自語。(《燭影搖紅‧丁巳元夜獨遊》)

望盡隔江星火。擁衾獨坐。(《一絡索‧江邨夜泊，懷丁保庵》)

但自掩、獨樹閉門，燈影惜孤酌。　深約。更寂寞。(《暗香‧寄周瀟碧》)

另外，與《中興鼓吹》中記錄宏大敘事的歷史戰事不同，《水雲樓詞》對個體生命經驗甚至日常瑣事傾注了更多筆墨。蔣春霖還創作了不少關於戰亂中的愛情詞，例如《甘州》的詞序：「洪彥先與秦淮女子有桃葉渡江之約，未果而金陵陷，不可尋問矣。彥先哀之，為賦此解」。故此，蔣春霖《水雲樓詞》體現出了一種文學上的「個人主義」詞風，這種「個人主義」並非西方近代文明對自我主體性的強調，而是形容蔣春霖圍繞個人議題呈現出的典型寫作手法：其一，對自我疏離人群、不願隨波逐流、孤介蕭索形象的刻畫；其二，在戰爭大背景下體現出的人道主義思索，對個體生命經驗、日常情感的關注。對於蔣春霖來說，受外部大環境動盪影響的渺小個體是他創作的常用題材和靈感來源，但這種關注個體瑣屑，尤其是兒女風月的文學在盧前的創作觀念中卻受到鄙棄：「天下興亡，匹夫責任。我輩文章信有之。如何可，為他人抒寫，兒女相思。」(《沁園春‧論詞示孟野弟》)

20 世紀以來，在現代性語境中生成的「想像的共同體」(imagined communities) 引發了人們對於國族共同體的認同，愛國主義、集體主義和團結各民族的鬥爭精神成為抗戰時期主流話語。抗日戰爭期間，盧前作為《中央日報》、《民族詩壇》等主流刊物的主編，以《中興鼓吹》的創作「激揚蹈厲之音，振聾發聵，期挽頹波於萬一」，[16] 並思考如何以文學書寫民族，加以推廣：「我們不要忘了我們這種偉大的有歷史的民族特有的精神，又遇著這大時代，如何把民族精神與時代精神反映到詩歌之中？我們還要想如何從個人的詩，推展成大眾的。」[17] 因此《中興鼓吹》雖為舊體詞集，但更體現出在「現代性」影響下的思想新變。盧前在另一闋題為《減字木蘭花‧渡江赴無為，南望，不勝庾信之悲》

---

[16] 龍榆生：《中興鼓吹跋尾》，《制言》，1937 年第 43 期，頁 2。

[17] 《盧前民族詩歌論集》，盧前：《盧前文史論稿》(北京：中華書局，2006 年)，頁 281。

的詞中，集中表達了這一思想：「都忘小我。到處為家無不可。艇子搖來。始覺江南大可哀。　　蕪湖在望。火焰熊熊光萬丈。切齒深深。益固同仇敵愾心。」[18] 這首詞寫於盧前赴蕪湖避難之際。題中雖述說自己「不勝庾信之悲」，但詞風卻殊無《水雲樓詞》中的感傷衰颯，而是秉承了《中興鼓吹》中一貫的高昂雄渾。首句中的「小我」是現代語境中的新詞彙，正是蔣春霖關注並引為書寫題材的「個體」，這裡還包含個人利益的意涵，盧前以「都忘」二字呼籲公眾捨棄自我，投入集體的反侵略鬥爭中。「到處為家無不可」的樂觀消解了戰爭中因離散（diaspora）而致的有家難歸或無家可歸之飄零感，與蔣春霖屢屢表達的「歸思無那」（《水龍吟》）反向而行。下闋的「火焰熊熊」、「切齒深深」兩句連用疊詞，加強了對侵略者無恥殘暴行徑的深切痛恨，從而進一步號召人們同仇敵愾，以集體的力量共同抵禦外侮。整首詞以「悲」為題，卻無不散發著集體主義強有力的召喚和民族精神的鼓舞。《中興鼓吹》中另一類常見的題材是哀悼或頌揚民族英雄，如《百字令·弔趙登禹將軍》、《浣溪沙·黃浦江上空軍之戰》、《滿江紅·空軍三勇士》和《滿江紅·九月七日閻海文死事》等。這些詞作同樣洋溢著強烈的愛國精神和集體凝聚力量。事實上，盧前將詞集冠以「鼓吹」之名，這本身就傳達出一種鼓動、宣揚和讚頌的意涵。

## ◎ 五、詞壇風氣：常州詞派與詩界革命

以上主要分析詞人個體性情氣質與社會環境影響下的身世際遇對詞風的影響，本節則將研究視點放在詞壇風氣對於個體創作的影響上。蔣春霖《水雲樓詞》中內斂幽約、要眇宜修的抒情模式，意內言外、比興寄託的隱喻性修辭以及纖巧精工的審美取向，可歸諸常州詞派的沾溉滋養，「近百年來之詞壇，殆無不為張、周二氏所籠罩，而成就之大，則有後來居上之感」，[19]「張、周二氏」即常州詞派宣導者和代表詞人，推尊詞體，倡詞體寫史、深美閎約之致。其中，張惠言的《詞選》奠定了常州詞派的理論綱領：

---

[18] 盧前：《中興鼓吹》，頁63。

[19] 《晚近詞風之轉變》，龍榆生：《龍榆生詞學論文集》，頁380。

詞者，蓋出於唐之詩人，采樂府之音以制新律，因繫其詞，故曰詞。傳曰：「意內而言外謂之詞。」其緣情造端，興於微言，以相感動，極命風謠里巷男女哀樂，以道賢人君子幽約怨悱不能自言之情，低徊要眇，以喻其致。[20]

張惠言、周濟之後，常州詞派又經由譚獻、陳廷焯、金應珪等人進一步完善，成為晚清詞壇的重要觀念，造成詞人們「皆聞張、周二氏之風而起」。[21] 其中，蔣春霖的《水雲樓詞》以常州詞派為直系血脈之所由，被譽為「以騷經為骨，類情指事，意內言外，造詞人之致」。[22] 蔣氏《踏莎行・癸丑三月賦》可作為常州詞派托喻美學的絕佳例證：

疊砌苔深，遮窗松密。無人小院纖塵隔。斜陽雙燕欲歸來，捲簾錯放楊花入。　蝶怨香遲，鶯嫌語澀。老紅吹盡春無力。東風一夜轉平蕪，可憐愁滿江南北。[23]

詞牌「踏莎行」素以格調傷感纖巧著稱，從表面上看，這是一闋流連光景的傷春閨怨詞，然而詞題中的農曆三月暗示此時應該春光正盛，因此這首詞的真正意涵在於表層文字之外。通過譚獻的解讀，可知此詞乃詠金陵淪陷事的「詞史」，[24] 整首詞無一字指涉戰亂，主要依靠意象的經營。首先，「斜陽」作為歷史更迭、人事代謝的經典意象，在此詞中象徵著積弱衰頹的清政府。這一經典意象源於辛棄疾《摸魚兒》：「閒愁最苦，休去倚危欄，斜陽正在，煙柳斷腸處。」[25] 此詞作於宋孝宗淳熙己亥（1179）年，辛棄疾被調任為湖南轉運副使，有感於北伐無望，夙願難酬，詞人的政治關切在委婉含蓄的文字之間若隱若現，結句的「斜

---

[20] 張惠言：《〈詞選〉序》，唐圭璋：《詞話叢編》（北京：中華書局，1986年），頁1617。

[21] 《論常州詞派》，龍榆生：《龍榆生詞學論文集》，頁402-403。

[22] 蔣春霖著，劉勇剛箋注：《水雲樓詞箋注》，頁335。

[23] 同上，頁35。

[24] 唐圭璋：《詞話叢編》，頁1249。

[25] 唐圭璋：《全宋詞》（北京：中華書局，1995年），頁1867。

陽」和「煙柳」尤為明顯地暗指南宋朝廷日薄西山、岌岌可危，而這種「詞意殊怨」的意象險些為辛棄疾招致「種豆種桃之禍」。[26]《水雲樓詞》作為一部戰亂時代背景下的詞集，其中「斜陽」意象的數量大幅超出了戰爭意象如「烽火」、「戍鼓」和「哀笳」等。[27] 而從屬於「斜陽」的「雙燕」則暗指兩位抗擊太平軍失敗的清廷將領向容和張國梁。捲簾錯放之「楊花」，也許隱喻帶領太平軍攻佔金陵的東王楊秀清。在此語境之中，下闋「蝶怨香遲，鶯嫌語澀」是飽受戰亂、流離失所之百姓的寫照；而「老紅吹盡春無力」則暗含對無能清廷之絕望處境的諷刺。頗堪玩味的是，「東風」意象原本具有春光明媚、朝氣蓬勃等積極美好的意涵，在此詞中卻轉而暗指對社會百姓造成毀滅性摧殘的太平軍隊，結句「愁滿江南北」再次強調戰亂中的赤地千里、民不聊生。在整首詞頻密的比興寄託與隱喻修辭中，詞人以含蓄晦澀的筆調傾訴自己在亂世中不可言喻的深痛創傷。

以《踏莎行·癸丑三月賦》為代表，雖然《水雲樓詞》中的大多數作品描寫戰亂，抒發詞人面對黍離麥秀和山河破碎沉痛、複雜而深刻的感受，但如果沒有後世學者的解讀或蔣春霖的自注，讀者很難將這些詞作與鴉片戰爭或天平天國運動聯繫起來。晚清民初詞人以常州詞派的托喻手法和審美模式書寫戰亂國變者並不尠見，有名者如王鵬運、朱祖謀等籌燈酬唱的《庚子秋詞》，與《水雲樓詞》相似，語言含蓄幽微，同樣以傳統比興手法曲折隱晦地指涉時事。

常州詞派的寫作模式和審美經驗在一定程度上可以說「統治」了清季民初詞壇，而與常州詞派風靡詞壇幾乎同一時期，一個影響深遠的文學革命亦在詩歌領域發生。19 世紀末，以黃遵憲為肇端，以維新派巨匠梁啟超為代表，以夏曾佑、丘逢甲等為主力，詩界革命逐步展開，提倡改變舊體詩的語言風格，宣導以新意境、新語句入舊風格：「支那非有詩界革命，則詩運殆將絕。……第一要新意境，第二要新語句，而又須以古人之風格入之。」[28] 這些宣導新名詞、新語句的文學理念主要體現在詩歌層面，而詞體由於其抒情本質的特殊性、長期積累下

[26] 羅大經：《鶴林玉露》（上海：上海古籍出版社，1987 年），頁 289-290。

[27] 劉勇剛指出，「斜陽」一詞在《水雲樓詞》中出現了四十八次之多，見劉勇剛：《〈水雲樓詞〉的意象經營》，《南京師範大學學報》，2001 年第 3 期，頁 136。

[28] 《夏威夷遊記》，梁啟超：《飲冰室合集》（北京：中華書局，1989 年），頁 189-190。

來的傳統語碼所具有的強大慣性等因素，並未對詩界革命提出的主張有明顯回應。1917 年，新文化運動帶頭人胡適在《新青年》雜誌發表《文學改良芻議》，宣導「不避俗字俗語」的白話文，並明確反對感時傷事的「無病之呻吟」、詩學經典意象的「濫調套語」及譬喻聯類的用典手法。[29] 將這種白話文學理念挪用至詞體的創作和評鑑上，胡適的《詞選》推崇蘇辛一派「詩人的詞」，貶低白石、梅溪和夢窗等「重音律而不重內容」、「多用古典」的「詞匠的詞」。就此，張宏生指出，「在三四十年後，『詩界革命』的影響終於波及到詞」。[30] 雖然自 1840 年代開始，中國就經歷了一系列戰亂動盪，但 1930 年代之前的詞仍大多延續以意內言外、比興寄託的手法描述戰亂；直至 30 年代初，運用新名詞、新語句、通俗白話的詞作才逐漸活躍於詞壇，這固然離不開鼓吹抗戰、激發戰鬥熱情的需要，同時在相當大的程度上得益於詩界革命在詞壇中的餘緒流播。其中，盧前是當之無愧的「新材料入舊格律」的回應者，他自稱「這一兩年來，我最迷信『舊罈盛新醴』（new wine in old bottle）之說」。[31] 吳宓也認為，「冀野於文學創造，亦圖以新材料入舊格律，其在河南大學時，所編撰之《會友雜誌》，選材既本此旨，中多可誦之作。」[32] 在《民族詩歌論集》中，盧前明確指出自己推崇蘇辛詞，反對傳統詩詞曲折晦澀、尖新纖巧的美學取向，認為詞需要合乎時代性並歌詠民族精神：「我們不要忘了我們這個偉大的有歷史的民族特有的精神，又遇著這大時代，如何把民族精神與時代精神反映在詩歌之中？……要捨棄以往詩人晦澀、居奇、鄙陋、享受諸陋習。發揮詩的力量，給他成為全民族的歌聲。」[33] 這種觀點在盧前《中興鼓吹》的創作上亦有所體現：

> 弟學詞乎，今日而言，豈同曩時。算花間綺語，徒然喪志。後來柳賀，搔首弄姿。歎老嗟貧，流連光景，孤負如椽筆一枝。自南渡，始天生辛

[29] 胡適：《文學改良芻議》（臺北：遠流出版社，1994 年）。

[30] 張宏生：《詩界革命：詞體的「在場」和「缺席」》，吳盛青、高嘉謙：《抒情傳統與維新時代：辛亥前後的文人、文學、文化》（上海：上海文藝出版社，2012 年），頁 581。

[31] 盧前：《盧前詩詞曲選》（北京：中華書局，2006 年），頁 45。

[32] 吳宓：《空軒詩話》，張寅彭：《民國詩話叢編》（上海：上海書店，2002 年），冊 6，頁 88。

[33] 《盧前民族詩歌論集》，盧前：《盧前文史論稿》，頁 280-281。

陸，大放厥辭。(《沁園春·論詞示孟野弟》節錄）[34]

盧前視花間詞派的綺靡婉麗、傷春悲秋為「徒然喪志」、「搔首弄姿」，並認為「歎老嗟貧，流連光景」的詞作僅僅局限在個人的一方天地中，亦不可取。相反，盧前推崇南渡詞人辛棄疾、陸游等合乎時代的豪邁慷慨之音。此處需要說明的是，盧前的詞學觀存在歷時性變化，其早期並不反對所謂的「花間綺語」，甚至認為「詞亦婉約為主，雄放者非其正也」(《詞曲文辨》）。然而抗日戰爭爆發後，有感於內憂外患的社會現狀，「今日而言，豈同曩時」，盧前開始致力於推崇蘇辛詞，以詞鼓吹民族精神。正如龍榆生所言，「國勢之削弱，士氣之消沉，敵國外患之侵凌，風俗人心之墮落，覆亡可待，怵目驚心，豈容吾人雍容揖讓於壇坫之間，雕鏤風雲，怡情花草，競勝於咬文嚼字之末，溺志於選聲鬥韻之微哉？」[35]這也從另一層面說明了社會環境對於詞學觀念、詞作風格的重大影響。

《中興鼓吹》中另一首《百字令·弔佟麟閣將軍》則更體現出詩界革命和胡適、胡雲翼等人的詞學觀念：

> 備嘗艱苦，在練兵當日，憤然而作。二十六年多少恨，只恨吾民溝壑。西來頑寇，鐵蹄所至，無不窮其虐。人間地獄，幾回默誦新約。　我祝永久和平，我懷博愛，我願先鋤惡。勇士喪元原不忘，犧牲以求復活。上帝鑑余，式憑忠勇，與敵還相搏。裹君馬革，他時畫像麟閣。[36]

在這首詞中，盧前嘗試回避傳統詩學中比興寄託的意象性語碼（language code），轉而從白話語言甚至西方新譯詞彙中另覓出路，西譯詞彙率多引自《聖經》，如「地獄」、「新約」、「和平」、「博愛」和「上帝」等，這不僅與詞作內容、情感相融會，還與佟麟閣的基督徒身份貼合，殊無生硬突兀之弊。同時，詞人並沒有完全拋棄詞體傳統的「舊風格」，如結句中的「麟閣」有雙重意涵指涉：一方面，

---

[34] 盧前：《中興鼓吹》，頁 5。

[35] 《今日學詞應取之途徑》，龍榆生：《龍榆生詞學論文集》，頁 116。

[36] 盧前：《中興鼓吹》，頁 36。

「麟閣」供奉漢代功臣，「上思股肱之美，乃圖畫其人於麒麟閣，法其形貌，署其官爵、姓名。……皆有功德，知名當世，是以表而揚之。」[37] 盧前引此典故以揚佟將軍功勳榮耀；另一方面，詞人亦巧妙地融入「佟麟閣」之名。「他時畫像麟閣」，從兩個意涵上都可作解釋，可謂雙關巧妙，並增添了一定的涵詠餘地。除雙關用法之外，詞中幾乎看不到其他隱喻性修辭，其情感表達也站在了蔣春霖詞「意內言外」的對立面而激昂直露：直呼敵軍為「頑寇」、「鐵蹄」，讚譽民族英雄為「勇士」、「忠勇」，另以「憤然」、「多少恨」、「只恨」、「願先鋤惡」等直言不諱地表達了詞人內心的憤懣仇恨。正如這首《百字令》，盧前多直陳時事，因事抒情，很少借助美人香草貞蟲巧鳥等寄託自我心懷，苟若有之，寄託之情亦淺直易解，殊無隱晦，這與蔣春霖以寄託手法見長的寫作特點迥隔天壤。正如前文所述，這種情況在很大程度上源於當時詞壇風氣的影響，而「寄託」這一獨特手法，又離不開更大的社會政治環境。詹安泰曾言：「寄託之深、淺、廣、狹，固隨其人之性分與身世為轉移，而寄託之顯晦，則實左右於其時代環境。大抵感觸所及，可以明言者，固不必務為玄遠之辭以寄託也。」[38] 在文網嚴密的清代，為避文禍，即使有深怨亦難以直言表露，故文人多以象徵寄託手法隱晦地進行情感表達；而抗日戰爭時期，政府亦號召和鼓動文人們進行文學創作以配合其抗戰宣傳。由於抗日戰爭的緊迫性，小說、散文等文類難以快速反映時事，因此短小精悍、情感飽滿的詩詞迅速佔據文學主流，直陳時事、表達抗戰決心的高亢激憤之作也因而蔚然大觀。

◎ 六、總結

綜勘以上諸面，在所有可納入「時代影響」的因素之中，戰爭性質和當權者的作為對戰亂詞書寫的影響可謂重中之重。在蔣春霖身處的時代，無論列強侵略的鴉片戰爭還是農民起義的天平天國運動，清廷都由於長久的積弱無能而四面楚歌，在覆亡的邊緣掙扎，「太平軍興，清室幾覆。夫其舉事宗旨，近人或以革命

---

[37] 班固著，顏師古注：《漢書》（北京：中華書局，1962 年），頁 2468-2469。

[38] 詹安泰：《宋詞散論》（廣州：廣東人民出版社，1980 年），頁 64。

稱之，然而殘破之甚，則亦無可諱言」。[39] 作為依附清廷的舊式知識份子，蔣春霖面對荊棘滿目的現狀卻無力改變，其詞中消極回避、沉湎過去的特徵，含蓄隱晦、意內言外的寄託手法，以及悲涼迷惘的情感表達，皆成為晚清戰亂詞中的代表。「寫流離之慘痛，如此明切，為兩宋諸家所無」，[40] 蔣春霖戰亂詞的成就不但被認為超過兩宋諸家，更在整個文學史中獨佔鰲頭，「詞人寫亂離情況者，鹿潭為古今第一」，[41] 甚至獲得與杜甫平起平坐的地位，譚獻謂：「咸豐兵事，天挺此才，為倚聲家老杜。」[42]

在太平天國運動最終平定約七十年後，抗日戰爭打響。這場戰爭是一次史無前例全民族抵禦外侮的保家衛國之戰，中國社會各階層眾志成城，鑄就堅不可摧的抗日民族統一戰線。同時，報刊作為思想宣傳的媒介，站在人民的立場上，持續宣揚樂觀進取的英雄主義與愛國主義民族論調。誠然，當時詞壇存在一部分抗戰詞承常州詞派之遺緒，採用高度意象化的語碼抒發詞人個體的飄零之苦與悲戚之情，[43] 但大部分詞作仍以鼓動人民抗戰熱情、反映大眾共同情緒為目的，呈現出「運蘇辛之氣骨」的高亢豪邁氣概與「舊壇盛新體」的淺直通俗風格：有不遺餘力表達救亡圖存抗戰決心的，如「黃帝子孫齊奮起，誓擁金甌無缺」（唐圭璋《百字令‧滔天獨寇》）；有借傷兵之口讚頌戰亂中請纓救國仁人志士的，如「莫致慰勞辭，誰耐閒消遣。快與咱家去彈丸，心急回前線」（葉聖陶《卜算子‧莫致慰勞辭》）；有謳歌抗戰將領並展望勝利未來的，如「憑藉一成一旅，但得知人善任，漢道定能昌」（龍榆生《水調歌頭‧贈劉定一將軍》）；有激發鼓舞全民族眾志成城抗戰信心的，如「中華民族齊心進，人人載歌載舞」、「天下一家，何人今後敢予侮？」（于右任《齊天樂‧勉青年軍人》）⋯⋯這類詞作從 1930 年

---

[39] 吳征鑄：《晚清史詞》，《斯文》，1942 年第 7 期，頁 14。

[40] 蔣春霖著，劉勇剛箋注：《水雲樓詞箋注》，頁 351。

[41] 鄭騫：《成府談詞》，《現代學苑》，1969 年第 1 期，頁 25。

[42] 唐圭璋：《詞話叢編》，頁 4013。

[43] 這類抗戰詞的主要代表為同光體詞人如馬一浮、夏敬觀、袁榮法、陳方恪等，他們的詞作使用頻率較高的意象有「笳」、「鼓」、「干戈」、「浮萍」、「胡騎」、「枯草」、「血淚」等，見趙家晨：《論同光體詞人群體的抗戰詞》，《中國韻文學刊》，2018 年第 4 期。需要注意的是，這些詞人亦有直陳抗戰時事以抒發慷慨激昂之情的作品，如袁榮法《水調歌頭‧永定張傚桓少尉若翼，海樓丈之子也。與倭寇戰，墮機死漢陽。即葬所殉地，詞以弔之》、《西河‧乙丑秋日書懷》等。

代開始數量激增，以上僅舉其犖犖大者。其中，盧前《中興鼓吹》可謂抗日戰爭詞的代表，且影響力巨大，據劉慶雲統計，抗戰時期盧前的作品被人譜曲傳唱的數量，是當時文人詞中最多的；[44] 同時，在抗戰時期以詞話、題詞等形式稱譽《中興鼓吹》者，也多達三十餘家。[45] 職是之故，以蔣春霖《水雲樓詞》和盧前《中興鼓吹》分別作為以詞書寫中國近代百年戰亂起訖兩端的代表，是有跡可循的。

　　本文通過這兩部詞集的對比研究，多層次、全方位地發掘「時代影響文學」這一議題在晚清民國戰亂語境中的具體運作機制。更重要的是，在這抽絲剝繭的論析中，我們可以具體而微地感受到文人群體在這一個世紀萬方多難的歷史旅程中的轉變：從消極回避轉向直面迎戰、請纓殺敵，從疏離群體煢煢孑立轉向團結一心抵禦外侮，從為一家一姓的王朝哀泣轉向為國族共同體而奮戰⋯⋯所謂「身份無分共一舟，民質從今變」，[46] 近代中國的百年戰亂詞不但折射出中華民族抵禦外侮、披荊斬棘的艱難歷程，更閃耀著文人群體重拾民族精神與自信的光輝。

（作者為哈佛大學東亞語言文明系訪問學人）

---

[44] 劉慶雲：《中國古典詩詞與抗戰歌曲》，《中國韻文學刊》，2013 年第 4 期，頁 67。

[45] 杜運威、馬大勇：《論盧前〈中興鼓吹〉的詞史價值》，《南京師範大學文學院學報》，2016 年第 2 期，頁 68。

[46] 葉聖陶：《抗戰周年隨筆》，李景彬編：《葉聖陶代表作》（鄭州：黃河文藝出版社，1987 年），頁 294。

| | | |
|---|---|---|
| 責任編輯 | 張軒誦 | |
| 書籍設計 | Two points | |

書　　名　古典文學研究的視野：

香港浸會大學孫少文伉儷人文中國研究所成立十週年紀念文集

主　　編　張宏生

出　　版　三聯書店（香港）有限公司

香港北角英皇道 499 號北角工業大廈 20 樓

Joint Publishing (H.K.) Co., Ltd.

20/F., North Point Industrial Building,

499 King's Road, North Point, Hong Kong

香港發行　香港聯合書刊物流有限公司

香港新界荃灣德士古道 220-248 號 16 樓

印　　刷　美雅印刷製本有限公司

香港九龍觀塘榮業街 6 號 4 樓 A 室

版　　次　2021 年 11 月香港第一版第一次印刷

規　　格　16 開（170 × 240 mm）336 面

國際書號　ISBN 978-962-04-4879-9